한국문학이란 무엇인가

권영민

한국문학이란
무엇인가

그 성격과
역사

열화당

한국문학은 한국 민족에 의해 한국어를 기반으로 형성 발전해 온 문학이다. 한국문학은 수천 년의 역사 속에서 한민족의 삶의 양상을 표현해왔으며, 각각의 시대마다 다양한 문학 형태가 등장하여 발전했다. 한국문학의 표현 매체는 한국어이다. 한국어는 한국문학을 구성하는 가장 중요한 재료이며 매개물이다. 한국 민족은 한글의 발명 이전에는 한국어를 표기할 수 있는 문자를 갖지 못했다. 하지만 일찍부터 한자를 차용하고 중국의 문물을 적극적으로 수용하여 한문학(漢文學)을 크게 발전시켰다. 15세기에 한글을 창제하면서 한국인의 언어 문자 생활에 큰 변화가 생겼다. 지배층에서는 한문을 공식적 문자생활에 그대로 활용하였지만 국문 글쓰기가 가능해지면서 새로운 국문 문학이 성립되어 발전했다. 19세기 중반 이후 국어국문운동이 널리 확대되자 한문은 그 사회 문화적 기능을 상실하게 되었다. 한국문학은 19세기 후반부터 한국어와 한글이라는 단일한 언어 문자를 기반으로 하는 국문 문학으로 새롭게 출발했다. 이와 같은 19세기 중반의 근대적 변혁 과정을 경계로 하여 한국문학은 고전문학과 현대문학으로 그 영역을 크게 구분하고 있다.

이 책은 한국 고전문학에서부터 현대문학에 이르는 전반적인 문학의 양상을 개괄하는 입문서로서 한국문학의 전체적인 성격과 역사적 전개 양상을 폭넓게 소개하는 데에 목표를 두고 있다. 이 책의 내용은 크게 4부로 나누어져 있다. 1부에서는 한국문학의 범주와 그 성격을 소개한다. 한국문학의 개념, 한국문학의 갈래, 고전문학과 현대문학, 한국어와 한국문학 등에 대한 개괄적 설명을 담았다. 2부는 한국 고전문학을 소개한 부분이다. 시가문학, 소설문학, 한문학, 구비문학으로 구분해 그 특성을 설명하면서 대표적 형태의 작품을 원문으로 소개했다. 이 책에 예시한 작품은 문학사적 의미와 그 성격을 고려하여 선정했으며 판본의 선택과 본문의 교열 및 주석은 선행 업적을 참조했다. 3부는 개화계몽시대에서 일제강점기의 문학을 한데 묶었다. 한국 근대문학의 성립과 그 발전 과정을 시, 소설, 극문학의 양식별로 중요 작가를 중심으로 소개 설명한다. 4부는 한국의 해방과 남북분단시대의 문학을 시, 소설, 극문학의 양식별로 소개했다. 부록으로는 이 책의 원고를 작성하면서 참고했던 기존 연구서의 목록을 각 영역별로 구분해 놓았다. 이 책이 외국의 여러 대학에서 한국문학에 대한 입문 단계의 안내서로 활용될 수 있기를 바란다. 또한 국내에서 한국어를 공부하는 외국인들에게도 한국어로 된 한국문학 개론서의 역할을 해 주리라 기대한다.

한국문학은 세계문학의 무대에서 여전히 주변부에 속하지만, 한국문학에 대한 외국인의 관심이 점차 확대되고 있는 것이 사실이다. 한국문학을 정규 강좌로 개설 운영하는 외국의 대학이 많아지면서 동아시아 문학 가운데 그 위상이 높아지고 있다. 그러나 여전히 전문적인 연구자가 부족하고 한국문학을 전공하는 학생도 많지 않다. 특히 한국문학을 입문단계에서 소개할 수 있는 책이 부족하다. 이 책의 발간에 앞서 『한국문학이란 무엇인가(What is Korean Literature?)』(2020)라는 영어본이 미국 버클리대학 동아시아연구원에서 먼저 출간되었다는 사실을 밝혀 둔다. 영어권의 독자들을 위한 한국문학 입문서를 발간한 것이다. 그런데 국제문화도시교류협회가 주관하는 '2021년 독일 라이프치히 국제도서전'의 한국관 주제에 맞춰 열화당에서 한국어판을, 독일 에오스 출판사(EOS-Verlag)에서 독일어판을 동시에 출간하게 되었다. 한국문학을 외국의 독자들에게 소개하는 데에도 커다란 역할을 할 수 있을 것으로 기대한다.

이 책의 출간을 주선해 주신 국제문화도시교류협회 이기웅 이사장님께 고마움을 표한다. 까다로운 독일어 번역을 맡아 준 가천대학교 유럽어문학과 얀 디릑스(Jan H. Dirks) 교수님께 특히 감사드린다. 열화당 편집부 여러분께도 고마움을 표한다. 이 책이 한국문학의 입문서로서 국내만이 아니라 해외의 독자들에게도 널리 읽힐 수 있기를 바란다.

2021년 8월
권영민

차례

한국문학의 성격

한국문학의 본질

한국문학의 개념

한국문학은 한민족이 한국어를 기반으로 유지 발전시켜 온 문학을 지칭하는 말이다. 한국문학은 수천 년의 역사 속에서 한민족의 생활공간이 변모되는 가운데 그 삶의 양상을 표현해 왔다. 그러므로 한국문학이라는 말 속에는 한국문학의 창조적 주체인 한민족의 삶의 내용과 역사가 함께 포함된다.

한국문학은 오랜 역사적 전통을 지니고 있기 때문에, 시대마다 다양한 문학의 형태가 존재해 왔다. 이들을 문학의 양식으로 분류해 각각의 특징을 규정하기 위해서는 여러 가지 문제들을 두루 고려할 필요가 있다. 문학은 기록한 문자에 따라 형태가 다르고, 시대의 변화에 따라 새로운 문학의 형태가 등장하기도 한다. 문학의 갈래는 고정되어 불변하는 것이 아니다. 그것은 새롭게 형성되어 어느 일정한 기간 동안 존속하다가 다른 형태로 변모하거나 소멸한다. 그러므로 문학의 여러 형태와 모든 작품을 하나의 완전한 규범이나 질서에 따라 분류한다는 것은 불가능하다.

한국문학의 표현 매체는 한국어이다. 한국어는 한국문학을 구성하는 유일한 재료이며 매개물이다. 한국문학을 대한다는 것은 결국 구체적으로 한국어로 이루어진 언어예술을 대하는 일이 된다. 한국 민족은 한글의 발명 이전에는 한국어를 표기할 수 있는 문자를 갖지 못했으므로, 일찍부터 중국의 한자를 차용했고 중국의 사상과 문물을 적극 수용함으로써 한국 한문학(漢文學)을 크게 발전시켰다. 15세기에 한글이 창제되면서 한국인의 언어문자생활에서 커다란 변화가 일어났다. 지배층에서는 한문을 공식적 문자생활에 그대로 활용했기 때문에 한문학이 여전히 성행했지만, 한글을 기반으로 국문 문학이 발전하면서 새로운 전통이 이어졌다. 19세기 중반 이후 국어국문운동이 널리 확대되고 한글 중심의 문자생활이 중시되자 한문은 그 문화적 기능을 상실하게 되었다. 한국문학은 19세기 후반부터 한문학과 국문 문학이라는 이원적인 문학 세계를 청산하고 한국어와 한글이라는 단일한 언어 문자를 기반으로 하는 국문 문학으로 새롭게 출발했다.

한국문학의 영역

구비문학

한국문학은 언어와 전승 방식에서 문자로 기록되지 못하고 구전되어 내려온 구비문학과 글로 씌어진 기록문학으로 크게 구분된다. 한국문학에서 구비문학은 매우 중요한 비중을 차지하는데, 한국인들의 생활 속에서 문자 문명 이전의 예술 활동의 양상을 보여 주는 유일한 근거가 되기 때문이다. 문자생활이 시작된 뒤에도 여기서 소외된 대다수의 하층민들은 구비문학을 통해 그들의 문학적인 욕구를 표현해 왔다. 구비문학은 개인적 창작에 의해 성립된 문학이 아니라 집단 속에서 형성되어, 입에서 입으로 전해져 내려오면서 형태가 변형되었다. 구비문학은 기록문학의 원천에 해당한다는 점에서도 그 의미가 깊다. 대부분의 고전소설은 서사의 중심 요소를 설화로부터 빌려 오고 있다. 판소리는 문자로 정착되면서 고전소설로 변했고, 민요의 가락을 현대시에서 다시 살려낸 경우도 얼마든지 찾을 수 있다.

  구비문학의 역사는 먼 상고시대(上古時代)부터 근세에 이르기까지 지속된다. 한문이 유입되기 전에는 기록의 수단이 없었기 때문에, 구비문학이 예술 활동의 중심을 이루었으리라는 것은 쉽게 짐작할 수 있

다. 구비문학은 한문문화가 융성한 고려시대 이후부터 그 기능과 폭
이 좁혀지기 시작했다. 그러나 고려시대의 지배 계층은 여전히 공식
적인 문자생활을 한문에 의존했다. 그러므로 구비문학은 한문으로부
터 소외된 사람들의 문학적 욕구를 표현하게 된 것이다. 이러한 현상
은 조선시대에 와서도 지속되었다. 구비문학은 국문 글쓰기가 대중화
되면서 그 영역이 아주 축소되었고 전승 방식도 불안정하게 되었지만,
여전히 살아 있는 문학이다. 한국 민족의 고유한 생활양식과 미의식이
구비문학을 통해 집단적으로 표현되었다는 사실은 부인할 수 없는 일
이다.

　구비문학은 전승 방식과 문학적 행위의 특질에 의해 독자적인 갈래
의 체계를 유지하고 있다. 구비문학의 여러 가지 형태는 기억에 의존해
입으로 전승되면서 그 자체의 독특한 표현 방식을 발전시켜 왔다. 그러
나 이러한 구비문학의 특징들은 구연되는 순간 소멸하기 때문에 문자
로 채록되어야만 그 형태를 알 수 있게 된다. 구비문학은 여러 가지 형
태로 나누어진다. 서사적 성격을 지닌 신화, 전설, 민담, 서정적 성격을
지닌 민요, 그리고 극적인 성격을 지닌 탈춤, 꼭두각시놀음 등이 있다.
판소리의 경우에는 서사적인 요소와 극적이 요소가 함께 결합되어 나
타난다. 구비문학은 재현의 방식이 기능적 요소와 결합되면서 민중들
의 생활 속에서 자연스럽게 이어진다. 무당의 무가(巫歌)처럼 굿이나
제식과 결합되어 전승되기도 하고, 「모심기 노래」나 「뱃노래」처럼 노
동의 형태와 결합되어 전승되기도 한다. 그리고 탈춤처럼 유희의 형태
로 전승되는 경우도 있다.

　구비문학의 특성은 입에서 입으로 전달된다는 점이다. 그래서 구비
문학은 고정적인 형태를 갖추고 있는 것이 아니라 유동적이며 개방적
이다. 여기서 중요한 것은 구연(口演)의 상황 또는 현장이다. 구연 상황
이 바뀌면 구비문학의 내용이나 형식도 바뀔 수밖에 없다. 구비문학은
개인의 창작이 아니다. 그것은 집단 속에서 누적되어 전해져 내려오면
서 누군가에 의해 구연되는 것이다. 이때 구연하는 사람과 그것을 듣는
사람들 사이의 정서적 공감대가 중요하다. 구비문학의 구연에는 자기
혼자 즐기려는 것이 아니기 때문에 구연 가능한 상황이 만들어져야 하

고, 무엇보다도 그것을 함께 들어 주고 즐기며 따라하는 청중이 있어야
한다. 구비문학은 개인의 것인 동시에 공동의 것이라 할 수 있다.

한문학

한국문학에서 한문학은 기록문학으로서 오랜 역사를 가지며, 한국 고
전문학의 중심을 이룬다. 한문학은 중국의 한문이 한국에 유입되면서
만들어진 문학으로, 삼국시대부터 성행한 것을 여러 기록을 통해 알 수
있다. 고려시대에는 과거제도(科擧制度)를 한문에 기초해 시행함으로
써 한문 글쓰기가 더욱 발전하고 한문으로 이루어진 시(詩)와 문(文)이
두루 성행했다. 이러한 전통은 조선시대에도 이어진다. 조선왕조는 유
학 특히 성리학을 국가의 지도 이념으로 내세웠기 때문에 한문학의 시
문만이 아니라 경서(經書)에 대한 논의도 활발하게 전개된다.

  한국의 한문학은 삼국시대 이후 조선시대에 이르기까지 한국 사회
의 지배 계층이 추구하던 삶의 가치와 이념을 대변하고 정서와 취향을
표현함으로써 전통적인 고급문화의 핵심을 이루게 된다. 한문학은 중
국에서 오랜 역사를 거쳐 발전해 온 문화적 전통을 그대로 수용한 것
이 대부분이다. 그러므로 중국문학의 양식과 그 특질이 대체로 유지된
다. 하지만 중국 문언(文言)으로서의 한문에 기초하고 있기 때문에, 중
국문학과는 일정한 거리를 두고 한국문학으로서의 독자적인 특징을
살리게 된다. 특히 한글 등장 이후에도 한문학은 국문 문학과 서로 교
섭하면서 기록문학으로서의 위상을 지키게 된다.

  한문학은 크게 시와 문으로 구분되는데, 그 아래로 여러 가지 형태의
작은 갈래가 존재한다. 한문학에서는 서정양식을 대표하는 한시뿐만
아니라 한문 단편으로 명명되는 야담, 한문소설, 몽유록 등의 서사양식
이 독자적인 전통을 유지하고 있다. 한문학은 동아시아 문화권의 보편
적인 이념과 가치를 담으면서도, 한국 민족의 고유한 삶의 경험과 사고
방식을 표현하고 있는 점이 그 특징이다.

  19세기 중반 한국 사회가 근대화 과정에 접어들면서 정치, 사회, 문화
적 격변을 거치는 동안 한문은 그 권위를 상실하게 된다. 한문을 봉건사

회의 낡은 문화의 상징으로 지목해 배척했기 때문에 정치, 사회, 문화, 교육 등 모든 영역에서 한문은 그 문화적 지위를 잃게 된다. 한문을 통한 고급문화의 계급적 폐쇄성이 새로운 시대정신에 부합하지 않는 데다가 한문 자체의 정보 기능이 대중성과는 거리가 멀었기 때문이다.

국문 문학

국문 문학은 조선시대에 '훈민정음(訓民正音)'이라고 명명된 한글을 창제하고 반포(1446)하면서 시작된다. 한글 창제는 문학사의 중대한 전환점이 된다. 한문학이 지배층을 중심으로 그 향유 계층이 한정되어 있었던 점에 비하면, 국문 문학은 지배층에서부터 부녀자층과 평민 계층에 이르기까지 널리 향유된 문학이다. 국문 문학은 사회적 기반을 대중적으로 확대함으로써 문학적 전통을 유지할 수 있게 된다.

조선시대의 지배층은 문자생활에서 한문을 공식적으로 사용했지만, 국문으로 창작하는 문학 양식까지 외면한 것은 아니었다. 국가적 사업으로 전개된 중국 경서의 언해 작업에도 국문이 지속적으로 활용되었다. 그리고 한문이 지배층의 문화를 형성하고 있었지만 국문 문학의 전통도 끈질기게 이어졌다. 조선시대 시가문학(詩歌文學)의 대표적인 형태인 시조와 가사는 지배층에서부터 평민 계층에 이르기까지 널리 애호했던 문학 양식이다. 산문문학에서는 고전소설이 등장해 널리 성행함으로써 대중적 지지 기반이 확립된다.

19세기 후반 개화계몽시대 이후 국어국문운동에 의해 국문 글쓰기가 널리 확대되기 시작했다. 국문을 기반으로 하는 대중적 신문과 잡지가 간행되었고, 신교육도 그 학문의 기반이 국문을 통해 이루어졌다. 그 결과 한국 민족은 한문과 국문을 함께 이용해 왔던 문자생활의 이중성을 극복하고 언문일치(言文一致)를 실현했다. 국문 문학이 한국문학의 전 영역을 차지하면서 실질적으로 민족문학의 근간을 이루게 된 것은 이 시기부터라고 할 수 있다.

한국문학의 갈래

한국문학의 갈래는 일반적으로 큰 갈래, 작은 갈래라는 분류 개념과 기준에 따라 논의되고 있다. 큰 갈래는 문학의 기본적인 갈래로서 모든 문학에 두루 통용되는 보편성을 지닌 개념이다. 이것은 시대와 지역을 초월해 인간의 문학 활동 속에 보편적인 현상으로 나타나며, 서정양식, 서사양식, 극양식으로 크게 나누는 것이 보통이다. 한국문학의 작은 갈래는 특정한 시대의 개별적인 문학 형태를 구별하는 개념이다. 작은 갈래에 속하는 여러 가지 문학 형태들은 특정의 언어를 매체로 하여 특정 시대에 따라서 구체적인 작품으로 나타난다. 그리고 이것들은 그 본질적인 특징에 따라서 다시 문학의 큰 갈래 속에 묶이게 된다.

  문학의 갈래는 그 구분 자체가 목적이 아니다. 문학의 역사적인 변화와 그 다양한 양상을 체계적으로 이해하기 위한 방법으로서 더욱 중요한 의미가 있다. 그러므로 문학의 갈래 사이의 상호 관계를 중시해야 한다. 한국문학에서도 마찬가지로 문학의 갈래를 분류, 구분하는 일은 문학 연구의 기초에 해당한다. 다양한 문학 형태의 등장과 변화를 규범적으로 범주화하고, 그 전반적인 윤곽을 밝히기 위한 일종의 질서화 작업이 필요하다.

  여기서 한 가지 주목해야 할 것은 문학의 큰 갈래를 서정양식, 서사양식, 극양식으로 구분하고자 할 경우, 이러한 구분법이 제대로 적용되지 않는 변형된 작은 갈래들이 존재할 수 있다는 점이다. 예컨대 여행기의 형태를 띤 조선시대 후기의 가사(歌辭)는 일련의 행위를 연결해 놓고 있다는 점에서 서사양식에 가깝고, 갈등을 내포한 사건 없이 작가의 주관적인 감상을 위주로 한다는 점에서 서정양식에 가깝다. 그렇지만 이 경우에도 운문적인 형식을 갖추고 있는 점을 기준으로 삼아 가사를 서정양식에 포함시켜 볼 수 있을 것이다.

  시대적으로 보자면 한국문학은 고전문학과 현대문학으로 그 영역이 크게 구분되는데, 각각 다른 작은 갈래의 여러 가지 문학 형태들이 포함되어 있다. 예컨대, 향가, 고려가요, 시조는 고전문학의 서정양식을 대표한다. 현대문학에서는 시가 이를 대표한다. 고전소설이 고전문학

의 서사양식을 대표한다면 현대문학에서는 소설이 이에 해당한다. 극
양식의 경우 고전문학에는 구비문학의 형태로 존재하는 탈춤이 있지
만 현대문학에는 희곡이라는 새로운 극문학이 등장한다.

한국문학의 역사

고전문학

고전문학의 성격

한국문학은 그 역사적인 전개 양상과 특성을 이해하고자 할 경우, 흔히 고전문학과 현대문학으로 시대적인 범위를 나눈다. 그런데 이러한 구분은 기준이 뚜렷하게 정해져 있는 것이 아니다. 대개 19세기 중반을 경계로 하여, 그 이전의 문학을 고전문학이라고 하고 그 이후의 문학을 통틀어서 현대문학이라고 한다.

한국문학을 고전문학과 현대문학으로 나누는 것은 단순히 시기상의 문제만을 의미하는 것이 아니다. 고전문학이 형성 발전해 온 시대는 봉건적인 사회제도와 인습이 지배하던 때이다. 이 시대는 절대군주가 권력을 행사하던 봉건사회에 해당하며, 계급적 구분이 엄격하게 시행된 신분사회에 속한다. 그리고 가부장제의 질서가 가족 사회를 지배한 전근대적 시대이기도 하다. 고전문학은 이러한 시대적 조건을 배경을 하여 전개된 문학이다. 고전문학은 동양적 전통 위에서 성립 발전한 것이므로 초기 단계에서부터 불교의 사상적 영향을 받아들이고 유학의 이념을 중시한다. 그리고 한국 민족의 고유한 정서와 삶의 가치를 발견하고 이를 문학적 형식으로 구현하는 데 주력한다. 그러므로 고전문학은 한국 민족의 전통적인 삶의 방식과 미의식을 특징적으로 보여 준다.

고전문학은 현실 속의 인간의 삶과 그것을 초월하는 신성한 세계를 하나로 연결시켜 그려낸다. 인간의 삶은 이 신성의 세계에 의해 규제되고 가치가 부여된다. 고전문학을 대표하는 고전소설을 보면, 그 이야기 속에는 성스러운 것과 속된 것이 함께 드러나는 경우가 많다. 대상으로서의 세계에는 언제나 자연과 초자연이 함께하고, 인간적인 것과 초인간적인 것이 공존한다. 거기에는 인간과 세계, 주체와 대상에 대한 엄격한 구별이 존재하지 않는다. 인간과 신의 상호작용, 자연적인 세계와 초자연적인 세계의 상호작용은 고전소설의 세계에서 흔히 볼 수 있는 일이다. 이러한 특징은 고전문학이 세속의 인간 세계와 초인간적 신성의 세계를 하나로 통합해 이해하려는 신화적 세계관에 의해 구성되는 것임을 말해 준다.

고전문학은 문학의 향수 방법이 문자에 의한 경우보다 구술성(口述性)에 의존하는 경우가 많다. 고전문학의 대표적인 양식인 고전소설이나 고전시가는 대개 구전되는 설화나 민요에 기원을 두고 있다. 그렇기 때문에 이들 양식이 지니고 있는 문학적 특징 가운데 구술성과 관련된 요소들이 적지 않다. 고전소설의 문체는 율문적(律文的) 성격이 강하다. 시조나 가사는 창곡에 따라 가창되고, 판소리는 창의 방식으로 구전된다. 이들 문학 양식은 문자생활에서 소외된 평민층도 구술성에 의존해 향수할 수 있었음을 말해 준다.

고전문학의 성립과 전개

한민족이 한반도에 정착한 시기는 정확하게 알 수 없다. 한민족은 중앙아시아 지역에서부터 동쪽으로 이동해 만주 지역과 한반도에 정착한 후 여러 부족이 서로 경쟁하기도 하고 통합되기도 했다. 그 가운데 고조선(古朝鮮)은 청동기시대 말기인 서기전 5, 4세기경에 초기 국가로 발전했다. 고조선의 건국시조인 단군왕검(檀君王儉)은 대동강 유역의 평양에 자리잡았으며, 요하(遼河) 유역부터 한반도의 서북부까지 차지했다. 그러나 고조선은 중국 한무제(漢武帝)의 침략으로 서기전 108년에 멸망하고 말았다. 서기전 2, 1세기경에는 만주 송화강 유역에서 부여(夫餘)가, 서기전 1세기 무렵에는 압록강 중류 지역에서 고구려(高句

麗)가 각각 초기 국가를 이룩했다. 한국 민족이 부족국가의 형태를 유지하면서 생활하던 시대에는 부여의 '영고(迎鼓)', 고구려의 '동맹(東盟)', 예(濊)의 '무천(舞天)'이라는 제천의식이 있었다고 한다. 그리고 이 의식에서 백성들이 노래 부르고 춤추기를 즐겨했다는 것이다. 이것은 당시에 시(詩), 가(歌), 무(舞)가 결합된 원시종합예술의 형태가 존재했다는 사실을 말해 준다.

한반도의 삼한(三韓) 지역에서는 백제(百濟)와 신라(新羅) 그리고 가야(伽倻)가 각각 출현했다. 삼국시대를 열게 된 고구려, 백제, 신라는 각각 발전을 거듭하면서 고대국가의 체제를 갖추었다. 이 시기의 고대가요로 「구지가(龜旨歌)」「공무도하가(公無渡河歌)」「황조가(黃鳥歌)」가 중국 문헌의 설화 속에 포함되어 전해지고 있다. 신라는 삼국 가운데 가장 늦게 국가체제를 갖추었지만, 자주적인 발전을 도모하면서 7세기 중반에 한반도에서 주도권을 차지했다. 신라는 당(唐)과 연합해 백제와 고구려를 차례로 굴복시켰으며, 당의 세력을 한반도에서 축출함으로써 삼국통일을 완수해(676) 통일신라시대를 열었다. 이로써 한국 민족은 하나의 국가체제로 통합되어 민족국가의 형태를 만들어냈다. 이 시기에 중국으로부터 불교와 유교가 수입되었고 한문을 수용해 차원 높은 민족문화를 발전시켰다. 특히 독자적인 시가 형태인 향가문학을 탄생시켰다.

고려왕조는 호족 출신으로 자기 세력을 확대한 왕건(王建)이 신라를 굴복시키면서 936년에 출범했다. 이것은 단순한 왕조 교체만이 아니라, 새로이 성장한 호족 세력이 고대국가의 체제를 극복해 가는 과정을 보여 준다. 고려왕조는 당(唐)의 제도를 모방한 중앙정치기구를 설립해 국가를 통치함으로써 강력한 중앙집권적 정치체제를 확립했다. 광종(廣宗) 때에는 한문을 기반으로 과거제도를 도입해 관료 채용 방법을 제도화했고, 예악을 정비해 문예 발전을 도모하고 토지제도의 대대적인 개혁과 정비를 통해 국가 재정을 충당했다. 그러나 문신 중심의 귀족정치에서 소외되었던 무신들이 반란을 일으켜 오랫동안 무신집정시대가 이어졌고, 고려 후기에는 원나라의 침공으로 쇠락의 길을 걸었다.

고려시대에는 불교가 사회적으로 널리 확대되었고 한문학이 크게 융성했다. 과거제도가 정착되면서 한문은 귀족층과 신흥사대부층의 필수적인 교양물이 되었다. 중국의 경서와 사기(史記)가 널리 읽혔고 한문을 기반으로 하는 시문 창작이 왕성하게 이루어져서 우수한 작품을 많이 남기게 되었다. 사대부층에서 한문투를 많이 써서 노래로 지어 부른 '경기체가(景幾體歌)'라는 독특한 시가 형태가 있다. 이 새로운 시가 양식은 사대부층이 한문으로 문자생활을 해 오면서 한문만으로 표현하기 어려운 실생활의 감정을 그려내기 위해 창안해낸 것으로 생각된다. 한문 서사양식으로 등장한 가전문학(假傳文學)도 주목된다. 이 부류의 작품들은 어떤 사물을 역사상 생존했던 사람처럼 의인화하여 그 생애를 기록하기 때문에 의인체문학(擬人體文學)이라고도 한다. 조선시대에 등장한 한문소설의 기원을 이 가전문학에서 찾기도 한다. 고려시대의 시가양식으로는 별곡(別曲)이라고도 지칭하는 고려가요(高麗歌謠)가 있다. 고려가요에는 문자로 정착되지 못한 채 구전되면서 민중들 속으로 흘러 들어가서 민요로 변한 것도 있고, 일부는 궁중악으로 전승되기도 했다. 고려가요는 조선시대에 궁중악의 정리 과정에서 한글로 정착되면서 그 형태가 고정되었다.

한글 창제 이후의 고전문학

조선왕조는 이성계(李成桂)에 의해 1392년에 성립됐으며 1910년 일제에 의해 강점되기까지 오백 년 넘게 왕조를 유지했다. 태조 이성계를 중심으로 조선왕조를 세운 집권세력은 불교를 배척하고 성리학을 사회 지도이념으로 삼았으며, 이같은 이념 체계는 조선 말기까지 이어졌다. 조선왕조는 강력한 중앙집권적 양반관료제를 시행하면서 양반, 중인, 상민, 천인의 네 계층으로 구분해 사회적 신분 질서를 엄격하게 유지했다.

조선시대의 문화에서 가장 중요한 업적은 세종대왕의 훈민정음 창제였다. 훈민정음은 한국문학의 역사에서도 하나의 분수령이 되었다. 훈민정음의 창제로 한국 민족은 비로소 독자적인 문자를 가지게 됨으

로써 명실상부한 민족문화의 터전을 이루게 되었다. 조선시대에도 한
문이 공적인 글쓰기 영역을 담당했지만 사대부층에서는 한문 중심의
문화를 지키면서도 시조, 가사, 국문소설 등과 같은 여러 가지 형태의
국문 문학 양식을 창안해 발전시켰다. 한국문학은 한글 창제로 말미암
아 비로소 온전한 문학 형태를 갖출 수 있게 된 것이다.

조선시대 문학을 대표하는 국문 시가양식으로는 시조(時調)를 꼽을
수 있다. 시조는 고려 후기에 시적 형식이 성립되었으며, 조선시대에
새로운 지도 이념으로 자리잡은 성리학을 기반으로 더욱 융성했다. 시
조는 음악과 결부해서 창(唱)으로 노래한다. 시조의 시적 형식은 초장,
중장, 종장이라는 3장으로 구성되는 단순한 구조를 지니고 있다. 이러
한 형식의 단순성에도 불구하고 시적 정서의 표현과 그 미적인 완결성
을 유지할 수 있었기 때문에, 시조는 사대부층은 물론 서민층까지도 널
리 애호하는 문학 형식이 되었다. 조선 후기에는 사설시조(辭說時調)로
발전해 평민들의 꾸밈없는 감정을 솔직하게 표현했다. 사설시조는 일
반적인 평시조의 3장 형식에서 중장 또는 종장이 정제된 4구 형식을
벗어나 장형화(長型化)한 것을 특징으로 한다. 평시조의 절제된 형식을
파괴하고, 자유분방한 시 형식에 서민층의 삶의 애환은 물론 현실에 대
한 풍자와 해학 등을 담아내고 있다.

가사(歌辭)는 시조와 더불어 조선시대 시가문학의 쌍벽으로 일컬어
진다. 가사의 형식은 운문문학에 속하지만, 그 내용은 개인적인 정서
의 표현만이 아니라 교훈적인 훈계, 여정의 체험과 감상 등을 담고 있
는 경우도 많다. 가사의 형식은 3-4음절의 시구가 앞뒤로 짝을 이루어
4구씩 반복되는 운문 구조를 나타낸다. 조선 초기의 가사는 자연에 묻
혀 안빈낙도하는 군자의 미덕을 읊은 것, 군신 간의 충의를 남녀 간의
애정에 비유해 읊은 것 등이 주류를 이루었다. 조선 후기의 가사는 전
란, 유배, 외국 여행 등 새로운 제재를 발굴하고 현실적인 문제에 대한
관심을 확대한다. 그리고 평민 계층이나 여성들도 가사의 창작에 참여
하면서 주제와 표현 방식의 다양화를 보여 주게 된다.

조선시대에 등장한 국문소설은 한글 글쓰기로 이루어진 대표적인
산문양식이다. 허균(許筠)의 「홍길동전(洪吉童傳)」은 국문소설의 효시

를 이룬다. 17세기에 들어서면서 국문소설의 창작이 한층 활발해지자, 그 주제 영역도 크게 넓어진다. 임진왜란과 병자호란을 겪은 뒤 전란의 극복 과정을 영웅적 인물의 활동을 통해 보여 주는 작품들이 등장했으며, 가족구성원의 갈등을 통해 윤리적 규범을 제시한 가정소설이 널리 읽힌다. 그리고 궁정 안의 사건을 이야기로 만든 소설도 등장한다. 조선 후기에는 판소리의 사설을 이야기로 만들어낸 판소리계 소설들이 많이 읽힌다. 현실적인 삶의 고통과 마주선 인간의 생생한 모습을 구수한 해학과 신랄한 풍자를 수반해 서술함으로써 조선 후기 사회의 생활상을 폭넓게 형상화했다.

　　조선시대의 한문학은 주자학의 이념을 강조하는 효용적 관점이 주류를 이루면서 시와 문장에서도 도학적 경향이 널리 자리잡는다. 김시습(金時習)의 『금오신화(金鰲新話)』는 한문소설의 효시에 해당한다. 조선시대 한문 서사 가운데 많이 등장하는 '몽유록(夢遊錄)'은 인간의 현실적인 삶의 문제를 꿈이라는 환상적인 비전을 통해 새로이 해석하는 우화적 양식이며, '전(傳)'은 개인의 생애에 평설을 곁들여 약술하는 단편 서사이다. 조선 후기를 대표하는 박지원(朴趾源)의 한문소설은 전통사회의 모순된 삶의 구조를 풍자 비판한다. 이 시기에는 전환기적 사회 상황을 배경으로 '한문단편(漢文短篇)'이라고 지칭되는 독특한 서사양식이 등장한다. 한문단편은 시정의 이야기를 옮겨 놓은 것으로, 조선 후기 사회상의 변화를 다양한 시각에서 소박하게 그리고 있다. 조선시대 한시는 교훈적인 작품들이 많다. 그러나 후기에 이르러서는 현실주의적 상상력에 근거해 서민들의 생활과 정서를 폭넓게 형상화하는 작품들이 많이 등장한다. 그리고 중인 계층의 지식인들에 의해 창작된 이른바 '위항문학(委巷文學)'이 한문학의 새로운 영역을 담당하게 된다.

　　조선시대 한문학은 개화계몽시대 국어국문운동이 사회적으로 확대되면서 그 영역이 축소되고 문화적 기능도 점차 소멸된다. 한문 자체가 중국의 글이라는 점, 새로운 지식과 정보를 효율적으로 전달하지 못한다는 점, 양반 사대부층이 독점해 온 폐쇄적인 계급문화를 만들어 왔다는 점 등은 근대화 과정에서 한문학이 소멸될 수밖에 없었던 이유에 해당한다.

현대문학

현대문학의 성격

한국 현대문학은 19세기 중반 이후부터 오늘에 이르기까지의 문학을 말한다. 현대문학은 한국 사회의 근대화 과정을 배경으로 하여 성립된다. 즉, 고전문학의 기반인 봉건적인 사회제도와 관습이 붕괴된 자리에 새롭게 자리잡은 것이 현대문학이다. 현대문학에는 한문학의 경우와 같이 지배 계층의 이념을 대변하고 그 정서를 표현하는 독점적이면서도 폐쇄적인 문학이 존재하지 않는다. 현대문학은 국문 글쓰기에 의해 그 양식이 확립되고, 국문을 통해 대중적으로 확산된다. 그리고 대중매체로 새롭게 각광받게 된 신문과 잡지를 통해 폭넓은 독자층과 만난다. 현대문학에서 볼 수 있는 이러한 양식적 개방성은 현대문학이 추구하는 가치의 중요한 특징이라고 할 수 있다.

현대문학의 역사적 전개 과정은 한 세기 정도에 불과한 짧은 기간이지만 시기별로 개화계몽시대의 문학, 일본 식민지시대의 문학, 분단시대의 문학이라는 세 단계로 구분된다. 학계에서는 이를 크게 '근대문학'과 '현대문학'이라는 이름으로 구분해 부르기도 한다. 개화계몽시대의 문학에서부터 식민지시대의 문학을 통틀어서 근대문학이라고 하고, 해방 이후 민족분단시대의 문학을 현대문학이라고 칭하는 것이 보통이다. 물론 이러한 구분법은 지극히 편의적인 판단 기준에 따른 것이다. 한국 사회의 근대화 과정이 지니는 역사적 특수성을 놓고 본다면 한국 문학에서 근대 또는 현대의 개념을 정확하게 구분하기가 쉽지 않다.

한국의 현대문학은 고선문학이 동양적인 토양과 배경 위에서 싹트고 발전, 성장해 온 데 반해, 서구적인 영향이 크게 작용하는 가운데 변혁의 과정을 거쳐 온 문학이라고 할 수 있다. 현대문학은 서구 문물과의 본격적인 접촉을 통해 기독교 사상뿐만 아니라 다양한 서구 문예사조를 수용하게 된다. 동양적인 전통 위에서 보편적인 것으로서의 서구적 현대성을 함께 추구하면서 그 가치와 미의식을 확립하고 있다.

현대문학의 세계에서는 경험적인 일상의 현실이 중심이 된다. 고전문학의 경우에는 신화적 상상력에 의해 인간의 삶이 초현실적인 신성의 세계와 함께 그려진다. 그러나 현대문학에서 볼 수 있는 세계는 인간이 살아가는 일상적이면서도 현실적인 실재의 공간뿐이다. 여기서는 신의 존재도, 초현실적인 환상의 공간도 찾아볼 수 없다. 현대문학은 경험주의적 합리성에 근거해 이같은 초인간적이며 초자연적 세계로부터 벗어난다. 이러한 탈마법화(脫魔法化)의 과정은 현대문학이 근대적 계몽의식에 근거해 성립되고 있음을 의미한다.

현대문학과 양식 개념

현대문학은 국문 글쓰기에 기반해 제도적으로 새로운 '문학'이라는 개념을 정착시켜 놓았다. 한문에 근거한 전통적인 글쓰기에서는 문학이라는 말을 별로 사용하지 않는다. 일반적인 글을 가리키는 '문(文)'이라는 말이 이것을 대신한다. 글쓰기 또는 글 읽기를 모두 포괄하는 이 '문'이라는 말은 넓은 뜻으로 교양과 지식을 의미한다. 글을 읽고 쓴다는 것은 인간의 삶의 도리를 익히는 하나의 수양 과정이다. 글은 인간의 감성이나 취향의 영역에 속하는 것이 아니라, 본질적인 가치의 영역에 속하는 '인간의 삶의 도리를 담아 놓는 그릇(載道之器)'에 해당한다. 그러므로 조선시대의 지배 계층은 글이라는 것이 인간의 삶의 도리를 배우는 것이라는 전통적인 효용적 관점을 바탕으로 한문의 권위와 품격을 지키기 위해 노력했던 것이다.

'문학'이라는 새로운 개념은 국문에 기반한 글쓰기 방식이 다양하게 등장하면서 나타난다. 이광수(李光洙)는 「문학의 가치」(1910)란 글에서 '문학'이라는 용어를 서양의 '문학(literature)'과 일치시켜 놓고 그 개념을 '정적 분자(情的 分子)를 포함한 문장'이라고 한정한 바 있다. 그리고 그 하위 단위로서 시, 소설, 희곡 등의 문학 양식을 나열하고 있다. 이것은 문학이라는 말이 전통적인 글 또는 '문'의 개념을 벗어나 새로운 정서적 영역의 글쓰기로 규정되고 있음을 말한다. 이광수가 전통적인 '문'의 개념과는 다른 '문학'의 가치를 강조하는 것은 가치와 윤리의 영역까지 포괄하던 '문'의 개념이 정서와 취향의 영역에 자리하고 있는

새로운 '문학' 개념으로 전환되고 있음을 뜻한다. 다시 말하자면, '문학'
이라는 것이 학식과 교양과 덕망을 뜻하던 전통적인 '문'의 개념 대신
에 상상력과 창조력의 소산이라는 특별한 예술의 영역으로 구분되기
시작했음을 의미하는 것이다. 이러한 인식의 변화는 이 시기에 심미적
인 것이 하나의 새로운 인간적인 가치로 자리잡기 시작했음을 뜻한다.
　현대문학의 성립 과정에서 등장한 소설이나 시와 같은 새로운 문학
양식은 전문적인 문인 계층에 의해 이루어진 직업적 창작의 산물이다.
이 시기부터 직업으로서의 문필업이 등장하게 된 것은 물론 국문운동
에 의한 대중 독자의 사회적 확대와 연관된다. 그리고 이 대중적 독자
층을 상대로 하는 서적 출판과 판매라는 자본주의적 유통 구조가 제도
적으로 자리잡으면서 전문적인 문필업이 새롭게 정착되었다고 할 수
있다. 실제로 개화계몽시대에 등장한 신문사나 잡지사에는 신문, 잡지
의 읽을거리를 만들어내는 전문적인 글쓰기에 종사하는 기자가 생겼
고 소설을 쓰는 전문 작가도 등장했다. 이들이 쓰는 글은 조선시대의
지식층이 인간의 도리를 익히고 덕망을 쌓기 위해 행하는 글쓰기와는
그 성격이 전혀 다르다. 그것은 현실적인 목적에 따라 이루어지는 하나
의 문화적 생산에 해당하기 때문이다. 실제로 현대문학의 성립 과정에
서 크게 기여한 대중적인 신문과 잡지는 전문적인 문필업의 형성을 위
한 사회적 기반을 제공했다. 상업적인 출판사는 전문적인 글쓰기에 종
사하는 사람들과 여러 가지 방식으로 연관을 맺으면서 그들의 글쓰기
활동을 지원했고, 신문사는 전문적인 문필가들을 기자로 채용하면서
직업적인 문필가와 대중 독자 사이를 연결하는 매개적인 역할을 담당
했다. 문필가들이 쓰는 글은 출판사에서 서적으로 발간되어 일반 독자
들에게 읽을거리로 제공되었다. 이에 따라 일반 독자들은 마치 자기 취
향과 욕구에 맞는 물건을 구입하고 소비하듯이 글을 대하며 책을 구입
하고, 출판사는 일정한 이익을 문필가에게 제공할 수 있게 된 것이다.
개화계몽시대에 신문에 연재된 후 단행본으로 출판되었던 신소설은
바로 이같은 대중적 욕구를 고려한 최초의 현대적인 글쓰기의 산물이
라고 할 수 있다. 창작물에 해당하는 소설이 본격적으로 상품화해 상업
적 유통 과정을 거쳐 대중 독자와 만나는 새로운 사례가 바로 신소설

인 셈이다. 국문을 통한 개방적인 언어문자생활이 가능해지기 시작한 새로운 글쓰기의 시대, 바로 여기서 현대문학은 사회제도의 변화를 내포하는 현대성의 의미를 드러낼 수 있게 되었다.

현대문학의 성립과 전개

개화계몽시대는 넓은 의미에서 한국 현대문학의 성립 단계에 해당하며 그 출발점이 된다. 19세기 후반부터 한국 사회는 봉건적인 사회체제의 모순을 극복하기 위한 개혁운동이 각 방면에서 활발하게 전개되었고, 침략적인 외세의 위협에 대응하기 위한 자주독립운동이 지식층을 중심으로 점차 확대된다. 정치적인 차원에서는 갑오개혁(甲午改革, 1894 1896)의 근대화 작업이 시도되었고, 동학농민혁명(東學農民革命, 1894)으로 민중적인 의식의 성장도 분명하게 드러난다. 독립협회(獨立協會, 1896)와 같은 사회단체가 결성되어 민권운동이 전개되었으며, 국권회복을 위한 애국계몽운동이 많은 지식인들에 의해 추진되기도 했다.

한국 현대문학은 이러한 사회적 변동 속에서 새로운 국문 글쓰기를 통해 다양한 양식들을 정착시킨다. 고전문학은 문학의 향수 방식 자체가 바뀌면서 근대적 변혁 과정을 거친다. 문학의 가치와 이념과 정신이 모두 새롭게 전환되고 문학의 양식과 기법도 변화를 추구한다. 개화계몽시대에 신문과 잡지 등이 등장하여 문학의 대중적 기반이 확대되자, 새로운 문학 양식들이 시대적 요구에 부합되는 주제를 담고 국문 문학의 형태로 등장한다. 신소설이 대중적인 문학 양식으로 자리잡고, 자유시 형식이 실험되기 시작한다. 근대적인 연극 공연이 처음으로 무대 위에서 이루어지기도 한다. 그런데 현대문학은 그 형성 단계에서 일본의 침략으로 말미암아 결정적인 한계에 부딪히게 된다. 1910년부터 1945년까지 지속된 일제의 식민지 통치는 한국 민족의 모든 권한과 소유를 박탈하는 것으로 시작해 민족의 존재와 그 정신마저 말살시키는 방향으로 전개된다. 그렇기 때문에 한국 사회에는 모방과 굴종, 창조와 저항이라는 양가적(兩價的)인 속성을 지니는 독특한 식민지 문화가 성립된다.

현대문학은 식민지 현실 문제에 대한 비판적 인식을 바탕으로 다양한 문학 양식을 정착시키면서 민족적 주체의 확립에 힘을 기울인다. 그 결과 개인과 사회, 민족과 계급의 문제에 관심을 기울이는 다양한 주제의 장편소설이 출현하고, 소설적 기법과 서사의 미학을 여러 각도에서 실험하는 단편소설이 등장해 소설 문단을 주도한다. 한국인의 정서와 호흡을 바탕으로 형성된 자유시는 그 형식적 개방성을 독특한 시적 개성으로 발전시킨다. 새로운 희곡문학이 등장해 무대 공연을 실현함으로써 공연예술로서 연극의 대중화가 가능해진다. 한국문학은 일본어라는 지배 제국의 언어에 대응하는 식민지 민족어의 보루로서 문화적 자기 정체성을 지켜 나가는 정신적 근거가 된다.

분단 상황 속의 현대문학

1945년 한국의 해방(解放)은 민족문학의 방향과 그 지표를 재정립하는 계기가 되었다. 식민지시대의 모든 반민족적인 문화 잔재를 청산하고 민족국가의 수립과 함께 참다운 민족문학을 건설해야 한다는 문제는 당연한 시대적 요청이었던 것이다. 한국문학은 일본의 식민지 지배를 벗어나면서 새로운 민족문학 건설을 위해 문단의 정비작업을 감행한다. 이 작업은 창작 활동의 사회적 기반을 확립하기 위한 것이었지만 동시에 식민지 문화에 대한 청산을 목표로 한 것이었음은 물론이다. 그러나 정치적 이념의 대립과 갈등 속에서 문단의 여러 분파가 생겨났고 서로 다른 이념을 내세우며 대립했다. 1948년 한국 정부 수립 이전에 북한으로 넘어간 이른바 '월북문인'이 생겼고, 1950년 한국전쟁 시기에는 상당수의 문인들이 납북되는 상황이 벌어졌다. 결국 한국문학은 자연스럽게 남북분단 상황으로 빠져들었다.

한국의 남북분단은 해방 이후 한국 사회가 처하게 된 정치, 사회, 역사, 문화적 상황과 성격을 규정해 주는 역사적 조건이 되었다. 이는 한국 민족의 요구와는 아무 상관없이 강대국의 지배 논리와 이데올로기의 대립에 의해 강요된 것이라는 점에서 더 큰 문제성을 드러낸다. 특히 한국 사회는 남북분단으로 인해 육이오전쟁과 그 뒤를 이어 지속된 냉전체제로 분단의식을 일상화하는 민족사적 모순을 노정하게 되었다. 그 결과 남북분단의 상황 속에서 이념과 체제를 달리하는 정치권력의 확대를 초래했고, 각각의 정치권력이 자체의 모순을 은폐하기 위해 분단의 상황을 더욱 과장해 왔음을 쉽게 확인할 수 있다. 실제로 분단의 현실 속에서 드러난 정치사회적 모순이 거듭되는 동안 남북한 사회의 모든 영역에 분단의식이 일상적인 것으로 확대되었고, 그로 인한 의식의 편향이 두드러지게 된다. 그리고 육이오전쟁을 겪은 뒤부터 이데올로기의 적대적인 대립 양상은 냉전의 논리에 따라 자연스럽게 고정되었다. 북한은 자유민주주의의 사상을 자본주의의 모순과 부르주아의 타락을 의미하는 것으로 배척하면서 마르크스-레닌주의의 전체주의적 변형과 다름없는 김일성의 주체사상을 모든 가치 개념의 정점으로 내세워 놓고 있다. 남한의 경우에는 이데올로기에 대한 극심한 피해의식을 벗어나지 못한 채 사회주의 이념을 철저히 배제하게 되었다. 그 결과 진보적인 사회사상이 지지 기반을 갖지 못한 채 반체제의 논리로 비판되기도 했고, 분단의 상황에 안주할 수밖에 없는 의식의 편향이 초래되기도 했다.

한국문학은 1960년 사일구혁명 이후 무기력한 '전후의식(戰後意識)'의 함정을 벗어날 수 있게 되었다. 자유와 민주에 대한 개인적인 자기 각성, 사회 현실을 향한 비판적인 인식, 민족과 역사에 대한 새로운 신념이 사일구혁명을 거치면서 사회적으로 확산되자, 문학과 현실과 역사를 바라보는 폭넓은 관심이 대두되었다. 여기서 가장 크게 주목된 것은 문학의 사회적 역할을 비판적으로 인식함으로써 사회 현실적 조건을 비판하고 저항하는 문학적 표현이 강조된 점이었다. 새로운 순문예지가 등장하면서 창작 활동의 영역을 넓혔고 다양한 언론매체가 비판적 지성을 대변해 주었다. 문단에서는 역사의식에 근거한 민족문학 전통의 재인식이 촉구되기도 했고, 민족 분단의 역사적 모순에 대한 비판적인 인식을 기반으로 분단 상황에 대응하는 문학의 새로운 지표가 논의되기도 했다.

한국 사회는 1960년대를 넘어서면서 산업화 과정에 접어들었다. 급속도로 이루어진 경제개발의 성과는 그 외형적 성장에도 불구하고 토

대의 취약성을 드러냈다. 더구나 정치적으로는 광주민주화운동 이후에
도 한동안 군부 세력의 폭력적 정치 탄압이 지속되면서 지역적, 계층적
갈등과 대립을 낳았다. 산업화 과정에서 드러나는 사회 변화와 그 갈등
양상은 문학을 통해 다양한 방식으로 표출되었다. 소설은 현실 사회의
모순을 비판하는 데 관심을 두었고, 시의 경우에도 일상적인 삶에 접근
해 체험적 진실성을 추구하고자 하는 노력이 두드러졌다. 문학작품의
생산 못지않게 그 수요의 영역에서도 물량적인 확대가 이루어졌다. 문
학의 대중적인 독자가 증가하면서 본격문학 작품에 많은 독자층이 모
이고, 시집의 간행이 활발하게 이루어졌다. 특히 이 시기에는 문학이
보다 치열하게 삶의 한복판에 나서야 한다는 요구가 있어, 독자와 공감
대를 형성하면서 정치문화의 독단과 폐쇄성에 대응했다. 이러한 문학
적 경향은 개인과 현실, 더 나아가서는 인간과 사회의 균형있는 발전과
조화를 추구하는 정신적 노력이라는 점에서 그 문학사적 의미가 인정
된다.

　한국 사회는 1990년대에 이르러 정치사회적 민주화(民主化)를 완성
했으며 산업화로 인해 겪어야 했던 혼란을 수습한다. 이 과정에서 문학
을 통해 추구했던 치열한 역사의식이나 비판정신 대신에 문학 자체의
예술적 가치를 고양하고자 하는 움직임이 뚜렷하게 나타난다. 오늘의
문학은 한국적 특수성의 울타리 안에서 벗어나 세계화의 변화를 포섭
하고 인류 보편의 가치 구현에 더 큰 관심을 기울이고 있다.

한국어와 한국문학

한국어

한국문학은 한국어의 발달 및 변화 과정과 밀접한 관계를 가지고 있다. 한국 민족이 언제부터 한국어라는 독자적인 언어를 사용해 왔는가를 밝히기는 어렵다. 한국 민족이 동아시아 지역에 정착해 생활하기 시작한 시기를 놓고 본다면, 수천 년의 역사를 거슬러 올라갈 수 있는 일이다. 한국어가 언제 어떻게 형성되었는가 하는 것은 한국어 자체의 기원과 그 언어적 성격을 밝히는 일에 해당한다. 한국어의 역사적 형성 과정을 추적하는 작업은 아주 복잡하고도 힘든 일이기 때문에 언어학적으로도 명쾌한 해답을 기대할 수 없다. 고대 한국어가 어떤 모습이었는지를 확인할 수 있는 자료가 많지 않기 때문이다.

하나의 언어가 어디서 기원한 것인가를 확인하기 위해서는 그 언어가 어떤 언어와 서로 밀접한 관계를 맺고 있는지 그 친족관계를 먼저 따져 보아야 한다. 언어학자들은 현재 지구상의 여러 인종들이 사용하고 있는 모든 언어가 공통된 몇몇 조어(祖語)에서 갈라져 나왔을 것으로 추정하고 있다. 세계의 여러 언어 사이에는 유사성 혹은 공통성이 발견되는 경우가 많다. 이를 바탕으로 이들 언어가 같은 조상언어에서 갈라진 같은 계통의 언어인지 아닌지를 따져 볼 수 있다. 여러 언어들 사이의 친근 관계에 따라 각각의 언어를 계통적으로 분류하는 것이다. 이때 하나의 조어에서 분기된 여러 언어들이 서로 친족어, 동계어를 이룰 때 이를 어족(語族)이라고 한다. 예를 들어 영어는 프랑스어나 이탈

리아어 등과 공통의 조어인 인도유럽조어로부터 갈라져 나왔으므로
서로 친족관계를 이루며, 인도유럽어족에 속한다. 언어 구조도 유사하
고 서로 비슷한 어휘들이 많다. 그러나 아직 그 계통이 밝혀지지 않은
고립된 언어들이 적지 않다. 이들의 친족관계를 확인해 계통적으로 완
전하게 분류한다는 것은 불가능한 일이다.

한국어는 알타이어족에 속하는 것으로 알려져 왔다. 만주어, 몽골어,
일본어 등과 유형적인 면에서 유사성이 많고 동일한 어원을 가진 어휘
들이 공통적으로 발견되고 있기 때문이다. 그러나 최근에는 이러한 통
설에 이의를 제기하는 논의들이 많아지고 있다. 한국어가 알타이어족
일 수밖에 없다는 주장을 가장 적극적으로 제기한 사람은 핀란드의 언
어학자 람스테트(G. J. Ramstedt, 1873-1950)이다. 그는 터키어, 몽골어,
퉁구스어 등이 서로 친족관계에 있다는 점을 지적하면서 알타이어족
에 대한 가설을 내놓았다. 그는 한국어에도 관심을 가지면서 한국어의
여러 가지 언어적 특질을 밝혀내고 이를 통해 알타이 제어(諸語)와의
친족관계를 증명하려 했다. 그의 주장을 담은 유저『알타이어학 개설
(I, II)』(1952-1957)은 한국어와 알타이 제어와의 관계를 연구하는 데
새로운 출발점이 되었다.

한국의 국어학계에서도 한국어 계통에 관한 연구가 알타이어 계통
설에 기대어 이루어져 왔다. 한국어의 계통이 알타이 제어와의 친근성
을 전제로 그 비교연구를 통해 밝혀질 수 있을 것으로 기대했던 것이
다. 이 방면의 가장 중요한 업적으로 평가되는 이기문(李基文) 교수의
『국어사개설』(1961)을 보면 구체적인 언어 사실을 들어 한국어와 알타
이어와의 관계를 개관하기도 했다. 실제로 한국어 연구에서 알타이 제
어와 공통된 요소를 발견하는 데 어느 정도 성공을 거두었다고 할 수
있다. 그러나 이러한 연구 결과가 과연 한국어와 알타이 제어의 친족성
을 증명하기에 충분한 것인가 하는 의문이 새롭게 제기되기 시작했다.
기왕의 연구가 한국어와 알타이 제어 간의 공통점 또는 일치점을 확인
하는 데에 주력했지만, 그것만으로는 여전히 어떤 결론을 내리기가 어
렵다는 것이 학계의 공통된 견해이다. 한국어의 계통에 대한 연구는 앞
으로도 고문헌의 실증적인 연구와 방언 자료의 비교연구 등을 통해 더
욱 폭넓고 깊이있는 접근이 필요한 실정이다.

한자와 한문

한국 민족은 한국어를 독자적으로 사용하면서도 문자가 없었기 때문에 일찍부터 중국의 한문을 받아들였고, 한자를 차용해 한국어를 표기하기도 했다. 이러한 사실은 기록상으로 이미 삼국시대 이전의 일로 확인된다. 김부식(金富軾)이 쓴 『삼국사기(三國史記)』를 보면 고구려에서는 '태학(太學)'이라는 교육기관을 두어 후진 양성에 힘을 썼다는 기록이 있고, 백제의 왕인(王仁) 박사가 일본국에 한자를 전했다는 기록도 있다. 신라시대에는 '독서출신과(讀書出身科)'라는 과거제도를 두어 사기와 경서에 넓게 통하는 인재를 등용했다고 한다. 이러한 기록들에서 한자 사용의 역사가 천 년은 넘는 것을 알 수 있다.

한자는 중국의 문자이다. 중국어를 한자로 기록한 문어(文語)를 한문(漢文)이라고 한다. 한자는 글자 자체의 자형(字形)이 있고, 글자마다 그 음과 뜻이 있다. 한국 민족은 한자로 한국어를 표기하기 위해 한자의 음과 뜻을 모두 활용한다. 한자의 음과 뜻을 이용해 한국어를 표기했던 시기를 한국어의 역사에서는 한자차용표기시대(漢字借用表記時代) 또는 차자표기시대(借字表記時代)라고 한다. 한국 민족의 한자차용은 한국어의 어휘 체계나 문장 구조에 커다란 영향을 미치게 된다. 한국어의 지명, 인명 등과 같은 고유명사가 중국어의 경우와 유사하게 만들어져 있다는 것은 부인할 수 없는 사실이다. 한국인들이 사용하는 어휘 가운데에도 한자어가 대량으로 침투해 전체 어휘의 절반을 넘을 정도인 것을 보면 그 영향이 얼마나 컸는지를 짐작할 수 있다. 그러나 이 점은 한국어의 고유성을 해치는 것이 아니다. 한국어는 중국의 한문과 한자를 수용하면서 더욱 풍부하게 되었으며, 오랫동안 발달해 온 중국의 한문문화와 접촉하면서 문명적인 언어로 발전해 왔기 때문이다.

한국인이 한자를 차용해 한국어를 표기한 방법은 크게 네 가지 방식으로 발전해 왔다. 현재 문헌상에 남아 있는 자료를 보면, 한국어의 고유명사를 한자로 적어 놓은 차명(借名) 방식, 한국어를 그 어순에 따라 한자로 적은 이두(吏讀) 방식, 한문을 한국어로 번역할 때 한문구에 한국어로 토(吐)를 덧붙이는 구결(口訣) 방식, 그리고 향가의 표기 방법으

로 남아 있는 향찰(鄕札) 방식 등이 있었다. 이 가운데 향찰 방식은 한
자의 뜻과 음을 구분해 한국어를 표기한 것으로, 비교적 정교한 방법으
로 발전해 향가의 표기 체계를 가능하게 했다.

　그런데 한국인들은 이와 같은 한자차용 방식과는 달리 한문을 습득
해 중국의 발전된 사상과 문물을 직접 수용했다. 지배 계층에서는 한문
글쓰기를 생활화했으며, 한문에 능통해지면서 한국 한문학을 독자적으
로 발전시켜 놓았다. 신라시대부터 고려시대를 거쳐 조선시대에 이르
기까지 한문은 지배 계층의 문화적 기반으로 확대되었다. 그러므로 한
문은 지배층이 향유하는 지식과 교양의 상징으로서 한국인들의 사상
과 역사와 문화의 발전에 지대한 영향을 미쳤다.

　삼국시대에 중국으로부터 들어온 불교(佛敎)는 모두 한문을 매개로
한 것이며, 고려 후기 이후 중국으로부터 주자학(朱子學)이 유입되고
조선시대에 유교문화(儒敎文化)가 흥성하게 된 것도 한문의 발전에 의
한 것이다. 조선 후기 실학사상(實學思想)의 발전도 한문을 통해 가능
했다. 이처럼 한국인들은 한문으로 자국의 역사를 기록하고 문화를 정
비하고 품격 높은 한문학 작품들을 창조했다. 그렇기 때문에 한국 한문
학은 한국 고전의 가장 큰 자산으로서 그 역사적 가치가 인정된다.

훈민정음의 발명

조선 초기에 세종대왕(世宗大王)이 훈민정음을 창제, 반포(1446)하면
서 한국어의 표기 수단으로서 한글이 새롭게 등장한다. 한글의 발명은
한국문화가 한문 중심에서 벗어나 한글을 바탕으로 고유한 문화를 점
차 확대 발전시키는 계기를 제공했다. 한국 민족이 한국어의 특징을 그
대로 살릴 수 있는 문자인 한글을 독자적으로 만들어낸 것은 문명사의
획기적인 일이었다.

　세종대왕은 자신이 주도해 만든 문자에 '훈민정음'이라는 이름을 붙
였다. 훈민정음이란 '백성을 가르치는 바른 말'이라는 뜻을 지니는데,
이 말을 줄여서 '정음'이라고도 한다. 하지만 훈민정음이라는 명칭은

그렇게 오래 사용되지 못한다. 조선시대의 사대부층에서는 '한문'만을 '진서(眞書)'라고 추켜세우면서, 훈민정음의 중요성을 깨닫지 못한 채 '언문(諺文), 언서(諺書), 반절(反切)' 등으로 그 문자적 가치를 낮추어 지칭하기도 했다. 그러므로 훈민정음은 조선시대 말기까지 언문이라고 통칭되었다. 조선시대 국가에서는 공식적으로 많은 중국 문헌을 우리 말로 번역해 출간했는데, 이 번역본 책들은 『두시언해』, 『소학언해』, 『화엄경언해』 등과 같이 모두 '언해(諺解)'라는 명칭을 붙이고 있다. 한문으로 된 것을 언문으로 번역했다는 뜻이다. 이로 미루어 본다면 조선시대에는 훈민정음이라는 명칭보다 언문이라는 명칭이 더 널리 통용되었음을 알 수 있다.

조선시대의 한글은 공적인 영역에서 그 문자 기능이 널리 확대되지는 못했다. 한문은 이미 폭넓게 조선시대 지배층의 이념을 대변하고 그들이 추구하는 가치를 창출하며 그들의 신분적 지위를 강화하는 수단으로 활용되고 있었기 때문이다. 특히 조선시대는 엄격한 신분사회였기 때문에, 한문은 지배 계층에게만 독점적으로 그 담론의 공간에서 허용되고 평민 이하의 계층과 여성들에게 허용되지 않았다. 한문을 쓴다는 것 자체가 하나의 사회적 신분의 징표가 될 정도로 한문은 계급성을 지닌 문화적 기표(記標)로 고정되어 있었던 것이다. 한글은 한문으로 이루어진 경전을 번역하는 수단이나 여성과 어린이의 의사전달 방법으로 사용되었으며, 가사나 소설과 같은 문학 양식의 매체로서 그 명맥을 유지한 것이다.

19세기 중반에 이르러 한국 사회가 근대적 변혁 과정을 거치는 동안 사회계몽운동으로서 국어국문운동이 자연스럽게 촉발되었다. 중국의 한문을 배격하고 국문을 정비해 사용함으로써 언어문자생활에서 언문일치의 이상을 실현해야 한다는 실천적 목표도 내걸렸다. 서구 사회로부터 유입되는 새로운 지식과 정보를 효율적으로 수용 보급하기 위해서는 어려운 한문을 버리고 쉽게 널리 쓸 수 있는 국문의 정비와 활용이 필요했다. 특히 국문으로서의 한글의 재발견을 통해 한문 중심의 세계에서 벗어나고자 하는 문화적 독립의식도 강조되었다. 그 결과 한문 중심의 과거제도가 폐지(1895)되었고 국문으로 신식 교육이 실

시되기 시작했다. 한문이 오랜 역사 속에서 지켜 내려온 지배층의 문
자로서의 지위를 잃게 되자, 그 교육 문화적 기능과 정보 기능도 현저
하게 약화되었다. 한국의 민중들은 자신들을 억압했던 한문 중심의 낡
은 사고와 가치를 모두 벗어 버리고 국문으로 새로운 서구의 문물과
제도와 가치를 받아들였다. 그 결과로 한국 사회는 개화계몽시대의 국
어국문운동을 통해 문화적 민주주의의 기반을 확립할 수 있게 된 것
이다.

　개화계몽시대 이후 확대되기 시작한 국문 글쓰기는 말하는 것과 이
를 글로 쓰는 것이 일치될 수 있음을 보여 줌으로써, 사물을 일상의 언
어로 명명하고 이를 글로 적을 수 있다는 언문일치의 이상을 실현하게
되었다. 한글 글쓰기는 『독립신문』(1896 창간)을 비롯한 민간 신문과
여러 가지 형태의 잡지와 도서 출판물을 통해 사회적으로 확대되면서
그 경제성과 효용성을 입증했다. 대부분의 지식인들은 한문 대신에 국
문 글쓰기를 실천했다. 그러므로 국문 글쓰기에 기반한 새로운 문학의
성립도 가능해졌다.

　개화계몽시대의 국어국문운동에서는 언문이라는 명칭 대신에 국문
이라는 말을 사용했다. '나라의 말'이라는 뜻으로 국어라는 용어도 사
용되기 시작했다. 대한제국 시절 학부(學府) 내에 '국문연구소'(1907)
를 설치하고 국어와 국문에 대한 연구를 전담하도록 한 것을 보면, 공
식적으로 국문이라는 말이 문자의 명칭으로 자리잡았음을 알 수 있다.
그런데 일본의 식민지 지배가 시작되면서 '언문'이라는 말이 다시 등장
한다. 일본 총독부에서 한국어 철자법을 정리하면서 '조선어 언문 철자
법'이라는 공식 용어를 식민지 통치 기간 내내 사용했다. 그리고 국어
라든지 국문이라는 명칭은 일본어와 일본글을 지칭할 경우에만 쓰도
록 했다. 한국인들이 사용하는 말은 조선어이고, 글은 언문이라고 규정
한 것이다.

한글과 한국문학

한국 사회는 일제의 강점에 의한 식민지 지배 상황을 체험했다. 일본은 한국 민족의 모든 권한과 소유를 박탈하는 것으로부터 시작해 민족의 존재와 그 정신마저 말살하려는 방향으로 식민지 지배 정책을 강화했다. 즉, 한국을 식민지로 경영하면서 경제적 수탈 정책과 민족 차별 정책을 강압적으로 시행한다. 이로 인해 한국 사회는 궁핍한 경제 조건 속에서 왜곡된 근대화의 과정을 거치게 된다. 일본은 식민지 한국에서 교육의 제한, 언론 규제, 사상의 강압적 통제를 통해 한국 민족 차별 정책을 조직적으로 확대한다. 그리고 이러한 차별 정책으로 한국 민족의 독자성을 부정하고 그 역사와 문화를 말살하고자 한다.

일제는 국어와 국문에 대한 교육을 제한했다. 일본어를 '국어'라는 과목으로 소학교에서부터 교육하는 반면, 일본어 교육을 위한 방편으로 조선어라는 이름 아래 한국어 교육을 제한적으로 허용했다. 국문 대신에 다시 언문이라는 명칭을 써서 한글의 기능성도 축소하고자 했다. 더구나 1930년대 말에는 한국어 사용 자체를 강제로 금지해 한국인의 독자적인 언어문자생활을 강압적으로 규제했다.

이러한 상황 속에서 새롭게 고안된 것이 '한글'이라는 명칭이었다. 민족의 고유 언어와 문자의 문화적 지위를 새롭게 주장하기 위해 고안한 이 말은 한글운동의 선구자였던 주시경 선생이 1910년 무렵부터 사용한 것이다. '한나라글'에서 '나라'를 빼면 '한글'이라는 말이 된다. 물론 여기서 '한'은 멀리 '삼한(三韓)'의 '한'에서부터 가까이는 '대한제국(大韓帝國)'의 '한'과 같이 한국 민족을 의미한다. 그러므로 한글이란 말은 글자 그대로 한국 민족의 글을 뜻한다. 이때부터 한글이라는 명칭은 일본인들이 다시 사용한 '언문'이라는 말에 맞서 당당하게 자기 위상을 갖추게 된다.

일본의 억압 아래에서도 민간 연구자들은 한국어 연구 모임을 갖고 1926년부터 '한글날'을 기념하기 시작했다. 『동아일보』와 『조선일보』 등의 언론기관도 앞장서서 '한글보급운동'을 전개했다. 그리고 조선어학회(朝鮮語學會)를 중심으로 한국어와 한글의 수호를 위한 독자적인

사업을 추진했다. 한글 표기 방식을 통일하고 그 규범을 강화하기 위해
『한글맞춤법통일안』(1933)을 완성 공포했으며 국어의 표준어 사정 작
업도 완료했다. 이러한 작업을 통해 한국어와 한글은 민족문화의 기반
으로서 당당하게 그 규범성을 갖출 수 있게 되었다.

　한국문학은 일본의 강압적인 식민지 지배 상황 속에서도 한국어와
한글을 기반으로 그 고유한 가치와 성격을 표현했다. 일본의 한국어 말
살 정책에도 불구하고 한국어를 통해 새로운 문학 양식이 정착되면서
그 대중적인 독자층을 지켜냈다. 그리고 해방과 함께 한국어와 한글을
온전하게 회복함으로써 새로운 민족문학으로 재출발할 수 있게 되었
다. 한국어의 회복은 한국문화의 탈식민화를 말해 주는 핵심적인 징표
가 되었으며, 한국문학은 민족의 정서와 생활상을 한국어와 한글을 통
해 예술적으로 형상화하는 창조적인 활동의 중심이 되었다.

고전문학

고전시가

향가

향가(鄕歌)는 신라시대부터 고려 전기까지 창작되었다. 향가는 한국어로 된 최초의 기록문학으로서, 한국 시가문학의 역사는 본격적인 의미에서 향가에서부터 시작되었다고 할 수 있다. 향가라는 명칭은 중국 한시와는 달리 '한국 고유의 시가'를 지칭한다. 별칭으로 '사뇌가(詞腦歌)'라고도 한다.

향가는 한자의 뜻(釋, 訓)과 음을 이용해 한국어를 적는 향찰문자(鄕札文字)로 표기되어 있다. 향찰문자는 한자의 음과 훈을 빌려 한국어를 기록하던 이두(吏讀), 구결(口訣) 등의 표기법과 함께 특이한 표기 구조로 정착된 것이다. 그 특징을 살펴보면 개념이나 뜻을 나타내는 부분은 한자의 본뜻을 살려서 표기하고, 조사나 어미와 같이 문법관계를 나타내는 부분과 단어의 어말음(語末音)에서는 한자의 뜻을 버리고 그 음을 이용해 그대로 표기했다. 그러므로 문장 자체가 완전한 한국어의 어순을 따라 단어를 배열했고 조사나 어미도 토(吐)를 활용해 거의 완벽하게 표기하고 있다. 향찰이란 용어 자체도 '우리말 문장'이라는 뜻이기 때문에 한문에 대립되는 의미를 지닌다는 것을 알 수 있다.

신라시대의 향가는 『삼국유사(三國遺事)』에 14수가 기록되어 있다. 민요와 같이 짧은 4구 형식의 향가로는 「서동요(薯童謠)」「헌화가(獻花歌)」「도솔가(兜率歌)」「풍요(風謠)」 등이 있다. 이러한 간결한 시형은 점점 더 길어지는 경향을 보이기 시작해 8구 형식을 드러내다가 통일신라시대 이후 10구 형식으로 굳어져 하나의 완결된 서정시의 형태를 격조있게 유지하게 된 것으로 보인다. 8구 형식의 작품으로는 「모죽지랑가(慕竹旨郎歌)」 「처용가(處容歌)」 등을 들 수 있다. 「혜성가(彗星歌)」 「원왕생가(願往生歌)」 「우적가(遇賊歌)」 「제망매가(祭亡妹歌)」 「안민가(安民歌)」 「찬기파랑가(讚耆婆郎歌)」 「도천수관음가(禱千手觀音歌)」 「원가(怨歌)」는 모두 10구 형식으로 분절되어 있다. 문헌상에는 신라 진성여왕 때에 위홍(魏弘)이 『삼대목(三代目)』이라는 향가집을 만들었다는 기록이 있지만 책은 남아 있지 않다.

향가는 신라시대의 시가이지만 그 전통이 12세기 고려시대까지 이어진다. 고려시대의 향가는 균여(均如)가 쓴 것으로 전해지는 「보현십원가(普賢十願歌)」 11수가 『균여전(均如傳)』에 실려 있다. 이 작품들은 『화엄경(華嚴經)』의 수행신심(修行信心)을 시적으로 형상화하면서 부처의 공덕을 노래하고 있으며 모두 10구 형식으로 이루어져 있다. 이밖에도 고려 예종(睿宗)이 고려 건국의 공신을 추모하는 뜻으로 지은 「도이장가(悼二將歌)」와 고려시대 문신 정서(鄭敍)가 왕에 대한 자신의 충성심을 간절하게 노래한 「정과정곡(鄭瓜亭曲)」에는 향가의 형식적 특성이 그대로 남아 있다.

향가 작가로 이름이 전해지는 인물은 그 신분이 당대 상류층인 승려나 화랑에 속해 있다. 「안민가」 「찬기파랑가」를 지은 충담사(忠談師)와 「도솔가」 「제망매가」를 지은 월명사(月明師), 「보현십원가」의 균여는 모두 승려 신분이고, 「원가」의 신충(信忠)과 「모죽지랑가」의 득오곡(得烏谷)은 화랑이다. 「원왕생가」를 지은 것으로 알려진 광덕(廣德)이나 「우적가」를 지은 영재(永才)는 불도(佛徒) 신분이었다. 이러한 분포를 근거로 하여 향가의 주류 작가층은 승려나 화랑과 같은 상류층이었다고 보는 것이 타당하다. 신라의 향가가 고려시대까지 계속된 것도 높은 수준에 이르렀던 신라시대 상류층의 문화적 전통이 계승된 결과라고 할 것이다.

신라시대 향가는 그 내용과 성격이 다양하다. 집단적인 민요의 형식을 보이는 「서동요」나 「풍요」 같은 초기의 향가가 있는 반면에 개인적 정서를 수준 높게 노래한 「제망매가」도 있다. 주술적인 의미를 담

은 「처용가」와 같은 노래가 있는가 하면, 불교의 교훈을 노래한 「원왕
생가」와 비슷한 작품들이 여럿 있다. 향가는 신라시대 널리 퍼져 있던
토속적인 주술 신앙과 중국으로부터 전래한 불교 사상을 그 정신적 배
경으로 하는 경우가 많다. 현실적 삶의 고통을 극복하고 내세의 화평을
기원하는 내용을 향가에서 흔히 볼 수 있는 까닭은 이러한 정신세계를
바탕으로 하고 있기 때문이다.

　「서동요」는 신라 진평왕 때 백제 무왕이 지었다고 전해지는 4구체
의 향가이다. 이 기록을 그대로 따른다면 현전하고 있는 향가 가운데
가장 오래된 작품이라고 할 수 있다. 『삼국유사』에 전하고 있는 서동
설화(薯童說話)에 이 노래가 포함되어 있다. 이 설화를 보면, 백제 무왕
이 소년시절에 신라 서라벌에 들어가 아름다운 선화공주를 얻으려고
노래를 지어 불렀다고 한다. 이러한 설화의 내용에서 중요한 것은 백제
왕자가 신라 선화공주의 사랑을 얻게 되는 과정이다. 하지만 '서동'이
라는 단어가 '마를 캐어 생활을 꾸리던 젊은이'를 뜻한다는 점을 놓고
본다면 이 노래를 지은 이를 특정의 역사적 인물로 고정시키기 어렵다
는 주장도 있다. 오히려 마를 캐며 살아가던 서동들이 부르던 노래라고
할 경우 그 민요적 성격이 분명하게 드러난다. 고귀한 신분의 아름다운
공주와 사랑을 나눈다는 것은 미천한 서동의 신분으로서는 현실적으
로 전혀 가능하지 않다. 그러나 서동이 공주와의 달콤한 밀회를 꿈꾸며
자신의 내면적 욕망을 노래로 표출하는 것은 자연스러운 일이다.

　「처용가」는 『삼국유사』에 관련 설화와 더불어 원문이 실려 있는
8구체의 향가이다. 이 설화의 내용을 보면 처용은 동해의 용의 아들이
다. 왕이 그를 서울로 데리고 와서 미녀를 아내로 삼게 하고 급간(級干)
벼슬을 주어 정사를 돌보게 했다고 한다. 그런데 처용의 아름다운 아내
를 흠모하던 역신(疫神)이 사람 모습으로 변신해 밤에 그녀를 몰래 범
한다. 밖에서 돌아온 처용이 잠자리에 누워 있는 두 사람을 보고 노래를
부르며 춤을 추면서 자리에서 물러난다. 이때 역신이 자기 모습을 드러
내고는 처용 앞에 꿇어앉아 고백한다. 공의 아내를 사모해 범했는데도
노여움을 나타내지 않으니 놀랍다. 맹세컨대 앞으로는 공의 형상을 그
린 것만 보아도 그 문에 들어가지 않겠다고 했다. 사람들은 처용의 모습

을 그려 문에 붙여 나쁜 기운을 물리치고 경사스러움을 맞아들였다고 전한다. 이와 같은 설화 내용과 노래의 성격을 통해 처용이라는 인물의 존재는 무격(巫覡)으로 보기도 했고 지방 호족의 자제로 이해하기도 했다. 불교적 성격을 드러내는 화랑으로 설명한 경우도 있다. 그렇지만 설화의 내용과 시가 형식을 종합할 경우, 시적 화자로서의 처용이 자신의 아내를 역신이 범접한 것을 보고서 그 자리에서 노래하고 춤을 추며 물러났다는 것은 분명하다. 더구나 처용이 노래를 부르고 춤을 추며 물러나니 역신이 처용의 태도에 감복해 사죄하고 그 앞에 다시는 나타나지 않았다는 것을 보면 이 노래가 주술적인 성격을 지닌다는 것을 알 수 있다. 「처용가」는 고려시대 이후 조선조에 이르기까지 노래의 가사가 부연되어 음력 섣달그믐날 궁중이나 민가에서 악귀를 쫓기 위해 베풀던 나례(儺禮) 의식에서 처용(處容) 가무(歌舞)로 오랫동안 연희되었다.

「제망매가」는 신라 경덕왕 때 월명사가 지은 10구체 향가이다. 『삼국유사』의 기록에는 월명사가 죽은 누이의 명복을 빌면서 불렀던 노래라고 설명되어 있다. 제사를 올리며 이 노래를 불렀더니 홀연히 바람이 불면서 지전(紙錢)을 날려 서쪽으로 사라졌다고 한다. 여기서 서쪽은 서방의 극락세계를 의미하며, 지전은 죽은 자에게 주는 노잣돈으로 지금도 장례의식에서 볼 수 있다. 이 노래에는 인간의 삶과 죽음을 바라보는 불교적 관점이 잘 드러나 있다. 월명은 승려의 신분이기 때문에 죽음이라는 것을 극락정토에서 무량수(無量壽)를 누리게 되는 영원한 삶으로 인식한다. 그러나 현세의 삶은 그대로 자연의 이치에 따라 이루어지는 것이다. "어느 가을 이른 바람에 이에 저에 떨어질 잎처럼 한 가지에 나고 가는 곳 모르온저"라는 진술은 생사의 길이 자연의 이치에 따르는 것임을 말해 준다. 그러므로 그 죽음에 대한 허무의 정서를 견디기 어렵다. 삶의 과정 자체가 한낱 나뭇잎에 지나지 않기 때문이다. 여기서 시적 화자는 이 허무의식을 벗어나기 위해 종교적으로 귀의한다. "미타찰에서 만날 나 도 닦아 기다리겠노라"라고 하면서 아미타불에 귀의해 그 삶의 허무감을 종교적으로 승화시켜 놓고 있다. 그리고 극락정토에 가서 다시 누이를 만나기 위해서는 도를 닦으며 기다려야 한다고 말하고 있다. 죽은 누이가 이미 먼저 그곳에 가 있음을 믿기 때문이다. 결국 이 노래는 죽은 자의 명복을 빌어 준다는 의식적 요소와는 관계없이 깊은 서정성을 담아내고 있다. 인간 세계의 고통과 삶에 대한 허무감을 보여 주면서도 인간의 한계를 넘어서기 위해 불교를 통한 영생을 추구하고 자 하는 태도가 시적으로 조화롭게 형상화되어 있다.

서동요(薯童謠)[1]

무왕(武王)[2]

善化公主主隱	善化公主니리믄	선화공주님은
他密只嫁良置古	놈 그슥 어려 두고	남 몰래 짝 맞추어 두고
薯童房乙	薯童 방올	서동 방을
夜矣卯乙抱遣去如	바매 알홀 안고 가다	밤에 알을 안고 가다.

제30대 백제 무왕의 이름은 장(璋)이다. 그 어머니가 과부가 되어 서울 남쪽 못가에 집을 짓고 살았는데 못 속의 용과 관계를 맺어 장을 낳은 것이다. 어 릴 때는 서동(薯童)으로 불렸는데, 재주와 도량이 헤아리기 어려울 정도였 다. 늘 마(서여, 薯蕷)를 캐다가 파는 일을 생업으로 삼았으므로 사람들이 그 렇게 부른 것이다. 신라 진평왕(眞平王)[3]의 셋째 공주인 선화(善花 또는 善 化)가 매우 아름답다는 말을 듣고는 머리를 깎고 상경하여 길거리의 아이들 에게 마를 배불리 먹였다. 그러자 아이들이 그와 친해져 붙어 다녔다. 이에 동요(童謠)를 지어서는 아이들을 꾀어 부르게 했다. 이 동요가 서울에 가득 퍼져 대궐에까지 이르렀는데, 여러 관료들이 간곡한 간언을 올려 공주를 먼 곳에 귀양 보내도록 했다. 공주가 떠날 때 왕후(王后)는 노자로 쓰라고 순금 한 말을 주었다. 공주가 귀양지에 도착할 무렵, 길 한가운데에 서동이 나타

---

1. 이 책에 수록한 향가의 작품 해독은 김완진의『향가해독법연구』(서울대학교출판부, 1980)를 따랐고, 관련 설화와 주석은 일연,『삼국유사』(김원중 옮김, 민음사, 2021)를 참조했다. 각각 원문, 해독, 현대문, 배경설화 순서로 기입되어 있다.
2. 백제 제30대 왕으로 41년(600-641) 동안 재위했다.
3. 신라 제26대 왕으로 53년(579-632) 동안 재위했다.

나 공주에게 절을 올리고는 모시고 가겠노라고 했다. 공주는 비록 그가 어디서 왔는지는 알지 못했지만 왠지 모르게 그를 믿고 좋아했다. 그리하여 따라갔고, 그와 몰래 정을 통했다. 그런 뒤에 서동이란 이름을 알고, 동요의 징험을 믿게 되었다. 함께 백제에 이르러 왕후가 주신 금을 꺼내 놓고 생계를 의논하려 하는데, 서동이 크게 웃으며 물었다. "이게 무엇이오?" 공주가 대답했다. "이것은 황금으로 백 년의 부를 누리게 할 것입니다." 서동이 말했다. "내가 어릴 때부터 마를 캐던 곳에 그런 것을 흙덩이처럼 쌓아 두었소." 공주가 듣고 크게 놀라 물었다. "그것은 세상의 가장 큰 보배입니다. 당신이 지금 금이 있는 곳을 알고 있다면 이 보물을 우리 부모 계신 대궐로 보내는 것이 어떻겠습니까?" 서동은 대답했다. "좋습니다." 그리하여 금을 모아 산더미처럼 쌓아 놓고, 용화산(龍華山)⁴ 사자사(師子寺)⁵의 지명법사(知命法師)를 만나 금을 실어 보낼 방법을 물었다. 법사가 대답했다. "내가 신통한 힘으로 보낼 수 있으니 금을 가지고 오시오." 공주는 편지를 써서 금과 함께 사자사 앞에 갖다 두었다. 법사는 신통한 힘으로 하룻밤 사이에 금을 신라 궁궐에 보냈다. 진평왕은 그 신비스러운 변화를 이상히 여기고 서동을 더욱 존경했으며, 당연히 편지를 써서 안부를 물었다. 이 때문에 서동은 인심을 얻었고, 왕위에 올랐다. 어느 날 무왕이 부인과 함께 사자사에 행차하려고 용화산 아래 못가에 이르렀는데, 미륵삼존(彌勒三尊)이 못 가운데에 나타나므로 수레를 멈추고 경의를 표했다. 부인이 왕에게 말했다. "이곳에 큰 절을 짓는 것이 진실로 저의 소원입니다." 왕은 그것을 허락하고는, 지명법사를 뵙고 못을 메울 일을 물었다. 지명법사는 신비스러운 힘으로 하룻밤 사이에 산을 헐어 못을 메워 평지로 만들었다. 이에 미륵삼존의 상(像)을 만들고 회전(會殿)과 탑(塔)과 낭무(廊廡)를 각각 세 곳에 세우고 미륵사(彌勒寺)라는 절 이름을 내렸다. 진평왕이 여러 공인(工人)들을 보내서 그 역사를 도왔으며, 그 절은 지금도 보존되어 있다.

— 『삼국유사(三國遺事)』

4. 지금의 전북 익산군에 있는 미륵산(彌勒山).
5. 지금의 미륵산 사자암(師子庵).

처용가(處容歌)

처용(處容)

東京明期月良	東京 불기 ᄃ라라	동경(東京) 밝은 달에
夜入伊遊行如可	밤 드리 노니다가	밤들이 노니다가
入良沙寢矣見昆	드러사 자리 보곤	들어 자리를 보니
脚烏伊四是良羅	가로리 네히러라	다리가 넷이러라.
二肹隱吾下於叱古	두보른 내해엇고	둘은 내해였고
二肹隱誰支下焉古	두보른 누기핸고	둘은 뉘해인고.
本矣吾下是如馬於隱	본디 내해다마ᄅᄂ	본디 내해다마는
奪叱良乙何如爲理古	아ᅀᅡ눌 엇디ᄒ릿고	빼앗은 것을 어찌하리오.

신라 제49대 헌강대왕(憲康大王)[6] 때에는 서울(동경, 지금의 경주)에서 동해 어귀에 이르기까지 집들이 촘촘히 늘어서 있고 담장이 잇달았지만 초가는 한 채도 없었다. 길거리에는 음악과 노래가 끊이지 않았고, 비바람은 사시 사철 순조로웠다. 어느 날 대왕이 개운포(開雲浦)[7]에서 놀다가 돌아오는 길에 물가에서 점심을 먹는데, 갑자기 구름과 안개가 자욱하게 끼어 길을 잃어 버렸다. 괴이하게 여겨 좌우 신하들에게 물으니 일관(日官)이 아뢰었다. "이 것은 동해(東海) 용(龍)의 조화입니다. 마땅히 좋은 일을 행함으로써 풀어야 할 것입니다." 이에 일을 맡은 관리에게 용을 위하여 근처에 절을 세우도록 명령했다. 왕이 명령을 내리자 구름과 안개가 흩어져 버렸다. 이 때문에 이 곳을 개운포라 이름 붙였다. 동해의 용은 기뻐하여 아들 일곱을 거느리고 왕이 탄 수레 앞에 나타나 덕(德)을 찬양하면서 춤을 추고 음악을 연주했다. 그 중 한 아들이 왕을 따라 서울로 들어와서 왕의 정사(政事)를 보좌하게 되었는데, 그의 이름이 처용이었다. 왕은 그를 미인에게 장가들이고 정붙여 살게 하고자, 급간이라는 관직까지 주었다. 처용의 아내가 무척 아름다웠기 때문에, 역신이 흠모하여 사람으로 변하여 밤이면 그 집에 가서 몰래 데리고 잤

---

6. 11년(875-886) 동안 재위했다.
7. 지금의 울주(蔚州).

다. 처용이 밖에 나갔다가 집에 돌아와 잠자리에 두 사람이 누워 있는 것을 보고는 노래를 부르고 춤을 추면서 물러나왔다. 이때 부른 노래가 「처용가」이다. 그러자 역신이 정체를 드러내어 처용 앞에 무릎을 꿇고는 "제가 당신 아내를 부러워하여 지금 잘못을 저질렀습니다만, 당신이 노여워하지 않으니 감동하여 아름답게 여기는 바입니다. 맹세코 이제부터는 당신의 얼굴을 그려 놓은 것만 보더라도 그 문 안에 들어가지 않겠습니다"라고 하였다. 이 일로 인하여 나라 사람들은 처용의 형상을 문에다 붙여 나쁜 귀신은 물리치고 경사스러운 일은 맞아들이게 되었다. 왕이 서울로 돌아온 직후 영취산(靈鷲山)[8] 동쪽 기슭의 경치 좋은 곳을 가려 절을 세우고 이름을 망해사(望海寺)[9] 혹은 신방사(新房寺)라 하였는데, 바로 용을 위해 세운 것이다.

— 『삼국유사』

제망매가(祭亡妹歌)
월명사(月明師)

生死路隱	生死길흔	생사(生死)길은
此矣有阿米次肹伊遣	이에 이샤매 머믓거리고	예 있으매 머뭇거리고
吾隱去內如辭叱都	나는 가는다 말ㅅ도	나는 간다는 말도
毛如云遣去內尼叱古	몯다 니르고 가는닛고	못다 이르고 어찌 갑니까.
於內秋察早隱風未	어느 가살 이른 ᄇᆞ라매	어느 가을 이른 바람에
此矣彼矣浮良落尸葉如	이에 뎌에 ᄠᅳ러딜 닙ᄀᆞᆫ	이에 저에 떨어질 잎처럼
一等隱枝良出古	ᄒᆞ돈 가지라 나고	한 가지에 나고
去奴隱處毛冬乎丁	가논 곧 모ᄃᆞ론뎌	가는 곳 모르온저.
阿也 彌陁刹良逢乎吾	아야 彌陀刹아 맛보올 나	아아, 미타찰(彌陀刹)에서 만날 나
道修良待是古如	道 닷가 기드리고다	도(道) 닦아 기다리겠노라.

8. 지금의 경남 울산에 있는 산.

월명사는 또 일찍이 죽은 누이동생을 위하여 재(齋)를 올렸는데 향가를 지어 제사를 지냈다. 갑자기 회오리바람이 일어나더니 지전을 불어서 서쪽으로 날려 없어지게 했다. 그 노래가 「제망매가」이다. 월명사는 늘 사천왕사(四天王寺)에 살면서 피리를 잘 불었다. 한번은 달밤에 피리를 불면서 문 앞 큰길을 지나가는데, 달이 그를 위하여 움직이지 않고 서 있었다. 이 때문에 그 길을 월명리(月明里)라고 했다. '월명사'란 이름도 이 일 때문에 지어진 것이다. 월명사는 바로 능준대사(能俊大師)의 제자인데, 신라인들이 향가를 숭상한 지는 오래되었다. 대개 시(詩), 송(頌) 같은 것이 아닐까. 그러므로 이따금 천지와 귀신을 감동시킨 적이 한두 번이 아니었다. 찬시는 다음과 같다. "바람은 돈을 날려 죽은 누이동생에게 노자로 주고 / 피리는 밝은 달을 흔들어 항아(姮娥)[10]를 멈추게 하네 / 도솔천이 하늘 멀리 있다 말하지 마라 / 「만덕화(萬德花)」[11] 노래 한 곡조로 맞이하는 것을(風送飛錢資逝妹 笛搖明月住姮娥 莫言兜率連天遠 萬德花迎一曲歌)."

― 『삼국유사』

고려가요

고려시대에는 지배층의 문자생활이 한문 중심으로 바뀌면서 한문학이 크게 성행했다. 고려 초기부터 관리 등용 방식으로 한문 위주의 과거제도를 채택했고, 예종 때에는 송(宋)나라로부터 중국의 전통 음악인 대성악(大晟樂)을 받아들였다. 한편 신라시대부터 향찰문자로 이루어졌던 향가는 점차 소멸하게 되었다. 이 시기에 고려의 가악에 일대 변혁이 일어나게 되었는데, 중국으로부터 들어온 당악(唐樂)과는 달리 고려의 노래는 속악(俗樂) 또는 향악(鄕樂)이라고 불렸다. 고려가요는 이

---

9. 경남 울주군 청량면 율리 문수산에 있던 절.
10. 달 속에 살고 있다고 전해 오는 선녀(仙女). 여기서는 달을 직접 가리키는 말이다.
11. 부처의 공덕을 꽃에 비유하여 칭송하는 노래.

음악에 가사를 붙여 놓은 것이다. 고려속요(高麗俗謠)라고도 하고, 연구자에 따라 '여요(麗謠)', '고려장가(高麗長歌)', '고속가(古俗歌)'라고도 부른다. 물론 「청산별곡(靑山別曲)」「서경별곡(西京別曲)」「만전춘(滿殿春)」「가시리」 등의 속요와 「한림별곡(翰林別曲)」「관동별곡(關東別曲)」「죽계별곡(竹溪別曲)」 등의 경기체가(景幾體歌)로 구분해 설명하기도 한다. 하지만 경기체가와 속요가 그 형태상 공통점을 많이 드러내고 있기 때문에 고려시대의 시가를 '별곡'이라는 하나의 명칭으로 부르는 경우도 있다.

고려가요는 대부분 구전되다가 조선시대에 와서야 한글로 기록되었다. 조선시대 성종 때에 편찬된 『악학궤범(樂學軌範)』(1493)은 전래의 음악을 아악(雅樂), 당악, 향악으로 구분해 악률(樂律)의 원칙과 용법, 악기와 가무(歌舞)의 범절 등을 상세하게 정리한 음악 서적이다. 이 책에 고려가요의 대표적인 작품인 「정읍사(井邑詞)」「동동(動動)」「처용가」「정과정곡」 등이 악보와 함께 수록되어 있다. 『악장가사(樂章歌詞)』는 편찬 시기와 편찬자가 누구인지 알려져 있지 않지만, 고려가요를 비롯해 조선 초기 향악의 가사를 정리하여 수록해 놓은 책이다. 이 책에는 「서경별곡」「청산별곡」「쌍화점(雙花店)」「정석가(鄭石歌)」「만전춘별사(滿殿春別詞)」「이상곡(履霜曲)」「사모곡(思母曲)」「가시리」 등의 가사가 수록되어 있다. 조선 초기 음악의 악보를 정리해 놓은 『시용향악보(時用鄕樂譜)』에는 「상저가(相杵歌)」「유구곡(維鳩曲)」 등이 남아 있다.

고려가요는 지배층의 문학으로 자리잡은 한문학과는 달리 궁중음악으로 변형되어 전승된 경우도 있고, 민간에게 구전되면서 민요처럼 그 명맥을 유지한 것도 있다. 고려가요에는 일상적인 생활 속에서 느낄 수 있는 인간의 성정을 적나라하게 드러냄으로써 삶에 대한 적극적이고도 긍정적인 자세를 보여 주는 작품들이 많이 있다. 고려가요에 표현된 평민들의 소박하고 진솔한 감정은 특히 「청산별곡」「서경별곡」「만전춘」「쌍화점」「가시리」 등에서 확인된다. 이 노래들은 민요적 형식이 갖는 흥겨운 율격의 변화를 바탕으로 일상적인 삶의 감정을 잘 나타낸다. 「서경별곡」이나 「가시리」는 사랑하는 사람과 헤어져야 하는 이별

의 슬픔을 노래하고 있으며,「청산별곡」은 현실의 고통에서 벗어나고
자 하는 고민을 노래하기도 한다.「만전춘」과「쌍화점」은 남녀의 애
욕을 노골적으로 노래한다. 조선시대 유학자들은 고려가요의 이러한
특징을 들어 '남녀상열지사(男女相悅之詞)'라고 비판한 적도 있다.

고려가요는 오랫동안 구전되다가 조선시대에 문자로 기록되었기 때
문에, 그 원형이 상당 부분 바뀌었을 가능성이 있다. 고려가요는 작품
전체가 하나의 연으로 구성된 노래가 있고, 여러 개의 연으로 나누어지
는 연장체(聯章體)의 노래가 있다.「정과정곡」과「사모곡」등은 한 연
으로 되어 있으나,「청산별곡」「서경별곡」「동동」「쌍화점」등은 모
두 4연에서 13연에 이르는 연장체 형태를 갖추고 있으며 후렴구가 붙
어 있다. 특히 민요적인 특질을 잘 보여 주는 시행의 반복과 병치, 그리
고 후렴구의 변화있는 배치 등이 두드러진다. 하지만 고려가요는 엄격
한 율조상의 제약을 받지 않고 그 형식이 비교적 자유롭다는 점이 그
특징이며, 행과 행 사이에 후렴을 삽입함으로써 한층 노래의 흥취를 살
릴 수 있도록 고안되어 있는 점이 주목된다.

「정과정곡」의 경우는『고려사』「악지(樂志)」에 그 작자와 제작 동
기가 밝혀져 있다. 고려가요는 대부분 그 작자를 알 수 없는 것이 특징
인데, 현재 전해지고 있는 고려가요 가운데 작자가 확실한 유일한 노
래가「정과정곡」인 셈이다. 기록에 따르면 작자인 정서(鄭叙)는 고려
인종과 동서 간으로서 오랫동안 왕의 총애를 받았던 인물이다. 그런
데 의종이 즉위한 뒤 참소를 받아 고향인 동래로 유배되었다. 유배지
로 떠나는 정서에게 의종은 머지않아 다시 부르겠다고 약속하지만 아
무런 소식이 없었다. 그는 왕명이 이르기를 기다리면서 거문고를 잡고
이 노래를 불렀다고 한다. 그가 귀양에서 풀려난 것은 명종이 즉위한
해였다. 사람들은 이 노래를 그의 호를 따서 '정과정'이라 했다. 이와
같은 배경을 놓고 보면「정과정곡」은 유배지로 떠난 신하가 임금을 그
리워하는 마음을 애달프게 노래하고 있음을 알 수 있다. 시상의 발단
을 이루는 서두에서는 유배지에 쫓겨나 있는 자신의 처지를 임이 그리
워 울고 있는 산에 사는 접동새와 비슷하다고 서술하고 있다. 그러고
는 자신의 결백을 강조하면서 자신이 억울하게도 누명을 쓰고 있다는

것을 하소연한다. 시상의 결말 부분은 자기를 잊지 말고 다시 옛날처럼 총애해 줄 것을 간곡하게 청하는 내용으로 이루어져 있다. 이 노래는 '충신연주지사(忠臣戀主之詞)'로 널리 알려져 궁중의 음악으로 불렸다. 「정과정곡」의 시적 형식은 전체적인 구성이 향가의 10구체 형식과 유사하다. 그러므로 이 노래를 향가라는 기존 시가양식의 변용과 함께 당대의 민요 형식을 부분적으로 수용해 만들어진 것으로 설명하기도 한다.

고려가요 가운데 가장 널리 알려진 「청산별곡」은 그 형식이 8연으로 구성된 연장체로, 각 연마다 "얄리 얄리 얄라성 얄라리 얄라"라는 구음으로 된 후렴구가 붙어 있다. 이러한 형태적 특징은 이 작품의 민요적 성격을 말해 주는 요소가 된다. 그러나 연구자에 따라서는 작품 내용에서 볼 수 있는 고도의 상징성과 감각적인 이미지의 구성 등을 근거로 개인적 창작으로 볼 수 있다는 주장도 제기된 바 있다. 이 작품에서 시적 화자는 현실의 삶의 터전을 떠나, '청산'이나 '바다'에 가서 살 수 있다면 하는 간절한 자기 소망을 노래한다. 삶의 고통과 회한이 가득한 현실을 벗어나 청산이라든지 바다와 같은 새로운 자연의 세계로 나아가고자 한다는 점에서 현실 도피적 경향도 드러난다. 그러나 각박한 현실은 시적 화자에게 새로운 자연 속에서의 소박한 삶을 허용하지 않는다. 이 작품의 마지막 연에서는 이 기막힌 현실의 삶의 고통을 술에 기대어 달랠 수밖에 없음을 보여 주고 있다. 그렇지만 작품의 전체적인 내용 흐름에도 불구하고 아직도 몇몇 어구에 대해서는 뜻이 정확하게 밝혀지지 않았다.

「가시리」는 고려가요 가운데 대표적인 이별의 노래로서 '귀호곡(歸乎曲)'이라고도 불린다. 시적 형식은 전체 4연으로 이루어진 연장체의 노래이다. 각 연은 2행으로 구성되며 연이 끝날 때마다 "위 증즐가 대평성대"라는 후렴구가 따른다. 시적 의미 구조를 살피기 위해 후렴구를 제외하고 보면, 4행 단위로 나뉘는 전체 2연 구성의 노래임을 알 수 있다. 민요 형식이 고려의 궁중음악인 속악으로 개편되면서 후렴구가 첨가되었을 것으로 추정된다. 사랑하는 임과 헤어지면서 느낄 수밖에 없는 이별의 슬픔이 비극적 정조를 기반으로 표현되고 있음에도 불구

하고 그 시적 의미와는 상관없이 궁중음악인 속악으로 변용되면서 태
평성대를 구가하는 후렴구가 덧붙여진 것이 아닌가 생각된다.

「동동」은 일 년 열두 달의 시간 흐름과 세시풍속의 변화를 시상 전
개의 기반으로 삼은 이른바 '달거리 노래' 또는 '월령체(月令體) 노래'
의 형식을 갖추고 있다. 그런데 「동동」의 전체적인 의미 내용은 달마
다 바뀌는 세시풍속을 노래하는 것이 아니다. 이 노래는 시간이 흐르
고 계절이 바뀌어도 전혀 변함없이 오히려 더욱 새로워지는 임에 대
한 한 여인의 그리움을 애절하게 표현한다. 특히 계절의 순환과 민간
의 세시풍속을 시의 내용에 끌어들여 자신의 내면적인 연모의 정을 더
욱 구체적으로 형상화하고 있는 점이 주목된다. 이 노래의 서장에 해당
하는 1장에서는 덕과 복을 기원한다. 2장부터 '달거리' 형식에 따라 시
절 풍속과 함께 그리움의 대상인 '님'을 노래한다. 2장은 정월이다. 얼
었다 녹았다 하는 냇물에 임이 없는 외로움을 견디는 자신을 대조해
놓는다. 3장에서 임은 만인을 비추는 연등의 등불에 비유되고, 4장에
서 임은 진달래처럼 아름다움을 지녀 남들이 모두 부러워한다고 노래
한다. 5장은 4월에 날아드는 꾀꼬리를 보면서 임이 찾아 주지 않는 자
신의 처지를 슬퍼하고, 6장에서는 단옷날에 빚은 약을 임에게 바치면
서 임의 무병장수와 행복을 기원한다. 7장부터 10장까지 이어지는 6월
유둣날, 7월 백중, 8월 한가위, 9월 중양의 풍속에 따라 임과 함께할 수
있는 삶의 행복감이 그려져 있다. 그런데 이 노래의 11장과 12장에서는
임을 잃은 자신의 슬픔과 외로움을 노래하고 있다. 특히 12장을 보면
외로움과 슬픔이 더욱 고조된다. 동짓달 봉당자리에 한삼을 덮고 누워
추위에 떨면서 "고운 임 생각하며" 살아갈 수밖에 없다고 홀로 된 자
신의 처지를 한탄하고 있다. 이 노래의 '동동'이라는 제목은 매장마다
되풀이되는 후렴구 "아으 동동다리"에서 따온 것으로 볼 수 있으며, 북
소리의 '둥둥'을 비슷하게 표기한 것이라는 견해가 많다.

고려가요 가운데에는 경기체가라는 특이한 형태의 노래가 전해진
다. 경기체가는 고려시대 사대부층이 한문투로 노래를 지어 부른 별곡
체의 하나이다. 13세기경에 등장해 조선 초기까지도 그 형태적인 명맥
이 유지되었던 시가 형식이다. 흔히 고려가요의 변형으로 이해되기도

한다. 경기체가는 사대부층의 생활 방식과 태도를 잘 보여 주는데, 한 문구를 동원해 사물이나 경치를 나열 서술하고 있기 때문에 관념적인 언어의 유희에 빠진 듯한 느낌을 주기도 한다.

경기체가의 형식적인 특징은 사물이나 경치를 묘사 서술하기 위해 한문 구절을 나열하고, 각 연의 중간과 끝 부분에 "위 경(景) 긔 엇더하 니잇고"라는 감탄형 문장을 써서 앞에 나열한 한문 구절의 내용을 집 약시켜 놓는 점이다. 한문으로 된 구절과 우리말로 된 감탄구를 함께 결합시켜 놓는 이같은 시 형식은 보기 드문 것으로서 고려시대의 시가 형식 가운데 특이한 존재가 되고 있다.

경기체가의 성립은 고려시대 후기의 사대부층의 형성과 관계가 깊 다. 「한림별곡」은 여러 유학자들이 모여 함께 노래한 일종의 집단 창 작 시가이다. 「죽계별곡」과 「관동별곡」을 쓴 안축(安軸)과 같은 작가 는 신흥사대부층에 속한다. 이들은 한문으로 문자생활을 해 오면서 한 문만으로 만족할 수 없는 표현 욕구를 위해 경기체가와 같은 시가를 창작했다고 할 수 있다. 경기체가는 조선 초기까지 전통이 이어져서 권 근(權近)의 「상대별곡(霜臺別曲)」과 같은 악장류의 작품도 남아 있으 며, 16세기까지도 그 형태가 지속되었다.

정과정곡(鄭瓜亭曲)[12]

정서(鄭敍)

前腔　　내 님믈 그리ᅀᆞ와 우니다니[13]
中腔　　山졉동새 난 이슷ᄒᆞ요이다[14]
後腔　　아니시며 거츠르신ᄃᆞᆯ 아으[15]

12. 이 책에 수록한 고려가요의 원문과 주석은 권두환 편의 『고전시가』(해냄, 1997)를 참조했다.
13. 내 님(君)을 그리워하여 울고 있었더니.
14. 산의 접동새와 내가 비슷합니다.
15. 아니시며(非) 거짓인(僞·妄) 줄을 아으. '아으'는 보통 감탄사나 조흥구로 본다.

附葉   殘月曉星이 아르시리이다[16]

大葉   넉시라도 님은 흔디 녀겨라 아으[17]

附葉   벼기더시니 뉘러시니잇가[18]

二葉   過도 허믈도 千萬 업소이다[19]

三葉   물힛 마리신뎌[20]

四葉   술읏브뎌 아으[21]

附葉   니미 나롤 ᄒ마 니즈시니잇가[22]

五葉   아소 님하 도람 드르샤 괴오쇼셔[23]

― 『악학궤범(樂學軌範)』

청산별곡(靑山別曲)
작자 미상

살어리 살어리랏다[24] 靑山애 살어리랏다

멀위랑[25] ᄃ래랑 먹고 靑山애 살어리랏다

얄리 얄리 얄라셩 얄라리 얄라[26]

16. 새벽달 새벽별이 알 것입니다.
17. 넋이라도 님과 한곳에 가고 싶구나 아으.
18. 벼기던 사람이 누구였습니까? '벼기다'의 뜻은 '우기다', '이간시키다', '어기다', '죄 줄 것을 내세우다' 등 다양한 해석이 있다.
19. 잘못도 허물도 전혀 없습니다.
20. '뭇 사람의 참언(讒言)이었구나', '마음을 편안하게 하는 말씀이었구나', '종신(宗臣) 의 참소의 말씀인 것이여' 등으로 해석한다.
21. '슬프구나', '사라지고만 싶은 것이여', '불타 끊기는 듯하구나' 등으로 해석한다.
22. 님이 나를 벌써 잊으셨습니까?
23. '아소 님하'는 '아아 님이여', '아서라(禁止辭) 님이시여' 등으로 해석한다. '도람 드르샤'는 '간곡한 언사(言辭) 들으시어', '돌리어 들으시어' 등으로 해석한다. '괴오쇼 셔'는 '사랑하십시오'의 뜻이다.
24. 살겠노라, 살았을 것을.
25. 머루랑.

우러라[27] 우러라 새여 자고 니러[28] 우러라 새여
널라와[29] 시름 한[30] 나도 자고 니러 우니노라
얄리 얄리 얄라셩 얄라리 얄라

가던새[31] 가던새 본다 믈아래 가던새 본다
잉무든[32] 장글란[33] 가지고 믈아래 가던새 본다
얄리 얄리 얄라셩 얄라리 얄라

이링공 뎌링공 ᄒ야[34] 나즈란[35] 디내와손뎌[36]
오리도[37] 가리도 업슨 바므란[38] 또 엇디호리라
얄리 얄리 얄라셩 얄라리 얄라

어듸라 더디던 돌코[39] 누리라[40] 마치던 돌코
믜리도[41] 괴리도[42] 업시 마자셔 우니노라
얄리 얄리 얄라셩 얄라리 얄라

26. 악률(樂律)에 맞추기 위한 여음 또는 후렴구.
27. 우는구나.
28. 일어나서.
29. 너보다 또는 너처럼.
30. 많은.
31. 가던 새. 갈던 사래(밭, 묘).
32. 이끼가 묻은. 녹이 슨.
33. 쟁기랑. 쟁기를.
34. 이럭저럭하여.
35. 낮은.
36. 지내왔지만.
37. 올 이도.
38. 밤은.
39. 돌인고.
40. 누구를.
41. 미워할 이도.
42. 사랑할 이도.

살어리 살어리랏다 바르래[43] 살어리랏다
ᄂᆞᄆᆞ자기[44] 구조개랑[45] 먹고 바르래 살어리랏다
얄리 얄리 얄라셩 얄라리 얄라

가다가 가다가 드로라[46] 에졍지[47] 가다가 드로라
사ᄉᆞ미[48] 짒대예[49] 올아셔[50] 奚琴[51]을 혀거를[52] 드로라
얄리 얄리 얄라셩 얄라리 얄라

가다니[53] 비브른 도긔 설진[54] 강수를[55] 비조라[56]
조롱곳[57] 누로기[58] 미와[59] 잡ᄉᆞ와니[60] 내 엇디ᄒᆞ리잇고
얄리 얄리 얄라셩 얄라리 얄라

— 『악장가사(樂章歌詞)』

43. 바다에.
44. 나문재(바닷가에서 자라는 식물의 일종).
45. 굴조개랑.
46. 듣는다.
47. 부엌.
48. 사슴이.
49. 장대에.
50. 올라서.
51. 해금. 깡깡이(악기의 이름).
52. 켜는 것을.
53. 가더니. 가다 보니.
54. 독한.
55. 강한 술을. 강주(强酒)를.
56. 빚는구나.
57. 조롱박꽃.
58. 누룩이.
59. 매워.
60. (붙)잡으니.

가시리

작자 미상

가시리 가시리잇고 나는
보리고 가시리잇고 나는[61]
위 증즐가 大平盛代[62]

날러는 엇디 살라 ᄒ고
보리고 가시리잇고 나는
위 증즐가 大平盛代

잡사와 두어리마ᄂᆞᆫ[63]
선ᄒ면 아니올셰라[64]
위 증즐가 大平盛代

셜온님 보내ᄋᆞ노니 나는[65]
가시ᄂᆞᆫ 듯 도셔오쇼셔 나는[66]
위 증즐가 大平盛代

— 『악장가사』

61. 버리고 가시겠습니까?
62. 보통 조흥구로 본다.
63. 붙잡아 두겠지만. 붙잡아 둘 것이지만.
64. 선하면 아니올까. '선하다'는 '그악스럽다', '서운하다', '역겹다' 등으로 해석한다.
65. 설운 님 보내 드리오니.
66. 가자마자 돌아오십시오. 가자마자 돌아서서 오십시오.

동동(動動)

작자 미상

德으란 곰비예[67] 받줍고[68] 福으란 림비예[69] 받줍고
德이여 福이라 호놀[70] 나ᅀᆞ라[71] 오소이다[72]
아으 動動[73]다리

正月ㅅ 나릿 므른[74] 아으 어져[75] 녹져[76] ᄒᆞ논ᄃᆡ
누릿[77] 가온ᄃᆡ 나곤 몸하 ᄒᆞ올로[78] 녈셔[79]
아으 動動다리

二月ㅅ 보로매 아으 노피 현[80] 燈ㅅ블 다호라[81]
萬人 비취실 즈ᅀᅵ샷다[82]
아으 動動다리

三月 나며 開ᄒᆞᆫ 아으 滿春 ᄃᆞᆯ욋고지여[83]

67. 뒤에.
68. 바치옵고.
69. 앞에.
70. 하는 것을.
71. 드리려.
72. 오십시오.
73. 둥둥(북 치는 소리).
74. 냇물은. '나리'는 내(川).
75. 얼려.
76. 녹으려.
77. 세상의.
78. 홀로.
79. 지낼 것인가?
80. 켠.
81. 같구나.
82. 얼굴(모습)이시로다.
83. 진달래꽃이여!

ᄂᆞ미[84] 브롤[85] 즈ᅀᅳᆯ[86] 디녀 나샷다
아으 動動다리

四月 아니 니저[87] 아으 오실셔 곳고리새여
므슴다[88] 錄事니ᄆᆞᆫ[89] 녯나ᄅᆞᆯ 닛고신뎌[90]
아으 動動다리

五月 五日애 아으 수릿날[91] 아ᄎᆞᆷ 藥은
즈믄 힐[92] 長存ᄒᆞ샬 藥이라 받ᄌᆞᆸ노이다
아으 動動다리

六月ㅅ 보로매 아으 별해[93] ᄇᆞ룐[94] 빗다호라
도라 보실 니믈 젹곰[95] 좃니노이다[96]
아으 動動다리

七月ㅅ 보로매 아으 百種 排ᄒᆞ야[97] 두고
니믈 ᄒᆞᆫ 디[98] 녀가져[99] 願을 비ᅀᆞᆸ노이다
아으 動動다리

84. 남의.
85. 부러워할.
86. 얼굴(모습)을.
87. 잊고서.
88. 어찌하여.
89. 녹사님은. '녹사'는 벼슬 이름.
90. 잊고 계신가?
91. 단옷날.
92. 천년을.
93. 벼랑에.
94. 버린.
95. 조금.
96. 쫓아다닙니다.
97. 벌이어. 차리어.

八月ㅅ 보로ᄆᆫ 아으 嘉俳[100]나리마론
니믈 뫼셔 녀곤[101] 오ᄂᆞᆯ낤 嘉俳샷다
아으 動動다리

九月 九日애 아으 藥이라 먹논 黃花
고지 안해 드니 새셔[102] 가만ᄒ애라[103]
아으 動動다리

十月애 아으 져미연[104] ᄇ롯다호라[105]
것거 ᄇ리신 後에 디니실[106] ᄒ부니 업스샷다
아으 動動다리

十一月ㅅ 봉당[107] 자리예 아으 汗衫[108] 두퍼[109] 누워
슬홀ᄉ라온뎌[110] 고우닐[111] 스싀옴[112] 녈셔
아으 動動다리

十二月ㅅ 분디남ᄀ로[113] 갓곤[114] 아으 나ᄉᆞᆯ盤[115] 잇 져[116]다호라

98. 같은 곳에.
99. 살아가고자.
100. 한가위.
101. 지내므로.
102. 세서(歲序). 초가집.
103. 조용하구나.
104. 저민. 잘게 자른.
105. 보리수 같구나.
106. 지니실.
107. 흙바닥으로 된 토방.
108. 속적삼.
109. 덮어.
110. 슬프구나. 가련하구나.
111. 고운 이를.
112. 스스로.

니믜 알픠 드러 얼이노니 소니[117] 가재다[118] 므룹 숩노이다[119]
아으 動動다리

— 『악학궤범』

악장

악장(樂章)이란 궁중에서 제향(祭享)이나 연회에 올려 공식적으로 노래한 시가를 말한다. 말하자면 궁중의 여러 가지 의식에서 무용과 함께 공연한 음악에 해당한다. 하지만 궁중음악으로서의 성격을 지니고 있다 하더라도 그 연회 방식은 노래마다 다를 수밖에 없다. 그렇기 때문에 모든 악장이 시가양식으로서 형태적 통일성을 갖추고 있는 것은 아니다. 어떤 작품은 경기체가의 형태와 유사하고 어떤 작품은 속요의 특징을 드러내기도 한다.

악장은 고려시대에도 있었지만 조선 건국과 함께 새로운 관심사가 된다. 조선왕조는 새로운 정치사회적 제도를 정착시켜 나가면서 예악 (禮樂)의 정비에도 힘쓰게 된다. 국가의 공식적 행사인 제향이나 각종 연회에 올리기 위해 악장의 정비가 필요했기 때문이다. 특히 세종대왕이 훈민정음을 창제한 후 이에 기반해 악장을 정리하는 사업이 활발하게 이루어졌다. 문학사에서는 조선 초기에 해당하는 15세기경에 등장했던 특이한 시가양식을 지칭하는 장르적 명칭으로 '악장'이라는 말을 사용한다.

113. 분디나무로.
114. 깎은.
115. 진상반(進上盤).
116. 저(箸). 젓가락.
117. 손이. 객(客)이.
118. 가져다.
119. 무웁니다. 뭅니다.

　조선 초기의 악장에는 정도전(鄭道傳), 윤회(尹淮), 권근(權近), 변계량(卞季良) 등 문신들이 한문으로 지은 작품들이 많았다. 한시의 형식을 따르거나 고려시대의 경기체가와 같은 형식을 빌려 온 것들이 대부분이다. 정도전이 지은 작품으로는 태조 이성계의 용맹함을 찬송한 「무덕곡(武德曲)」과 태조가 앞으로 실행해야 할 새로운 정치 도리를 제시한 「문덕곡(文德曲)」이 있다. 「납씨가(納氏歌)」는 원(元)나라의 침공을 막아낸 이성계의 무공을 찬양한 내용이며, 「정동방곡(靖東方曲)」은 위화도 회군으로 조선왕조 창건의 기틀을 잡게 된 이성계의 용맹을 칭송한 작품이다. 하륜(河崙)의 「근천정(覲天庭)」과 「수명명(受明命)」은 태종이 즉위하기 전에 중국 명나라에 가서 명제(明帝)의 봉례(奉禮)를 받아온 것을 소재로 하고 있다. 이밖에도 윤회의 「봉황음(鳳凰吟)」 등이 있다.

　조선왕조의 성립과 그 유구한 번영을 송축하고 기원한 「용비어천가(龍飛御天歌)」와 석가모니의 공덕을 찬양한 「월인천강지곡(月印千江之曲)」은 국가적 사업으로 이루어진 대표적인 국문 악장이다. 「용비어천가」는 세종대왕의 명에 따라 훈민정음을 처음으로 사용해 그 표기 방식을 정착시킨 작품이다. 한글로 기록된 가장 오래된 작품으로서 15세기의 국어 연구에 중요한 사료로 활용되고 있다. 세종 당시의 학자인 정인지(鄭麟趾), 안지(安止), 권제(權踶) 등이 시가의 본문을 짓고, 성삼문(成三問), 박팽년(朴彭年), 이개(李塏) 등이 주석했으며, 정인지가 서문을 쓰고 최항(崔恒)이 발문을 썼다.

　「용비어천가」는 조선왕조 창업의 위대한 공적을 찬양하면서 그 공덕이 후세에 길이 이어질 것을 축원하는 내용이 주를 이루고 있다. 제왕의 위업을 찬양하는 노래라는 점에서 송도가(頌禱歌) 또는 송축가(頌祝歌)의 성격이 강하다. 조선 건국의 과정을 주도했던 태조 이성계의 용맹과 지략과 인품을 찬양하는 내용이 중심을 이루지만 그 이전의 익조, 도조, 환조의 3대에 걸친 용맹스러운 위업이 서술된다. 그리고 태조의 뒤를 이어 태종에 이르는 왕업도 소개하고 있다. 이들의 영웅적 활동은 모든 내용이 중국의 역사와 대비를 이루어 화려하게 서술되고 있다. 이와 같은 특징으로 인해 「용비어천가」는 그 시가의 내용과 형식을 서사시의 양식으로 보는 것이 보통이다.

「용비어천가」는 작품 전체가 125장으로 구성되어 있다. 1, 2장은 작품 전체의 서장에 해당하며, 왕조 창업의 위대함을 칭송한다. 3장에서 109장까지는 각 장의 첫 행에서 중국의 역대 제왕의 위대한 업적을 칭송하며, 둘째 행에서 조선왕조 창업의 주역인 태조를 중심으로 그 선대인 목조(穆祖), 익조(翼祖), 도조(度祖), 환조(桓祖)와 그 후대인 태종(太宗) 등 6대의 위업을 찬양한다. 110장에서 124장까지는 "닛디 마쿵쇼셔"라는 구절로 끝맺고 있기 때문에 '물망장(勿忘章)'이라고도 한다. 작품 전체의 주제를 요약하는 결사(結詞)에 해당하며 후세의 왕들에게 건국이념을 바로 새기고 초심을 잃지 않도록 경계하는 내용을 담고 있다.

「용비어천가」의 시적 진술 방식은 각 장마다 2행의 대구(對句) 형식을 지키면서 내용을 이어 간다는 점이 특이하다. 1행에서는 대개 중국의 사적을 앞세우고 있는데 2행에서 이에 대응하는 조선의 역사를 배치하고 있다. 중국의 사적에 근거해 조선왕조 창업의 과정을 정당화하고자 하는 의도를 담고 있는 것으로 볼 수 있다. 이 작품에서 볼 수 있는 시적 형식은 전래의 시가양식과는 연관성을 드러내지 않는 새로운 형태이지만 그 전통이 후대로 이어지지는 못했고, 고정적인 운율과 표현 방식이 더 이상 발전하지 못했다. 「용비어천가」 1장, 2장, 3장, 4장, 125장 등 다섯 장에 곡을 붙여 '치화평(致和平)', '취풍형(醉豊亨)', '봉래의(鳳來儀)', '여민락(與民樂)' 등의 음악으로 궁중의 제식과 연회에 이를 사용했다. 이 악보는 『세종실록(世宗實錄)』에 한글 가사 전문과 함께 실려 전한다.

「월인천강지곡(月印千江之曲)」은 석가모니 부처의 삶과 그 공덕을 찬양하는 찬불가(讚佛歌)의 성격을 지니고 있다. 수양대군(首陽大君)이 『석보상절(釋譜詳節)』을 지어 올리자 이를 본 세종이 『석보상절』의 내용에 맞추어 부처의 공덕을 칭송해 국문으로 지은 악장체의 시가이다. 석가의 전생에서부터 도솔천에 하강해 왕자로 태어나 성장하게 되는 과정, 화려한 결혼생활을 하다가 생에 대한 번민으로 출가해 불도를 깨치는 과정, 중생을 교화하고 제도하다가 열반하는 과정, 그가 남긴 사리를 승려들이 봉안하고 그를 믿고 받들게 되는 과정이 장대한 서사적 시풍으로 형상화되어 있다. '월인천강'이라는 명칭도 부처의 공덕을 칭

송하는 뜻이다. 부처가 중생을 교화하는 것이 마치 달이 하나이지만 시
공을 초월해서 수많은 강에 비치는 것과 같다는 의미를 가진다. 「월인
천강지곡」은 그 종교적 성격과 시가로서의 특징이 조화를 이루고 있
는 장편 서사시에 해당한다.

　악장은 조선 전기에 주로 발달했던 시가양식이다. 그러나 조선시대
상류계급인 사대부 계층에서 전유한 문학 형태로서 아송문학(雅頌文
學)의 성격이 강했기 때문에 널리 성행하지 못했다. 한문 악장은 한시
의 발전 과정 속으로 수렴되었고, 국문 악장은 가사문학의 등장과 함께
소멸되었다.

용비어천가(龍飛御天歌)[120]

海東六龍[121]이 ᄂᆞᄅᆞ샤 일마다 天福[122]이시니
古聖[123]이 同符[124]ᄒᆞ시니 (제1장)

불휘 기픈 남ᄀᆞᆫ[125] ᄇᆞᄅᆞ매[126] 아니 뮐쎠[127] 곶 됴코 여름 하ᄂᆞ니[128]
시미 기픈 므른 ᄀᆞ무래[129] 아니 그츨쎄[130] 내히 이러[131] 바ᄅᆞ래[132] 가ᄂᆞ니
(제2장)

---

120. 이 책에 수록한 악장의 원문과 주석은 권두환 편의 『고전시가』(해냄, 1997)를 참
　　조했다.
121. 해동 육룡. 해동은 조선을 가리키고, 육룡은 하늘의 뜻을 받은 여섯 분, 즉 목조(穆
　　祖)·익조(翼祖)·도조(度祖)·환조(桓祖)·태조(太祖)·태종(太宗)을 가리킨다.
122. 천복. 하늘이 내려 주신 복.
123. 고성. 옛날 중국의 성군(聖君)들. 여기서 '성군'은 중국의 역대 건국자를 가리킨다.
124. 동부. 서로 부합하여 차이가 없음.
125. 나무는.
126. 바람 때문에.
127. 흔들리지 않으므로.
128. 열매가 많으니.
129. 가뭄 때문에.
130. 그치지 않으므로.

周國 大王이 幽谷에 사ᄅ샤 帝業을 여르시니 133

우리 始祖ㅣ 慶興에 사ᄅ샤 王業을 여르시니 134 (제3장)

狄人ㅅ서리예 135 가샤 狄人이 글외어늘 136 岐山 137 올ᄆ샴도 138 하ᄂᆞᆶ 뜨디시

니 139

野人 140 ㅅ 서리예 가샤 野人이 글외어늘 德源 올ᄆ샴도 하ᄂᆞᆶ 뜨디시니 141

(제4장)

131. 냇물이 이루어져.

132. 바다에. 바다로.

133. 주국 대왕께서 빈곡에 사시어 제업을 여셨습니다. '주국 대왕(周國大王)'은 주나라
    문왕의 조부(祖父)인 고공단보(古公亶父). '빈곡(幽谷)'은 중국 하남성 영보현 남쪽
    에 있는 지명. 주나라의 통일은 무왕이 했지만, 제업의 흥기는 원조(遠祖) 공유(公
    劉)가 빈곡에 나라를 세우고 그 9세손인 고공단보가 빈곡에서 공유의 업을 이어서
    덕을 쌓고 국인(國人)이 다 추대(推戴)했을 때부터라고 한다.

134. 우리 시조께서 경흥에 사시어 왕업을 여셨습니다. 목조(穆祖)는 원래 전주에서 살
    았는데, 관기(官妓)의 사건 때문에 강원도 삼척에 가서 살게 되었다. 거기서도 어
    려워 바다 건너 함길도 덕원으로 가서 원나라에 귀화했다. 다시 경흥부 동쪽 알동
    에 가서 살게 되었다. 원에서는 목조에게 오천호소(五千戶小)와 달로화적(達魯花
    赤)이라는 관명을 주었다. 이후 우리나라 동북변 민심이 목조에게 돌아가니, 여기
    서 조선의 왕업이 비롯된 것이다.

135. 적인ㅅ서리예. 북쪽 오랑캐의 사이에.

136. 침범하거늘.

137. 기산. 중국 섬서성(陝西省)에 있는 산으로 주나라 개국의 터전이 되었다.

138. 옮으심도. 이주(移住)하심도.

139. 하늘의 뜻이시니. 공유가 빈곡에 터전을 닦고, 그 9세손 주국 대왕인 고공단보가
    그 업을 잇고 있었는데, 대왕 때 적인(狄人)이 침범해 왔으므로 피폐(皮弊)·대마
    (大馬)·주옥(珠玉)을 주었다. 그런데도 적인이 계속 침범했으므로 대왕은 빈곡을
    떠나 기산 밑에 가 살게 되었다. 빈곡의 사람들은 그의 덕을 사모하여 모두 대왕을
    따라가니, 따르는 사람이 많아 시장과 같았다. 이 구절은 이와 같이 민심이 있으니
    천명이 주국에 내렸다는 내용이다.

140. 야인. 오랑캐의. 여진족의. 야인(野人)은 우리나라 북쪽에 살던 오랑캐의 통칭이다.

141. 목조가 경흥에서 원의 벼슬을 하고, 익조는 이를 계승하여 위업(威業)이 점점 성했
    다. 이에 야인들이 시기하여 죽이려하므로 익조는 경흥부 동쪽 60여 리에 있는 적
    도(赤島)란 섬으로 피했다가 다시 덕원부로 돌아왔는데, 경흥 백성들이 많이 따라
    시장과 같았다. 이렇게 민심이 따르는 것은 천명의 표시이다.

千世 우희 미리 定ᄒ샨 漢水北[142]에 累人開國[143] ᄒ샤 卜年[144]이 ᄀᆞᆺ업스시니[145]
聖神[146]이 니ᅀᅡ샤도[147] 敬天勤民[148] ᄒ샤ᅀᅡ 더욱 구드시리이다[149]
님금하 아ᄅᆞ쇼셔 洛水에 山行[150] 가이셔 하나빌[151] 미드니잇가[152] (제125장)

— 『세종실록』

시조

한국문학에서 가장 대표적인 전통적 문학 양식이 시조이다. 시조는
14세기 고려 말기부터 조선 초기에 걸쳐 정제된 것으로 추정된다. 현
재 전해 오고 있는 시조집을 살펴보면, 고려 말기의 유학자로 널리 알
려진 길재(吉再), 이색(李穡), 정몽주(鄭夢周) 등의 작품이 남아 있다. 조
선 초기의 정도전, 변계량(卞季良) 등도 여러 편의 시조를 발표한 바 있
다. 이러한 사실은 고려 말에서 조선 초에 이미 시조의 시적 형식이 정
착되어 노래로 널리 불렸음을 말해 준다.

시조의 시적 형태가 형성되는 과정을 보면 유교 사상이 그 미학적
기반이 되었음을 확인할 수 있다. 초기 시조의 작가들이 대부분 당대의
저명한 유학자라는 사실은 새로운 시가문학으로서 시조가 지향하는
시정신(詩精神)의 세계가 유교와 밀접하게 연결되어 있음을 암시한다.

---

142. 한수북. 한양(漢陽).
143. 누인개국. 어진 덕을 쌓아 나라를 세움.
144. 복년. 하늘이 주신 왕조의 운수. 나라를 누릴 횟수.
145. 끝이 없으시니.
146. 성신. 위대한 후왕. 성자신손(聖子神孫)의 준말.
147. 이으셔도. 계승하셔도.
148. 경천근민. 하늘을 공경하고 백성을 다스림에 부지런함.
149. 굳으실 것입니다.
150. 산행. 사냥.
151. 할아버지를. 조상을. 여기서는 하(夏)나라 우왕(禹王)을 가리킨다.
152. 믿었습니까?

불교는 신라시대 이후 한국 민족의 생활과 문화에 큰 영향을 미쳤지
만, 고려시대에 정치 분야까지 관여하면서 여러 가지 사회적 폐단을 조
장하게 된다. 그렇기 때문에 지식층이 불교를 외면하기 시작했으며 점
차 민중생활과도 거리를 두게 된다. 주자학을 중심으로 하는 새로운 유
교 사상은 고려 말기에 중국으로부터 전래된 것으로, 현실주의적 합리
성과 윤리의식에 근거해 새로운 지도 이념으로 지식층에게 각광받게
된다. 시조는 절제된 형식과 완결된 미학을 바탕으로 유교의 새로운 가
치와 윤리적 덕목을 세련되게 노래하면서 널리 성행하게 된 것으로 보
인다.

   한국의 시가문학을 대표하는 시조는 고정적인 형식을 유지한다. 시
조는 초장, 중장, 종장이라는 3행으로 이루어진 시적 형식이 고정되어
있으며, 각 행은 3음절 또는 4음절의 어구를 기본 단위로 하여 네 번씩
반복되는 4보격(四步格)으로 구성된다. 이러한 기본적 형식을 다음과
같이 표시해 볼 수 있다.

   초장   3·4·3·4 (제1행)
   중장   3·4·3·4 (제2행)
   종장   3·5·4·3 (제3행)

   시조는 3행의 기본 형식 내에서 각 행에 배열되는 어구의 음절수에
신축성이 어느 정도 허용된다. 3-4음절의 어구에 1음절 또는 2음절 정
도를 더 보태거나 빼는 것은 무방하다. 그러나 종장의 제1구는 3음절
로 고정되며, 제2구는 반드시 5음절 이상이어야 한다. 이같은 종장의
제약은 시조의 시적 형식에서 평면성을 탈피하고 시적 생동감을 불어
넣어 주는 것으로 생각된다.

   이러한 시적 형식에서 기본적인 틀을 지키고 있는 시조를 단형시조
또는 평시조(平時調)라고 한다. 평시조의 형태에서 종장 제1구를 제외
한 어느 구절이나 하나만 길어진 것을 중형시조 또는 엇시조라고 하고,
두 구절 이상이 길어진 것을 장형시조 또는 사설시조라고 부른다. 사설
시조는 조선 후기부터 등장하는데, 대개 제2행인 중장이 길어지는 경

우가 많고 제3행인 종장의 후반부가 길어지기도 한다. 이 세 종류의 시
조 가운데 양적으로 가장 많은 것이 평시조이다. 그리고 하나의 시적
주제를 놓고 몇 편의 평시조를 연결해 만든 연시조(聯時調)가 조선 초
기부터 널리 쓰였다.

시조는 조선왕조가 비교적 안정된 사회 기반을 갖추게 되자 사대부
들의 생활과 그 정신적 자세를 노래하는 기품있는 시가문학으로 자리
잡게 된다. 조선시대 사대부들은 자연의 변화에 따라 생활하는 즐거움
을 시조를 통해 노래하면서도 유교적인 충의 사상을 그 속에 담아내고
자 했다. 어지러운 현실을 떠나 자연에 묻혀 유유자적한 삶을 노래하
는 맹사성(孟思誠)의 「강호사시가(江湖四時歌)」, 이황(李滉)의 「도산십
이곡(陶山十二曲)」, 이이(李珥)의 「고산구곡가(高山九曲歌)」 등은 '강호
가도(江湖歌道)'의 참뜻을 실현하고 있다. 군주에 대한 충의와 인간적
인 윤리의 실천을 노래하는 주세붕(周世鵬)의 「오륜가(五倫歌)」와 정철
(鄭澈)의 「훈민가(訓民歌)」 등의 작품은 그 주제 의식이 유교적 이념과
규범에 맞닿아 있음을 보여 준다. 이러한 작품들은 인간의 윤리와 삶의
가치를 일치시키면서 인간과 자연을 일관된 하나의 세계로 이해하고
그 속에서 조화를 추구하는 최고의 품격을 담아내고 있다.

그런데 이 시기에 시조 창작에서 빼놓을 수 없는 것은 창작의 주체
로 여성들이 등장하기 시작했다는 사실이다. 황진이(黃眞伊), 홍랑(洪
娘), 이매창(李梅窓) 등으로 대표되는 기녀(妓女)들의 작품이 그것이다.
이들은 비록 신분은 천민에 해당하지만 그 시조는 사대부층의 기품과
교양을 그대로 따르고자 하는 삶의 자세를 보여 준다. 그리고 초기 시
조에서 느낄 수 있는 유교적 이념과 삶의 가치에 개인적 정서의 진술
함과 발랄함을 더해 줌으로써 시조의 시적 형식의 새로운 가능성을 제
시하고 있다.

조선 후기에 이르러 시조는 주제의 확대와 시적 형식의 변화를 통
해 시조문학의 절정기에 이른다. 이 시기에 큰 활동을 보여 준 시조 시
인이 윤선도(尹善道)이다. 그는 시조가 지향해 온 강호가도의 자연 지
향적 전통을 계승하면서 「산중신곡(山中新曲)」 「어부사시사(漁父四時
詞)」 등의 작품을 잇달아 발표했다. 이 작품들은 자연을 벗 삼아 여유

롭게 살아가는 구체적인 일상의 삶을 생동감있게 묘사하고 있으며, 감
각적 언어 표현의 아름다움을 작품 속에서 구체적으로 보여 주고 있다.

조선 후기에는 임진왜란과 병자호란 등의 병란을 거치면서 강호의
자연보다 경험적 현실의 삶과 직결되는 사회문제를 비판적으로 노래
하는 시조들이 많이 등장한다. 시조의 시적 형식 속에 유교적 이념과
가치만이 아니라 세태와 풍속을 주제로 하는 작품들도 나온 것이다. 예
컨대 이정보(李鼎輔), 김상헌(金尙憲) 등이 발표한 시조는 조선 전기의
시조와는 다른 강렬한 주제 의식을 구현하고 있다.

시조문학은 조선 후기에 창조와 수용 계층 부분에서 크게 개방되고
확장되었다. 김천택(金天澤), 김수장(金壽長), 이세춘(李世春) 등의 평
민 가객이 출현한 것이다. 이들은 비슷한 취향을 가진 동료들과 가단
(歌壇)을 결성해 생활 속에서 시조를 직접 창작하고 노래하며 즐겼다.
그리고 새로운 시조의 창법을 개발하고 오랜 전통을 이어 온 시조들을
수집 정리해 시조집을 편찬했다. 가곡창(歌曲唱)으로만 불렸던 시조는
새롭게 시조창(時調唱)이 만들어져 널리 대중화되면서 상류층의 사대
부만이 아니라 일반 평민들도 시조창을 즐겨 부를 수 있게 되었다.

시조문학의 역사적 전개 과정에서 사설시조의 등장은 큰 변화를 초
래했다. 사설시조는 조선 후기 실학사상의 확대와 현실주의적 삶의 태
도 변화를 바탕으로 하는 사회문화적 전환과 연결된다. 실학사상은 주
자학의 이념에 대한 반성과 비판에서 출발해 현실 생활의 실천적인 가
치로 자리잡으면서 조선시대 한국인의 생활에 새로운 변화를 불러오
게 된다. 문학의 경우에는 서민의식의 성장과 함께 소설과 판소리 등의
산문문학이 성행하게 된다.

사설시조는 평시조의 유학사상의 절제된 미의식을 구현했던 시적
형식의 정형성을 탈피하기 위한 파격적 형식의 산물이다. 현재 전하고
있는 사백여 수의 사설시조는 대부분 그 작자가 밝혀지지 않았지만, 자
연과 인간에 대한 영탄의 경지를 완전히 벗어나 현실적인 삶의 여러
가지 문제를 폭넓게 그려내고 있다. 일상적 현실에서 느낄 수 있는 희
로애락의 정서를 솔직하게 표현하면서도 상징적인 암유(暗喩)를 통해
남녀의 애정, 부패 관료의 수탈, 인간의 패륜 행위 등과 같은 일탈 주제

까지 과감하게 수용한다. 사설시조에서 볼 수 있는 해학과 풍자의 어조, 조소와 비판의 시각은 사설 자체의 파격적 변화를 통해 서민적 미의식을 구현하는 데에 크게 기여했다.

시조의 시적 형식은 음악적인 창곡의 형식과 밀접하게 결합되어 있다. 음악으로서의 시조는 가곡창과 시조창이라는 두 가지 창곡으로 가창된다. 가곡창은 가야금을 비롯한 여러 가지 악기의 연주가 수반되는 정악(正樂)이다. 시조를 가곡창으로 노래하고자 할 경우에는 3행으로 구분되어 있는 시조의 시적 형식을 음악적 형식에 따라 5장으로 나눈다. 그러므로 가곡창으로 시조를 노래하기 위해서는 상당한 수준의 전문적인 음악적 소양을 갖추어야 한다. 악기의 반주에 따라야 하기 때문에 악공이 없는 곳에서는 가창이 불가능하다. 이러한 번거로움을 피하기 위해 시조창이라는 새로운 창법이 등장한다. 시조창은 악기의 반주가 없이 간단한 무릎장단만으로도 박자를 맞춰 가창할 수 있다. 시조의 시적 형식인 3행을 그대로 따라 3장의 음악적 형식으로 노래하면 된다. 그러므로 시조창은 민간에서 널리 유행하게 된다.

조선시대의 시조 작가 가운데에는 가곡창이나 시조창을 잘 부르는 전문적인 가객이 많다. 이들은 가단을 형성해 시조를 즐겨 노래 부르고 시조집을 엮어서 시조의 전통과 그 발전에 크게 이바지했다. 18세기 초반 김천택(金天澤)은 시조집 『청구영언(靑丘永言)』을 편찬한다. 김천택이 이끄는 가단(歌壇)의 일원이었던 김수장(金壽長)도 18세기 후반에 새로이 시조집 『해동가요(海東歌謠)』를 편찬한 바 있다. 그리고 19세기에 이르러서는 박효관(朴孝寬)과 안민영(安玟英)이 『가곡원류(歌曲源流)』를 펴내게 된다. 이 시조집들은 모두 많은 시조를 모아 그 곡조와 창법을 밝히고 있으며, 그 편차체제(編次體制)가 정연해 조선시대 3대 시조집이라고 일컫는다. 이밖에도 송계연월옹(松桂烟月翁)의 『고금가곡(古今歌曲)』, 이형상(李衡祥)의 『병와가곡집(瓶窩歌曲集)』, 김교헌(金喬軒)의 『대동풍아(大東風雅)』 등과 함께 편찬자를 알 수 없는 『남훈태평가(南薰太平歌)』 등의 시조집이 전해진다.

평시조[153]

이색(李穡)[154]

白雪이 ᄌ자진 골[155]에 구루미 머흐레라[156]
반가온 梅花ᄂ 어늬 곳에 픠엿ᄂ고
夕陽에 홀로 셔이셔 갈 곳 몰라 ᄒ노라

이조년(李兆年)[157]

梨花에 月白ᄒ고 銀漢이 三更인 제
一枝春心[158]을 子規ㅣ야 아랴마ᄂ
多情도 病이냥ᄒ여 ᄌ못드러 ᄒ노라

이개(李塏)[159]

房안에 혓는 燭불 눌과 離別ᄒ엿관디
것츠로 눈물 디고 속 타는 줄 모르는고
뎌 燭불 날과 갓트여 속 타는 줄 모르도다

---

153. 이 책에 수록한 시조의 원문과 주석은 정병욱 편의 『시조문학대사전』(신구문화
    사, 1980)을 참조했다.
154. 1328~1396. 고려 공민왕 때의 문신. 자(字)는 영숙(穎叔), 호는 목은(牧隱).
155. 자욱한 골짜기. 거의 녹아 없어진 골짜기.
156. 험악하구나.
157. 1296~1343. 고려 후기의 문신. 호는 백화헌(白花軒), 매운당(梅雲堂).
158. 일지춘심. 한 가지에 어린 봄뜻.
159. 1417~1456. 조선 초기의 문신. 사육신의 한 사람. 자는 청보(清甫), 백고(伯高), 호
    는 백옥헌(白玉軒), 시호는 의열(義烈).

월산대군(月山大君)[160]

秋江에 밤이 드니 물결이 추노미라
낙시[161] 드리치니 고기 아니 무노미라
無心ᄒ 둘빗만 싯고 뷘 비 저어 오노미라

황진이(黃眞伊)[162]

靑山裏 碧溪水ㅣ야 수이 감을 자랑마라
一到滄海ᄒ면 도라오기 어려오니
明月이 滿空山ᄒ니 수여 간들 엇더리

계랑(桂娘)[163]

梨花雨 훗쑤릴 제 울며 잡고 離別ᄒ 님
秋風落葉에 저도 날 싱각ᄂ가
千里에 외로운 꿈만 오락가락 ᄒ노매

홍랑(紅娘)[164]

묏버들 갈히 것거 보내노라 님의손디
자시ᄂ 窓밧긔 심거두고 보쇼셔
밤비예 새닙 곳 나거든 날인가도 너기쇼셔

---

160. 1454~1488. 왕족. 이름은 정(婷), 자는 자미(子美). 호는 풍월정(風月亭), 시호는 효
    문(孝文).
161. 낚시.
162. 조선시대 기생.
163. 조선시대 기생.
164. 조선시대 기생.

박효관(朴孝寬)[165]

서리 티고 별 성권[166] 제 울며 ᄀᆞ는 뎌 기럭아
네 길히 긔 언마ㅣ나 밧바 밤길좃차 녜는것가[167]
江南에 期約을 두엇시미 늣겨 글ᄉᆞ 져혜라[168]

연작시조

훈민가(訓民歌)
정철(鄭澈)[169]

아바님 날 나흐시고 어마님 날 기ᄅᆞ시니
두분 곳 아니시면 이몸이 사라실가
하ᄂᆞᆯ ᄀᆞᄐᆞᆫ ᄀᆞ업순 恩德을 어ᄃᆡ 다혀[170] 갑ᄉᆞ오리

님금과 百姓과 ᄉᆞ이 하ᄂᆞᆯ과 짜히로ᄃᆡ
내의 셜운 일을 다 아로려 ᄒᆞ시거든
우린돌 술진 미나리롤 혼자 엇디 머ᄀᆞ리

형아 아이야 네 술홀 ᄆᆞᆫ져 보와
뉘손ᄃᆡ 타나관ᄃᆡ[171] 양ᄌᆡ[172]조차 ᄀᆞᄐᆞᆫ손다
ᄒᆞᆫ졋 먹고 길러나 이셔 닷ᄆᆞ 옴을 먹디 마라

165. 1781−1880. 자는 경화(景華), 호는 운애(雲崖). 철종(哲宗) 및 고종(高宗) 때의 가객.
　　제자 안민영과 함께 『가곡원류』를 편찬했다.
166. 성긴. 드믄.
167. 가는 것인가.
168. 걱정이구나.
169. 1536−1593. 조선 중기의 문신. 자는 계함(季涵), 호는 송강(松江). 저서로 『송강집』
　　『송강가사』 등이 있다.

어버이 사라신제 셤길일란 다ᄒᆞ여라
디나간 후면 애둛다 엇디ᄒᆞ리
平生애 곳텨 못홀 일이 잇ᄲᅮᆫ인가 ᄒᆞ노라

ᄒᆞᆫ몸 둘헤 ᄂᆞ화 夫婦를 삼기실샤
이신제 흠ᄭᅴ 늙고 주그면 ᄒᆞᆫ듸 간다
어듸셔 망녕의 ᄶᅥ시 눈 흘긔려 ᄒᆞᄂᆞ고

—『송강가사(松江歌辭)』

사설시조

작자 미상

개야미 불개야미 ᄌᆞᆫ등 부러진 불개야미 압발에 疔腫[173] 나고 뒷발에 죵귀 난
불개야미
廣陵 심재 너머 드러 가람[174]의 허리를 ᄀᆞ르무러 추혀 들고 北海를 건너닷
말이 이셔이다 님아 님아
온 놈이 온 말을 ᄒᆞ여도 님이 짐쟉ᄒᆞ쇼셔

귓도리 져 귓도리 어엣부다 져 귓도리
어인 귓도리 지ᄂᆞᆫ 둘 새ᄂᆞᆫ 밤의 긴 소릭 쟈른 소릭 節節이 슬픈 소릭 제 혼자
우러네어 紗窓 여왼 줌을 ᄉᆞᆯ드리도 ᄭᅢ오ᄂᆞᆫ고야
두어라 제 비록 微物이나 無人洞房[175]에 내 뜻 알 리ᄂᆞᆫ 저ᄲᅮᆫ인가 ᄒᆞ노라

170. 어디에 견주어.
171. 누구에게서 태어났기에.
172. 양자(樣子). 얼굴 생김.
173. 정종. 악성 부스럼.
174. 범. 갈범.

나모도 바히도 돌도 업슨 뫼헤 매게 또친 가토리 안과

大川 바다 한가온대 一千石 시른 빅에 노도 일코 닷도 일코 농총[176]도 근
코 돗대도 것고 치도 싸지고 ᄇ람 부러 물결치고 안개 뒤섯계 ᄌ자진
날에 갈 길은 千里萬里 나믄듸 四面이 거머어득 져믓 天地寂寞 가치노
을[177] 쎗ᄂ 듸 水賊 만난 都沙工[178]의 안과

엇그제 님 여흰 내 안히야 엇다가 ᄀ을ᄒ리오[179]

님이 오마 ᄒ거늘 저녁밥을 일지어 먹고 中門 나서 大門 나가 地方[180] 우희 치
ᄃ라 안자 以手로 加額ᄒ고 오ᄂ가 가ᄂ가 건넌山 ᄇ라보니 거머횟들[181]
셔 잇거늘 져야 님이로다

보선 버서 품에 품고 신 버셔 손에 쥐고 곰븨님븨[182] 님븨곰븨 천방지방[183]
지방천방 즌듸 ᄆ른듸 글희지 말고 워렁충창[184] 건너가서 情엣말 ᄒ려 ᄒ
고 겻눈을 흘긧 보니 上年 七月 사흔날 굴가 벅긴 주추리 삼대 슬드리도
날 소겨라

모쳐라 밤일싀만뎡 힝혀 낫이런들 눔 우일 번 ᄒ괘라

논밧 가라 기음 미고 뵈잠방이 다임쳐[185] 신들메고[186]

낫 가라 허리에 ᄎ고 도싀 벼러[187] 두러메고 茂林山中[188] 드러가셔 삭사리[189]

175. 무인동방. 님이 없는 외로운 빈 방.
176. 용총. 줄.
177. 사나운 파도. 백두파(白頭波).
178. 도사공. 뱃사공.
179. 비교하겠는가. 한계를 짓겠는가.
180. 지방. 문지방.
181. 검은빛과 흰빛이 뒤섞인 모양.
182. 엎치락뒤치락하는 모양. 엎어지고 자빠지고. '곰븨'는 후미(後尾), '님븨'는 전두(前
    頭)의 뜻이다.
183. 천방지방(天方地方). 너무 급하여 어쩔 줄 모르고 날뛰는 모양. 천방지축(天方地軸).
184. 급히 달리는 소리.
185. 대님을 매어.
186. 들메끈을 매고.
187. (무딘 연장의 날을) 벼리어. '벼리다'는 칼 따위의 날을 세운다는 뜻이다.

마른 섭흘 뷔거니 버히거니 지게에 질머 집팡이 밧쳐 노코 시옴을 ᄎᄌ
가셔 點心 도슭 부시이고[190] 곰방ᄃᆡ롤 톡톡 쎠러 닙담ᄇᆡ 퓌여 물고 코노ᄅᆡ
조오다가
夕陽이 져너머 갈 졔 엇끼를 추이르며 긴소ᄅᆡ 져른소ᄅᆡ 하며 어이 갈고 ᄒ
노라

— 『청구영언(靑丘永言)』

가사

가사(歌辭)는 고려 말기에 그 형식이 처음 등장한 이래 조선 초기에 사
대부층에 의해 양식적 정착이 이루어졌으며, 시조와 마찬가지로 조선
시대를 대표하는 시가양식으로 널리 향유되었다. 가사의 형식적 특징
을 보면 4음 4보격을 기준 율격으로 하지만, 시의 행에 제한을 두지 않
는 개방적인 율문 형식이다. 이러한 형식의 개방성으로 인해 조선시대
사대부층을 비롯해 양반가의 부녀자, 그리고 서민층에 이르기까지 다
양한 계층이 삶의 경험을 자유롭게 표현할 수 있는 문학 양식으로 자
리잡았다. 가사는 그 내용이 개인적인 정서의 표현만이 아니라 교훈적
인 훈계, 여정의 체험과 감상 등을 담고 있는 경우도 많다.

　가사는 운문 형식이지만 그 속에 다양한 내용을 담고 있기 때문에,
양식적 특성에 대한 여러 방면의 논의가 이루어졌다. 초창기의 연구자
들은 가사를 수필 영역에 포함시킨 경우도 있고, 교술문학(敎述文學)이
라는 독자적 양식으로 분류한 적도 있다. 그러나 가사는 운문양식에 속
하며 정서의 표현을 바탕으로 한다는 점에서 조선시대를 대표하는 국
문 시가 형태로 보는 것이 일반적이다. 시조가 단형의 시 형식을 보여

188. 무림산중. 나무숲이 우거진 산 속.
189. 삭정이. 살아 있는 나무에 붙은 죽은 가지.
190. 그릇 같은 것을 깨끗이 씻고.

준다면 가사는 길이가 긴 장시의 형식을 취하고 있다. 다만 그 길이가
고정되어 있지 않고 자유로운 형식적 개방성을 갖기 때문에 인간 삶의
다양한 주제를 포괄하게 된 것이라고 생각된다.

　가사는 고려 말엽부터 등장하기 시작했는데, 이두문(吏讀文)으로 표
기된 나옹화상(懶翁和尙)의 「승원가(僧元歌)」「서왕가(西往歌)」 등이
그 효시이다. 가사는 일상적 현실의 다양한 체험을 규칙적인 운율에 맞
춰 자유롭게 진술하는 방식으로 이루어진다. 조선 초기 정극인(丁克仁)
의 「상춘곡(賞春曲)」을 보면, 완결된 형식을 갖춘 국문 가사가 이미 이
시기에 정착되었음을 알 수 있다.

　조선시대의 사대부들이 한문 중심의 글쓰기에서 벗어나 국문으로
시조를 지어 노래하고 가사를 창작한 것은 획기적인 일이다. 가사의 시
적 형식은 전체적으로 4음 4보격의 안정된 율격을 비교적 온전히 지키
고 있으며, 마지막 결구를 시조의 종장 형식으로 마감하는 형식상의 특
징을 보여 주고 있다. 가사는 시조의 경우와 마찬가지로 가창의 방식으
로 향유될 수 있지만, 노래의 길이를 제한하지 않는 형식적 특성으로
인해 읊조리며 즐기는 향유 방식을 동시에 갖게 되었고, 이로써 사대부
들의 생활과 여흥에 수반되는 시가양식으로 확대된다.

　조선 초기의 가사 가운데 자연과 합일을 표방하면서 그 아름다움과
즐거움을 노래한 이른바 '강호가사(江湖歌辭)'는 형식과 기법에서 문학
적 세련성을 고루 갖추고 있다. 정극인의 「상춘곡」, 송순(宋純)의 「면앙
정가(俛仰亭歌)」, 정철의 「성산별곡(星山別曲)」, 차천로(車天輅)의 「강
촌별곡(江村別曲)」, 박인로(朴仁老)의 「노계가(蘆溪歌)」 등이 여기에 속
한다.

　가사문학을 향유했던 사대부층에서는 유교의 이념과 가치를 실천윤
리의 덕목으로 규범화하여 경세적 교훈으로 삼도록 가사를 창작했다.
이황(李滉)이나 이이(李珥)와 같은 대학자들도 성리학 이론을 완결하면
서 유교적 세계관을 바탕으로 「도덕가(道德歌)」(이황) 「자경별곡(自警
別曲)」(이이) 등과 같은 교훈적인 가사를 남겼다. 사대부층의 가사 가
운데에는 관료로 임관해 임지를 여행하면서 얻은 감흥과 관료 생활의
즐거움을 읊은 백광홍의 「관서별곡(關西別曲)」, 정철의 「관동별곡」 등

이 있다. 이밖에도 정계에서 밀려난 후 임금을 향한 충정을 노래한 정철의 「사미인곡(思美人曲)」「속미인곡(續思美人曲)」과 귀양지로 내몰린 처지를 내세워 쓰라린 회포와 충의심을 토로한 조위(曹偉)의 「만분가(萬憤歌)」 등이 전해진다.

　조선시대 중기를 거치면서 가사는 장편화하고 다양한 주제를 담아내면서 산문적인 영역까지 양식적 확장을 보여 준다. 이러한 변화는 가사의 양식 자체가 노래로서 가창되던 방식에서 벗어나 점차 음송 완독의 방법으로 향유되는 독서물로 바뀌게 된 것과 관련된다. 조선 후기의 가사는 그 내용이 자연에서 현실의 문제로 이동하는 특징을 보인다. 박인로의 「누항사(陋巷詞)」와 정훈(鄭勳)의 「우활가(迂闊歌)」「탄궁가(嘆窮歌)」 등은 안빈낙도를 표방하지만 고통스러운 삶의 현실을 사실적으로 묘사하고 있다. 양사준(楊士俊)의 「남정가(南征歌)」, 박인로의 「태평사(太平詞)」「선상탄(船上嘆)」, 최현(崔晛)의 「용사음(龍蛇吟)」 등에서는 임진왜란과 병자호란이라는 두 차례의 전란을 배경으로 왜(倭)나 청(淸)을 향한 적개심을 표현하면서 전쟁의 비참함과 사회의 피폐상을 노래하고 있다. 유배지에서 겪는 고난의 생활상을 기술하면서 우국지정(憂國之情)을 토로한 송주석(宋疇錫)의 「북관곡(北關曲)」, 안조환(安肇煥)의 「만언사(萬言詞)」, 김진형(金鎭衡)의 「북천가(北遷歌)」 등은 '유배가사(流配歌辭)'라는 이름으로 널리 알려져 있다. 일본 사행(使行) 과정을 그린 김인겸(金仁謙)의 「일동장유가(日東壯遊歌)」, 중국 사행 과정을 그린 유인목(柳寅睦)의 「북행가(北行歌)」, 홍순학(洪淳學)의 「연행가(燕行歌)」 등은 '기행가사'로 지칭되고 있다.

　조선 후기에는 사대부층의 부녀자들도 가사를 널리 향유하게 된다. 부녀자들이 일상에서 겪는 여성으로서의 삶의 체험을 자유롭고 솔직하게 그려내기도 하고, 사대부의 여성으로서 지켜야 할 도리와 삶의 자세를 교훈적으로 담아내기도 한다. 이러한 가사를 '내방가사' 또는 '규방가사'라고 한다. 내방가사 중에서 가장 폭넓게 분포되어 전래된 「계녀가(誡女歌)」는 결혼하는 딸에게 시집살이에 필요한 생활규범을 가르치기 위해 『소학(小學)』 등에서 요구하는 일반적인 유교적 규범을 쉽게 풀이해 노래하고 있다. 일반 부녀자들이 지켜야 할 도리를 서술하면

서 그 중요성을 강조하는 「도덕가(道德歌)」「나부가(懶婦歌)」 등도 있
다. 여성들의 일상 가운데 봄철의 행락 체험을 담은 「화전가(花煎歌)」
는 사대부 계층의 여성들만이 가지는 독특한 풍류적 정서를 섬세하게
노래한다. 시집살이의 괴로움과 여성으로서 겪어야 하는 고통을 고향
에 대한 그리움과 친정 부모에 대한 사랑으로 엮어 놓은 「사친가(思親
歌)」「사향가(思鄕歌)」「규원가(閨怨歌)」도 있다.

　조선 후기에는 새로 들어온 천주교의 교리와 포교를 내용으로 하는
정약전(丁若銓)의 「십계명가(十誡命歌)」, 이벽(李檗)의 「천주공경가(天
主恭敬歌)」, 이가환(李家煥)의 「경세가(警世歌)」 등의 천주가사도 등장
했으며, 조선 말기에는 동학을 창도한 최제우(崔濟愚)의 가사집 『용담
유사(龍潭遺詞)』가 창작되어 만민평등사상과 외세에 대한 저항의식을
강조하기도 한다. 신태식(申泰植)의 「창의가(倡義歌)」는 한말 의병들의
구국의식을 격렬하게 표출하고 있는 가사양식이다.

상춘곡(賞春曲)[191]

정극인(丁克仁)

紅塵[192]에 뭇친 분네 이내 生涯 엇더ᄒᆞ고

녯 사롬 風流ᄅᆞᆯ 미출가[193] 못 미출가

天地間 男子 몸이 날만ᄒᆞᆫ 이 하건마ᄂᆞᆫ[194]

山林에 뭇쳐 이셔 至樂을 ᄆᆞ롤[195] 것가

數間茅屋을 碧溪水 앏픠 두고

松竹 鬱鬱裏에 風月主人 되여셔라

191. 이 책에 수록한 가사의 원문과 주석은 권두환 편의 『고전시가』(해냄, 1997)를 참조
　　했다.
192. 홍진. 뿌옇게 이는 먼지. 번거롭고 속된 세상.
193. 미칠까. -에 도달할까.
194. 많건마는.
195. 모르는.

엇그제 겨을 지나 새 봄이 도라오니

桃花 杏花는 夕陽裏에 퓌여 잇고

綠陽 芳草는 細雨中에 프르도다

칼로 몰아낸가[196] 붓으로 그려낸가

造化神功이 物物마다 헌ᄉ롭다[197]

수풀에 우는 새는 春氣를 및내 계워 소리마다 嬌態로다

物我一體어니 興이이 다룰소냐

柴扉예 거러 보고 亭子애 안자 보니

逍遙吟詠ᄒ야 山日이 寂寂ᄒ듸

閒中眞味룰 알 니 업시 호재로다[198]

이바 니웃드라 山水 구경 가쟈스라

踏靑으란 오늘 ᄒ고 浴沂[199]란 來日ᄒ새

아춤에 採山ᄒ고 나조히[200] 釣水[201]ᄒ새

ᄀ 괴여 닉은 술을 葛巾으로 밧타 노코

곳 나모 가지 것거 수 노코 먹으리라

和風이 건듯 부러 綠水룰 건너오니

淸香은 잔에 지고 落紅은 옷새 진다

樽中이 뷔엿거든 날ᄃ려 알외여라

小童 아히ᄃ려 酒家에 술을 믈어

얼운은 막대 집고 아히는 술을 메고

微吟緩步ᄒ야 시냇ᄀ의 호자 안자

明沙 조흔 믈에 잔 시어[202] 부어 들고

淸流룰 굽어보니 쩌오는니 桃花ㅣ로다

---

196. 말아(마름질해)내었는가. 재단해내었는가.

197. 야단스럽다. 굉장하다.

198. 혼자로다.

199. 욕기. 기수(沂水)에서 목욕한다는 말로, 유유자적함을 뜻한다.

200. 저녁에.

201. 조수. 낚시질. '釣水魚(조수어)'의 준말.

202. 씻어.

武陵이 갓갑도다 져 미이²⁰³ 권 거인고²⁰⁴

松間細路에 杜鵑花룰 부치들고

峯頭에 급피 올나 구름 소긔²⁰⁵ 안자 보니

千村萬落이 곳곳이 버려 잇니

煙霞日輝ᄂ 錦繡룰 재폇ᄂ 듯

엇그제 검은 들이 봄빗도 有餘홀샤

功名도 날 씌우고 富貴도 날 씌우니

淸風明月外에 엇던 벗이 잇ᄉ올고

簞瓢陋巷²⁰⁶에 훗튼²⁰⁷ 혜음²⁰⁸ 아니ᄒ니

아모타 百年行樂이 이만ᄒ둘 엇지ᄒ리

— 『불우헌집(不憂軒集)』

사미인곡(思美人曲)
정철(鄭澈)

이 몸 삼기실²⁰⁹ 제 님을 조차 삼기시니

ᄒ싱 緣연分분이며 하늘 모롤 일이런가

나 ᄒ나 졈어²¹⁰ 잇고 님 ᄒ나 날 괴시니²¹¹

203. 뫼가. 들판이.
204. 거기인 것인가. 그것인 것인가.
205. 속에.
206. 단표누항. 소박한 시골 살림. 청빈한 선비의 살림. '단표'는 '단사표음(簞食瓢飮, 도
   시락 밥과 표주박 물)'의 준말로 가난한 음식과 생활을, '누항'은 누추한 거리를 뜻
   하나, 여기서는 자기가 사는 마을을 낮추어 일컫는 말로서 빈촌(貧村)을 말한다.
207. 허튼. 헤픈. 함부로 하는.
208. 생각. 셈.
209. 생길. 태어날.
210. 젊어.
211. 총애하시니.

이 무음 이 사랑 견줄 디 노여²¹² 업다
平평生성애 願원ᄒᆞ요디 ᄒᆞᆫ디²¹³ 녜쟈²¹⁴ ᄒᆞ얏더니
늙거야 므ᄉᆞ 일로 외오²¹⁵ 두고 글이ᄂᆞᆫ고²¹⁶
엇그제 님을 뫼셔 廣광寒한殿뎐²¹⁷의 올낫더니
그 더디²¹⁸ 엇디ᄒᆞ야 下하界계예 ᄂᆞ려오니
올 적의 비슨 머리 얼킈연디 三삼年년이라
臙연脂지粉분 잇ᄂᆞ마ᄂᆞᆫ 눌²¹⁹ 위ᄒᆞ야 고이 ᄒᆞᆯ고
무음의 미친 실음 疊텹疊텹이 ᄡᅡ혀 이셔
짓ᄂᆞ니 한숨이오 디ᄂᆞ니 눈믈이라
人인生성은 有유限ᄒᆞᆫ디 시룸도 그지 업다
無무心심ᄒᆞᆫ 歲셰月월은 믈 흐ᄅᆞᆺ 흐는고야
炎염凉냥이 ᄲᅢ롤 아라 가는 ᄃᆞᆺ 고텨 오니
듯거니 보거니 늣길 일도 하도 할샤²²⁰
東동風풍이 건듯 부러 積젹雪셜을 헤텨내니
窓창 밧긔 심근 梅미花화 두세 가지 픠여셰라
ᄀᆞ득 冷닝淡담ᄒᆞᆫ디 暗암香은 므ᄉᆞ일고
黃황昏혼의 둘이 조차 벼마팃²²¹ 빗최니
늣기ᄂᆞᆫ ᄃᆞᆺ 반기ᄂᆞᆫ ᄃᆞᆺ 님이신가 아니신가
뎌 梅미花화 것거내여 님 겨신 디 보내오져²²²
님이 너를 보고 엇더타 너기실고

212. 전혀. 다시.
213. 한곳에. 함께.
214. 가자. 살아가자고.
215. 외따로.
216. 그리워하는고.
217. 달나라에 있다는 궁전.
218. 때에.
219. 누구를.
220. 많기도 많구나.
221. 머리맡에.
222. 보내고자.

곳 디고 새 닙 나니 綠녹陰음이 실렸ᄂᆞ디
羅나幃위²²³ 寂젹寞막ᄒᆞ고 繡슈幕막²²⁴이 뷔여 잇다
芙부蓉용²²⁵을 거더 노코 孔공雀쟉²²⁶을 둘러 두니
ᄀᆞ득 시름 한ᄃᆡ²²⁷ 날은 엇디 기돗던고
鴛원鴦앙錦금 버혀 노코 五오色ᄉᆡᆨ線션 플텨내여
금자히²²⁸ 견화이셔²²⁹ 님의 옷 지어내니
手슈品품은ᄏᆞ니와²³⁰ 制졔度도도 ᄀᆞ줄시고²³¹
珊산瑚호樹슈 지게 우희 白ᄇᆡᆨ玉옥函함의 다마 두고
님의게 보내오려 님 겨신 ᄃᆡ ᄇᆞ라보니
山산인가 구롬인가 머흐도 머흘시고²³²
千쳔里리 萬만里리 길흘 뉘라셔 ᄎᆞ자갈고
니거든 여러 두고 날인가 반기실가
ᄒᆞᄅᆞ밤 서리김의 기려기 우러 녤 제
危위樓루²³³에 혼자 올나 水슈晶졍簾념²³⁴ 거든 말이
東동山산의 ᄃᆞᆯ이 나고 北북極극의 별이 뵈니
님이신가 반기니 눈믈이 절로 난다
淸쳥光광을 쥐여내여 鳳봉凰황樓누의 븟티고져
樓누 우희 거러 두고 八팔荒황²³⁵의 다 비최여
深심山산 窮궁谷곡 졈낫ᄀᆞ치²³⁶ 밍그쇼서

223. 엷은 비단 포장.
224. 수를 놓은 막.
225. 부용장(芙蓉帳)의 준말. 부용을 그린 방장.
226. 공작병(孔雀屛)의 준말. 공작을 그린 병풍.
227. 많은데.
228. 금으로 만든 자에.
229. 겨누어서.
230. 솜씨는 말할 것도 없고.
231. 갖추어져 있구나.
232. 험하기도 험하구나.
233. 높은 누각.
234. 수정 구슬을 꿰어서 만든 발.
235. 팔굉(八紘). 온 세상.

乾건坤곤이 閉폐塞식ᄒᆞ야 白빅雪셜이 ᄒᆞᆫ 빗친 제
사름은ᄏᆞ니와 237 널새도 긋쳐 잇다
瀟쇼湘샹南남畔반 238도 치오미 이러커든
玉옥樓누高고處쳐 239야 더옥 닐너 므숨 ᄒᆞ리
陽양春츈을 부쳐내여 님 겨신 ᄃᆡ 쏘이고져
茅모簷쳠 비쵠 히룰 玉옥樓누의 올리고져
紅홍裳샹을 니믜ᄎᆞ고 240 翠쥐袖슈를 半반만 거더
日일暮모修슈竹듁 241의 헴가림 242도 하도 할샤
댜ᄅᆞᆫ 히 수이 디여 긴 밤을 고초 243 안자
靑청燈등 거른 겻틱 鈿뎐箜공篌후 244 노하 두고
꿈의나 님을 보려 틱밧고 245 비겨시니 246
鴛앙衾금도 ᄎᆞ도 찰샤 이 밤은 언제 샐고
ᄒᆞᄅᆞ도 열두 ᄠᅢ ᄒᆞᆫ 둘도 셜흔 날
져근덧 싱각 마라 이 시름 닛쟈 ᄒᆞ니
ᄆᆞ음의 미쳐 이셔 骨골髓슈의 ᄭᅦ텨시니 247
扁편鵲쟉 248이 열히 오나 이 병을 엇디ᄒᆞ리
어와 내 병이야 이 님의 타시로다
출하리 싀어디여 249 범나븨 되오리라

236. 대낮같이.
237. 사람은커녕.
238. 중국 호남성(湖南省)의 소수(瀟水)와 상강(湘江)을 뜻하나, 여기서는 화자가 있는 곳
    인 전라남도 창평을 말한다.
239. 임금님이 계신 곳을 가리킨다.
240. 여미어 입고.
241. 밋밋하게 서 있는 대나무.
242. 헤아려 생각함.
243. 꼿꼿이.
244. 자개로 장식한 공후. 공후는 현악기의 일종.
245. 턱을 받치고.
246. 의지하고 있으니.
247. 꿰뚫었으니. 사무쳤으니.
248. 중국 전국시대의 유명한 의사.

곳나모 가지마다 간 딕 죡죡 250 안니다가
향 무든 날애로 님의 오시 올므리라
님이야 날인 줄 모ᄅ샤도 내 님 조ᄎ랴 ᄒ노라

— 『송강가사』(성주본)

규원가(閨怨歌)
허난설헌(許蘭雪軒)

엇그제 저멋더니 ᄒ마251 어이 다 늘거니
少年行樂 252 생각ᄒ니 일러도 속절업다
늘거야 서른253 말슴 ᄒ자니 목이 멘다
父生母育 辛苦ᄒ야 이 내 몸 길러 낼 제
公候配匹 254 은 못 바라도 君子好逑 255 願ᄒ더니
三生의 怨業이오 月下의 緣分으로
長安遊俠 256 輕薄子 257 룰 쑴굿치 만나 잇서
當時의 用心ᄒ기 살어름 디듸는 듯
三五 二八 겨오 지나 天然麗質 258 절로 이니
이 얼골 이 態度로 百年期約ᄒ얏더니
年光이 훌훌ᄒ고 259 造物이 多猜ᄒ야260

249. 죽어서.
250. 죡죡. 마다.
251. 이미. 벌써.
252. 소년행락. 젊은 시절 즐겁게 지냄.
253. 서러운.
254. 공후배필. 높은 벼슬아치의 아내.
255. 군자호구. 훌륭한 남자의 좋은 아내.
256. 장안유협. 서울 거리에서 이름난 호탕한 풍류객.
257. 경박자. 경거망동하는 사람.
258. 천연려질. 타고난 아름다운 모습.

봄바람 가을 믈이 뵈오리 북[261] 지나듯
雪鬢花顏[262] 어딘 두고 面目可憎[263] 되거고나
내 얼골 내 보거니 어느 임이 날 괼소냐
스스로 慚愧ᄒ니 누구를 怨望ᄒ리
三三五五 冶遊園의 새 사람이 나닷 말가
곳 피고 날 저물 제 定處 업시 나가 이셔
白馬金鞭[264]으로 어딘어딘 머무는고
遠近을 모르거니 消息이야 더욱 알랴
因緣을 긋쳐신들 싱각이야 업슬소냐
얼골을 못 보거든 그립기나 마르려믄
열두 ᄲᅢ 김도 길샤 설흔 날 支離ᄒ다
玉窓에 심근 梅花 몃 번이나 픠여 진고
겨울 밤 차고 찬 제 자최눈[265] 섯거 치고
여름날 길고 길 제 구즌 비는 무스 일고
三春花柳 好時節에 景物이 시름업다
가을 둘 방에 들고 蟋蟀이 床에 울 제
긴 한숨 디ᄂ 눈물 속절업시 헴[266]만 만타
아마도 모진 목숨 죽기도 어려울사
도로혀 풀쳐 혜니 이리 ᄒ여 어이 ᄒ리
靑燈을 돌라 노코 綠綺琴[267] 빗기 안아
碧蓮花[268] 한 곡조를 시름 조ᄎ 섯거 타니

259. 빨리 지나가고.
260. 다시하여. 시기함이 많아서.
261. 베틀의 베올 사이에 있는 실꾸리를 넣는 북(나무통).
262. 설빈화안. 고운 머리채와 젊고 아름다운 얼굴.
263. 면목가증. 모습이 미움. 얄미움.
264. 백마금편. 좋은 말과 좋은 채찍. 호사스러운 행장.
265. 자국눈. 겨우 발자국이 날 만큼 조금 내린 눈.
266. 헤아림. 생각.
267. 녹기금. 중국 한나라 사마 상여가 탔다는 거문고. 이 거문고로 「봉구황곡(鳳求凰曲)」을 타서 탁문군(卓文君)을 꾀었다고 한다.

瀟湘夜雨의 댓소리 섯도는 [269] 듯

華表 千年[270]의 別鶴[271]이 우니는 듯 [272]

玉手의 타는 手段 녯 소래 잇다마는

芙蓉帳 寂寞ᄒ니 뉘 귀에 들리소니

肝腸이 九曲 되야 구븨구븨 쓴쳐서라

출하리 잠을 드러 쑴의나 보려 ᄒ니

바람의 디는 닢과 풀 속에 우는 즘생

무스 일 원수로서 잠조차 깨오는다

天上의 牽牛織女 銀河水 막혀서도

七月 七夕 一年一度 失期치 아니거든[273]

우리 님 가신 후는 무슨 弱水[274] 가렷관듸

오거나 가거나 消息조차 쓰쳣는고

欄난干간의 비겨 셔서 님 가신 듸 바라보니

草露는 맷쳐 잇고 暮雲이 디나갈 제

竹林 푸른 고듸 새 소리 더욱 설다

세상의 서룬 사람 수업다 ᄒ려니와

薄命ᄒ 紅顔이야 날 가트니 또 이실가

아마도 이 님의 지위[275]로 살동말동 ᄒ여라

— 『고금가곡(古今歌曲)』

268. 「벽련화」. 거문고 곡(曲)의 하나.
269. 섞여 나는 듯.
270. 화표 천년. 화표주(華表柱) 위에서 천년 만에. 화표주는 묘 앞에 세우는 망주석(望柱石). 옛날 요동에 정영위(丁令威)라는 이가 영허산(靈虛山)에 가서 도를 배운 뒤 학이 되어 천년 만에 돌아와 화표주에 앉았다고 한다.
271. 별학. 별난 학.
272. 울고 있는 듯.
273. 실기치 아니거든. 만나는 기약을 어기지 아니하는데.
274. 약수. 신선이 사는 땅에 있다고 하는 강. 그 물에서는 기러기의 털조차 뜰 수 없을 정도이므로 도저히 건널 수 없다고 하여, '장애물'을 의미한다.
275. 까닭.

고전소설

고전소설의 개념

한국의 고전소설은 조선시대에 등장한 대표적인 서사문학 양식이다. 고전소설은 출현 당시에 패설(稗說), 고담(古談) 등으로도 일컬어졌으며, 특히 국문으로 된 것은 언패(諺稗), 언서고담(諺書古談) 등으로 지칭했다. 이러한 명칭들은 모두가 '이야기책'이라는 의미를 담고 있다. 고전소설은 한문으로 서술된 한문소설과 훈민정음 창제 이후 국문으로 기록된 국문소설로 구분하는 것이 보통이지만, 이 가운데에서 한문소설은 한문학의 영역에서 별도로 다루기 때문에 국문소설에만 국한하여 고전소설이라고 부르기도 한다. 고전소설이라는 명칭은 19세기 후반부터 학술적 용어로 고정되었다. 개화계몽시대에 '신소설'이 등장하자, 이것과 구별하기 위해 그 이전의 소설을 모두 '구소설'이라고 부른 적도 있다. 오늘날에는 고전소설이라는 말과 함께 '고소설'이라는 말이 사용되기도 한다.

고전소설은 조선시대의 중세적 생활상을 절실하게 표현한 서사문학 양식으로 그 의의를 인정받고 있다. 고전소설은 인간의 삶의 경험을 바탕으로 엮어지는 이야기라는 점에서 신화와 다른 성격을 지니며, 산문으로 기록된 서사문학이라는 점에서 구전으로 전승되는 설화나 서사무가와 구별된다. 고전소설은 인간의 삶의 과정에서 생겨나는 갈등에 관심을 가지면서도 초인간적이고 초자연적인 세계를 개입시키는 경우가 많기 때문에 현대소설과는 그 성격을 달리한다.

　　고전소설 가운데 작자가 누구인지 밝혀진 작품은 거의 없다. 한문소설의 경우는 대부분 문집 속에 수록됨으로써 그 작자가 알려져 있지만, 국문소설을 문집에 수록한 경우는 찾아볼 수가 없다. 조선시대 사대부들이 국문소설을 짓는 일을 대수롭지 않게 여겨 이름을 숨겼기 때문이다. 물론 고전소설의 작자가 모두 사대부층에 속한다고 추정할 수는 없는 일이다. 여성이 쓴 작품도 등장했을 가능성이 있고, 소설이 영리 목적으로 출판되어 유통이 이루어지면서 서민층에서도 소설을 쓴 작자가 등장했을 것으로 생각된다.

　　고전소설은 작자를 알 수 없는 것과 마찬가지로 그 창작 연대도 제대로 밝혀진 것이 거의 없다. 간혹 소설의 내용을 소개한 문헌 기록 등을 통해 소설의 창작 연대가 뒤에 밝혀진 경우가 있을 뿐이다. 그러므로 이야기 내용이나 서술에서 드러나는 어휘의 특징을 살펴 창작 시기를 추정하는 것이 보통이다.

고전소설의 성립

고전소설이 등장한 시기를 정확하게 설명할 수 없다. 소설이라는 양식의 성립 과정을 확인할 수 있는 자료가 거의 없기 때문이다. 그러나 오랫동안 민간에 구전되어 오던 설화가 문자로 정착되면서 고전소설의 성립이 가능해졌다는 것이 일반적인 견해다.

　　한국문학사에서 최초의 소설로 손꼽히는 작품은 15세기 말에 김시습(金時習)이 지은 『금오신화(金鰲新話)』이다. 이 작품은 한문소설로서 구전되는 설화와 서사구조가 유사하고 이야기 자체에 환상적 요소가 많지만, 인간의 삶의 문제를 서사화하는 방법이나 주제 의식이 소설적 요건을 충분하게 구비하고 있다. 그러므로 『금오신화』는 한문소설의 효시로 인정받고 있다. 여기서 한 가지 밝혀야 할 것은 고려시대부터 조선시대에 이르기까지 등장했던 가전체문학(假傳體文學)의 존재이다. 가전체는 의인소설(擬人小說)이라고도 칭하는데 논자에 따라서는 소설문학의 양식에 포함시키기도 한다. 인간 생활과 밀접한 관계가 있는 사물을 의인화하여 삶의 여러 가지 문제를 우회적인 수법으로 그려낸다. 사물의 속성과 내력을 흥미롭게 소개하면서 풍자적 의식도 함께 드러낸다. 그러나 개인의 삶을 서사화하는 소설적 상상력이 부족하다.

허균의 「홍길동전」에서부터 국문소설의 시대가 열렸다고 할 수 있다. 17세기 초반에 등장한 「홍길동전」은 지배 계층의 문자생활의 기반이 되었던 한문 영역에서 벗어나서 국문 글쓰기를 소설에서 처음으로 실현했다는 문학사적 의미를 지니고 있다. 소설의 양식에서 국문 글쓰기가 수용된 것은 서사문학이 지향하는 실재성의 구현이라는 산문의식에서 비롯된 것이다. 「홍길동전」에는 서자(庶子)로서 받는 신분적 차별에 반발하는 홍길동이라는 영웅적 인물이 등장한다. 그는 봉건적 질서에 얽혀 있는 집을 나와 도술을 익힌 후 도둑의 무리를 이끌며 활동하다가 섬나라 율도국의 왕이 된다. 「홍길동전」은 고전소설의 대표적인 유형인 영웅소설의 연원을 이루고 있는데, 이 소설의 뒤를 이어 많은 영웅소설이 등장하게 된다. 이 소설은 엄격한 신분사회에서 일반화되어 있던 적서(嫡庶)의 차별문제를 공개적으로 비판하고 있으며, 관료사회의 부패와 탐관오리의 부정을 응징하기 위해 의적 활동을 긍정적으로 서술하고 있다. 이처럼 당대 사회의 현실 문제를 소설이라는 양식을 통해 비판적으로 제기하고 있다는 점에서 이 작품의 의의를 높이 평가할 수 있다. 특히 「홍길동전」은 그 결말 부분에서 조선시대 선비들이 동경하던 새로운 이상향의 실현을 소설적 무대 위에 펼쳐 보인다. 이 작품에서 볼 수 있는 현실주의적 상상력과 이상지향적 의식의 특이한 조화는 한국 고전소설의 통합주의적 세계관을 그대로 보여 주는 것이다.

고전소설은 초창기에 사대부 취향의 고급문화가 소설이라는 양식과 접합되어 나타난 경우가 많다. 김만중(金萬重)의 국문소설 「구운몽(九雲夢)」과 「사씨남정기(謝氏南征記)」에는 사대부들의 고상한 취미와 생활 풍습이 섬세한 문체를 통해 나타나 있다. 특히 사대부들의 이상주의적인 삶의 자세와 충의를 중시하는 태도가 소설의 내용과 주제 속에 잘 담겨 있다. 「구운몽」은 이야기 속에서 현실의 세계와 꿈의 세계를 동시에 보여 준다. 현실의 세계에서는 육관대사의 제자 성진이라는 인물이 주동인물이지만, 꿈의 세계에서는 양소유라는 새로운 인물로 태어나 활동한다. 그리고 소설의 내용은 대부분 양소유를 중심으로 하여 전개되는 꿈의 이야기로 이루어진다. 이 소설의 서사 공간은 '현실-꿈-현실'로 바뀌면서 일종의 '액자형 서사'로서의 구조적 특징을 드러내게 된다. 여기서 중요한 것은 이야기의 주인공이 현실에서 이루지 못한 뜻을 꿈속에서 실현한 후에 다시 현실로 돌아와 꿈속의 일이 한바탕의 꿈인 줄 깨닫게 된다는 점이다. 다시 말하면 주인공은 꿈속에서 자신의 욕망의 성취가 오히려 허망하다는 점을 깨닫고, 꿈에서 깨어나서야 비로소 진정한 삶의 가치를 실현한다. 「구운몽」은 서사 진행의 과정에서 주인공 양소유가 여덟 명의 여인과 만나고 헤어지는 상황을 흥미있게 꾸며내어 독자를 사로잡는다. 특히 여덟 여인이 각기 개성을 갖추도록 배려하면서 품위있는 문체를 활용해 세밀하게 묘사해 놓은 것은 이 작품이 보여 주는 소설적 성취에 해당한다고 할 수 있다. 이 작품이 소설적 흥미를 품격있게 유지하면서 사상적 깊이를 갖는 것은 이러한 서사적 특성에서 비롯된 것이다.

고전소설의 유형

한국의 국문 고전소설은 여러 가지 형태로 발전한다. 그 가운데에서 조선시대에 널리 유행했던 몇 가지 주목할 만한 소설의 유형으로 군담소설, 가정소설, 궁정소설, 판소리계 소설 등을 들 수 있다.

군담소설(軍談小說)은 서사의 중심 소재로 전란이라는 역사적 체험을 다루고 있다. 그리고 전란 속에 뛰어들어 난리를 평정하고 나라에 큰 공을 세우는 영웅적 주인공이 등장한다. 주인공이 보여 주는 비범한 활동이 이야기의 흐름을 지배하기 때문에 흔히 영웅소설이라고 지칭하기도 한다. 「조웅전(趙雄傳)」 「이대봉전(李大鳳傳)」 「유충렬전(劉忠烈傳)」 「소대성전(蘇大成傳)」 등은 모두 군담소설로 분류할 수 있다. 이들 군담소설에서 다루어지고 있는 전란과 그 속에서 활동하는 영웅적 주인공은 실재의 역사적 사건이나 역사상의 인물과는 하등 관련이 없다. 모두 소설 속에서 꾸며낸 허구적인 사건이며 인물이다.

　그러나 군담소설 가운데에는 역사상 실존 인물이 전란 속에서 활동했던 영웅적인 활동상을 그려내거나 역사적 전란의 실상을 소설적으로 형상화해 보여 주는 경우도 있다.「임진록(壬辰錄)」은 임진왜란을 서사의 중심으로 하여 전란의 과정을 그려내고 있으며,「임경업전(林慶業傳)」「박씨전(朴氏傳)」은 모두 병자호란을 배경으로 삼고 있다. 조선 후기에 군담소설이 널리 유행하게 된 배경으로는 임진왜란(壬辰倭亂, 1592-1598)과 병자호란(丙子胡亂, 1636-1637)이라는 두 차례의 전란 체험을 들 수 있다. 이 전란을 거치면서 한국 사회에서는 조선왕조의 지배 세력인 양반 사대부 계층의 이념적 기반이었던 주자학에 대한 비판 및 반성과 함께 실학사상이 대두되는 계기를 만든다. 그리고 서민의식이 성장하면서 점차 지배층의 계급적 기반이 붕괴되기 시작한다. 특히 명나라가 청나라에 멸망하게 된 후 한때 조선 조정에서 논란을 일으켰던 북벌 계획은 당시 민중들 사이에 청국에 대한 적개심을 다시 불러일으키고, 민족적 영웅의 출현을 대망하는 민중들의 욕구를 자극하게 된다. 군담소설은 이와 같은 시대적 분위기 속에서 출현하게 된 것으로 보인다.

　가정소설은 고전소설 가운데 가장 다양한 형태로 널리 성행한다. 가정소설은 서사 자체가 가정생활을 배경으로 진행된다. 이야기의 등장인물도 가족구성원으로 한정되고 이야기의 내용도 부모와 자식, 남편과 아내, 형제와 자매 사이에 일어나는 사랑, 효성, 우애 그리고 갈등, 불화를 함께 다룬다. 여기서 가장 중요시되는 것이 가족 윤리의 문제이다. 유교적 덕목의 핵심을 이루는 인간의 윤리는 모두 가정 내에서 이루어지는 가족구성원 사이의 인간적 관계에 기초한 것이다. 조선시대에 고전소설의 독자층이 주로 사대부층의 부녀자들이었다는 점을 생각한다면, 소설을 통해 가족 윤리의 실천이 자연스럽게 강조되었으리라는 것은 당연한 일이다. 가정소설의 대표적인 형태는 처첩 간의 갈등을 소재로 하여 가족 화합의 주제를 내세운 김만중의「사씨남정기」를 들 수 있는데, 이밖에도「옥린몽(玉麟夢)」「창선감의록(彰善感義錄)」「조생원전(趙生員傳)」 등이 있다. 여성의 정절을 주제로 남녀의 결합 과정을 그려내고 있는「숙영낭자전(淑英娘子傳)」「옥낭자전(玉娘子

傳)」「옥단춘전(玉丹春傳)」 등도 가정소설의 유형에 속한다. 그리고 계모와 전실 소생 자녀의 갈등을 그린 「장화홍련전(薔花紅蓮傳)」「콩쥐팥쥐전」 등도 모두 가정소설의 부류에 속한다. 판소리계 소설 가운데 부모에 대한 효성을 강조한 「심청전(沈淸傳)」이나 형제 우애를 강조한 「흥부전(興夫傳)」도 가정소설의 부류로 볼 수 있다.

　가정소설과는 그 성격이 다르지만 한 가계의 시대적인 발흥을 중심으로 가족의 혼인, 출세, 가문과 가문의 갈등 등을 여러 세대에 걸쳐 그려낸 가문소설(家門小說) 또는 가계소설(家系小說)도 조선 후기에 크게 성행한다. 가문소설의 등장은 조선 후기 양반 사회에서 보학의 정비, 문풍의 쇄신 등의 영향 아래 이루어졌다고 볼 수 있다. 조선 영정조 이후에 등장한 것으로 보이는 「완월회맹연(玩月會盟宴)」「명주보월빙(明珠寶月聘)」「임화정연(林花鄭延)」 등과 같이 수십 책이 넘는 대하장편들이 있다. 이 작품들은 모두 가문의 번성이라는 유사한 주제를 다루고 있는데, 가족 내적인 문제에서 벗어나 간흉의 배척, 국난의 극복과 같은 영웅적인 활동상도 폭넓게 그려낸다.

　궁정소설(宮庭小說)은 궁중 내에서 일어난 일을 서사 중심으로 삼아 이야기를 전개하는 소설들을 말한다. 궁중 바깥의 민간인들이 경험할 수 없는 세계를 그리는 데다가 궁중의 관습과 제도를 풍부하게 재현하고 있다는 점이 특징이다. 조선시대 궁정소설로는 「계축일기(癸丑日記)」「인현왕후전(仁顯王后傳)」「한중록(閑中錄)」 등이 있다. 「계축일기」는 조선 중엽 인조반정(仁祖反正)이라는 정치적 격변이 일어나기까지의 과정을 배경으로 한다. 이야기의 주인공은 선조대왕(宣祖大王)의 계비(繼妃)였던 인목대비(仁穆大妃)이다. 인목대비는 열아홉 살 때에 선조의 계비가 되어 영창대군(永昌大君)을 낳았지만, 광해군(光海君)이 즉위한 후에 온갖 수모와 박해를 당한다. 광해군은 인목대비의 부친과 남동생들을 모두 역모의 죄로 사약을 내려 죽였고, 인목대비의 아들인 영창대군을 살해한다. 그리고 대비를 폐모시켜 서궁(西宮)에 유폐시키기도 한다. 「계축일기」는 이러한 인목대비의 시련의 세월을 섬세하게 묘사하고 있다. 「인현왕후전」은 조선 숙종 때의 왕후였던 인현왕후 민 씨의 극적인 삶을 이야기한다. 이 작품은 '장희빈(張禧嬪)'이라는 후

궁의 등장과 그 포악한 행실이 대중적인 관심사가 되기도 했지만, 고통의 세월을 참고 시련을 극복해 가는 인현왕후의 덕행을 강조하는 데에 초점을 두고 있다. 「한중록」은 조선시대 궁중문학을 대표하는 작품으로, 그 작자는 이야기 속의 등장인물인 혜빈홍씨(惠嬪洪氏)이다. 조선 영조 때 세자빈으로 간택되어 입궁했지만, 부왕인 영조에 의해 세자가 살해되는 비극적인 사건을 겪게 된다. 홍 씨는 이 사건과 관련된 이야기를 영조의 사후에 자신의 아들인 정조가 왕위에 오른 뒤에 모두 기록해 남긴다. 왕실의 제도와 풍속을 유려하게 그려낸 기록문학으로서의 가치도 높이 평가받는 작품이다.

  조선 후기에 등장한 판소리는 구비 전승의 특징을 지니고 있는 연희 양식이다. 18세기 초반에 형성된 것으로 추측되며, 민속 연희의 한 형태로 널리 전파되었다. 판소리는 전문적인 소리꾼인 창자(唱者)가 북을 치는 고수(鼓手)의 장단에 맞춰 하나의 이야기를 노래로 부르는 형식으로 이루어진다. 대표적인 판소리 작품으로는 「춘향가」「심청가」「흥부가」「수궁가」「적벽가」「가루지기타령」 등이 있다.

  판소리의 사설은 민간에 전승되는 설화에 기반을 두고 형성되었다. 예컨대 「춘향가」는 열녀 이야기에 암행어사 이야기가 합쳐진 것으로, 「심청가」는 효녀 이야기에 인신공양의 설화가 덧붙여진 것으로 볼 수 있다. 판소리계 소설은 이러한 판소리의 사설을 그대로 베껴 쓰거나 약간의 수식을 덧붙여 기록한 것이다. 판소리가 대중적으로 널리 인기를 누리면서 이를 출간해 상업적으로 유통시키기도 했다. 광대의 소리로 듣고 즐기던 판소리가 '이야기책'으로 변모한 셈이다. 판소리계 소설로는 「춘향전」「심청전」「흥부전」「토끼전」 등이 있다.

  판소리계 소설은 그 주제와 소설적 수법이 다른 부류의 고전소설과 구별되는 흥미로운 요소가 많다. 「춘향전」에서는 춘향이라는 여성 주인공의 정절이 강조되고, 「심청전」에서는 심청의 효성이 강조된다. 그리고 「흥부전」에서는 형제의 우애를 내세우고, 「토끼전」에서는 왕에 대한 충성을 주장한다. 그러나 이러한 전통 윤리와 가치를 실제 생활에서 구현한다는 것은 그리 쉬운 일이 아니다. 이들 소설에서는 탐관오리의 횡포, 양반 계층의 몰락, 서민의식의 성장 등을 동시에 제기하면서

현실의 변화를 적극적으로 반영한다. 특히 판소리 자체가 가지는 구어
적 특성을 문체에 그대로 반영하고 있기 때문에 일상적인 언어의 생동
하는 표현과 사실적인 묘사가 두드러지게 드러난다.

　판소리계 소설을 대표하는 「춘향전」은 가장 오랫동안 대중의 사랑
을 받아 온 작품이다. 이 소설에는 봉건적인 사회제도와 신분 질서에
저항하며 자신의 사랑을 성취하는 이도령과 춘향이라는 두 남녀가 등
장한다. 이 소설의 이야기에서 이 도령이 기생의 딸인 춘향과의 사랑
의 약속을 끝까지 지키고자 한다든지, 춘향이 변학도의 수청을 거절한
것은 모두 봉건적 관습에 대한 도전이며 개인적 욕망의 구현에 해당
하는 것이라고 할 수 있다. 특히 남녀의 사랑을 통해 인간 평등의 사
상을 실현하는 것은 주목할 만하다. 「춘향전」이 사랑의 이야기이면서
동시에 사회적, 이념적 성격을 지닌 작품으로 인정받는 이유가 여기에
있다.

고전소설의 판본

고전소설은 현재까지 조사된 것으로 보아 대략 육백여 종의 작품이 전
해진다. 고전소설은 일반 독자들에게 필사본(筆寫本) 형태로 전달되어
읽힌 것으로 보인다. 대부분이 필사본으로 남아 있기 때문이다. 고전소
설은 독자가 늘어나면서 거듭 필사되고, 필사되는 과정에서 개작도 이
루어진다. 당대의 독자들에게 널리 읽힌 작품들 가운데 이본(異本)이
많은 것은 이 때문으로 추측된다.

　고전소설이 상업적으로 유통되기 시작한 것은 18세기에 들어서면서
부터이다. 민간 출판업자가 목판으로 책을 인쇄하는 이른바 방각본(坊
刻本) 형태로 소설책을 발간해 판매한 것이다. 이러한 방각본 출간은
19세기에 이르러서 영업이 크게 발전했는데, 방각본의 출판 지역에 따
라 서울의 경판본(京板本), 전주의 완판본(完板本), 그리고 안성판본(安
城板本) 등으로 구분한다. 현재 전해지는 방각본 소설은 약 육십여 종
이 있는데, 주로 대중적인 인기를 모았던 작품들이 방각본으로 출간되

었음을 알 수 있다. 고전소설은 개화계몽시대에 신소설이 등장한 가운데에도 신활자본(新活字本)으로 출판되어 널리 보급되었다.

고전소설의 성격

고전소설의 이야기는 신화적 상상력에 근거해 경험적 실재성의 영역을 넘나들고 있다. 고전소설에서 그려내고 있는 세계는 신과 인간이 함께하는 공간이다. 이 공간은 현실을 살아가는 인간들에게 잃어버린 낙원과도 같다. 거기에는 초경험적인 존재와 마법적인 요소들이 작용하며, 삶과 죽음의 경계도 없다. 그러므로 「홍길동전」의 주인공인 홍길동은 '율도국'에서 영생하고 「심청전」에서 '인당수'의 제물이 된 심청은 용궁에서 환생한다. 「구운몽」의 양소유가 인생의 허무를 깨닫고 다시 신성의 세계로 돌아가는 것으로 그의 현실적인 삶을 마감하는 것도 마찬가지의 의미를 지닌다. 이것은 인간존재의 영원성에 대한 신뢰를 의미한다. 신화적 상상력에 의해 모든 존재에게 영원회귀의 개념이 부여되고 있기 때문이다.

고전소설은 서사구조의 이중성을 특징으로 한다. 고전소설의 서사구조는 신성한 것과 세속적인 것의 갈등이라는 구조적인 관계로 파악되기도 한다. 「구운몽」은 확연하게 이상 세계와 현실 세계가 가치의 영역과 욕망의 영역으로 구획된다. 「구운몽」에서 주인공 성진이 도를 닦던 남악(南嶽) 형산은 성스러운 세계이며, 양소유가 살았던 인간 세계는 세속의 세계이다. 그는 세속 생활을 마친 뒤에 다시 성스러운 세계로 귀환한다. 신성의 세계로부터 떨어져 인간으로 태어났다가 다시 신성의 세계로 올라가는 '원천으로 돌아가기'의 모티프는 고전소설이 보여 주는 상상력의 원형에 해당한다. 이러한 특징은 「홍길동전」에서도 비슷하게 드러난다. 「흥부전」과 「심청전」의 경우 전반부와 후반부는 현실과 환상의 세계로 나누어진다. 그러나 이 서사 구조의 이중성은 실제 이야기 속에서 신화적 상상력을 통해 자연스럽게 하나로 통합되거나, 신의 세계 안에서 인간의 삶이 온전해진다고 하는 일원론적 세계관에 의해 해소된다.

고전소설의 인물은 모든 행위가 선과 악이라는 가치 영역 안에서 이
루어지는데, 누구나 등장하는 순간부터 이 두 가지 가치 영역 중에서
하나를 차지한다. 선을 대변하는 자는 끝까지 자신의 가치 영역을 지키
고 대변하며, 악으로 표상된 자는 끝내 악의 영역에서 징벌당한다. 모
든 인물에게는 이미 선험적으로 부여된 생의 좌표가 존재하는 셈이다.
그러므로 고전소설의 인물은 서사구조에서 행위자라는 역할을 수행할
뿐 대체로 성격의 평면성을 벗어나지 못한다. 서사의 진행과는 아무 상
관없이 자신에게 부여된 성격을 고정적으로 지켜 나가기 때문이다. 고
전소설의 인물이 개인적 주체의 확립 근거가 되는 개인성을 충족시키
지 못하는 이유가 여기에 있는 것이다.

고전소설은 자연적 시간의 질서에 따라 이야기가 전개되며, 그 이
야기의 시간이 초자연적 시간과 연결되어 지속된다. 이것은 고전소설
의 서사구조가 모든 행위의 발생을 시간적 순서에 따라 순차적으로 서
술하고 있음을 말한다. 「홍길동전」은 홍길동이 태어나기 전의 상황부
터 이야기가 시작된다. 출생 과정에 나타나는 이적(異蹟)을 서두에 길
게 제시한 것은 주인공의 출생이 신의 뜻에 의한 것이며, 그의 삶이 영
원성의 시간 위에 놓여 있음을 보여 주기 위해서다. 고전소설에서 이야
기가 끝나는 장면은 주인공이 죽음에 이르는 순간이다. 그러나 이 장면
에서 주인공은 현실적인 삶을 마감하지만, 이것은 생의 종말이 아니다.
주인공은 현실의 생을 마감하면서 그가 처음 인간 세상에 태어났을 때
벗어났던 신화적인 공간으로 돌아간다. 주인공의 삶은 서사의 결말에
서 영원성의 시간 속으로 이어진다. 그러므로 고전소설의 서사는 시작
과 종말을 주인공의 탄생과 죽음으로 명확하게 구획할 수 있지만, 서사
내적인 시간은 지속되는 셈이다. 고전소설은 자연적 시간의 질서 위에
서 인물의 삶의 과정을 순차적으로 그려내고, 이 자연적 시간을 신화적
인 영원성의 시간으로 회귀시킨다.

고전소설의 이야기는 '설화체' 또는 '이야기 조(調)'라고 할 수 있는
독특한 문체로 서술된다. 설화체는 권위의 서술자가 자신의 목소리로
모든 언술을 통제하는 단일 어조의 이야기 조를 말한다. 이 설화체는
이야기의 요약적 서술에 매우 기능적이다. 고전소설의 서사 방법이 요

약적이라는 것은 대상에 대한 구체적인 묘사가 부족하다는 점과 상통한다. 서사의 구성 원리 가운데 가장 중요한 요소가 되는 시간도 그만큼 축약되고 있다. 고전소설의 서사에서는 서술의 초점 문제가 중시되지 않는다. 절대적인 권위를 지닌 화자가 모든 것을 자기 마음대로 서술하기 때문에, 서술적 간격을 제대로 유지하는 경우가 많지 않다. 고전소설의 설화체의 특징은 등장인물의 대화를 지문 속에 포함시키는 데에서도 드러난다. 등장인물들의 대화는 서술자의 어조에 따라 통제되고 서술적인 변형을 드러내기도 한다. 그러므로 인물들이 서로 주고받는 말이 살아 있는 대화적 공간을 만들지 못한다. 고전소설의 문장에서 설화체의 특성을 잘 드러내고 있는 문체론적 징표는 '—더라'체의 종결형 어미이다. 이는 화자의 단일 어조로 모든 담론을 통제하는 데에 효과적이다. 그렇지만 서사 공간 안에 배치되는 다양한 인물들이 자기의 개성적인 목소리를 제대로 살려낼 수 없게 하고, 모든 언술을 화자의 목소리로 통일시켜 버린다는 한계가 있다.

홍길동전(洪吉童傳)[1]

허균(許筠)

조선국 세종대왕 즉위 십오 년에 홍화문[2] 밖에 한 재상이 있으되, 성은 홍이요, 명은 문이니, 위인이 청렴강직(淸廉剛直)[3]하여 덕망이 거룩하니 당세의 영웅이라. 일찍 용문(龍門)[4]에 올라 벼슬이 한림(翰林)[5]에 처하였더니 명망이 조정의 으뜸이 되매, 전하 그 덕망을 승이 여기사 벼슬을 돋우어 이조판서로 좌의정을 하이시니, 승상이 국은을 감동하여 갈충보국(竭忠報國)[6]하

---

1. 이 책에 수록한 고전소설의 현대어 번역과 주석은 이상택 편의 『고전소설』(해냄, 1997)을 참조했다.
2. 한양 도성의 동북쪽에 위치했던 '동소문'을 말한다.
3. 성품이 고결하여 탐욕이 없으며 마음이 굳세고 곧음.
4. 중국 황하 상류의 급한 여울목으로, 여기선 '벼슬', '출세'를 뜻한다.
5. 조선시대 예문관검열(藝文館檢閱)을 달리 일컫는 말.

니 사방에 일이 없고 도적이 없으매 시화연풍(時和年豊)[7]하여 나라가 태평하더라.

일일은 승상 난간에 기대어 잠간 졸더니, 한줄기 바람이 길을 인도하여 한곳에 다다르니, 청산은 암암(岩岩)[8]하고 녹수는 양양(洋洋)[9]한데 세류 천만 가지 녹음이 파사(婆娑)[10]하고, 황금 같은 꾀꼬리는 춘흥을 희롱하여 양류간(楊柳間)에 왕래하며 기화요초(琪花瑤草)[11] 만발한데, 청학백학(靑鶴白鶴)이며 비취공작(翡翠孔雀)이 춘광을 자랑하거늘, 승상이 경물(景物)[12]을 구경하며 점점 들어가니, 만장절벽(萬丈絶壁)은 하늘에 닿았고, 구비구비 벽계수는 골골이 폭포되어 오운(五雲)이 어리었는데, 길이 끊어져 갈 바를 모르더니, 문득 청룡이 물결을 헤치고 머리를 들어 고함하니 산학(山壑)[13]이 무너지는 듯하더니, 그 용이 입을 벌리고 기운을 토하여 승상의 입으로 들어오거늘, 깨달으니 평생 대몽이라. 내념(內念)에 헤아리되, "필연 군자를 낳으리라" 하여, 즉시 내당에 들어가 시비(侍婢)를 물리치고 부인을 이끌어 취침코자 하니, 부인이 정색 왈,

"승상은 국지재상이라, 체위존중(體位尊重)[14]하시거늘 백주에 정실에 들어와 노류장화(路柳墻花)[15]같이 하시니 재상의 체면이 어디에 있나이까?"

승상이 생각하신즉, 말씀은 당연하오나 대몽을 허송할까 하여 몽사(夢事)를 이르지 아니하시고 연하여 간청하시니, 부인이 옷을 떨치고 밖으로 나가시니, 승상이 무료(無聊)[16]하신 중에 부인의 도도한 고집을 애달아[17] 무수히

---

6. 충성을 다하여 나라의 은혜를 갚음.
7. 나라가 태평하고 풍년이 듦.
8. 산이 높이 솟은 모양.
9. 물이 넘칠 듯이 가득 찬 모양.
10. 춤추는 소매가 가볍게 나부끼는 모양.
11. 선경(仙境)에 있다고 하는 아름다운 꽃과 풀.
12. 사철을 따라 달라지는 풍물.
13. 산골짜기.
14. 위풍이 높고 귀중함.
15. 길가에 버들과 달맞이 꽃. 즉, 누구나 꺾을 수 있다는 뜻에서 기생, 창녀를 일컫는다.
16. 열없음. 겸연쩍음.
17. 애달파.

차탄(嗟歎)[18]하시고 외당으로 나오시니, 마침 시비 춘섬이 상을 드리거늘, 좌우 고요함으로 인하여 춘섬을 이끌고 원앙지락(鴛鴦之樂)[19]을 이루시니 적이 울화를 덜으시나 심내에 못내 한탄하시더라.

춘섬이 비록 천인이나 재덕이 순직(淳直)한지라, 불의에 승상의 위엄으로 친근하시니 감히 위령(違令)[20]치 못하여 순종한 후로는 그날부터 중문 밖에 나지 아니하고 행실을 닦으니 그달부터 태기 있어 십삭이 당하매 거처하는 방에 오색운무 영롱하며 향내 기이하더니, 혼미 중에 해태(解胎)[21]하니 일개 기남자라. 삼일 후에 승상이 들어와 보시니 일변 기꺼우나 그 천생됨을 아까와 하시더라. 이름을 길동이라 하니라.

이 아이 점점 자라매 기골이 비상하여 한 말을 들으면 열 말을 알고, 한 번 보면 모르는 것이 없더라. 일일은 승상이 길동을 데리고 내당에 들어가 부인을 대하여 탄식 왈, "이 아이 비록 영웅이나 천생이라 무엇에 쓰리요. 원통하도다, 부인의 고집이여, 후회막급(後悔莫及)[22]이로소이다."

부인이 그 연고를 묻자오니, 승상이 양미(兩眉)[23]를 빈축(嚬蹙)[24]하여 왈,

"부인이 전일에 내 말을 들으셨던들 이 아이 부인 복중에 낳을 것을 어찌 천생이 되리요."

인하여 몽사를 설화(說話)[25]하시니, 부인이 추연(惆然)[26] 왈,

"차역천수(此亦天數)[27]오니 어찌 인력으로 하오리까."

세월이 여류하여 길동의 나이 팔 세라. 상하 다 아니 칭찬할 사람 없고 대감도 사랑하시나, 길동은 가슴의 원한이 부친을 부친이라 못하고 형을 형이라 부르지 못하매 스스로 천생됨을 자탄(自嘆)하더니, 칠월 망일(望日)[28]에

---

18. 탄식하고 한탄함.
19. 남녀가 한 이부자리에서 자는 즐거움.
20. 명령을 어김.
21. 태를 풂. 즉, 아기를 낳음.
22. 이미 잘못된 뒤에 아무리 뉘우쳐도 할 수 없음.
23. 양 눈썹.
24. 얼굴을 찡그림.
25. 이야기함.
26. 실망하여 슬퍼하는 모양.
27. 이것 또한 천명임.

명월을 대하여 정하에 배회하더니 추풍은 삽삽(颯颯)[29]하고 기러기 우는 소
리는 사람의 외로운 심사를 돕는지라. 홀로 탄식하여 왈,

　"대장부 세상에 나매 공맹의 도학을 배워 출장입상(出將入相)[30]하여 대장
인수(大將印綬)[31]를 요하(腰下)[32]에 차고 대장단(大將壇)에 높이 앉아 천병
만마(千兵萬馬)를 지휘 중에 넣어두고, 남으로 초를 치고, 북으로 중원을 정
하며, 서로 촉을 쳐 사업(事業)[33]을 이룬 후에 얼굴을 기린각(麒麟閣)[34]에 빛
내고, 이름을 후세에 유전함이 대장부의 떳떳한 일이라. 옛 사람이 이르기
를 '왕후장상이 씨없다' 하였으니 나를 두고 이름인가. 세상 사람이 갈관박
(褐寬博)[35]이라도 부형을 부형이라 하되 나는 홀로 그렇지 못하니 어인 인
생으로 그러한고."

　울억(鬱抑)[36]한 마음을 걷잡지 못하여 칼을 잡고 월하에 춤을 추며 장한
기운을 이기지 못하더니, 이때 승상이 명월을 사랑하여 창을 열고 기대었더
니, 길동의 거동을 보시고 놀래 가로되,

　"밤이 이미 깊었거늘 네 무슨 즐거움이 있어 이러하느냐?"

　길동이 칼을 던지고 부복대왈(俯伏對曰),[37]

　"소인이 대감의 정기를 타 당당한 남자로 태어났사오니 이만 즐거운 일
이 없사오되, 평생 설워하옵기는 아비를 아비라 부르지 못하옵고, 형을 형
이라 못하여 상하 노복이 다 천히 보고, 친척 고구(故舊)[38]도 손으로 가리켜
아무의 천생이라 이르오니 이런 원통한 일이 어디에 있사오리까?"

28. 보름날.
29. 쌀쌀한 바람이 쓸쓸하게 부는 모양.
30. 나가서는 장수가 되고 들어와서는 재상이 됨.
31. 대장군의 도장.
32. 허리춤.
33. 업적.
34. 한나라 무제가 기린을 잡을 때 지은 누각으로 공신 열한 명의 화상이 이곳에 걸려
　　있다. '얼굴을 기린각에 빛낸다'는 말은 공신이 됨을 뜻한다.
35. 거친 베로 헐렁하게 지어 입은 추한 옷.
36. 원통하여 가슴이 답답함.
37. 고개를 숙이고 엎드려서 대답하여 가로되.
38. 사귄 지 오래된 친구.

인하여 대성통곡하니, 대감이 마음에 가엾게 여기시나 만일 그 마음을 위로하면 일로조차 방자할까 하여 꾸짖어 왈,

"재상의 천비 소생이 너뿐 아니라. 자못 방자한 마음을 두지 말라. 일후에 다시 그런 말을 번거이 한다면 눈앞에 용납치 못하리라."

하시니, 길동은 한갓 눈물 흘릴 뿐이라. 이윽히 엎드려 있더니, 대감이 물러가라 하시거늘, 길동이 돌아와 어미를 붙들고 통곡 왈,

"모친은 소자와 전생연분(前生緣分)³⁹으로 차생에 모자 되오니 구로지은(劬勞之恩)⁴⁰을 생각하오면 호천망극(昊天罔極)⁴¹하오나, 남아가 세상에 나서 입신양명(立身揚名)하여 위로 향화(香火)⁴²를 받들고, 부모의 양육지은(養育之恩)⁴³을 만분의 하나라도 갚을 것이거늘, 이 몸은 팔자 기박하여 천생이 되어 남의 천대를 받으니, 대장부 어찌 구구히 근본을 지키어 후회를 두리요. 이 몸이 당당히 조선국 병조판서 인수를 띠고 상장군이 되지 못할진대, 차라리 산중에 들어가 세상 영욕(榮辱)⁴⁴을 모르고자 하오니, 복망(伏望)⁴⁵ 모친은 자식의 사정을 살피사 아주 버린 듯이 잊고 계시면 후일에 소자 돌아와 오조지정(烏鳥之情)⁴⁶을 이룰 날 있사오니 이만 짐작하옵소서."

하고, 언파(言罷)⁴⁷에 사기 도도하여 도리어 비회(悲懷)⁴⁸ 없거늘, 그 모 이 거동을 보고 개유(開諭)⁴⁹하여 왈,

"재상가 천생이 너뿐 아니라. 무슨 말을 들었는지 모르되 어미의 간장을 이다지 상케 하느냐? 어미의 낯을 보아 아직 있으면 내두(來頭)⁵⁰에 대감이 처결하시는 분부 없지 아니하리라."

39. 전생에서 이미 맺어진 연분.
40. 자기를 낳아 기른 부모의 은혜.
41. 어버이의 은혜가 하늘과 같이 넓고 크며, 하늘처럼 다함이 없음.
42. 제사.
43. 길러 자라게 한 은혜.
44. 영예와 치욕.
45. 엎드려 바라건대.
46. 까마귀가 새끼 때 길러 준 어미새의 은혜를 갚는 애정.
47. 말을 마침.
48. 슬픈 마음.

길동이 가로되,

"부형의 천대는 고사하옵고, 노복이며 동유의 이따금 들리는 말이 골수에 박히는 일이 허다하오며, 근간에 곡산모의 행색을 보오니 승기자(勝己者)를 염지(厭之)하여[51] 과실없은 우리 모자를 구수(仇讐)[52]같이 보아 살해할 뜻을 두오니 불구(不久)에[53] 목전대환(目前大患)[54]이 있을지라. 그러하오나 소자 나간 후이라도 모친에게 후환이 미치지 아니케 하오리다."

그 어미 가로되,

"네 말이 자못 그러하나 곡산모는 인후한 사람이라. 어찌 그런 일이 있으리요?"

길동 왈,

"세상사를 측량치 못하나이다. 소자의 말을 헛되이 생각지 마시고 장래를 보옵소서."

하더라.

원래 곡산모는 곡산 기생으로 대감의 총첩이 되어 뜻이 방자하기로, 노복이라도 불합한 일이 있으면 한 번 참소(讒訴)[55]에 사생이 관계하여 사람이 못되면 기뻐하고 승하면 시기하더니, 대감이 용몽을 얻고 길동을 낳았음을 사람마다 일컫고 대감이 사랑하시매, 일후(日後) 총애를 빼앗길까 하여, 또한 대감이 이따금 희롱하시는 말씀이 "너도 길동 같은 자식을 낳아 나의 모년(暮年)[56] 재미를 도우라" 하시매, 가장 무료하여 하는 중에 길동의 이름이 날로 자자하므로 초낭(곡산모) 더욱 크게 시기하여 길동 모자를 눈의 가시같이 미워하여 해할 마음이 급하매, 흉계를 짜아내어 재물을 흩어 요괴로운 무녀 등을 불러 모의(謀議)하고 축일왕래(逐日往來)[57]하더니,

49. 사리를 알아듣도록 잘 타이름.
50. 이제부터 닥치는 앞.
51. 자기보다 나은 사람을 싫어하여.
52. 원수.
53. 앞으로 오래지 않아.
54. 눈앞에 닥친 큰 재앙.
55. 남을 헐뜯어 없는 죄를 있는 것처럼 고해바침.
56. 노년.
57. 날마다 왕래함.

한 무녀 가로되,

　"동대문 밖에 관상하는 계집이 있으되, 사람의 상을 한 번 보면 평생 길흉화복을 판단하오니, 이제 청하여 약속을 정하고 대감 전에 천거하여 가중 전후사를 본 듯이 이른 후에 인하여 길동의 상을 보고 여차여차히 아뢰어 대감의 마음을 놀라게 하면 낭자의 소회(所懷)[58]를 이룰까 하나이다."

　초낭이 대희하여, 즉시 관상녀에게 통하여 재물로써 달래고, 대감댁 일을 낱낱이 가르치고, 길동 제거할 약속을 정한 후에 날을 기약하고 보내니라.

— 「홍길동전」(경판본) 원문을 현대어로 옮김.

심청전(沈淸傳)
작자 미상

　(전략)
하루는 장승상댁 수연(晬宴)[59]을 하느라고 심청을 만류하여 음식을 함께 하라시니, 심청이 승명하고 음식 장만하느라고 조금 지체하였더니, 심봉사 기다리다 마음이 갈급(渴急)하여 의문의려(倚門倚閭)[60] 나오다가 우연히 실족(失足)하여 길 넘은 개천 속에 온몸이 풍덩 빠져 거의 죽게 되었더니, 몽은사(夢恩寺) 화주승(化主僧)이 그리 마침 지나다가 광경(光景) 보고 깜짝 놀라 훨훨 벗고 달려들어 심봉사 건져내어 등에 업고 집을 물어 급히급히 돌아와서 옷을 벗겨 뉘어 놓고 옷의 물을 짜느니.

　이때에 심청이는 음식을 얻어 들고 망망(忙忙)히 돌아와서 내력(來歷)을 물은 후에 아비를 위로하고 대사(大師)[61]에게 치하(致賀)하며 얻은 음식 내어놓고 착실히 대접하니 저 중이 먹으면서 연(連)해 돌탄(咄嘆)[62]하여,

58. 먹은 마음.
59. 생일잔치.
60. 문이나 마을 어귀에 기대어 있다는 말로, 자식이 오길 기다리는 부모의 심정을 뜻한다.
61. 중의 높임말.

"이 생(生)에 맹인 되기 전생(前生)의 죄악이라. 우리 절 부처님 전(前) 정성을 들였으면 이생(生)에 눈을 떠서 천지만물 보련마는 가세(家勢)가 청빈(淸貧)하니 애막조지(愛莫助之)[63] 불쌍하다."

심청이 이 말 듣고 대사에게 자세히 물어,

"부처님이 사람이오."

"정반왕(淨飯王)[64]의 태자(太子)시지."

"지금 살아 계십니까."

"불생불멸(不生不滅) 그 공부(工夫)가 살도 죽도 안 하시지."

"하는 일이 무엇이오."

"자비심(慈悲心)이 본심(本心)이라. 보리중생[65]이 일이시지."

"재물을 안 드리면 보리를 아니하오."

"그러함이 아니시라, 무 믈(無物)이면 불성(不成)이리. 정성을 드리자면 재물 없이 할 수 있소."

"재물 얼마 드렸으면 정성이 될 테이오."

"우리 절 큰 법당(法堂)이 풍우(風雨)에 퇴락(頹落)하여 중창(重刱)[66]을 하려하고 권선문(勸善文)[67]을 둘러메고 시주각댁(施主各宅) 다니오니 백미(白米) 삼백석만 시주를 하옵시면 법당 중수(重修)한 연후에 부처님 전 발원(發願)[68]하여 눈을 뜨게 하오리다."

심청이 대답하되,

"백미 삼백 석에 부친 눈을 뜨일 테면 몸을 판들 못하리까. 권선(勸善) 치부(置簿)[69]하옵소서."

대사가 좋아라고 권선을 펴놓고 붉은 찌[70]에 쓰옵기를,

---

62. 혀를 차며 애달프게 여기는 탄식.
63. 마음으로는 사랑하나 실제로는 도와줄 수 없음.
64. 석가모니의 아버지.
65. 중생을 가르쳐 불가에 들어오게 하는 일.
66. 낡은 건물을 고쳐 새롭게 이룩함.
67. 보시를 청하는 글.
68. 소원을 빎.
69. 책에 이름을 적음.
70. 특별히 기억할 것을 표해 두기 위해 써서 붙이는 좁고 기름한 종이.

'황주(黃州) 땅 도화동(桃花洞) 여자 심청이 백미 삼백 석, 그 아비 학규 감은 눈을 뜨게 하여 주옵소서.'

쓰기를 다한 후에 심청이 하는 말이,

"가지고 가옵시면 백미 삼백 석을 수이 얻어 보내리다."

저 중이 허락하고 권선 메고 가는구나.

심봉사 혼미중(昏迷中)에 이 말을 얻어 듣고,

"애개, 내 딸 허망(虛妄)하다. 조석(朝夕) 밥을 얻어서 너를 시켜 비는 터에 백미 삼백 석이 어디서 나겠느냐. 불가(佛家) 오계(五戒) 중에 거짓말이 큰 죄로다. 못 할 것을 적어 놓고 못 얻어 보내면 거짓말이 될 터이니 전생 죄로 맹인되어 이생 죄를 또 지으면 후생에 받는 앙화(殃禍), 소가 될지 개가 될지 금강야차(金剛夜叉)[71] 날랜 사자 벌떼같이 달려들어 연약한 이내 몸을 쇠사슬로 결박하고, 쇠채로 두드려서 유혈낭자(流血狼藉) 몰아다가 여순옥[72]에 가두고 허다 고생 다 할 테니, 차라리 봉사대로 방 안에 누웠다가 너 빌어다가 주는 밥을 배부르게 먹었으면 그것이 편할 테니 눈 뜨기 내사 싫다. 대사를 어서 불러 너 쓴 찌를 떼 버려라."

심청이 여짜오되,

"왕상(王祥)[73]은 얼음 구멍에서 이어(鯉魚)를 얻었삽고, 맹종(孟宗)[74]은 눈 가운데 죽순이 솟았으니 백미 삼백 석이 그리 대단하오리까. 수이 얻어 보낼 테니 염려하지 마옵소서."

심봉사가 연(連)해 돌탄하여,

"아마 못 될 일이로다. 나는 정녕 후세상(後世上)에 눈먼 구렁이 되느니라."

심청이 이날 밤에 후원(後園)을 정(淨)히 쓸고 황토(黃土)[75] 펴고 배석(拜席)[76] 깔고 정화수(井華水) 한 동이를 소반(小盤)에 받쳐 놓고 하느님께 비는 말이,

---

71. 오대존명왕 중 하나로, 북쪽을 수호하며 악귀를 항복시키는 일을 맡음.
72. 감옥.
73. 진(晉)나라의 효자.
74. 오(吳)나라의 효자.
75. 집 밖에서 제사를 올릴 때 까는 흙.
76. 절하는 데 쓰는 자리.

"심청 팔자 무상(無常)[77]하와 강보(襁褓)에 어미 잃고 맹인 아비뿐이온데, 아비의 평생 한(恨)이 눈 뜨기가 원이온데 백미 삼백 석을 몽은사에 시주하면 아비 눈을 뜰 터로되, 가세(家勢)가 청한(淸閒)[78]하여 몸밖에 없사오니 황천후토(黃天后土)[79] 감응하사 이 몸을 사 갈 사람 지시하여 주옵소서."

삼경(三更)에 시작하여 계명성(鷄鳴聲)[80]이 들리도록 이렛밤을 빌었더니, 일출운중계견훤(日出雲中鷄犬喧)[81] 산촌(山村)에 난리(亂離)나니 시비에 개 짖으며, 무엇이라 외는 소리 원원(源源)히 들리거늘 심청이 생각하되 보(洑)막이를 하자는가, 울력 기음 매자는가, 소금장수 젓장순가, 자세히 들어보니 목어울러 외는 소리,

"나이 십오 세요, 얼굴이 일색(一色)이요, 만신(萬身)에 흠파(欠罷) 없고, 효열행실(孝烈行實) 가진 여자 중가(重價)[82] 주고 사려하니, 몸 팔 이 누기 있소."

크게 외고 지나거늘 심청이 반겨 듣고 문전(門前)에 썩 나서며,

"외고 가는 저 어른들, 이런 몸도 사시겠소."

저 사람들 이 말 듣고 가까이 들어와서 성명(姓名) 연세(年歲) 물은 후에 저 사람들 하는 말이,

"꽃 같은 그 얼굴과 달 같은 그 낫새[83]가 우리가 사 가기는 십분 마땅하거니와, 낭자는 무슨 일로 몸을 팔려 하나이까."

심청이 대답하되,

"맹인 부친 해원(解寃)[84]키로 이 몸을 팔거니와, 이 몸을 사 가시면 어디 쓰려 하십니까."

77. 허무.
78. 가난함.
79. 하느님과 땅을 맡은 신(神).
80. 새벽 닭 우는 소리.
81. 해가 구름 밖에 나고 닭 우는 소리와 개 짖는 소리가 시끄럽도다.
82. 비싼 값.
83. '나이'의 방언.
84. 원을 풂.

"우리는 선인(船人)이라 남경(南京) 장사 가는 길에 인당수 용왕님은 인제수(人祭需)[85]를 받는 고로 낭자의 몸을 사서 제수로 쓸 터이니 값을 결단하옵소서."

"더 주면 쓸 데 없고, 덜 주면 부족하니, 백미 삼백 석을 주옵소서."

선인들이 허락하니, 심청이 하는 말이,

"내 집으로 가져오면 분요(紛擾)[86]만 할 터이니 몽은사로 보내옵고, 대사의 표(標)를 맡아 나를 갖다 주옵소서."

선인(船人)이 허락하고,

"이달 보름 사리[87] 행선(行船)을 할 테기로 그날 데려갈 것이니 그리 알고 기다리라."

선인을 보낸 후에 심청이 들어와서 부친 전에 여쭈오되,

"몽은사 시주미를 주선하여 보냈으니 걱정을 마옵시고 눈 뜨기를 기다리오."

심봉사 깜짝 놀라,

"어디서 나서, 어디서 나서."

"장승상댁 부인께서 아들이 아홉이요 딸이 하나 있삽다가 성혼(成婚)[88]하여 보낸 후에 매양 나를 사랑하여 양녀(養女)되라 하시오되 남의 무남독녀(無男獨女)기로 못 하겠다 하였더니 이제는 하릴없어 수양녀로 몸을 팔아 시주미(施主米)를 보내었소."

"애, 그러하면 그 댁에 가 있겠느냐."

"오락가락 하옵지요."

"예, 그러하다 눈 못 뜨고 딸 잃으면 양실(兩失)[89]이 되는구나."

"성사(成事)는 재천(在天)이니[90] 기다려 보사이다."

심청이 이날부터 인당수 가기로 처가사(處家事)를 하는구나. 저의 부친

---

85. 사람을 제물로 바치는 것.
86. 혼잡.
87. 보름날의 조수(潮水).
88. 결혼.
89. 두 가지를 모두 잃음.
90. 일이 이루어지는 것은 하늘에 달려 있으니.

사절(四節)[91] 의복 미리 다 준비할 제 할한할부(害澣害否)[92] 빨래하며 인잠
보철(紉箴補綴)[93] 헌 데 기워 여름옷에 풀 먹이고, 겨울옷에 솜을 두고 구멍
막아 헌 겹것 두덕누비[94] 가지가지 빨아 깁고, 헌 버선볼을 받아 대님 접어
목에 매고, 헌 전대(纏帶)[95] 구멍 막아 동냥할 제 쓰게 하여, 채롱[96] 속에 모
두 넣어 새끼로 허리 묶어 시렁 위에 얹어 놓고, 헌 갓은 먼지 털어 조색(皂
色)[97] 갓끈 새로 달고, 헌 망건(網巾) 고쳐 꾸며 관자(貫子)[98] 당줄 달아 걸
고, 앞뒤 뜰 풀을 뽑아 정결히 소쇄(掃灑)[99]하고, 그렁저렁 지낸 것이 행선
(行船)이 명일(明日)이라, 달 밝고 깊은 밤에 밥 한 그릇 정(精)히 지어 현주
(玄酒)[100]를 병에 넣고, 나물 한 접시로 모친 산소 찾아가서 계하(堦下)[101]에 진
설(陳設)[101]하고 애통하며 하는 소리 금수(禽獸)라도 울겠구나.

"애고 어머니, 애고 어머니. 나를 낳아 무엇하자 산제불공(山祭佛供)[102] 정
성(精誠) 들여 열 달을 배에 넣고 그 고생이 어떠하며, 첫 해산(解産)하시릴
제 그 구로(劬勞)[103]가 어떻겠소. 자식 얼굴 채 모르고 진자리에 별세(別世)
할 제 그 설움이 어떻겠소. 어머님 정성으로 이 몸이 아니 죽고 혈혈(孑孑)
히[104] 자라나서 십 세가 넘삽기에 내 속에 먹은 마음 기일(忌日)이 돌아오면
착실히 제사하고 분상(墳上)에 돋는 풀을 내 손으로 벌초하여 호천망극(昊
天罔極)[105] 그 은혜를 만일(萬一)[106]이나 갚겠더니, 이제는 하릴없이 수중고

---

91. 사계절.
92. 어느 것을 빨아야 하며 어느 것을 말아야 할 것인지.
93. 꿰매고 기움.
94. 누덕누덕 누빔.
95. 물건을 넣어 허리에 두르기도 하고 어깨에 메기도 하는 자루.
96. 채그릇.
97. 곱지 않게 검은 빛깔.
98. 망건에 달아 당줄 꿰는 작은 고리.
99. 먼지를 털고 물을 뿌림.
100. 제사 때 술 대신 쓰는 맑은 찬물.
101. 제사나 잔치 때 음식을 상 위에 벌여 놓음.
102. 산신령에게 지내는 제사와 부처 앞에 공양하는 일.
103. 자식을 낳고 기르는 수고.
104. 외롭게.
105. 넓고 커서 끝이 없음.

혼(水中孤魂)[107] 될 터이니 불쌍한 우리 모친 사명일(四名日)[108]은 고사하고
제삿날이 돌아온들 보리밥 한 그릇을 누가 차려 놓아 주며, 초중(草中) 우양
도(牛羊道)[109]에 이 무덤을 뉘 말리리. 백양(百羊)이 부득로(不得路)[110]의 막
막야전(漠漠野田)[111] 될 것이요, 죽어서 혼이라도 모친 얼굴 보자 한들 모친
얼굴 내 모르고 내 얼굴 모친 몰라 서로 의심할 터인데 수륙(水陸)이 달랐으
니 혼인들 만나겠소. 내 손에 차린 제물(祭物) 망종(亡終) 흠향(歆饗)[112]하옵
소서. 애고 애고 설운지고.”

사배(四拜) 하직한 연후(然後)에 집으로 돌아와서 방문 열고 들어가니 아
비 잠이 들었구나.

— 「심청전」(신재효본) 원문을 현대어로 옮김.

---

106. 만분의 일.
107. 물에 빠져 죽은 외로운 혼.
108. 설, 단오, 추석, 동지.
109. 풀 가운데 소와 양이 다니는 길.
110. 제 길을 못 찾은 양(羊)의 발길에 마구 밟힘.
111. 넓고 아득한 들판.
112. 신령이 제사의 예(禮)를 받음.

한국 한문학

한시

한시(漢詩)는 글자 그대로 말하면 한자로 쓴 시를 일컫는다. 중국에서 창작된 것뿐만 아니라 한국이나 일본 등 한자문화권에서 한자로 쓴 시는 모두 한시라고 한다. 그러나 대개는 중국 한시, 한국 한시, 일본 한시 등으로 구분해 부른다.

한시는 중국어를 기록하는 한자의 특성에 맞춰 자수(字數)의 형식과 평측(平仄), 압운(押韻)의 규칙이 정해져 있다. 한시의 시구는 글자 수가 5언이나 7언으로 된 것이 가장 많지만, 4언 또는 6언으로 된 것도 있다. 그리고 작품에 따라 시구의 수가 4구와 8구로 된 것이 대부분이다. 4구로 된 것은 절구(絶句), 8구로 된 것은 율시(律詩)라고 한다. 한시에서 가장 큰 묘미는 압운법이다. 한시는 압운을 표시하는 운자(韻字)를 시구의 끝에 규칙적으로 배열함으로써 시적 운율의 특성을 살린다.

한시는 창작 시기에 따라 고시(古詩)와 근체시(近體詩)로 나누고, 음악과의 관련 여부를 따져 악부시(樂府詩)를 별도로 구분한다. 그러나 한시의 형식은 자수, 구수(句數)의 형식, 압운의 유무, 운자의 위치 등을 기준으로 분류된다. 고시는 고체(古體) 또는 고풍(古風)이라고도 한다. 당대(唐代)에 근체시라는 새로운 형식의 한시가 등장하면서 이에 대한 상대적인 개념으로 붙여진 명칭이다. 고시와 근체시를 비교하면, 고시의 경우 절구와 같은 기승전결(起承轉結)의 구법(句法)이 없고, 율시처럼

연의 구성이나 대구의 구속이 없다. 그리고 시구의 수도 비교적 자유로
우며 압운법도 엄격히 지키지 않는다. 고시가 형식적인 틀에서 비교적
자유로운 반면에 근체시는 형식적 틀을 엄격하게 지킨다. 한국의 한시
는 대체로 근체시의 고정적 형식을 따르는 경우가 많다.

　악부시는 관현에 올려 노래로 부를 수 있도록 만들어진 것으로, 중
국 한나라 때에 성행했다. 그러므로 악부라는 것을 한대(漢代)의 악부
로만 한정해서 볼 수도 있다. 하지만 이후 시인들이 고악부(古樂府)의
제목을 따서 장단구(長短句)를 지어내는 경우가 많아졌다. 이런 형식의
시를 모두 악부시라고 한다. 이처럼 고려 말기 문인들의 악부시는 모두
처음부터 노래로 부르기 위해 제작한 것이 아니다.

　한시는 중국 시의 전통을 문언(文言)으로 수용했다는 특징이 있다.
그러므로 시의 표현과 형식보다는 의미와 개념, 주제와 정신을 중시할
수밖에 없게 된다. 이것은 한국의 한시가 갖는 시적 표현의 한계이면서
동시에 한국의 한시만이 지니는 특징이라고 할 수 있다. 한국의 한시는
중국 한시의 일방적인 수용이 아니라 한국의 역사와 현실이 요구하는
시정신에 기초해 창안된 '한국적인 한시'임을 주목할 필요가 있다.

　한국인들이 한시를 문학의 한 형태로 창작하고 향유하게 된 것
은 7세기경 신라시대부터라고 추산된다. 이 시기에 신라가 정식으로
당나라와 국교를 맺고, 당나라에 유학생을 파견하게 된다. 이후 고려
의 건국 초기까지는 중국의 한문학에 대한 본격적인 학습기에 해당
한다.

　신라 말기 최치원(崔致遠)에서부터 고려 초기의 최승로(崔承老), 박
인량(朴寅亮), 김부식(金富軾), 정지상(鄭知常) 등은 모두 한시의 형성
단계에서 시문으로 이름을 떨친 사람들이다. 이들은 대체로 당나라시
대 한시의 다양한 변화를 수용하게 되는데, 시형(詩形)의 선택에서는
대체로 7언이 우세하며 특히 율시가 대부분을 차지하고 있다. 시의 내
용에서는 개인적 회고와 감상을 위주로 한 것들이 많다.

　고려 중기에 이르러서는 송나라 소식(蘇軾)으로 대표되는 새로운 시
학의 유입으로 한시의 경향에 큰 변화가 일게 된다. 이규보(李奎報)를
비롯해 임춘(林椿), 이인로(李仁老), 최자(崔滋) 등이 이 시기를 대표하

는 시인으로 기록될 만하다. 고려 후기에는 안향(安珦)이 주자(朱子)를 숭모하면서 송대의 성리학을 접하게 되었으며, 이색(李穡), 정몽주(鄭夢周), 이숭인(李崇仁), 정도전(鄭道傳), 권근(權近) 같은 학자들이 도학으로서의 한학에 주력하면서 많은 한문 문장을 남긴다. 이제현(李齊賢)은 고려 후기를 대표하는 시인이다. 그의 시는 풍부한 표현과 호활한 기상으로 당대 제일로 추앙받은 바 있다.

조선이 건국과 동시에 유학을 통치 이념으로 채택함으로써 유교의 윤리 사상과 이념은 조선 사회의 근간을 이루게 된다. 문학의 경우에도 주자학의 이념이 문학 위에 군림해야 한다는 재도관(載道觀)이 주류를 이루면서 시와 문장은 도(道)를 전달하는 수단이라고 보는 효용론적 문학관이 널리 퍼지게 된다.

조선 초기에 서거정(徐居正)은 『동문선(東文選)』을 편찬하고 김종직(金宗直)은 『청구풍아(靑丘風雅)』를 펴낸다. 두 책은 역대 한시를 가려 뽑은 일종의 사화집(詞華集)으로 한국 한시의 역사적 전개 과정을 이해하기 위한 길잡이가 된다. 이 시기의 대표적인 시인으로 김시습을 들 수 있다. 김시습의 시는 현실 세계에 대한 불만과 세속을 벗어난 자유로움을 솔직하게 그려냄으로써 그만이 도달할 수 있는 독자적인 세계를 열었다. 조선 중엽에 이르러 삼당시인(三唐詩人)으로 불리는 이달(李達), 백광훈(白光勳), 최경창(崔慶昌) 등이 모두 당시(唐詩)의 기풍을 익혀 조선 한시의 독특한 기상과 정신을 자랑하게 된다. 이 무렵에는 허난설헌(許蘭雪軒)과 같은 여성 시인도 한문을 숙달해 주목할 만한 한시를 남긴다.

조선 후기에는 임진왜란과 병자호란을 겪은 데다가 집권층이 정치적으로 파당을 이루어 당파의 논쟁과 갈등이 심해지면서 사림(士林)의 존재와 그 역할도 축소되고 시 창작도 침체에 빠진다. 이 시기에 이덕무(李德懋), 유득공(柳得恭), 박제가(朴齊家) 등의 풍류시가 이채를 발하게 된다. 시(詩), 서(書), 화(畵)의 삼절(三絶)로 이름 높은 신위(申緯)의 시는 다채로운 시경과 자유로운 표현으로 조선시대 제일의 시인으로 손꼽히기도 했으며, 실학자 가운데 정약용(丁若鏞)의 경우는 특히 현실적 삶의 모순을 비판하는 현실주의적 경향의 시를 많이 발표한다.

조선 후기는 양반 사대부층과 일반 서민층의 중간 계층에 해당하는 중인층 지식인들에 의해 그들의 삶의 현실을 반영한 이른바 '위항문학(委巷文學)'이 새롭게 등장한 시기로 특징지을 수 있다. 홍세태(洪世泰)의 『해동유주(海東遺珠)』를 필두로, 『소대풍요(昭代風謠)』 『풍요속선(風謠續選)』 『풍요삼선(風謠三選)』 등의 위항시인 시집들이 간행된 바 있다. 위항시인으로 조수삼(趙秀三), 이상적(李尙迪) 등의 작품이 후대에까지 널리 알려졌다. 한말에는 이른바 한말 사대가(四大家)로 불리는 강위(姜瑋), 이건창(李建昌), 김택영(金澤榮), 황현(黃玹) 등이 한문학의 마지막 장을 장식한다.

| 題伽耶山讀書堂 | 가야산 독서당에 쓰다[1] |
| 崔致遠 | 최치원 |

狂奔疊石吼重巒	겹겹 바위틈을 미친 듯 달려 봉우리를 울리니
人語難分咫尺間	사람의 말소리를 지척서도 분간하기 어렵구나.
常恐是非聲到耳	늘 시비하는 소리가 귀에 이를까 꺼려서
故敎流水盡籠山	짐짓 흐르는 물로 산을 다 두르게 하였다네.

─『동문선(東文選)』

| 送人 | 임을 보내며 |
| 鄭知常 | 정지상 |

| 雨歇長堤草色多 | 비 개인 긴 둑에 풀빛 짙어지는데 |
| 送君南浦動悲歌 | 남포에서 임 보내니 슬픈 노래 일렁인다. |

1. 이 책에서 소개하는 한시 원문과 번역은 이종묵의 『우리 한시를 읽다』(돌베개, 2009)를 따랐다.

大同江水何時盡   "대동강 저 물은 언제나 다하랴?
別淚年年添綠波   해마다 이별의 눈물이 푸른 물결 보태는 것을."

— 『동문선』

和宿德淵院[2]   덕연원에 묵으며
李奎報   이규보

落日三杯醉   지는 해에 석 잔 술로 취하여
淸風一枕眠   맑은 바람에 베개 베고 자네.
竹虛同客性   대나무 속 빈 것은 나그네의 마음
松老等僧年   소나무 늙은 것은 스님과 한동갑일세.
野水搖蒼石   들판 시냇물에는 파란 이끼 낀 돌이 흔들흔들
村畦繞翠巓   마을 밭둑길에는 푸른 산봉우리가 둘러 있네.
晚來山更好   저녁 무렵 산빛이 더욱 아름다우니
詩思湧如泉   시상이 샘물처럼 솟아나네.

— 『동국이상국집(東國李相國集)』

山中   산중에서
鄭道傳   정도전

山中新病起   산중에 병든 몸을 일으키니
稚子道衰容   아이가 내 수척하다 하는구나.

2. 1198년 2월 박환고(朴還古)라는 사람이 오늘날의 서울로 떠날 때 이규보가 그를 전
송하며 시를 지어 주었는데, 박환고가 답시를 짓지 못하다가 한참 후에 화답시와 다
시 지은 십여 수의 시를 보냈다. 이규보가 답하여 이 시를 지었다.

學圃親鋤藥	농사일 흉내내어 약초밭을 매고
移家手種松	집을 옮겨 손수 소나무를 심었다.
暮鍾何處寺	저녁 종소리 어느 절에서 울리나
野火隔林春	들불은 숲 너머에 춤을 추네.
領得幽居味	숨어 사는 맛을 터득하였으니
年來萬事慵	요즘 들어 만사가 게으르다.

— 『삼봉집(三峯集)』

山寺夜吟　　　산사에서 밤에 읊조리다
鄭澈　　　　　　정철

蕭蕭落木聲	우수수 떨어지는 낙엽 소리에
錯認爲疏雨	성긴 비 내리는 줄 잘못 알았네.
呼僧出門看	중을 불러 문 밖에 나가 보라니
月掛溪南樹	"시내 앞 숲에 달이 걸렸습디다."

— 『송강집(松江集)』

絶命詩　　　　목숨을 끊으면서
黃玹　　　　　　황현

鳥獸哀鳴海嶽嚬	새 짐승 슬피 울고 산하도 찡그리니
槿花世界已沈淪	무궁화 이 강산이 속절없이 망했구나.
秋燈掩卷懷千古	가을 등불 아래 책 덮고 천고의 역사 돌아보니
難作人間識字人	글을 아는 선비의 구실이 참으로 어렵구나.

— 『매천집(梅泉集)』

한문소설

소설의 개념

한국의 한문 문헌 가운데 '소설'이라는 용어는 고려시대 이규보의『백운소설(白雲小說)』이라는 책에서 처음 등장했다. 이 책은 그 제목에 소설이라는 말이 붙어 있지만, 오늘날 사용되고 있는 소설이라는 용어와는 거리가 먼 한시라든지 한문 문장과 관련된 여러 가지 '시화(詩話)'를 모아놓고 있다. 조선시대 어숙권(魚叔權)의『패관잡기(稗官雜記)』와 이수광(李睟光)의『지봉유설(芝峰類說)』에서도 역사나 설화, 시문에 얽힌 일화와 신변잡기 등 잡다한 내용의 글들을 소설이라고 지칭하고 있다. 이러한 사실은 소설이라는 용어가 고려시대부터 조선 초기까지 매우 넓은 의미로 사용되었음을 말해 준다. 소설이라는 말이 글자 그대로 '자질구레한 잡다한 이야기'를 뜻하고 있음을 확인할 수 있다.

조선시대에 소설이라는 말과 유사한 의미로 사용된 용어로는 '패설(稗說)', '잡설(雜說)', '연의(演義)', '전기(傳奇)' 등이 있다. 국문소설이 출현하면서는 '언담(言談)', '언패(諺稗)', '언서고담(諺書古談)'이라는 말도 등장한다. '패설'은 중국에서 패관(稗官)이라는 관직에 있는 하급 관리가 지방을 돌아다니면서 민간에게 유포된 이야기들을 모아 책으로 엮었다는 데에서 비롯된 말이다. 고려시대의 한문 산문 가운데 그 유례를 찾아볼 수 있다. '잡설'이라는 말은 글자 그대로 잡다한 여러 가지 이야기를 말하며, '연의'는 중국의「삼국지연의(三國志演義)」에서 나온 말로서 소설이라는 용어를 대신해 널리 쓰였다. '전기'는 당나라 때에 '지괴(志怪)'와 구분해 부른 소설의 범칭으로 '기이(奇異)를 전술한다'는 뜻을 지녔다. 이 말에 소설이라는 말을 합쳐서 '전기소설(傳奇小說)'이라는 용어가 만들어지기도 한다. '언서'나 '언패'라는 말은 모두 언문으로 기록한 이야기라는 뜻을 가지며, 국문소설에 대한 속칭이라고 할 수 있다.

소설이라는 말은 전기(傳奇), 인물전(人物傳), 실화(實話), 시화(詩話), 문헌설화(文獻說話) 등의 다양한 이야기를 두루 포함하고 있기 때문에 그 범위를 고정시켜 놓기 어렵다. 소설이라는 용어는 오랜 역사를 통해 반복적으로 사용되면서 그것이 지시하는 문학 양식 자체의 성격도 달라져 왔다. 그러므로 '소설'이라는 용어의 의미에만 집착할 경우 그것이 지칭하는 문학 양식의 다양한 특성을 제대로 이해하기 어렵다.

한문소설은 문헌설화에서 그 시원을 찾을 수 있다. 설화는 아직 단순한 이야기 차원을 벗어나지 못하고 있는 서사양식의 하나이다. 이 설화적 세계에 작가의 창작의식이 개입되어 인간의 삶의 문제에 구체적인 관심을 표현할 수 있게 되면서, 비로소 소설양식으로 이행된 것이라고 하겠다. 일연(一然)의 『삼국유사』에 실려 있는 「김현감호(金現感虎)」, 「조신(調信)」 등의 이야기는 서사구조가 소설적 형식에 접근해 있지만 설화성이 더 강하다. 고려 중기 이후에 활발하게 창작된 '가전문학(假傳文學)'도 서사적 성격이 분명하지만 교술적 내용을 중심으로 하고 있어서 소설로 보기에는 미흡하다.

한문소설은 조선 초기에 김시습의 『금오신화』에서 그 양식이 정착되었다. 형성 초기에는 중국 소설의 형식을 그대로 따랐지만, 조선 후기에 이르러서는 그 내용과 형식에서 독자적 성격을 지니게 된다. 한문소설의 이야기에는 인간의 삶과 욕망이 초현실적 세계와 역사적 현실을 오가며 폭넓게 그려져 있다. 이러한 내용적 특성은 한문소설의 창작에 임했던 사대부층 지식인들의 세계관과 현실 인식의 방법이 반영된 것으로 생각된다. 한문소설은 국문소설의 출현과 발달에도 지대한 영향을 미쳤다. 조선시대 소설 가운데는 국문본과 한문본이 공존하는 경우도 많이 있다. 한문소설의 경우 작가와 창작 시기가 대부분 알려져 있기 때문에 소설문학의 역사적 전개 양상을 총체적으로 이해하는 데에도 귀중한 자료적 가치를 지닌다.

가전체문학

고려시대에 등장한 가전체문학은 한문소설이 성립되기 전에 창작된 허구적 서사양식이다. 현재 전해 오고 있는 작품으로는 임춘(林椿)의 「국순전(麴醇傳)」과 「공방전(孔方傳)」, 이규보의 「국선생전(麴先生

傳)」과 「청강사자현부전(淸江使者玄夫傳)」, 이곡(李穀)의 「죽부인전(竹
夫人傳)」, 이첨(李詹)의 「저생전(楮生傳)」, 석식영암(釋息影菴)의 「정시
자전(丁侍者傳)」 등이 있다. 이 작품들은 사대부층의 지식인들이 직접
한문으로 쓴 것으로, 일상의 주변에서 흔히 볼 수 있는 술, 돈, 지팡이,
대나무 등과 같은 사물을 의인화해 주인공으로 등장시키고 있다. 사물
을 살아있는 인간의 모습으로 바꾸어 이야기를 꾸며내고 있다는 점에
서 우화의 속성을 지닌다. 한문학에서는 이러한 형식의 글을 '가전(假
傳)'이라고 한다. 이들 작품의 이야기 자체가 의인화된 사물의 일대기
를 허구적으로 꾸며내고 있기 때문이다.

「국순전」과 「국선생전」은 모두 술을 의인화한 작품이다. 「국순전」
은 술의 부정적 성격을 통해 사대부와 군주를 풍자하고, 「국선생전」은
술의 긍정적 성격을 통해 사회와 현실에 대한 계도를 강조한다. 「공방
전」은 중국의 역사에 가탁해 돈의 제조 및 활용을 이야기하면서 고려
사회의 경제적 상황을 풍자하고 있다. 「청강사자현부전」은 거북을 의
인화해 관직에 연연하지 않는 높은 경지의 도덕적 수양을 강조한다. 이
작품들은 공통적으로 고려시대 무신집권기에 핍박을 당하던 문신들
의 비판적인 현실 인식과 삶의 자세를 잘 나타내고 있다. 「죽부인전」
은 대나무를 의인화해 여성의 정절을 강조하며, 「저생전」은 종이를 의
인화해 문사(文士)의 일생을 비유한다. 「정시자전」은 지팡이를 우화적
(寓話的)으로 처리한 작품이다.

고려시대 가전문학의 작자는 대체로 신흥사대부들이다. 이들은 가전
의 양식을 통해 해박한 한문 교양과 지식을 과시하면서 허구적 세계에
가탁해 세태를 비판하고 풍자하기도 한다. 이러한 가전문학의 교시적
기능을 놓고 본다면, 가전문학이 신흥사대부들의 지적(知的), 도덕적
충동의 산물이라는 것을 알 수 있다.

한문소설의 전개 양상

조선 초기 김시습(金時習)이 지은 『금오신화(金鰲新話)』는 한문소설의
등장을 의미한다. 『금오신화』는 「만복사저포기(萬福寺樗蒲記)」 「이생

규장전(李生窺墻傳)」「취유부벽정기(醉遊浮碧亭記)」「남염부주지(南炎
浮洲志)」「용궁부연록(龍宮赴宴錄)」 등 다섯 편의 작품으로 이루어져
있으며, 전기소설의 대표적인 형태를 보여 주고 있다. 전기소설이란 사
대부들에 의해 한문으로 기술된 단편적 형식의 허구적인 서사양식을
말한다. 봉건사회 속의 사대부 혹은 귀족 계층의 인물을 주인공으로 하
여 그를 둘러싼 사회 현실을 반영하고 있으며, 사건 전개에서 비현실적
이며 환상적 요소가 많이 등장한다. 환령(幻靈)이나 초월적 세계와 같
은 비현실적 요소는 그 서사 자체의 낭만적 성격을 드러내는 것으로
볼 수 있다. 인간의 욕망은 사회 현실 속에서 여러 가지 이유로 제약되
기 마련이다. 하지만 그로 인해 생겨나는 좌절과 절망을 거부함으로써
현실 속에서 쉽게 실현될 수 없는 가치와 이념의 의미를 역설적으로
강조할 수 있는 것이다. 김시습은 일찍이 유교 이념에 기초해 불교 교
리를 파악한 사상가로서 조선 초기 집권층에 대해 비판적 자세를 지닌
인물이었다. 『금오신화』는 이러한 작가의 이념과 태도를 바탕으로 하
여 삶의 현실 속에서 겪게 되는 갈등을 예술적으로 형상화한 작품이라
고 할 수 있다.

　　조선시대 전기의 한문소설 가운데에는 고려시대 가전문학의 전통
과 이어지는 의인체(擬人體)의 우화소설(寓話小說)이 많이 등장한다. 임
제(林悌)의 「수성지(愁城誌)」, 김우옹(金宇顒)의 「천군전(天君傳)」, 정
태제(鄭泰齊)의 「천군연의(天君演義)」 등은 인간의 심성을 의인화하여
서사적 갈등을 형상화하는 작품이다. 천군을 주인공으로 삼고 충신형
과 간신형으로 대조되는 인물의 성격이 갈등을 이루는 구성 방법을 취
하고 있다. 식물을 의인화한 작품으로는 임제의 「화사(花史)」가 대표
적이다. 「화사」는 꽃나라의 역사에 빗대어 인간 삶의 역사를 이야기한
다. 봉건지배체제와 관료사회의 모순이 심화되던 16세기 전후 조선과
명나라의 역사 현실을 풍자, 비판하고 있다. 동물을 의인화한 작품으로
는 지은이를 알 수 없는 「서대주전(鼠大州傳)」「서옥기(鼠獄記)」 등이
있다. 이러한 작품들은 대부분 사물에 가탁해 우의적으로 현실을 풍자
하고 비판하는 교훈적 기능이 강하다.

　　조선시대 한학자들이 즐겨 쓴 몽유록은 인간의 현실적인 삶의 문제

를 꿈이라는 환상적인 비전을 통해 새로이 해석하는 우화적 서사양식이다. 몽유록은 꿈 이야기를 중심으로 서두에 꿈속으로 들어가는 '입몽(入夢)'의 과정을, 결말 부분에 꿈에서 깨어나는 '각몽(覺夢)'의 단계를 그려 놓고 있다. 이러한 서사구조는 몽유록이 일종의 '액자형 서사'에 해당함을 말해 준다. 몽유록의 경우 꿈속에서 이루어지는 토론(討論)과 시연(詩宴) 등이 서사의 핵심을 이룬다. 임제의 「원생몽유록(元生夢遊錄)」, 심의(沈義)의 「대관재몽유록(大觀齋夢遊錄)」, 윤계선(尹繼善)의 「달천몽유록(達川夢遊錄)」「피생몽유록(皮生夢遊錄)」「강도몽유록(江都夢遊錄)」「부벽몽유록(浮碧夢遊錄)」 등이 대표적인 작품들이다. 이 작품들에서 등장인물은 삶의 현실과 대립하거나 갈등하지만 꿈이라는 환상 공간을 빌려 자기 이상을 제시하고 현실의 모순을 비판하는 강한 윤리의식을 드러낸다.

17세기 초 허균의 『성소부부고(惺所覆瓿藁)』에 실려 있는 「남궁선생전(南宮先生傳)」「엄처사전(嚴處士傳)」「손곡산인전(蓀谷山人傳)」「장산인전(張山人傳)」「장생전(蔣生傳)」 등은 흔히 '일사소설(逸士小說)'[3]이라고 지칭하기도 한다. 이 작품들에 등장하는 주인공은 당대 사회에서 소외된 가난한 선비, 중인 계층, 천민들이며, 자신들이 처해 있는 현실 상황에 대해 불만을 품고 세상을 등진 채 살아가는 재사(才士)나 이인(異人)들이다. 작가는 '전(傳)'이라는 한문 서사양식의 구조에 따라 인물의 행적을 간략히 소개하고, 여기에 작가 자신의 견해를 표하는 평결의 방식으로 이야기를 마무리한다. 그러므로 한 인물의 생애에 대한 사실의 기록이라는 차원을 뛰어넘어 일정한 방향으로 인물의 삶을 허구화시키면서 그 성격을 재창조하고 있다. 이옥(李鈺)의 「심생전(沈生傳)」「장복선전(張福先傳)」「신아전(申啞傳)」「상랑전(尙娘傳)」「부목한전(浮穆漢傳)」 등의 경우에도 주인공의 삶의 과정을 '전'의 서사구조에 맞춰 서술하면서 인간 윤리와 그 가치를 긍정하고 시속의 부도덕성을 고발한다. 특히 하층민들의 삶에 내재해 있는 소박한 도덕성과 윤리의식을 크게 부각시키는 점도 주목할 만하다. 이러한 경향은 김

---

3. 세상을 등지고 숨어 사는 선비가 주인공인 소설.

려(金鎭)의 「가수재전(賈秀才傳)」 「삭낭자전(索囊子傳)」에도 잘 드러나 있다.

조선 후기의 대표적인 실학자 박지원은 그의 실학사상인 이용후생학(利用厚生學)을 바탕으로 독특한 한국 한문소설의 경지를 개척한다. 『열하일기(熱河日記)』에 수록된 「허생(許生)」 「호질(虎叱)」, 『방경각외전(放璚閣外傳)』(『연암집(燕巖集)』 권8 별집에 수록된 단편소설집)에 실려 있는 「양반전(兩班傳)」을 비롯한 「마장전(馬駔傳)」 「예덕선생전(穢德先生傳)」 「민옹전(閔翁傳)」 「김신선전(金神仙傳)」 「광문자전(廣文者傳)」 「우상전(虞裳傳)」 등이 있다. 이 작품들은 이야기를 통해 드러내는 현실 풍자와 비판을 중시해 '풍자소설'로 그 성격을 규정하기도 한다. 「마장전」 「예덕선생전」 등에서는 서민의 인간성에 대한 긍정과 함께 삶의 윤리적 가치와 도덕성을 강조한다. 「민옹전」 「김신선진」 「우상전」 등에서는 현실에서 소외된 시정의 지식인에 대한 연민의 정과 작가의 신선관이 드러나 있다. 「양반전」 「호질」 「허생」 등에서는 현실 사회의 상류층에 속하는 권력자와 지식인들의 위선적 태도에 대한 비판과 그들의 각성을 촉구한다. 이러한 특징은 한문 서사의 주류를 이루었던 '전'이라는 서사양식이 조선 후기에 이르러 소설적 형상성을 풍부하게 드러내면서 한문소설로 변모하고 있음을 말해 주는 것이라고 할 수 있다. 서유영(徐有英)의 「육미당기(六美堂記)」, 권필(權韠)의 「주생전(周生傳)」은 조선시대 한문소설 가운데 대표적인 애정소설로 손꼽힌다.

조선 후기의 전환기적 사회 상황을 배경으로 '한문단편'이라고 지칭되는 독특한 서사양식이 등장한다. 한문단편은 그 형식이 '전'이나 '민간설화'와 유사하며, 야담(野談)이라는 이름으로 불리기도 한다. 한문단편은 시정의 이야기를 옮겨 놓은 것으로, 조선 후기 사회상의 변화, 양반 계층의 몰락과 신분 갈등, 남녀의 욕정, 사회 규범의 혼란과 모순 등 당대의 현실을 소박하게 그린다. 이희준(李羲準)의 『계서야담(溪西野談)』, 이원명(李源命)의 『동야휘집(東野彙輯)』, 그리고 지은이를 알수 없는 『청구야담(靑丘野談)』 등에 많은 작품이 수록되어 있다.

조선 후기에는 국문소설이 등장하면서 동일한 제목을 가진 한문소

설과 국문소설이 공존하는 경우도 많다. 애초에 한문으로 창작된 후 국
문본으로 번역된 경우도 있고, 국문소설을 모방해 한문으로 번역한 작
품도 있어서, 한문본과 국문본의 다양한 이본(異本)이 전해진다. 김만
중의「구운몽」은 한문본과 국문본이 함께 전해지고 있으며, 역사적으
로 실존했던 역사 영웅을 주인공으로 한「임진록(壬辰錄)」이나「임경
업전(林慶業傳)」등도 한문본과 국문본이 있다.「운영전(雲英傳)」은 궁
녀와 궁 밖의 외부인과의 애정을 소재로 한 작품이며,「숙향전(淑香
傳)」「홍백화전(紅白花傳)」은 여성의 정절을 강조하는 작품이다. 이 작
품들도 모두 한문본과 국문본이 함께 전해진다.

이생규장전(李生窺墻傳) — 이생이 담 안의 아가씨를 엿보다[4]

김시습(金時習)

송도에 이 씨 성을 가진 서생(글 읽는 선비를 가리키는 말)과 최 씨 성을 가
진 아가씨가 살고 있었다.

어느 날 이생이 최처녀집 담 밖에 있는 나무 아래서 쉬다가 문득 담 안을
엿보았다. 온갖 꽃들이 만발한 꽃 사이 누각에서 아름다운 여인이 수를 놓
고 있다가 시를 읊는 게 아닌가! 자기의 외로운 마음과 이성을 향한 그리움
을 노래한 시였다. 이생도 그 시에 답하는 시를 지어 기와 쪽에 매달아 담
안으로 던져 보냈다. 두 사람은 그날 저녁 최처녀집 뜰에서 만나 사랑을 약
속한다. 그날부터 이생은 최처녀집에 며칠을 머문다. 시간이 흐르는지 멈췄
는지 모를 만큼 즐거운 나날이었다. 그 뒤로도 이생은 저녁이면 어김없이
최처녀를 찾았다.

아들의 행실을 이상히 여긴 이생의 아버지는 농사 감독이나 하라며 영남
으로 쫓아 보냈다. 이 소식을 들은 최처녀는 너무나 상심하여 병에 걸려 자
리에 누웠다. 딸자식이 죽게 되었다고 걱정하던 최처녀의 부모는 딸에게 자

4.「이생규장전」의 번역문과 주석은 심경호 역의『금오신화』(홍익출판사, 2000)를 따
랐다.

초지종을 듣고는 이생 집에 청혼을 했다. 이생 부모도 마음을 돌리고 결혼을 허락했다. 끊어졌던 사랑이 이어져 부부가 된 뒤 두 사람은 서로 공경하고 극진히 사랑했다. 이생은 과거에 급제하여 벼슬길에 올랐다.

그러나 홍건적이 서울을 점령하자 이생 가족도 피난을 가게 되었다. 그러다가 부부가 서로 헤어지고 부인(최처녀)은 도적에게 사로잡혔다. 도적들을 꾸짖으며 정조를 지킨 부인은 한칼에 죽임을 당했다. 난리가 끝난 뒤 집에 돌아온 이생은 옛날 최처녀를 만나 사랑하던 작은 누각에 올라가 한숨지으며 지난날을 생각해 보았다. 그때 사랑하는 아내가 다가왔다. 아내가 이 세상 사람이 아니라는 걸 알면서도 이생은 반가워 어쩔 줄을 몰랐다. 두 사람은 두서너 해 동안 바깥출입을 하지 않고 즐거운 나날을 보냈다. 그러던 어느 날 저녁 부인은 이제 슬픈 이별이 닥쳐왔다고 말한다. 이생도 부인과 함께 황천으로 떠나길 바랐지만 그럴 수 없는 노릇이었다. 부인이 떠난 뒤 두서너 달 만에 이생도 세상을 떠났다.

― 『금오신화(金鰲新話)』

양반전(兩班傳)[5]

박지원(朴趾源)

양반이란 사족(士族)을 높여서 부르는 말이다.

강원도 정선군의 한 마을에 한 양반이 살고 있었다. 그 양반은 성품이 어질고 독서(讀書)를 좋아했다. 이 고을의 군수(郡守)가 새로 부임할 때면 반드시 이 양반의 집을 찾아가 인사를 하는 것이 하나의 예의로 되어 있었다. 그러나 그 양반은 워낙 집이 가난하여서 해마다 나라에서 관리하는 양곡을 꾸어다 먹었는데 그것이 쌓여 천 석이나 다 되었다.

어느 날 관찰사가 각 고을을 돌아다니면서 관곡을 조사하고는 화가 나서

5. 「양반전」의 번역문과 주석은 이우성, 임형택 역의 『이조한문단편집 3』(창비, 2018)을 따랐다.

호령했다. "도대체 어떤 놈의 양반이란 자가 군량(軍糧)을 이렇듯 많이 축을 냈단 말이냐." 그러고는 그 양반을 잡아다 옥에 가두도록 명하였다. 군수는 양반이 가난해서 갚을 힘이 없는 것을 딱하게 여기고 차마 가두지 못했지만 무슨 도리도 없었다. 양반은 꾸어다 먹은 양곡을 갚을 방법이 없어 밤낮으로 울기만 했다. 그의 아내는 이렇게 역정을 내었다. "당신은 평생 글을 읽기만 좋아하고 꾸어다 먹은 관곡을 갚을 방법을 생각하지 못하는군요. 항상 '양반'만 찾아 대는데 그 양반이란 것이 한 푼 값어치도 못 되는 것이네요."

마침 그 마을에 살고 있던 부자 한 사람이 집안 사람들과 이렇게 의논하여 말했다. "양반이란 비록 가난하다고 할지라도 위엄이 있고 존귀한데 우리는 아무리 부자라 해도 항상 비천하지 않으냐. 말도 못 타고 양반만 보면 굽신거리며 두려워해야 한다. 뜰 아래에서 절을 하고 코를 땅에 대며 무릎으로 기는 등 우리는 노상 이런 수모를 받고 있다. 그런데 마침 우리 고을에 어떤 양반이 하도 가난하여 꾸어 먹은 관가의 곡식을 갚지 못하여 그 형편이 양반의 위세를 지키지 못할 처지가 되었다. 내가 그 양반을 사서 가져보아야 하겠다." 부자는 곧 양반을 찾아가서 자기가 대신 환자(還子)를 갚아 주겠다고 청했다. 양반은 크게 기뻐하며 승낙했다. 부자는 즉시 곡식을 관가에 실어 가서 양반의 환자를 갚았다.

군수는 양반이 환곡을 모두 갚은 것을 놀랍고 이상하게 생각해 몸소 찾아가 양반을 위로하고 또 환자를 갚게 된 사정을 물었다. 그런데 그 양반이 벙거지를 쓰고 짧은 잠방이를 입고 길에 엎드려 '소인'이라고 자칭하며 감히 쳐다보지도 못하고 있었다. 군수가 크게 놀라 내려가서 부축하고 "귀하는 어찌 이다지 스스로 낮추어 욕되게 하시는지요?" 하고 말했다. 양반은 황공해서 머리를 땅에 조아리고 엎드려 아뢴다. "황송하옵니다. 소인이 감히 욕됨을 자청하는 것이 아니오라, 이미 제 양반을 팔아서 환곡을 갚았습니다. 동리의 부자가 양반이올시다. 소인이 이제 다시 어떻게 전의 양반을 칭하여 양반 행세를 하겠습니까?"

군수는 감탄해서 말했다. "그 부자야말로 군자며 양반이오. 부자이면서도 인색하지 않으니 의로운 일이요, 남의 어려움을 다급하게 여기니 어진 일이요, 비천한 것을 싫어하고 존귀한 것을 사모하니 지혜로운 일이라고 할 것이오. 이야말로 진짜 양반이라고 하겠소. 그러나 사사로 팔고 사면서 증서를 만들지 않으면 송사(訟事)의 빌미가 될 수 있소. 그러니 내가 그대에게 약속하되 고을 사람들을 모아 놓고 이를 증인 삼고 증서를 만들어 미덥게 하되 군수인 나도 마땅히 거기에 서명할 것이오.” 그리고 군수는 관아로 돌아가 그 고을 안에 사는 모든 양반과 농사를 짓는 양민들, 그리고 공장이와 장사치들에 이르기까지 불러 동헌 뜰에 모았다. 부자는 향소(鄕所)[6]의 오른쪽에 서고 양반은 공형(公兄)[7]의 아래에 섰다. 그리고 증서를 만들었다.

“건륭(乾隆)[8] 10년 9월 모일에 이 문서를 만든다. 몸을 굽혀 양반을 팔아서 환곡을 갚으니 그 값은 천 석이다. 오직 양반은 여러 가지로 일컬어지나니 글만 읽는 사람은 선비라 하고 나라의 정치에 참여하는 사람은 대부가 되며 덕이 있는 사람이면 군자가 된다. 무관(武官)은 서쪽 반에 서고 문관(文官)은 동쪽 반에 서는 까닭에 이를 양반이라고 한다. 이중에서 원하는 대로 하나를 고르면 된다. 그리하여 양반이 되면 나쁜 일은 절대로 하지 말아야 하고 예부터 내려오는 좋은 뜻을 본받도록 노력해야 한다. 양반은 새벽 네 시만 되면 자리에서 일어나 촛불을 켜고 눈은 콧날 끝을 슬며시 내려다보고 무릎을 꿇고서『동래박의(東萊博議)』[9]를 얼음 위에 표주박 굴리듯이 술술 막힘 없이 외워야 한다. 배가 고파도 참아야 하며 추운 것도 견디어내야 하며 입으로 가난하다는 말을 하지 말아야 한다. 고치탄뇌(叩齒彈腦)[10]를 하고 입안에서 침을 모아 연진(嚥津)[11]을 해야 한다. 머리에 쓰는 관은 소맷자락으로 쓸어서 먼지를 털어 물결무늬가 생겨나게 하고, 세수할 때 주먹을 비비지 말고, 양치질을 지나치게 말고, 하인을 부를 때는 긴 목소리로 부르

---

6. 본래는 향청을 가리키지만 여기서는 좌수(座首)나 별감(別監)을 이른다.
7. 고을의 호장(戶長), 이방(吏房), 형리(刑吏)의 세 관속을 말한다.
8. 중국 명나라의 연호. 건륭 원년은 1736년이며 조선 영조 때이다. 건륭 10년은 1745년이다.
9. 송나라 여조겸(呂調謙)이 지은 책이며,『좌전(左傳)』에 대한 사평(史評)으로 선비들에게 널리 읽혔다.
10. 도가의 양생법의 하나. 정좌하고 위 아랫니를 딱딱 마주치는 것을 ‘고치’라고 하고, 두 손을 목 뒤로 돌려 손가락으로 뒤통수를 가볍게 자극하는 것을 ‘탄뇌’라고 한다.
11. 도가의 양성법의 하나. 아침에 일어나 입안에 침을 모아 몇 번에 나누어 삼키는 방법.

며 걸음을 걸을 때는 느린 걸음으로 천천히 걷는 법이다. 그리고『고문진보
(古文眞寶)』[12]『당시품휘(唐詩品彙)』[13]를 깨알같이 베껴 쓰되 한 줄에 백 자
를 쓰며, 손에는 돈을 만지지 말고 쌀값을 묻지 말아야 한다. 날씨가 아무리
더워도 버선을 벗지 말아야 하며 밥을 먹을 때에도 의관을 정중히 쓰고 먹
어야 하며 맨상투로 먹어서는 안 된다. 음식을 먹을 때에도 양반이 지켜야
하는 법도가 따로 있다. 국물을 먼저 떠먹지 말아야 하며 물을 마실 때 넘어
가는 소리가 나지 않도록 하며 수저를 놀릴 때 소리를 내어서는 안 되며 냄
새가 나는 생파를 먹지 말아야 한다. 술을 마실 때는 수염을 적시지 말며 담
배를 피울 때는 불이 이지러지도록 연기를 들이마시지 말아야 한다. 속이
상하는 일이 있어도 아내를 때리지 말아야 하며 화가 난다고 해서 그릇을
집어 던져 깨지 말아야 하며 주먹으로 아이들을 때리지 말고 종을 꾸짖을
때도 '죽일 놈'이라는 상스러운 말을 하지 말아야 하며 소나 말을 나무랄 때
도 그 주인을 욕하지 말아야 한다. 병이 나도 무당을 부르지 말며 제사 때도
중을 불러다 재(齋)를 올리지 말아야 한다. 춥다고 화로에 손을 쪼이지 말며
말할 때는 침이 튀지 않게 하며 소를 잡아먹지 말아야 하고 돈을 놓고 놀음
을 하지 말아야 한다. 무릇 이와 같은 여러 가지 행실이 양반과 다름이 있을
때는 이 증서를 가지고 관가에 가서 옳고 그름을 따질 것이다."

　이렇게 글을 쓴 증서에다 정선 군수가 이름을 쓰고 좌수와 별감도 증인으
로 서명했다. 통인(通引)[14]을 시켜 도장을 찍는데 그 소리는 커다란 북을 치
는 것과 같았고 도장을 찍어 놓은 모양은 북두성(北斗星)이 종으로, 삼성(參
星)이 횡으로 찍혀진 것 같았다.

　호장이 이 증서를 다 읽고 나자 부자는 한동안 멍하니 있다가 말했다.
"도대체 양반이란 이런 것들뿐입니까? 제가 알기에는 양반은 신선과 같다
고 하여 천 석이나 되는 양곡을 주고 산 것인데 썩 내키는 것이 없습니다.
무언가 좀 더 이롭게 고쳐 써 주십시오."

　그래서 군수는 증서를 다시 고쳐 쓰기로 했다.

---

12. 중국 역대의 명문을 모아 놓은 책.
13. 명나라 때 고병(高棅)이 펴낸 책으로 당시(唐詩)를 모아 놓은 것이다.
14. 조선시대 관아에서 일하던 하급 관리.

"하늘이 백성을 낼 때 백성을 넷으로 구분했다. 사민(四民) 가운데 가장 높은 것이 사(士)니 이것이 곧 양반이다. 양반의 이익은 막대하니 농사도 안 짓고 장사도 않고 약간 문사(文史)를 섭렵해 가지고 크게는 문과(文科) 급제요, 작게는 진사(進士)가 되는 것이다. 문과의 홍패(紅牌)[15]는 길이 2자 남짓한 것이지만 백물이 구비되어 있어 그야말로 돈자루인 것이다. 진사가 나이 서른에 처음 관직에 나가더라도 오히려 이름있는 음관(蔭官)이 되고, 잘 되면 남행(南行)으로 큰 고을을 맡게 되어, 귀밑이 일산(日傘)의 바람에 희어지고, 배가 요령 소리에 불러지며 방에서 기생이 귀고리로 단장하고, 뜰에는 학(鶴)을 기른다. 궁한 양반이 시골에 묻혀 있어도 능히 무단(武斷)을 하여 이웃의 소를 끌어다 먼저 자기 땅을 갈고 마을의 일꾼을 잡아다 자기 논의 김을 맨들 누가 감히 나를 괄시하랴. 너희들 코에 잿물을 붓고 머리채를 잡아 돌리고 수염을 낚아채더라도 누구도 가히 원망하지 못할 것이다."

부자는 증서를 중지시키고 혀를 내두르며 "그만 두시오, 그만 두어요. 맹랑합니다그려. 장차 나를 도둑놈으로 만들 작정인가요" 하고 머리를 흔들고 가 버렸다. 부자는 평생 다시 양반 말을 입에 올리지 않았다 한다.

― 『연암집(燕巖集)』

15. 문과에 급제한 사람에게 준 증서.

구비문학

신화

신화(神話)는 신에 관한 이야기이다. 신화는 인간 세계에서 일어나는 자연현상이나 사회현상의 기원과 질서를 설명한다. 그리고 거기에 절대적 권위와 초월적인 경이를 지닌 신성성을 부여하기도 한다. 이때의 신성성은 현실적으로 존재했거나 존재하는 것을 포괄적이고 규범적인 의의를 가지도록 그 차원을 높여 형상화할 때 나타나는 현상이다.

영어에서 신화를 뜻하는 '미스(myth)'라는 말은 그리스어 '뮈토스(mythos)'에서 유래한 것이다. 이 말은 로고스(logos)와 상대적인 뜻을 지닌다. 논리적인 사고 또는 그 사고 내용의 언어적 표현과는 상관없다는 뜻이다. '뮈토스'는 논리적 사고의 영역을 벗어나는 불가사의한 것을 직관이나 감성에 의존하는 언술이다. 물론 자연의 여러 현상이나 사실 그 자체에 관계하면서 그 뒤에 숨겨진 의미를 풀어낸다.

신화에서 드러나는 '신성한 서술'은 그 성격을 간단히 설명하기가 쉽지 않다. 일반적으로 신화는 이 세상에 존재하는 자연현상이나 사물의 기원을 말해 주는 것이 많다. 우주의 형성이라든지 인간의 등장에 대해 이야기하기도 하고 되풀이되는 자연현상이 어떻게 출현하게 되었는가를 이야기한다. 여기서 우주 만물의 창조를 주관하는 초자연적 존재들이 중시되고 인간이 범접할 수 없는 그 활동의 신성함이 강조된다. 그러므로 신화의 내용이 가지는 진실성은 우주 만물이 실제로 존재하며 모든 자연현상이 실제로 발생하고 있다는 사실로써 자연스럽게 증명

된다. 신화에서 말하는 초자연적 존재의 활동과 그 능력의 신성함은 그 대로 인간 활동에서도 중요한 모범이 되기 때문에 현실 속 인간의 삶을 규제할 수 있는 것이다.

한국의 신화는 역사적으로 실존한 왕조의 탄생에 관한 건국신화(建國神話)가 많다. 건국신화 속에는 신화적 요소와 역사적 요소가 공존하는 특징을 보인다. 이들 신화의 주인공은 하늘에서 내려오거나 땅속에서 솟아나온 신이(神異)한 존재이지만 동시에 인간세계에 내려와 국가를 건설한 역사적 존재이기도 하고, 한 사회의 문화적 영웅이기도 하다. 건국신화를 구성하는 서사의 기본 요소는 건국의 시조가 하늘에서 내려온다는 것, 그리고 땅 위에 나라를 세웠다는 것이다. 이러한 요소는 신화적 주체의 인식을 바탕으로 국가 건설과 그 통치의 정당성을 부여하고 사회적 통합을 도모하는 기능을 담당한다.

고조선의 단군(檀君) 이야기, 고구려의 주몽(朱蒙) 이야기, 신라의 박혁거세(朴赫居世) 이야기, 가락국의 김수로왕(金首露王) 이야기 등은 모두 건국신화에 해당한다. 이러한 신화들은 고려시대 일연의 『삼국유사』, 김부식의 『삼국사기』 등의 문헌에 처음 기록되면서 널리 알려졌기 때문에 문헌신화(文獻神話)라고 한다.

한국의 건국신화 가운데 가장 잘 알려져 있는 단군신화(檀君神話)는 한국 민족의 시조로서 고조선을 창업한 단군에 관한 이야기이다. 단군신화에는 천상의 존재인 환인(桓因)과 그 아들 환웅(桓雄)이 등장한다. 그리고 인간계로 하강한 환웅의 아들인 단군이 조선을 건국하는 과정을 이야기하고 있다. 환웅은 아버지 환인의 허락을 받고 하늘에서 태백산(太伯山)[1]으로 내려와 신단수(神壇樹) 아래 신시(神市)를 베풀고는 인간 세상을 다스리게 된다. 그리고 웅녀(熊女)와 혼인해 아기를 낳는다. 이 아기가 단군이다. 단군왕검은 평양에 도읍을 정한 뒤 나라 이름을 조선이라고 했다는 내용이다. 단군신화는 하늘에서 지상으로 천신이 하강해 왕의 자리에 올라 나라를 열고 인간 세상을 다스리게 되었다는 것이 그 서사의 핵심 요소가 된다. 이러한 요소는 단군의 고조선 건국

---

1. 지금의 백두산.

이라는 사실과 그대로 대응하고 있다. 이 신화에서 강조하고 있는 홍익인간(弘益人間)의 이념은 한국 민족의 공동체적인 세계관을 표시한다.

한국의 신화 가운데에는 문헌에 기록되지 않고 구전으로 전승되는 구전신화(口傳神話)도 있다. 구전신화는 무당들에 의해 구전되는 무속신화(巫俗神話)가 대부분이다. 무속신화는 인간의 만사를 관장하는 신들의 내력을 이야기한 것으로, 「제석본풀이」「바리공주」「성주풀이」「칠성풀이」 등이 있다. 「제석본풀이」는 생산과 생명을 관장하는 제석신의 신화이고, 「바리공주」는 죽음과 사후 세계를 연결 짓는 바리공주의 신화이며, 「성주풀이」는 집안의 건강과 안녕을 기원하는 가택수호신의 신화이다. 이 신화들은 한국 민족의 원초적인 우주관(宇宙觀)이나 생사관(生死觀), 신관(神觀)을 반영하고 있다는 점에서 중요한 자료적 가치를 지닌다.

단군(檀君) 이야기 [2]

옛날에 환인(桓因)의 아들 환웅(桓雄)이 자주 천하(天下)에 뜻을 두고 인간 세계를 탐내어 구하였다. 아버지가 아들의 뜻을 알아 삼위 태백산(三危太伯山) [3]을 내려다보니, 널리 인간 세계를 이롭게 할 만하여, 이에 천부인(天符印) [4] 세 개를 주어 세상 사람들을 다스리게 하였다. 환웅은 그 무리 삼천 명을 거느리고 태백산(太伯山) 꼭대기의 신단수(神檀樹) 밑에 내려와서 이곳을 신시(神市)라 일컬으니, 이 분이 바로 환웅천왕(桓雄天王)이다. 그는 풍백(風伯), 우사(雨師), 운사(雲師)를 거느리고 곡식, 수명, 질병, 형벌, 선악 등 무릇 삼백예순 가지나 되는 일을 맡아서 인간 세계를 다스리고 교화(敎化)하였다.

2. 이 책에서 소개하는 신화의 원문과 해석은 김원중 역의 『삼국유사』(민음사, 2021)를 참조했다.
3. 삼위(三危)는 세 개의 높은 산. 태백산은 그중의 하나.
4. 풍백(風伯), 우사(雨師), 운사(雲師)를 거느리는 부인(符印). 신의 위력과 영험한 힘의 표상.

이때 곰 한 마리와 범 한 마리가 같은 굴에 살면서, 늘 신웅(神雄)에게 사람되기를 빌었다. 한 번은 신이 신령스러운 쑥 한 심지와 마늘 스무 개를 주면서 말하였다.

"너희들이 이것을 먹고 백 일 동안 햇빛을 보지 아니하면 곧 사람이 되리라."

곰은 그것을 받아서 먹고, 그 말을 지키어 스무하룻날 만에 여자의 몸이 되었으나, 범은 능히 그 말대로 못하여 사람이 되지 못하였다.

여자가 된 곰은 그와 혼인할 상대가 없었으므로, 항상 단수(檀樹) 아래에서 아이를 갖게 해 달라고 축원하였다. 환웅이 이에 잠깐 사람으로 변하여 그녀와 결혼하고 아들을 낳아서 그 이름을 단군왕검이라 하였다. 왕검은 요(堯) 임금이 왕위에 오른 지 오십 년 되던 경인년(庚寅年)에 평양성(平壤城)에 도읍하고, 비로소 나라 이름을 조선(朝鮮)이라 하였다.

김수로왕(金首露王) 이야기

아득한 옛날[5] 가락국의 서울 김해(金海)에서 있었던 일이다. 마을 북쪽에 있는 구지봉(龜旨峯)에서 수상한 소리가 들려왔다. 순식간에 마을 사람 이삼백 명이 구지봉으로 몰려왔다. 어디에선가 사람의 목소리가 들려왔지만, 그 모습은 보이지 않았다.

"이곳에 사람이 있느냐, 없느냐?"

구지봉 언덕을 뒤흔드는 우렁찬 목소리였다. 달려왔던 구간(九干, 아홉 추장)이 무릎을 꿇고 하늘을 우러러 소리쳤다.

"예, 저희들이 이곳에 와 있습니다."

다시 하늘에서 소리가 들려왔다.

"내가 와 있는 곳이 어디쯤이냐?"

"바로 구지봉이옵니다."

---

5. 『삼국유사』에는 후한(後漢) 광무제(光武帝) 건무(建武) 18년(서기 42) 3월이라고 되어 있다.

"나는 하느님의 명령으로 그곳에 내려가 너희들을 다스리게 될 것이다. 그러니 너희들은 구지봉의 흙을 파 모으면서 다음과 같은 노래를 부르고 춤을 추어라. 그것이 곧 너희들이 대왕을 맞는 일이 될 것이다."

그곳에 모였던 구간과 마을 사람들은 이와 같은 하늘 소리를 듣고 땅에 엎드려 정성껏 빌고, 하늘에서 가르쳐 준 노래를 부르며 춤을 추었다. 그때 불렀다고 하는 노래가 한문으로 번역되어 전해지고 있다.

龜何[6]龜何	거북아 거북아
首其現也	머리를 내어라
若不現也	아니 내면은
燔灼而喫也	구워서 먹으리

전설과 민담

전설은 민담과 마찬가지로 구전되면서 그 존재를 유지한다. 여기서 구전이란 노래를 부르거나 춤을 추거나 하는 일과는 관계없이 말로 이루어지는 이야기가 전승되는 것을 뜻한다. 그러므로 이야기의 구체적이고도 세세한 부분이 그대로 전해지는 것이 아니라 주로 그 이야기의 핵심 요소를 기억해 전하게 된다. 전설이나 민담이 구비 전승에 적합한 단순한 표현 구조를 지니고 있는 이유가 여기에 있다.

전설은 신화와 달리 인간의 생활 속에서 자연스럽게 만들어진 이야기다. 전설은 사실 자체를 그대로 이야기한 것은 아니다. 흥미와 교훈을 위해 이야기를 사실적인 것처럼 말하는 것뿐이기 때문에 그 진실성이 끊임없이 의심된다. 하지만 전설에는 사실로서의 근거를 전적으로 부인할 수 없도록 이야기의 근거가 되는 증거물이 존재한다. 전설은 이러한 증거물에서부터 출발해 그 유래나 특징을 이야기로 꾸며낸다. 그러므로 증거물을 상실한 전설은 전승이 중지되거나 민담으로 전

6. 구하. '何'는 호격조사(呼格助詞)의 이두식 표기로 '-아'에 해당하는 의미로 본다.

환된다. 민담은 이야기가 그 자체로 완결되며 증거물에 호소할 필요가 없기 때문이다.

전설은 일상적 경험을 떠나 따로 존재하지 않으며 제한된 시간과 장소, 그리고 증거물을 구체적으로 갖는다. 증거물은 자연물인 경우도 있고 특정 인물인 경우도 있다. 전설은 그 증거물이 존재하는 구체적 장소와 결합되어 있어서 그 지역에 거주하는 사람들은 대부분 전설 내용을 알고 있으며, 이야기 자체가 지역적인 유대감을 심어 주기도 한다.

민담은 신화나 전설보다 훨씬 개방적이고 자유롭다. 이야기의 진실성이 전혀 문제되지 않는 꾸며낸 이야기에 불과하다. 이야기 자체가 완결된 것이므로 증거물에 호소할 필요가 없다. 더러 증거물을 갖는다 해도 그것은 특정한 사물이나 현상을 설명하기 위한 것이 아니다. 다만 이야기의 흥미를 돋우기 위해 덧붙여진 것이다. 신화나 전설이 현존 증거물에 대해 과거에 일어났던 사건과 경험을 설명하려는 의도를 드러내는 것과는 전혀 다른 성격을 지닌다는 것을 알 수 있다.

민담의 이야기에는 구체적인 시간과 장소가 없는 것이 보통이다. "옛날에…"라고 시작되는 이야기에서 '옛날'은 막연한 과거일 뿐이기 때문에, 민담을 이야기하고 즐기는 사람들의 경험적 세계를 자유롭게 벗어날 수 있는 단서가 그 서두에서 제시되고 있는 셈이다.

민담의 주인공은 일상적인 인간의 모습을 그대로 보여 준다. 신화와 전설에서 볼 수 있는 초자연적 능력을 가진 인물이 아니다. 이야기는 주인공에게 관심이 집중되기 때문에 그와 마주치는 타자의 존재가 별로 중요하지 않다. 주인공은 스스로 자신에게 다가오는 난관을 극복하고 만다. 민담의 이야기는 그 주인공의 운명을 다양하게 서술한다는 점에서 오히려 소설의 이야기에 더 가깝다.

신화나 전설이 특정 지역에서 전승되는 데 반해 민담은 분포 제한이 없다. 전설은 특정 지역과 밀착되어 있는 경우가 대부분이고 신화는 특정 민족에만 한정된다. 그러나 민담의 여러 유형들은 세계적인 분포를 보여 준다. 특정한 지역이나 민족에게 전승되어 온 흥미로운 민담이 전혀 상관없는 다른 지역이나 다른 민족에게도 비슷한 이야기 형태로 전해 오는 것을 흔히 볼 수 있다.

한국의 민담은 신화나 전설과 마찬가지로 한국인의 지혜와 정감이 농축된 형식과 내용을 가지고 오랜 세월 동안 전승되어 왔다. 특히 전설과 민담은 그 자체로서의 문학성도 중요하지만 조선시대 고전소설의 성립과도 밀접한 관계를 가진다. 『삼국유사』나 『삼국사기』 등에 수록되어 있는 구토설화(龜兎說話)가 고전소설 「토끼전」으로, 방이설화(旁㐌說話)가 「흥부전」으로 발전한 것은 널리 알려진 사실이다.

한국의 설화는 문헌상에 정착되어 전해 오는 문헌설화(文獻說話)가 많다. 구비문학으로서의 설화는 원래 구전되는 것이지만, 기록으로 남겨지지 않으면 구연되는 순간 사라진다. 문헌설화는 대개 한문으로 기록된 것들이 많기 때문에 향유층 자체가 한문을 해독할 수 있는 식자층에 한정된다는 특징이 있다. 한국의 고대설화는 『삼국사기』 『삼국유사』 등에 널리 수록되어 있다. 그리고 최자(崔滋)의 『보한집(補閑集)』, 이제현의 『역옹패설(櫟翁稗說)』과 같은 패관문학에서도 산견된다. 조선 초기에 나온 『고려사(高麗史)』 등의 역사서나 『세종실록지리지(世宗實錄地理志)』 『동국여지승람(東國輿地勝覽)』 등 여러 읍지와 같은 지리서에서도 설화를 찾아볼 수 있다.

그러나 본격적인 설화집 간행은 15세기 후반부터 시작되었다. 서거정(徐居正)의 『태평한화골계전(太平閑話滑稽傳)』, 성현(成俔)의 『용재총화(慵齋叢話)』, 강희맹(姜希孟)의 『촌담해이(村談解頤)』 등이 그것이다. 17세기 전반에 유몽인(柳夢寅)의 『어우야담(於于野譚)』이 나왔으며, 19세기에는 『계서야담(溪西野談)』 『청구야담(靑邱野談)』 『동야휘집(東野彙集)』과 같은 설화집이 만들어졌다.

치악산(雉岳山)과 상원사(上院寺)[7]

강원도 영동 어느 마을에 한 젊은이가 있었는데, 그는 활을 잘 쏘기로 유명하였다. 그는 어느 해 큰 뜻을 이루어 보고자 활통을 메고 고향을 떠나 서울로 향하여 길을 떠났다.

그리하여 며칠을 걷기 시작하여, 산을 넘고 물을 건너며, 밤이 되면 나무 아래에서 혹은 절간에서 또는 길가에서 자기도 하였다. 하루는 그가 원주 적악산(赤岳山) 중에서 길을 가는데, 어디서 무엇인지 신음하는 소리가 들리므로 이상히 여겨 그 자리에 서서 가만히 귀를 기울이고 있으려니까, 그 소리가 자기 옆 나무 밑에서 나고 있었다. 그리하여 가까이 가 보니 그곳에는 두 마리의 꿩이 가엾게도 큰 뱀에게 전신을 감기어서 방금 입안으로 들어가려는 판이었다. 이것을 본 그는 재빨리 활에 살을 재어 그 큰 뱀을 보고 쏘니, 그 몸 한가운데가 맞아 뱀은 죽고 말았다. 그러자 뱀에게 감기어 죽을 뻔하였던 두 마리의 꿩은 기뻐서 어쩔 줄을 모르며 서쪽으로 파드득 하고 날아가 버리고 말았다.

그 젊은이는 또 산길을 걷기 시작하였다. 그리하여 날이 저물어 어두워지자, 인가를 찾아 헤매다가 간신히 집 한 채를 찾아 들어가니, 그 집 안에서 한 어여쁜 여자가 등불을 들고 나오므로 그는 하룻밤 자고 가기를 청하였다. 그녀가 쾌히 승낙을 하고 자기 있는 맞은편 방으로 인도하여 주므로 그는 그곳에서 하룻밤을 새우기로 하였다. 그런데 보니까 그 집은 자그마한 절로서 앞 뜰 기둥에는 종이 걸려 있었다. 그는 드러눕자 전신이 피곤하여 이내 그만 잠이 들고 말았다.

그런데 얼마 안 가서 잠을 자다가 숨을 잘 쉴 수가 없음을 느끼자 눈을 떠 보니, 뜻밖에도 그 여자가 큰 뱀으로 화하여 자기 몸을 친친 감아 붙이고 입을 벌리고 있었다. 그러고는 그 젊은이에게 "나는 아까 길가에서 너의 화살에 맞아 죽은 뱀의 아내다. 오늘 밤은 네가 나에게 죽을 차례다. 어디 보아라" 하고 곧 잡아먹으려는 것이었다. 그때였다. 그 절의 종소리가 땡! 하고 울리었다. 그러자 그 뱀은 그 종소리를 듣더니만 어떻게 된 일인지 그만 깜짝 놀라며 아무 소리도 없이 몸을 움츠리고 슬며시 자기 몸을 풀어놓기 시작하였다. 그러자 또 종소리가 땡! 하고 울리자 뱀은 어디로인지 달아나고 말았다.(뱀은 쇠소리를 들으면 겁이 나서 움찍대지 못한다고 한다.)

그 젊은이는 사람이라고는 없는 이 빈집에 종이 울리는 것이 더욱 이상하여 밤이 새기를 기다려 새벽녘에 그 종 있는 곳으로 가 보니, 그곳에는 어제 구원하여 준 꿩 두 마리가 주둥이와 뼈가 부러지고 전신에는 피가 묻어 무

7. 이 전설은 최상수 편의 『한국민간전설집』(통문관, 1958)을 참조했다.

참하게도 죽어 있었다. 그 젊은이는 이 꿩의 보은을 보고, 그 꿩에게 무한한 감사를 드리며 그 근처 좋은 땅에다 그 꿩을 고이 묻어 주었다.

그리하여 그는 그 뒤 서울 가는 것을 그만두고 그곳에다 길을 닦고 절을 세웠는데, 그 절이 지금의 상원사라고 하며, 그래서 그는 중이 되어 오랫동안 절을 지키며 꿩의 영혼을 위로하였다고 하는데, 그런 뒤로 이 적악산을 치악산이라 고쳐 부르게 되었다고 한다.

도깨비 방망이[8]

형과 아우가 살고 있었다. 형은 성질이 급하고 욕심이 많았지만, 아우는 무슨 일에나 착실하고 정직하며 부모에게 효도도 잘했다. 그런 아우는 날마다 산에 가서 나무를 해야 했다. 그날은 일찍 나무를 다한 다음 나무 아래에서 잠시 쉬고 있는데, 바로 옆에 있는 나무에서 개암이 한 알 떨어졌다. 그는 얼른 그것을 주우면서,

"이건 아버지 갖다 드려야지."

하고 말했다. 그러니까 연거푸 개암이 뚝뚝 떨어졌다. 그는 신나게 주우면서,

"이건 어머니 갖다 드리고."

"이건 형님 갖다 드리고."

"이건 형수 갖다 드리고."

"이건 내가 먹어야지."

이렇게 말하고 얼른 개암을 주머니 속에 넣고는 나뭇짐을 지고 일어섰다.

어느새 서산은 저녁놀이 빨갛게 불타고 있었다. 터덜터덜, 그는 나뭇짐을 지고서 부지런히 길을 걸었다. 그렇지만 이날은 이상하게도 일찍 어둠이 깔리고 어느새 밤뻐꾸기가 울어 대기 시작했다. 이런 날은 자연히 무서워지기 마련이다. 옆에 있는 나뭇가지가 바람에 조금만 흔들려도 소름이 오싹오싹 끼친다.

8. 이 민담은 한상수 편의 『충남민담』(형설출판사, 1980)을 참조했다.

그래서 길을 잃어 산 중턱을 얼마나 허둥지둥 돌아다녔는지 모른다. 한참 뒤에야 겨우 산을 내려와 빈집을 한 채 찾아 들어갔다. 이날 밤은 여기서 자기로 했다. 방에 들어가 잠을 자려고 하는데 좀처럼 잠이 오지 않는다. 어쩐지 무시무시한 생각이 자꾸 들었다. 잠을 이루지 못하고 몸만 이리 뒤척, 저리 뒤척, 하고 있는데 마루에서 왁자지껄 떠드는 소리가 들렸다.

그는 얼른 일어나서 문구멍으로 밖을 내다보았다. 그랬더니 도깨비 떼들이 잔뜩 몰려오고 있지 않은가. 그는 하도 겁이 나서 정신없이 벽장 속으로 뛰어 들어가고야 말았다. 그런데 도깨비들은 방으로 들어오자, 빙 둘러 서서 방망이를 하나씩 들고 뚝딱뚝딱 두드리며,

"금 나와라, 뚝딱!"

"은 나와라, 뚝딱!"

하고 장난을 치고 있었다. 이것을 본 그는 얼마나 무서웠던지 숨도 크게 못 쉬고 있다가, 그만 저도 모르게 입 안에 든 개암을 딱! 깨물고 말았다. 그러자 도깨비들은 깜짝 놀라서,

"대들보가 무너진다. 도망쳐라!"

하고는 서로 먼저 도망가려고 야단이었다. 그래도 무서워서 꼼짝도 못하고 있던 나무꾼은, 날이 새자 겨우 벽장에서 나오다가 그만 뒤로 벌렁 넘어질 뻔했다.

글쎄, 방바닥에는 어제 도깨비들이 가지고 놀던 방망이와 금덩어리와 은덩어리가 수북하게 쌓여 있지 않은가.

나무꾼은 금덩어리와 은덩어리를 물끄러미 바라보다가 나무를 버리고 지게에 이를 잔뜩 지고 집으로 돌아왔다.

집으로 돌아온 그는 갑자기 부자가 되었다. 돈이 필요하면 방망이를 두들기며,

"금 나와라, 뚝딱!"

하면 금이 나오고,

"은 나와라, 뚝딱!"

하면 은이 나와서 돈을 얼마든지 쓸 수 있었다. 이렇게 해서 그는 대궐 같은 집을 짓고 행복하게 살게 되었다.

이것을 본 형은 샘이 나서 견딜 수가 없었다. 그는 동생네 집으로 가서 어

떻게 해서 갑자기 부자가 되었느냐고 캐물었다. 형은 겉으로는 열심히 들으면서 속으로는 자기도 부자가 될 생각만 했다. 그는 그 길로 곧장 집으로 돌아와서 헌 옷으로 갈아입은 다음 지게를 지고 동생이 말한 산으로 갔다. 그는 동생이 한 것처럼 부리나케 나무를 한짐 하고는 개암나무를 찾아 그 밑에 앉았다. 그러자 동생이 얘기한 것처럼 정말 개암이 한 톨 뚝 떨어졌다. 그는 얼른 집어들면서,

"응, 이건 내가 먹어야지."

하였다. 그러자 또 한 톨이 떨어졌다.

"응, 이건 여편네 주고."

그가 이렇게 중얼거리면서 개암을 주워들자 또 한 톨이 뚝 떨어졌다.

"이건 아버지 드릴까?"

"뚝!"

"이건 어머니 드리고."

그는 개암을 주머니에 넣고는 날이 저물기도 전에 동생이 말한 빈집을 찾아 들어가서 밤이 되기를 기다렸다.

어느새 날이 저물고 밤이 깊어지면서 밤뻐꾸기가 슬프게 울어 댔다.

그렇지만 동생처럼 무섭기는커녕 돈 생각을 하니까 즐겁기만 했다. 그는 동생이 한 것처럼 누웠다. 그러자 정말 왁자지껄하면서 도깨비들이 오는 소리가 들렸다. 얼른 벽장으로 들어갔다. 도깨비들은 방으로 들어오자마자 방망이를 두들기면서 신나게,

"금 나와라, 뚝딱!"

"은 나와라, 뚝딱!"

하며 재미있게 떠들었다.

그는 이때다 생각하고 얼른 개암을 한 톨 꺼내어 입에 물고 꽉 깨물었다. 그러자 딱! 하고 온 집 안이 힘차게 울렸다. 그는 도깨비들이 도망칠 줄 알고 벽장문 구멍으로 그들을 내다보고 있는데 도깨비들은 멈칫 서더니,

"응, 이놈이 또 왔구나. 요전에도 우리를 놀래 주고 방망이를 가져가더니 재미를 붙인 모양이군!"

하더니 한 놈이 벽장문을 열었다. 그러자 모두 달려들어 그를 끌어내 놓고는 방망이로 두들겨 패기 시작했다. 그러다가 한 놈이 방망이를 두들기면서

"넓적해져라, 뚝딱!"

하고 말했다. 그러니까 그는 어느새 홑이불처럼 넓적해졌다. 그런데 이번에
는 다른 놈이 또,

"길어져라 뚝딱!"

하고 말했다. 그러자 이번에는 장대처럼 기다란 키다리가 되고 말았다. 도
깨비들은 이것을 보자 재미있다는 듯이 밤새도록 홑이불처럼 납작하게 만
들었다가, 날이 새자 키다리로 만든 채 어디론가 사라지고 말았다. 그는 얼
른 장대 같은 키에 빈 지게를 둘러메고 산길을 혼자 터덜터덜 내려왔다.

거북이와 토끼 이야기 9

옛날에 동해 용왕의 딸이 병이 들어 앓고 있었다. 의원의 말이 토끼의 간을
얻어서 약을 지어 먹으면 능히 나을 것이라고 하였다. 그러나 바닷속에는
토끼가 없으므로 어떻게 할 도리가 없었다.

이때 한 거북이가 용왕에게 아뢰기를,

"내가 능히 토끼의 간을 얻어 올 것입니다."

하고, 드디어 육지로 올라가서 토끼를 만나 말하기를,

"바닷속에 한 섬이 있는데, 샘물이 맑아 돌도 깨끗하고, 숲이 우거져 좋
은 과일도 많이 열리고, 춥지도 덥지도 않고, 매나 독수리와 같은 것들도 감
히 침범할 수 없는 곳이다. 만약 그곳으로 갈 것 같으면 아무런 근심도 없을
것이다."

하고 꾀어서는, 드디어 토끼를 등 위에 업고 바다에 떠서 한 이삼 리쯤 가게
되었다.

이때 거북은 토끼를 돌아보며 말하기를,

"지금 용왕의 따님이 병이 들어 앓고 있는데, 꼭 토끼의 간을 약으로 써
야만 낫겠다고 하는 까닭으로 내가 수고스러움을 무릅쓰고 너를 업고 가는
것이다."

9. 이 설화의 현대어 번역은 신호열 역의 『삼국사기』(동서문화사, 2007)를 참조했다.

하니, 토끼는 이 말을 듣고 말하기를,

"아아 그런가, 나는 신명(神明)의 후예로서 능히 오장(五臟)을 꺼내어 깨
끗이 씻어 가지고 이를 다시 넣을 수 있다. 그런데 요사이 마침 마음에 근
심스러운 일이 생겨서 간을 꺼내어 깨끗하게 씻어서 잠시 동안 바윗돌 밑
에 두었는데, 너의 좋다는 말만 듣고 오느라고 그만 간을 그대로 두고 왔다.
내 간은 아직 그곳에 있는데, 다시 돌아가서 간을 가지고 돌아오지 않으면,
어찌 네가 구하려는 간을 가지고 갈 수 있겠는가. 나는 비록 간이 없어도 살
수가 있으니, 그러면 어찌 둘이 다 좋은 일이 아니겠는가."

하니, 거북이는 이 말을 그대로 믿고 도로 육지로 올라왔다.

토끼는 풀숲으로 뛰어 들어가면서 거북에게 말하기를,

"거북아, 너는 참으로 어리석구나. 어찌 간이 없이 사는 놈이 있겠느냐?"

하니, 거북이는 멋쩍어서 아무 말도 못하고 돌아갔다.

— 『삼국사기(三國史記)』의 원문을 현대어로 옮김.

민요

한국의 민요(民謠)는 우리 민중들이 부르던 노래이다. 여기서 말하는
민중이란 전통시대의 하층민을 뜻한다. 민중의 삶 속에서 자연적으로
발생해 오랫동안 계승된 까닭에 그 생활감정을 소박하게 반영한다. 민
요는 특정한 개인이 만들어낸 창작이 아니라 민중의 생활 속에서 자연
스럽게 익히고 구연한다. 어떤 전문적 수련이 필요한 것도 아니고 그
격식을 따로 익히지 않아도 된다. 고된 일을 하면서도 부르고 어떤 의
식을 치르는 가운데에도 부르고, 한가롭게 놀면서도 흥을 돋우기 위해
부른다. 그러므로 민요는 민중의 삶의 노래 또는 생활의 노래라고 할
수 있다.

민요는 민중의 생활 속에서 생성되고 전승된다. 그러므로 그 내용과
성격이 삶의 환경과 내용에 따라 달라진다. 바다가 없는 내륙지방에서
는 뱃노래라든지 고기잡이를 하면서 부르는 노래를 찾아볼 수 없다. 산

간지방에서는 모심기 노래를 들어볼 수 없다. 베나 모시를 짜면서 부르는 노래는 내륙지방에서 흔히 들을 수 있다. 민요는 대개 여럿이 함께 부르며 스스로 즐기는 노래이므로 자신의 감흥을 중시한다. 민요의 사설 내용은 보통 고정되어 있으나 상황에 따라 노래하는 사람이 그 사설을 얼마든지 바꾸어 부를 수가 있고 새로운 사설을 덧붙일 수도 있다.

민요는 주로 입으로 전해 온 것이므로 그 형식이 자유롭고 곡조도 단순하다. 한국의 민요는 대체로 그 사설을 동일한 가락에 맞춰 여러 마디로 바꿔 부르는 장절형식(章節形式)이 많다. 그리고 흔히 노랫가락에 흥취를 돕는 후렴이 붙는다. 민요는 여럿이 함께 부르기도 하고 혼자서 부르기도 하지만, 종류에 따라서는 남녀가 각각 분담해 일정 부분을 노래 부르는 것도 흔히 볼 수 있다. 그리고 그 리듬에 맞춰 서로 흥을 돋우며 간단히 몸을 움직이는 춤을 추기도 한다.

한국의 민요 가운데 가장 널리 분포되어 있는 것은 일을 하면서 노래하는 노동요(勞動謠)다. 노동요는 일하는 환경이나 일하는 방법 그리고 일하는 내용 등에 따라 다양하게 구성된다. 남성들이 농사일을 하면서 부른 노래라든지, 배를 타고 고기잡이를 하면서 부른 노래가 널리 분포되어 있다. 논밭을 갈며 씨뿌리기, 김매기, 추수해 타작하기 등에 따라 부르는「모 심는 소리」「김매는 소리」「벼 베는 소리」「개상질 소리」등과, 어업 활동과 관련된「그물 싣는 소리」「노 젓는 소리」「배치기 소리」등이 여기에 해당한다. 여성들이 집 안에서 길쌈이나 바느질을 하면서 부른 민요도 지역에 따라 다양하게 분포되어 있다. 민요는 놀이의 흥취를 돋우기 위해 부르는 유희요(遊戲謠)도 있고, 어떤 의식을 거행하면서 부르는 의식요(儀式謠)도 있다. 지역마다 특색있게 전해 오는 유희요 가운데 널리 알려진 노래 중 하나가「강강술래 소리」다. 부녀자들이 여럿이 나와 단순한 동작의 춤을 추면서 즐기며 부르는 소리이다. 의식요는 세시풍속 의례와 같은 집단적인 의식에 곁들여지기도 하고, 장례와 같은 통과의례 의식에 맞춰 부르기도 한다. 세시풍속의 의례로 치러지는「지신밟기」와, 사람의 주검을 처리하는 과정에서 쓰이는「상여소리」「달구소리」는 의식요 가운데 가장 대표적인 노래이다. 「지신밟기」는 풍물굿패의 상쇠가 부르는 것이 예사인데, 마을이나 가정의 안녕, 풍요 따위를 기원하는 소리이다. 「상여소리」와 「달구소리」 등은 장례 때의 운구(運柩)라든지 봉분 만들기 등과 같은 절차에 맞춰 죽은 이를 추모하고 상주를 위로하기 위해 부르는 노래이다.

민요는 민중의 삶의 현장에서도 일하며 춤추고 즐기는 노래이다. 그리고 어떤 의식을 치르는 과정에서도 민요를 부른다. 그러므로 일하는 고통도 놀이의 흥취도 함께 그 속에 담긴다. 민요를 부르면서 삶에 수반되는 고통과 설움을 풀어내기도 한다. 한국 민요의 가장 중요한 특징은 해학적인 사설이 풍부하고 그 가락이 낙천적이라는 데에 있다. 현재 전해지고 있는 고전시가 가운데 향가와 고려가요의 일부 작품은 민요에서 변용된 것들이다. 현대시에서 김소월의 작품 가운데에는 민요의 가락을 시의 리듬으로 다시 살려낸 작품들이 많다. 이러한 사실들은 민요와 시문학의 관계가 밀접하다는 것을 말해 준다.

모내기 노래[10]

(남) 사레야 질고 장찬 밭에 목화 따는 저 큰 아가[11]
　　　못화야 다레야[12] 내 따줌세 백년가약을 내캉 함세
(남) 상주야 함창 공갈아 못에 연밥 따는 저 큰 아가
　　　연밥아 줄밥아 내 따줌세 백년언약(百年言約)을 내캉 함세
(여) 이 논뱀에다 모를 싱거 쥔네 할량은 어데 갔소[13]
　　　쥔네야 할량은 간 데가 없고 첩으 방으로 돌아갔소
　　　첩으 방으는 연밭이오 요내 돌저구는 연밭 아이라[14]

10. 한반도 전역에서 전승되는 노동요. 모를 심으면서 부르는 노래이다. 후렴 없이 한 사람씩 혹은 여럿이 제창으로 돌아가면서 주고받기 때문에 가사가 매우 다채롭다. 이 책에서 소개하는 「모내기 노래」는 조동일의 『경북민요』(형설출판사, 1977)를 참조했다.
11. 밭이랑이 길고도 먼 밭에 목화를 따는 저 큰애기(처녀)야.
12. 목화 다래. 목화 열매.
13. 이 논에다 모를 심어 놓고 주인 한량은 어디에 놀러 갔소. 주인을 한량으로 표현했다.

(남) 이 물케 저 물케 헝헐어 두고 쥔네 양반은 기 워데 갔노[15]
　　담배야 설합을[16] 손에다 들고 첩으 방에다 놀러갔네
(여) 무신 첩으가 유정(有情)해여 밤에 가고 낮에 가노
　　낮으로는 놀러가고 밤으로는 잠자로 갑니다
(남) 서울이라 나무 없어 중절비여를 다리 났네[17]
(여) 그 다리 저 다리 건닐라니 중절춤이가 절로 나네
(여) 서울이라야 왕대밭에 백비달기가 알을 낳소[18]
　　그 알 저 알을 나를 주면 금년과게(今年科擧)로 내가하게[19]
(남) 동에 동산 돋은 해는 일모서산(日暮西山)을 넘고 넘네[20]
(여) 우루 임은 어데 가고 저녁할 줄 모르시네
(남) 새야 새야 원앙새야 니 어데이 자고 왔노
　　수양아청청 버드나무에 이리 흔들 저리 흔들 호흔들 자고 왔네
(여) 서울이라 유다락에[21] 금비달기 알을 까서
　　그 알 저 알 나를 주면 금년과게로 내가 하지요
(여) 형제야 형제야 말을 타고 그에 옥에로 돌아가니
　　옥사정아 문 열어래이[22] 기리분 형제로 만내보자
(남) 해도 지고 정 저문 날에 어떤 행상이 떠나가노[23]
　　이태백이 본처가 죽은 행상이 떠나가네

14. 첩의 방은 연밭이고 요내 돌저구는 연밭이 아니네. 다른 각 편에서는 첩의 방을 꽃
　　밭으로, 본처의 방을 연못으로 비유하여, 꽃밭의 나비는 한철만 즐기지만 연못의
　　금붕어는 사시사철을 함께한다고 표현한다.
15. 이 물고 저 물고 다 허물어 두고 주인 양반은 어디에 갔느냐. '물고'는 논에 물을 대
　　고 빼기 위해 만들어 놓는 수로(水路).
16. 담배와 서랍을.
17. 서울에 나무가 없어 중절비녀로 다리를 놓았네.
18. 서울에서 왕대밭에 흰 비둘기가 알을 낳았소.
19. 그 알을 나를 주면 금년 과거를 내가 할 수 있네.
20. 동산에 돋은 해는 날이 어두워져 서산을 넘고 넘네. 하루 해가 동쪽에서 떠서 서쪽
　　으로 저물어 간다는 의미이다.
21. 서울 사는 유 씨 집의 다락에.
22. 옥(獄)을 지키는 관원아 옥문을 열어라.

(여) 해야 지고야 돌아보니 웃고단이 반달일세
　　　니가야 무신 반달이고 초승달이가 반달일세
(여) 임아 임아야 우루 임이 초롱같은 우루 임아
　　　임은 가고요 나는 있네 서울 가신 우루 임아
(여) 오기사오기사 오데마는 칠성판[24]에 실레 오시네
　　　칠성망자 어데 두고 한상공포[25]만 떠나오노
(남) 초롱아 초롱아 청사초롱 임우 방에다 불밝혀라
　　　임도 눕고 나도 눕고 저 불 끌이 없구나[26]
(남) 동에 동산 돋은 해는 일모서산을 넘고 넘네
　　　골개야 골작은 그늘이 졌네
　　　우루 임은 워데가고 저녁할 줄을 모르시노
(여) 해도 지고야 돌아보니 웃고단이 반달일세
　　　니가야 무신야 반달이고 초승월색이 일월일레라

진도 아리랑[27]

아리아리랑 서리서리랑 아리리가났네헤헤
아리랑 응응응 아라리가 났네

23. 해도 져서 날이 아주 저물었는데 어떤 상여가 떠나가나. 행상은 상여가 나가는 것
　　을 말한다.
24. 七星板. 관 속 바닥에 까는 얇은 널조각으로 북두칠성을 본떠서 일곱 구멍을 뚫어
　　놓았다.
25. 행상공포(行喪空布). 상여와 장례 행렬 시 들고 가는 베로 만든 깃발.
26. 임도 자리에 눕고 나도 자리에 누었으니 저 불을 끌 사람이 없구나.
27. 전라남도 진도 지역에서 불리는 아리랑으로, 대표적인 남도 민요 가운데 하나다.
　　그 곡조가 구성지고 흥이 넘쳐 전국적으로 널리 애창되고 있다. 농촌 생활에서 느
　　끼는 즐거움과 고통부터 남녀의 연정, 세태에 대한 비판까지 다양하다. 이 책에서
　　소개하는 「진도 아리랑」은 지춘상 편의 『한국구비문학대계 6-1』(한국정신문화연
　　구원, 1980)를 참조했다.

울님에 총각은 절대 좋으니
물질는[28] 큰애기는 한숨을 한다
(후렴) 아리아리랑 서리서리랑 아라리가났네헤헤
          아리랑 응응응 아라리가 났네

문경 새저는 웬고밴가[29]
구부야 구부구부가[30] 눈물이로구나
(후렴)

중학생 대학생만 남잔줄 알어도
짚고얕찬 지아속을[31] 널리써야 남자제
(후렴)

저건네 어리번쩍 우리임인줄 알었더이
억달새 풀잎이 날속여 낸다
(후렴)

새내쿠[32] 백발은 쓸데가 있어도
사람의 백발은 쓸데가 없네
(후렴)

초매끈 잘라매고[33] 논사농께
물좋고 밭존데로[34] 신작로가 난다
(후렴)

28. 물 긷는.
29. 문경새재는 웬 고갠가.
30. 굽이굽이가.
31. 깊고 얕은 제 속을.
32. 짚으로 꼰 새끼.
33. 치마끈 졸라매고.

울타리 밑에서 깔비는[35] 총각
눈치만 보아서 떡받어먹게
(후렴)

내딸 죽고 내사우야
울고나 갈길을 멋할라 왔든가
(후렴)

오다 가다가 만나는 임은
내팔이 끊어져도 나는못놓겠네
(후렴)

문전옥답(門前沃畓)은 다폴아 먹고[36]
구부야 구부구부가 눈물이로구나
(후렴)

저건네 저가시나 앞가심 보아라
영쿨[37] 없는 호박이 두통이나 열렸네
(후렴)

임죽고 내가살아 열여(烈女)가 될까
한강수 깊은물 빠져나 죽세
(후렴)

바람아 불어라 석달열흘만 불어라

34. 밭 좋은 데로.
35. 꼴 베는.
36. 다 팔아먹고.
37. 넝쿨.

우리야 서방님은 명태잡이를 갔다네
(후렴)

저건네 지는해는 지고싶어 지느냐
날버리고 가신임은 가고싶어서 가느냐
(후렴)

오동나무 열매는 감실 감실
큰애기 젖통은 몽실 몽실
(후렴)

높은산 상상봉(上上峰)에 외로섰는 소나무
날과야 같이도 홀로만 섰네
(후렴)

가는임 허리를 아주담쑥 안고
가지를 마라고 통사정을 한다
(후렴)

판소리

한국의 판소리는 조선시대 후기에 성립된 서민 예술이다. 판소리라는
말의 어원은 확실하지 않다. 그러나 일반적으로 '판'[38]의 '소리(歌)'라는
뜻으로 풀이해 '판놀음'에서 유래한 것으로 설명한다. '판을 짜서 부르
는 소리'라고 풀이하는 경우도 있다. 판소리는 '소리' 또는 '창극(唱劇)'
이라고 지칭되기도 한다.

　판소리는 광대(廣大)라고 부르는 소리꾼이 고수(鼓手)의 북장단에 따

---

38. 굿판, 노래판에서의 무대를 뜻하는 판.

라 판소리 대본인 사설(辭說)을 노래한다. 사설을 장단에 맞춰 노래로 부른다는 점에서 판소리는 일차적으로 음악의 일종으로 분류된다. 그러나 판소리의 창자인 광대가 노래할 때 '너름새' 또는 '발림'이라고 하는 몸짓을 하고, 고수의 '추임새'[39]에 대응해 움직이고 소리하는 방식이 극적인 장면을 드러내기 때문에 연극으로 보기도 한다. 판소리의 사설만을 따로 분리해 놓고 본다면 그 서사적 속성이 소설과 다를 바 없는 것으로 인정한다.

판소리는 민간층에 널리 전승되던 설화에 기초하여 성립된다. 예를 들면, 판소리 「춘향가」는 민간에 널리 퍼져 있는 '열녀설화'와 '암행어사 설화'가 결합되어 이루어졌으며, 「심청가」는 '효녀설화'에 '인신공양설화(人身供養說話)'가 결합되어 이루어졌다. 이런 방식으로 중요한 모티프를 가진 설화를 확대하고 변형해 이야기를 만들고 그것을 창으로 노래하면서 판소리의 형태가 고정된 것으로 볼 수 있다. 판소리는 광대들이 부른 소리이긴 하지만 개인 창작이라고 보기 어렵다. 민중들의 입에서 전해 오던 이야기가 광대에 의해 판소리로 발전했기 때문이다. 물론 판소리를 노래한 광대를 판소리의 작자층으로 볼 수도 있다. 판소리는 광대들에 의해 만들어져 광대들에게 전승되면서 그들이 지니고 있던 서민의식을 대변하는 예술로 성장한 것이다. 판소리에서 볼 수 있는 봉건적인 사회체제에 대한 비판과 풍자는 바로 이같은 서민의식의 발현임에 틀림없다. 판소리는 19세기에 들어서면서 민중만이 아니라 양반층이 즐기는 연희로 발전해 조선시대 최고의 예술 형태로 자리잡게 된다.

조선시대 판소리는 대개 18세기 초에 형성된 것으로 보고 있다. 판소리에 관한 최초의 기록이 1754년(영조 30)에 씌어진 「만화본춘향전(晚華本春香傳)」에 나오는 것으로 보아 이러한 추측이 가능하다. 조선 후기에 해당하는 영정조시대는 임진왜란, 병자호란과 같은 전란의 상처를 극복하면서 어느 정도 사회적 안정이 이루어지고 혼란된 문물제도

---

39. 고수가 장단을 치면서 창의 중간중간에 흥을 돋우기 위해 삽입하는 '좋다, 어이, 얼씨구' 등의 감탄구.

가 정비된 시기이다. 이 시대에 이루어진 사회경제적 발달과 서민층의 성장이 판소리와 같은 새로운 민간 예술의 등장을 가능하게 했을 것으로 본다. 최선달(崔先達), 하한담(河漢潭) 등과 같은 판소리 명창이 등장해 판소리를 민간에 널리 알린 것도 이 시기의 일이다. 그리고 판소리의 사설이 국문소설로 발전되어 이른바 '판소리계 소설'로 널리 읽히면서 판소리는 더욱 폭넓은 향수층을 갖게 된다.

판소리의 전성기는 신재효(申在孝)가 활동했던 19세기라고 할 수 있다. 이 시기에는 양반층에서도 판소리에 관심을 가지면서 판소리를 노래하는 광대의 사회적 지위도 향상된다. 순조시대 이후 활동한 권삼득(權三得), 송흥록(宋興祿), 모흥갑(牟興甲) 등은 판소리 명창으로 이름을 떨쳤으며 판소리의 확산에 크게 기여한다. 조선 말엽 신재효의 등장은 판소리의 발전에 획기적인 전환기를 만든다. 신재효는 민중들 사이에 체계 없이 불리던 광대소리 열두 마당을 판소리 여섯 마당으로 정리한다. 현재 창본까지 전승되고 있는 다섯 마당 「춘향가」 「심청가」 「흥부가」 「적벽가」 「수궁가」가 바로 여기에 해당한다. 신재효의 판소리 사설 정리 작업에서 제외되었던 「배비장타령」 「가루지기타령」 「옹고집타령」 「장끼타령」 등은 잡가 등에 끼어 일부가 노래되고 있으며, 그 내용은 「배비장전」 「변강쇠전」 「옹고집전」 「장끼전」과 같은 소설을 통해 확인할 수 있다.

판소리는 주로 서민들의 현실 생활을 바탕으로 삶에 대한 적극적이고도 긍정적인 태도와 풍부한 인간성을 보여 주고 있다. 「춘향가」의 경우에는 봉건적 인습에 의해 요구되는 기생이라는 신분적 제약을 벗어나고자 하는 인간 해방의 의지가 남녀의 사랑 이야기로 윤색되어 나타나며, 「심청가」에서는 아버지를 위해 목숨을 던지는 심청의 효행을 통해 자기희생의 고결한 자세와 그 비장미를 그려내면서도 현실에 노정되어 있는 인간의 추악한 욕망을 심봉사와 뺑덕어미의 수작을 통해 대조적으로 보여 준다. 「흥부가」는 흥부와 놀부라는 대조적인 인간상을 통해 인간의 물질적 욕망의 실체를 엿볼 수 있게 한다. 「적벽가」는 중국의 한문소설 「삼국지연의」에 등장하는 핵심적 사건인 '적벽대전(赤壁大戰)'을 패러디해 조조(曹操)라는 인물의 형상을 희화화하고 대전에 임하는 일반 병사들의 태도와 감정에 비중을 두어 이야기를 이끌어 간다.「수궁가」는 '구토설화'의 중요 화소를 확장해 우화적 세계를 더욱 풍부하게 조성한다. 그리고 용왕의 권위를 토끼의 현실주의적인 태도에 의해 여지없이 전복시키면서 한낱 허세에 불과함을 폭로하고, 별주부의 봉건적 충의(忠義) 관념이 현실 속에서 그 의미를 잃고 있음을 보여 준다.

이처럼 판소리는 조선 후기 사회상을 총체적으로 반영하면서 지배 관료층의 비리와 부정을 고발 풍자하고, 봉건적인 사회제도와 관습을 타파할 것을 주장한다. 그리고 성장하는 서민층의 적극적인 생활 태도를 풍부하게 묘사하고 있다. 판소리는 노래로 불리는 것이므로 서술 문체가 전반적으로 율문적 성격을 유지한다. 또한 서민층의 일상 언어를 그대로 수용해 현장감을 살리며, 풍자와 해학 등 골계적인 수법을 풍부하게 구사해 판소리만이 가질 수 있는 독특한 흥취를 유지한다.

판소리로 널리 불리는「춘향가」「심청가」「흥부가」「수궁가」등은 모두「춘향전」「심청전」「흥부전」「토끼전」과 같은 소설의 형태로도 읽히고 있다. 이처럼 판소리 사설과의 영향 관계를 직접적으로 드러내고 있는 소설을 판소리계 소설이라고 한다. 판소리계 소설은 판소리와의 밀접한 연관 속에서 형성된 것이므로 판소리의 성립 이후에 소설로 정착되었다고 보는 것이 일반적이다.

판소리는 조선 사회의 붕괴와 함께 쇠퇴의 길로 접어든다. 판소리의 새로운 곡목이 창안되지 못하고 기존의 판본이 구전 방식으로 계승된 까닭이다. 식민지시대 초기부터 창극 또는 국극(國劇)이라 하여 판소리를 가극의 형식으로 변형시키려는 시도가 있었으나 큰 성과를 거두지 못한다.

판소리의 장면을 보면, 소리를 하는 광대는 혼자 서서 창을 하고 고수는 자리에 앉아서 북으로 장단을 치며 '추임새'라고 하는 탄성을 발해 극적 효과를 높인다. 광대는 가수에 해당하고 고수는 지휘자 역할을 하는 셈이다. 판소리는 별도의 무대가 필요하지 않다. 청중들이 모여 앉은 마당에서도 할 수 있고, 양반집 대청마루의 잔칫상 앞에서도 할 수 있다. 판소리는 광대와 고수가 청중과 한 덩어리가 되어 흥겨운 소리판을 만드는 것이 중요하다. 그러므로 광대가 소리를 하는 동안 판소리를 즐기는 청중들은 함께 '추임새'를 매기면서 흥을 맞추기도 한다.

판소리에는 박자가 가장 느린 진양조에서부터 가장 빠른 휘몰이 사이에 중몰이, 중중몰이, 잦은몰이, 엇몰이 등 다양한 장단이 있다. 판소리의 장단은 그 음조와 함께 대개는 사설에 따라 고정되어 있다. 그러나 판소리의 광대는 사설 내용에서 그려지는 장면에 따라, 그리고 판소리 창을 하는 장소의 분위기에 따라 필요한 장단을 적절하게 선택해서 사용한다. 진양조는 느리면서 애연조(哀然調)이고, 중몰이는 소리에 안정감을 주며, 중중몰이는 흥취를 돋우고 우아한 맛이 있으며, 잦은몰이는 경쾌하고, 휘몰이는 급박감을 준다. 광대는 판소리 사설을 창으로 노래하면서 그 중간중간에 '아니리'라고 하여 말로 이야기하기도 한다. 그러므로 판소리의 사설은 장단에 맞춰 노래로 부르는 '창' 부분과 말로 이야기하고 설명하는 '아니리' 부분으로 이루어진다. 창으로 노래 불리는 부분은 대개 판소리 사설에서 묘사되는 어떤 장면인 경우가 대부분이다. 그리고 아니리로 이야기되는 부분은 새로운 장면의 제시 또는 전환을 말해 준다. 판소리는 창과 아니리가 반복되면서 이야기의 긴장을 고조시키기도 하고 이완시키기도 한다.

판소리 창법은 전통적으로 동편제(東便制), 서편제(西便制), 중고제(中高制)로 구분되어 전승된다. 이같은 창법의 법제는 판소리 광대들 사이에 소리를 배우고 익히며 이를 이어오는 과정에서 고정 형성된 것인데, 이를 판소리의 '유파' 또는 '대가닥'이라고도 칭한다. 명창 송흥록(宋興錄)의 법제를 기준 삼아 전라도 운봉, 구례, 순창, 흥덕 등지에서 불렸던 판소리의 창법을 동편제라 하며, 명창 박유전(朴裕全)의 법제를 표준으로 하여 전라도 광주, 나주, 보성 등지에 퍼졌던 판소리의 창법을 서편제라 한다. 경기도와 충청도를 중심으로 염계달(廉季達), 모홍갑의 법제를 따라 중고제가 형성된다. 동편제는 배 속에서 우러나오는 듯한 정중웅건(鄭重雄健)한 우조(羽調) 계열의 음조를 바탕으로 장단 박자가 힘차고 거세게 나가는 데에 반해, 서편제는 음색이 곱고 부드러운 계면조(界面調)의 음조를 바탕으로 소리가 맑고 애절한 것이 특징이다. 중고제는 동편제와 서편제의 중간적 음조이며, 첫소리를 평평하게 시작해 중간을 높이고 끝을 다시 낮추어 끊는 것이 특성이다.

수궁가(水宮歌) [40]

(아니리)

세재(歲在) 지정(至正) [41] 갑신년(甲申年) 중하월(仲夏月) [42] 에 남해 광리왕(廣利王) [43] 이 영덕전(靈德殿) 새로 짓고, 복일(卜日) [44] 낙성연(落成宴) [45] 에 대연을 배설(排設)하야 삼해 용왕을 청하니, 군신빈객(君臣賓客)이 천승만기(千乘萬騎) [46] 라. 귀중(貴重) 연(筵) [47] 에 궤좌(几坐)하고 격금고이명고(擊琴鼓而鳴鼓) [48] 로다. 삼일을 즐기더니, 남해 용왕이 해내(海內) 열풍(熱風)을 과(過)히 [49] 쏘여 우연 득병허니, 만무회춘지도(萬無回春之道) [50] 하고 난구명의(難求名醫) 지구(至久)라. [51] 명의 얻을 길이 없어, 용왕이 영덕전 높은 집에 벗 없이 홀로 누워 탄식을 허는듸,

(진양)

탑상(榻牀) [52] 을 탕탕 뚜다리며 용왕이 운다. 용이 운다.

"천무열풍(天無熱風) [53] 좋은 시절, 해불양파(海不揚波) [54] 태평헌듸,

---

40. 이 책에서 소개하는 「수궁가」와 주석은 박봉술 창본의 『판소리 다섯 마당』(한국 브리태니커 회사, 1982)을 참조했다.
41. 중국 원나라 순제 때의 연호.
42. 한여름에 해당하는 음력 5월.
43. 남쪽 바다를 맡아 다스린다는 용왕.
44. 점으로 가려낸 좋은 날.
45. 집을 다 지은 것을 기념하여 베푸는 잔치.
46. 수레 천 대와 말 만 마리. 탈것들이 많이 있는 만큼 손님이 많다는 의미.
47. 임금이나 지위가 높은 사람이 앉는 대자리.
48. 거문고를 타고 북을 침. 풍류를 즐김.
49. 지나치게.
50. 건강을 되찾을 길이 없음.
51. 훌륭한 의원을 구하지 못한 지가 오래됨.
52. 걸상이나 침대.

용왕의 기구[55]로되, 괴이한 병을 얻어

남해궁으가 누웠은들 어느 뉘랴 날 살릴거나?

의약 만세 신농씨(神農氏)[56]와 화타(華佗),[57] 편작(扁鵲) 노월(老越)[58]이며,

그런 수단을 만났으면 나를 구완허련마는,

이제는 하릴없구나.”

용궁이 진동허게 울음을 운다.

(아니리)

이렇닷이 설리 울 제, 어찌 천지가 무심하리요.

(엇몰이)

현운(玄雲)[59] 흑운(黑雲)이 궁전을 뒤덮어,

폭풍세우(暴風細雨)가 사면으로 두르더니,

선의(仙衣) 도사가 학창의(鶴氅衣)[60] 떨쳐입고 궁중으 내려와

재배이진(再拜而進)[61] 왈,

“약수(弱水)[62] 삼천 리 해당화 구경과,

백운 요지연(瑤池宴)[63]의 천년벽도(千年碧桃)를 얻으랴고 가옵다가

과약풍편(果若風便)[64]으 듣사오니 대왕의 병세 만만 위중타기로

뵈옵고저 왔나니다.”

---

53. 하늘에는 더운 바람이 불지 않는.

54. 바다에는 파도가 일지 않고. 나라가 태평스러움을 일컬음.

55. 예법에 필요한 것이 골고루 갖추어져 있는 형세.

56. 중국 전설상의 임금으로, 농사 짓는 법을 가르치고, 약초를 찾아내어 병을 고치게 했다고 함.

57. 중국 후한 말기의 뛰어난 의원.

58. 편작은 중국 춘추시대의 명의로, 그의 이름은 진월인(秦越人)이었다 한다. 노월, 즉 늙은 월인은 늙은 편작을 지칭하는 것으로 보인다.

59. 검은 구름.

60. 소매가 넓고 검은 베로 가를 댄 흰 옷.

61. 두 번 절하고 앞으로 나와서.

62. 중국 곤륜산에서 시작되는 강으로 길이는 이천칠백 리이며, 부력이 약해서 가벼운 기러기 털마저 가라앉는다고 하는 전설상의 강.

63. 서왕모가 사는, 중국 곤륜산에 있다는 전설상의 못인 요지에서 열리는 잔치.

64. 과연 풍편에 들리는 말과 같이.

(아니리)

용왕이 반기허사, "나의 병세는 한두 가지가 아니오라 어찌 살기를 바래리요마는, 원컨대 도사는 나의 황황(惶惶)한 병세 즉효지약(卽效之藥)을 가르쳐 주소서." 도사가 두 팔을 걷고 용왕의 몸을 두루두루 만지더니, 뒤로 물러앉어서 병 집증(執症)[65]을 허것다.

(중몰이)

"대왕님의 중한 형체, 인생(人生)과는 다른지라,

　양각(兩角)이 쟁영(崢嶸)[66]하야 말소리 뿔로 듣고,

　텍[67] 밑에 한 비늘이 거실러[68] 붙었기로, 분을 내면 일어나고,

　입 속의 여의주는 조화를 부리오니,

　조화를 부리재면 하늘에도 올라가고,

　몸이 적자 하거드면 못 속에도 잠겨 있고,

　용맹을 부리자면 태산을 부수며 대해를 뒤집으니,

　이 형체 이 정상으 병환이 나겼으니,[69]

　인간으로 말허자면,

(잦은몰이)

　간맥(幹脈)이 경동(驚動)하야 복중(腹中)으서 난 병이요,

　마음이 슬프고 두 눈이 어둡기는 간경(肝經) 음화(陰火)[70]로 난 병이니,

　약으로 논지허면, 주사(朱砂), 영사(靈砂), 구사(狗砂), 웅담(熊膽),

　창출(蒼朮), 백출(白朮), 소엽(蘇葉), 방풍(防風), 육계(肉桂), 단자[丹砂], 차전(車前), 전실[蓮實],

　시호(柴胡), 전호(前胡), 목통(木通), 인삼(人蔘),[71] 가미육군자탕(加味六君子湯), 청서육화탕(淸暑六和湯), 이원익기탕(二元益氣湯),

65. 병의 증세를 살펴 알아냄.
66. 매우 높이 솟음.
67. '턱'의 방언.
68. '거슬러'의 방언. 거꾸로.
69. '나셨으니'의 방언.
70. 음증의 병. 한의학에서는 병을 음양에 따라 열이 많이 생긴 양증과 열이 부족해 생긴 음증으로 나눈다고 함.

오가탕(五加湯), 사물탕(四物湯),[72] 신농씨 백초약을 갖가지로 다 써도 효험 보지를 못하리다.

침으로 논지허면, 소상(少商), 어제(魚際), 태연(太淵), 경거(經渠),

내관(內關), 간사(間使), 곡지(曲池), 견우(肩骨禺), 단중(膻中), 구미(鳩尾), 중완(中脘)이며,

삼리(三里), 절골[京骨], 심총[神庭],[73] 사혈(瀉血),[74] 갖가지로 다 주어도 회춘(回春)허지 못하리다.

(아니리)

진세(塵世) 산간에 천년퇴간[千年兎肝]이 아니며는, 염라대왕이 동성 삼촌이요, 강님 도령이 외사촌 남매간이라도, 신사이원(身死離遠),[75] 누루 황, 새암 천, 돌아갈 귀 하겠소."[76] 용왕이 이 말을 듣더니마는, "그 어찌 신농씨 백초약은 약이 아니 되옵고 자그마한 거 퇴간이 약이 된단 말이오?" 도사 가로되, "대왕은 진(辰)[77]이요, 토끼는 묘(卯)[78]라, 묘을손(卯乙巽)은 음목(陰木)이요,[79] 간진술(艮辰戌)은 양퇴(陽土丨)온데,[80] 갑인진술(甲寅辰戌)은 대강수(大江水)요,[81] 진간사산(辰艮巳山)은 원속목(元屬木)이라,[82] 목극토(木

---

71. '주사'부터 '인삼'까지는 모두 한약재의 이름들이다. 이중 단자(단사)는 주사와 비슷한 한약재 명이다. 전실은 연실(蓮實)의 와음이 아닌가 하다.
72. '가미육군자탕'부터 '사물탕'까지는 한방 탕약들이다.
73. '소상'부터 '심총'까지는 모두 침을 놓는 부위들이다. 이중 '절골'은 '경골', '심총'은 '신정'의 와음인 듯하다.
74. 정맥에서 피를 뽑아내어 병을 치료하는 방법.
75. 몸이 죽어 멀리 떠나.
76. 한자로 적으면 '황천귀(黃泉歸)'이므로, 죽음을 뜻한다.
77. 십이지의 하나로, 용을 나타낸다.
78. 십이지의 하나로, 토끼를 나타낸다.
79. 『주역(周易)』의 점술법으로, 십이지의 묘(卯)와 십간의 을(乙)은 목(木)에 속하는데, 팔괘의 손(巽)이 음양 중 음(陰)에 속하므로, 셋이 합하여 음목(陰木)이 된다는 것이다.
80. 『주역』의 점술법으로, 십이지의 진(辰)과 술(戌)은 토(土)이고 팔괘의 간(艮)은 양(陽)이어서 합하여 양토(陽土)가 된다고 한 것이다. 하지만 실제로 간은, 양의(兩儀)로는 음(陰)에 속하며, 사상(四象)으로도 태음(太陰)이다. 뒷부분의 '목극토(木克土)'와 관련지어 생각해 볼 때, 토끼의 간이 용왕에게 약이 된다는 점을 뒷받침하기 위해 '묘을손은 음목'의 음에 대립시킬 필요가 있어 양으로 설정한 것 같음.

克土)하얏으니[83] 어찌 약이 아니 되오리까?" 용왕이 이 말을 듣더니 탄식을 허는듸,

(진양)

왕 왈, "연(然)하다. 수연(雖然)이나,

창망(蒼茫)헌 진세간의 벽해만경(碧海萬頃) 밖으 백운이 구만리요,

여산(驪山) 송백(松栢) 울울창창 삼척(三尺) 고분(孤墳) 황제묘(皇帝墓)인데,[84]

토끼라 허는 짐생은 해외 일월 밝은 세상

백운 청산 무정처로 시비 없이[85] 다니는 짐생을

내가 어찌 구하더란 말이요?

죽기는 내가 쉽사와도 토끼는 구하지 못하겠으니

달리 약명을 일러 주고 가옵소서."

(아니리)

도사 가로되, "대왕의 성덕으로 어찌 충효지신이 없으리까?" 말을 마친 후에 인홀불견(因忽不見), 간 곳이 없것다. 공중을 향하야 무수히 사례한 후에, "수부(水府) 조정 만조백관(滿朝百官)을 일시에 들라." 영을 내려 노니, 우리 세상 같고 보면 일품 재상님네들이 모두 들어오실 터인듸, 수국이 되어 물고기 떼들이 각기 벼슬 이름만 따가지고 모두 들어오는듸, 이런 가관이 없던가 보더라.

(하략)

81. '갑인진술은 큰 강의 기운을 나타낸다'는 뜻인데, 육십갑자를 차례대로 늘어놓고 갑, 병, 술, 경, 임의 다섯 가지 음으로 시작되게 꾸민 육십갑자병납음(六十甲子竝納音)에는 '갑인을묘 대계수(大溪水)'로 나와 있다.

82. '진간사산은 본디 목에 속한다'는 뜻으로, 점술이나 택일에 쓰이는 홍범오행(洪範五行)에 나오는 말이다.

83. 토끼는 목이고 용은 토인데, 목이 토와 상극이므로 용왕의 병이 낫는다는 뜻이다.

84. 세 자밖에 안 될 조그맣고 외로운 황제의 무덤. 중국의 진시황이 영주산, 봉래산, 방장산의 세 신산(神山)에 신하를 보내어 불사약을 구해 오게 했으나 끝내는 죽고 말았다는 뜻을 암시한 말이다.

85. 본래는 '옳고 그름을 따지는 다툼이 없이'라는 뜻인데, 여기서는 '가림 없이' 정도의 뜻으로 쓰였다.

탈춤

탈춤은 탈을 쓰고 춤추며 놀이를 하는 일종의 가면극(假面劇)이다. 탈
춤에 등장하는 인물들이 모두 탈을 쓰는 경우도 있지만 일부만이 탈을
쓰기도 한다. 탈춤은 음악의 반주에 따라 춤을 추면서 노래도 부르는
가무의 성격이 강하다. 그러나 등장인물이 서로 주고받는 말과 동작에
서 갈등과 긴장이 이어지는 것은 연극과 흡사하다. 탈춤에서는 사찰의
염불, 무당의 굿거리, 민간의 타령과 같은 민속음악이 반주된다.

　탈춤이 벌어지는 공간은 특정한 장치가 필요하지 않다. 곳곳에 횃불
을 밝히고 관중들이 빙 둘러앉았거나 서 있는 원형의 평면 공간이면 충
분하다. 날이 어두워질 무렵부터 새벽까지 진행된 탈놀이는 뒤풀이로
이어진다. 탈은 대개 나무, 박, 종이 등의 재료로 만들지만 탈춤은 지역
마다 서로 다르다. 탈의 모양은 희극적으로 과장된 얼굴 모양을 본뜬
고정형이지만, 탈꾼의 역동적인 춤사위와 탈춤의 장소에 따라 다양한
표정을 만들어낸다.

　한국의 탈춤은 기원을 정확하게 설명하기 어렵다. 그러나 신라시대
최치원이 쓴 「향악잡영(鄕樂雜詠)」이라는 한시를 보면, '금환(金丸)',
'월전(月顚)', '대면(大面)', '속독(束毒)', '산예(狻猊)'라는 오기(五伎)의
여러 연희 장면이 그려져 있다. 이것은 신라시대에 이미 상당한 수준의
놀이 형태인 잡희(雜戲)가 존재했음을 말해 준다. 이 가운데 '대면', '속
독', '산예'라는 연희 형태에는 탈을 쓰고 춤을 추는 모습이 등장한다.

　고려시대에는 토속신(土俗神)에게 제사를 지내는 팔관회(八關會)라
든지, 정월보름날 밤에 등불을 매달던 연등회(燃燈會) 등이 베풀어졌다.
그런데 이러한 제식 행사에서 산대(山臺)놀이가 이루어진 것으로 기록
되어 있다. 섣달그믐날에는 궁중과 민간에서 가면을 쓴 사람들이 묵은
해의 귀신을 쫓는 의식인 나례를 베풀었다는 기록도 있다. 고려 말에는
나례가 귀신을 쫓는다는 구나의식(驅儺儀式)보다는, 놀이 형태로 확대
되면서 잡희의 하나인 나례희(儺禮戲)로 변형되어 등장하기도 한다.

　조선시대의 문헌에도 산대놀이와 나례희에 관한 기록이 산재되어
있다. 조선 초기에는 나례도감(儺禮都監)이라는 별직을 두어 나례를 관

장하도록 했는데, 매년 나례행사가 끝나면 조직을 폐지했다. 광해군 때에는 상설기관으로 나례청(儺禮廳)을 두고 업무를 맡도록 한 적도 있다. 조선시대에 이러한 조직이 필요했던 이유는 나례가 악귀를 쫓아내는 제식으로서의 성격만이 아니라 중국 칙사의 영접, 궁중의 각종 연회, 왕의 행차 등에 광대의 노래와 춤을 곁들여 오락으로 전용했기 때문이다.

조선시대 초기에는 광대 또는 창우(倡優) 등으로 지칭되는 직업적인 예능인들이 나례의 연희를 담당하도록 했다. 이같은 전문화는 이미 고려 말부터 시작된 것이다. 고려 의종(毅宗) 때 영관(伶官)이라 하여 산대잡극(山臺雜劇)에 출연하는 사람들을 궁중에 소속시켜 관리했던 기록이 보인다. 조선시대의 광대들은 계급적 차별을 받는 천민 집단에 속했다. 이들은 궁중 행사나 외국 사신들의 영접 때 산대잡희(山臺雜戲)나 나례 등을 공연했지만, 평상시에는 떼를 지어 지방을 돌아다니며 각종 연희를 베풀어 그것으로 생계를 이어갔다.

이러한 단편적인 기록으로 미루어 보면 탈춤의 형태는 제식과 결부되어 등장했던 산대놀이나 나례에서 기원을 찾을 수 있다. 원래 제례의식에서 출발된 이들 전통연희는 제의적 요소가 점차 축소된 반면에 유희적인 요소가 확대되면서 연희 형태로 변형된 것으로 생각된다. 특히 광대와 같은 특수한 집단에서 이 연희들을 수행하면서 형태가 고정되기에 이른 셈이다. 오늘날 남아 있는 탈춤은 이러한 변화의 과정을 거치면서 조선 후기에 민간에서 놀이의 형태로 발전한 것으로 생각된다.

한국의 탈춤은 여러 지역에 걸쳐 분포되어 있고 그 형태도 차이를 드러낸다. 현재 전승되는 탈춤 중 중부 지역에 남아 있는 탈춤은 전통적인 산대놀이에서 비롯된 것이다. 조선 후기에 서울 근교에서 반인(泮人) 등이 삼국시대 이래 전승해 온 탈춤으로, 서울 경기 지역의 「양주별산대놀이」「송파산대놀이」 등이 이에 속한다. 황해도의 「봉산탈춤」「강령탈춤」「은율탈춤」 등이나 경상남도의 「고성오광대놀이」「통영오광대놀이」 등도 넓은 의미에서 산대놀이 계통에 속하는 것으로 보기도 한다. 그런데 「하회별신굿놀이」나 강릉단오굿의 「관노탈놀이」는 마을굿놀이 또는 서낭굿놀이 등의 전통 속에서 자생적으로 형성 발전된 것들이다. 그렇기 때문에 산대놀이 계통의 탈춤에 비해 상대적으로 토착적인 성격이 강하다.

전통적인 탈춤은 여러 가지 형태의 가면을 쓰고 놀이를 이어 간다. 탈춤에 등장하는 인물이 가면을 쓰고 하는 놀이 장면을 '마당' 또는 '과장(科場)'이라고 하는데, 각각의 마당이 구성되는 방식과 내용은 지역에 따라 조금씩 차이를 드러낸다. 탈춤의 '마당'은 어떤 하나의 원리에 따라 구성되어 연결되는 것이 아니기 때문에 각각 독립된 성격이 강하다. 그렇지만 탈춤마다 귀신을 쫓아내는 놀이를 하는 '벽사(辟邪) 마당', 중의 가면을 쓰고 중의 흉내를 내는 '중 마당', 양반과 상놈이 등장하는 '양반 마당', 할미가 등장해 춤을 추는 '할미 마당'이 공통적으로 포함되어 있다.

탈춤은 삶의 현장에서 이루어지는 춤과 놀이이기 때문에 현실 지향적 성격이 강하다. 양반이나 파계승에 대한 풍자도 있고, 남녀 간의 애욕을 노골적으로 표현하기도 한다. 그러면서도 서민층의 삶의 애환을 보여 준다. 물론 귀신을 쫓고 액을 막는다는 벽사의 의식도 탈춤 속에 남아 있다. 그러나 오늘날의 탈춤은 전통 유희로서의 탈놀음의 성격이 크게 확대되어 있다.

봉산(鳳山)탈춤[86]

제5과장 사자춤
목중들: 짐생 났소! (목중 여덟이 일제히 쫓겨서 등장하면 뒤에 사자가 뒤따라 쫓아온다. 목중들을 잡아먹으려는 기세다. 목중들, 장내를 한 바퀴 돌아서 반대편으로 퇴장하고, 그중 한 사람만 남아서 마부 노릇을 한다. 마부는 채찍을 들었다.)
마부: 쉬이. (사자는 중앙에서 적당히 자리잡고 앉는다. 머리에 큰 방울을 달았기 때문에 소리가 난다. 앉아서 좌우로 머리를 돌리며 몸을 긁고 이

---

86. 이두현의 채록본 『한국가면극선』(교문사, 1998)에서 옮겼다.

를 잡기도 한다.) 짐승이라니, 이 짐승이 무슨 짐승이냐? 노루, 사슴도 아
니고 범도 아니로구나. 그러면 어디 한 번 물어보자. 네가 무슨 짐승이냐?
우리 조상 적부터 못 보던 짐승이로구나. 노루냐?

사자: (머리를 좌우로 설레설레 흔들어 부정한다.)

마부: 그럼 노루도 아니고 사슴이냐?

사자: (머리를 좌우로 설레설레 흔들어 부정한다.)

마부: 아, 사슴도 아니야. 그럼 범이 네 할애비냐?

사자: (머리를 좌우로 설레설레 흔들어 부정한다.)

마부: 이놈, 아무리 미물의 짐승이라 할지라도 만물의 영장 사람을 몰라보
고 함부로 달려들어 해코지할려는 너 같은 고얀 놈이 어데 있느냐? 그러
면 도대체 네가 무슨 짐승이냐? 옳다, 이제야 알겠다. 예로부터 성현(聖
賢)이 나면 기린이 나고 군자(君子)가 나면 봉이 난다더니, 우리 시님이
나셨으니 네가 기린이냐?

사자: (머리를 좌우로 설레설레 흔들어 부정한다.)

마부: 아니야. 기린도 아니고 봉도 아니면 도대체 정말 네가 무슨 짐승이냐?
(생각하다가) 옳다. 이제야 알겠다. 제(齊)나라 때 전단이가 소에다 횃을
다아 가지고 수만의 적군을 물리쳤다더니, 우리가 이렇게 굉장히 떠들고
노니까 전장터로 알고 뛰어든 소냐?

사자: (머리를 좌우로 설레설레 흔들어 부정한다.)

마부: 소도 아니야. 소도 아니고 개도 아니고 도대체 네가 무슨 짐승이냐?
아아, 이제야 알겠다. 당나라 때에 오계국(烏鷄國)이 가물어 수많은 백성
이 떠들어 댈 제 용왕이 너에게 신통한 조화로써 단비를 내려 주게 하여
오계국 왕의 은총을 입어 궁중에 들어가 궁중 후원 유리정(琉璃井)에 국
왕을 생매(生埋)하고 삼 년 동안이나 국왕으로 변장하여 부귀영화를 누
리다가 서천 불경을 구하려고 봉림사에 유숙하면서 문수보살을 태워 가
지고 댕기며 온갖 조화를 다 부리던 네가 바로 사자로구나. 오, 알겠다.

사자: (머리를 상하로 움직여 긍정한다.)

마부: 그러면 풍악 소리 반겨 듣고 우리와 같이 놀려고 내려 왔느냐? 네 할
애비, 네 어미를 잡아먹으려고 내려왔느냐? 또는 네가 무슨 일로 적하인
간(謫下人間)하였느냐? 우리 시님 수행(修行)하여 온 세상이 지칭(指稱)키

로 생불(生佛)이라 이르나니, 석가여래 부처님이 우리 시님 모시라고 명
령 듣고 여기 왔느냐?

사자: (머리를 좌우로 설레설레 흔들어 부정한다.)

마부: 그러면 (중략) 우리가 이렇게 질탕히 노는 마당, 유량한 풍악 소리 천
상에서 반겨 듣고 우리와 같이 한바탕 놀아 보려고 왔느냐?

사자: (머리를 좌우로 설레설레 흔들어 부정한다.)

마부: 야 이놈 사자야, 나의 하는 말을 자세히 들어라. 네나 나나 일찍이 선
경(仙景)은 다 헤쳐 버리고 네가 내려온 심지를 좀 알아보자. 그러면 우리
목중들이 선경에서 도를 닦는 스승을 꾀어 파계(破戒)시킨 줄로 알고 석
가여래의 영을 받아 우리들을 벌을 주려고 내려왔느냐? 그러면 우리 목
중들을 다 잡아먹을랴느냐?

사자: (긍정하고 마부에게 달려들어 물려고 한다.)

마부: (놀라서) 아이쿠, 이거 큰일났구나.

　　(후략)

근대문학

근대시

근대시의 성격

한국의 근대시는 개화계몽시대에 일반화되기 시작한 국문 글쓰기를 기반으로 성립된다. 조선시대의 고전시가는 한시와 국문시가로 이원화되어 있었지만, 시문학의 주류를 이룬 것은 한시였음을 부인할 수 없다. 시조나 가사와 같은 국문 시가문학은 문학적 글쓰기의 중심을 이루는 한시와는 달리 창곡에 따라 가창된 경우가 많았다. 조선시대의 지식층들은 시를 지을 때는 한시를 짓고 노래를 부르고자 할 때는 국문으로 시조를 지어 노래했던 것이다. 그런데 개화계몽시대에 국어국문운동이 확대되자, 한문의 사회 문화적 기능이 축소되면서 한문 중심의 문필 활동도 위축되기에 이른다. 그 결과 시문학을 주도해 온 한시의 위상이 이 무렵부터 무너지기 시작한다. 이와 함께 국문 글쓰기에 기반한 새로운 시 형식을 모색하게 되면서 이른바 '신시(新詩)'의 형태가 등장한다.

개화계몽시대에 새롭게 등장한 신시는 형태적 개방성과 자유로움을 지향한다. 이러한 특징은 전통적인 국문 시가양식인 시조와 가사의 근대적 변혁 과정에서 확인할 수 있다. 개화계몽시대에 신문과 잡지에 많이 발표된 개화가사와 개화시조를 보면, 창곡으로서의 음악적인 형식과 분리되면서 창곡이 요구했던 형태적 고정성을 탈피하고 개방적인 형식을 추구하는 경향을 보여 준다. 그리고 전통 시가의 고정적 형태가 붕괴되는 과정에서 새롭게 등장한 신시 형태 역시 시적 형식의 개방성을 드러낸다. 이것은 한국 근대시가 출발에서부터 자유시(自由詩) 형태를 지향했음을 말해 주는 것이다.

한국의 근대시는 그 출발 단계에서부터 서구 근대시의 시법에 크게 기대고 있다. 근대시는 근본적으로 한국 민족의 정서를 한국어라는 민족의 언어로 표현하는 것이지만, 그와 같은 시적 전통을 독자적으로 확립한 것이 아니다. 한국 현대문학의 성립 단계에서 시작(詩作) 활동을 전개한 시인들은 대부분 일본 유학을 거치면서 서구문학에 대한 전문적인 지식과 교양을 키워 온 사람들이다. 이들이 시 창작을 시작하면서 관심을 기울인 것은 시적 형식과 율격의 문제이다. 이들은 전통적인 시조나 가사의 고정적인 형식을 벗어나 한국어로 새로운 시 형식을 창안하기 위해 서양의 자유시 형태에 관심을 두게 된다. 근대시는 시적 형식의 개방성에 기초한 서구적인 자유시 형태를 수용해 형식의 균형과 율격의 조화를 찾아내면서 새로운 시적 전통을 확립하게 되는 것이다.

근대시는 그 역사적 전개 과정을 몇 단계로 나누어 설명할 수 있다. 첫번째 단계는 근대시가 자유시의 형태를 정착시키면서 여러 가지 시적 양식을 실험한 시기이다. 개화계몽시대부터 일본 식민지시대의 전반기가 이에 해당한다. 두번째 단계의 근대시는 삼일운동을 전후한 시기부터 1930년대 초반까지로 그 범위를 나눌 수 있다. 자유시 형태에서 출발해 산문시와 장시(長詩)의 형태를 실험하기도 하고 형식적 고정성을 유지하는 근대시조의 부흥운동을 시도하기도 한다. 그리고 이러한 여러 가지 시 형식에 민족의 정서를 담아내는 데에 주력한다. 세번째 단계는 일본 식민지시대 후반기를 말한다. 이 시기에 근대시는 서양의 모더니즘 시운동의 영향으로 공간적 감각을 살려내고 지적인 주제를 적극 포괄한다.

해방 이후에 등장한 시는 근대시라는 말보다는 당대의 시라는 의미를 강조해 현대시라고 명명한다. 해방 이후부터 1960년대 중반까지 현대시는 전통적인 서정시 계열이 중심을 이루지만, 역사와 현실 문제에 적극적인 관심을 표현하는 사회시 계열이 새롭게 등장하고 있다. 이 시기의 정치 상황에 대응해 순수시와 참여시 또는 민중시의 대립이 나타나기도 했으며, 시의 초월주의적 경향과 현실주의적 지향이 서로 통합되기도 한다.

전통 시가의 해체와 신시

전통 시가의 변화

개화계몽시대는 전통적인 시가양식의 근대적 변혁이 이루어지는 가운데 새로운 시 형식을 모색했던 시기이다. 조선시대 시가양식의 주축을 이루었던 가사와 시조는 이 시기에 그 주제 내용과 형식에서 새로운 분화를 보였다. 이러한 변화는 당시 국문 글쓰기에 기반해 새로이 등장한 신문, 잡지가 가사와 시조를 널리 수록하면서 나타난다.

개화계몽시대에 가사는 「창의가(倡義歌)」와 같은 의병가사, 동학운동의 교리를 노래한 동학가사, 『독립신문』과 『대한매일신문』에 발표된 「애국가(愛國歌)」 등과 같은 개화가사 등으로 소재 내용이 분화된다. 동학가사는 동학의 이념을 구현하고자 하는 종교적 성격이 강하며 주로 농민층의 동학교도들이 널리 암송했던 것으로 보인다. 의병가사는 의병 활동에 참여했던 보수적인 지식인들이 의병 활동을 널리 격려하기 위해 창작한 것이다. 개화가사는 진보적인 지식층에 의해 창작된 것으로 당대의 현실 문제와 관련된 주제를 중심으로 신문, 잡지에 발표됨으로써 가장 폭넓은 독자층을 가지게 된다. 이 가사양식은 전통적인 4·4조의 율격을 고수하면서도 그 주제 내용의 효과적인 전개를 위해 하나의 작품을 몇 개의 단락으로 구획하는 분장 형태를 취하고 있는 점이 특징이다.

개화가사의 형태적인 변화가 변형되어 나타나기 시작한 것은 1910년을 전후한 시기부터이다. 이 시기에 개화가사는 4·4조의 율격이 무너지고 새로운 율격적 패턴이 나타나게 된다. 이 새로운 변형된 시가를 흔히 창가(唱歌)라고 부른다. 최남선의 「경부철도가(京釜鐵道歌)」 「세계일주가(世界一周歌)」와 같은 창가는 개화가사와는 달리 율격이 7·5조로 나타난다. 그리고 그 형태적인 면에서 길이도 제한 없이 개방적이다. 창가는 최남선이 일본 유학 과정에서 받아들인 일본 창가의 영향 아래 성립된 것으로 생각된다. 그러나 창가는 독자적인 시가양식으로서의 장르적 성격을 인정하기 어렵다. 창가의 범주에 속하는 작품들은 대부분 최남선의 개인적인 창작에 해당하며, 가사 형식의 변형에 속하는 것으로 볼 수 있기 때문이다.

개화계몽시대에 가사양식과 함께 널리 창작된 것이 개화시조다. 개화시조는 주로 신문과 잡지 등에 발표되었지만 대부분 그 작가가 정확하게 밝혀져 있지 않다. 대개 작품마다 제목이 붙어 있고 주로 단형시조의 형식을 취하고 있다. 개화시조는 창곡과 분리되어 그 전통적인 존재 방식이었던 음악과의 공존 관계를 벗어난다. 개화시조는 국문으로 창작되고 지상에 발표되고 널리 읽히면서 시로서의 새로운 출발을 기하게 된 것이다. 개화시조의 시적 형식의 변화는 최남선의 시조 창작에서 구체적으로 드러난다. 최남선은 그가 편집 발간한 잡지『소년(少年)』을 통해 여러 편의 시조 작품을 발표했는데, 평시조의 연작 형태인 연시조를 주로 창작했다. 연시조는 단형의 평시조를 중첩시켜 시적 형식과 주제 의식을 확장시켜 놓은 것으로, 단형시조로서의 평시조가 지니고 있는 형태적인 고정성과 제약성을 벗어나기 위한 것이라고 할 수 있다.

신시의 형식적 모색

근대시의 초기 형태는 가사나 시조의 형태에서 볼 수 있는 고정적인 형식에서 벗어나 새로운 시적 형식을 추구하는 과정을 통해 성립되었다. 가사의 형식에서 나타나기 시작한 분장 방식이라든지, 개화시조가 연시조의 형식을 통해 형태적 개방성을 추구하는 점 등은 새로운 시 형식의 등장을 위한 예비 과정으로 볼 수 있다. 이러한 변화 과정을 거쳐 등장한 것이 바로 새로운 시 형태로서의 신시(新詩) 또는 신체시(新體詩)라고 할 수 있다.

최남선(崔南善, 1890–1957)의 신체시「해(海)에게서 소년(少年)에게」는 국문 글쓰기에 의해 만들어진 최초의 새로운 시적 형식을 보여 준다. 신체시의 형식은 율격의 고정성을 탈피하고 개개의 작품마다 서로 다른 독자적인 시 형식을 유지하는 점이 특징이다. 새로운 시 형식으로서의 신시는 형태적인 면에서 개화가사의 형식적 개방성과 개화시조의 형식적 완결성을 결합한, 새로운 절충적인 형태를 취하고 있다. 신시라는 이름으로 최남선이 발표한 작품들도 고정적인 형식을 지니는 것이 아니라 각 작품마다 개별적으로 완결성을 지닌 유기적인 시 형식을 확립하고 있다.

 1

텨―ㄹ썩, 텨―ㄹ썩, 텩, 쏴―아.

따린다, 부순다, 문허바린다,

泰山 갓흔 놉흔뫼, 딥태 갓흔 바위ㅅ돌이나,

요것이 무어야, 요게 무어야,

나의 큰 힘, 아나냐, 모르나냐, 호통까디 하면서,

따린다, 부순다, 문허바린다,

텨―ㄹ썩, 텨―ㄹ썩, 텩, 튜르릉, 콱.

 2

텨―ㄹ썩, 텨―ㄹ썩, 텩, 쏴―아.

내게는, 아모것, 두려움 업서,

陸上에서, 아모런, 힘과 權을 부리던 者라도,

내압헤 와서는 쏨쌱 못하고,

아모리 큰, 물건도 내게는 행세하디 못하네.

내게는 내게는 나의 압헤는.

텨―ㄹ썩, 텨―ㄹ썩, 텩, 튜르릉, 콱.

 ―「해(海)에게서 소년(少年)에게」전반부, 『소년(少年)』(1908)

 「해에게서 소년에게」의 경우는 전체 작품이 4연으로 이루어져 있으며, 각 연이 7행으로 구성되는 형태적인 균형을 취하고 있다. 이같은 연의 구분은 당시에 일반화되어 있던 가사의 분장 방식과 유사한 성격을 지니지만, 고정된 율격의 규칙성을 벗어남으로써 시적 형식의 자유로움을 어느 정도 획득하고 있다. 이 작품의 시적 형식에서 주목되는 것은 시행의 발견이다. 시에서 행을 구분하는 일은 신체시 이전의 시조나 가사에서는 찾아보기 어렵다. 그러나 최남선의 신체시는 행의 발견을 통한 새로운 자유시로의 접근에도 불구하고 시적 의미 단위가 되는 연의 구분에 지나치게 규칙성을 부여함으로써 개방적이면서도 유기적인 시 형식의 창조에까지 나아가지 못한다. 이것이 신체시의 시적 형식에 대한 실험의 한계라고 할 수 있다.

「해에게서 소년에게」는 개화가사나 시조가 여전히 한문투의 관념적인 한자어를 많이 동원하는 것과는 달리, 일상어의 시적 활용이 눈에 띄게 드러난다. 의성의태어의 대담한 구사가 시적 대상에 대한 표현의 구체성을 살리는가 하면, 구어체를 활용함으로써 경험적 구체성을 실감있게 표출하고 있다. 이같은 언어적인 변화는 국문체의 시적 가능성을 확인할 수 있는 근거가 되기도 한다. 새로운 시적 형식의 실험을 시도하면서도 시를 통한 계몽의식의 구현에 힘썼던 것이다.

민족 정서와 시적 표현

자유시의 정착

한국 근대시는 일본 식민지시대에 들어서면서 일본을 통해 서구 문학의 새로운 경향을 접할 수 있게 된다. 초창기 시단에서 활동한 김억, 황석우, 오상순, 변영로, 주요한, 노자영, 양주동, 박종화 등은 대부분 일본 유학을 통해 문학적 소양을 키운 사람들이다. 이들은 삼일운동을 계기로 민족의식에 대한 새로운 각성이 이루어지면서 민족적 정서와 그 시적 표현에 대한 관심이 집중된다. 이 시기의 시인들이 한국어를 매개로 하는 새로운 시 형식의 발견이라든지, 시적 율격의 표현 문제에 각별한 관심을 지니게 된 것은 자유시의 정착 과정에서 이루어진 초기 시학의 방향을 말해 준다. 여기에 김소월, 이상화, 한용운 등이 가세하면서 한국 근대시는 자유시의 시적 형식을 정착시키고 민족적 정서를 시적으로 표현할 수 있게 된다. 이 시기에 등장한 『태서문예신보(泰西文藝新報)』(1918)는 문예를 전문으로 하는 주간 신문으로 서구의 근대시를 본격적으로 소개해 한국 근대시 형성에 큰 영향을 미친다. 그리고 『창조(創造)』(1919) 『폐허(廢墟)』(1920) 『장미촌(薔薇村)』(1921) 『백조(白潮)』(1922) 『금성(金星)』(1923) 등의 동인지 발간에 여러 시인들이 각자 자신의 문학적 취향에 따라 참여하면서 창작 활동의 기반이 더욱 넓어진다.

김억(金億, 1896-?)은 『태서문예신보』를 중심으로 프랑스 상징주의 시를 소개하면서 창작 활동을 전개한다. 김억이 보여 준 시적 탐구 작업 가운데 주목할 만한 것은 시적 형식과 시적 리듬에 대한 자각이다. 그는 최남선이 거의 무의식적으로 수용한 전통적인 시가의 리듬을 보다 새롭게 변형하고자 하는 노력을 보여 준다. 김억의 초기 시들은 시조나 가사와 같은 고정적인 형식의 잔재가 거의 드러나지 않는다. 이러한 현상은 그의 서구 근대시의 번역 과정에서도 그대로 나타난다. 김억의 서구 시 번역 작업은 최초의 번역 시집 『오뇌(懊惱)의 무도(舞蹈)』(1921)를 통해 집약되고 있다. 이 시집에는 베를렌, 구르몽, 보들레르 등의 프랑스 상징주의 시인들의 작품이 주로 번역 소개되고 있다. 김억은 이러한 번역 작업을 통해 시적 서정성에 대한 깊이있는 이해를 가지게 되었으며, 서구시의 시적 리듬을 한국어로 재현하는 데에 상당한 노력을 기울인다. 특히 시적 언어의 표현에서 구어체의 적극적인 활용이라든지, 비유적인 시적 표현 기교의 다채로운 활용은 한국 시의 새로운 전개 과정에 커다란 영향을 미친 것으로 평가받고 있다. 그는 이후에도 『신월(新月)』(1924) 『잃어진 진주』(1924) 『망우초(忘憂草)』(1934) 『동심초(同心草)』(1943) 등의 많은 번역 시집을 출간한 바 있다. 김억의 시작 활동은 첫 창작 시집 『해파리의 노래』(1923)를 기점으로 『봄의 노래』(1925) 『안서시집(岸曙詩集)』(1929) 등으로 이어진다. 김억의 시적 경향 가운데 주목해야 할 것은 새로운 시적 형식에 대한 추구 작업이다. 그는 시적 형식의 긴장과 이완을 그 길이의 장단을 통해 시험하면서 4행시의 창작에 상당한 관심을 기울인다. 그의 후기 작품에서 4행시는 거의 정형화된 형태로 등장한다.

　주요한(朱耀翰, 1900-1979)의 시적 출발은 동인지 『창조』에서부터 본격적으로 이루어진다. 그의 초기 습작들은 일본 유학 시절에 『현대시가(現代詩歌)』 『서(曙)』 등의 일본 동인지에 일본어로 발표한 시 작품들이다. 그는 1919년 『창조』 창간호에 「불놀이」 등 세 편의 시를 한국어로 발표했다. 이 작품들이 보여 주는 다양한 시적 추구는 근대시에서 개인적인 정서의 기반이라는 것이 얼마나 중요한가를 확인해 볼 수 있는 중요한 근거가 된다. 그는 일본 유학 기간 동안 얻은 서구 시에 대한 이해와 일본 근대시에 대한 접촉으로부터 시의 창작 생활을 시작했지만, 그가 지닌 시적 언어와 리듬에 대한 감각은 외래적인 것의 영향을 넘어서서 한국어의 특성에 맞는 새로운 언어적 율조의 표현을 위한 노력으로 나타나고 있다. 주요한의 「불놀이」와 같은 작품은 근대적인 자유시의 시적 형태를 정립하는 데에 크게 기여했다. 이 작품은 외형적인 율격의 규칙성에 얽매이지 않으면서도 시적 진술의 정서적 통합을 이룩하고 있다. 시행의 구분도 시적 진술의 내용에 따라 자유로운데 이 시의 표현 자체를 산문적이라고 하기는 어렵다. 이 시는 자수율에 구애되지 않고 시행의 구분에도 자유로운 대신에 시구의 반복과 대응, 영탄적인 수사법의 활용 등을 통해서 시적 의미의 전개 과정에서 자연스럽게 우러나오는 리듬감을 포착하고 있다. 이같은 특징은 그가 이미 최남선의 초기 시작 활동에서 보여 준 계몽의식의 시적 한계를 극복하고 있음을 말해 주는 것이다.

　근대시의 확립 과정에서 시적 형식에 대한 인식과 그 새로운 실천 가운데 특이한 의미를 지니는 것이 바로 서사적 장시의 실험이다. 한국 시문학에서 장시의 전통은 조선시대의 악장이나 가사와 같은 독특한 형태에서 이미 그 존재 가치를 인정받고 있다. 개화계몽시대에는 가사 형태를 계승하고 있는 최남선의 「경부철도가」나 「세계일주가」와 같은 이른바 창가가 장시로서의 가능성을 보여 주었다. 그러나 이같은 전통적인 형식들은 엄격한 율격적 규칙을 지키고 있기 때문에, 그 형식적인 측면에서 시정신의 역동성을 제대로 구현하지 못하는 것이 사실이다. 1920년대에 새로이 등장한 서사적 장시 형태는 자유시의 형태를 형식적 기반으로 삼고 있다. 그러므로 시의 율격과 형식의 개방성을 유지하면서 다채로운 시상의 전개를 시도한다. 이 시기의 서사적 장시의 출현은 시 동인지 『금성』의 출현과 맥락을 같이한다. 『금성』파 시인으로 분류되는 유엽, 김동환 등의 시작 실험과 양주동과 같은 인물의 이론적인 지지가 그 기반이 되었기 때문이다.

　김동환(金東煥, 1901-?)의 서사적 장시 「국경(國境)의 밤」은 전체 3부 72장으로 이루어져 있으며, 국경지대인 두만강변의 작은 마을을 시적 배경으로 설정하고 있다. 작품의 내용은 여주인공을 중심으로 현재-과거-현재의 서사 공간에 펼쳐지는 사랑과 갈등을 주조로 한다. 그러나 이 사랑 이야기의 배경에는 북국의 겨울밤이 주는 암울한 분위기가 강조됨으로써 각박한 현실을 살아가던 당대 민중의 고통과 불안이 잘 암시되어 있다. 이 작품에서 지적할 수 있는 중요한 특징 중의 하나는 전편에 흐르는 서사적인 긴장이다. 그것은 인물의 설정에서 알 수 있듯이 여주인공과 그녀를 중심으로 대립적인 위치에 놓이는 두 남성을 통해 구체화된다. 여주인공이 두 사내의 중간에서 겪게 되는 삶의 고된 역정이 서사의 골격을 형성하고 있기 때문이다. 이 작품에서의 서사적 풍경은 시적 진술 자체에 나타나는 언어 표현의 변화, 언어의 반복과 도치 등을 통한 활달한 수사적 기교, 전체적인 어조를 통제하며 시적 형식에 통일성을 부여하는 리듬 의식 등이 모두 서사적 장시로서의 양식적 속성을 유지하는 데에 적절하게 기능한다. 김동환은 식민지 현실과 민족의 삶을 전체적으로 조망하는 장시 「국경의 밤」에 뒤이어 「승천하는 청춘」과 같은 작품을 지속적으로 창작함으로써 새로운 장시의 시적 가능성에 도전했다.

시조부흥운동과 현대시조

최남선은 개화계몽시대에 신체시의 형태적 개방성과 시정신의 자유로움을 실험했으며, 1920년대에는 시조부흥운동을 주도했다. 시조부흥운동은 전통적 문학 형식이었던 시조를 현대적으로 다시 창작하자는 데에 그 목표를 둔 것으로서, 근대시조의 새로운 가능성을 열었다는 점에서 그 의의가 인정된다. 최남선의 뒤를 이어 이병기, 이은상 등이 시조부흥운동에 동참하고 이광수, 주요한, 김동환 등도 시조 창작에 관심을 보이면서 시조문학의 시학을 정립할 수 있게 되었고, 시조의 전아한 기풍을 근대시조를 통해 다시 살려낼 수 있는 계기를 만들게 된다. 최남선이 주장하는 시조부흥은 '조선적인 것'의 시적 형상화의 가능성에 대한 탐구를 의미한다. 그는 신시운동 자체가 서구적인 새로운 시 형태에 대한 무분별한 몰두로 시종하고 있음을 비판하면서 "조선의 시는 무엇보다도 조선스러움을 갖추어야 한다"는 조건을 내세우고 있다. 그는 시조라는 것이 "조선의 국토, 조선인, 조선어, 조선 음률을 통해 표현한 필연적인 양식"임을 강조하면서 시조의 새로운 가능성을 확신했다.

최남선은 시조집 『백팔번뇌(百八煩惱)』(1926)를 통해 스스로 시조부흥운동의 실천적 가능성을 입증해 보인다. 최남선의 근대시조는 시적 형식면에서 연작의 방식을 활용한다는 점이 특징이다. 시조의 창작에서 연작 방식의 활용은 단형시조의 형식적 제약을 벗어나고자 하는 의욕과 상통하는 것이다. 그러나 시조 자체가 지켜 온 단형의 형식적 완결성을 이완시키게 되는 문제점도 드러낸다. 그러므로 연작의 방법이 단순한 단형시조의 병렬적인 결합이 아니라 전체적인 형식의 긴장과 통일에 기여해야만 그 의의를 인정받을 수 있을 것이다.

1920년대 중반 최남선이 주창했던 시조부흥은 이병기(李秉岐, 1891-1968)를 통해 비로소 근대시조의 새로운 탄생이라는 실천적 의미를 갖게 된다. 그 이유는 이병기에 의해 시조의 시적 혁신과 창작이 가능해졌고, 시조에 대한 이론적 탐구와 시학의 원리가 정립되었기 때문이다. 이병기는 「시조란 무엇인가」(1926) 「시조와 그 연구」(1928) 등을 통해 시조문학의 본령을 깊이있게 논의하면서 시조 창작의 새로운 시야를 제공한다. 이병기의 시조에서 핵심은 시조의 시적 형식 문제에 대한 새로운 인식이다. 이병기의 시조는 연작 형식의 시적 정착이라는 양식사적 의미를 갖고 있다. 이병기의 연작시조는 단형의 평시조를 중첩시켜 시적 의미를 확대시켜 놓고자 하는 형식적 실험의 소산이다.

다시 옮겨심어 분에 두고 보는 芭蕉
설레는 눈보라는 窓門을 치건마는
제먼저 봄인 양하고 새움 돋아 나온다

靑銅 火爐 하나 앞에다 놓아 두고
芭蕉를 돌아 보다 가만히 누웠더니
꿈에도 따듯한 내고향을 헤매이고 말었다

— 「파초(芭蕉)」 전문, 『가람시조집(嘉藍時調集)』(1939)

    이병기 시조의 연작성은 근대시조의 형식적인 특성으로 자리잡은 가장 중요한 형태적 요소이다. 이것은 시조의 형식적인 확대를 의미하는 것으로서 시조가 담아야 하는 시적 의미 내용이 그만큼 다양하고 포괄적으로 바뀌었음을 말하는 것이다. 앞에 인용한 「파초(芭蕉)」는 시조의 형식에서 느낄 수 있는 특유의 균제미(均齊美)를 자랑한다. 이 작품은 외형적으로 각각 독립된 두 편의 평시조를 병렬적으로 연결하고 있는 것처럼 보이지만, 연작 방법을 통해 형식적인 확장을 이루고 시적 긴장을 이끌어 가고 있다. 시적 주제의 응축과 그 확산의 과정을 전체적으로 통제하고 있는 내적인 질서를 유기적으로 창조해낸 것이다. 이병기는 근대시조의 시적 형식에 감각성이라는 고도의 미의식을 부여함으로써 근대시조가 추구하는 시적 모더니티를 온전하게 구현하고 있다. 이병기의 시조는 전아한 기품을 자랑하지만, 기실은 단조로움에 빠져들기 쉬운 시적 진술에 특유의 감각성을 부여하는 것이 두드러진 특징이다. 그가 강조했던 격조는 시조에 동원되는 모든 단어에 생기를 넣어 주며 사고와 감정의 기저에까지 침투하는 감각을 뜻한다. 이러한 상상력은 물론 언어와 그 의미를 통해서 작용하지만, 시조의 경우 전통적 의식과 가장 현대화된 정신을 결합하는 것이다. 그러므로 이병기의 시조는 시조의 부흥이 아니라 새로운 시적 형식과 감각의 발견에 해당한다.

토속어의 시적 발견

근대시의 형성 과정에서 김소월(金素月, 1902-1934)은 시정신과 시적 형식의 조화를 통해 한국적인 서정시의 정형을 확립한 대표적인 시인으로 손꼽을 수 있다. 근대시의 성립과 함께 문제시되었던 새로운 시 형식의 추구를 염두에 둘 경우, 김소월의 시는 분명 시적 형식의 독창성을 확립하고 있다. 그는 서구시의 번안 수준에 머물러 있던 한국 초기 근대시의 형식에 새로운 독자적인 가능성을 부여했다. 그가 발견한 새로운 시적 형식은 전통적인 민요의 율조와 토속적인 언어 감각의 결합을 통해 이루어진 것이다. 그의 시집 『진달래꽃』(1925)을 보면, 각 작품들이 모두 균제된 시적 형식을 갖추고 있으며 자연스러운 리듬에 따라 내적인 호흡의 자유로움을 구현하고 있다.

김소월의 시가 포괄하고 있는 정서의 폭과 깊이는 서정시가 도달할 수 있는 궁극적인 경지와 맞닿아 있다. 흔히 정한(情恨)의 노래라는 이름으로 소월 시의 정서적 특질을 규정하기도 하지만, 거기에는 민족적 현실에 대한 비극적 인식이 가로놓여 있다. 김소월이 시에서 즐겨 노래하는 대상은 '가신 님'이거나 '떠나온 고향'이다. 모두가 현실 속에서는 존재하지 않는 것들이다. 임과 고향을 그리워하는 그의 심정은 어떤 면에서 자못 퇴영적인 느낌을 주기도 한다. 그러나 그의 시는 다시 만나기 어렵고 다시 찾기 힘든 그리움의 대상을 끈질기게 추구하면서 노래하고 있다는 점에서 오히려 낭만적이기도 하다. 물론 김소월의 시에서 볼 수 있는 슬픔의 미학은 슬픔의 근원에 대한 객관적인 이해의 결여라는 무의지적 측면에서 비판받기도 한다. 그의 시적 지향 자체가 지나치게 회고적이고 퇴영적이라는 지적도 타당성을 갖는다. 그렇지만 그의 시가 보여 주는 정한의 세계가 좌절과 절망에 빠진 삼일운동 이후의 식민지 현실에서 비롯된 것임을 생각한다면, 그 비극적인 상황 인식 자체가 현실에 대한 거부의 의미를 담고 있음을 부인할 수 없다.

김소월은 대부분의 시에서 서정시의 본령이라고 할 수 있는 개인적인 정감의 세계를 중요시하고 있다. 그는 자연을 노래하면서도 대상으로서의 자연을 그려내기보다는 개인적인 정감의 세계 속으로 자연을 끌어들여 그 정조에 바탕을 두고 노래한다. 그렇기 때문에 그의 시에서 즐겨 다루어지는 자연은 서정적 자아의 내면 공간으로 바뀌고, 개별적인 정서의 실체로 기능하고 있다. 그의 대표적인 작품으로 널리 알려져 있는 「진달래꽃」「산유화」「예전엔 미처 몰랐어요」「접동새」등이 모두 이같은 예에 속한다.

나보기가 역겨워
가실쌔에는
말업시 고히 보내드리우리다

寧邊에 藥山
진달내꼿
아름짜다 가실길에 쑤리우리다

가시는거름거름
노힌그꼿츨
삽분히즈려밟고 가시옵소서

나보기가 역겨워
가실쌔에는
죽어도아니 눈물흘니우리다

— 「진달내꼿」 전문, 『진달내꼿』(1925)

이 작품 속에 설정되어 있는 시적 정황은 '나 보기가 역겨워 떠나는 임'과 '말없이 고이 보내드리는 나' 사이의 내면 공간을 중심으로 하고 있다. 그런데 이 시에서 서정적 자아는 떠나가는 임에 대한 원망 대신에 오히려 자신의 변함없는 사랑을 드러내고자 한다. 여기서 자기 사랑의 표상으로 선택하는 것이 '진달래꽃'이다. 봄이면 어디서나 볼 수 있는 진달래꽃은 이 시에서 더 이상 평범한 자연물이 아니다. 시인의 상상력에 의해 아름다운 사랑의 의미로 채색되어, 화사하게 피어나는 분홍빛의 사랑으로 시 속에 자리하고 있다. '아름 따다 가실 길에' 뿌리는 한아름의 진달래꽃은 사랑의 크기를 나타내기도 하고, 사랑의 깊이를 보여 주기도 한다. 사랑하는 사람과의 이별 장면에서 슬픔의 눈물을 보이지 않고, 오히려 이 시의 서정적 자아는 떠나는 임 앞에서 진달래꽃을 통해 자기 자신의 변함없는 사랑을 보여 주는 것이다. 이것은 일종의 상황적 아이러니에 해당된다. 이 시에서 이별의 슬픔을 내면화하면서 사랑의 진실이 자리잡게 되는 것은 이러한 시적 형상화의 과정을 통해서라고 할 수 있다. 김소월이 노래하는 「진달래꽃」에서의 사랑의 의미는 「산유화」에서의 자연에 대한 인식이라든지, 「접동새」에서 느껴지는 허무의 삶 등과 정서의 기반을 같이한다. 이것은 한국인들의 삶과 한국인들이 그들의 삶 속에서 느끼는 정감의 세계를 표현하는 것이다. 민족적 정서의 시적 구현 자체가 김소월 시의 존재를 드러내는 것이라면, 김소월의 시에서 바로 그러한 정서적 특질을 발견하게 되는 것은 당연하다.

　　김소월의 시가 지니는 또 다른 미덕은 토착적인 한국어의 시적 가능성을 최대한 살려내고 있다는 점이다. 그는 평범하고도 일상적인 언어를 그대로 시 속에 끌어들이고 있다. 심지어는 관서 지역의 방언까지도 그의 시에서는 훌륭한 시어로 활용된다. 일상의 언어를 전통적인 율조의 형식으로 재구성하는 김소월의 시는, 바로 그러한 언어의 특성에 기초해 민족의 정서를 시적으로 표현하고 있다. 경험의 현실에 깊이 뿌리내리고 있는 일상의 언어는 정감의 깊이를 드러내어 보여 줄 수 있으며, 짙은 호소력도 지닌다. 그의 시적 언어의 토착성이라는 것은 그 언어를 바탕으로 생활하는 민중의 정서가 언어와 밀착되어 있음을 의미한다. 실제로 김소월의 시에는 추상적인 개념어가 거의 없으며, 구체적인 정황이나 동태를 드러내는 토착어가 자연스럽게 활용된다. 그의 시가 실감의 정서를 깊이있게 표현하고 있는 것은 이같은 언어적 특성과 긴밀한 관계가 있다. 특히 그의 시의 율조는 민중의 호흡과 같이하면서

유장한 가락에 빠져들지 않고 오히려 간결하면서도 가벼운 음악성을
잘 살려내고 있다.

　근대시의 형성 과정에서 시인 한용운(韓龍雲, 1879‒1944)은 특이한
위치를 점하고 있다. 그는 당대 문단과는 일정한 거리를 둔 채 한국 불
교의 근대화를 위해 앞장섰던 승려였고, 민족의 독립을 위해 투쟁했던
저항적인 지식인이었다. 그럼에도 불구하고 그의 생애 가운데에서 가
장 빛나는 업적으로 남아 있는 부분이 시작 활동이라는 것은 특이한
일이다. 한용운이 오랫동안 한학 수업을 받았을 뿐 정상적인 근대적 학
교 교육을 통해 신학문에 접근하지 못했었다는 사실을 생각한다면, 시
집 『님의 침묵(沈默)』(1926)을 통해 이루어낸 시의 위업은 더욱 이채로
운 성과에 해당한다고 할 것이다. 특히 『님의 침묵』 이전에 발표한 글
들이 대부분 난삽한 한문투의 국한문체에서 벗어나지 못했다는 점과
견주어 볼 때, 시집 『님의 침묵』에서 거둔 시적 성과는 돋보일 수밖에
없는 일이다.

　한용운의 시적 관심은 모두 님이라는 존재에 집중되어 있으며, 시를
통해 님의 존재에 대한 인식을 구체적으로 형상화하고 있다. 그는 '기
룬 것은 모두 님'이며 '내가 사랑할 뿐만 아니라 나를 사랑하는' 존재가
바로 님이라고 말한다. 그러나 님은 시적 자아와 함께 현실에 존재하는
대상이 아니다. 님은 이미 현실을 떠나가 버렸기 때문에, 시인은 떠나
버린 님, 지금은 현실에 존재하지 않는 님을 노래하고 있다.

　님은갓슴니다 아아 사랑하는나의님은 갓슴니다
　푸른산빗을깨치고 단풍나무숩을향하야난 적은길을 거러서 참어떨치고 갓
　　슴니다
　黃金의쏫가티 굿고빗나든 옛 盟誓는 차듸찬띳글이되야서 한숨의 微風에 나
　　러갓슴니다
　날카로온첫키스의 追憶은 나의 運命의 指針을 돌너노코 뒷거름처서 사러젓
　　슴니다
　나는 향긔로운 님의말소리에 귀먹고 쏫다은 님의얼골에 눈머럿슴니다

사랑도 사람의일이라 맛날째에 미리 쩌날것을 염녀하고경계하지아니한것
　　은아니지만 리별은 뜻밧긔일이되고 놀난가슴은 새로운슯음에터짐니다
그러나 리별을 쓸데업는 눈물의源泉을만들고 마는것은 스스로 사랑을깨치
　　는 것인줄 아는까닭에 것잡을수업는 슯음의힘을 옴겨서 새希望의 정수
　　박이에 드러부엇슴니다
우리는 맛날째에 쩌날것을염녀하는것과가티 쩌날째에 다시 맛날것을 밋슴
　　니다
아아 님은갓지마는 나는 님을보내지 아니하얏슴니다
제곡조를못이기는 사랑의노래는 님의沈默을 휩싸고돔니다

　　　―「님의 침묵」 전문, 『님의 침묵』(1926)

　　한용운의 시에서 님의 존재는 '침묵'이라는 말을 통해 역설적으로 제
시된다. 그는 님이 떠난 현실을 그대로 사실로 받아들이고 있다. 객관
적인 현실을 인정하고 있다는 뜻이다. 님은 떠나갔고, 그렇기 때문에
님이 부재하는 현실은 비극적인 공간이 될 수밖에 없다. 그러나 한용운
은 대상으로서의 님의 존재를 부재의 비극적 공간에서 끌어내고, 오히
려 그 존재의 당위성을 부여하고 있다. '님은 갔지마는 나는 님을 보내
지 아니하였'다는 시적 진술에서처럼, 시적 자아는 대상으로서의 님을
떠나지 않고 있다. 님과 시적 자아가 둘이 아니라 하나이기 때문이다.
바로 여기서 시적 주체로서의 '나'와 시적 대상으로서의 '님'의 분리와
통합이 역설적으로 드러나는 것이다. 이와 같은 님의 존재 방식은 당대
의 상황과 연관되어 식민지시대의 비극적인 역사와 빗대어지기도 하
며, 형이상학적이고 종교적 의미로 이해되기도 한다.
　　한용운의 시는 비탄과 정한의 노래가 아니다. 한용운은 님이 떠나 버
린 슬픔을 말하면서도, 그 슬픔을 극복하기 위해 님에 대한 새로운 기
대와 신념을 강조하고 있다. 비극의 현실 속에 빠져 있는 개인의 정서
적 파탄을 그리지 않고, 오히려 존재의 본질과 새로운 삶의 전망을 노
래하고 있다. 그러므로 한용운의 시는 의지적이며 강렬한 어조가 돋보

인다. 이러한 특징은 한용운 자신의 혁명적 기질과도 깊은 관계가 있을
것이지만, 역사의식의 투철성을 말해 주는 것이라는 점도 간과할 수 없
을 것이다. 한용운의 시는 가 버린 님을 노래하나, 이별의 슬픔이 아니
라 기다림의 초조함을 노래한다. 시적 대상에 대한 간절한 기원이 그
속에 깃들어 있다. 그가 삶에 대한 정직성을 지키고, 악에 항거하고, 민
족과 국가를 위해 투쟁했던 행동적 실천가였음을 생각한다면, 그러한
의지를 시적으로 구현하면서 가장 서정적인 어조를 활용하고 있다는
점도 높이 평가해야 할 일이다. 한용운의 시적 언어가 획득하고 있는
일상적 경험의 진실성은 저항적 시정신의 형상을 위해서도 반드시 전
제되어야 할 것임은 물론이다.

　이상화(李相和, 1901-1943)는 『백조』 동인으로 참여하면서 본격적인
시작 활동을 보여 준다. 이상화의 초기 시는 병적 관능과 퇴폐성을 주
조로 하고 있다. 이같은 특징은 주로 시적 대상으로서의 현실에 대한
인식에서 비롯된다. 이것은 물론 식민지 현실과 직결되는 것이다. 이
상화의 초기작을 대표하는 「나의 침실(寢室)로」는 '마돈나'라는 구원
의 대상을 앞에 두고 시적 화자의 애절한 정감을 실감나게 표현한다.
이 시의 관능적 요소는 육체에 대한 탐닉이나 애욕에만 한정되는 것이
아니다. 개인의 내적 감정의 격렬성을 시의 형식을 통해 자유롭게 구
현할 수 있다는 것, 시적 화자의 정서의 격렬성과 자제할 수 없는 욕망
을 시의 언어를 빌려 적나라하게 표현할 수 있다는 것 자체가 한국 근
대시의 형성 과정에서 매우 소중한 경험이 되었음은 물론이다. 그런데
이상화는 자기 내면의 정서에 대한 탐닉에 머물지 않고, 시적 관심을
역사와 현실의 영역으로 확대한다. 그는 어둡고 암담한 현실 속에서
시를 통해 자기 의지를 세우고자 한다. 1920년대 후반에 이상화가 발표
한 「빼앗긴 들에도 봄은 오는가」와 같은 작품은 시적 대상으로서의 현
실 세계를 역동적으로 포괄하면서 새로운 삶의 가능성을 절실하게 추
구하고 있다. 이 작품은 자연의 질서와 역사적 현실의 불일치가 빚어
내는 모순된 삶의 공간을 개인적인 경험을 통해 구체화시키고 있다.
빼앗긴 들과 다시 찾아온 봄이라는 현실적 공간과 자연적 시간에 대한
인식을 통해 시인은 '봄은 빼앗길 수 없다'는 강한 의지를 드러낸다. 결

국 이 시는 '여기'와 '지금'이라는 현실적인 공간과 시간이 빚어내는 역설적 의미 구조를 통해, 지금은 '들'을 빼앗겼지만 회생의 봄이 반드시 찾아온다는 사실을 노래한다. 빼앗긴 국토에 대한 상실감과 그것을 다시 회복해야 한다는 강한 의지력이 힘찬 리듬과 가락을 통해 격정적으로 표출되고 있는 것이다. 결국 이상화의 시는 식민지 현실의 모순 구조를 시적 진술을 통해 비판적으로 제시함으로써, 새로운 역사의식과 함께 민족의 삶에 대한 전망을 함께 담아내고 있다.

계급시의 등장과 경향성

일본 식민지시대에 한국 근대시가 계급적 이념과 대응하는 과정은 '조선프롤레타리아예술동맹'(1925)을 중심으로 한 계급문학운동의 전개 과정 속에서 자연스럽게 드러난다. 계급 시단을 대표하는 박세영, 박팔양, 임화, 김해강, 김창술 등의 시를 보면 공통적으로 시정신의 지향 자체가 개인적인 서정의 세계를 상당 부분 벗어나 있다. 이같은 특징은 이 시기의 계급문학이 지니고 있던 일반적인 경향에 해당하는 것이지만, 특히 무산계급이라는 계급적인 주체를 강조하는 집단적인 이념 성향을 강하게 드러내는 것이 계급시의 일관된 성격이었음을 알 수 있다. 이 시기의 계급시를 통해 확인할 수 있는 무산계급에 대한 인식은, 물론 당대 사회에서 일어나던 자연 발생적인 계급운동의 경향성과 무관하지는 않다. 대체로 시를 통해 형상화하고 있는 현실 인식이 계급적 각성이나 계급 이념에 대한 요구보다는 궁핍한 현실 자체에 대한 비판을 앞세우고 있기 때문이다. 일본의 강점과 식민지 지배에서 비롯된 민족의 핍박과 경제적 궁핍을 더 큰 문제로 인식하고 있으며, 이같은 모순 구조를 계급적인 관점에서 파악하게 된 것이라고 할 수 있다.

박세영(朴世永, 1902-1989)이 초기 시에서 관심을 보였던 시적 대상은 일본의 강압적인 지배와 함께 궁핍에서 벗어나지 못하는 농민들 삶의 참상이다. 그는 초기작에 속하는 「타작」이나 「산골의 공장」 같은 작품에서 착취로 신음하는 농민들의 삶의 고통을 그렸고, 「향수」 「최후에 온 소식」과 같은 작품에서는 고향을 상실한 채 곤궁한 삶 속에서 만주 벌판을 떠도는 한국인들의 비극적인 삶의 모습을 보여 주었다. 그리고 1930년대 초기 작품에 해당하는 「화문보(花紋褓)로 가린 이층」 「산제비」 등에서 시인의 이념적 지향을 고양된 시정신으로 승화시키고 있다. 이러한 작품들은 모두 시집 『산제비』(1938)를 통해 그 성과가 집약되고 있다. 이 작품들은 초기 계급문단의 이념적 열정보다는 계급 문학운동 자체가 조직적인 분열과 이념적 와해를 겪는 시기에 등장한 내성적(內省的) 어조를 바탕으로 하고 있다. 그의 시는 시적 진술 자체가 서술적이며, 긴장도 다소 이완되어 있다. 하지만 계급문학운동의 대중적 진출을 위한 투쟁적 열기를 직설적으로 그려내지 않고 오히려 내밀한 언어로 서술하고 있다.

박팔양(朴八陽, 1905-1988)은 계급문학운동에 참여하면서도 서정적인 시편들을 많이 발표한다. 그러나 그의 시 가운데에는 식민지 조선의 현실을 예리하게 관찰하면서 그 비극적 상황을 진단하고 있는 「밤차」 「태양을 등진 거리 위에서」와 같은 작품들도 적지 않다. 박팔양이 보여 준 현실적 관심은 주로 궁핍한 현실의 고통이거나 왜곡된 근대 도시 문명의 어두운 그림자들이다. 그는 어두운 조선의 현실 앞에 무기력한 지식인으로서의 시인의 형상을 그려냄으로써 시적 자아의 내면을 치밀하게 표출하고 있다. 이러한 시적 경향은 진취적인 계급의식이나 투쟁적인 자세와는 일정한 거리가 있는 것이지만, 계급문단에 관여했던 그가 「1929년의 어느 도시의 풍경」 「점경(點景)」 「하루의 과정」과 같은 시에서 보여 주는 도회의 일상과 권태와 우울은 매우 특이한 성과라고 할 수 있다. 그는 1930년대 후반 이후 오히려 도시적 체험에서 벗어나 삶의 의미를 자연 속에서 구하며 전원을 예찬하는 시를 쓰기도 했는데, 이같은 시적 경향과 대조적인 특징이라고 할 수 있다. 그의 시집 『여수시초(麗水詩抄)』(1940)에는 이같은 다양한 시적 성과가 그대로 담겨 있다.

임화(林和, 1908-1953)의 시작 활동은 계급문단의 시적 창작과 그 실천 과정에서 가장 많은 논의가 이루어졌다. 그의 작품 가운데 사화집 형태의 『카프 시인집』(1931)에 수록된 「네거리의 순이」 「우리 옵바와

화로」 등은 계급문학운동의 정치적 진출과 대중화에 대한 논의가 본
격적으로 전개되기 시작한 1920년대 말에 발표된 것으로, 계급시의 대
표적인 형태로 손꼽힌다. 임화는 이 작품들을 발표하면서 대표적인 프
롤레타리아 시인으로 부상하게 되었으며, 이 작품들이 보여 주는 계급
적 현실에 대한 시적 인식 과정이 계급시의 일정한 성과를 의미한다고
평가받고 있다. 「우리 옵바와 화로」는 노동 일가의 남매가 겪는 수난
을 여동생의 목소리를 통해 시적으로 형상화하고 있다. 이 작품에서 그
려내는 시적 정황은 그 내용이 노동계급이 직면하고 있는 계급적 현실
모순과 직결된다는 점에서 호소력을 더한다. 「네거리의 순이」는 여동
생을 향한 오빠의 목소리를 부각시키고 있는데, 그 정서적 기반은 「우
리 옵바와 화로」의 경우와 비슷하다. 이 작품에서 시적 화자는 고통 속
에서도 서로 힘을 합쳐 함께 일했던 지난날을 상기하면서, 구속된 청년
동지를 위해 다시 힘을 모아야 한다고 절규하고 있다. 이처럼 임화의
계급시는 계급적 정황을 시적 공간으로 끌어들임으로써 독자들의 관
심을 촉발한다. 임화가 조선프롤레타리아예술동맹이 해체된 이후에 쓴
시들은 『현해탄(玄海灘)』(1938)에 수록되어 있는데, 이 시집의 작품들
은 앞의 계급시들과는 달리 민족의 운명과 식민지 현실에 대한 초극의
의지를 노래한 서정적 경향을 드러낸다.

시적 기법의 발견

서정시의 확대와 시정신의 전환

일본 식민지시대 후반기에 해당하는 1930년대에는 일본 군국주의의 확
대와 함께 만주사변에서부터 태평양전쟁에 이르기까지 급격한 전란의
상황이 지속되었다. 일본은 전쟁을 수행하기 위해 식민지 조선으로부
터 경제적 수탈과 인적 동원을 획책함으로써, 한국 사회는 전반적으로
암울한 분위기를 벗어나기 어렵게 된다. 특히 일본의 강압적인 사상 탄
압으로 조선프롤레타리아예술동맹이 해체된 후에는 문화와 예술의 영

역에서 민족이니 계급이니 하는 집단적인 이념에 대한 논의가 일체 용납되지 않았다.

이 시기의 시문학은 주로 소규모의 동인 활동을 통해 전개된다. 정지용, 김영랑, 이하윤, 박용철 등이 주도한 『시문학(詩文學)』(1930)의 등장 이후 신백수, 이시우, 정현웅, 조풍연, 장서언 등이 참여한 『삼사문학(三四文學)』(1934)이 발간된다. 그리고 박용철, 김상용, 노천명, 모윤숙, 신석정 등이 참여한 『시원(詩苑)』(1935)에 이어 서정주, 오장환, 김동리, 함형수, 김달진 등이 주도한 『시인부락(詩人部落)』(1936)과 김광균, 윤곤강, 이육사, 신석초, 이병각 등의 『자오선(子午線)』(1937)이 등장한다. 이밖에도 『단층(斷層)』(1937) 『맥(貘)』(1938)과 같은 동인지들이 잇달아 나오면서 개인적인 시작 활동 자체가 소그룹 중심의 동인 활동을 기반으로 활발하게 이루어진다.

이 시기에 시의 경향은 언어적 기법의 실험과 주지적 태도, 주관적 정서의 절제, 도시적 감각과 시적 심상의 구성 등으로 요약된다. 이러한 시적 경향은 흔히 모더니즘이라는 서구 사조와 관련지어 이해되기도 한다. 모더니즘은 용어 자체가 매우 폭넓게 사용되고 있지만, 한국의 시단에서는 최재서, 김기림 등에 의해 소개된 영미문학의 신고전주의와 이미지즘론 등이 이론적 기반을 이룬다. 최재서(崔載瑞, 1908-1964)는 영미문학의 새로운 경향 가운데 예술에서의 신고전주의와 비평의 과학적 방법을 중시한다. 그는 사상과 감정의 지적인 조작에 의해 이루어지는 근대시의 성격을 강조하면서 시에서의 현대성 인식을 중요한 과제로 내세우기도 한다. 김기림(金起林, 1908-?)의 시론은 최재서의 경우와는 달리 한국 근대시에 대한 실천적인 관심에 의해 제기된 것이다. 그의 시론은 「시작에 있어서의 주지주의적 태도」(1933)와 「모더니즘의 역사적 위치」(1939)로 집약되지만, 「오전의 시론」(1935)을 비롯한 대부분의 시에 대한 비평적 논의가 중심을 이룬다. 김기림은 모더니즘운동이 문학사적으로 두 가지의 문학적 조류에 대한 부정과 반발임을 강조하는데, 하나는 낭만주의의 감상성에 대한 반발이며, 다른 하나는 계급문학운동의 정치적 경향성에 대한 비판이다. 이러한 지적은 한국문학에서 문제되는 문학적 조류를 근거해 설명하기 때문에 보다 더 실천적인 의미를 지닌다.

　　김영랑(金永郎, 1903-1950)은 박용철, 정지용, 이하윤 등과 동인지
『시문학』에 참여하면서부터 본격적인 시 창작 활동을 보여 준다. 그의
초기 시들은 『영랑시집(永郎詩集)』(1935)으로 묶이는데, 서정적 자아의
깊은 내면에서 우러나오는 비애의 정감을 섬세한 율조의 언어로 형상
화하고 있다. 그의 시에는 '슬픔'이나 '눈물'과 같은 시어가 수없이 반
복된다. 그러나 과장된 수사에 의한 영탄이나 감상에 기울지 않고, 오
히려 균제된 언어로 표현되는 정감의 시 세계를 잘 보여 준다.

　　김영랑의 시에서 볼 수 있는 중요한 특성은 섬세한 언어적 감각과
그 언어 감각을 시적 율조로 살려내는 리듬 의식이다. 그의 시의 언어
적 율조는 결코 시인의 내적 정서의 흐름만을 그대로 따른 것이 아니
다. 김소월의 시에서 느낄 수 있는 율조가 시인의 내적 정서의 흐름에
크게 의존하는 것과 달리, 김영랑의 경우는 시적 언어 자체의 음성적
자질과 연관된 리듬 감각을 살려내는 조형성이 특징이라고 할 수 있다.
물론 김영랑은 깊은 정감을 부드러운 언어로 표현하기 위해 시적 형태
의 균제에만 집착하지는 않는다. 그는 언어와 리듬을 보다 개방적으로
변형시킬 수 있는 형태적 자유로움을 추구했으며, 오히려 이같은 자유
로움 속에서 진정한 시적 율조의 아름다움을 발견하고 있다. 「모란이
피기까지는」과 같은 작품이 바로 이러한 예에 속한다.

　　　모란이 피기까지는
　　　나는 아즉 나의봄을 기둘리고 잇슬테요
　　　모란이 뚝뚝 떠러져버린날
　　　나는 비로소 봄을여흰 서름에 잠길테요
　　　五月어느날 그하로 무덥든날
　　　떠러져누은 꽂닙마저 시드러버리고는
　　　천지에 모란은 자최도 업서지고
　　　뻐쳐오르든 내보람 서운케 문허졌느니
　　　모란이 지고말면 그뿐 내 한해는 다 가고말아
　　　三百예순날 하냥 섭섭해 우웁내다

모란이 피기까지는
나는 아즉 기둘리고잇슬테요 찰란한슬픔의 봄을

— 「모란이 피기까지는」 전문, 『영랑시집』(1935)

이 작품의 시적 진술 방식은 '나'라는 시적 화자가 만들어내는 심정적 언어들에 의해 어조가 결정된다. 그리고 그 어조에 의해 시적 대상으로서의 '모란'과 시적 주체로서의 '나' 사이에 일어나는 미묘한 교감 상태가 잘 드러나고 있다. 모란은 늦은 봄에 꽃이 핀다. 온갖 꽃들이 서로 다투어 피어나는 봄을 생각한다면, 모란은 봄의 막바지 장면을 장식하는 꽃이라고 할 만하다. 모란꽃이 피어날 때면 벌써 신록의 아름다움이 시작된다. 이제 계절은 여름의 문턱에 들어선다. 그러므로 모란꽃이 떨어지면 그 싱그러운 봄의 아름다움도 끝난다. 시인이 노래하고자하는 것은 바로 이 모란이 떨어지는 순간이며, 화려한 봄을 잃어버리는 순간이다. 이 시에서 볼 수 있는 시적 진술은 모두가 이같은 상실과 소멸의 순간에 느끼는 비애를 시의 아름다움으로 승화시키는 데에 바쳐진다. "모란이 뚝뚝 떨어져 버린 날 / 나는 비로소 봄을 여읜 설움에 잠길테요"라든지 "나는 아직 기둘리고 있을테요 찬란한 슬픔의 봄을"이라는 대목에서 바로 이같은 내용을 실감할 수 있다.

김영랑이 그의 시에서 지향하고자 했던 정감과 율조의 언어는 서정시가 도달해야 하는 궁극적인 경지에 해당한다. 그는 이러한 시적 지향을 견지하는 것으로써 시인으로서 자신의 존재 의미를 확인한다. 그러나 이러한 자기 내면의 시적 욕망을 더 이상 지속해 나아갈 수 없는 현실 상황에 대면하면서 그의 시는 더욱 분명하게 자기 지향성을 드러내게 된다. 초기 시에서 볼 수 있었던 것처럼 곱고 아름다운 것에 대한 지향은 후기의 시에 이르러 큰 변화를 보여 준다. 그가 정감과 율조의 언어보다 더욱 중요시한 것은 시의 정신을 제대로 지켜 나가고자 하는 의지이다. 이러한 시적 지향은 물론 식민지 상황이라는 현실적 조건을 전제할 경우, 보다 구체적인 역사적 의미를 부여할 수 있다. 김영랑에게 시인으로서 사는 길은 곧 민족의 삶을 위한 길과 통하는 것이기 때문이다.

신석정(辛夕汀, 1907-1974)의 시작 활동은 김영랑, 박용철, 정지용, 이하윤 등의 시 동인지『시문학』(제3호, 1931)에 참여하면서부터 이루어진다. 그러나 그의 시적 경향은『시문학』동인들이 보여 준 언어적 감각이나 이미지보다는 천진하고도 순수한 시적 세계를 추구하는 시적 태도를 지켜 나간 점에 주목할 필요가 있다. 그의 초기 시 세계를 구성하는 가장 중요한 모티프는 '하늘'과 '어머니'이다. 이러한 시적 모티프는 대개 시적 화자로 등장하는 어린이에게 하나의 동경의 세계로 갈망되는 것이어서 초월적인 속성이 강하다. 실제로 그의 첫 시집『촛불』(1939)에서는 하늘, 어머니로 표상되는 동경의 세계가 어린이의 천진스러운 시선으로 그려지고 있다. 신석정의 시에서 주목해야 할 또 다른 특징은 시적 진술의 간절함을 느끼게 하는 어조이다. 시적 대상을 향한 독백조의 구어체는 경어법을 그대로 살려내어 그 속에서 느낄 수 있는 친밀성과 같은 심정적인 요소를 더욱 가미한다. 시적 화자는 '어머니'와 더불어 전원적이면서 자연 친화적인 이상향에 대한 시적 열망을 강하게 드러낸다. 이것은 비참한 현실 상황 자체에 대한 거부의 표현으로 볼 수 있다. 첫 시집『촛불』에 수록되어 있는 「임께서 부르시면」「그 먼 나라를 알으십니까」「아직 촛불을 켤 때가 아닙니다」 등과 같은 작품들에는 세속적 욕망이나 고통으로부터 벗어난 전원적 세계 또는 반문명적인 이상적 공간에 대한 갈망이 지배하고 있다. 암담한 현실을 인식하면서 시인은 현실에서 이루어질 수 없는 공간에 대한 순수한 집착을 내세운 것이다. 이 공간은 대체로 현실과는 거리가 먼 순수성을 지닌, 평화와 조화와 정결의 공간이다. 지고한 사랑을 바탕으로 하는 모성이 실현되는 공간, 인간의 영혼이 자연과 친화할 수 있는 공간이다. 이러한 시적 공간의 설정을 통해 시인은 어둡고 고통스러운 현실을 낯설게 함으로써 현실의 억압을 통찰할 수 있게 한다.

백석(白石, 1912-1996)이 시를 통해 추구하는 향토적인 서정의 세계는 시집『사슴』(1936)에 수록된 작품들을 통해 잘 드러나고 있다. 그의 시는 일제강점기에 고통스럽게 살던 민중들의 삶의 모습과 그 애환을 소박한 토속적인 사투리를 통해 사실적으로 묘사해낸다. 일상어의 시적 활용을 통해 실감의 정서를 놓치지 않고 표현하는 이같은 시적 방법은 백석의 시가 형상화하고 있는 토속적인 세계와 잘 어울린다.

백석의 시에서 발견하는 실감의 정서는 모두 시적 대상에 대한 설명적 묘사와 소박한 진술을 통해 형성된다. 그의 시선에 닿는 모든 사물은 서정적 주체와 거리를 둔 채 묘사되는 법이 없다. 모든 시적 대상은 곧바로 서정적 주체의 체험 속에서 새롭게 재구성되는데, 이것은 어떤 사실적인 원리에 의해서도 아니며 시간적인 질서에 의해서도 아니다. 백석의 시에서 그려내는 시적 대상들은 모두 특이한 시적 심상을 만들어내면서 그것들이 서로 중첩되어 하나의 공간을 형성한다. 이 시적 공간이 바로 백석 시의 깊은 내면세계에 해당된다. 백석은 이 시적 공간에 자신의 내면 깊숙이 자리하는 고향의 풍물과 인정을 담아 놓는 것이다. 그의 시는 평안도 사투리를 그대로 시어(詩語)로 활용해 시인이 고향에서 체험했던 토속적인 풍물의 세계를 시적으로 형상화한다는 점이 특징이다. 여기서 까다롭게 읽히는 평안도 사투리는 체험의 구체성과 깊이와 진실미를 구현하기 위해 동원된 도구에 해당한다. 이 토속어를 제외할 경우 각각의 시에서 형상화하고 있는 시적 공간은 실감의 정서와 멀어진다. 백석은 시적 공간의 구성을 위해 가장 단순한 수사적 장치인 열거와 나열, 반복과 중첩의 방식을 활용하고 있다. 그러므로 토속적 풍물을 그려내는 경우 압축된 언어와 표현의 간결성 대신에 구체적인 대상의 열거와 다채로운 나열 방법을 택한다. 이러한 표현 방식을 통해 감각적으로 구성되는 시의 공간은 시인 자신의 체험 영역과 깊이 연결되고 있다.

마을에서는 세불 김을 다 매고 들에서
개장취념을 서너번 하고 나면
백중 좋은 날이 슬그머니 오는데
백중날에는 새악시들이
생모시치마 천진푀치마의 물팩치기 껑추렁한 치마에

쇠주푀적삼 항라적삼의 자지고름이 기드렁한 적삼에
한끝나게 상 나들이 옷을 있는 대로 다 내 입고
머리는 다리를 서너켜레씩 들어서
시뻘건 꼬둘채댕기를 삐뚜룩하니 해 꽂고
네날백이 따배기 신을 맨발에 바꿔 신고
고개를 몇이라도 넘어서 약물터로 가는데
무썩무썩 더운 날에도 벌 길에는
건들건들 씨연한 바람이 불어 오고
허리에 찬 남갑사 주머니에는 오랜만에 돈푼이 들어 즈벅이고
광지보에서 나온 은장두에 바늘집에 원앙에 바둑에
번들번들 하는 노리개는 스르럭 스르럭 소리가 나고
고개를 몇이라도 넘어서 약물터로 오면
약물터엔 사람들이 백재일치듯 하였는데
붕가집에서 온 사람들도 만나 반가워하고
깨죽이며 문주며 섶가락앞에 송구떡을 사서 권거니 먹거니 하고
그러다는 백중 물을 내는 소내기를 함뿍 맞고
호주를하니 젖어서 달아나는데
이번에는 꿈에도 못 잊는 붕가집에 가는 것이다
붕가집을 가면서도 七月 그믐 초가을을 할 때까지
평안하니 집사리를 할 것을 생각하고
애끼는 옷을 다 적시어도 비는 씨원만 하다고 생각한다

—「칠월(七月) 백중」 전문, 『문장(文章)』(1948)

백석의 시 가운데 「칠월 백중」은 민중들의 소박하면서도 생명력이
넘쳐흐르는 삶의 모습을 감각적 묘사를 통해 사실적으로 형상화하고
있는 작품이다. 이 작품의 가장 두드러진 특징은 시적 대상에 대한 묘
사의 감각성과 사실성이다. 이같은 기법은 다양하게 선택된 제재 속에
서 민중의 진솔한 생활 모습을 보여 주는 데에 기능적이라고 할 수 있

다. 특히 이 작품은 각각의 시행들이 하나의 이야기를 말하는 듯한 서술적 효과를 드러내도록 잇달아 있다. 백중날 약물터에 놀이를 나가는 색시들의 모습을 옷치레부터 수선스럽게 묘사한다. 그리고 고개를 넘고 넘어 약물터에 모여든 사람들의 흥겨운 모습이 함께 어우러진다. 작품 속에 묘사되는 대상들이 백중날 약물터라는 하나의 구체적인 시적 공간 속으로 집약되면서 시적 감흥도 고조된다. 이 정서적 고양 상태에서 "백중 물을 내는 소내기를 함뿍 맞고" 모두가 후줄근하게 젖지만, 오히려 마음은 차분하게 다가올 살림살이를 생각하면서 "붕갓집"으로 향한다. 이러한 시적 진술을 통해 시인은 감각적인 시적 심상들을 공간적으로 병치시키면서 동시에 그 공간 자체를 한 폭의 이야기로 꾸며낸다. 백석의 시가 이야기조의 서술적 특징을 지니고 있는 것처럼 느껴지는 까닭이 바로 여기에 있다.

노천명(盧天命, 1912–1957)의 본격적인 문단 활동은 1935년에 『시원』 동인으로 참여해 시 「내 청춘의 배는」을 발표하면서부터라고 할 수 있다. 노천명의 시에 대해서는 고독과 향수, 섬세한 감각과 자의식 등의 투어를 붙이는 것이 보통이다. 그러나 첫 시집 『산호림(珊瑚林)』(1938)에서부터 두번째 시집 『창변(窓邊)』(1945)에 이르기까지 대체로 토속적인 삶과 그 속에 담긴 인정과 풍물에 대한 깊은 관심을 보여 주는 작품들이 많다. 물론 노천명의 작품들은 고독이라든지 그리움과 같은 개인적 정서를 바탕으로 인간존재의 내밀한 세계를 형상화하는 것들이 주류를 이루고 있다. 그리고 「남사당」을 비롯한 「장날」 「연자간」 「잔치」 「돌잡이」 등으로 이어지면서 토속적 풍속에 녹아든 삶의 애환을 풍부하게 형상화한다. 이러한 작품에서 확인할 수 있는 시적 진술의 경험적 진실성은 노천명의 시 세계가 그만큼 일상의 현실에 밀착되어 있음을 말해 준다. 물론 노천명의 시는 「사슴」과 동궤에 있는 「자화상」 「창변」 「길」 등에서 확인되는 시적 자기 인식과 절제의 미학을 놓칠 수 없다. 특히 「푸른 오월」 「사월의 노래」 「보리」 등에서 드러나는 대상에 대한 감각적 묘사와 관능미는 자연을 통해 본원적인 생명력을 추구하고자 하는 시인의 자세를 잘 보여 준다.

모더니즘 시와 절제된 감정

정지용(鄭芝溶, 1902-1950)은 한국 근대시의 발전 과정에서 시적 언어에 대한 자각을 각별하게 드러낸 시인으로 평가받고 있다. 그의 시들은 두 권의 시집 『정지용시집(鄭芝溶詩集)』(1935)과 『백록담(白鹿潭)』(1941)에 대부분 수록되어 있는데, 자기감정의 분출이 두드러지는 1920년대의 서정시와 달리 시적 대상에 대한 다양한 감각적 경험을 선명한 심상과 절제된 언어로 포착해내고 있다. 이같은 시 창작의 방법은 시적 언어에 대한 그의 남다른 관심과 자각에 의해 가능했다.

정지용이 보여 주는 새로운 시법으로서 가장 중요시되는 것은 예리하고도 섬세한 언어적 감각이라고 할 수 있다. 물론 시의 언어에 대한 자각은 그 이전의 김소월이나 동시대의 김영랑에게서도 그 중요성이 인정된다. 이들은 모두 시를 통해 전통적인 정서에 알맞은 율조의 언어를 재창조했기 때문이다. 그러나 정지용의 경우 이들과는 달리 율조의 언어에 매달린 것이 아니라 언어의 조형성(造形性)에 대한 탐구에 관심을 집중했다. 그는 시의 언어를 통해 음악적인 가락의 미를 창조한 것이 아니라 공간적인 조형의 미를 창조했다. 이같은 특징은 언어의 감각성을 최대한 살려내고자 하는 시인의 노력에 의해 가능해진다. 정지용은 생활 속에서 감각의 즉물성과 체험의 진실성에 가장 잘 부합하는 일상어를 그대로 시의 언어로 채용한다. 그러므로 정지용의 시에는 상태와 동작을 동시에 드러내는 형용동사들이 많이 쓰이며, 이를 한정하는 고유어로 된 부사들을 자주 활용해 사물의 상태와 움직임을 예리하게 포착하고 있다.

정지용이 그의 시에서 활용하는 또 하나의 시법은 주관적 감정의 절제와 정서의 균제라고 할 수 있다. 이같은 방법은 정지용과 함께 '시문학파'라는 문단적인 유파로 분류되었던 다른 어떤 시인도 감당해내지 못한 방법이다. 그는 개인적이고도 감정적인 것들을 철저하게 배제하면서 사물과 현상을 순수관념으로 포착해 이것을 시를 통해 표현하고자 한다. 이러한 시적 표현은 사물의 언어와 교신하는 그의 특이한 언어 감각을 바탕으로 기왕의 고정된 감각과 인식을 모두 해체해 새롭게 재구성하고자 하는 시적 지향을 보여 주는 것이다. 어린 딸을 잃은 슬픔을 노래한 것으로 알려진 「유리창(琉璃窓)」과 같은 작품을 보면, 이 같은 감정의 절제된 표현을 쉽게 확인할 수 있다.

琉璃에 차고 슬픈것이 어린거린다.
열없이 붙어서서 입김을 흐리우니
길들은양 언날개를 파다거린다.
지우고 보고 지우고 보아도
새까만 밤이 밀려나가고 밀려와 부디치고,
물먹은 별이, 반짝, 寶石처럼 백힌다.
밤에 홀로 琉璃를 닥는것은
외로운 황홀한 심사 이어니,
고흔 肺血管이 찢어진 채로
아아, 늬는 山ㅅ새처럼 날러 갔구나!

─ 「유리창 1」 전문, 『정지용시집』(1935)

이 시에는 "새까만 밤"으로 표상되는 무한의 세계가 그려져 있다. 그리고 서정적 자아는 유리창을 경계로 하여 거기에 대면해 있다. 여기서 유리창은 무한의 세계를 끌어와 보여 주는 하나의 신비로운 예술적 매체가 된다. 유리창에 입을 대고 입김을 불어 보면서 서정적 자아는 지금 이곳의 세계와 저기 밤의 세계를 상상의 힘으로 서로 연결한다. 창 밖 어둠 속에 빛나는 별빛을 보는 순간 자신의 슬픔과 열망 같은 것은 모두 소멸되고, 밀려오는 밤 속으로 자신도 깊이 빠져들고 있다. 그러나 이 시에서 딸을 잃은 슬픔이라든지 시인 자신의 감정의 동요 같은 것은 엄격하게 절제되어 있다. 다만 유리창이라는 경계를 통해 섬세하게 통어(統御)되었던 별빛과의 심정적 거리를 유리창 밖으로 날아가 버린 '새'라는 시적 표상을 통해 극적으로 제시하고 있다.

　정지용의 시에서 절제된 감정과 언어의 균제미는 시집 『백록담』에
이르러 거의 절정에 이른다. 이 시집에 수록되어 있는 「장수산」이나
「백록담」과 같은 작품에서는 명징한 언어적 심상으로 하나의 고요한
새로운 시공의 세계를 창조해낸다. 정지용의 시가 보여 주는 절제된 감
정의 세계는 섬세한 언어 감각을 통해 가능해진다. 이 언어 감각은 물
론 시적 대상에 대한 깊은 통찰을 바탕으로 성립되는 것이다. 정지용은
대상에 대한 언어적 소묘를 통해 하나의 독특한 시적 공간을 형상화한
다. 이 시적 공간이 바로 일제강점기 말에 정지용이 만들어낸 모더니즘
시의 새로운 경지라고 할 수 있다. 정지용이 일체의 주관적 감정을 억
제한 채 시적 대상을 관조하면서 만들어낸 이 새로운 시의 세계는 자
연의 세계와 동화하거나 합일화하기를 소망했던 전통적인 자연관을
벗어나고 있다. 정지용은 오히려 자연과 거리를 둠으로써 거기에 그렇
게 존재하는 자연을 새롭게 발견한다. 자연이라는 것을 철저하게 대상
화하면서 언어를 통해 소묘적으로 재구성한다.

　　돌에
　　그늘이 차고,

　　따로 몰리는
　　소소리 바람.

　　앞섰거니 하야
　　꼬리 치날리여 세우고,

　　종종 다리 깟칠한
　　山새 걸음거리.

　　여울 지여
　　수척한 흰 물살,

갈갈히
손가락 펴고.

멎은듯
새삼 돋는 빗낯

붉은 닢 닢
소란히 밟고 간다.

— 「비」 전문, 『백록담』(1941)

앞에 인용한 「비」는 정지용의 언어 감각과 시적 상상력이 얼마나 뛰어난 형상성을 드러내는지를 잘 보여 준다. 이 작품은 가을비가 떨어지는 순간을 공간적으로 형상화한다. 이 과정에서 동적(動的) 심상을 특이하게 공간적으로 배치함으로써 늦가을 산골짜기에 떨어지기 시작하는 빗방울과 수선스러운 분위기를 섬세하게 포착해내고 있다. 구름, 소소리바람, 산새, 물살, 빗낯으로 이어지는 시적 심상의 결합은 시각적인 것과 청각적인 것의 조화를 충분히 느낄 수 있게 한다. 특히 "붉은 닢 닢 / 소란히 밟고 간다"라는 마지막 구절은 붉게 물든 나뭇잎 위로 소란스럽게 떨어지는 빗방울을 감각적이면서도 사실적으로 묘사하고 있다.

정지용은 자신의 주관적 정서를 철저히 배제하고 감각적인 언어로 시적 대상을 소묘적으로 그려냄으로써, 자연 그 자체를 공간적으로 재구성한다. 여기서 말하는 자연은 인간이 그 속에 의존하거나 동화하는 세계가 아니다. 인간이 범접하지 못하는 자연 그대로의 모습이다. 정지용의 시가 구축하는 세계가 바로 그것이다. 정지용은 자연 그대로의 질서와 자연 그대로의 미를 추구한다. 정지용의 시에서 발견된 이러한 자연은 어떤 의미에서 존재 그 자체를 의미한다고 할 수 있다.

이상(李箱, 1910-1937)의 시는 1930년대 문단에서 하나의 충격으로 받아들여졌다. 그 이유는 이미 익숙해진 시적 기법과 양식에 대한 반동을 강하게 드러내고 있기 때문이다. 이상의 대표작인 「오감도(烏瞰圖)」(1934)는 인간의 삶의 세계와 사물을 보는 시각의 문제에 대한 새로운 도전을 의미한다. 인간은 언제나 땅 위에 발을 디디고 살아간다. 땅 위에 서서 하늘을 쳐다보고 높은 산과 키 큰 나무의 꼭대기를 올려다본다. 자신의 눈높이에 맞는 시선과 각도에 들어오는 사물만을 감지하기 때문에 자신의 눈에 들어오는 것만을 사물의 실재적 양상인 것처럼 생각한다. 그러므로 하늘을 나는 까마귀의 눈을 가장해 세상을 내려다본 풍경을 가상해 본다는 것은 매우 특이한 발상이다. 이러한 인식의 방법은 사물을 보는 새로운 시각을 예비하고 있음을 의미한다. 그러므로 '오감도'의 시선과 각도를 갖는다는 것은 사물에 대한 감각적 인지를 전체적으로 가능하게 하는 시선과 각도를 갖는다는 것을 말한다. 그리고 이것은 사물의 세계를 그보다 높은 시각에서 장악할 수 있게 됨을 암시한다.

十三人의兒孩가道路로疾走하오.
(길은막달은골목이適當하오.)

第一의兒孩가무섭다고그리오.
第二의兒孩도무섭다고그리오.
第三의兒孩도무섭다고그리오.
第四의兒孩도무섭다고그리오.
第五의兒孩도무섭다고그리오.
第六의兒孩도무섭다고그리오.
第七의兒孩도무섭다고그리오.
第八의兒孩도무섭다고그리오.
第九의兒孩도무섭다고그리오.
第十의兒孩도무섭다고그리오.

第十一의兒孩가무섭다고그리오.

第十二의兒孩도무섭다고그리오.

第十三의兒孩도무섭다고그리오.

十三人의兒孩는무서운兒孩와무서워하는兒孩와그러케뿐이모혓소.(다른事
情은업는것이차라리나앗소)

그中에一人의兒孩가무서운兒孩라도좃소.

그中에二人의兒孩가무서운兒孩라도좃소.

그中에二人의兒孩가무서워하는兒孩라도좃소.

그中에一人의兒孩가무서워하는兒孩라도좃소.

(길은뚫닌골목이라도適當하오.)

十三人의兒孩가道路로疾走하지아니하야도좃소.

　　　　—「오감도 시 제1호」전문,『조선중앙일보』(1934)

앞의 시는 텍스트 구조가 단순하다. 시적 텍스트의 첫 행에서는 '도
로'에서 '13인의 아해'가 '질주'하고 있는 상황을 제시한다. 그리고 "제
1의 아해가 무섭다고 그리오"라는 문장과 동일한 내용을 '제1의 아해'
부터 '제13의 아해'에 이르기까지 열세 번 반복한다. 여기서 수사적 장
치로서 활용되는 열거와 반복은 진술되는 내용 자체의 의미 공간을 내
적으로 확장하고 그것을 강조하는 기능을 수행한다. 이 단순한 반복과
열거의 수사적 표현을 통해 '아해'가 표명하고 있는 '무섭다'는 진술 자
체의 긴박감을 고조시키게 된다. 그런데 이러한 시적 진술에서 '아해'
들이 도로를 질주하며 느끼는 공포의 대상과 그 실체는 저절로 드러난
다. '아해'들은 상대를 서로 무서워하고 있다. '13인의 아해'는 서로가
서로를 공포의 대상으로 여기고 있으며 '아해'들 사이의 상호 대립과
갈등과 불신이 '아해'의 공포를 조장하고 있는 것이다. 이 시에서 강조
하고 있는 '아해'들의 '무서움'은 현실을 살아가는 인간의 대립, 갈등,

분열, 질시와 거기서 비롯되는 상호 불신, 공포, 불안의 상태를 '단순
화'한 것에 불과하다.

　이상의「오감도」를 보면, 시적 방법에서 사물에 대한 감각적 묘사
나 서정적 표현이 거의 드러나 있지 않다. 시적 진술 방법 자체가 철저
하게 추상적이다. 여기서 추상적이라는 말은 시적 표현에서 대상에 대
한 묘사와 달리 주관적인 순수 구성을 추구한다는 말이다. 이 작품에서
그려내고 있는 인간의 존재와 그 문제성의 이면에는 다른 여러 요소와
성질을 모두 잘라내 버리는 일종의 사상(捨象) 작용이 작동하고 있다.
구체적인 객관적 대상으로부터 그것이 갖는 다양성을 제거해 버리는
단순화의 과정을 거친 셈이다. 앞의「오감도 시 제1호」에서는 현대를
살아가는 개인의 불안과 공포심을 단순화해 제시한다. 물론 대상에 대
한 단순한 진술이나 간략한 묘사를 따르면서도 그에 대한 인식의 공유
를 가능하게 하는 이지적 공간이 이 시를 통해 구축된다. 그러므로 이
상 문학에서는 추상적이고 관념적인 가치에 대한 새로운 지적 감수성
이 요구된다.

　이상은 한국적 모더니즘운동의 중심축에 자리하고 있다. 그의 시에
서 확인할 수 있는 중요한 특징은 모더니티의 시적 추구 작업이다. 언
어적 감각과 기법의 파격성을 바탕으로 자의식의 시적 탐구, 이미지의
공간적인 구성에 의한 일상적 경험의 동시적 구현, 도시적 문명에 대
한 회의 등을 드러내는 모더니즘적 시의 경향이 바로 그것이다. 하지만
이상은 여기에 머무르지 않고 자신의 시적 창작을 통해 그가 추구했던
모더니티의 초극에까지 나아가고자 한다. 그는 현대 과학 문명의 비인
간화의 경향에 반발하면서 인간 존재와 가치에 대한 시적 추구 작업에
몰두하기도 했고, 개인적 주체의 붕괴에 도전해 인간의 생명의지를 시
적으로 구현하고자 했다. 그러므로「오감도」를 비롯한 그의 시는 그
텍스트의 표층에 그려진 경험적 자아의 병과 고통, 가족과의 갈등 문제
를 놓고 인간의 존재와 삶, 생명과 죽음의 문제, 고독과 의지와 같은 본
질적인 주제로 심화시킴으로써 시적 형상성을 획득하고 있다.

　서정주(徐廷柱, 1915-2000)의 시 활동은 오장환, 김동리, 함형수, 김
달진 등과 함께 동인지『시인부락』(1936)을 주재하면서 본격적으로 전

개된다. 그의 초기 시들이 보여 주는 시적 상상력의 다채로운 변주는 첫 시집 『화사집(花蛇集)』(1941)을 통해 잘 드러난다. 인간의 원초적인 관능미와 생명력에 대한 강렬한 찬사가 돋보이는 이 시집의 작품들은 시적 상상력의 지향 자체가 지니는 이중성을 하나의 시적 주제로 형상화하고 있다.

서정주가 초기 시작 활동을 통해 형상화하고 있는 것은 현대 문명의 구성물과 가치에 자극을 받으면서도 그 혼란과 덧없음을 벗어나고자 하는 욕망이다. 그는 자신의 시 속에서 대안적인 신화의 세계로 물러서 있다. 그의 시에서 엿볼 수 있는, 사회 현실로부터 벗어나고자 하는 욕망의 그림자는 허무주의와 퇴영의 늪으로 빠지는 법이 없다. 그는 도시적인 삶과 문명의 발전에 능동적으로 참여하기를 거부한다. 그리고 운명적인 신화적 세계의 심연을 일상의 권태와 오욕으로부터 벗어나 새롭게 되살아나기 위한 고뇌와 의지로 그려낸다. 그러므로 서정주의 시에서 드러나는 운명론적인 퇴영 그 자체를 비난할 필요는 없다. 그것은 때로 이미 관습화되어 버린 문명의 언어와 담론을 전복할 수 있는 힘을 지니기도 하며 타락한 문명에 대한 도전이 되기도 한다. 서정주의 시에서 자주 발견되는 죽음의 미학은 문명에 대한 무력감을 드러내는 일종의 시적 방법이기도 하다.

서정주의 대표적인 초기작 「화사」는 관능적 표현을 통해 악마적인 아름다움을 추구하고 있다. 이 시에서 뱀과 여자는 도덕적인 계율과 관습에 억눌려 있는 인간의 본능적인 욕구를 표현한다. 인간이 죄를 짓게 만든 형벌로 땅을 기어 다니면서 살아야 하는 뱀은 원죄와 관능의 상징이다. 이 작품은 뱀과 이브를 통해 인간의 원초적인 욕망을 표현하고자 한다는 점에서 서구적인 신화와 상상력을 바탕으로 하고 있다. 시인은 보들레르의 악마적 탐미주의에 영향받았다고 스스로 밝힌 적도 있지만, 과거의 신화와 현대적인 삶의 거리를 메우기 위해 상상적 초월을 감행한 것으로 생각된다. 일상의 자아를 벌거벗기고 그 위에 미학적 고안에 의한 관능적인 심상의 옷을 입힌 결과가 바로 이 같은 작품인 것이다.

서정주의 시는 낭만적인 자기표현이라는 전통적인 시적 태도를 거부한다.「자화상」과 같은 작품에서도 확인할 수 있는 것처럼, 그는 오히려 자기 자신 또는 서정적 자아의 모습을 하나의 타자(他者)로 형상화해 제시한다. 이것은 인간의 존재와 삶의 의미에 대한 깊이있는 천착을 꾀하면서 스스로 관찰자의 입장에서 일정한 간격을 두고자 하는 시도라고 할 수 있다. 서정주의 시가 식민지시대의 문명의 타락과 무관하다든지 역사적인 현실로부터 벗어나고 있다든지 하는 것은 일면적인 해석에 불과하다. 그는 압도하는 전체주의의 횡포에 개인적인 불안과 절망감을 느끼기도 했고, 거대한 지배 세력에 의해 비판적인 자아와 개인적 주체가 여지없이 붕괴되는 것을 보고 분노하기도 했다. 그는 시인으로서 그가 다루는 언어의 상징적인 힘에 의해 창조되는 실재의 세계를 경험함으로써 그같은 현실적인 고뇌를 승화시킬 수 있었던 것이다. 서정주의 시에서 신화적 상상력이 토속적인 세계와 만나 조화롭게 안착하는 것은 해방 직후 두번째 시집『귀촉도(歸蜀途)』(1948)에서부터 볼 수 있다. 그의 시는 이 시기부터 인간의 본능과 생명에 대한 강렬한 시적 지향보다는 토속적인 서정의 세계를 깊이있게 천착한다.

오장환(吳章煥, 1918-1951)의 시 세계는 시적 주체의 존재를 가능하게 했던 고향에서부터 출발한다. 고향은 그의 시의 가장 근원적인 공간이다. 그러나 고향은 현실 속에 존재하지 않는다. 이미 상실된 공간이기 때문에 그리움의 대상으로 남아 있을 뿐이다. 오장환에게 고향은 단순한 회고 취향의 산물이 아니며, 감상적인 동경의 대상도 아니다. 그것은 삶의 근원을 다스리는 영역에 속한다. 이러한 특징은 창작 연대순으로 작품을 묶어낸 세 권의 시집『성벽(城壁)』(1937)『헌사(獻詞)』(1939)『나 사는 곳』(1947)에 잘 드러나 있다.

오장환의 시 세계에서 일관되게 나타나는 것은 존재의 근원에 대한 집착이다. 그의 시에서 자주 드러나는 시적 대상으로서의 고향은 바로 이같은 정서의 지향을 형상화한 것으로 볼 수 있다. 오장환은 지나치게 완고한 유교적 전통과 관습을 고향을 걸고 부정하기도 하며, 부박한 도시의 인정과 항구의 문물을 비판적으로 바라보며 고향을 통해 그릴 수 있는 공동체의 세계를 꿈꾸기도 한다. 물론 고향에 대한 동경과 부모에 대한 사랑이 간절한 그리움 그 자체로 표현되기도 한다. 그의 첫 시집

『성벽』을 보면, 그의 시가 지향하던 고향의식과 방랑자적인 삶이 어떻
게 시적 주제로 형상화될 수 있었는가를 확인할 수 있는 여러 단서들
이 자리잡고 있다. 오장환은 낡은 인습과 전통에 대한 부정으로부터 시
적 출발을 이루고 있다. 이같은 그의 태도에서 볼 수 있는 진보적 성향
은 이 시기의 문학에서 볼 수 있었던 모더니티의 담론적 구조와 상통
한다. 실제로 그는 모더니즘의 감각과 기법을 시 속에 끌어들이면서도
깊이있는 현실 인식을 놓치지 않고 있다. 그의 두번째 시집 『헌사』는
『성벽』의 시절보다 미래에 대한 전망이 더욱 불투명해진 1930년대 후
반기 현실의 상황을 그려낸다. 그가 부정하고자 했던 낡은 세계와 벗어
나고자 했던 부박한 현실은 결코 낙관적인 전망을 보여 주지 못한다.
그는 근대적인 모습으로 자리잡은 새로운 도시와 항구의 뒷골목에서
병든 현실을 발견한다.

　오장환의 시가 보여 주는 모더니티에 대한 지양과 그 시적 극복 방
법은 '고향'이라는 존재의 근원으로의 회귀를 통해 정서적으로 심화된
다. 이것은 시적 주체의 재발견이라는 적극적인 의미로 평가할 만하다.
그의 시에서 '고향'과 '어머니'는 단순한 그리움의 대상이 아니라 시적
존재의 근원에 해당하기 때문이다. 그는 「향수」「나 사는 곳」등에서
강가의 산골 고향 마을과 그 고향에 살고 있는 어머니에 대한 간절한
그리움을 노래함으로써 주체와 대상의 거리를 정서적으로 극복할 수
있는 방법을 제시한다. 그는 자신이 바라는 고향에 가지 못하면서도 존
재의 근원으로의 귀환이 얼마나 절실한지를 잘 보여 준다. 앞의 시에서
어머니는 감동적으로 묘사되는 시적 정황을 통해 그 존재의 의미가 더
욱 크고 분명하게 드러나고 있다. 그러므로 오장환이 시에서 노래하고
자 한 것은 현실적 공간으로서의 고향으로의 귀환 자체를 의미하는 것
이 아님을 알 수 있다. 그는 시적 주체가 오롯이 설 수 있는 존재의 근
원이 조화롭게 회복될 수 있기를 소망한다. 이것은 시인으로서의 자기
위치와 그 현실적 조건을 민족의 처지와 동일한 차원에서 인식하고 있
음을 말해 주는 것이다. 낡은 인습을 벗어 던지면서도 근대적 병폐가
범람하는 도시의 뒷골목을 부정하지 않으면 안 되었던 오장환의 입장
을 진보적이라고 명명할 수도 있고, 모더니티에 대한 비판적 인식이라

고 말할 수도 있을 것이다. 그가 시도했던 새로운 산문적 율조와 파격적인 시 형식도 그의 이같은 현실 인식에 근거해 고안된 것이라는 점에서 높이 평가할 만하다.

유치환(柳致環, 1908-1967)의 시 활동은 첫 시집 『청마시초(青馬詩抄)』(1939)와 해방 직후에 펴낸 『생명(生命)의 서(書)』(1947)를 통해 정리된다. 『청마시초』에 수록되어 있는 초기 작품들 가운데 「박쥐」「깃발」「가마귀의 노래」 등을 보면, 시적 상상력의 역동적 지향과 공간적 속성이 뚜렷하게 나타난다. 그의 시에서 쉽게 볼 수 있는 상상력의 동적 특성은 '바람'과 '날개'의 심상을 통해 구체화되고 있다. 그리고 '깃발'과 '새'라는 대상을 통해 그 시적 긴장을 감각적으로 형상화하고 있다. 그의 초기 시에서 시적 심상의 역동적 특성을 잘 보여 주는 작품은 대표작으로 손꼽히는 「깃발」이다. 이 작품은 시적 상상력 자체가 동적 이미지의 공간적 구성에 치중하면서 지향점을 구체적으로 보여 주고 있다. 여기서 말하는 시적 상상력이란 이미지의 산출 능력을 말하는데, 물론 사물에 대한 어떤 개념화의 범주를 훨씬 넘어서는 것이다. 상상력은 그것이 산출해내는 이미지의 속성이 동적이든지 형태적이든지 간에 개인의 정서와 함께 융화된 이미지를 창출하는 것이므로 추상적 가치를 중시한다.

유치환의 시적 상상력은 역동적인 것에만 집중되어 있지 않다. 그는 끊임없는 움직임과 떠돌아다님의 상태를 구하면서도 움직이지 않고 의연하게 자리잡는 힘의 균형도 겨냥한다. 유치환의 시에서 상상력이 형태적인 이미지를 통해 작용하는 경우는 시정신의 귀착점이 확연하게 드러난다. 시적 진술 자체도 시인의 목소리를 분명하게 느낄 수 있는 어조로 조정되며, 언제나 스스로 자기의식을 진술하는 입장에 서서 '산'이나 '바위' 등과 같은 시적 상징을 통해 삶에 대한 시적 주체의 개인적인 윤리의식이나 가치문제를 암시한다. 특히 「바위」「생명의 서」 등과 같은 작품들은 시인의 시적 의미를 남성적 어조로 극명히 보여 주고 있다는 점을 주목할 필요가 있다. 한국 근대시의 서정적 전통 속에서 자연을 대상으로 하는 시들이 대체로 여성적 어조를 통해 자연 친화의 정서를 형상화하고 있는 반면, 유치환은 진실된 자아 내지 생명

의 실상에 도달하려는 준열한 정신적 자세를 남성적 어조로 표현한다
는 점에서 다르다.

시적 저항의 의지와 자기희생

1930년대 후반에 접어들면서 일제의 강압적인 통치는 군국주의의 확대
과정을 거치면서 더욱 횡포해졌고, 만주사변 이후 민족의 현실은 이루
말할 수 없이 참혹해졌다. 시인 이육사(李陸史, 1904–1944)는 암흑의 현
실 속에서도 주체의 재정립과 자기 확인을 시작 활동을 통해 철저하게
수행한다. 그의 시는 시적 주체의 확립과 식민지 현실의 비판적 인식이
라는 하나의 커다란 주제에 얽혀 있다. 이육사에게 주체의 확립과 인식
은 역사와 현실에 대한 비판적 인식과 연관되어 있기 때문에, 주체로서
의 자아와 대상으로서의 현실이 함께 포괄된다. 그의 시에서 시적 주체
로서의 '나'는 자신의 개인적인 삶을 시대정신과 일치시켜 나가고자 하
는 의지를 보여 준다는 점이 특징이다. 물론 이러한 시적 자아의 확립
을 위해 이육사는 현실이 강요하는 모든 고통을 정신적 의지로 극복하
고 또한 적극적인 행동으로 저항했다.

　이육사가 시를 통해 보여 준 자기 인식의 방법은 그의 행동에의 의
지로 인해 삶의 현실 속에 더욱 절실하게 구체화되어 나타난다. 그는
식민지 현실에 대한 적극적인 투쟁 의지를 끝내 버리지 않았으며, 북경
감옥에서 목숨을 거둘 때까지도 실천하고자 노력했다. 하지만 안타깝
게도 이육사에게 저항적 행동은 개인적 의지의 투철함에도 불구하고
비극적 현실을 구제할 수 있을 정도로 민족의 역량을 집중하는 데까지
는 미치지 못했다. 이미 식민지시대의 모든 현실적 조건이 이를 용납하
지 않았기 때문이다.

　매운 季節의 채찍에 갈겨
　마츰내 北方으로 휩쓸려오다

하늘도 그만 지쳐 끝난 高原
서릿빨 칼날진 그 우에서다

어데다 무릎을 꿇어야 하나
한발 재겨 디딜 곳조차 없다.

이러매 눈 감아 생각해 볼 밖에
겨울은 강철로 된 무지갠가 보다

　　　　—「절정(絶頂)」 전문, 『육사시집(陸史詩集)』(1946)

　　시 「절정(絶頂)」이 보여 주는 시상의 전개 과정을 보면 대상으로서
의 현실과 주체로서의 자아의 날카로운 대응을 확인할 수 있다. 시적
주체가 자리잡고 있는 현실은 상황의 극한에 도달해 있기 때문에 "한
발 재겨 디딜" 여유조차 용납하지 않는다. "매운 계절의 채찍"에 쫓겨
온 시의 화자는 생존의 가능성조차도 가늠하기 어려운 상태에 직면하
는 순간 일체의 행위가 거부된다. 그러므로 "눈 감아 생각해 볼 밖에"
없는 자기 존재의 확인만이 유일한 방법으로 제시된다. 여기서의 자
기 확인이란 절박한 상황을 위기 인식으로만 받아들이는 좌절의 상태
가 아니라, 자신의 의지로 모든 상황적 고통을 극복하고자 하는 초극
의 의미까지도 포함하고 있다. 그러므로 이 비극적인 절정의 순간에 과
연 "눈 감아 생각"한 것이 무엇이었을까를 질문한다는 것은 부질없는
일일 수밖에 없다. 이 시에서 시인은 역사와 현실의 극한상황을 정신적
초극으로 이미 넘어서고 있기 때문이다.
　　이육사의 시에서 확인할 수 있는 자기 인식과 정신적 초연성은 그가
보여 준 현실에서의 실천적 의지와 저항적 태도를 통해 좋은 대조를
이루고 있다. 신념에 가까운 고결한 정신을 바탕으로 한 그의 시는 절
제와 균형의 세계를 구축하고 있기 때문에 일상적인 현실 체험의 공간
을 넘어서는 것이 대부분이다. 그의 대표작으로 손꼽히는 「광야」에서

도 시적 자아가 자리잡고 있는 정신의 의연함을 고절의식(孤絶意識)이
란 말로 흔히 지적하고 있다. 특히 「광야」에서뿐만 아니라 「청포도」
「꽃」 등의 시에서도 시적 자아는 현실에의 의지보다 먼 미래에의 기대
를 노래함으로써 정신적 초월의 의미를 강조한다. 절명(絶命) 시인인
이육사가 식민지 현실에서 시를 통해 도달할 수 있었던 자기 확인의
과정은 결국 고통의 현실에 대한 정신적 초월의 의지로 구현된 셈이다.

　윤동주(尹東柱, 1917-1945)의 시는 식민지 현실에 대한 인식의 철저
성과 함께 민족적 자기 정체의 시적인 형상화에 성공했다는 점에서 흔
히 저항시의 부류로 이해되고 있다. 그러나 그의 시는 시적 정서와 상
상력이 언제나 개인적인 내면 의식을 기반으로 이루어진다. 물론 시적
주체로서의 서정적 자아는 시적 대상으로서의 식민지 현실과의 관계
양상에 따라서 그 존재 의미가 규정될 수 있다. 현실에서의 자아 인식
의 문제는 문학 속에서의 주체 정립이라는 과제와 직결된다. 그런데 일
본 식민지시대에 제기된 개인의 자각과 인식 문제는 한국의 역사적인
상황과 현실에 근거한 것이라기보다는, 서구적인 문화의 충격에 의해
이루어진 반성적 자의식에서 비롯된 경우가 많다. 한국의 근대적 선각
자로 내세우는 상당수의 문인들이 식민지 현실 속에서 보여 준 패배주
의적인 현실 인식은 바로 이러한 문제와도 연관되어 있다. 그러나 식민
지시대의 문학과 그 역사적 조건에 대한 반성을 전제할 경우, 시인 윤
동주의 위상은 매우 특이한 의미를 지니게 된다.

　윤동주 시에서 삶의 현실은 대개 시적 주체의 존재 자체가 부정될
수밖에 없는 비극적인 상황으로 그려지고 있다. 민족과 국가라는 절대
개념이 부정되는 식민지 현실은 왜곡된 역사이며 불모의 땅이다. 그의
시는 바로 이같은 현실에 대한 도전이며 비판적 저항이라고 할 수 있
다. 이 시인의 시 세계가 정신적인 자기 확립의 단계에 들어설 무렵에
이루어진 다음의 시는 이러한 사실을 분명하게 입증해 준다.

窓밖에 밤비가 속살거려
六疊房은 남의 나라,

詩人이란 슬픈 天命인줄 알면서도
한줄 詩를 적어 볼가,

땀내와 사랑내 포그니 품긴
보내주신 學費封套를 받어

大學노-트를 끼고
늙은 敎授의 講義 들으러 간다.

생각해 보면 어린때 동무를
하나, 둘, 죄다 잃어 버리고

나는 무얼 바라
나는 다만, 홀로 沈澱하는 것일가?

人生은 살기 어렵다는데
詩가 이렇게 쉽게 씨워지는 것은
부끄러운 일이다.

六疊房은 남의 나라
窓밖에 밤비가 속살거리는데,

등불을 밝혀 어둠을 조곰 내몰고,
時代처럼 올 아침을 기다리는 最後의 나,

나는 나에게 적은 손을 내밀어
눈물의 慰安으로 잡는 最初의 握手.

　　―「쉽게 씨워진 시(詩)」전문,『하늘과 바람과 별과 시(詩)』(1948)

앞의 「쉽게 씌어진 시」에서 우선적으로 관심의 대상이 되는 것은 "육첩방은 남의 나라"로 요약되는 현실의 인식 문제이다. 이러한 상황적 인식이 선행되고 있기 때문에 서정적 자아는 "시인이란 슬픈 천명"을 감수할 수밖에 없다. 하지만 이 시에서 주체의 존재가 가장 아프게 부딪치고 있는 명제는 "육첩방은 남의 나라"도 아니요 "시인이란 슬픈 천명"도 아니다. 오히려 이 두 명제를 전제하면서 "시가 이렇게 쉽게 씌어지는 것은 부끄러운 일"임을 깨닫는 순간이다. 시를 쓰는 일을 통해서만이 자신의 존재를 확인할 수 있는 시인이 시를 쓰는 것 자체를 "부끄러운 일"로 인식하게 되는 것은 결국 외적인 상황과 자기 존재가 함께 요구하는 삶의 총체적인 인식이 불가능하다는 것을 알았기 때문이다. 그러므로 "등불을 밝혀 어둠을 조곰 내몰고, 시대처럼 올 아침을 기다리는 최후의 나"에서 우리가 느낄 수 있는 것은 고고한 정신만이 아니다. 오히려 시대의 고통을 자기 내면에 끌어들여 놓고 그것을 고뇌하는 자기 인식의 비극성이 더욱 절실한 느낌으로 다가오는 것이다.

윤동주의 시에서 주체의 자기 인식은 언제나 '부끄러움'으로 표출되고 있다. 그가 보여 주고 있는 자기 성찰은 그것이 실천적인 행동 의지로 외현화하지는 않았지만, 자신의 삶을 끊임없이 뒤돌아보는 비판적 반성을 통해 현실의 문제에 접근할 수 있는 가능성을 보여 준다. 그의 시에서 시적 주체로서의 서정적 자아가 보여 주고 있는 자기 성찰은 자기 내면에의 몰입, 순수한 자기 내면화로 귀착되고 있다. 고통의 현실이 그 고통의 아픔만큼 더욱 깊이 의식의 내면에 자리잡고 있으며, 괴로운 역사가 그 무게만큼 의식의 내면을 억누른다. 이처럼 철저한 자기화의 논리 때문에 그는 자신이 내세우고 있는 신념과 실천적 의지 사이에 조그마한 간격도 인정하지 않는다. 자신에게 부여하고 있는 도덕적 준엄성을 고수하기 위해 그가 고통스러운 삶에 대처할 수 있는 하나의 방법으로 내세우고 있는 것이 순수의지이다. 그의 시는 시대적인 고뇌를 시적으로 형상화하는 데에 성공하고 있으며, 현실의 괴로움과 삶의 어려움을 철저하게 내면화하면서 시적 긴장을 지탱하고 있음은 물론이다. 바로 이 점이 시인 윤동주의 시인다움을 말해 주는 특징이라고 할 수 있다.

근대소설

근대소설의 성격

한국 근대소설은 19세기 중반 이후 새롭게 형성된 소설을 통칭하는 말이다. 논자에 따라서는 현대소설이라고 하지만, 여기서는 해방 이전까지의 소설을 근대소설이라 하고, 해방 이후 소설은 현대소설이라고 구분해 부르기로 한다. 근대소설은 개화계몽시대에 한문학의 소멸과 함께 새롭게 확대된 국문 글쓰기에 의해 양식이 확립되었다. 근대소설에서 채택하고 있는 국문 글쓰기는 소설이라는 양식이 대중적 독자층을 확대할 수 있게 만든 핵심적인 요건이다. 근대소설은 일상적인 언어생활에서 가능한 모든 언술의 형태를 국문 쓰기를 통해 표출한다. 그리고 일상생활 속에서 살아있는 언어가 그대로 문자에 의해 묘사되는 언문일치의 이상을 실현함으로써 새로운 산문 문체의 미학을 확립하게 되었다.

근대소설은 고전소설이 신화적 상상력에 서사구조를 유지하던 것과 달리 경험주의적 상상력에 의해 일상의 현실을 이야기 속에서 재현한다. 근대소설은 인간의 현실적인 삶과 의미를 중시하며, 경험적 시간에 근거해 서사의 형식을 구성한다. 근대소설이 추구하는 이러한 현실성은 이야기 속에 등장하는 인물이 자기 주체를 인식하고 자신에게 부여된 삶을 살아갈 수 있도록 하기 위한 서사의 요건에 해당한다. 근대소설의 등장인물은 구체적인 현실의 조건에 얽매임으로써 주체로서의 존재가 명료해지며 그 실재성을 획득하게 된다.

근대소설의 서사적 성격은 일상적인 개인의 발견이라는 명제로 규정된다. 서사적 주인공은 일상적인 인간이다. 그는 신성의 세계가 개입해 만들어낸 고귀한 신분도 아니고, 천상에서 인간의 세계로 하강한 인물도 아니다. 근대소설은 이야기의 중심을 이루는 주인공을 일상적인 개인으로 내세움으로써 서사적 성격을 개인적인 운명의 양상을 추구하는 데에 고정시킨다. 주인공은 자신을 둘러싸고 있는 모든 대상에 대해 일정한 간격을 유지하면서 스스로 신화적 금기(禁忌)로부터 벗어나고 주술(呪術)의 마력(魔力)에서 헤어난다. 그리고 일상의 세계 속에서 자신의 운명을 스스로 살아가게 된다. 그의 운명은 신에 의해서 계시되는 것이 아니라 자기 스스로 삶의 방식에 의해서 결정하는 것이다. 이처럼 근대소설의 주인공이 대상으로서의 세계와 분명한 구획을 짓고 거리를 두는 것은 개인으로서의 자기 범주를 규정하고 주체로서의 위상을 세우고 있음을 의미한다.

근대소설의 서사구조에서 주목되는 것은 경험적 시간의 재구성이다. 경험적 시간은 서사에서 인물 또는 행위자의 존재와 행위의 진행을 구체화시켜 준다. 근대소설은 고전소설처럼 사건과 행동을 시간적 순차 구조에 따라 배열하는 것이 아니라, 인식의 논리에 의해 재구성한다. 이때 서사구조의 변형이 일어나고 이야기 구조의 재질서화가 가능해진다. 이러한 서사구조는 자연의 시간이 인간의 인식 논리에 의해 얼마든지 변형될 수 있음을 보여 준다. 자연적 시간에 대한 이같은 배반은 신성의 세계가 주도하고 있는 자연적 질서에 대한 인간의 도전이 이미 시작되었음을 말하는 것이다. 근대소설은 경험적 시간 위에서는 아무것도 다시 처음부터 시작할 수 없다는 한계를 분명히 보여 줌으로써, 영원성의 신화에 대한 환상과 마법으로부터 벗어난다. 그리고 모든 것이 일정한 진행에 따라 어떤 결말에 이른다는 근대적 서사의 질서를 이야기 속에서 구체적으로 재현하게 된다.

근대소설은 역사적 전개 과정에 따라 개화계몽시대의 소설에서부터 일본 식민지시대의 소설로 이어진다. 개화계몽시대에는 고전소설의 서사적 전통이 해체되고 '신소설'이라는 새로운 소설 형태가 국문 글쓰기의 방법에 의해 정착 확산되었고, 일본 식민지시대에는 단편소설의 양식이 정착되어 장편소설과 함께 문학의 주도적 양식으로 성장한다. 근대소설은 한국 사회의 변혁 과정과 식민지 상황의 고통을 개인의 삶을 통해 사실적으로 표현함으로써 문학사적 위상을 확보하고 있다.

신소설과 계몽주의

신소설 혹은 근대소설의 성립

한국 근대소설은 개화계몽시대에 한국 사회의 근대적 변혁 과정을 배경으로 성립된다. 한국 사회는 이 시기에 봉건적 사회제도와 관습이 점차 붕괴되고, 새로운 근대적인 가치와 질서가 자리잡기 시작한다. 이러한 변혁기의 시대적 상황 속에서 고전소설의 설화성이나 비현실성이 극복되고 새로운 근대소설의 양식이 정착된다. 근대소설에 등장하기 시작한 새로운 제도와 문물, 새로운 가치와 이념 등은 고전소설과 근대소설을 구분하는 중요한 근거가 된다. 초기의 근대소설은 이러한 새로운 특징들을 포함하고 있는 소설이라는 뜻으로 '구소설'에 해당하는 고전소설과 구분해 '신소설(新小說)'이라는 별칭으로 불리게 된다. 신소설은 한국 근대소설의 첫 단계에 등장한 새로운 소설로서 국문 글쓰기의 방법을 통해 서사적 특징을 정착시킨다. 신소설의 대중적인 확산은 새로운 대중매체로 등장한 신문과 잡지를 통해 이루어진다. 당시의 신문들은 독자 대중의 관심을 모으기 위해 '소설'란을 고정해 놓고 전문 소설 기자를 두어 신소설을 비롯한 다양한 서사양식을 연재했다. 신소설은 형식상의 새로움만이 아니라 새로운 시대상을 반영함으로써 대중적 흥미의 대상이 된다.

영웅적 인간상의 창조

개화계몽시대의 신소설이라고 지칭된 서사양식 가운데 먼저 주목할 것은 영웅 전기이다. 이 시기에 영웅 전기가 대중적인 관심을 받은 것

은 한국 사회가 개항 이후 외세의 침략 위기에 직면하면서 국가의 자
주독립과 민족 공동체의식의 정립을 요구받는 상황과 연관된다. 특히
일본과 강제 체결된 을사조약(乙巳條約, 1905)과 일본 통감부(統監府)
의 설치를 통해 일본이라는 침략적 외세의 실체가 구체화된 점을 주목
할 필요가 있다. 영웅 전기는 국가와 민족의 위기 상황에서 요구되는
영웅적 인간상을 서사적으로 구현하는 데에 목표를 둔다. 영웅 전기는
서사의 내용 자체가 경험적 실재성에 근거해 역사적으로 존재했던 한
인물의 삶과 인간성의 탐구에 주력한다는 점이 특징이다. 영웅적 인물
을 둘러싸고 있는 시대적 상황과 함께 그 속에서 이루어지는 역사적
경험으로서의 인물의 삶 자체를 이해하고, 그 경험을 통해 이상적 가
치를 추구하는 데에 관심을 기울인다. 개화계몽시대의 영웅 전기로는
장지연의 「애국부인전(愛國婦人傳)」, 신채호의 「을지문덕(乙支文德)」
「수군제일위인(水軍第一偉人) 이순신전(李舜臣傳)」「동국거걸(東國巨
傑) 최도통전(崔都統傳)」, 박은식(朴殷植, 1859-1925)의 「천개소문전(泉
蓋蘇文傳)」등을 들 수 있다. 그리고 일본과 중국에 널리 소개되었던
서양의 역사 영웅 전기를 번역 출판한 「이태리건국삼걸전(伊太利建國
三傑傳)」「비사맥전(比斯麥傳)」「라란부인전(羅蘭夫人傳)」「화성돈전
(華盛頓傳)」등이 있다.

　장지연(張志淵, 1864-1921)의 「애국부인전」은 프랑스 백년전쟁 당시
의 여성 영웅이었던 잔 다르크의 일생을 그린 것이다. 주인공 잔 다르
크는 가난한 농가의 외동딸로 태어났지만, 영국의 침략으로 프랑스가
위기에 처하자 직접 전쟁에 나간다. 잔 다르크가 용맹을 날리면서 영국
군에 대항하자, 모든 백성이 이에 고무되어 함께 싸운다. 그런데 잔 다
르크는 영국군과 내통한 프랑스 장수의 속임수에 걸려 포로가 되고 결
국 화형에 처해진다. 프랑스 국민은 잔 다르크의 애국심을 본받아 일심
으로 영국에 대항해 국가를 위기에서 구한다. 이 작품에서 작가가 가장
주목하고 있는 것은 침략적인 외세로서의 영국군과 위기에 몰려 있는
프랑스의 상황이다. 이같은 역사적 상황은 통감부의 설치 이후 일본의
침략 위협에 처해 있던 당시 한국의 현실을 우의적으로 드러낸다. 그리
고 잔 다르크의 용맹과 애국 충정을 그대로 본받아 국가의 자주독립이

위협받고 있는 상황에 모두가 힘을 합쳐 대응해야 함을 역설하고 있는 것이다.

신채호(申采浩, 1880-1936)는 중국 량치차오(梁啓超)가 저술한 「이태리건국삼걸전」을 번역 출간해 이탈리아의 독립을 이끌어낸 애국적인 영웅의 활동상을 소개한다. 그리고 외세의 침략 위협에서 민족과 국가를 구출할 수 있는 영웅적 인간상을 제시하기 위해 한국의 역사 속에서 민족을 위해 싸운 을지문덕, 최영, 이순신과 같은 영웅을 찾아내고 있다. 「을지문덕」은 고구려 장군 을지문덕의 행적을 서술한 전기이다. 이 작품에서 가장 중요시되는 것은 중국의 침략에 굴하지 않고 만주의 넓은 땅을 차지해 민족의 웅혼한 기백을 자랑한 기상이다. 바로 이 웅건한 기상을 다시 불러일으켜 시들어 가는 국가와 민족의 형세를 일으켜 세우고자 하는 것이 이 작품의 의도이다. 「수군제일위인 이순신전」이나 「동국거걸 최도통전」도 「을지문덕」과 흡사한 영웅 전기의 서사 구조를 유지하고 있다. 이 작품들은 모두 국가와 민족이 존망의 위기에 처하게 되었을 때에 영웅적인 인물이 민족의 내부에서 출현해 그 위기를 극복하기 위해 투쟁한다는 데에 초점을 맞추고 있다. 이러한 상황과 인물의 설정은 개화계몽시대에 한국이 직면하고 있던 외세의 침략 위협을 우회적으로 설명하기 위한 서사적 고안에 해당한다. 특히 주체로서의 민족의 역량을 강조하고 당대 현실에 팽배해 있던 패배주의적 역사 인식을 거부한 것은 이들 작품에 담겨 있는 민족주의적 성격을 확인할 수 있게 한다. 그런데 이들 영웅 전기는 일본 식민지시대에 들어서면서 일본 총독부에 의해 출판 발매를 금지당함으로써 영웅 전기의 서사적 전통이 더 이상 유지되지 못한다.

신소설과 개인의 운명

개화계몽시대의 신소설은 이인직(李人稙, 1862-1916)의 「혈(血)의 누(淚)」(1906)가 발표된 후 여러 작가들의 작품이 신문에 연재되면서 대중적으로 확대된다. 이인직은 「귀(鬼)의 성(聲)」(1906) 「치악산(雉岳山)」(1908) 「은세계(銀世界)」(1908) 등을 잇달아 발표하면서 신소설 작가로서의 지위를 분명히 한다. 이인직의 신소설을 대표하는 「혈의 누」
는 조선 말기 청일전쟁을 겪은 평양의 한 가족을 중심으로 한다. 이 작
품의 주인공 '옥련'은 전란 속에 부모와 헤어진 후 홀로 헤매다가 일본
군인의 도움으로 구출된다. 그리고 부모를 찾을 수 없게 되자 일본으
로 보내진다. 옥련은 일본에서 행복하게 성장한다. 그녀가 일본에서 위
기에 처했을 때 조선인 유학생 '구완서'가 나타난다. 옥련은 다시 구완
서를 따라 미국으로 건너가, 미국에서 근대적인 문물을 익힌다. 이 소
설의 이야기는 여주인공이 미국에서의 공부를 마치고 구완서와 약혼
한 후 부모를 찾을 수 있게 된다는 것으로 끝이 난다. 여주인공과 가족
간의 이산과 상봉이라는 이야기의 짜임새를 놓고 본다면, 이 소설의
서사구조는 전대의 고전소설에서도 흔히 볼 수 있었던 가족이합(家族
離合)에 따른 고난과 행복의 유형 구조를 보여 준다. 그러나 소설 「혈
의 누」에서 주목해야 할 것은 일본적 식민주의 담론의 소설화 과정이
다. 이 소설에서 청일전쟁의 장면을 이야기의 출발점으로 삼고 있다
는 사실은 매우 중요하다. 이것은 이인직이 지니고 있는 정치적 현실
감각을 말해 주는 대목이기 때문이다. 청일전쟁은 조선에 대한 지배력
을 쟁취하기 위한 청국과 일본의 전쟁이다. 일본은 이 전쟁의 승리로
새로운 강자로 등장했으며, 청국으로부터 요동반도를 보상받고 청국
의 조선에 대한 정치적 간섭을 배제하게 된다. 신소설 「혈의 누」는 전
란을 겪은 조선인 가족에게 새로운 삶의 가능성이 열리고 있음을 보
여 준다. 일본 군대가 조선에 주둔해 있던 청나라의 군사들을 물리친
후 전란 속에서 헤매며 자기 갈 길을 찾지 못하는 조선인에게 힘을 주
고 새로운 길을 제시해 주는 구원자로 등장하는 것이다. 일본은 새로
운 강자로서 조선에 군림하는 것이 아니라, 조선인들을 구원하고 보호
하며 개화의 길로 안내하는 안내자의 모습으로 그려진다. 결국 신소설
「혈의 누」는 일본이 의도적으로 강조했던 '조선 보호'라는 정치적 담
론을 긍정하면서 문명개화의 당위성을 주장하고 있는 셈이다. 이러한
논리야말로 친일적 입장에 서 있던 이인직에게는 가장 현실적인 선택
이었다고 할 수 있다.

이해조(李海朝, 1869~1927)는 『제국신문(帝國新聞)』의 기자로 활동

하면서 이 신문에 많은 신소설을 발표한다. 그는 1907년 「고목화(枯木花)」와 「빈상설(鬢上雪)」을 연재한 후, 1909년 『제국신문』이 폐간될 때까지 「원앙도(鴛鴦圖)」(1908) 「구마검(驅魔劍)」(1908) 「홍도화(紅桃花)」(1908) 「만월대(滿月臺)」(1908) 「쌍옥적(雙玉笛)」(1909) 「목단병(牧丹屛)」(1909) 등을 잇달아 발표해 신소설의 대중화에 기여했으며, 일본 식민지시대 초기에 「화(花)의 혈(血)」(1911) 「소양정(昭陽亭)」(1911) 「탄금대(彈琴臺)」(1912) 「춘외춘(春外春)」(1912) 「구의산(九疑山)」(1912) 등을 내놓았다. 이 작품들은 당시의 사회적 현실을 작품 세계 속에 절실한 삶의 문제로 부각시키지 못한 점을 지적받고 있지만, 과도기적인 시대적 상황을 특이한 갈등의 양상으로 포착해낸 소설적 형상화 방법이 특기할 만하다. 그가 신소설의 대중적 기반을 확립하는 데에 크게 공헌했다는 평가를 받는 것은 이 때문이다. 그의 작품은 이밖에도 「자유종(自由鐘)」(1908)과 같은 정론적인 성격의 풍자양식도 있고, 판소리 「춘향가」 「심청가」 「흥부가」 등을 「옥중화(獄中花)」(1912) 「강상련(江上蓮)」(1912) 「연(燕)의 각(脚)」(1913)으로 개작한 것도 있으며, 「화성돈전(華盛頓傳)」(1908)과 같은 전기를 번역 소개한 것도 있다.

이해조의 신소설에 자주 등장하는 이야기는 본처와 첩실 사이의 갈등, 전처소생에 대한 계모의 박대 등으로 이어지는 가정의 파탄이다. 첩실이 본처를 음해하고 계모가 본처 소생의 자녀를 학대해 가정의 불행을 초래한다는 낡은 소재이지만, 이를 바탕으로 이해조는 새로운 흥미를 창조한다. 즉, 악덕과 음모가 얼마나 악랄한가를 과장적으로 묘사하거나 이야기의 흐름에 의외의 반전을 준비하는 구성 방식에서 흥미가 비롯된다. 물론 이해조의 소설은 사회적 풍속과 세태의 변화에 민감하게 반응하고 있다. 미신에 유혹되어 패가망신하는 이야기를 그린다거나 과부(寡婦)의 개가(改嫁) 문제에 대해서도 진보적인 견해를 보여주기도 한다. 하지만 이해조의 신소설 속에 등장하는 인물들의 삶의 과정은 대체로 낡은 관습에 의존해 이루어지고 있다. 어떤 이야기에서 주인공이 일본이나 미국으로 건너가 새로운 학문을 배운다고 하더라도 그 신학문이라는 것의 실체도 없고, 구체적인 실천 과정도 나타나지 않는다. 일본 유학이니 신교육이니 하는 것은 모두 일종의 주변적인 소설적 장치로 활용될 뿐이다.

최찬식(崔瓚植, 1881-1951)은 일본 식민지시대에 접어든 1910년대에 신소설을 발표하기 시작해 「추월색(秋月色)」(1912) 「해안(海岸)」(1914) 「금강문(金剛門)」(1914) 「안(雁)의 성(聲)」(1914) 「도화원(桃花園)」(1916) 「능라도(綾羅島)」(1918) 등을 발표한 바 있다. 이해조가 통속적인 가정소설로 대중적인 기반을 확대하는 동안 최찬식도 청춘남녀의 애정 갈등과 그와 관련되는 사회윤리 문제를 다루면서 독자 대중의 흥미와 관심을 이끌게 된다. 그의 소설에서 나타나는 신교육에 대한 관심이나 새로운 결혼관 등은 표면적으로는 전통적 윤리에 눌려 있던 인간의 개성을 옹호하는 근대지향성을 나타내는 것처럼 보이기도 한다. 그러나 식민지시대의 억압적인 통치 질서에 안주하면서 개인의 안위와 행복만을 추구하는 폐쇄적 욕망 구조를 노정하고 있는 것을 부인하기 어렵다.

신소설의 시대에 등장한 우화 가운데 안국선의 「금수회의록(禽獸會議錄)」(1908), 김필수의 「경세종(警世鐘)」(1908) 등은 인간 세계의 타락을 비판하는 동물들의 이야기이다. 부정적 사회 현실과 비윤리적인 세태를 풍자하고 있다. 신소설 작가로는 김교제, 조중환, 이상협 등이 있다. 이들의 신소설은 남녀의 이합 과정을 그려내거나 가정내의 처첩 갈등 또는 고부 갈등과 같은 전통적인 소재들을 흥미 본위로 구성하는 것들이 많다. 이들은 일본의 통속소설인 이른바 '신파소설(新派小說)'을 번안해 대중적 취향에 맞게 바꾸어 놓음으로써 신소설의 통속화를 주도했다. 결국 신소설은 일본 식민지시대에 들어서면서부터 소재주의적인 경향과 통속성으로 인해 서사적 성격이 통속적인 이야기책으로 변모된다.

식민지 현실의 소설적 인식

식민지 상황과 근대소설의 전개

한국 근대소설은 일본 식민지시대에 접어들면서 새로운 문단적 환경을 맞게 된다. 일본 총독부는 식민지 한국 사회에 대한 강압적인 규제를 시작한다. 그러나 한국 민족은 1919년 삼일운동을 통해 일본의 강점에 집단적으로 저항하면서 자주독립을 요구한다. 이를 계기로 일본은 한국 사회의 언론활동과 문화운동을 최소한으로 허용하게 된다. 식민지시대 전반기에 나타난 소설적 변화는 일본 유학을 통해 문학에 대한 전문적인 지식을 갖게 된 새로운 작가층에 의해 주도된다. 이들은 『창조』(1919)『폐허』(1920)『백조』(1922) 등과 같은 문학 동인지를 발간하고, 이를 중심으로 작품 활동을 전개함으로써 새로운 '문단(文壇)'의 형성을 가능하게 한다. 더구나 『개벽(開闢)』(1920)과 같은 종합잡지가 문학 영역에 상당한 비중을 둔 점, 순문예지 형태의 『조선문단(朝鮮文壇)』(1924)이 등장하면서 문학의 전문성을 강조한 점 등은 이 시기에 문학이 새로운 교양과 지식의 영역으로 자리잡게 되었음을 말해 준다.

이광수의 장편소설「무정」

이광수(李光洙, 1892–1950)의 문필 활동은 한국문학이 서구적 개념의 문학에 대한 새로운 인식에 도달하는 과정과 서로 겹쳐 있다. 문학에 대한 그의 관심은 일본 유학을 통해 확대된 것이며, 그의 문학 활동이 근대문학의 성립 과정에 주도적인 영향을 미쳤다는 점은 부인할 수 없는 일이다. 이광수는 자아에 대한 각성과 자기 발견을 내세우면서 문학의 독자적인 가치를 강조한 바 있다. 그는 문학이 개인적인 정서에 기초해 성립되는 것임을 분명히 했고, 문학을 구시대의 윤리적 속박과 모든 관념으로부터 해방시키고자 했다. 그러므로 이러한 이광수의 태도는 그가 서 있던 한국의 현실에서 볼 때, 그 이전의 누구에게서도 찾아볼 수 없는 새로운 것임에 틀림이 없다. 하지만 이러한 관점과 태도가 한국적인 문학 현실에 대한 자각과 비판에 의해 구체화된 것이라고 보기는 힘들다. 오히려 그것은 일본을 통해 얻어들은 서구 문학에 대한 지식의 단편들을 모아둔 것에 지나지 않기 때문이다. 그가 추구하고자 하는 한국 사회의 근대성은 실천적 기반을 제대로 확보하기 어려운 허상에 불과했다. 그는 도래해야 할 새로운 시대로서의 근대를 긍정하고 있을 뿐이며, 거기에 도달하기 위해 사회 계몽에 앞장서고 있는 것이다. 이러한 사실을 놓고 본다면, 이광수가 서 있던 자리는 여전히 혼란스러운 개화계몽시대의 연장선상임을 알 수 있다.

이광수의 장편소설 「무정(無情)」(1917)은 한국문학사에서 매우 중요한 위치를 차지하는 것으로 평가받고 있다. 이 소설은 식민지시대에 접어들면서 신소설이 빠져들었던 통속화의 과정을 벗어나고 있으며, 신교육과 개인의 각성이라는 계몽 담론의 서사적 구현에 성공하고 있다. 「무정」이 그 이전 신소설의 한계를 어느 정도 극복하고 있는가 하는 문제는 이 작품의 문학사적인 가치를 규정하는 데에 필수적인 요소라고 할 것이다.

이 소설의 줄거리에서 관심의 초점은 개인적 운명의 양상이다. 그것은 이형식과 박영채로 대별되는 두 인물의 삶을 통해 구체화되고 있다. 이형식은 고아 신세나 마찬가지로 세상을 떠돌았지만, 누구보다도 많은 행운을 누리며 살고 있다. 그가 스스로의 노력에 의해 자신에게 주어진 운명을 극복해 나가는 장면은 소설의 이야기 속에 거의 나타나지 않는다. 그보다는 주변의 도움이나 시대적 상황으로 고통을 모면할 수 있었을 뿐이다. 고아 출신인 이형식이 경성학교 영어교사로서의 신분적 상승을 누릴 수 있게 된 것은 개화라는 사회변동의 배경을 떠나서는 이해하기 어렵다. 그가 봉건적인 구시대의 질서를 거부하고 새로운 가치로서의 문명개화와 신교육의 의미를 강조하는 교사의 신분으로 자리잡는 것도 바로 그같은 변동사회의 한 반영과 다름없다고 할 것이다. 박영채는 이형식의 무의지적인 성격과 대별된다. 박영채의 신분 변동은 전통적인 가족구조의 붕괴와 개인의 몰락이라는 개화 공간의 사회적 변동과 맞물려 있다. 그리고 문명개화와 신교육의 가치가 모든 사회적인 요건 가운데 최선의 것으로 내세워짐으로써, 그러한 가치를 신봉하는 사람들에게 새로운 삶의 가능성을 부여하는 개화지상주의적인 요소까지 곁들여지고 있는 것이다. 박영채는 구시대의 질서가 붕괴되는 과정에서 기생에 투신함으로써 자기희생을 감수해야 했고, 새로운 문명개화의 이념을 붙잡으면서 재생의 가능성을 얻게 되었다고 할 수 있다. 그러나 그녀가 택한 새로운 가치로서의 문명개화와 신교육은 가능성의 세계로만 제시되고, 작가에 의해 소설의 이야기 속에서 적극적으로 긍정된다.

「무정」은 근대소설로서의 요건을 완벽하게 확보하고 있지 않다. 이 소설은 개인을 사회적인 존재로 인식하는 데까지 나가지 못한다. 개별적 주체로서의 자아가 근거할 현실적 상황에 대한 객관적인 인식이 제대로 이루어지지 못하고 있기 때문이다. 다만 이 소설의 이야기가 한여름 동안이라는 제한된 시간 속에 박영채의 시련 많은 삶의 과정을 모두 압축해 담음으로써, 경험적 시간의 서사적 재구성에서 소설 공간의 내적 확장을 가능하게 한 점은 하나의 성과라고 할 수 있다. 특히 소설의 결말에서 새로이 도래할 문명개화의 시대로서 근대화된 조선 사회를 적극적으로 긍정하고 있는 점은, 개화 공간의 말미에 자리하고 있는 작가 이광수와 소설 「무정」의 위상을 새롭게 확인할 수 있는 요소라고 할 만하다.

이광수는 소설 「무정」의 대중적인 성공 직후 소설 「개척자(開拓者)」(1918)를 발표했다. 이 작품은 한 가정의 구성원들을 중심으로 과학 입국이라는 계몽적인 요소와 애정 갈등이라는 통속적인 요소를 결합해 이야기를 전개하고 있다. 그렇지만 과학의 중요성을 강조하는 계몽의식이 당위적으로 주장되고 있기는 하지만, 현실적인 삶의 영역에서 그 절실성이 결여되어 있다. 이광수는 「개척자」 이후 애정 갈등을 중심으로 하는 사랑 이야기를 다양한 방식으로 풀어낸다. 이같은 변화는 「무정」의 경우에 계몽성을 제외시킬 경우 고스란히 남게 되는 통속적인 애정 갈등의 양상을 확대 재생산한 것이라고 할 수 있다. 이광수의 소설 「재생(再生)」(1925) 「유정(有情)」(1933) 「사랑」(1938) 등은 모두 애정 갈등의 삼각관계라는 도식을 여러 등장인물의 사회적 조건과 현실 상황에 맞춰 반복적으로 활용하고 있음을 쉽게 확인할 수 있다.

단편소설 양식의 정착

1920년대 초기 단편소설의 양식적 정착과 확산 과정은 근대적 소설 기법의 변화와 발전을 가져왔다. 첫째, 등장인물의 성격화 방법의 변화가 주목된다. 단편소설은 대개 단일한 작중인물을 중심으로 짤막하게 이야기가 전개된다. 모든 단편소설이 등장인물을 반드시 한 사람으로 고정하는 것은 아니지만, 이야기의 중심을 이루는 인물을 한두 사람으로 제한한다는 것은 단편소설의 일반적인 특징이다. 이야기 속의 인물을 한둘로 고정해 놓기 때문에, 그만큼 그 인물에 이야기의 관심을 집중시킬 수 있다. 그리고 그 인물의 삶에서 특징적인 면을 통해 인물의 성격을 특징적으로 제시할 수 있게 된다. 둘째, 이야기의 서술방식과 거기에 적합한 시점의 선택이 가능해졌다는 사실이다. 단편소설은 하나의 중요한 사건이 이야기의 골격을 이룬다. 하나의 사건이 하나의 상황 속에서 단일하게 제시되기 때문에 이야기의 구성이 단순하다. 단편소설에서 단순 구성이란 하나의 인물을 중심으로 벌어지는 하나의 사건을 다루기 때문에 생겨난 말이다. 단편소설은 인상의 단일성이 그 본질이라고 할 수 있다. 작품 속에 등장하는 인물도 단일하고, 그 인물을 둘러싸고 일어나는 사건도 하나로 집약되며, 이야기가 전개되는 상황도 단일하기 때문에 전체적으로 시점의 고정을 통한 일관된 인상을 유지하게 된다. 초기 단편소설에서 일인칭 시점의 활용이 많은 것은 이와 관련된다고 할 수 있다.

김동인(金東仁, 1900-1951)은 문학 동인지 『창조』의 창간을 주도했고, 이를 기반으로 하여 본격적인 문학 활동을 시작한다. 그는 「약한 자의 슬픔」(1919) 「배따라기」(1921) 「감자」(1925) 「태형(笞刑)」 「명문(明文)」 「광염(狂炎) 소나타」(1929) 등의 작품을 발표하면서 단편소설의 양식을 한국 문단에 정착시키는 데에 앞장섰다. 그의 단편소설은 인간의 삶의 운명적인 양상을 제시하기 위해 주인공이 처해 있는 상황과 조건을 암시하는 하나의 사건을 바탕으로 이야기를 이끌어 간다. 「약한 자의 슬픔」에서처럼 강한 자에 의해 유린당한 약한 여주인공의 모습을 강조하기도 하고, 「감자」의 경우처럼 생존을 위한 물질적 조건을 찾아 몸을 망치는 허망한 여주인공의 최후에 초점을 맞추기도 한다. 「배따라기」는 열등의식의 노예가 되어 스스로 삶을 파탄으로 몰아간 운명적인 사내의 모습을 비춘다.

김동인은 이러한 단편소설 양식을 통해 서술 시점(視點)의 확립이라는 서사적 기법을 정착시킨다. 소설에서 시점의 문제는 누가 어떤 각도에서 이야기하는가를 결정하는 일이다. 소설에서 화자의 위상의 변화는 대상으로서의 세계와 분명한 구획을 짓고 거리를 두는 방식과 밀접하게 연관되어 있다. 사물을 보는 각도와 거리가 인식되고 서술의 초점이 분명해지는 것은 개인이 자기 주체를 확립하고 대상으로서의 세계를 객관적으로 인식하게 되었음을 의미하는 것이다. 김동인은 「배따라기」를 비롯해 「붉은산」 「광화사」 등에서 서사 내적인 화자를 설정하기도 하고, 「약한 자의 슬픔」 「감자」 등에서 서사 외적인 화자를 내세우기도 한다. 소설에서 일인칭 화자가 일반화되기 시작한 것은 김동인이 시도했던 서사 내적 화자의 설정에서부터라고 할 수 있다. 특히 김동인은 서술적 주체와 대상의 거리를 엄격하게 유지하기 위해 소설의 문체에서 서사적 과거시제를 정착시켜 놓음으로써 대상에 대한 객관적인 묘사와 서술의 가능성을 확립했다.

김동인에 의해 서사양식으로서의 기반을 확립할 수 있게 된 단편소설은 현진건(玄鎭健, 1900-1943)으로 이어지면서 주도적인 문학 양식으로 발전한다. 현진건은 「빈처(貧妻)」(1921) 「술 권하는 사회」(1921) 「타락자(墮落者)」(1922) 등을 통해 지식의 좌절과 경제적인 빈곤상을 보여 주고 있다. 그는 『백조』의 동인으로 가담해 문단 활동의 영역을 넓혀 나가면서 「운수 좋은 날」(1924) 「불」(1925) 「B사감과 러브레터」(1925) 등 기법적으로 완결성을 보여 주는 단편소설을 발표한다. 그의 소설적 관심과 기법의 특성을 가장 잘 보여 주는 작품으로 「빈처」와 「운수 좋은 날」을 들 수 있다. 「빈처」는 주관적 내면성의 추구에 관심을 두고 있는 반면에, 「운수 좋은 날」은 객관적 외부 현실의 실재성에 더 큰 관심을 두고 있다. 그리고 「빈처」가 식민지시대 지식인의 고뇌를 보여 주고 있다면, 「운수 좋은 날」은 노동자의 고통을 그려내고 있다.

나도향(羅稻香, 1902-1926)은 『백조』 동인으로 참여하면서 문필 활

동을 시작했다. 그가 『백조』 창간호에 발표한 「젊은이의 시절」(1922)
은 예술이라는 환상에 들떠 있는 인물들을 미화하고 있으며, 「별을 안
거든 울지나 말걸」(1922)에서는 서간체 형식을 빌려 예술에 대한 열정
을 표면에 드러내고 있다. 나도향이 낭만적인 경향을 벗어나 농촌의 현
실을 사실적으로 그려낸 「벙어리 삼룡」(1925) 「물레방아」(1925) 「뽕」
(1925) 등은 소설적 주제와 구성의 완결성이 돋보이는 작품들이다. 「벙
어리 삼룡」은 '하인'이라는 신분적인 차별과 '벙어리'라는 육체적 불구
성 때문에 자기 뜻을 제대로 표현하지 못하던 주인공이 죽음의 순간에
자신을 발견하게 되는 비극적인 내용을 다루고 있다. 소설 「물레방아」
에서 제시하고 있는 현실적인 문제는 가난이다. 그러나 이러한 상황적
조건을 인간의 본능적인 욕망과 연결시켜 새롭게 해석하고 있다. 「뽕」
에서도 경제적인 궁핍이 현실적인 삶의 가장 중요한 문제로 제기된다.
작가 나도향이 인간의 본성과 현실적인 삶의 조건을 동시에 문제 삼고
있음을 의미하는 것이라고 할 수 있다.

소설과 식민지 현실의 인식

염상섭(廉想涉, 1897-1963)은 식민지시대에 근대소설의 전개 과정에
서 개인의 발견과 현실 인식이라는 소설의 본질적 특성을 가장 분명하
게 인식한 작가로 손꼽힌다. 그의 초기 소설은 「표본실의 청개구리」
(1921) 「암야(闇夜)」(1922) 「제야(除夜)」(1922) 등으로 이어지는데, 이
작품들은 모두 현실에 지쳐 있는 지식인 청년의 고뇌와 방황을 보여
준다. 식민지시대 초기의 문제작인 소설 「만세전(萬歲前)」은 일본 동
경에서 대학에 다니고 있는 한 조선인 유학생의 귀환 과정을 통해 삼
일운동 직전의 참담한 한국의 현실을 구체적으로 형상화한다. 이 소설
의 줄거리를 보면 이야기가 동경이라는 외부 세계에서 경성이라는 현
실의 내부 세계로 귀환하는 여로의 과정을 주축으로 하고 있다. 이 귀
환의 과정 위에서 주인공의 의식은 지극히 개인적인 것에서 점차 사회
적인 것으로 확대된다. 주인공의 귀환 과정은 아내가 위독하다는 사사
로운 일에서부터 시작된다. 그는 일본인 헌병이나 순사의 눈을 피해 움

츠리면서 경성으로 돌아온다. 그리고 문명의 길이라고 내세우는 이 길이 착취의 길이며 압제의 길이 되고 있다는 사실을 알게 된다. 그는 이 길의 어디에서도 문명개화의 꿈이 피어나지 않고 있음을 보게 된다. 오히려 모두가 삶의 고통을 등지고 고향을 떠나는 것을 보고, 이곳은 죽음으로 가득 찬 무덤 속이라고 속으로 부르짖는다. 그는 결국 식민지 상황이 한국의 문명개화를 의미하는 것이 아니라 사회적 억압과 경제적인 착취로 이어지고 있음을 발견하게 되는 것이다. 실제로 그가 본 것은 일제의 억압 아래서 위축된 한국인의 모습과 경제적 착취로 인한 곤궁의 현장이다. 그는 식민지 지배 권력에 빌붙어서 자신의 안위를 지키기에 급급한 자기 가족들의 모습에 회의를 느끼게 된다.

이 소설에서 주목되는 것은 동경에서 경성까지의 이동을 통해 드러나는 차별화된 두 공간이다. 동경은 조선을 식민지화하고 있는 지배자의 공간이며 제국 일본이 자랑하는 내지(內地)의 수도이다. 여기서 주인공은 식민지 지식인 청년으로서의 별다른 자각도 없이 일본인들의 틈에 끼어 일본인처럼 행세하면서 지낸다. 카페의 일본인 여급에 대한 관심과 무기력으로 유학 생활이 채워지고 있지만, 주인공은 거기서 오히려 안락함을 느낀다. 그러나 동경을 벗어나면서 주인공은 식민지 피지배 민족의 공간인 조선으로 들어선다. 이 과정에서 강조되는 것은 무덤 속과 같은 식민지 현실이다. 일본인들의 강압적인 지배와 끝없는 멸시로 차별화된 이 공간에서 가난한 민중들은 삶의 모든 희망을 잃고 이 땅을 떠난다. 그리고 자기 자신의 안위와 목전의 이득만을 챙기려는 기회주의자들만이 일본의 지배 권력에 빌붙어 주인 행세를 하고 있는 것이다. 이 소설에서 그려내고 있는 이같은 두 공간 속에 동경의 일본인 여급과 병석에 누운 경성의 아내를 대비시키는 것도 주의 깊게 살펴야 할 대목이다. 특히 식민지시대 한국인의 삶에 가장 구체적인 지배 세력에 속하는 일본인이 상대역으로 등장하고 있다는 점은 주목을 요한다.

소설 「만세전」의 결말에서 주인공은 '무덤' 같은 삶의 현실을 떨쳐버리고 도망치듯 동경으로 떠나고 만다. 식민지적 현실을 사실적으로 그려내고 있는 이 작품의 결말 부분에서 주인공이 보여 준 이같은 도피적 행위에 대해서는 여러 가지 평가가 가능하다. 하지만 이러한 주인공의 태도야말로 식민지 조선의 지식인 청년이 지니고 있던 식민지 지배 상황에 대한 양가적 태도를 잘 보여 주는 것이라고 할 수 있다. 물론 이 대목을 놓고 작가가 지녔던 현실 인식의 한계를 지적할 수도 있지만, 이렇게 도피할 수밖에 없었던 암울한 현실로 인해 삼일운동과 같은 민족적 저항 운동이 일어나게 되었다는 점을 이 작품의 내면구조에서 읽어내는 일이 가능하다.

염상섭의 대표작으로 지목되는 장편소설 「삼대(三代)」는 조부에서 손자에 이르는 한 가족 삼대에 걸친 이야기를 토대로, 한말에서부터 식민지시대에 이르기까지의 한국의 사회상을 총체적으로 보여 주고 있다. 이 작품에서 조 씨 일가의 정점에 자리하고 있는 조부 조의관은 경제적인 부를 축적한 후 그 돈으로 자기 집안을 명문가로 위장하고, 의관이라는 직함도 돈으로 얻어낸다. 그리고 위장된 가문의 유지와 가계의 존속 등을 위해 철저하게 가부장적 지위를 고수한다. 그에게는 민족이니 국가니 하는 개념이 없다. 오직 자신이 모은 재산과 그 재산을 지켜 나갈 가문만이 중요할 뿐이다. 이같은 조의관의 왜곡된 가족주의와는 달리 조상훈은 부친인 조의관의 명분론에 억눌리고, 식민지 사회 현실에 직면해 스스로 자신의 존재 의미를 잃고 파멸의 길을 걷는다. 조의관이 고수하고 있는 완고한 가족주의는 조상훈의 섣부른 동포애와 사회사업이라는 것을 용납하지 않는다. 더구나 식민지 현실 자체가 그의 사회 진출을 가로막는 또 다른 장애물이 된다. 이 소설에서 가족주의의 완고성과 식민지 현실의 폐쇄성을 동시에 극복할 수 있는 가능성은 조 씨 일가의 제삼대에 해당하는 조덕기를 통해 어느 정도 암시된다. 그는 조부와 부친이 각각 추구하고 있는 서로 다른 가치를 통합하고 세대 간의 갈등을 화해시킬 수 있는 합리적 현실주의자로 등장하기 때문이다. 이처럼 소설 「삼대」는 서사의 중심축에 조 씨 일가의 가족사의 변화를 그리고 있지만, 그들이 갖는 계층적인 유대를 중심으로 한국 사회가 식민지 상황에서 겪게 되는 왜곡된 근대화의 과정을 총체적으로 제시하고 있다.

계급문학운동과 계급소설

한국 현대문학은 일본 식민지 지배 상황 속에서 문학과 계급적 이념의
결합을 통해 조직적인 실천을 추구하는 계급문학운동(階級文學運動)을
경험한 바 있다. 계급문학운동은 마르크스주의의 이념을 토대로 조직
된 조선프롤레타리아예술동맹(1925)에 기반해 대중적으로 확대된 것
으로, 식민지 현실에 노정되어 있는 계급적 모순을 자각하고 계급의식
을 고양하며 더 나아가서는 계급적 모순을 극복하기 위한 정치적 투쟁
을 선도한다는 데에 목표를 두었다. 계급문학운동은 이같은 정치적 경
향성으로 인해 일본 식민지 지배 세력의 혹독한 탄압의 대상이 되었지
만, 식민지 상황 속에서 왜곡된 한국 사회의 근대화 과정과 식민지 지
배의 모순 구조에 가장 치열하게 대응하면서 다양한 반식민주의적(反
植民主義的) 문학 담론을 생산했다. 계급문학운동이 식민지시대에 한
국문학의 성격을 이해하는 데 중요한 요건이 되는 이유가 여기에 있다.

　계급문학운동은 문학과 예술에서의 민중적 형식에 관심을 기울이면
서 농민소설, 노동소설과 같은 새로운 소설 형식을 창안해냈다. 농민
소설은 농촌의 현실과 농민의 삶이 얼마나 비참한 상황에 놓여 있는가
에 우선 주목했다. 이같은 경향은 최서해, 조명희 등의 작품과 이기영
의 초기 소설에서 드러난다. 그러나 농민소설은 1920년대를 넘어서면
서 새로운 변화를 드러냈다. 농촌의 당면 문제에 대한 농민들의 계급적
연대와 조직적인 투쟁의 과정을 농민의 계급의식의 성장 과정에 맞춰
형상화하는 작품들이 늘어난 것이다. 농민소설의 이같은 단계적 변화
는 물론 계급문학에서 추구했던 리얼리즘의 가치에 대한 인식의 방법
과도 서로 관련되어 있다. 이것은 농민의식의 성장과 농민운동의 발전
과정에 대한 계급문단의 이념과 요구를 그대로 반영하는 것이다.

　최서해(崔曙海, 1901-1932)는 궁핍한 현실과 삶의 문제를 적극적으
로 형상화해 식민지 조선의 참담한 민중의 삶을 그려내었다. 그의 첫
소설 「탈출기(脫出記)」(1925)에 이어 「박돌의 죽음」(1925) 「기아(飢餓)
와 살육(殺戮)」(1925) 「홍염(紅焰)」(1927) 등과 같은 작품들은 극도로
궁핍한 삶에 허덕이는 주인공의 모습을 사실적으로 묘사하면서, 그와

같은 불합리한 삶의 조건을 만들어낸 사회적 계급과 제도를 저주하며
이에 저항하는 민중의 투쟁적 의지를 보여 준다. 그의 작품 속에 등장
하는 인물들은 대체로 상층부의 지주와 하층부의 노동자 농민으로 분
류된다. 그러나 이야기의 주인공들은 노동자 농민들이며, 이들은 경제
적 빈궁과 계급적 억압에 적극적으로 대응한다. 이들의 행동이 궁핍한
생활 체험을 풍부하게 반영하고 있는 구체적 현실로부터 출발한다는
점은 한국 근대소설에서 볼 수 있는 리얼리즘적 성과의 하나로 평가할
수 있다.

조명희(趙明熙, 1894-1938)는 「땅 속으로」(1925) 「저기압(低氣壓)」
(1926) 「농촌 사람들」(1926) 등을 통해 궁핍한 삶의 현실 속에서 겪는
지식인의 좌절과 농민들의 수난을 사실적으로 그려냄으로써 당대 현
실의 문제성을 고발했다. 그런데 조명희의 소설은 「낙동강(洛東江)」
(1927)을 비롯해 「한여름 밤」(1927) 「아들의 마음」(1928) 등에서 계급
의식의 구현이라는 분명한 지향점을 드러낸다. 「낙동강」은 식민지 현
실의 곤궁한 삶을 극복하기 위한 지식인의 이념적 대응과 그 실천 과
정을 극적으로 제시하고 있는 작품이다. 이 작품은 특히 매개 인물로서
의 지식인 주인공을 내세워 조직적인 계급투쟁의 실천 과정을 구체화
함으로써 계급문학운동의 방향 전환 과정을 소설적으로 형상화한 문
제작으로 평가받은 바 있다.

이기영(李箕永, 1895-1984)의 소설은 식민지시대 농민문학의 중심에
자리하고 있다. 이기영은 등단 직후부터 「가난한 사람들」(1925) 「쥐이
야기」(1926) 「민촌(民村)」(1925) 등의 소설에서 농민의 삶의 계급적 조
건과 그 상황의 비극성에 주목했다. 그는 농촌의 현실과 계급적 모순
구조를 지속적으로 파헤치면서 농민소설이 요구하는 긍정적 인간형
을 창조하는 데 노력했다. 소설 「홍수(洪水)」(1930)에서 「서화(鼠火)」
(1933)에 이르는 과정이 바로 그 성과에 해당한다.

이기영이 「가난한 사람들」에서부터 「서화」에 이르기까지 보여 준
농민의 삶과 그 문제성은, 장편소설 「고향(故鄕)」(1933)에서 하나의 세
계로 통합되어 식민지시대에 농민의 삶을 총체적으로 담아내게 된다.
이 작품에서 농촌은 농민들의 경제적인 몰락 과정을 통해 그 특징이

드러난다. 일본 침략 이후 지배 세력의 자본 독점으로 인해 농촌 경제
는 파탄나기 시작한다. 물가의 급격한 상승에도 불구하고 미곡의 가격
이 거의 제자리걸음하는 사이에 농민들은 빚을 지고 결국 토지를 잃게
된다. 자작농의 몰락이 바로 이같은 형세를 그대로 반영한다. 원터 마
을의 농민들이 대부분 토지를 잃고 소작농으로 전락한 것이라든지, 농
촌으로부터 유리되어 떠돌이 노동자로 전락하면서 계층적 분화를 낳
은 것도 이같은 현상을 말해 주는 것이다. 그런데 작가 이기영은 몰락
하는 농촌의 현실 속에서 새로이 성장하는 농민의 계급적 의식을 중요
시한다. 이 과정에서 매개적 인물로 소설의 주인공 김희준이 등장한다.
희준은 읍내에서 객주업을 하던 조부의 경제적 능력으로 중학을 졸업
하고, 일본 유학까지 마친 지식인 청년이다. 하지만 그가 귀국할 무렵
에 이미 집안은 몰락해 원터 마을에서 소작을 부치고 살아가는 어려운
형편에 놓인다. 농민들의 삶의 한가운데로 들어서게 된 희준이 궁핍한
현실과 모순된 사회구조에 부딪치면서 발전과 변화를 가져온다. 희준
이 자기 내부의 심각한 갈등을 극복하면서 농촌의 현실적 문제들을 하
나씩 해결하자 그 실천적 노력이 그만큼 농민들에게 설득적으로 작용
한다. 자기 삶의 고통의 원인을 제대로 파악하지 못하고, 자신들의 계
급적 존재를 제대로 이해하지 못했던 원터 마을 사람들은 희준의 지도
에 따라 힘을 합친다. 폭풍우로 농사를 망친 농민들이 소작료 탕감을
요구하며 투쟁하는 모습으로 소설의 말미를 장식함으로써, 단합된 힘
에 의해 자신들의 주장을 관철시키고 있음을 보게 된다. 이러한 농민
의식의 성장은 결국 희준의 성격의 발전 과정과 같은 맥락으로 이어져,
농민들의 계급적 연대성의 확립 가능성을 예견케 하는 것이라고 하겠
다. 소설 「고향」은 식민지시대 농민들의 삶과 풍속적 재현에 성공하면
서 식민지시대 농민의 삶과 농촌의 현실을 전형적으로 포착할 수 있게
했다. 물론 이같은 성과는 소설적 공간의 구체성을 가능하게 하는 인물
의 설정과 깊은 관계가 있으며, 바로 거기서 리얼리즘의 정신이 강조되
는 것이다.
　계급문학의 창작적 실천 과정에서 농민소설의 전개와 함께 주목받
은 노동소설은 식민지 상황에서 왜곡된 자본주의의 발전 과정과 그 속

에서 등장한 노동자의 계급적 성장 과정이 서로 충돌하는 양상을 보여
준다.

송영(宋影, 1903~1978)은 「용광로」(1926) 「석공조합대표」(1927) 「지
하촌」(1930) 「교대 시간」(1930) 등을 통해 노동 현장과 노동자의 삶의
모습을 그려낸다. 이 작품들 가운데는 농민 계층의 몰락과 도시 노동자
로의 전락 과정을 추적하는 것도 있고, 농민과 노동자의 연대적 투쟁을
문제 삼는 경우도 있다. 이 작품들에 등장하는 노동자들은 착취의 희생
자로 그려지기보다는 자신들의 삶의 조건에 반항하고 모순의 현실을
파괴하기 위한 투쟁자로 나타난다.

계급문단에서 노동 작가로 주목받았던 이북명(李北鳴, 1910~1988)은
「질소비료공장」(1932) 「암모니아탱크」(1932) 「출근정지」(1932) 「여
공」(1933) 등에서 대규모 공장에서 열악한 노동조건에 시달리는 노동
자들의 비참한 삶을 통해 식민지 자본주의의 문제점을 뚜렷하게 부각
시키고 있다.

한설야(韓雪野, 1900~1976)는 단편소설 「그 전후」(1927) 「과도기」
(1929) 「씨름」(1929) 등에서 농촌으로부터 유리되어 버린 농민들이 도
시 노동자로 전락해 가는 과정에서 비탄과 환멸에 빠져들지 않고 계급
적 자기 각성에 이르는 과정을 그려냈다. 그리고 이같은 소설적 작업은
「사방공사(砂防工事)」(1932) 「소작촌」(1933)에 이르러 더욱 강렬한 계
급투쟁의식을 강조하는 방향으로 고정되었다. 한설야는 조선프롤레타
리아예술동맹이 강제 해체된 후에 장편소설 「황혼(黃昏)」(1936)을 발
표한다. 이 작품은 계급문학운동의 기존 성과를 바탕으로 하여 노동계
급의 조직화 과정을 총체적으로 구현하고자 하는 의욕을 담고 있다. 이
작품의 배경 자체가 일본 군국주의의 확대 과정과 맞물려 있고, 그러한
현실적 상황 속에서 성장하는 노동계급의 조직적 실체를 확인하고 있
다는 것은 특기할 만하다.

소설 양식의 확대

근대소설과 사실주의

한국 근대소설은 1935년에 조선프롤레타리아예술동맹이 강제 해체되면서 새로운 변화의 단계를 맞이한다. 이 시기에 문단에서는 일본 유학을 통해 외국문학을 전공한 문학도들이 등장해 해외 문학의 동향을 활발하게 소개함으로써 문학의 경향이 다양하게 전개된다. 더구나 동아일보사와 조선일보사가 각각 『신동아(新東亞)』(1931) 『조광(朝光)』(1935)과 같은 월간 종합잡지를 간행해 문예 영역에 대한 관심을 확대시켰으며, 『문장(文章)』(1939) 『인문평론(人文評論)』(1939)과 같은 순문학 잡지가 출간되어 많은 신인을 배출하게 된다. 그러나 이 시기에 문단의 외형적 확대에도 불구하고, 일본 군국주의의 득세와 만주사변의 확대 등으로 문학의 위기의식이 고조된다.

채만식(蔡萬植, 1902-1950)은 한국 소설사에서 드물게도 풍자문학의 가능성을 시험했던 작가이다. 채만식의 현실 풍자는 주로 식민지 상황 자체에 대한 부정을 목표로 한다. 일본 식민지시대의 현실에서 소외되어 버린 지식인들의 냉소적인 관점과 태도를 보여 주는 그의 소설은 당대 사회의 모순을 풍자적으로 형상화하고 있다. 단편소설 「레디메이드 인생」(1934)에는 좌절에 빠진 식민지시대 지식인의 현실에 대한 풍자적이고 냉소적인 시각이 나타나 있다. 소설의 주인공은 사회주의의 이념에 따라 현실 사회에서 보다 실천적이고도 행동적인 지식인이 되고자 했으나 오히려 실직 상태에 빠져 생활의 곤궁을 면하지 못한다. 이 작품에서 주인공은 결국 현실의 모든 조건을 부정한다. 인간이 인간으로서의 가치를 인정받지 못하는 현실 속에서 허울 좋게 내세우는 계몽이니 교육이니 지식이니 하는 것이 아무 소용없다는 것을 알고 있기 때문이다. 이같은 비판적 태도와 부정적인 시각은 「치숙」(1938)에서 더욱 조소적인 의미를 드러낸다. 이 작품은 생활 기반을 갖추지 못한 무력한 지식인(삼촌)을 조롱하는 일본인 상점 점원(조카)이 화자로 등장한다. 이같은 인물의 설정은 정신적인 것의 몰락과 물질적인 것에 대한 욕망을 간접적으로 대비해 주는 효과를 거둔다.

　채만식의 대표작으로는 장편소설 「탁류」(1937)와 「태평천하」(1938)
를 손꼽는다. 「탁류」는 초봉이라는 한 여인의 비극적인 삶의 과정으로
요약된다. 그러나 가련한 여인의 일생이라는 단순한 의미만으로 한정
되지는 않는다. 오히려 초봉이의 삶이 보여 주는 비극성이 실상은 전통
적인 인습과 새로운 풍속이 서로 맞부딪치는 과정에서 한 개인이 겪어
야 했던 시련과 역경을 말해 주는 것이라고 풀이할 수 있다. 초봉이를
둘러싸고 있는 인물들은 모두 당대 현실과 관련지어 볼 때, 거의 비슷
한 삶의 패턴을 지니고 있는 부정적인 인간형이 많다. 우선 그녀의 아
버지 정주사는 군서기를 지내던 때에 몸에 익었던 안일한 관료적 태도
와 전통적인 가부장적 의식 때문에 집안에서 헛된 권위만을 내세우지
만, 미두장에 나아가 손가락질을 당하면서 전혀 비굴함을 깨닫지 못한
다. 그의 삶에 대한 태도는 오직 물질적인 계산으로 일관되고 있으며,
전통적인 미덕을 제대로 이어가지 못하고 새로운 풍속도 올바로 받아
들이지 못한 채 인간적 몰락을 면하지 못한다. 초봉의 남편이었던 고태
수는 은행이라는 근대적인 제도의 출현과 함께 등장한 금전만능주의
자이다. 그는 자신의 개인적인 이익과 쾌락을 추구하다가 남의 돈까지
횡령하고 자신의 일생을 망쳐 버린 것도 모자라 아내 초봉이마저 비극
적인 삶의 구덩이에서 헤어날 수 없게 만든다. 이들 이외에도 약국 주
인 박제호의 부도덕과 지나친 이해타산, 곱추 형보의 표리부동하고도
기회주의적인 악랄한 행동, 남승재의 순진하면서도 우유부단한 성격
등은 모두 「탁류」의 현실에 휩싸여 있는 부정적 인간상의 일면임을 쉽
게 알 수 있다. 이 소설은 이들이 보여 주는 비인간적인 태도와 탐욕적
인 행위를 모두 부정한다. 정주사가 보여 주는 물질적 욕망을 부정하
고, 고태수가 보여 주는 불성실과 위선과 사기를 고발한다. 형보의 부
정과 탐욕에 대해서도 철저하게 응징한다. 결국 이같은 인간들이 자리
하고 서 있는 식민지 현실 자체를 부정하는 것이다.

　장편소설 「태평천하」는 몰락하는 지주 계층의 위선적인 삶의 양태
를 풍자적으로 형상화하고 있다. 이 작품은 구어체를 활용한 작중화자
의 직접적인 진술 방식을 택하고 있는데, 바로 이 점이 판소리 사설 투
의 연희 전달, 극적 묘사 효과를 드높이는 미학적 요인으로 작용하고

있다. 호남지방의 살아있는 구어가 풍부하게 수용되는 것도 이 점과 연관되며, 화자의 능청스러움이 반어적 풍자 효과를 낳는 것도 이같은 구어체의 직접적인 진술 방식의 채택과 관계 깊다. 소설의 주인공 윤직원은 식민지 지배 당국과 결탁해 재산을 지켜 나가는 지주 계층으로서 부조리한 사회적 현실 속에서 성장한 계급이다. 이 작품은 윤직원을 중심으로 그 일가의 하루 동안의 일상을 그리고 있지만, 이 집안의 가계와 그 현재적 풍모를 조선 말기부터 일본 식민지시대에 이르는 격동기를 배경으로 풍부하게 서술하고 있다. 이 소설에서 주목되는 것은 윤직원과 그 일가의 일상적 삶에 드러나 있는 윤리적 타락이다. 그리고 이같은 윤리적 타락이 왜곡된 가족주의에 의해 합리적인 것으로 위장되는 것이 문제이다. 자기 가문의 존속을 위해, 그리고 자신의 재산을 지키기 위해 윤직원은 주로 돈의 힘을 빌린다. 그가 가문을 지켜야 한다고 내세우는 명분은 사실 돈을 지키기 위한 수단에 지나지 않는다는 것을 확인할 수 있다.

　채만식의 소설적 경향은 식민지 현실에 대한 부정과 비판의 정신을 주축으로 하고 있다. 그는 식민지 지배의 현실 자체를 부정하고 그 현실에 기생해 살아가는 인간들을 부정한다. 그리고 그 속에서 형성되고 있는 식민지 제도와 그 제도에 의해 규범화되고 있는 왜곡된 삶의 가치를 부정한다. 이같은 부정과 비판을 직설적으로 서술하는 것이 아니라 풍자의 방법을 활용해 더욱 풍부한 서술을 가능하게 한다.

　김남천(金南天, 1911-1953)은 계급문학운동에서 예술운동의 정치적 진출을 주장하는 볼셰비키화론의 확대 과정에 앞장섰던 인물이다. 그러나 조선프롤레타리아예술동맹의 강제 해체와 함께 사상적 전향의 조류가 휩쓸자 지식인의 모럴의식과 비판적 자세를 소설적으로 형상화하기 시작했다. 그의 소설 「처(妻)를 때리고」(1937)를 비롯해 「요지경(瑤池鏡)」(1938) 「포화(泡花)」(1938) 「녹성당(綠星堂)」(1939) 등은 모두 자조의 세계에 함몰해 있는 주인공의 무기력을 그려 보이면서 그것을 비판하고자 하는 의욕을 담고 있다. 이 작품들은 전향기 지식인의 고뇌를 그린다는 특색이 있지만, 객관적 현실에 대한 전망의 부재를 드러내고 있다는 점에서 그 한계를 벗어나지 못한다.

김남천의 창작 활동에서 정점을 이루는 작품은 장편소설 「대하(大河)」(1939)이다. 이 소설은 주체의 재건과 자기 고발의 정신에서부터 출발한 김남천의 창작 활동이, 현실 인식의 방법에 관심을 부여하면서 획득한 리얼리즘의 정신으로 확대되어 온 결과의 산물에 해당된다. 그러나 무엇보다도 중요한 것은 소설 「대하」가 단편소설의 양식상 제약성을 극복하고 개인과 집단의 관계를 가족사의 구조 속에서 총체적으로 파악하고자 하는 장르의 확대를 실현했다는 점이다. 이 소설은 구성상으로 볼 때 가족사적 연대기를 골격으로 하고 있다. 김남천이 가족사 소설의 형태에 주목한 것은 발자크(H. de Balzac)에 심취하면서부터인데, 그는 한 사회의 변화와 인물의 관계 양상을 전체적인 역사 발전의 과정에서 파악하고 형상화할 수 있는 소설양식으로서 가족사 소설의 가능성을 인정했던 것이다. 「대하」는 봉건적인 사회질서가 붕괴되기 시작한 조선 말엽의 시대 상황을 배경으로 하는 역사적 서사에 해당한다. 작가 자신은 조선 말엽과 개화기를 배경으로 하여 자기 시대에 삶의 모순의 근원을 역사적으로 파헤치고자 하는 의욕을 보여 주고 있는 셈이다.

김남천이 당대의 현실에 관심을 기울이면서 자본주의 사회의 타락상을 고발하는 작품은 「사랑의 수족관」(1940)이다. 이 소설은 두 형제의 상반되는 삶의 과정과 거기서 드러나는 대조적인 현실의 변화가 서사적 구조를 형성한다. 이야기의 전반부에서 주동적인 인물로 등장하는 형은 투철한 신념으로 사상운동에 앞장서지만, 일본 경찰의 탄압으로 실천적인 활동을 제대로 하지 못하고 고뇌한다. 집을 뛰쳐나온 그는 방황 끝에 카페 여급과 동거 생활을 하다가 끝내는 이념적 좌표에 도달하지 못한 채 세상을 떠난다. 그와 함께 운동에 참여했던 사람들도 모두 탄압과 핍박 속에서 결국 자신들이 추구했던 이념을 포기하고 현실 세계와 타협하게 된다. 이 소설에서 현실에 대한 몰가치적인 태도를 보여 주는 동생이 물질적인 풍요를 누리면서 사랑을 성취했다는 것은 그 형의 좌절과 비춰 본다면 하나의 아이러니에 해당한다. 그러므로 이 소설의 참주제는 사상과 이념에 대한 열정이 모두 제거된 사회에서 인간은 자신의 안일을 위해서 살 수밖에 없다는 사실이다. 인간이 보여 주는 물질적인 것과 육체적인 것에 대한 탐욕이야말로 사상과 이념이 타락한 자리에 흘러 들어와 넘치는 오욕의 물결이라고 할 것이다.

역사소설의 정착

1930년대 후반에는 대중적인 역사소설이 사회적 관심사로 대두된다. 이광수는 1920년대 후반부터 역사소설의 창작에 관심을 두면서 「마의 태자(麻衣太子)」(1927) 「단종애사(端宗哀史)」(1929) 「이순신(李舜臣)」 (1932) 「이차돈(異次頓)의 사(死)」(1936) 「원효대사(元曉大師)」(1942) 등을 잇달아 발표한다. 이광수에게 역사소설이라는 양식의 선택은 당대의 문단적 상황과 사회적 요구가 크게 작용한 것으로 볼 수 있다. 그는 민족의식의 예술적 개조를 강조하면서 이러한 자신의 주장을 실천할 수 있는 방법으로 역사소설이라는 양식의 가능성을 활용하고자 했다. 이광수의 역사소설 가운데 「원효대사」는 식민지시대 말기에 겪었던 작가 자신의 정신적 갈등이 내면화된 작품으로 평가받고 있다. 이 소설의 주인공인 원효가 인간적 고뇌와 세속적인 체험을 모두 딛고 이를 승화해 고통스러운 수도의 과정을 거쳐 결국은 그 지극한 불심으로 구국의 길에까지 나아간다는 줄거리를 담고 있다.

홍명희(洪命憙, 1888-1968)의 「임거정(林巨正)」은 조선 명종 때 임꺽정을 우두머리로 하여 황해도 일대에서 실제로 활약했던 화적패의 활동상이 중심을 이루며, 이야기의 서사구조가 여러 가지 삽화들의 중첩적인 결합을 보여 주는 것이 특징이다. 이 작품이 한국 소설사에서 높이 평가받는 이유는 다음과 같다. 첫째, 봉건제도의 모순 아래서 고통받는 하층민들의 일상적인 삶을 사실적으로 그려내면서 그 속에서 비롯된 지배층에 대한 저항 의식과 투쟁 의지를 구체화하고 있다는 점을 들 수 있다. 둘째, 임꺽정이라는 인물을 내세워 본격적인 의미의 민중적 영웅상을 구현하고 있다는 점을 들 수 있다. 셋째, 대하적 구성을 통해 조선시대의 풍속, 제도, 언어 등을 충실히 재현하고 있을 뿐 아니라, 다양한 신분에 속하는 등장인물들의 성격을 각기 개성있게 형상화함으로써 사실주의적 역사소설로서의 전범을 이루고 있다.

  1930년대 후반의 역사소설 가운데 주목받는 작품으로 박종화(朴鍾和, 1901-1981)의 「금삼(錦衫)의 피」(1936)와 현진건의 「무영탑(無影塔)」(1939)을 들 수 있다. 「금삼의 피」는 연산군시대를 배경으로 하여 연산군의 생모인 윤 씨를 복위하고자 일으킨 갑자사화(甲子士禍)의 과정을 소설적으로 재구성한 것이다. 이 소설은 연산군의 광란적인 행위와 난폭성의 이면에 숨겨져 있는 인간적인 번뇌와 고독을 세밀하게 묘사함으로써 역사적 사건을 배경으로 하면서도 인간 내면의 욕망과 갈등을 놓치지 않고 있다. 현진건의 「무영탑」은 신라 경덕왕대의 서라벌을 배경으로 하고 있다. 이 소설은 당나라의 문화를 존숭하는 사대주의적인 집권층과 화랑정신을 계승하면서 고구려의 옛 땅을 회복하려는 민족주의적 세력이 서로 갈등하는 가운데, 부여의 석수장이 아사달이 높은 예술 정신으로 아름다운 탑을 이룩해 가는 과정을 이야기의 중심에 위치해 놓고 있다. 작가는 이 소설의 주제를 사랑과 예술로 수렴하지만, 한국 민족의 예술적 감각과 미의식을 신라의 탑을 통해 부각시키고 있다.

모더니즘 소설의 분화

1930년대 소설에서 가장 주목되는 변화는 모더니즘 경향의 등장이라고 할 수 있다. 이 시기의 새로운 모더니즘 소설은 주로 도시를 배경으로 개별적 주체의 일상을 그려내면서 개인의 내면 의식의 추이를 다양한 서술 기법을 통해 포착하고 있다. 그렇기 때문에 등장인물은 집단적인 이념이나 가치에 얽매이기보다는 일상을 배경으로 개별화된 내면 의식을 드러낸다. 소설에 등장하는 개별화된 인간들은 대개 도시적 공간을 삶의 무대로 삼고 있다. 소설적 배경 자체가 도회적인 것이 바로 이러한 특징을 말해 준다. 이 시기에 이르러서야 한국 소설이 도시적 풍물을 소설적 무대로 구체화할 수 있게 된 것이다. 도시적 공간이라는 소설적 장치는 모더니즘 소설에서 단순히 배경적 요건으로만 활용되는 것이 아니다. 도시의 확대와 각종 새로운 직업의 등장, 도시의 가정과 가족의 해체, 물질주의적 가치관의 팽배 현상, 환락과 고통의 변주, 소외된 개인과 반복되는 일상 등과 같은 모든 것들이 1930년대 도시 생활의 변모와 함께 다양한 분화를 보여 준다. 그렇기 때문에 모더니즘 소설은 자칫 평범한 일상적인 이야기에 머무는 것 같은 느낌을 주기도 하지만, 개체화된 인간들의 삶을 통해 도시의 속성에서 문제시되고 있는 인간관계의 상실, 개인주의적 삶의 태도 등을 자연스럽게 표출하고 있다.

모더니즘 소설에서 활용되는 기법은 소설의 형식을 치장하도록 고안된 의장이 아니다. 그것은 대상에 대한 인식의 방법이며, 소설의 장르적 규범을 새로이 정립해 보고자 하는 노력이다. 이른바 '의식의 흐름'이라는 초현실주의적 기법을 소설에서 시험하는 것은 개인의식의 내면적 공간을 확대하기 위한 방법의 천착으로 이해할 수 있다. 인간의 존재와 삶의 양상이 현실적인 공간 위에서만 의미있게 규정되는 것이 아니라, 내면 의식의 흐름 속에서 보다 본질적인 것으로 자리잡게 되는 것이다. 모더니즘 소설이 이념성을 배제하고 기법적인 면에서 새로운 변혁을 시도하는 것은 인간의 삶에 대한 해석의 새로움과 다를 바가 없다. 삶을 고정된 이념의 구현으로 보는 것에 반대하며, 소설이 그 같은 기정사실화된 삶을 이야기하는 데에도 반대한다. 소설 작업은 미지의 삶에 대한 탐구이며, 새로운 삶의 세계에 대한 접근이다.

이태준(李泰俊, 1904-?)의 단편소설 「달밤」(1933) 「복덕방(福德房)」(1937) 「영월 영감」(1939) 「밤길」(1940)과 같은 작품들은 모두 근대화의 과정에서 삶의 의미와 지표를 잃어버린 인간상을 그려내고 있다. 대부분의 주인공들은 삶의 현실에 적극적으로 대응하지 못하고 오히려 한 걸음 비켜 있는 모습을 보여 준다. 이들의 삶에서 발견되는 짙은 허무와 패배주의적 의식은 이태준 문학의 반근대주의적 미의식을 말해 주는 것으로 지적되기도 한다. 그러나 이태준의 소설에서 볼 수 있는 인물의 형상은 개인적 성격의 문제라기보다는 식민지 현실과 모순된 근대라는 일상의 조건들과 깊이 연관되어 있다. 이태준은 이같이 불우한 인물들의 삶의 모습을 통해 현실에 내포되어 있는 근대성의 문제성을 우회적으로 그려내면서 동시에 각각의 인물들이 지니고 있는 순박하고 선량한 내면세계와 성품에 주목한다.

이태준의 소설이 보여 주는 특징 중 하나는 일상적인 것에 대한 깊이있는 관심이다. 작가 자신의 신변적 체험을 통해 일상의 의미를 부각시키면서 자아의 내면성에 대한 성찰을 강조하는 「장마」(1936) 「패강냉(浿江冷)」(1938) 「토끼 이야기」(1941) 「사냥」(1942) 「무연(無緣)」 「석양」 등이 여기에 속한다. 이태준 자신은 이같은 작품들을 심경소설(心境小說)이라고 지칭하기도 했거니와, 이 작품들에서 가장 두드러지게 드러나는 것은 일상의 현실에 갇혀 무기력하게 살아가는 지식인 작가의 자의식이다. 물론 이러한 상황의 문제성은 궁극적으로 식민지 현실과 연관된다는 점에서 초기 단편소설이 보여 주던 비판적인 근대 의식의 지향과 상통한다고 할 수 있다.

이태준의 소설 세계의 또 다른 축은 대중성을 살려낸 장편소설에서 구축되고 있다. 「구원(久遠)의 여상(女像)」(1931) 「제2의 운명」(1933) 「화관(花冠)」(1937) 「청춘무성(靑春茂盛)」(1940) 「사상(思想)의 월야(月夜)」(1941) 등으로 이어지는 그의 장편소설은 자전적 성격이 강한 「사상의 월야」를 제외하고는 모두 일상성의 테두리 안에서 애정 갈등의 삼각구도를 흥미 위주로 변형한 이야기들이다. 예컨대 「구원의 여상」이나 「제2의 운명」과 같은 작품은 일상에서 펼쳐지는 남녀 간의 애정 갈등을 주축으로 삼는다. 그리고 여기에 사회적 이념 갈등을 덧붙여 긴장을 유발한다. 그러나 이같은 서사적 구도가 여러 작품에서 반복되면서 흥미 위주로 통속화되기 때문에, 현실적인 삶의 총체성에 대한 인식에 도달할 수는 없었다.

이효석(李孝石, 1907-1942)은 단편소설 「도시와 유령」(1928)을 발표해 문단의 주목을 받기 시작했으며, 첫 창작집 『노령근해』(1931)를 통해 계급문학에 대한 관심을 적극적으로 구현하면서 이른바 동반자작가로 지목된 바 있다. 그러나 그는 자신의 문학적 관심을 인간의 본능에 대한 탐구에 집중했으며 1933년 김기림, 정지용, 이태준 등과 구인회를 결성한 후, 「돈(豚)」(1933) 「성화(聖畵)」(1935) 「산」(1936) 「들」(1936) 「메밀꽃 필 무렵」(1936) 「분녀(粉女)」(1936) 「개살구」(1937) 「장미(薔薇) 병들다」(1938) 「해바라기」(1938) 등을 발표했다. 이효석 소설의 근대적 성격은 성(性)에 관한 다양한 담론을 적극적으로 표현한 점에서 찾을 수 있다. 그는 성의 문제를 소설을 통해 더욱 개방적으로 제시하면서 이를 감각적인 필치로 소설화하는 데에 성공했다. 물론 그의 작품에서 다루어지는 성의 문제는 탐미적인 감각의 표현보다는 인간의 도덕적 파괴와 타락을 말해 주는 욕망의 표현이라고 할 수 있다. 예컨대 「개살구」 「성화」 「장미 병들다」 「화분」 같은 작품을 보면 윤리적인 차원에서 용납되기 어려운 성의 퇴폐적 면모가 적나라하게 그려지고 있다. 더구나 이효석의 소설에서 성의 문제는 인간의 본능적 욕구와 연결되어 원시적 건강성을 나타내는 경우도 적지 않다. 「돈(豚)」 「들」 「분녀」 등에서는 동물적이고도 원시적인 본능으로서의 성의 문제를 부각시키며, 「산」 「메밀꽃 필 무렵」 등에서는 자연의 아름다움 속에서 성 자체가 더욱 미적 신비성을 드러내도록 묘사해, 성의 문제를 근간으로 인간의 본능과 원시적 자연을 조화롭게 형상화해내기도 한다.

이효석이 도시의 한복판에서 성의 문제를 가장 다층적이고 다양하게 담론화한 작품이 장편소설 「화분(花粉)」(1939)이다. 이 작품의 주조를 흔히 에로티시즘이라고 지적하기도 하지만, 당대 현실에서 가능한 성에 관한 모든 담론을 모자이크한 것이라고 할 수 있다. 이 작품에서 주목하게 되는 것은 도시적 공간에서 섹스의 일상화이다. 성적 유희의 낭비 현상이 적절한 긴장을 지니며 펼쳐지는 이 소설은 장편으로서 결여되기 쉬운 구성상의 긴박감도 나름대로 획득하고 있다. 이 작품에서 관심을 둬야 할 것은 성 자체이다. 은밀하게 감춰져 있던 성의 문제를 이렇게 소설의 대상이 되어 공개한다는 사실이 중요하다. 그리고 바로 그같은 성의 문제가 현대적인 삶의 중심에 자리하고 있음을 보여 주고 있는 것을 주목해야 한다. 성에 관한 담론의 소설화 작업이 이보다 앞선 경우는 이전의 작가에게서는 찾아볼 수 없다.

박태원(朴泰遠, 1910-1986)의 문학적 활동은 1933년 이태준, 정지용, 김기림 등과 구인회에 참여하면서 본격화되었다. 그의 소설은 사건의 극적 전개, 인물의 대립과 갈등, 집단적인 이념의 구현 등에 익숙해 있던 독자들에게 충격적이라고 할 만큼 파격의 형태로 인식된다. 「소설가 구보씨(仇甫氏)의 일일」(1934)의 경우에는 이야기의 발단과 갈등이 클라이맥스로 이어지는 구체적인 행위 개념이 나타나지 않는다. 주인공이 아침에 집을 나와 도시 구석구석을 배회하다가 저녁에 다시 집으로 돌아오는 하루 동안의 일상적인 생활공간이 소설의 내용을 이룬다. 도시를 배회하는 주인공에게 그의 손에 들려진 한 권의 노트는 동반자 노릇을 한다. 도시의 이곳저곳을 떠돌면서 우연히 부딪치는 주변 세계의 사실들을 만화경적으로 기록하면서, 새로 쓰려는 소설의 모티프를 구상하는 것이 그의 일이다. 또 하나의 동반자는 주인공의 의식이다. 주인공이 도시를 배회하는 것과 더불어 그의 의식도 방황을 거듭한다. 이 작품은 소설 쓰기라는 주인공의 상상적인 창조적 활동을 일상성의 공간 속에 해체시켜 보여 준다. 박태원은 자신의 글쓰기 방법을 '고현학(考現學)'이라고 이름 붙이는데, 이것은 현실 상황에 대한 면밀한 탐구만이 아니라 미적 자의식의 구현과도 관계되는 것임을 알 수 있다.

「천변풍경(川邊風景)」(1936)은 서울이라는 도시의 한복판을 흘러 나가는 청계천 주변 사람들의 이야기를 그린다. 이 작품은 도시 서민들의 세태를 총체적으로 묘사하기 위해 청계천변이라는 공간을 중심으로 약 일 년 동안 사계절의 순환에 따라 변화하는 삶의 다양한 삽화들을 연결시키고 있다. 따라서 인물이나 사건의 총체성보다는 공간의 총체성을 확보하는 데 더 많은 노력을 기울인다. 소설에 등장하는 인물들은 한결같이 시정의 일상사에 매달려 있다. 이들의 삶은 모두 도회적인 속성을 지니고 있기 때문에, 개별적일 수밖에 없고 각박할 따름이다. 도시는 이들 다양한 인간들이 살아 숨 쉴 수 있는 공간이 되긴 하지만, 참다운 삶을 추구할 수 있는 땅은 되지 못한다. 때로는 환락의 수렁이 되기도 하고 배신의 늪이 되기도 하고, 인신매매의 수라장이 되기도 한다. 그러나 사람들은 여전히 그 도회의 한복판에 모여들고 있다. 장편소설 「천변풍경」은 소설 문단의 새로운 경향을 대표하는 작품으로 손꼽히며, 소설적 기법에서 1930년대 소설 문단이 거둔 중요한 수확으로 평가받고 있다.

이상(李箱)의 문학은 1930년대 문단에서 분명 하나의 충격이었다. 이러한 충격은 이미 널리 퍼져 있는 양식에 대한 반동에서 온다. 이상 문학은 외관의 무의미성을 강조하면서 상상력의 하부구조를 열어 가기 위해 노력한다. 구속이 없는 자유, 자유로운 감각, 질서에 대한 충동의 우위, 상상력의 해방, 이런 것들이 오늘날까지도 이상 문학에 관심을 갖게 만드는 요인일 것이다. 이상은 정지용, 이태준, 이효석, 조용만, 박태원, 이무영 등으로 구성된 구인회에 가입하면서 활동 기반을 넓혔고, 1937년 세상을 떠날 때까지 단편소설 「날개」(1936)를 비롯해 「지주회시(鼅鼄會豕)」(1936) 「봉별기(逢別記)」(1936) 「동해(童骸)」(1937) 「종생기(終生記)」(1937) 등을 발표하면서 모더니즘 계열의 소설적 성과로 평단의 주목을 받았다.

이상의 단편소설은 대부분 주인공의 하루 일과로 이야기가 끝난다. 소설 속에서 그려내는 하루라는 시간은 도시적인 현대인의 삶의 전부에 해당하며, 시간의 보편적 속성과는 관계없이 등장인물의 사적 체험 속에서 재구성된 실제적 경험의 시간이다. 그러므로 이 하루가 바로 소설의 중심이며 이야기의 핵심이 된다. 소설의 주인공들은 모든 흘러간 기억들을 하루라는 시간 속에 주입시킨다. 이러한 방법을 통해 하루 동안이라는 제약된 시간이 소설에서 특별한 현재를 구성하는 셈이다. 이상은 소설에서 시간 제약을 무한하게 확장하기 위해 이른바 '시간화된 공간'이라는 것을 끌어들인다. 인물의 의식 내면에서 자유롭게 연상된 정신의 궤적을 따라 공간은 확대되기도 하고 수축되기도 하면서 가변적인 것으로 드러난다. 이런 식으로 시간화된 공간은 현실과 환상을 넘나들며 일상적인 현실의 고정된 틀을 넘어선다. 그러므로 이상의 소설에서는 시간의 흐름이 일상적인 현실 속 규범이라든지 그 지속의 과정과 서로 불일치하게 드러난다. 이상 문학에서 시간은 마치 정신이 시간을 경험하는 것처럼 지연되기도 하고 즉각적으로 이동하거나 도약하기도 한다. 이 과정에서 인물의 기억과 욕망이 극적으로 제시되고 외형화해 무의식의 세계와 겹친다.

이상의 소설 가운데 「지도의 암실」(1932) 「동해」 「날개」 「종생기」 등은 메타적 글쓰기의 특징을 잘 드러낸다. 이상은 소설 안에서 그 소설의 서사 자체에 대해 말할 때가 많다. 이러한 진술은 서사의 진행 과정에서 볼 때 텍스트의 창작 과정을 정교하게 반영하고 있지만, 진행되는 서사와는 관계없이 괄호 안에 담기는 셈이다. 말하자면 작품 텍스트의 경계를 넘어선다. 이상의 대표작으로 손꼽히는 소설 「날개」의 경우를 보면, 소설의 서두에서부터 이 작품이 허구의 산물에 지나지 않는다는 사실을 강조한다. 그리고 이 허구의 세계와 실재의 현실 사이에 어떤 괴리가 존재한다는 점을 드러내고자 한다. 특히 외부의 객관적인 현실 세계가 묘사의 중심을 이루는 것이 아니라 텍스트 내부에서 이루어지는 허구적 텍스트의 창작 과정 자체에 관심을 기울인다. 이러한 특이한 메타적 전략은 소설이라는 것이 허구라는 사실을 보다 더 진지하게 위장하는 효과를 드러낸다. 그리고 텍스트의 내적 공간을 확대하면서 서사의 중층성을 확립할 수 있게 된다. 이것은 그가 소설을 통해 현실 세계를 전체적으로 반영한다든지 삶의 실재성을 추구한다든지 하는 리얼리즘적 관점과는 거리가 있다. 이상의 소설은 텍스트 내부의 세계를 새롭게 구조화하는 데에 더 큰 관심을 보여 주기 때문에 리얼리티에 대한 효과를 포기하면서 자신의 주관적 감정과 경험적 요소들을 종종 과장하기도 하고 엉뚱한 방향으로 왜곡하기도 한다. 그렇기 때문에 그의 소설은 현실의 어떤 부분을 잘 반영해 묘사하는 것이 아니라 그 현실의 어떤 측면에 대응할 수 있는 하나의 독자적인 이야기로서의 소설을 만들어낸다. 어떤 의미에서 볼 때 이상이 그의 소설에서 그려내고자 하는 현실은 사실 존재하지 않는 것일 수 있다. 그가 그려내는 삶의 현실은 그의 작품을 빌려 비로소 탄생하는 것이다.

　　김동리(金東里, 1913-1995)의 소설은 풍부한 신화적 모티프에서부터 출발한다. 그리고 그 신화적 모티프들은 다양한 설화적 공간을 형성하면서 전통 의식과 연결되고 있다. 그의 등단 작품인 「화랑(花郎)의 후예(後裔)」(1935)에서부터 이미 전통 지향적인 특성이 강하게 드러난다. 1930년대 후반에 발표한 단편소설 「산화(山火)」(1936) 「바위」 「무녀도(巫女圖)」 「산제(山祭)」 「황토기(黃土記)」(1939) 등은 토속적인 무대를 배경으로 하여, 그 속에서 이루어지는 한국인들의 삶의 운명적인 양상을 깊이있게 천착하고 있다. 역동적인 현실보다 닫혀 있는 설화적인 공간을 그려낸다는 점에서 이 작품들은 모두 모더니즘 계열의 소설들이 추구하던 근대성의 의미를 완강하게 거부하는 것처럼 보인다. 「산화」와 「바위」의 등장인물들은 모두 잃어버린 세계를 되찾고 조화로운 삶을 회복하기를 기원한다. 이 기구(祈求)의 의미 속에서 근대 이전의 세계로 회귀하고자 하는 작가의식의 반근대적인 속성이 나타나고 있다. 대표작으로 평가받는 「무녀도」 「황토기」 등은 서사적 공간이 설화적 전통과 토속신앙 등으로 꾸며진 신비주의적인 경향을 드러낸다. 그리고 인간의 보편적인 운명의 절대성에 대한 관심으로 인해 허무주의적인 색채가 강하게 나타난다. 김동리 문학이 보여 주는 이같은 반근대적(反近代的)인 속성은 현실주의적 이념이나 가치로부터의 탈피를 강조하고 있다는 점에서 순수주의 문학으로 평가받기도 하고, 역사와 현실을 벗어나고 있다는 점에서 반역사주의 문학으로 비판받기도 한다. 그러나 김동리의 문학에서 볼 수 있는 반근대적인 속성은 일본의 식민지 지배에 의해 왜곡된 근대화로부터 벗어나 한국적인 토속의 세계에 집착하고자 했던 작가의식의 소산으로 해석할 수도 있다. 김동리 문학이 해방 이후 민족문학이라는 이름 아래 보수주의적 이념의 거점이 되었던 것도 이같은 맥락에서 이해할 수 있을 것이다. 김동리가 그의 소설에 재구해낸 토속적이고도 운명적인 공간은 식민지의 타락한 근대 공간에 대한 대타적인 의미를 지니는 것으로 이해할 수 있다. 이것은 식민지 현실이 민족의 정기가 절맥된 상황 또는 훼손된 가치와 붕괴된 총체성의 세계로 인식될 수 있음을 의미한다. 하지만 그의 작품에서 볼 수 있는 반근대적인 요소를 왜곡된 근대의 초극을 뜻하는 것으로 설명하기에는 여러 가지 문제성을 안고 있다. 특히 그의 작품에서 주조를 이루고 있는 허무주의가 운명이라는 모호한 말로 밖에 설명할 수 없다는 점은 비판적으로 지적되어야 할 문제이다. 물론 김동리의 문학에서 토착적 한국인의 삶과 정신에 대한 깊이있는 탐구 그리고 이를 통해 인간에게 주어진 운명의 궁극적인 모습을 이해하려는 끈질긴 노력은 높이 평가해야 한다. 그 이유는 이같은 노력이 식민지 근대라는 세계의 모순과 대결하면서 비록 그것을 타개할 만한 힘을 소설적으로 구현하지 못했다 하더라도 작가의 개인적 의지와 연결되어 한국 소설의 흐름에 하나의 뚜렷한 자취로 남아 있기 때문이다.

　　최명익(崔明翊, 1903-?)은 1937년 최정익, 유항림, 김이석 등이 주관한 동인지 『단층(斷層)』에 참여하면서 문단적인 존재를 분명하게 드러냈다. 그가 이 무렵에 발표한 「무성격자(無性格者)」(1937) 「폐어인(肺

魚人)」(1938) 「심문(心紋)」(1939) 「장삼이사(張三李四)」(1941) 등은 한
국 심리주의 계열의 소설이 도달한 중요한 성과의 하나로 평가되고 있
다. 최명익의 작품들은 자의식의 내면 공간을 밀도있게 그려낸 이상(李
箱)의 작품 세계와는 달리, 당시 일상의 공간에서 지식계급의 불안의식
을 성실하게 표현한다. 그의 소설에 등장하는 인물들은 무력증과 자의
식의 과다에 매몰된 인간들이 대부분이며, 전체적으로 절망의 정조를
바탕으로 하고 있다. 이 절망은 후회 없이 삶을 살아가기 위해 열정을
보이던 인물들이 자기 삶에 대해 갖는 체념에서 비롯된다. 그의 소설을
보면 지식인의 자의식과 생활인으로서의 일상적 감각이 대비되어 나
타난다.

　　허준(許俊, 1910-?)의 소설 세계는 자의식의 내면 풍경이 허무주의적
색채를 강하게 드러낸다. 그의 단편소설 「탁류(濁流)」(1936)는 어쩔 수
없는 운명으로 인해 현실에서의 적극적인 삶에 대한 모색을 포기한 채
살아가는 지식인의 자의식의 세계를 성실하게 천착하고 있으며, 「야한
기(夜寒記)」(1938) 「습작실(習作室)에서」(1941) 등에서는 허무의 심연
에 칩거한 지식인의 내면세계를 그리고 있다. 이러한 작품들은 당대 현
실에 대한 지식인의 불안의식과 허무주의적 태도와 연관된다. 그의 작
품의 주조를 이루는 것은 현실에 무관심한 채 내부 세계로 시선을 돌
릴 때 필연적으로 느끼게 되는 허무의식과 고독감이다. 소설 속의 등장
인물들은 현실의 문제를 자기 개인의 의지로는 어찌할 수 없다는 허무
주의에 빠져 있으며, 삶의 자세나 가치판단에 굳이 골몰할 필요가 없다
고 생각하는 것이다.

여성소설의 성장

한국문학에서 여성소설은 1930년대에 박화성, 강경애, 최정희, 백신애,
이선희 등이 등장하면서 본격화된다. 이들은 초창기 문단에서 김명순,
나혜석, 김원주 등이 보여 주었던 여성의 자기 발견이라는 주제를 보다
확대해 식민지 현실에서 여성의 역할 문제를 소설을 통해 보다 적극적
으로 개진한다.

　박화성(朴花城, 1904-1988)이 소설 「홍수 전후」(1934)나 「한귀(旱鬼)」(1935) 「논 갈 때」 「헐어진 청년회관」 등에서 그리는 궁핍한 농민의 삶은 주로 농촌 여성의 문제와 연결되어 있다. 박화성은 가난한 소작농들이 자연재해를 이겨내면서 얻어낸 곡식을 지주와 마름들이 모두 차지해 버리는 모순 구조가 계급적인 것임을 분명히 한다. 그리고 그 현실 속에서 가장 큰 피해를 겪는 인물이 바로 여성임을 말해 주고 있다. 식민지시대 농촌 여성은 전통적인 가부장제의 체제에 갇혀 있었기 때문에, 계급적 모순 속에서 가난하게 살아가면서도 남성의 지배의 울타리를 벗어나지 못한다. 여성에 대한 이같은 이중적인 억압 구조는 정치 경제적인 문제만이 아니라 사회 문화적인 문제성을 동시에 내포한다. 이러한 문제의식에 기초한 박화성의 문학은 식민지시대에 여성주의 문학의 성격을 이해하는 하나의 단서를 제공한다.

　강경애(姜敬愛, 1907-1943)는 단편소설 「소금」(1934) 「지하촌(地下村)」(1936) 「이 땅의 봄」(1936) 「산남(山男)」(1936) 등과 함께 장편소설 「인간문제(人間問題)」(1934)를 발표했다. 강경애의 문학은 북만주 간도지방에서의 체험을 바탕으로 함으로써 주제의 폭과 깊이가 남다른 바 있다. 강경애의 소설적 주제는 주로 식민지시대의 가난한 농민과 노동자들의 삶에 집중되어 있다. 봉건적 지주계급의 횡포와 이에 맞서는 농민들의 투쟁이 처절한 삶의 과정으로 펼쳐진다. 강경애의 사회 현실에 대한 문학적 인식은 장편소설 「인간문제」에서 정점에 달한다. 이 작품은 농촌 '용연' 마을과 도시 '인천'의 공장가라는 상반된 두 공간을 대조적으로 보여 준다. 용연 마을에서는 여주인공이 지주의 횡포로 인해 아버지를 잃지만 그 사실도 모른 채 그의 노리개로 전락하고, 인천에서는 공장노동자로서 온갖 고초를 겪으며 힘든 노동에 시달리다가 결국 목숨을 잃게 되는 비극적인 삶을 보여 주는 것이다. 그러나 이 소설에서는 삶의 과정을 수난의 기록으로만 그려내지 않는다. 여주인공은 노동자의 삶을 통해 자신의 삶을 착취하고 억압하는 세력들이 누구인가를 깨닫게 되며, 스스로 고립된 개인으로 남아 있기를 거부하고 그들을 압제하는 세력에 저항한다. 그렇기 때문에 이 소설은 시대의 고통을 직시하고 근본적인 인간 문제의 해결을 지향했던 작가의 문학적 성취에 해당한다.

최정희(崔貞熙, 1906-1990)는 주로 지식인 여성이 겪는 사회로부터
의 이중의 소외와 모멸을 절실하게 그려냈다. 「흉가(凶家)」(1937)에서
는 신문사 여기자가 남편 없이 많은 식구의 가장 노릇을 하며 살아가
는 고난을 다루었고, 「지맥(地脈)」(1939) 「인맥(人脈)」(1940) 「천맥(天
脈)」(1941)에서는 경제적 조건과 사회 관습 때문에 파멸하는 여성의
삶의 과정을 뚜렷하게 부각시켜냈다. 「지맥」과 「인맥」은 모두 여주인
공이 자기 체험에 대해 고백한 형태로 서술되어 있다. 이처럼 자기 내
부를 지향하는 일인칭 서술의 특징으로 인해 소설은 더욱 감응력을 발
휘한다. 이같은 문체의 확립이 작가 최정희가 고수하고자 하는 여성적
관점과 연관되는 것이라면, 이들 작품은 여성적 글쓰기의 전범을 보여
주는 것이라고 할 수 있다.

백신애(白信愛, 1908-1939)는 식민지 상황에서 전개되는 궁핍한 삶
의 문제를 여성적 관점으로 예리하게 파악하는 작품들을 남겼다. 백신
애의 소설적 주제는 궁핍이다. 그의 관심은 가난 속에서 고통스럽게 살
아가는 여성들의 모습에 집중되어 있다. 백신애가 남긴 작품 가운데
궁핍한 현실과 여성의 삶의 문제를 다룬 것으로는, 식민지 조국을 떠
나 만주와 시베리아 등지를 방황하는 실향민들의 고통을 그려낸 「꺼
래이」(1934)와 극심한 가난에 시달리는 민중의 모습을 형상화한 「적빈
(赤貧)」(1934) 등이 있다. 여성의 성적 본능과 내면 갈등을 정밀하게 그
려낸 「정조원(貞操怨)」(1936) 「아름다운 노을」(1939) 등은 모두 개인적
욕망과 사회적 윤리의 거리를 문제 삼고 있다.

이선희(李善熙, 1911-?)의 소설에는 남성에 대한 강한 피해의식과 이
에 대한 보상심리가 근저에 자리잡고 있다. 작품 속의 여주인공들은 언
제나 불행한 삶을 살아가고 있으며, 남성 지배적인 사회로부터 벗어나
고자 하는 개인적 욕망을 갖고 있다. 이선희의 대표작으로 손꼽히는
「계산서(計算書)」(1937)의 여주인공은 사고로 다리를 절단한 후 남편
의 사랑이 식어 가자, 허울로 덮여 있는 가정을 벗어난다. 그러나 남편
에 대한 피해의식과 증오심을 버리지 못한다. 「매소부(賣笑婦)」(1938)
는 일상적인 가정이라는 울타리를 가져 보지 못한 창녀를 여주인공으
로 내세운다. 이 작품에서는 주인공이 자신의 육체를 돈으로 샀던 숱

한 남성들에 대한 증오를 보여 주고자 한다. 그녀는 자기 목숨이 다하는 순간에 자기 몸을 탐했던 남자 중에 한 명이라도 함께 끌고 죽어야 한다고 생각하는 것이다. 이선희는 여성의 삶의 문제를 「여인도(女人都)」(1937) 「숫장수의 처」(1937) 「여인 명령」(1937) 「연지(臙脂)」(1938) 「처의 설계」(1940) 등에서 절실하게 그려냄으로써 남성 중심적 사회의 제도와 인습에 대한 대결 의식을 강조했다.

극문학

희곡문학의 성격

한국 현대문학의 전개 과정에서 문학 양식으로서의 희곡(戲曲)이 등장한 것은 1920년대의 일이다. 이 시기에 연극계는 일본으로부터 유입된 신파극이 대중성을 확보해 공연 무대를 지배하게 된다. 그러나 삼일운동 직후부터 일본 유학생을 주축으로 하는 학생연극운동이 점차 확대되면서 본격적으로 연극 공연이 이루어지고, 새로운 공연 형식이라는 공연예술로서의 연극에 대한 인식도 바뀌게 된다. 이와 함께 극문학으로서의 희곡도 전문적인 극작가의 등장으로 새로운 기반을 확보하게 된다.

1920년대 초반의 연극운동은 학생연극운동을 바탕으로 출발했다 이 시기에 민중계몽을 위한 연극 공연을 기획한 학생 극단으로 극예술협회(劇藝術協會), 갈돕회, 형설회(螢雪會), 토월회(土月會) 등이 등장한다. 이 가운데 극단 토월회(1922)는 박승희, 김기진, 김복진, 이서구, 김을한 등의 동경 유학생들을 중심으로 조직되었으며, 학생연극운동으로 출발해 뒤에 전문 극단으로 발전했다. 토월회의 공연은 연극을 통한 민중계몽이 목적이었으며, 주로 외국 작품을 번역해 무대에 올렸다. 토월회는 1924년 제3회 공연부터 본격적인 상업 극단으로 변신함으로써, 학생연극운동에서 출발해 전문 극단으로 발전한 초창기의 대표적 극단이 된다. 그렇지만 대개의 학생 극단은 경영 문제를 쉽게 극복하기 어려웠기 때문에 한두 번의 공연만으로 해체됐다. 특히 희곡 작품의 창작 대신 외국 작품의 번역 공연에 치중하면서 연극 공연의 전문성도 살리지 못했다. 그러므로 학생 극단들이 전문 극단으로 탈바꿈하는 과정에서 초기의 실험 정신을 상실한 채 지나치게 상업주의로 치달으면서 결국 연극운동 자체의 실패를 경험하지 않을 수 없게 된다.

1920년대 문단에서 새로운 관심의 대상이 된 희곡문학은 이같은 학생연극운동과 함께 등장한다. 서구적인 공연 형태인 연극을 위해 만들어지는 희곡은 양식적인 속성 자체가 완전히 외래적이었다. 전통적인 공연 형태였던 가면극이나 인형극은 모두 구전 전통 속에서 전승되어 온 것이었으므로, 문자로 기록된 대본이 필요하지 않다. 그러나 새로운 연극은 먼저 문학 양식으로서의 희곡을 대본으로 삼아야 한다. 희곡은 언어라는 표현 수단으로 하나의 이야기를 인물들의 행위와 사건을 통해 보여 준다. 그러나 엄밀히 말해서 시나 소설과는 성격이 다르다. 희곡은 연극의 대본으로서 무대 상연을 전제로 한 문학이기 때문이다. 희곡은 하나의 이야기를 무대 위에서 배우들의 행동을 빌려 관객에게 직접 보여 준다. 그러므로 문학성과 함께 연극성이라는 이원적인 특성을 지닌다.

희곡은 연극으로의 무대 상연을 전제하기 때문에, 여러 가지 극적인 특성을 지니게 된다. 우선, 행동과 대사를 통해 직접적으로 하나의 사건을 제시한다. 작가가 직접적으로 대상을 묘사하거나 설명할 수 없다. 희곡에 나타난 행동과 대사를 통해 극의 진행을 상상해 보아야 한다. 희곡은 시간적 공간적 제약이 많다. 한정된 시간과 공간에서 일정한 이야기를 행동화하기 위해서는 압축적이고 극적이라야 한다. 이처럼 희곡은 제약성을 바탕으로 전체의 이야기를 하나의 극적인 구조로 압축해 직접적인 효과를 거둘 수 있다는 점이 특징이라고 할 수 있다. 대사와 행동이 중심을 이루는 문학으로서 희곡은 당시의 문단적 관습으로 본다면 가장 실험적인 문학 양식이 된다. 한국의 희곡문학은 삼일운동을 전후해 유입되기 시작한 여러 가지 사상의 혼류를 호흡하면서 한국 문단에서 나름 새로운 가치와 질서를 세워 나아가게 된다.

연극운동과 극문학

희곡문학의 등장

1920년대 희곡문학의 새로운 등장 과정에서 우선 주목할 점이 조명희의 활동이다. 조명희는 식민지시대 전반기에 활동한 소설가로 더 많이 알려져 있지만, 동경 유학 시절 김우진, 최승일 등과 함께 극예술협회 (1920)를 조직해 초창기 학생연극운동을 주도했다. 또한, 희곡 창작에도 관심을 보여「김영일의 사(死)」(1920)「파사(婆娑)」(1923) 등을 발표한 바 있다. 특히 창작 희곡으로서「김영일의 사」는 작품 자체의 극적 성격과 의미 못지않게 한국 연극사에서 중요한 위치를 점하고 있다. 이 작품은 작가 자신의 궁핍한 유학 체험을 바탕으로 지식인 청년의 사상적 갈등과 윤리 의식 등을 문제 삼고 있는데, 극예술협회의 순회공연 무대에 올려진 바 있다. 이 작품은 행위의 극적인 대조를 통해 인간에 대한 신뢰와 윤리 의식을 강조한다. 작품의 주인공은 가난한 유학생 김영일이다. 주인공은 시골에서 소작인으로 어렵게 일하다가, 병든 어머니와 누이를 버려둔 채 일본으로 유학을 온 고학생이다. 작품은 가난한 고학생의 정직함과 부유한 인물의 인색함을 극적으로 대비시켜 인간의 윤리 의식의 문제성을 제기한다. 그러나 이같은 접근법은 식민지시대의 구체적인 민족 현실에 비추어 보면 상당히 추상화된 것이라고 할 수 있다. 특히 주인공의 죽음 자체가 궁핍한 삶에서 비롯된 것인지 억압적 상황에서 연유한 것인지 불분명하다. 결국 이 작품은 새로운 사회 변혁의 가능성이나 의지를 구체적으로 형상화하고 있다기보다는 작가 자신의 현실에 대한 관념을 일정하게 반영하고 있는 것으로 볼 수 있다.

희곡의 문학적 기반을 확립한 것은 극작가 김우진(金祐鎭, 1897–1926)이다. 김우진은 일본 유학 시절에 극예술협회를 주도했고, 학업을 마친 후 귀국해 희곡 창작에 힘을 기울여「이영녀(李永女)」(1925)를 비롯해「정오」(1925)「난파(難破)」(1926)「산돼지」(1926) 등을 발표했다. 그의 희곡은 주로 전통사회의 완고한 인습으로 인해 불행한 결말을 맞는 여성 혹은 예술가의 삶에 초점이 맞춰져 있다. 「난파」는 상극적인 부자관계를 통해 전통 인습과 근대 의식의 갈등을 첨예하게 형상화한 작품이며, 「이영녀」는 한 여성의 기구한 삶을 극적으로 재구성해 식민지시대에 여성의 삶의 문제를 새롭게 제기한 주제의 선구성이 높이 평가된다. 또한 「산돼지」는 동학혁명을 소재로 하면서도 사랑을 복선으로 깔고 작가 자신의 고백을 담아 표현주의적 형식과 주제를 잘 구현한 것으로 평가되고 있다. 그가 보여 준 당대의 연극운동에 대한 관심은 「소위 근대극에 대하여」(1921) 「우리 신극운동의 첫길」(1926) 등의 비평에도 잘 드러나 있다. 그는 서구의 연극운동 특히 소극장운동을 소개하면서 이를 우리 현실에 적용하기 위한 실천적 방법을 모색하고자 했다. 그리고 당시 한국의 절박하고 암울한 사회와 인생을 묘사하기 위해 표현주의의 방법을 적극 소개하고, 자신의 창작을 통해 이를 실천함으로써 근대적인 극문학의 가능성을 열었다.

계급 문단의 연극운동

일본 식민지시대의 계급문학운동에서 연극운동과 극문학은 계급의식의 구현과 대중의 조직이라는 계몽적 역할을 담당했다. 프롤레타리아 연극은 계급 이념의 대중적 확산을 위한 목적극으로서의 성격을 지닌다. 그러므로 계급투쟁을 대중적으로 선동하기 위해 조직적 차원에서 모든 공연 활동이 기획된다. 이 과정에서 노동자, 농민을 위해 그들 자신이 주체가 된 연극 공연을 실현시키고자 한 점은 그 의미를 중시할 필요가 있다. 프로 연극은 노동자, 농민을 대상으로 계급적 현실 문제를 소재로 하는 단막극 위주로 창작되었다.

조선프롤레타리아예술동맹의 조직 이후 본격적인 프롤레타리아 극단인 불개미극단(1927)이 조직된 후에는 각 지방에도 비슷한 성격의 극단들이 등장하기 시작한다. 1930년 3월에 평양의 마치극장을 선두로 서울에서는 1931년에 청복극장이 결성된다. 그러나 이들 극단은 실질적인 공연 활동을 수행하지는 못한다. 1932년 8월에는 조선프롤레타리아예술동맹 조직 내부에 극단 신건설사가 설립되어, 레마르크(E. M.

Remarque) 원작의 「서부 전선 이상 없다」, 송영의 「신임 이사장」 등을 서울 무대에서 공연한다. 그러나 극단 신건설은 3회 공연 준비 중 일본 경찰의 검거령에 의해 모든 단원이 구속되고 계급 문단 자체가 강제 해체되는, 이른바 신건설사 사건(1934)을 겪음으로써 프로연극운동이 막을 내리게 된다.

한국 프로연극운동에서 우선적인 논의 대상은 극작가 김영팔(金永八, 1902~?)이다. 김영팔은 극예술협회를 조직해 연극운동에 가담한 바 있다. 그는 창작 희곡 「미쳐가는 처녀」(1924)를 발표한 후 「싸움」(1926) 「불이야」(1926) 「부음(訃音)」(1927) 「마작」(1931) 등을 내놓았다. 그의 작품들은 대체로 멜로드라마적 성격을 띠고 있으며, 계급적 갈등 문제를 지나치게 강조한 경우가 많다. 희곡 「싸움」은 단막극의 형식으로 구성되어 있으며, 개인의 일상생활 속에서 흔히 볼 수 있는 부부 싸움으로부터 계급의식의 각성이라는 대의를 끌어내고 있다. 「부음」은 김영팔의 대표적인 경향극으로 꼽히는 작품이다. 무산계급을 위해 싸우는 청년과 그를 사모하는 여성의 사랑을 배경으로 계급투쟁을 향한 투철한 사명감을 강조하고 있다.

송영은 조선프롤레타리아예술동맹에 가담해 계급문학운동을 실천하면서 희곡 「일체 면회를 사절하라」(1930) 「호신술(護身術)」(1932) 「신임(新任) 이사장(理事長)」(1934) 「황금산(黃金山)」(1936) 등을 발표한다. 그는 극중의 부정적인 인물이 자신의 결함을 스스로 폭로하는 방식의 풍자 기법을 활용한다. 이는 부르주아 계층의 허위성을 고발하기 위해 그가 자주 동원한 극적 기법이다. 희곡 「신임 이사장」의 경우에는 신임 이사장의 형상과 특이한 어투를 통해 몰지각한 자본계급의 인물을 희화해 놓았고, 「호신술」의 경우에도 여직공들이 임금투쟁을 벌이고 파업을 하기까지의 역경을 사실적으로 제시하면서, 그 결말을 희화적으로 맺고 있다. 공장주 가족들이 직공들의 파업과 쟁의에 대비해 호신술을 연습한다든지, 노동자들의 강력한 요구에 뒷걸음만 치면서 일시적으로 사태를 모면하기 위해 허둥댄다든지, 그러면서도 결국은 노동자들에게 손을 들고 만다는 식의 극적 전개가 이루어진다. 「일체 면회를 사절하라」에서도 상황의 극적 설정이 유사하다. 이처럼 송영의

희곡은 모순의 현실을 희화적으로 그려냄으로써 계급적 모순의 의미
를 역전시키고 있다. 계급적인 구조의 모순과 그 모순에 근거해 노동자
를 착취하는 자본계급의 무모한 욕심을 비판하기보다는, 오히려 그 비
리와 모순의 실상을 보여 주고 이를 제대로 인식하지 못하는 가진 자
들의 우둔함을 날카롭게 풍자하는 것이다.

사실주의 극의 확립

유치진(柳致眞, 1905-1974)은 1930년대의 극문학과 연극운동에서 가장
중요한 위치를 점하고 있다. 그는 서항석, 홍해성, 윤백남, 김진섭, 조
희순 등과 함께 한국 연극운동의 기반이 된 극예술연구회(1931)를 설
립하고 많은 희곡 작품을 발표했다. 극예술연구회는 극예술에 대한 일
반 이해의 확대, 극예술의 올바른 방향 정립, 진정한 의미의 한국의 신
극 수립 등을 목적으로 내세우고 있다. 이러한 목적을 보면 이 단체가
단순한 연극동호회라기보다는 극예술의 이론과 실제를 포괄해 보려
는 의욕을 가지고 있었음을 확인할 수 있다. 실제로 이 단체의 구성원
들은 기관지『극예술(劇藝術)』을 통해 희곡문학과 연극에 관한 다양
한 이론과 방법을 논의했으며, 희곡 창작은 물론 전문 극단으로서 본격
적으로 공연 활동을 전개하기도 했다. 유치진의 희곡 창작은「토막(土
幕)」(1932)으로 시작해「버드나무 선 동리 풍경」(1933)「소」(1935) 등
일련의 농촌 소재의 작품으로 이어진다. 이들 작품은 식민지 치하 농민
의 수탈과 좌절을 극적으로 형상화하고 있다. 이 작품들에 등장하는 인
물들은 삶의 터전인 농토를 빼앗기고, 삶의 희망을 빼앗기고, 사랑마저
잃고 생존의 가능성마저 잃게 된다. 그러므로 결국은 고향마저 버려야
한다. 이처럼 작품의 서두에서부터 결말에 이르는 전개 과정 자체를 착
취와 궁핍으로 이어지는 참담한 삶의 모습으로 연결시키고 있다. 이 작
품들은 식민지 수탈정책의 잔혹성을 고발하고 있지만, 현실의 고통을
단순히 폭로하는 데 그치지 않고 서민들의 암울한 페이소스를 조명해
절박한 비극으로까지 이끌어 가고 있다. 그는 일제강점기 후반에 일본

의 탄압을 피해 역사극으로 방향을 바꾸어 「춘향전(春香傳)」(1935) 「마의태자(麻衣太子)」(1937)와 같은 작품을 남기기도 했다. 그러나 소위 친일적 연극 활동인 국민극운동에 적극 가담했다.

함세덕(咸世德, 1915-1950)은 유치진의 영향을 받아 창작극에 관심을 두고, 희곡 「산허구리」(1936) 「동승(童僧)」(1939) 「해연(海燕)」(1940) 「낙화암(落花巖)」(1940) 등을 발표한다. 「동승」은 심산유곡의 작은 산사를 무대로 한 동승의 환속 과정을 담고 있다. 이 작품에서 인간적 욕망과 사랑, 이별, 꿈과 동경을 그린 함세덕의 낭만주의적 성향을 확인할 수 있다. 함세덕이 발표한 역사극 「낙화암」은 백제 멸망의 애사(哀史)를 극적 무대로 옮겨 놓고 있다. 이 작품에는 서두에서 "젊은 나그네 하나 수양버드나무에 기대서서 회고에 잠겨 금강과 반월성의 폐허를 바라보고 있다"고 하는 한 장면을 설정한다. 이것은 백제의 패망이라는 망국의 역사를 과거의 사실로 국한시키지 않고 현재의 시점에서 일제강점기라는 현실에 빗대어 보고자 하는 의도를 드러낸 것으로 볼 수 있다.

오영진(吳泳鎭, 1916-1974)은 창작극에서 민속의 소재를 자주 차용하면서 전통적인 희극 정신을 살리는 데 힘썼다. 그의 작품 세계는 현세의 물욕과 어리석음을 비웃고 꾸짖는 강렬한 주제 의식을 담고 있는데, 한국인의 해학과 풍자를 잘 표현한 것으로 평가받는다. 「맹진사댁 경사」(1943)는 전통에 대한 반성과 확대 작업으로 씌어진 시나리오 「배뱅이굿」(1942), 그리고 해방 후의 「한네의 승천(昇天)」(1972)과 함께 삼부작을 이루며, 전래의 관혼상제인 혼례, 상례, 제례 중에서 혼례를 다루고 있다. 이 작품은 구습 결혼제도의 모순과 우매한 양반들의 허욕을 희화화했다. 「맹진사댁 경사」에서 작가는 인간에게 내재된 위선을 해학과 풍자로 매도하면서 소박한 인간의 진실을 강조한다.

채만식은 식민지시대를 대표하는 소설가이지만 자신의 창작 세계의 확대를 꾀하면서 여러 편의 희곡을 발표했다. 개화기 지식인의 삶을 풍속화처럼 그려내고 있는 「제향(祭享) 날」(1936)은 역사극의 발상법을 취하면서도 회상 기법을 동원함으로써 무대의 현재화를 가능하게 했다. 할머니와 외손자 영오가 함께 음식을 마련하는 제삿날에, 최 씨의 남편으로 동학당 접주였던 김성배의 얘기가 회상됨으로써 제1막이 시작된다. 제2막에서는 최 씨의 아들인 영수가 '만세' 시위를 주동하다 거사에 실패, 중국으로 피신하기까지의 과정을 보여 준다. 제3막에서는 사회주의자인 최 씨의 손자가 영오에게 프로메테우스 신화를 들려줌으로써 우의적으로나마 역사 속에서의 실천이 갖는 의미를 전달한다는 형식을 취하고 있다. 이같은 조건으로 인해 당시 무대 상연에는 여러 가지 무리가 따를 수밖에 없었을 것이다. 이 작품은 현대극으로서의 전위 기법을 수용하고 있다는 점에서 형식상 주목할 만한 요소를 가진다. 장편소설 「탁류」와 유사한 의미 구조를 가진 희곡 「당랑(螳螂)의 전설(傳說)」(1940)도 비슷한 관점에서 주목할 만하다.

현대문학

현대시

현대시와 서정적 전통

민족 해방과 시정신의 회복

한국의 현대시는 1945년 8월에 민족 해방과 함께 시정신의 지향이 넓게 개방되었다. 해방 공간의 시단에서는 식민지시대에 일제의 탄압으로 빛을 보지 못했던 이육사의 『육사시집』(1946) 윤동주의 『하늘과 바람과 별과 시』(1948) 심훈의 『그날이 오면』(1949)이라는 세 권의 유고 시집이 간행된 바 있다. 이 시집들 속에는 식민지 상황에 대한 비판은 물론 일제에 대한 강한 저항의 의지를 표현하는 작품들이 많다. 이육사는 고절(孤節)한 시적 의지를 절제의 언어로 형상화하면서 치열한 시정신을 잘 표현하고 있다. 심훈은 식민지 극복을 염원하면서 모순의 현실을 견뎌야 하는 삶의 고단함을 고통의 언어로 묘사했다. 윤동주는 식민지 지배의 간고한 현실을 살아가야 하는 지식인 청년의 수치심을 노래하면서 자기희생을 위한 기도를 순수한 시정신으로 승화시켰다. 이러한 시적 성과는 해방과 함께 새롭게 출발하는 한국 현대시의 정신적 좌표가 되었음은 물론이다. 한국문학의 탈식민주의적 지향을 대변하는 이 시집들의 발간은 해방과 함께 한국 현대시가 위축되었던 시적 정신을 회복했음을 의미한다.

해방과 함께 문단이 정비되면서 시인들의 이념적 지향과 정치적 선택은 시단의 좌우 분열을 그대로 드러내기 시작했다. 당시 시단에서

는 해방의 감격과 시적 열정을 실감있게 보여 주는 세 권의 합동 시집
『해방기념시집』(1945) 『횃불―해방기념시집』(1946) 『연간조선시집』
(1947)을 출간했다. 『해방기념시집』은 민족 진영의 중앙문화협회에서
범문단적으로 시인을 규합해 모두 24인의 신작시를 엮었다. 여기에 동
원된 사람 가운데에는 홍명희, 안재홍, 이극로, 오지영 등과 같이 전문
적인 시인으로 보기 어려운 사람도 있었는데, 실제 작품들도 대부분
해방을 위해 바치는 찬가 또는 헌사의 범주에 머무르고 있다. 김광섭,
양주동, 박종화, 이하윤, 조지훈 등의 민족계열 시인과 김기림, 이용악,
오장환 등의 좌익 문단의 시인들이 서로 섞여 있는 점도 이 시집이 이
념적 색채가 뚜렷하게 나타나 있지 않음을 말해 준다. '건설 도정에 있
는 새로운 시의 지표'를 삼겠다는 의욕을 내세우면서 해방의 감격을
노래한 작품들을 수록하고 있다. 『연간조선시집』은 조선문학가동맹
이 조직을 완비한 후에 간행한 것으로 좌익 진영의 모든 시인을 망라
하고 있다. 조선문학가동맹 시부위원회가 '1946년도' 판으로 엮은 이
시집에는 이 단체에 소속되어 있는 권환, 김광균, 김광현, 김기림, 김
동석, 김상원, 김용호, 김철수, 노천명, 임화, 박노춘, 박동화, 박산운,
박석정, 박아지, 배인철, 박찬일, 상민, 설정식, 송완순, 안형준, 여상
현, 오장환, 윤곤강, 윤복진, 유종대, 유진오, 이병기, 이병철, 이주홍,
이흡, 이용악, 조남령, 조벽암, 조영출, 조운, 조허림, 강승한, 김상오,
민병균, 박세영, 백인준, 안함광, 이경희, 이원우, 이정구, 이찬, 정국록
등의 시가 각각 한 편씩 수록되어 있다. 『횃불』의 경우에는 좌익 문단
조직인 조선문학가동맹에 관여하고 있던 12인의 시인들이 엮은 시선
집이다. "조국해방을 위해 싸운 혁명투사에게 바친다"는 발간 의도에
따라 정치 이념에 대한 주장과 투쟁의 노래를 주로 수록하고 있다. 이
시집은 '해방기념시집'이라는 부제대로 권환, 김용호, 박세영, 박아지,
박석정, 송완순, 윤곤강, 이주홍, 이찬, 이흡, 조벽암, 조영출 등의 작품
을 실었다.

　해방 공간의 시단에서는 새로운 세대의 출현을 예고하는 두 권의 합
동 시집 『청록집(靑鹿集)』(1946)과 『새로운 도시와 시민들의 합창』
(1949)이 주목을 받았다. 이 합동 시집은 새로운 시적 개성의 등장과 함

게 해방 이후 한국 현대시의 지향을 예견할 수 있게 한다는 점에서 관심의 대상이 되었다. 조선청년문학가협회의 주동 인물이었던 조지훈, 박목월, 박두진 등 세 시인의 합동 시집인 『청록집』은 '자연의 발견'이라는 측면에서 의미가 있고, 1930년대 후반의 시와 해방 이후의 시를 이어 줌으로써 문학사에서 서정시의 맥락을 보여 준다는 점에서 높이 평가받기도 한다. 이 시집의 시들은 해방 직후의 혼란 속에서 순수시의 전형으로 손꼽혔으며, 전통적 서정성이 한국 현대시의 정신적 거점으로 인정되기도 했다. 김경린, 임호권, 박인환, 김수영, 양병식의 합동 시집 『새로운 도시와 시민들의 합창』은 시적 언어의 실험과 함께 일상에 대한 비판적 인식과 도시적 감각의 새로운 표현에 주력하면서 시적 모더니즘의 경향을 강하게 드러내고 있다. 이들의 시적 지향은 한국의 서정시가 빠져들기 쉬운 주관적 감상성을 극복하기 위해 사물에 대한 인식의 폭을 넓히고 있다는 점에서 그 의미가 있다.

순수와 서정의 세계

해방에서부터 한국전쟁을 거치는 동안에 겪어야 했던 격동적 사회 혼란에도 불구하고, 시에서 서정성의 전통은 지속적으로 전개되고 있다. 서정주, 유치환, 신석정, 박두진, 박목월, 조지훈, 박남수 등은 자신들이 키워 온 서정시의 전통과 시적 신념을 일관되게 지켜왔다고 할 수 있다. 이들은 자연과 인간의 삶의 조화를 지향하고 있다든지, 전통적인 서정성에 바탕을 두고 언어의 리듬을 살려내고 있다든지 하는 점에서 대체로 일치된 경향을 보여 준다.

서정주는 첫 시집 『화사집(花蛇集)』(1941)에서 볼 수 있는 것처럼 허무주의적인 요소와 관능적 감각이 시의 세계 속에 공존해 있던 시인이었다. 그러나 해방 이후 『귀촉도(歸蜀途)』(1948)의 시들은 사변적인 것보다 서정성에 균형을 찾으며, 감각적인 것보다 전통적인 정서가 폭넓게 깔려 있다.

눈물 아롱아롱
피리 불고 가신님의 밟으신 길은
진달래 꽃비 오는 西域 三萬里
흰옷깃 염여 염여 가옵신 님의
다시오진 못하는 巴蜀 三萬里.

신이나 삼어줄ㅅ걸 슬픈 사연의
올올이 아로색인 육날 메투리
은장도 푸른날로 이냥 베혀서
부즐없는 이머리털 엮어 드릴ㅅ걸.

초롱에 불빛, 지친 밤하늘
구비 구비 은하ㅅ물 목이 젖은 새,
참아 아니 솟는가락 눈이 감겨서
제피에 취한새가 귀촉도 운다
그대 하늘 끝 호올로 가신 님아

— 「귀촉도(歸蜀途)」 전문, 『귀촉도』(1948)

　서정주의 시적 변모 과정의 한 단계를 이루고 있는 위와 같은 작품
은 전통적 정서의 한복판에 그의 시가 자리하고 있음을 보여 준다. 인
간의 삶과 죽음의 문제를 동시에 아우르고 있는 이 시에서 은하에 맞
닿는 시적 공간의 폭은 한의 정서의 깊이와 서로 조응한다. 전통적 정
서에 기반하고 있는 이 시가 신화적 상상력을 동원해 시정신을 고양하
고 있는 것은 서정주 시의 새로운 위상을 말해 준다고 하겠다.
　서정주의 시는 전후 현실을 거친 후 일상에 침잠하지 않고 시집 『신
라초(新羅抄)』(1961)에서부터 『동천(冬天)』(1969)에 이르기까지 또 하
나의 자기 변화를 준비한다. 『신라초』는 서정주의 시적 세계가 전통적
인 것과 동양적인 불교 세계에 대한 관심으로 새롭게 구체화되고 있음

을 보여 준다. 여기서 시인이 가장 전통적이고 이상적인 시적 세계로서 하나의 '이데아'로 상정하는 것이 바로 '신라'이다. 서정주에게 '신라'는 시인의 상상력 속에서 살아난 영원의 신화이다. 서정주가 즐겨 다룬 불교적인 설화의 세계는 윤회적인 삶과 그 내밀한 의미를 통해 하나의 조화로운 영원의 공간으로 표상된다. 그가 불교적인 세계의 인연설에 대한 집착으로부터 벗어나는 과정은 시집 『동천』에서 확인된다. 여기에 수록된 작품들은 시집 『신라초』의 시에서 볼 수 있었던 신화적 상상력의 폭과 깊이보다 더욱 초월적 신비주의의 경지를 펼쳐 보인다. 표제작인 시 「동천」에서는 님의 아름다운 눈썹이 시인의 시적 상상력에 의해 밤하늘의 초승달로 변용된다. 하늘에 떠 있는 초승달은 이 시인에게는 곧 고운님의 눈썹이고 아름다움 자체가 된다. 이 신비스러운 시적 변용은 대상에 대한 직관적인 인식, 섬세한 감각과 깊은 서정의 세계가 모두 하나로 통합되어 이루어낸 시적 성취라고 할 수 있다. 서정주의 시가 일상적인 현실로 귀환한 것은 『질마재 신화』(1975)에 이르러서이다. 이것은 그가 「귀촉도」를 불렀던 시절에서 무려 서른 해에 가까운 긴 여정을 거친 후의 일이다. 서정주는 산업화 과정에서 뒤로 밀려난 토속적인 고향인 '질마재'로 돌아와 퇴락한 삶의 현실을 바라보며 일상의 경험을 다시 시로 구축한다. 연작 형태로 씌어진 '질마재'의 이야기들은 서정주 시의 종착점과 같은 의미를 지닌다. 그가 시인으로서 보여 준 인간주의적 시선을 여기서 확인할 수 있기 때문이다.

신석정은 해방 직후 두번째 시집인 『슬픈 목가(牧歌)』(1947)를 출간하면서 초기 시에서 보여 주었던 순정한 시정신과 이상향에 대한 추구에서 벗어난다. '어머니'라는 모성 상징에 기대었던 시적 자아의 가녀린 모습 대신 현실적 삶에 대한 깊은 통찰과 고뇌가 드러나게 된다. 이상향에 대한 시적 동경이 현실적 삶에 대한 인식으로 바뀌면서 신석정의 시는 『빙하(氷河)』(1956)의 시대를 맞는다. 이 시집의 작품들은 표제작인 「빙하」를 비롯해 「삼대(三代)」 「귀향시초(歸鄕詩抄)」 「나무 등걸에 앉아서」 등에서 볼 수 있는 것처럼 삶의 현실과 경험에 대한 진지한 성찰이 돋보인다. 한국전쟁을 겪으며 확인할 수 있었던 전쟁의 폭력성과 비참한 현실 앞에서 시인은 인간의 존재와 가치를 되묻고 자기 삶을 통해 그 의미를 스스로 입증해 보이고자 한다. 그의 시가 자연 친화의 정서만이 아니라 역사와 자연을 함께 포괄하고자 하는 태도를 담고 있는 걸 보면, 『빙하』의 시들이 획득한 새로운 시법이 분명한 자기 지향을 드러내고 있음을 확인할 수 있다. 신석정의 후기 시에서는 시집 『산의 서곡』(1967) 『대바람 소리』(1970) 등에서 자연귀의적(自然歸依的) 색채를 강하게 드러낸다. 초기의 전원적 시풍이 연장된 것처럼 느껴지는 이같은 경향은 시인의 반속적(反俗的) 자세와 연결되면서 삶을 체관하면서도 존재의 근원을 추구하고자 하는 시정신의 깊이를 말해주고 있다.

박두진(朴斗鎭, 1916-1998)은 『오도(午禱)』(1953) 『박두진시선』(1956) 등의 시집에서 반복적인 율조와 절창의 언어로 자기 의지를 표출하고 있다. 그는 자연의 생명력을 노래하기도 하고, 자연을 통해 인간의 의지를 노래하기도 한다. 이 시기에 나온 「해」 「청산도(靑山道)」와 같은 작품을 보면, 자연을 대상으로 읊는 그의 시들이 존재의 심연을 헤매는 기도로 나타나기도 하고, 생명에의 경외감으로 채워지기도 한다는 점을 알 수 있다. 그의 시에서 과감하게 활용되는 의성의태어나 직유적인 표현, 파격을 이루는 산문 형태의 시적 진술 등은 격렬한 정서의 충동을 시적으로 형상화하는 데에 기능적으로 작용하고 있다. 박두진의 시가 현실적인 삶의 공간에 대한 비판적 인식에 주력하는 과정은 시집 『거미와 성좌』(1962) 『인간 밀림(密林)』(1963)에서 확인된다. 현실의 격동을 체험하면서 그는 초월적인 신념보다 오히려 삶의 의지와 적극적인 비판의식을 중요시한다. 「기(旗)」 「봄에의 격(檄)」 「꽃과 항구」 등에서 볼 수 있는 시적 의지는 시인 박두진이 사일구혁명을 체험하면서 얻은 새로운 영감을 구체화한 것이다. 그의 시는 격조있게 정서를 해방시키고 절실하게 실천적 행동을 요구하고 있다. 시적 형식은 더욱 자유로워지고 언어의 파격도 더욱 심해진다. 그리고 바로 그러한 형식의 개방성이 충일하는 정서와 만남으로써 설득력있고 의지적인 시를 빚어내고 있다. 박두진은 시대의 부정적 가치를 비판하면서 이념적으로 절대적 가치를 멈추지 않고 추구한다. 이러한 가치 추구의 정신을 바탕으로 그의 후기 시편들에서는 세속적 삶을 순화하며 혁신하는 자세를 더욱 심화시키고 있다. 그의 시는 『인간 밀림』(1963)에서부터 『수석열전(水石列傳)』(1973)까지 내밀한 자기 인식에 근거하면서도 무한의 시간과 공간을 두루 섭렵하는 절대적인 경지를 이루어낸다. 특히 시집 『수석열전』에서는 '수석(水石)'이라는 구체적인 자연의 형상에 시정신이 조응하고 있다. 시인은 '수석'을 우주 생성의 시초에 형성된, 시간적인 비의(秘意)를 지닌 하나의 온전한 대상으로 그려낸다. 박두진의 시적 세계는 자연의 조화와 신비를 담고 있는 수석의 형상을 인간의 삶과 격동의 과정과 융합해 새로운 가치로서의 시적 표현을 가능하게 하고 있다.

박목월(朴木月, 1916–1978)은 『산도화(山桃花)』(1954)에서부터 『난(蘭)·기타』(1959)에 이르기까지 고유의 정서와 리리시즘(lyricism)을 섬세한 감각으로 재현하면서, 일상의 현실과 삶의 체험을 자신의 시 세계로 끌어들이고 있다. 박목월이 『청록집』에서 노래한 순수한 자연은 시 「청노루」「자하산」에서 볼 수 있듯이 하나의 감각적인 공간으로 제시된다. 그러나 그가 삶의 현실로 시선을 돌려 새롭게 발견한 것은 가난하지만 소박한 삶과 거기에 깃든 인정미이다. 「소찬(素饌)」「당인리(唐人里) 근처」와 같은 시에서 그는 애환이 담긴 삶이지만 소탈한 일상에 만족한다. 특히 초기 시에서와 같이 자연이라는 시적 대상을 관조하는 입장이 아니라 일상의 현실에 자리잡고 그 생활 속에서 작은 기쁨을 누리는 인간의 위치에 선다. 이 시기의 시에는 자신의 일상의 한복판에 자리하고 있는 가족들과의 삶의 모습을 솔직하게 그려낸 것이 많다. 그러므로 현실에서 살아가는 삶의 모습과 그 소박한 정서를 꾸밈없이 표현함으로써 더 큰 호소력을 얻는 것이다. 박목월의 후기 시는 『경상도(慶尙道)의 가랑잎』(1968)에서처럼 삶에 대한 달관의 자세를 더욱 잘 보여 준다. 그는 경상도 방언을 시의 언어에 적극적으로 수용하면서 고향인 경상도의 토속적인 세계를 돌아보고 있다. 물론 이같은 기법을 통해 시인이 그려내고자 하는 것은 토속의 세계 자체가 아니다. 오히려 시인은 인간 본래의 삶의 자세에 관심을 집중한다. 삶과 죽음의 관계를 보다 여유있게 바라보고자 하는 그의 시에서 허무의 페이소스가 짙게 풍긴다.

뭐락카노, 저편 강기슭에서
니 뭐락카노, 바람에 불려서

이승 아니믄 저승으로 떠나는 뱃머리에서
나의 목소리도 바람에 날려서

뭐락카노 뭐락카노
썩어서 동아밧줄은 삭아내리는데

하직을 말자 하직 말자
니 흰 옷자라기만 펄럭거리고……

오냐, 오냐, 오냐,
이승 아니믄 저승에서라도……

이승 아니믄 저승에서라도
인연은 갈밭을 건너는 바람

뭐락카노, 저편 강기슭에서
니 음성은 바람에 불려서

오냐, 오냐, 오냐,
나의 목소리도 바람에

— 「이별가(離別歌)」 전문, 『경상도의 가랑잎』(1968)

앞의 시에서 볼 수 있는 것처럼, 박목월은 경상도 방언의 음성적 특
성에서 시적인 가능성을 모색하고 있다. 이러한 노력은 궁극적으로 토
착어의 정서에 대한 자기 탐구에 해당되는 것이다. "니 뭐라카노"라는

경상도 방언의 어조는 매우 복잡한 내면의 정서를 표출할 수 있게 한
다. 그것은 당위적인 것에 대한 반문이기도 하고, 자기 스스로에 대한
확인이 되기도 한다. 어떤 경우에는 강한 부정을 의미하기도 하는 이
말의 언어적 함축이 「이별가(離別歌)」의 전체적인 정서를 지배하고 있
다. 박목월은 시에서 삶에 대한 깊은 애정을 달관의 자세로 보여 주면
서, 경험적 현실의 갈등을 내면화하는 데에도 힘을 기울이고 있다. 그
의 언어는 토착어의 리듬에 따라 자연스럽게 시 세계의 변화를 포괄하
며, 자기 삶의 본바닥인 고향으로 회귀하는 것이다.

조지훈(趙芝薰, 1920-1968)은 시단에 등단하면서부터 전통과 역사에
대한 인식에 철저하고자 했고, 특히 시적 형식의 균형과 정서의 절제에
남다른 특징을 드러냈다. 박목월, 박두진과 함께 펴낸 합동 시집 『청
록집』에 수록된 시뿐만 아니라, 해방 직후의 여러 작품에서 질서와 조
화의 세계를 시를 통해 구현하고자 했던 그의 의욕을 확인할 수 있다.
초기 시를 대표하는 「고풍의상(古風衣裳)」은 한국인의 생활에서 발견
한 전아한 고전미를 노래하고 있으며, 「승무(僧舞)」에서는 현세적 삶
의 고뇌가 불교적 교리에 승화되는 정신의 아름다움을 승무의 춤사위
를 통해 서정적으로 표현하고 있다. 그런데 조지훈이 노래하고 있는 시
적 대상은 동적인 이미지보다는 정적인 이미지에 치중하는 경우가 많
다. 그의 시에는 대상에 대한 관조의 태도가 강하고, 다양한 정서적 충
동을 동시에 포괄하고자 하는 시적 긴장이 자리잡는다. 절제의 언어와
정서의 균형을 통해 이지(理智)와 정열의 조화에 이르기가 얼마나 어려
운 일인가를 쉽게 짐작할 수 있다. 조지훈은 『풀잎 단장(斷章)』(1952)
이후 『조지훈시선』(1956) 『역사 앞에서』(1959) 등의 시집으로 전후의
자기 세계를 정리한다. 고전적인 정신의 추구를 내세우면서 해방 직후
의 혼란을 헤쳐 나온 시인은 절제와 균형과 조화의 시를 통해 자연을
노래하고 자기 인식에 몰두한다. 시 「풀잎 단장」에서는 자연과 생명의
의미를 새롭게 해석한다. 풍설, 풀, 바위, 구름 심지어 사람까지도 모두
평범하고도 일상적인 자연현상에 속하며 신비스러운 원리에 의해 생
명적인 것으로 존재하는 것은 다들 마찬가지라는 것이다. 그러나 전쟁
의 고통 속에서 사회적 현실에 대한 관심을 더욱 확대해 「다부원(多富

院)에서」와 같은 작품을 남기기도 한다. 이 작품은 전쟁의 참상을 현실 감있게 그려낸 참전시의 대표작으로 평가받기도 한다. 하지만 조지훈은 변화의 시인이 아니다. 그는 자연을 노래하거나 지나간 역사를 더듬거나 간에, 그리고 현실을 바라보거나 자기 응시에 몰두하거나 간에 언제나 비슷한 어조를 지킨다. 조지훈이 지닌 하나의 목소리, 이는 그의 시에서 가장 중요한 특징이면서 동시에 그의 시를 확립해 주는 징표임이 분명하다.

박남수(朴南秀, 1918-1994)의 시적 지향은 서정주나 청록파 시인들과는 또 다른 특징을 보여 주고 있다. 청록파 시인들이 주로 자연을 대상으로 하는 서정의 세계에서 각기 자기 방향의 조정을 꾀하는 동안, 박남수는 일찍부터 일상의 현실에 눈을 돌렸다. 그의 시집 『갈매기 소묘』(1959)를 보면 전후 현실의 체험을 날카로운 감각으로 표현하고, 시적 자아의 형상을 '갈매기'로 변용해 나타낸다. 그리고 바로 그 갈매기의 비상이 이미지의 역동성과 시각적 감각성에 의해 다양한 형태로 포착되고 있다. 전쟁의 피해와 고된 피란민 생활이 이미지를 통해 구체화되고 거기서 자아의 새로운 인식이 싹튼다. 시집 『새의 암장』(1970)으로 묶인 시적 작업들은 전쟁의 피해의식이라든지 삶의 허무감 등에서 벗어나 있다. 그의 시에 새롭게 자리잡고 있는 것은 인간의 본질적인 삶과 존재의 의미에 대한 추구, 그리고 물질문명에 대한 역사적 비판의식이다. 여기서 시적 상징으로서의 '새'에 주목할 필요가 있다. '새'를 통해 시인은 우주의 질서를 보기도 하고, 인간의 역사를 대하기도 한다. 그러므로 '새'는 어떤 하나의 관념으로 묶이지 않으며, 박남수의 후기 시에서 볼 수 있는 관조적 자세의 깊이를 더한다.

전통의식과 서정시의 계보

시인 서정주의 전통의식, 청록파의 자연과 서정, 박남수의 감각성 등은 전후 한국시단에 중요한 경향의 하나로 자리잡는다. 그리고 전후 시의 전체적인 흐름에도 상당한 영향을 미친다. 이들의 시적 경향을 주시하면서 감각과 정서를 다져 온 일군의 시인들, 구자운, 김관식, 김남조,

김종길, 박재삼, 박성룡, 박용래, 이동주, 이형기, 정한모, 한하운 등이 이러한 시적 경향을 이어가고 있다.

박재삼(朴在森, 1933-1997)은 서정주의 전통적 서정성과 청록파의 자연을 시적으로 계승했다. 박재삼의 첫 시집『춘향이 마음』(1962)에서 주목되는 것은 일상적인 삶의 애환을 향토적인 자연과 결합해 놓는 놀라운 서정성이다. 그의 시는 일상의 경험과 진실성을 중시하는 점에서 서정주의 시와 구별되고, 토속적인 자연을 주체의 내면으로 끌어들이고 있는 점에서 청록파와 구별된다. 그런데 박재삼의 시는 초기에서부터 중반까지 대체로 지나간 세월을 회상하는 감상적 어조를 활용하는 경우가 많다. 그의 시에서 보이는 정서 영역의 단조로움은 여기서 비롯된다고 할 수 있다. 하지만『햇빛 속에서』(1970)『천년의 바람』(1975) 등에서 점차 일상의 삶과 그 속에 내재해 있는 비애의 정서를 노래하게 된다. 그가 노래하는 비애의 정서는 삶 자체에 대한 부정이나 절망이 아니다. 오히려 그 비애의 정서를 넘어서 삶의 의미와 가치를 긍정하고자 하는 자세를 유지하고 있다. 이러한 특징은 결국 박재삼의 시가 정한의 세계를 노래한다기보다 한의 정서를 넘어 인간 정서의 본질적인 양상을 깊이 천착하고 있음을 말해 주는 것이라고 하겠다.

박재삼의 서정성과 맥락을 같이하는 시인으로 이동주(李東柱, 1920-1979)와 박용래(朴龍來, 1925-1980)를 들 수 있다. 이들은 향토적 색채가 짙은 소재들을 대상으로 섬세한 감각과 서정성을 살려 개성적인 서정시를 남겼다. 이동주는 뛰어난 언어 감각과 짙은 서정성을 결합한 시「강강술래」「산조」「한」 등을 통해 전통적인 서정시의 가락을 살려냈다. 그가 추구한 율조의 묘미는 현대적인 호흡을 외면하지 않으면서 시적 긴장을 유지한다는 점에 있다. 박용래는 자연의 정경과 시인의 정감의 조화를 통해 토속적인 리리시즘을 시에 구현했다. 그의 첫 시집『싸락눈』(1969)과 그 뒤에 나온『강아지풀』(1975) 등에서 이러한 특징을 쉽게 찾아볼 수 있다. 박용래의 시에는 일체의 인위적인 가식과 언어의 기교가 없으며, 근원적인 향토애와 자연의 아름다움을 노래하고자 하는 맑은 심성이 자리잡고 있다. 때 묻지 않고 정결하면서도 소박한 그의 시심이 언어의 소박성으로 나타나고 있음은 물론이다.

조병화(趙炳華, 1921-2003)는 일상의 체험과 생활 주변에서 시의 소
재를 즐겨 찾는다. 그는 『패각(貝殼)의 침실』(1952)에서부터 『서울』
(1957)까지 몇 권의 시집을 통해 인간의 삶을 긍정하고 현실의 안위를
추구한다. 그의 시에는 고통이 없고 갈등이 없다. 물론 여기서 말하는
고통 없음은 고통의 내면화를 의미한다. 그는 삶의 모든 고통, 사랑과
이별과 죽음 등을 여유있게 받아넘긴다. 그 자신의 내면에 깊이 파고드
는 아픔이 있다 하더라도, 그는 결코 그 아픔을 노래하기 위해 시를 바
치지 않는다. 조병화의 시에는 일상의 모든 일이 고르게 담겨 있다. 시
적 소재나 정서가 그에게는 별도로 존재하지 않는다. 시인의 주변에서
일어나는 일들이 시의 세계에 포용되고 시의 언어로 꾸며진다. 그의 일
상사에 대한 솔직한 진술이 삶에 대한 긍정적 시선을 포괄하고 있음을
느낄 수 있다. 그러므로 그의 시에서 가장 두드러지게 드러나는 특징은
자기 정서에 대한 충실성과 꾸밈없는 어투의 부드러움이다. 이것은 조
병화의 시에서 느껴지는 넉넉함과 다를 바가 없다.

정한모(鄭漢模, 1923-1991)는 서정성에 기반을 두면서도 꾸준히 인
간애를 추구한다. 시집 『여백을 위한 서정』(1959) 이후 보다 원초적인
인간의 모습과 순수의 본질을 찾아 나선 시인의 독특한 시적 개성은
인간의 생명에 대한 경외감과 예찬으로 자리잡힌다. 그의 이러한 시적
경향을 집약해 보여 주는 심상은 '아가'이다. '아가'라는 심상이 지니는
시적 의미는 순수와 본능 그 자체이다. 정한모의 시적 상상력은 시집
『아가의 방』(1970)에서 『아가의 방 별사』(1983)로 이어지는 과정에서
더욱더 심원한 삶의 자세를 보여 주고 있다. 이 시기에 그는 생명의 영
원성과 무한한 가능성을 달관의 언어로 노래한다.

이형기(李炯基, 1933-2005)는 정감의 미학을 추구한다. 그는 감각성
을 살려내기 위해 언어의 치밀한 구사에 힘쓰지만, 결코 화려한 수사에
떨어지는 법이 없다. 자연에 대한 친애감이 강하면서도 정서의 단순성
을 극복하고 내밀한 자기 인식에 도달하고 있다. 첫 시집 『적막강산』
(1963) 이후 『돌베개의 시』(1971)에 이르기까지 이형기의 시에는 자연
에 대한 지향과 함께 자기 존재에 대한 고독한 상념들이 주로 등장한
다. 그는 이 시기를 지나면서 한때 탐미적인 관능의 세계에 눈을 돌린

적도 있지만, 그의 시적 개성은 정감의 시적 형상화라는 범주를 벗어나
지 않고 있다.

　김남조(金南祚, 1927)는 1953년에 첫 시집『목숨』을 발간하면서 본격
적인 문단 활동을 시작한다. 모윤숙, 노천명의 뒤를 이어 해방 이후 한
국 여성 시인의 계보를 새롭게 확대한 시인은 첫 시집『목숨』에 수록
된 시 작품들을 통해 가톨릭 계율의 경건성과 뜨거운 신앙과 기도의
목소리가 완전하게 조화된 세계를 보여 줬다. 김남조가 보여 주는 뜨
거운 신앙과 사랑의 기도는 두번째 시집『나아드의 향유』(1955)로 이
어지면서 종교적 신념이 한층 더 강조되고 기독교적 인간애와 윤리의
식을 전면에 드러내게 된다. 이후의 시들 대부분이 지속적으로 이러한
기독교적 정조를 짙게 깔고 있으며 후기로 갈수록 더욱 심화된 신앙
의 경지를 보여 준다. 김남조의 초기 시에서 보인 종교적 신념과 기도
는 세번째 시집『나무와 바람』(1958) 이후 자기 집착을 벗어나면서 시
세계는 정서의 균형을 보이기 시작한다. 그리고 시집『정념(情念)의 기
(旗)』(1960)에서 초기 시의 세계를 결산하고 있다.

　내 마음은 한 폭의 旗
　보는 이 없는 時空에
　없는 것모양 걸려왔더니라

　스스로의
　混亂과 熱氣를 이기지 못해
　눈 오는 네거리에 나서면

　눈길 위에
　연기처럼 덮여오는 편안한 그늘이여
　마음의 旗는
　눈의 음악이나 듣고 있는가

나에게 願이 있다면
뉘우침 없는 日沒이
고요히 꽃잎인 양 쌓여가는
그 일이란다.

皇帝의 降書와도 같은 무거운 悲哀가
맑게 가라앉은
하얀 모래벌 같은 마음씨의
벗은 없을까

내 마음은
한 폭의 旗

보는 이 없는 시공에서
때로 울고
때로 祈禱드린다

— 「정념의 기」 전문, 『정념의 기』(1960)

　　앞의 시 「정념의 기」는 인간의 고뇌와 삶에 대한 욕망을 기구하는
자세로 노래하는 김남조의 초기 시를 대표하는 작품이다. 이 시에서
시인의 정서는 "내 마음은 한 폭의 기"라는 구절에 집약되어 있다. 여
기서 '기'는 드높은 하늘을 향한 동경과 기도를 상징한다. 절대적인 신
앙의 경지에서 이루어지는 간절한 기도가 이 속에 담겨 있다. 김남조
의 시는 시집 『겨울바다』(1967)에 이르러 그 내면의 세계를 역동적 상
상력을 통해 구체화함으로써 풍부한 정감을 자아낸다. 감각적인 언어
와 동적인 이미지들이 함께 어우러져 일구어내는 시정신의 깊이는 정
념의 시를 추구해 온 시인의 시 세계가 이룩해낸 하나의 커다란 시적
성취에 해당한다. 김남조의 시는 곧 삶을 축복하는 기도가 되기도 하

고 삶의 현실에서 간구하는 소망의 언어가 되기도 한다. '기도의 시' 혹
은 '시의 기도'는 김남조의 시가 지켜 온 서정적 세계의 핵심에 해당한
다. 후기 시라고 할 수 있는 시집 『평안을 위하여』(1995) 『희망학습』
(1998) 『가난한 이름에게』(2005) 등에 수록된 작품들에서도 여전히 그
순정한 기도는 지속되고 있다.

존재의 인식과 기법의 실험

전후 시의 전개 양상에서 절대적 신앙에 근거해 자기 존재의 의미 추
구에 집착했던 김현승(金顯承, 1913-1975)의 시 세계는 특이한 위상을
드러낸다. 김현승의 시는 전반적으로 종교적인 색채가 강하다. 그는 일
상적 현실 속의 구체적인 대상을 노래하기보다는 감각의 차원을 넘어
추상적인 관념의 세계로 시적 인식의 지평을 끌어올린다. 그리고 그 관
념의 대상에 실감의 정서를 부여한다. 이러한 시법은 김현승이 일관되
게 추구한 자신만의 특이한 시의 길이다. 그의 첫 시집 『김현승시초(金
顯承詩抄)』(1957)에 수록된 작품들은 비교적 발랄하고 낭만적인 감성
을 토대로 자연을 노래하는 것들이 많다. 그의 시는 자기 내면의 세계
에 대한 통찰을 거듭하면서 절대자의 존재와 그 고귀함에 도달한다. 그
는 절대자를 향해 인간의 신념을 노래하기도 하고 자기 신앙을 언어로
표출하기도 한다. 그가 자기 내면의 세계에서 절대자의 존재를 확인한
후에 얻어낸 것은 고독한 존재로서의 인간에 대한 인식이다. 시집 『견
고(堅固)한 고독(孤獨)』(1968)에서부터 『절대 고독』(1970)까지 김현승
의 시적 작업은 이러한 인간의 존재 공간을 고독이라는 절대 상황으로
끌어올린 것들이다. 시인의 순수의지가 절대 고독의 상황을 통과하는,
치열한 자기 몰입의 경지를 여기서 확인할 수 있다.

　껍질을 더 벗길 수도 없이
　단단하게 마른
　흰 얼굴.

그늘에 빚지지 않고
어느 햇볕에도 기대지 않는
단 하나의 손발.

모든 神들의 巨大한 正義 앞엔
이 가느다란 창끝으로 거슬리고,
생각하는 사람들 굶주려 돌아오면
이 마른 떡을 하룻밤
네 살과 같이 떼어 주며,

結晶된 빛의 눈물,
그 이슬과 사랑에도 녹슬지 않는
堅固한 칼날— 발 딛지 않는
피와 살.

뜨거운 햇빛 오랜 時間의 懷柔에도
더 휘지 않는
마를 대로 마른 木管樂器의 가을
그 높은 언덕에 떨어지는,
굳은 열매

쌉쓸한 滋養
에 스며드는
에 스며드는
네 生命의 마지막 남은 맛!

　　　—「견고한 고독」 전문, 『견고한 고독』(1968)

이 시는 '고독'이라는 추상적인 시어에 모든 관심이 집중되어 있다. 시인은 이 핵심적인 시어에 '마름', '단단함'이라는 견고함의 감각을 부여함으로써 구체적인 이미지의 형상을 창조한다. 시인은 추상적인 관념에 지나지 않는 '고독'이라는 말에 시간성과 공간성을 동시에 부여함으로써 인간존재의 궁극적인 모습을 제시하고 있다. 김현승이 추구하고 있는 시적 주체의 존재 양상은 모든 외부적 조건과 단절된 상태에서 가능한 '절대 고독'의 경지까지 도달한다. 이 경우 시적 주체는 모든 것을 초월한 절대적인 상태에 이른다. 이것이 바로 신과 맞서는 인간의 궁극적인 모습이다.

구상(具常, 1919-2004)은 전통적인 서정시와는 분명하게 지향점을 달리한다. 그는 시를 삶에 대한 인식의 방법, 혹은 예지의 언어로서 주목한다. 그러므로 개인의 감상에 빠져들어 감정의 표출만을 중시하는 전통적 서정시에 반발한다. 물론 그는 언어와 기법에 매달려 실험성을 강조하는 모더니스트에 대해서도 비판적이다. 그의 시적 태도는 철저하게 존재론적인 기반 위에서 미의식을 추구하는 방향으로 고정되어 있다. 존재에 대한 깊이있는 추구 없이 감성을 받아들이지 않으며, 역사의식에 기초하지 않은 생경한 지성이라는 것도 그는 신뢰하지 않는다. 이러한 그의 시적 태도가 구체화되어 나타나는 것이 바로 시집 『초토(焦土)의 시』(1956)이다. 이 시집에는 시인 자신이 직접 체험한 한국전쟁이 서정적 자아와 대상으로서의 현실 세계를 동시에 뛰어넘는 보다 높은 시적 인식을 통해 형상화되고 있다. 연작시 '초토의 시'에는 전쟁의 참상을 눈앞에 두고 그 고통을 초극해 구원의 세계를 인식하게 되는 과정이 잘 드러나 있다. 구상의 연작시 가운데 비인간화의 과정으로 치닫는 현대의 물질문명에 대한 비판의식을 특이하게 형상화하고 있는 '까마귀'가 주목된다. 이 시는 1970년대의 급격한 산업화 과정에 대한 시적 경고를 까마귀의 울음소리인 "까옥 까옥 까옥 까옥"으로 표현한다. 인간의 불행을 전달한다는 의미에서 '까마귀'는 전통적인 상징성을 그대로 유지하고 있지만, 그것이 인간의 삶과 그 역사와 현실의 비리를 비판하고 물질 만능과 인간의 타락을 경고한다는 점에서 일종의 선지자적인 예지의 의미를 담고 있다.

　김춘수(金春洙, 1922-2004)는 한국 현대시의 새로운 가능성을 모색하기 위해 시적 대상의 존재론적 의미를 언어를 통해 찾고자 한다. 그의 시적 탐구 작업은 첫 시집 『구름과 장미』(1948) 이후 초기의 시편들에서 볼 수 있는 정서적 편향을 떨쳐 버리면서 존재와 가치의 문제로 집중된다. 『꽃의 소묘(素描)』(1959)에 이르면, 자기 존재에 대한 인식을 현실의 영역으로 확대하고자 하는 시인의 노력도 나타난다. 김춘수는 시적 대상과 주체로서의 자아 사이에 야기되는 거리 문제에 관심을 기울인다. 시인에게 감각이란 것은 단순한 사물의 외관을 스치는 것만으로 만족될 수 없다. 그는 감각을 통해 관념을 붙잡으려 했고, 그것이 바로 시의 본령이라고 생각했다.

　나는 시방 위험한 짐승이다.
　나의 손이 닿으면 너는
　未知의 까마득한 어둠이 된다.
　存在의 흔들리는 가지 끝에서
　너는 이름도 없이 피었다 진다.
　눈시울에 젖어드는 이 無明의 어둠에
　追憶의 한 접시 불을 밝히고
　나는 한밤내 운다.

　나의 울음은 차츰 아닌 밤 돌개바람이 되어
　塔을 흔들다가
　돌에까지 스미면 김이 될 것이다.

　……얼굴을 가리운 나의 新婦여.

　—「꽃을 위한 서시(序詩)」 전문, 『꽃의 소묘』(1959)

시인이 도달해야 할 이데아의 세계는 '신부'라는 이미지로 변용되어 "얼굴을 가리운" 채 놓여 있다. 이 심연의 세계에 들어서는 길은 시 이 외에 달리 없으리라는 것이 김춘수의 생각이다. '신부'가 얼굴을 내민 모습을 우리가 똑바로 바라볼 수 있다면, 모든 것은 그 본질을 확연히 드러내게 될 것이다.

김춘수가 관념의 세계를 넘어서 언어로부터의 자유로움을 갈망하게 되는 과정은 시집『타령조·기타』(1969)에 집약되어 나타나고 있다. 이 시집의 작품들은 관념을 지향하던 언어가 어느 장면에서 기교로 떨어지고, 어느 장면에서 의미를 해체시키고 있음을 알 수 있다. 물론 그의 초기 시에서 보였던 감각을 되살려낸 경우도 확인된다. 이러한 특징은 김춘수의 시가 1960년대에 언어 자체의 자연스러움의 회복을 위해 바쳐졌음을 말해 준다. 김춘수의 시적 변모는 대부분의 독자들이 의아해 했던 일이지만, 그는 이 구체화된 사물과 언어들 사이에서 대상의 재구성을 시도하기 시작한다. 그 결과 그는 관념의 탐구에 이은 감각의 실험을 거쳐 시 세계를 크게 장악하고 있는 '무의미의 시'에 도달하게 된 것이다. 시집『처용』(1974)은 김춘수에게 또 다른 변신에 해당된다. 그는 신화 속 인물인 '처용'을 만남으로써 자기 목소리를 가다듬게 된다. 언어에 모든 것을 맡겨 버릴 때 의식은 무한의 공간에서 자유로울 수 있다. 김춘수 자신은 '자유 연상'이라는 말로 이러한 사실을 지적한 적 이 있지만, 사실 '처용단장(處容斷章)'이라는 연작시는 시인의 무의식 의 결정체라고 할 수 있을 것이다. 언어와 존재의 의미를 시적 주제로 삼았던 시인의 상상력이 '무의미'의 의미를 어떻게 인식하고 있었는지 에 대해서는『처용 이후』(1982)의 시에 대한 논란을 통과해야만 그 해 석이 가능하다.

전봉건(全鳳健, 1928-1988)이 시집『사랑을 위한 되풀이』(1959)를 낼 무렵에 보여 준 전후 현실에 대한 시적 인식은 죽음과 고독과 부조리 한 삶에 대한 존재론적 추구 작업으로 이어진다. 전봉건의 시적 상상 력은 전쟁과 폐허의 현실에서 출발한다. 그러나 그의 시는 현실에 대 한 비판이나 고발을 위한 언어가 되기보다는 인간존재의 근원을 꿰뚫 는 사랑의 의미에 집중된다. 그는 단형의 서정시보다는 일련의 연작 장

시를 실험하면서 한국 현대시의 상상력의 폭과 깊이를 더할 수 있게
된다. 시집 『춘향연가』(1967)는 전봉건이 시도한 장시 형태가 설화적
전통과도 접맥될 수 있음을 보여 준다. 고전 속의 '춘향'을 시적 화자
로 등장시킨 「춘향연가」는 주제 의식이 지향했던 전통 윤리의 틀 속에
서 벗어난다는 점이 특이하다. 이 시에서 옥중의 '춘향'은 인간의 자유
의지와 욕망을 억압하는 문명사회의 제도와 이념에 저항하며 자기 목
소리를 독백의 형식으로 들려준다. 시적 정황 자체를 옥중으로 설정함
으로써 억압적인 제도에 저항하면서 자기 사랑에 대한 확신을 거듭 고
백하는 한 인간의 모습이 대조적으로 강조되고 있다. 이러한 사랑의 인
식 방법은 존재의 근원이 되는 생명에 대한 예찬과 그 깊이있는 탐구
로 이어진다. 그가 물질적 상상력과 공간적 상상력을 절묘하게 결합시
켜 놓은 장시 「속의 바다」(1970)에서 그 시적 성취의 가능성을 확인할
수 있다.

　홍윤숙(洪允淑, 1925-2015)의 시는 김남조의 시와 성향을 달리하면
서 해방 이후 한국 여성시의 한 축을 담당한다. 홍윤숙은 등단 직후부
터 시를 통한 자기 존재의 확인 작업을 일관되게 실천했다. 절제의 언
어를 바탕으로 정서의 충일을 균형있게 조절하는 시인의 시에는 지
적인 풍모가 강하게 드러나기도 한다. 첫 시집 『여사시집(麗史詩集)』
(1962)의 작품들은 주로 전후의 혼란한 상황 속에서 만들어진 것들이
다. 그러므로 암울한 현실과 삶의 열악한 조건들에 대한 부정적 인식이
강하게 드러난다. 시집 『장식론』(1968)에 수록된 연작시 '장식론'은 서
정의 언어를 통한 자기 인식의 과정을 밀도있게 그려내고 있다. 존재의
심연을 드러내는 이 작업에서 시인은 보다 적극적으로 생을 긍정하며
현실에 대응하고자 하는 새로운 자세를 키우고 있다. 이 작품에서 시인
은 여성을 시적 대상으로 내세워, 여성이 장식을 다는 의미와 그것을
떼어버리는 의미를 따져 묻는다. 그리고 그 속에서 생의 단계적인 변화
와 그에 담긴 속뜻을 찾아내고 있다. 시인은 시적 인식의 주체로서 자
기 존재를 확인하면서 항상 새로운 시적 대상을 찾고 그 만남을 통해
시 세계의 지평을 넓혀 간다. 시집 『사는 법』(1983)의 표제작인 연작시
'사는 법'은 홍윤숙이 시를 통해 추구해 온 시적 자기 인식이 도달하고

자 하는 궁극의 지점을 보여 주고 있다. 이 작품은 불필요한 관념적 표현을 제거함으로써 시적 진술 자체가 아주 평이하게 이루어진다. 하지만 그 간결한 표현 속에서도 시적 긴장을 살려내는 기지의 언어가 돋보인다. 자기 체험의 진실성을 놓치지 않는 진솔한 언어 표현에 기반해 사물에 대한 시적 인식의 새로운 지평을 열어 놓은 것이다.

현대시조의 새로운 가능성

해방 이후 현대시조는 가람 이병기 시조의 기품과 감각을 이어받으면서 그 폭과 깊이를 더하게 된다. 김상옥은 시조의 전아한 기품을 바탕으로 보다 더 섬세한 미의식을 시적 형식에서 추구하고자 한다. 해방 직후 월북한 조운의 시조에서도 시적 형식미에 대한 관심이 잘 드러나 있다.

김상옥(金相沃, 1920-2004)은 첫 시조집 『초적(草笛)』(1947)에서 주로 전통적인 풍물을 노래했으며, 회고적 취향이 강하다. 그러나 그의 시조는 섬세한 언어 감각을 바탕으로 대상을 조형적으로 형상화함으로써 관념적 주제와 사실적 감각을 잘 융합해 놓고 있다. 해방 공간의 시대적 분위기도 그가 추구하는 민족 고유의 예술미와 전통적 정서를 돋보이게 만들었다고 할 수 있다. 그는 1960년대 초부터 시조의 시적 형식의 변화를 추구하면서 '삼행시'라는 이름으로 시조 형식에 대한 현대적인 실험을 지속했다. 이러한 실험적 성과는 시조집 『삼행시』(1973)로 정리된다. 시조의 3장 형식을 현대식으로 풀어 쓴 '삼행시'는 사설시조의 리듬을 살리면서 자유로운 시형을 추구한 것이 특색이다.

이호우(李鎬雨, 1912-1970)는 1940년에 『문장』지의 추천을 받았는데, 시조의 전통적인 양식적 특성과 형식의 균형을 지켜 나가면서도 그 속에 현대적인 감각과 정서를 담아내기 위해 쉬운 일상적 언어를 시적으로 활용하는 데에 힘썼다. 이러한 경향은 대부분 첫 시조집 『이호우 시조집』(1955)에서 볼 수 있다. 누이동생 이영도와 함께 펴낸 합동 시조집 『비가 오고 바람이 붑니다』(1968)에 수록된 후기의 작품들은 객관적인 사물에 대한 시적 인식보다 인간의 내적 욕망과 의지(意志)를 주제로 한 독특한 관념 세계를 시조 형식으로 노래한 경우가 많다.

1960년대 이후 시조 문단은 다양한 시적 개성을 자랑하는 시조 시인의 등장으로 더욱 풍성해졌다. 정완영은 시조집 『채춘보(採春譜)』(1969)를 비롯해 『묵로도』(1972) 『연과 바람』(1984) 등에 이르기까지 시조의 시적 형식과 주제의 변주를 통해 닫혀 있는 형식을 새롭게 열어 놓았다. 그리고 그 뒤를 이어 장순하의 시조집 『백색부(白色賦)』(1966) 『묵계』(1974) 등에서 볼 수 있는 시조의 시적 형식의 절조와 균형, 최승범의 『후조의 노래』(1968) 『호접부』(1972) 등에서 확인되는 고풍과 풍류는 현대시조의 시적 정조로서의 특징을 잘 살려내고 있다. 이상범의 시조집 『일식권』(1967) 『가을입문』(1976) 등에서 느낄 수 있는 일상의 정감과, 이근배의 『노래여 노래여』(1981)에서 보이는 시적 의지는 시조의 위상을 새롭게 가늠할 수 있는 중요한 요소가 되었다. 김제현은 사설시조의 가능성을 천착하는 여러 가지 노력을 보여 주고 있으며, 조오현은 시조의 가치 영역을 불교의 선의 경지로 전환해 선시조(禪時調)라는 새로운 양식을 정착시켰다. 윤금초, 한분순, 이우걸 등은 시조의 형식미에 대한 남다른 관심을 보여 주면서 시조의 시적 정서와 정신을 일상적 경험의 현실에 더욱 밀착시켜 놓고 있다.

현대시조의 다양한 전개 양상 가운데 조오현(曺五鉉, 1932-2018)의 시조가 주목된다. 조오현은 승려 신분으로 시조 형식을 통해 선의 다양한 화두(話頭)와 대면해 왔다. 연시조의 형태를 취하는 「무산 심우도」의 종교적인 경지는 말할 것도 없고, 「무자화」 「무설설」 등에서 보여주는 역설의 언어는 그 자체가 곧 선의 화두이면서 언어적 해체에 해당한다. 조오현의 시조는 선의 세계에서 중시하는 말을 다스리는 법도를 보여 준다. 그는 불필요한 언어를 최대한 제거하고, 오직 그 자리에 꼭 필요한 최소한의 언어만을 선택해 다듬어낸다. 그는 여러 가지 목소리를 하나의 시적 정황 속으로 끌어들이며 그 속에서 시적 대화의 공간을 만들어낸다. 조오현의 시조가 구상하고 있는 대화적 공간은 선(禪)의 경지를 그대로 옮겨 놓은 것과 같다. 인간의 말과 사물의 소리는 궁극적으로 그 존재가 살아 있음을 뜻하는 징표이다. 소리가 없다는 것은 죽음을 의미한다. 인간의 삶은 곧 말이고, 사물의 소리는 곧 그 생명에 해당한다. 그러므로 살아간다는 것은 인간의 말과 사물의 소리가 서

로 섞여 하나의 이야기를 빚어내는 것이다. 조오현은 바로 이 살아가는
것들의 말과 소리를 담아 시조를 만들어내면서 시인으로서 아득한 성
자의 길에 나선 것이다.

시정신과 현실 인식

시와 현실 참여

한국 현대시는 사일구혁명과 함께 커다란 변화를 겪게 된다. 이 시기
에 문학에 대한 인식이 크게 전환된 것은 사회적 체제 변동에 따라 현
실 인식의 방법이 변화한 것이라고 할 수 있다. 시 자체에 대한 인식도
바뀌고, 시인의 태도 역시 변모되기에 이른다. 시가 오로지 시일뿐이라
고 믿었던 순수시에 대한 관념이 무너지면서, 생명력과 의지와 감동을
지닌 시가 요구되기도 했다. 시단의 일부에서는 전후 시가 보여 준 정
서적 폐쇄성을 거부하면서 이른바 '현실 참여'의 목소리를 높이기 시작
했다. 여기서 말하는 참여는 진실한 삶의 가치를 구현하기 위한 의지의
표현이라고 할 수 있다.

김수영(金洙暎, 1921–1968)은 시의 현실 참여를 실천적으로 보여 준
시인이다. 그는 김경린(金璟麟), 박인환(朴寅煥) 등과 합동 시집 『새로
운 도시와 시민들의 합창』(1949)을 간행하면서 모더니스트로서의 면
모를 드러냈다. 그의 첫 시집 『달나라의 장난』(1959)은 전후 현실에서
살아가는 소시민적 비애와 슬픔을 감각적으로 표현했는데, 이 시기의
작품으로는 「헬리콥터」「폭포」 등이 대표적이다. 김수영의 시 세계는
1960년 사일구혁명 이후 상당한 변화를 보인다. 그의 전후 시에서 자주
드러나던 냉소적인 어조와 허무의식이 사라지고, 현실에 대한 자기주
장이 적극적으로 시를 통해 표출되기 시작한 것이다. 「육법전서(六法全
書)와 혁명」「푸른 하늘을」 등은 이러한 시적 경향을 그대로 보여 주
고 있다. 그의 시에서 궁극적으로 노래하는 것은 사랑과 자유이다. 그
가 노래하는 사랑과 자유라는 주제가 자기 내면으로 응축될 경우 「나

의 가족」과 같은 시편을 낳았고, 사회적 현실로 확대될 때에는「절망」
「어느 날 고궁을 나오면서」와 같은 작품으로 구체화되었다. 김수영의
시에서 드러나는 참여 의지는 자유의 개념으로부터 비롯된 것이다. 그
는 자유의 참뜻을 사일구혁명을 통해 현실적으로 체득했지만 그것이
좌절되는 상황에 직면하면서 짙은 회의에 빠져들기도 한다. 그는 자유
의 실현을 불가능하게 하는 '적(敵)'에 대한 증오와 그 적을 수락할 수
밖에 없는 현실 사이에서 갈등하면서「그 방을 생각하며」「적」등을
쓰고, 역사에 대한 깊은 관심과 사랑을 노래한「거대한 뿌리」「현대식
교량」「사랑의 변주곡」등을 발표한다. 그의 시「풀」은 1970년대에 민
중시의 길을 열어 놓은 대표작 중 하나로 평가되고 있다. 김수영의 시
적 참여에 관한 주장은「시여, 침을 뱉어라」(1968)「반시론」(1968)과
같은 평론을 통해 더욱 분명하게 드러난다. 그는 참여시라는 것이 정치
적 자유와 개인의 자유를 인정하지 않는 사회에 대한 시적 대응 방법
임을 분명히 한다. 그리고 내용의 자유를 인정하지 않는 사회에서는 형
식의 자유도 인정하지 않는다고 말한다. 그러므로 시 쓰기는 모험의 의
미를 띤 '자유의 이행(履行)'이 된다. 이러한 주장은 사실상 시인으로서
자기 풍자의 극단적인 진술에 해당하는 것인데, 혁명의 좌절을 초래한
소시민들의 소극성을 겨냥하고 있다.

　　신동엽(申東曄, 1930-1969)은 전통적인 서정성과 역사의식의 결합을
시를 통해 실현했다. 그의 첫 시집『아사녀(阿斯女)』(1963)에 수록되어
있는「진달래 산천」「그 가을」「내 고향은 아니었었네」등을 보면, 한
국 민족이 유지해 온 전통적인 공동체적 삶의 양식이 역사의 격변으로
붕괴되는 과정을 추적하고 있다. 그는 서사적 장시「금강(錦江)」(1967)
을 발표하기까지「누가 하늘을 보았다 하는가」「조국」「껍데기는 가
라」등의 작품을 내놓았다.「껍데기는 가라」는 한스러운 역사를 노래
하지 않는다. 오히려 그러한 한의 역사를 극복하기 위한 의지를 구현하
기 위해 역사와 현실의 허구성을 폭로하면서 민중적 이념의 실현을 주
장한다. 그는 역사의식과 예술적 형상이 가장 절정의 상태에서 통합된
서사적 장시「금강」을 발표하면서 현실의 한복판에 서게 된다. 이 시
는 동학농민혁명운동을 중심으로 이야기하지만, 식민지시대의 역사부

터 사일구혁명까지 한국 근대사의 흐름을 민중적 관점에서 조망하고
있다. 물론 이 작품이 서사적인 요건으로서의 객관적인 거리의 문제라
든지, 시적 주제의 전개 방식의 불균형이라든지, 어조의 변화 문제라든
지 비판할 부분이 없는 것은 아니다. 그러나 하나의 역사적 사건을 전
체적으로 파악하고 거기에 시적인 긴장과 균형을 부여하고 있는 상상
력의 힘을 주목하지 않으면 안 된다.

　김수영과 신동엽은 서로 다른 시적 출발을 보이면서 그 지향을 같이
했던 특이한 존재라고 할 수 있다. 김수영의 도회적 풍모와 지적인 언
어는 토착 정서에 뿌리를 두고 있는 신동엽의 서정적 속성과 전혀 다
른 느낌을 주기도 한다. 그러나 두 시인은 구체적인 삶의 현실을 발견
하고 그것을 자기 내면으로 끌어들여 형상화함으로써, 결국은 하나의
귀착점에 도달하고 있다. 그리고 이들이 도달한 시적 지표를 중심으로
새로운 시인들이 모여들어 시적 현실 참여라는 실천에 임하게 된다.

민중시와 민중적 상상력

한국 현대시에서 최대의 쟁점이었던 시의 현실 참여 문제는 산업화시
대에 들어서면서 시적 대상과 시적 인식의 범주를 정립하기 위한 노력
으로 확대된다. 시의 현실 참여를 강조하면서도 시적 서정성의 획득에
더욱 관심을 기울였으며, 언어적 순수에 집착하면서도 일상적 경험에
대한 접근에 주력했다. 이러한 현상은 시인 자신이 경험적 진실성에 대
한 추구 작업에 관심을 두고 있음을 말해 주는 것이다.

　산업화시대에 시단에서는 민중지향적인 시적 작업이 두드러진 경
향으로 자리잡는다. 민중시(民衆詩)는 사회적 상황이 정치문화의 폐쇄
성과 급격한 산업화의 물결에 의해 혼돈을 거듭하는 여러 가지 특징을
드러낸다. 현실에 대한 비판과 풍자가 시를 통해 표출되기도 했고, 소
외된 민중의 삶의 모습이 시를 통해 그려지기도 했다. 시인 자신이 현
실에 대해 지니고 있는 도덕적 열정이 진취적인 시정신과 과격한 언어
로 묶여서, 때로는 지나치게 이념적인 색채를 드러내는 것처럼 보였던
경우도 적지 않다. 민중시의 시적 가능성은 신경림, 이성부, 조태일, 최

하림 등의 실천적인 활동을 통해 확립되고, 고은의 시적 변모와 김지하의 풍자와 비판을 통해 더욱 활발하게 확대된다.

신경림(申庚林, 1935)의 시적 출발은 급속한 산업화 과정에서 소외된 농민들의 삶의 현장을 노래하는 것에서 시작되었다. 그의 첫 시집 『농무(農舞)』(1973)에 수록된 시들을 보면 숙명적으로 땅에 기대어 살 수밖에 없는 농민들의 가난과 고통을 외면하지 않고, 농민들의 삶의 현장에서 우러나오는 소리를 그대로 담아 놓고 있다. 그는 농촌을 하나의 풍물적인 자연으로 다루거나 전원적인 것으로 그리는 것을 반대한다. 투박하고 거칠지만 소박함에서 진실미가 바로 솟아나기도 하는 삶의 현장으로서의 농촌이 그가 즐겨 다루는 시적 대상이다. 농촌의 현실을 시적으로 형상화하고자 하는 신경림의 노력은 시집 『새재』(1979) 『달넘세』(1985) 『민요기행 1』(1985) 등으로 이어진다. 신경림의 시에서 사실적으로 그려지고 있는 농촌의 모습과 농민들의 삶은 그것을 그려내는 언어의 일상성과 진솔함으로 인해 실감을 불러일으킨다. 물론 시적 자아는 대상과 거리를 두는 것이 아니라 바로 그 시적 대상이 되는 농촌의 한복판에 서 있다. 신경림이 그의 시적 작업에서 가장 힘들인 것은 현대시와 민요 정신의 결합이다. 물론 이러한 시도는 기왕의 한국 현대시에서 볼 수 있는 민요적 정조나 율격의 재현을 의미하는 것이 아니다. 그는 민요 속에 살아 있는 집단적인 민중의 삶과 의지를 더욱 소중하게 생각하며, 생활 체험을 바탕으로 형성되는 실감의 정서를 더욱 귀하게 여긴다. 신경림의 장시 「남한강(南漢江)」(1987)은 민요의 정신에서 민중적 서정성을 찾는 그의 노력의 결산에 해당한다. 그는 이 작품에서 자신의 체험과 현장 감각을 바탕으로 민중의 삶을 총체적으로 그려내고 있다. 이 작품에 군데군데 들어 있는 민요는 전체적인 시적 구조에서 결코 이질적인 요소처럼 느껴지지 않는다. 오히려 그 가락이 살아나고 있기 때문에, 단조롭게 이어지기 쉬운 장시의 형태에서 집단적인 역사 체험이나 민중적인 정서를 충동적으로 환기시키고 있다.

김지하(金芝河, 1941)는 산업화시대의 군사정권에 의해 자행된 부정과 부패의 사회상을 날카롭게 풍자한 담시(譚詩) 「오적(五賊)」(1970)을 발표한 후, 첫 시집 『황토』(1970)를 간행함으로써 새로운 민중시의 중

심 영역에 자리하게 된다. 「오적」으로 인해 시인 자신은 군사정권에
의한 탄압의 표적이 되었지만, 이 작품은 전통적인 운문양식인 가사,
타령, 판소리 사설 등을 대담하게 변용함으로써 새로운 풍자적 장시의
가능성을 열어 놓는다. 이 작품에서 비판의 대상으로 삼고 있는 대상
은 재벌, 국회의원, 고급관료, 장성 등이다. 김지하는 한국 사회의 상류
층이 보여 주는 도덕적 불감증과 부정부패, 호화와 사치 등을 신랄하게
비판하며, 정치적인 폭력에 의해 탄압받으면서도 이러한 시적 자세를
굽히지 않는다. 김지하의 문학이 사회윤리적 가치 기준에서가 아니라
문학성의 의미에서 다시 관심을 모으게 된 것은, 그가 오랜 투옥 생활
중에서 적은 시들을 중심으로 묶어낸 시집『타는 목마름으로』(1982)의
출간과 때를 같이한다. 이 시집의 시들은 비판과 저항의 의지가 보다
깊이 내면화되면서 정서의 응축을 통한 시적 긴장을 잘 살려내고 있다.
특히 고통을 감내하면서도 체념에 떨어지지 않고, 깨어 있는 의식을 고
양시키기 위해 힘쓰는 시인의 처절한 투쟁이 잘 나타나 있다. 김지하
가『대설(大說) 남(南)』(1985)에서 문학적 양식에 대한 실험을 다시 시
작한 것은 담시「오적」의 경우와 유사한 점이 없지 않다. 그는 천박해
진 산문의 언어와 감상에 빠진 시의 언어를 거부하고 서정양식과 서사
양식 사이의 긴장을 지탱할 수 있는 새로운 담론의 형태를 만들어내고
있다. 이 새로운 도전은 그 낯선 형태로 인해 크게 주목받지 못했지만,
일종의 제도와 관습으로 고정되어 버린 문학 양식의 틀을 허물어 버림
으로써, 제도와 관습을 통해서만 인정되어 온 문학적 양식의 보수성에
대한 반발을 정당화하고 있다. 김지하의 시 창작은 시집『애린(愛隣)』
(1987)『검은 산 하얀 방』(1987)『별밭을 우러르며』(1989) 등으로 이어
진다. 시집『애린』에 수록된 시들은 현실에 대한 비판보다는 보다 본
질적인 인간의 조건으로서 사랑의 문제를 내세운다. 시집『별밭을 우
러르며』의 경우에도 사회 현실에 대한 비판보다는 개인적인 내면의
독백과 자연에 대한 동화 등 서정적인 내용을 담고 있다. 이것은 김지
하가 새로운 시적 주제로 내세우고 있는 생명에 대한 외경과 환경에
대한 관심 등으로 나아가기 위한 변화임을 알 수 있다.

　　고은(高銀, 1933)의 초기 시들은 시집『피안감성』(1960)『해변의 운

문집』(1964) 등에 실려 있는데, 대체로 삶에 대한 허무의식이 그 정서
의 바탕을 이루고 있다. 그리고 시적 언어도 지나치게 탐미적이고 감
상성을 벗어나지 못하고 있다. 그러나 그의 시 세계는 1970년대 중반에
발간된 시집 『문의마을에 가서』(1974) 이후 시집 『입산』(1977) 『새벽
길』(1978) 등을 통해 새롭게 변모된 모습을 보여 준다. 그의 시는 시적
자아에 대한 자기혐오나 허무의식을 떨쳐 버리고 역사와 현실 앞에 자
기 의지를 내세운다. 고은의 시적 변모는 자의식의 그림자를 완전히 벗
어 버린 후 시적 자아의 확립을 재확인하는 일에서부터 이루어지고 있
다. 그가 자기 인식에 기초해 현실을 보고 역사와 대면하기 시작하면
서 발표한 시들은 불의의 현실에 대한 격렬한 투쟁의지를 노래한 것들
이다. 그는 폭력의 정치에 온몸으로 저항하면서도 참담한 현실에 절망
하지 않는다. 그의 시에는 신념과 의지가 살아 움직인다. 이 무렵에 발
표된 시 「나 자신을 위하여」 「조국의 별」 등을 보면, 역사에 대한 신
념을 강하게 드러내고 있다. 그의 연작시 '만인보'는 규모의 방대성과
시적 정신의 포괄성에서 단연 돋보이는 작품이다. 민족의 삶의 모습을
시간과 공간의 제약 없이 다채롭게 엮어 가는 이 시에서 연작성의 효
과는 반복과 중첩의 묘미에 있다. 이 작품은 시적 테마의 확대와 심화
를 위해 서정시의 형식을 연작의 기법으로 확장하고 있으며, 인간과 삶
의 현실에 대한 시인의 관심이 얼마나 폭넓고 깊은지 잘 보여 준다. 이
연작시에서 시인은 서정의 세계가 포괄할 수 있는 삶의 모든 가능성을
그려내고, 자신이 그려내는 모든 것들에 대한 지극한 사랑을 표시한다.
그러므로 민중의 다양한 삶과 총체적인 인식을 시적 테마로 다루고 있
는 '만인보'야말로 삶의 언어 그 자체라고 할 수 있다.

　김용택(金龍澤, 1948)은 연작시 '섬진강'을 통해 자신의 시적 개성을
분명하게 표현하고 있다. 그의 시는 농민의 삶과 현실을 소재로 다루면
서도 섬진강이라는 자연적 배경과 그것을 터전으로 삼아 살아가는 농
민들의 끈질긴 생명력을 조화롭게 통합해 형상화함으로써 수준 높은
시적 성취에 도달하고 있다. 김용택은 섬진강이라는 공간을 자신의 시
의 정신적 거점으로 설정하면서 민중적 정서의 소박성을 형상화하는
기법에 각별한 관심을 기울이고 있다. 시인은 먼저 일상의 감각을 그

대로 살려낼 수 있는 남도의 토속어를 시 속에 그대로 동원한다. 이같
은 시적 언어의 소박성은 일상적 체험의 진실을 시적으로 형상화하는
데에 크게 기여하고 있다. 게다가 외형상 산문적 진술이 중심을 이루
는 것처럼 보이는 시의 텍스트에서, 어구의 반복을 통해 얻어지는 타령
조의 가락을 무리 없이 살려낸다. 특히 다양한 어조의 변화로 시적 진
술 내용 자체를 더욱 극적인 상황으로 꾸미기도 한다. 이 작품은 민중
의 삶과 그 생명력을 감동적으로 그려내면서도 인간의 삶과 자연의 질
서를 하나의 생태적 상상력으로 연결하고자 하는 시인의 실천적 노력
의 진정성을 그대로 보여 준다. 특히 민중시가 빠져들었던 이념적 가
치에 얽매이지 않고 정서적 균형을 이루어냄으로써 민중적 서정성의
새로운 시적 가능성을 확대했다고 할 수 있다. 김용택의 시적 경향은
1990년대에 접어들면서 보다 더 직관적이면서도 깊이있는 시적 감성을
담아내는 격조있는 서정시로 변모한다. 그의 시에서 확인할 수 있는 생
태주의적 상상력은 자연의 생명력에 대한 깊은 인식과 그 발견을 바탕
으로 한다. 생명의 존귀한 가치를 중심으로 인간의 삶을 바라보는 여유
로운 자세까지도 보여 준다. 그는 자연으로의 귀의를 통해 인간 생명의
존엄을 확인하고 자연의 질서 속에서 인간의 존재와 의미를 찾아내고
있다.

기법과 서정의 깊이

시적 기법과 실험

한국 현대시 가운데 민중시가 민중적 정서에 바탕을 두고 민중의 삶의
현실에 관심을 집중해 왔다면, 시정신을 개인적 정서에 근거해 새롭게
확립하고자 노력을 기울여 온 시인들도 적지 않다. 시적 언어와 대상에
대한 인식 문제에 관심을 기울여 온 황동규, 정현종, 김영태, 오규원,
이승훈 등이 이러한 경향을 보여 준다.

　　황동규(黃東奎, 1938)의 초기 시들은 첫 시집 『어떤 개인 날』(1961)과

두번째 시집 『비가』(1965)를 통해 정리된다. 이들 시집에 수록된 「시월」이나 「즐거운 편지」 등과 같은 작품은 그리움과 기다림이 담긴 적막하고 쓸쓸한 내면 풍경을 담고 있다. 그리고 「비가」를 통해 우울한 내면세계의 묘사에서 현실의 고뇌를 껴안으려는 정열을 드러낸다. 방황하는 자, 혹은 내몰린 자의 언어를 통해 자아와 현실 사이의 갈등을 드러내고 있는 이 작품은 시인이 구체적인 현실 세계로 관심을 돌리고 있음을 암시하기도 한다. 시집 『삼남에 내리는 눈』(1975)을 보면, 긴장감을 잃지 않고 모순어법을 통해 상황적 문제성을 극명하게 제시하는 여러 시편들이 수록되어 있다. 그는 정치적 폭력이 어떻게 한 인간의 순수한 꿈과 사랑을 파괴하고 있는가를 보여 주기 위해, 꿈과 사랑이 성립될 수 없는 냉혹한 현실과 어둠의 세계를 시적 정황으로 구체화시켜 놓고 있다. 한국 사회의 산업화 과정에서 황동규는 시집 『나는 바퀴를 보면 굴리고 싶어진다』(1978) 『풍장(風葬)』(1984) 『견딜 수 없는 가벼운 존재들』(1988) 등을 발간하면서 현실의 문제보다는 본질적인 세계에 대한 관심을 심화한다. 이 과정에서 그가 내놓은 절창의 노래가 연작시 '풍장'이다. 이 시에서 황동규는 역사와 현실에서 한 걸음 물러서 그 역사와 현실 인식을 넘어서는 새로운 공간의 시학을 창조하고 있다. '풍장'은 죽음에 대한 명상을 노래한다. 시인은 죽음에 대한 시적 체험을 통해 삶의 무게를 덜고, 삶과 죽음이 적대적 요소가 아님을 확인한다. 이 연작시는 세속의 옷을 벗고 한없이 자유롭고 가벼워지려는 시인의 의지를 담고 있기 때문에, 자유분방한 시어로 육체를 탈속시킨 정신의 높은 경지를 보여 준다. 이러한 정신적 경지는 삶과 죽음에 대한 남다른 숙고가 있었기에 가능한 것이라 생각된다. '풍장'은 시간의 멈춤, 또는 시간의 감각 자체를 뛰어넘는 긴장을 수반한다. 그러므로 삶도 초월하고 죽음도 벗어난다. 이 몰아(沒我)의 경지는 황동규의 시가 추구하는 궁극의 자리라고 할 수 있다. 무위의 자연과 자연의 본연으로 돌아가고자 하는 시인의 노력은 '풍장' 이후에도 시집 『몰운대행』(1991) 『미시령 큰바람』(1993) 등으로 이어진다.

정현종(鄭玄宗, 1939)은 첫 시집 『사물의 꿈』(1972)에서부터 사물의 세계와 정신의 세계 사이에 내재되어 있는 유추론적 의미의 연관을 언어를 통해 포착하는 데에 몰두한다. 그는 사물의 다양한 형상과 움직임과 존재의 의미를 상대적인 이미지로 바꾸어 놓는다. 낮은 것과 높은 것, 어두운 것과 밝은 것, 움직이지 않는 것과 움직이는 것, 단단한 것과 부드러운 것 등의 이미지 충돌이 그의 시에서 자주 일어난다. 그러나 이러한 시적 이미지의 긴장 관계는 사물의 세계와 정신의 현상이 서로 하나되는 과정에서 나타나는 것이지, 시인의 언어적 횡포가 아니다. 그의 시는 존재하는 사물과 그것을 지향하는 의식이 이미지의 언어를 통해 하나되는 과정을 그대로 보여 주고 있다. 시집『나는 별아저씨』(1978)에서는 역동적인 이미지들이 더욱 복잡하게 얽혀 새로운 의미를 창조한다. 그것들은 때때로 대상을 왜곡하고, 바로 그 왜곡된 대상으로 인해 시적 자아의 형상을 왜곡한다. 현실에 대한 발언들이 함의적으로 담기기도 하지만 이미지는 더욱 생동한다. 정현종은 언어의 개념이 갖는 자의적인 의미와 횡포를 거부한다. 그는 언어로 지시되는 관념을 거부하기 위해 오히려 이미지의 구체성을 추구하는 것처럼 보이기도 한다. 정현종은 세번째 시집인『사랑할 시간이 많지 않다』(1989)를 고비로 하여 현실과 꿈의 갈등보다는 생명현상과의 내적 교감, 자연의 경이감, 생명의 황홀감을 노래하면서 화해의 세계를 지향하는 새로운 경향을 보여 주고 있다. 이러한 시적 관심의 변화는 자연에 대한 새로운 인식을 통해 더욱 분명하게 드러난다. 시「자(尺)」는 문명과 인공(人工)이 인간을 억압하는 반면, 자연만이 인간을 구원할 수 있는 유일한 척도임을 제시하는 대표적인 작품이라고 할 수 있다.

이승훈(李昇薰, 1942-2018)은 첫 시집『사물A』(1969)에서부터 두번째 시집『환상의 다리』(1976)를 펴낸 직후까지 언어를 대상화하는 작업에 집중하면서 언어의 개념화를 거부하는 특이한 시 의식을 드러냈다. 그는 외부의 사물이 아닌 자신의 직관 자체를 시적 대상으로 삼는다. 그러므로 그의 시에서 감각적 구체성을 드러내고 있는 사물의 세계가 구체적인 형상을 띠고 그려지는 경우는 별로 없다. 이승훈의 시는 1970년대를 벗어나면서 자기 내적 지향의 언어를 새롭게 바꾸고자 하는 변화를 보인다. 시집『사물들』(1983)에서뿐만 아니라『너라는 신비』(1989)에서 볼 수 있는 것처럼, 그의 시들은 '너'라고 하는 이인칭의 대상과 극적으로 조우하는 의식의 내면을 보여 준다. 그리고 언어의 연상에 의존하던 시적 진술이 일상어의 규범을 상당 부분 지켜 나가면서 평이해진다는 것은, 그의 상상력 자체가 유연성을 드러내고 있음을 뜻하는 것으로 생각된다.

김광규(金光圭, 1941)의 시에서는 도시의 일상적 생활 감각이 그대로 살아난다. 그의 시는 시적 정황에 대한 설명적인 묘사가 많다. 시적 언어라는 말로서 지칭되던 언어의 압축, 율격의 배려, 비유와 상징성 등이 그의 시에서는 상당 부분 제거되고, 대상에 대한 설명적 묘사와 서술이 평범한 일상어를 통해 이루어진다. 시의 텍스트가 일상적 언어를 통한 설명적 진술법을 활용함으로써 경험의 진실성을 회복할 수 있게 된 점은 특기할 만하다.

사일구세대의 자의식과 자기반성을 서술적 어조로 표현하고 있는 「희미한 옛사랑의 그림자」와 같은 시를 보면, 전반부에는 일상에 찌든 도시의 직장인으로 꿈과 열정을 모두 잃고 살아가는 현재의 삶의 모습이 제시된다. 그리고 후반부는 자신들의 삶의 방식과 태도를 반성하는 방식으로 시상을 종결한다. 자신만의 목소리로 신념에 찬 노래를 불렀던 젊음과 열정이 사라지고 이제는 일상의 삶에 얽매어 살아가는 소시민으로 바뀐 시적 화자의 모습이 실감있게 대비되고 있다. 김광규가 일상적 경험의 세계에 대해 관심을 집중하는 모습은 시집 『좀팽이처럼』(1989)에서도 지속된다. 그의 시에서 일상성의 획득은 한 시대의 정신과 삶을 통합시킬 수 있는 감수성을 바탕으로 그 시적 가능성을 인정받게 된다. 김광규는 후기의 시에서도 평범한 일상의 체험을 시적 대상으로 끌어들이면서 '묘사적 설명'이라는 산문적 진술법을 일관되게 활용한다. 이러한 방법은 압축과 생략을 강조해 온 시적 언어의 긴장을 이완하면서 일상을 시적 공간으로 변용한다. 여기서 함축이라든지 상징과 비유라든지 하는 시적 언어의 속성들도 그대로 배제된다. 언어를 통해 관념과 씨름해 온 정현종이나 이승훈 등의 실험과는 정반대의 방향에서 김광규는 시와 산문 사이의 구획을 해체시킨, '일상시'라고 할 수 있는 새로운 영역을 개척한다. 그리고 이 새로운 영역에서 그는 삶의 자연스러움과 생명의 부드러움이라는 주제를 다시 해석하고 있다.

시와 서정의 미학

산업화시대 초반에 시단에 등장한 시인들 중에는 주지적 태도와 서정적 언어를 조화시키고자 노력해 온 사람들이 많다. 동인지『현대시』(1961)를 중심으로 모여 있던 주문돈, 허만하, 이유경, 이수익, 박의상, 마종하, 이건청, 오세영, 김종해 등과, 개인적인 자기 시 세계를 구축해 온 이탄, 정진규, 박이도, 박제천, 강우식 등이 그들이다. 이들의 시작 활동은 1960년대 후반부터 본격화되고 1970년대에 들어와서 분명한 개성을 확립하기에 이른다. 이 가운데 오세영, 이건청, 이수익 등은 사물에 대한 지적인 통찰력을 구비하고 있으면서도 언어적 실험보다는 시적 서정성의 확립에 더 큰 비중을 두고 자신들의 개성을 다양하게 가꾸어 온 시인들이다. 이들은 전통적인 시적 정서를 외면하지 않으면서 도시적 감각도 살려내고, 체험에 바탕을 둔 삶의 진실을 시의 세계에 포괄하고자 노력한다.

정진규(鄭鎭圭, 1939-2017)는 초기 시에서부터 시적 형식에 대한 새로운 천착을 두드러지게 드러냈다. 이러한 특징은 언어와 기법을 통한 시의 산문적 확장이라는 과제와도 맞닿아 있다. 그의 시적 지향 자체는 현실적인 삶의 언어적 육화를 꾀하고 있다는 점, 사물의 본질에 대한 언어적 인식의 철저함을 말해 준다는 점에서 주목할 필요가 있다. 물론 정진규 시의 개성은 시적 형식 자체의 산문성에 있는 것이 아니다. 그보다는 시정신의 긴장을 살려내면서 동시에 풀어내는 방법의 가능성을 언어를 통해 찾는다는 데 있다. 그는 초기 시집『유한의 빗장』(1971) 이후부터 대상에 대한 인식의 내용을 문제 삼지 않는다. 오히려 인식의 과정을 들려주는 작업에 몰두한다. 그의 시의 산문성이라는 것이 바로 이같은 서술성에서 비롯된 것이며, 산문 지향적인 의식도 이러한 태도와 직결되는 것임을 알 수 있다. 실제로 시집『들판의 비인 집이로다』(1977) 이후 정진규의 시는 시적 형식에 대담하게 산문을 도입하기 시작했다. 이러한 변화를 통해 그는 시적 주체의 개인적 서정성보다는 대상으로서의 현실과 외부적 사물에 대한 인식으로 시적 주제를 전환하는 계기를 얻는다. 이로써 견실성을 확보하기 위해서 그의 시는 자기 확인의 과정을 담게 된다. 정진규의 시는 시집 『뼈에 대하여』 (1986)에서도 비슷한 산문화 경향을 그대로 유지한다. 그리고 일상적 현실의 번잡을 모두 털어내고 마침내 그 핵심으로서의 '뼈'로만 남아 있겠다는 정신적 극기의 자세를 담게 된다. 그가 선택한 산문시의 형식이 시인의 자기 주체의 정립과 각성을 이끌어 가는 일종의 영혼의 형식으로 읽히는 이유가 여기 있다.

오세영(吳世榮, 1942)의 시적 글쓰기는 일상의 경험을 분석하는 일에 치중하는 것도 아니고 초월적 영역만을 고집하는 것도 아니다. 이러한 시작 태도로 인해 오세영의 시는 표면적으로는 일상성의 시적 해체라는 주제와 연결된 것처럼 보인다. 그러나 사물의 존재와 가치에 대한 깊은 해석은 철학과 종교의 영역을 넘나들 정도로 심오하다. 특히 오세영의 시는 일상의 삶을 불교의 진리를 통해 자기 나름대로 새롭게 해석하면서 시적 대상과의 일정한 거리두기에 성공한다. 그의 시에서 확인할 수 있는 언어적 자기규정 작업은 시집 『무명연시』(1986) 이후 오세영 시의 중심에 자리한다. 오세영의 시는 섬세한 언어 감각을 자랑하면서도 시적 긴장감을 이끄는 주제의 무게를 동시에 살려낸다. 그러나 이것은 미묘함을 자랑하지 않으며 현학적인 것으로 흐르지 않는다. 오히려 일상에서 가장 흔한 것이면서도 궁극적인 의미를 갖는 것을 중시한다.

흙이 되기 위하여
흙으로 빚어진 그릇
언제인가 접시는
깨진다.

생애의 영광을 잔치하는
순간에
바싹
깨지는 그릇,

인간은 한번
죽는다.

물로 반죽되고 불에 그슬려서
비로소 살아 있는 흙,
누구나 인간은
한번쯤 물에 젖고
불에 탄다.

하나의 접시가 되리라.
깨어져서 완성되는
저 절대의 피멸이 있다면,

흙이 되기 위하여
흙으로 빚어진
모순의 그릇.

— 「모순의 흙」 전문, 『가장 어두운 날 저녁에』(1982)

이 시에서 반복적으로 사용되고 있는 시어는 '흙'과 '그릇'이다. 여기서 '흙'은 구체적 형상보다는 본질적인 것에 속한다. 이에 비해 '그릇'은 어떤 구체적인 공간성을 요구하는 형체를 가진다. 우리가 눈으로 보는 대부분의 사물은 바로 이 '그릇'과 같은 것들이다. 그러나 '그릇'이라는 것은 현상적인 것일 뿐, 존재의 본질을 의미하지는 않는다. 두 대상에는 본질적인 것과 현상적인 것, 무형의 것과 조형적인 것 사이에 일어나는 일종의 모순과 변증적인 통합과 변화의 역동성이 내재해 있다. 시인은 바로 여기서 사물과 사물 사이의 상호 모순된 긴장 관계를 읽어내고, 사물의 존재 방식에 내재하는 특이한 의미 구조를 발견하고 있다. 오세영 시인이 자신의 시를 통해 발견하는 사물의 본질적 형상으

로서의 모순 구조는 그 자체로서 의미를 갖지만, 시인은 여기에 머무르
지 않는다. 그는 이 모순 구조를 초월해 도달할 수 있는 조화의 세계를
꾸준히 꿈꾸고 있다. 근작의 경우에는 은일(隱逸)과 정관(靜觀)의 세계
를 보여 주는 작품들이 많이 있다. 이들 작품들은 오세영 시인이 관심
을 기울이고 있는 불교적인 선(禪)의 세계와도 서로 연관되어 있다. 이
관조의 세계에서는 모든 사물이 서로 맞물려 나름대로의 질서와 조화
를 보여 준다. 이 새로운 세계의 발견은 시적 주체의 자기 초월을 통해
확립된 것이다. 이것은 시인 자신의 시적 역량과 관련될 수도 있고 일
종의 삶의 경륜과도 연관될 수도 있다.

　이건청(李建淸, 1942)은 초기 시에서 시적 대상을 대체로 자연 속에
서 찾았다. 시인이 발견하는 것들은 사람들의 눈에 잘 띄지 않는 작고
연약한 것들이다. 이 사소한 자연물들의 존재를 가능하게 하는 특유의
생명력을 섬세하게 묘사한다. 이러한 접근 방식은 작고 살아 있는 것
들의 생명의 의미를 역설적으로 강조할 수 있게 한다. 시집『망초꽃 하
나』(1983)에 수록된 작품들이 이런 경향을 잘 보여 준다. 감각의 언어
와 지적인 통찰력이 균형을 이루는「망초꽃 하나」「잡초(雜草) 기르
기」등의 작품은 시적 이미지가 정적이고, 정서의 기반이 식물적이라
고 명명할 수 있는 상상력에 기대어 있다. 이건청이 시도하고 있는 또
다른 부류의 시들은 역동적인 이미지를 중심으로 독특한 연상 기법을
활용하는 작품들이다. 연작시 '황인종의 개', '황야의 이리', '하이에나'
등이 여기에 속한다. 이 작품들은 시적 자아를 동물적 이미지와 연결해
표출한다는 점이 특징이지만, 일종의 문명비판적 시각이 그의 시에 자
리잡고 있음을 주목할 필요가 있다. 산업화 과정에서의 인간소외, 물질
문명의 발전과 왜곡된 삶, 자연의 파괴 등이 시인의 의식을 스치는 이
미지의 역동성을 통해 구체화되고 있다. 이건청의 시는 시집『청동시
대를 위하여』(1989) 이후부터 시적 대상으로서의 사물에 대한 관조적
태도를 드러낸다. 이러한 변화는 시인 자신이 외부세계로 열려 있던 시
적 지향을 내면화하고 있음을 말해 주는 근거가 된다. 그는 역사라고
이름 지어 부르는 시간의 긴 흐름에 따라 변화하는 사물의 형상과 존
재 의미를 기억의 방식으로 재현하기도 하고, 사물의 형상을 통해 그

안에 축적된 오랜 시간의 의미를 발견하기도 한다. 이건청의 시가 갖는
정서적 균형과 안정감은 여기서 확인할 수 있다.

여성시의 성장

김후란(金后蘭, 1934)은 1960년에 등단해 특유의 섬세한 감각과 지성
이 돋보이는 작품을 발표하면서 자신의 시적 개성을 확립했다. 자기감
정의 절제와 언어의 압축을 통해 초기 시에서부터 시적 형식의 균제미
와 시정신의 치열성을 잘 표현했다. 이러한 경향은 첫 시집 『장도와 장
미』(1968)를 통해 확인된다. 시인은 산업화 과정에서 급격하게 변화하
는 현실과 일정한 거리를 유지하면서 개인적 일상의 경험에 근접해 있
는 자연으로 관심의 방향을 돌린다. 두번째 시집인 『음계(音階)』(1971)
에서는 일상의 체험과 자연을 소재로 짙은 서정의 세계를 그려내고 있
다. 김후란의 시는 시집 『오늘을 위한 노래』(1987)에서부터 『따뜻한
가족』(2009)에 이르기까지 과정을 통해 보면, 섬세한 감각 대신에 모
든 사물을 끌어안고자 하는 포용의 자세를 강조하고 삶에 대한 깊은
성찰과 관조의 시각이 두드러지게 드러난다. 이것은 삶의 충만한 경험
과 시적 연륜에 따라 이루어진 변화이지만 자기 주체에 대한 인식을
바탕으로 존재의 깊은 의미를 추구하는 자세를 유지하고 있음을 알 수
있다.

　허영자(許英子, 1938)는 초기 시에서부터 내성적 지향을 바탕으로 하
는 시적 감성이 두드러지게 드러난다. 첫 시집 『가슴엔 듯 눈엔 듯』
(1966)과 그 뒤의 『친전』(1971)에서 확인할 수 있는 연가풍의 시에서도
절제된 언어 표현을 통해 시적 긴장을 살려낸다. 허영자의 상상력은 이
시인이 지켜 오는 서정의 세계를 범속성에 빠지지 않게 하는 힘을 지
니고 있다. 그것은 충일된 정서의 표출을 위해서라기보다는 그 절제를
위해서 작용한다. 언어에 대한 균제와 그것을 통해 얻는 시적 긴장이
주제 의식의 평면성을 극복하는 데에 기여하고 있다.

마음이 어지러운 날은
수를 놓는다.

금실 은실 靑紅실
따라서 가면
가슴속 아우성은 절로 갈앉고

처음 보는 수풀
정갈한 자갈돌의
강변에 이르른다.

남향 햇볕 속에
수를 놓고 앉으면

世事煩惱
무궁한 사랑의 슬픔을
참아 내올 듯

머언
極樂淨土 가는 길도
보일 성싶다.

— 「자수(刺繡)」 전문, 『가슴엔 듯 눈엔 듯』(1966)

　허영자의 대표작으로 손꼽히는 시 「자수(刺繡)」는 절제된 감정과 시적 형식의 압축을 통해 시적 자아의 내면에 자리하고 있는 욕망과 열정, 일상의 현실에서 벗어날 수 없는 고뇌와 허무의 양면을 섬세하게 직조해내고 있다. '자수'는 옛 여성들에게 일상적인 일이었지만, 그 과정 자체가 마음의 행로를 보여 준다. 여기서 시적 화자는 일상사에서 시달리면서 심난한 마음을 달래기 위해 꼼꼼하게 수를 놓아야 하는 고통스러운 일을 택한다. 이 선택은 마음을 다잡기 위해 육체를 다스리는 과정에 해당한다. 그러므로 시적 텍스트에는 시적 화자의 내면세계와 심경의 변화가 수틀 위에서 조밀하게 자수를 놓아 가는 과정과 겹쳐진다. 수틀 위에 펼쳐지는 작은 풍경이 심경의 변화 자체를 섬세하게 시각화하고 있음은 물론이다. 「그대의 별이 되어」에서 시인은 '사랑'을 감각적 인식 자체를 뛰어넘는 것으로 규정하기도 하고, 인간이 추구하는 최고의 가치로 높이 세우기도 한다. 그리고 현실과 환상을 모두 넘어서는 세계로 의미 영역을 설정한다. 여기서 시인의 감성의 깊이와 폭을 확인할 수 있다.

유안진(柳岸津, 1941)의 시는 전반적으로 서정적인 속성보다는 지적인 풍모가 더 강하다. 어떤 경우에는 지적인 풍모가 기지(機智)의 언어를 통해 강조되기도 하고 풍자와 역설로 발전하기도 한다. 물론 유안진은 정서적 균형을 중시하고 시정신의 건강성을 누구보다도 중시한다. 그러므로 유안진의 시에서는, 초기의 시집 『절망시편』(1972)이나 『물로 바람으로』(1976) 등에서도 애상이라든지 비애의 정서라든지 하는 것이 크게 드러나지 않는다. 이러한 특징은 시인 자신이 자기감정의 절제와 균형을 잘 지켜내고 있다는 것을 말해 준다. 유안진의 시적 경향은 산업화시대를 거치면서 주체의 발견과 시적 구현에 집중된다. 시적 대상으로서의 자연이나 사물에 대한 인식보다는 자기 내면에 대한 성찰을 강조하고 있는 것이다. 이러한 경향은 일상적인 현실 속에서 반복되어 온 평범한 삶의 경험을 반성하면서 그 속에서 자기 존재의 의미를 발견하는 데에까지 이르게 된다.

신달자(慎達子, 1943)는 섬세한 언어 감각과 심미적 태도가 두드러지게 드러난다. 시인의 작품 세계는 시집 『시간과의 동행』(1993)을 전후해 크게 바뀐다. 전반기의 시들은 여성적 감성이라는 틀 안에서 흔히 지적하는 섬세한 언어와 감각을 자랑하면서도 때로는 열정적인 어조를 감추지 않는다. 특히 연작 형식으로 이어진 '아가(雅歌)'는 이 시기 신달자의 시적 관심과 경향을 확인할 수 있는 역작이다. 신달자의 후반기 시는 시인 자신의 고통스러운 삶의 경험을 배경으로 절망 속에서

깨달은 생의 가치와 의미를 노래하는 경우가 많다. 특히 탁월한 감수성
을 바탕으로 삶과 죽음 그리고 사랑에 대한 깊은 사유를 진솔하게 풀
어내는 데에서 따스한 모성과 여유로운 포용력마저 느껴진다.

> 인사동 상가에서 싼값에 들였던
> 백자 등잔 하나
> 근 십 년 넘게 내 집 귀퉁이에
> 허옇게 잊혀져 있었다
> 어느날 눈 마주쳐 고요히 들여다보니
> 아직은 살이 뽀얗게 도톰한 몸이
> 꺼멓게 죽은 심지를 물고 있는 것이
> 왠지 미안하고 안쓰러워
> 다시 보고 다시 보다가
> 기름 한 줌 흘리고 불을 켜보니
>
> 처음엔 당혹한 듯 눈을 가리다가
> 이내
> 발끝까지 저린 황홀한 불빛
>
> 아 불을 당기면
> 불이 켜지는
> 아직은 여자인 그 몸
>
> ― 「등잔」 전문, 『아버지의 빛』(1999)

　사물에 대한 인식과 존재 의미의 발견을 섬세한 감각으로 그려내고
있는 시 「등잔」을 보면, 시인이 오랫동안 자신의 삶에서 미루어 두었
던 자잘한 경험의 시간들을 성찰하고 거기서 새로운 힘을 얻어내는 태

도를 엿볼 수 있다. 이 시에서 '등잔'은 이미 쓸모없어진 골동품처럼 집 귀퉁이에 처박혀 있었다. 그런데 오랜 고통의 시간을 보낸 뒤에야 그 소박한 아름다움이 발견된다. "아직은 살이 뽀얗게 도톰한 몸"에 그 소박함이 담겨 있었던 것이다. 이 발견은 시적 화자가 '등잔'을 자신과 동일시함으로써 놀라운 시적 변용을 일으킨다. 시적 화자는 스스로 자신의 몸속 깊이 숨겨진 열정과 사랑을 불러내듯이 버려졌던 '등잔'에 불을 댕긴다. 이 순간 불모의 삶에 생명의 불꽃이 다시 당겨진다. 일상적 사물에 생명력을 부여하는 시인의 감성의 깊이를 여기서 다시 확인할 수 있다. 시인 자신이 늘 강조하듯이 "영혼의 눈을 띄우는 진정한 말의 세계"라는 것이 이러한 시적 경지를 두고 하는 말임은 두말할 필요가 없다.

김초혜(金初蕙, 1943)는 등단 초기부터 쉽고 고운 일상어의 시적 활용에 힘을 썼다. 시적 의미의 긴장을 유지하면서도 맑은 시정과 날카로운 표현이 균형을 이루고 있기 때문에 공감의 폭이 넓다. 두번째 시집인 『떠돌이 별』(1984) 이후 연작 형태로 발표한 '사랑굿'과 '어머니'는 사랑이라는 인간의 본성에 대한 시적 탐구로서 상당한 시적 성취를 이루었다. '사랑굿' 연작으로 집약되는 시인의 노력은 감정에서 시적 소재를 발견하는 서정시의 본질을 꿰뚫는다. 시적 형식의 긴장과 이완이 가능한 연작시에서 가장 중요한 것은 시상의 집중화를 어떻게 이루는가 하는 점이다. 일반적으로 테마의 반복이 가장 손쉬운 방법이지만, 이 시인은 이른바 물질적 상상력에 기초해 다양한 이미지를 창조해내고 있다.

천양희(千良姬, 1942)는 시적 출발 단계에서부터 자기 존재에 대한 탐구와 모색에 힘을 기울인다. 이러한 경향은 시인의 시가 지니는 일종의 나르시시즘의 시적 변용을 통해 잘 드러나고 있다. 시인은 주로 고독과 허무를 잔잔한 음성으로 노래한 시편들을 발표했다. 초기작 「여자」에서는 그리워하나 그리워할 대상조차 생각나지 않는 절대적인 그리움을 노래했고, 따뜻한 문체가 돋보이기도 한다. 시집으로는 『신이 우리에게 묻는다면』(1983) 『사람 그리운 도시』(1988) 『마음의 수수밭』(1994) 『낙타여 낙타여』(1997) 『오래된 골목』(1998) 『너무 많은 입』(2005) 등을 발간했다.

　　강은교(姜恩喬, 1945)는 김형영, 윤상규, 임정남, 정희성 등과 함께
『70년대』(1969) 동인으로 활동하면서 문단에서 존재를 분명하게 드러
냈다. 첫 시집 『허무집』(1971)에서부터 시집 『풀잎』(1974)과 『빈자일
기(貧者日記)』(1978) 등으로 이어지는 초기의 시에서는 시적 대상의 인
식 자체가 존재의 차원을 넘어 형이상의 세계와 이어져 있음을 볼 수
있다. 시인 자신도 이같은 시적 태도를 '허무'의 관념과 연결해 언급한
적이 있다. 시인은 일상적인 사물의 모든 형상 속에서 '허무'의 실체를
찾아내고자 한다. 1980년대 초반에 펴낸 시집 『소리집』(1982)이나 『붉
은 강』(1984)의 작품들은 물론 시집 『슬픈 노래』(1989)에 실린 시들은
대체로 개인의 존재와 사회적 현실의 갈등, 인간의 실존적 고뇌와 현실
적 삶의 고통 등을 생동감있게 그려낸 경우가 많다. 강은교의 시적 상
상력이 허무에 대한 인식과 시적 주체에 대한 새로운 발견을 바탕으
로 타자에 대한 관심과 배려로 확대되고 있는 과정은 『벽속의 편지』
(1992)에 실린 연작시 '벽속의 편지'에서 확인할 수 있다. 이 시는 시인
의 가슴속의 깊은 울림이 타자와 소통하면서 서로 화답하는 통합의 세
계를 지향하고 있음을 보여 준다. 강은교는 허무의 늪에서 빠져나와 타
자와 함께 만드는 시의 궁전을 꿈꾸고 있다. 모든 사물의 빛에 눈길을
던지고, 그 소리에 귀를 기울이고 또한 그 작은 움직임에 스스로 따르
며 그 속에 내재해 있는 질서를 찾아낸다. 이러한 특징은 시인의 시적
경향이 사물에 대한 감각과 인식을 중시하면서 주체와 타자의 합일을
꿈꾸는 새로운 경지로 더욱 넓고 깊어졌음을 뜻하는 것이다.

　　문정희(文貞姬, 1947)는 첫 시집 『문정희 시집』(1973) 이후 『혼자 무
너지는 종소리』(1984)에 이르기까지 소재의 다양성을 자랑한다. 일상
적 경험을 청순한 감각과 명징한 언어로 형상화하는 경우가 많지만 설
화적 모티프에서 과감하게 차용한 시적 상징을 자기감정에 연결해 표
현한 경우도 많다. 그런데 1980년대를 거치면서 문정희는 자기 내면에
숨겨져 있던 관능적 욕구를 솔직하게 드러내고 여성적 목소리를 분명
하게 자기화한다. 문정희의 시에서 여성적 자아는 타자로서의 남성을
적대시하거나 도전하려 들지 않는다. 오히려 가부장적 권위에 길들여
져 있는 남성들을 여성적 언어로 유혹한다. 그리고 여성적 언어 속에

가두어 남성적 권위와 폭력성을 제거함으로써 스스로 자유로워진다. 그러므로 문정희의 여성적 언어가 만들어내는 유화적 제스처가 남성을 위한 것이 아니라 사실은 자신을 향한 것임을 눈치챌 수 있다. 문정희의 시가 보여 주는 여성성의 본질이 여기서 확인된다.

김승희(金勝熙, 1952)의 시는 상상력의 진폭을 강렬하게 보여 준다. 첫 시집 『태양미사』(1979)에서는 언어의 파격과 강렬하게 대조되는 이미지의 충돌을 통해 사물에 대한 인식의 문에 들어서고 있지만, 공허한 관념의 틱을 벗어나지 못한다. 그러나 『달걀 속의 생』(1989)에서는 자의식과 관념의 찌꺼기를 벗어난다. 김승희가 구축하는 시적 세계의 본질은 '달걀 속의 생'이라는 상징 속에 그대로 담겨 있다. 여기서 시인은 존재의 내적 탐구라는 자기 지향적 언어와 외적 세계로의 탈출과 새로운 탄생을 향한 욕망의 언어를 하나로 통합하고자 한다. 이 과정에서 빚어지는 과격한 비유와 압축적 긴장이 김승희 시의 외형적 특징으로 자리잡게 된다. 그리고 시적 경향 자체가 다소 관념적이기는 하지만 기지(機智)의 언어에서 발휘되는 이지적인 면모, 사물에 대한 깊은 통찰과 날카로운 분석 등이 시 세계의 독자성을 가능하게 하고 있다. 이것은 시인이 서정의 세계나 페미니즘적 울타리 안에 머물러 있지 않고, 현실과 문명에 대해 강렬하게 비판하고 제도와 인습으로부터 탈출을 시도하는 모험을 감행해 온 결과라고 할 것이다.

김혜순(金惠順, 1955)의 시는 시적 언어에 대한 탐구와 실험에서부터 출발한다. 이것은 시적 정서에 기반해 온 전통적인 서정시와는 다른 영역을 시인이 고집하고 있다는 것을 뜻한다. 김혜순이 초기의 시에서부터 지속적으로 관심을 두고 있는 것은 사물에 대한 새로운 인식과 시적 이미지의 형상에 대한 새로운 창조이다. 물론 시집 『어느 별의 지옥』(1988)에 이르기까지 이런 작업은 다채로운 변주를 드러내면서 지속된다. 1990년대에 들어서면서 김혜순의 시는 초기 시의 실험적 경향에 기반해 여성이라는 자기 정체성의 인식에 치중하면서 여성의 사회적 존재 방식과 경험을 시적 영역으로 끌어들인다. 그리고 여성적 글쓰기의 시적 실천이라는 새로운 도전을 시작한다. 여기서 주목되는 것이 육체의 시적 재발견이다. 1994년에 출간한 시집 『나의 우파니샤드, 서울』을 보면 시인의 시적 인식은 모든 대상을 육체 속으로 끌어들이는 방식으로 변화한다. 이것은 몸 자체를 하나의 생명이 깃들어 있는 작은 우주 공간으로 인식함을 뜻한다. 모든 사물은 육체라는 작은 우주 속에 담기고 새롭게 확장 변형되어 움직인다. 그러므로 육체가 곧 생명의 기원이 되는 셈이다. 김혜순의 시가 보여 주는 육체의 변용과 시적 확장은 여성의 자기 정체성에 대한 인식으로 심화되기도 하고 영원한 모성성의 확인으로 드러나기도 한다. 시인은 여성적 육체를 시적 공간으로 활용함으로써 주체로서의 자기 존재를 드러내는 데에 성공하고 있다.

현대소설

분단시대의 소설

해방 공간의 소설

한국 소설 문단은 해방과 민족 분단 그리고 한국전쟁을 거치는 동안 작가층의 새로운 교체가 이루어졌다. 당시의 소설 문단은 '신문학의 제1세대'라고 할 수 있는 이광수, 김동인, 염상섭, 전영택, 박종화, 이기영, 한설야 등이 여전히 원로의 위치를 점하고 있었고, 1930년대에 들어서면서 왕성한 창작 활동을 보여 준 '제2세대'의 채만식, 이태준, 박화성, 최정희, 이무영, 계용묵, 정비석, 김동리, 박영준, 박태원, 황순원, 안회남, 박태원, 허준, 박노갑, 지하련 등이 잇달아 작품을 내놓기 시작했다. 이들의 활동은 이 시기에 발간된 허준의 『잔등』(1946), 김남천의 『삼일 운동』(1947), 안회남의 『폭풍의 역사』(1947), 채만식의 『아름다운 새벽』(1947), 이태준의 『해방 전후』(1947) 『농토』(1948), 박종화의 『민족』(1947) 『대춘부』(1949), 박노갑의 『사십년』(1948), 지하련의 『도정』(1948), 염상섭의 『삼팔선』(1948) 『두 파산』(1949), 황순원의 『목넘이 마을의 개』(1948), 계용묵의 『별을 헨다』(1949), 최정희의 『풍류 잡히는 마을』(1949) 등을 통해 구체적인 성과를 확인할 수 있다. 그런데 문단의 좌우 분열과 이념적 대립이 노정되면서 이들 가운데 1948년 한국 정부 수립 이전에 북한으로 넘어간 이른바 '월북문인'이 생겼다. 김남천, 김사량, 박노갑, 박태원, 안회남, 이기영, 이태준, 지하

련, 최명익, 한설야, 허준 등이 이에 해당한다. 1950년 한국전쟁 시기에
는 상당수의 문인들이 납북되는 상황이 벌어졌는데, 이광수도 여기에
포함되었다. 이같은 과정을 거치는 동안 자연스럽게 문단이 재편되면
서 세대교체도 이루어졌고, 남북한 소설 문단이 분열되어 서로 다른 이
념과 가치를 지향하게 되었다.

　해방 직후 염상섭의 작품 활동은 자기 체험의 정리 작업에 해당한다.
「혼란」의 만주를 벗어나 압록강을 건너 「이합」과 「재회」의 우여곡절
을 겪으며 「삼팔선」을 넘기까지, 작가 염상섭이 보여 주는 귀환의 여
정은 해방과 더불어 직면할 수밖에 없었던 고난의 길이라고 할 것이다.
하지만 그가 만주에서 서울까지 돌아온 과정 자체가 이념적 선택에 의
한 것이 아니듯, 그의 소설 속에서도 그러한 귀환의 과정은 본래적인
삶에의 복귀를 의미할 뿐이다. 이 작품들은 소설집 『삼팔선』(1948)과
『해방의 아들』(1949)로 묶였다. 해방 공간의 혼란스러운 현실과 작가
염상섭의 이념적 지향을 동시에 보여 주는 문제작이 장편소설 「효풍」
(1948)이다. 이 소설은 신문에 연재되던 해방 공간의 한국적 현실 자체
를 그대로 작품 배경으로 끌어들이고 있다. 이 작품의 저변에는 일본
식민지시대에 누렸던 기득권을 놓지 않으려는 친일 모리배와 새로운
지배 권력으로 등장한 미군정에 야합해 이권을 챙기려는 기회주의자
들이 함께 배치되어 계층적 갈등과 이념적 대립을 보여 준다. 염상섭이
보여 준 일상적인 삶에 대한 관심이 총체적으로 집약된 것이 장편소
설 「취우」(1954)이다. 이 소설은 전쟁 발발 직후부터 구이팔수복을 거
쳐 일사후퇴에 이르기까지의 전쟁 상황을 배경으로 이야기가 전개된
다. 전란의 현장을 가장 가까이에서 그려낸 이 소설에서 주목되는 것은
전쟁 직후 한강 인도교가 폭파되어 남쪽으로 피란하지 못하게 된 사람
들이 겪었던 이른바 '인공(人共) 시대'의 은둔 생활이다. 하지만 이같은
상황 설정에도 불구하고 소설의 이야기는 여주인공을 둘러싼 애정 갈
등이 주축을 이룬다. 실제로 이 작품은 풍속과 세태에 대한 흥미에 초
점이 맞춰지면서 이야기 자체의 통속성을 크게 벗어나지 못하고 있다.

　채만식은 자신이 겪었던 일본 식민지시대의 굴욕을 스스로 과감하
게 노출시켜 자기비판에 앞장섰다. 그는 일제강점기 말에 조선문인보

국회에 가담하고 「여인전기」(1944)와 같은 친일적인 작품을 발표하기
도 했지만, 자신의 친일적 문필 활동을 스스로 비판하면서 해방 공간의
혼란과 비리의 현실에 관심을 집중한다. 그가 현실의 모순을 비판하기
위해 활용한 풍자 방식은 단편소설 「맹순사(孟巡査)」(1946) 「미스터 방
(方)」(1946) 「도야지」(1947) 등을 통해 소설적 형상성을 획득하고 있으
며, 「민족의 죄인」(1948)은 철저한 자기비판의 형식을 띠고 있다. 소설
「맹순사」에서는 살인강도와 순사를 등식화해 놓고 있다. 일본 식민지
시대의 순사가 살인강도와 다를 게 없고, 해방 후의 순사가 일제의 순
사와 조금도 달라진 것이 없다는 점에서 작가의 비판적 관점이 무엇을
문제 삼고 있는지 짐작할 수 있다. 「미스터 방」의 경우에는 주둔한 미
군 세력에 빌붙는 아첨배의 형상이 희화적으로 그려져 있다. 인물의 풍
자 자체가 작위적인 속성을 드러내고 있지만, 혼탁한 사회적 풍속을 예
리하게 꿰뚫어 보고 있다는 점이 특징이라고 하겠다. 「민족의 죄인」은
자기변명이나 자기합리화의 방식을 통해서가 아니라, 식민지시대의 정
신적 상처를 자기 모럴(moral)의 확립을 통해 극복해 보고자 하는 노력
을 보여 준다. 「민족의 죄인」에서 핵심을 이루는 쟁점은 민족의 식민
지 체험에서 무엇이 문제로 남아 있는가 하는 질문이다. 이 소설은 민
족의 식민지 체험이라는 것이 개인적 모럴의 선택 문제와는 별개의 것
임을 분명히 한다. 개인의 생존 문제를 사회윤리적 판단의 기준으로 내
세울 수는 없기 때문이다. 물론 작가 자신은 소설 속의 '나'라는 인물의
입장 뒤에 숨어 있지만, 식민지시대의 비극적 역사 체험은 사실 개인적
인 체험 영역이 아니다. 오히려 이 문제는 개인의 윤리 문제의 영역을
벗어나, 역사에 대한 객관적 인식에 근거한 민족 전체의 자기비판을 필
요로 하는 일이다. 문학인의 경우에만 한정할 경우 이 문제는 식민지시
대에 한국문학이 어떠한 경로를 거쳐 왔고, 또한 어떠한 위치에 처해
있었는가를 명확하게 인식하는 데에서 출발하지 않으면 안 된다. 이 소
설에서 작가는 철저한 자기비판만이 죄의식에서 벗어날 수 있는 길임
을 제시하고 있지만, '민족의 죄인'이라는 명제는 식민지 체험에 대한
개인적인 참회와 반성을 요구하는 것이 아니다. 개인의 생존 문제와 모
럴의 선택이 서로 대응하고 있다 하더라도 식민지 상황은 민족 전체의
삶의 역사이지 개인적인 경험의 영역이 아니다.

한국 소설의 원점

김동리와 황순원의 소설은 분단시대 한국 소설의 전반적인 흐름을 놓고 볼 때 원점에 자리잡고 있다. 이들의 소설 세계가 해방 이후 한국 현대소설사의 전반부를 그대로 대표하고 있기 때문이다. 이들이 확립한 소설적 문법이 곧 한국 현대소설의 기법적 전통으로 자리잡고 있으며, 그 정신적 지향 자체가 한국 소설의 이념과 가치를 그대로 대변한다고 할 수 있다.

김동리는 좌우 문단의 분열과 대립 속에서 순수문학으로서의 민족문학을 주장하면서 계급문학을 거부했고, '생(生)의 구경적 형식으로서의 문학'에 대한 신념을 분명히 표명했다. 개인의 자유와 인간성의 존엄을 내세운 김동리의 순수문학에 대한 견해는 정부 수립 후 민족문학이 지향해야 하는 정신적 지표처럼 널리 확대되기에 이른다. 그가 해방 직후에 발표한 단편소설 「달」(1947) 「역마」(1948) 등은 식민지시대에 발표했던 「바위」 「무녀도」 「황토기」 등의 연장선상에서 주제 의식을 이해할 수 있다. 그것은 이 작품들이 보여 주는 인간의 운명에 대한 인식 방법과 소설화의 방향이 일관된 성격을 드러내고 있기 때문이다. 「역마」는 핏줄을 거역할 수 없는 인간의 미묘한 운명적인 삶의 양상을 보여 준다. 역마살로 표상되는 한 사내의 비극적인 삶은 어머니의 이복동생을 사랑하게 되는 고비에서 하나의 반전을 일으킨다. 하지만 주인공은 자신의 사랑을 운명처럼 체념해 버리고 방랑의 길을 떠남으로써 혈연에 대한 거역을 모면하게 된다. 자기 운명에의 도전보다는 인륜에의 추종으로 결론지어진 이 작품에는 현실이나 사회적 문제성이 거의 드러나 있지 않다. 현실적인 상황으로부터 유폐된 공간이 한 인간의 삶의 테두리로 설정되고 있을 뿐이다.

김동리는 한국전쟁 상황에서부터 신화의 공간으로까지 확대되어 있는 소설적 무대 위에서 가장 운명적인 인간의 삶의 본질을 파헤치고자 한다. 전쟁과 현실의 혼란에 대한 그의 비판적 관심은 「귀환장정」(1950) 「흥남철수」(1955) 등의 전쟁소설로 구체화되기도 한다. 그리고 소설 「역마」의 운명론적 세계는 1960년대의 「등신불」(1963) 「까치

소리」(1966)로 이어진다. 인간의 원초적인 죄의식과 번뇌, 그리고 이
에 대한 종교적 구원이라는 주제는 김동리의 문학 세계를 형성하는 중
요한 축이다. 김동리의 장편소설 「사반의 십자가」(1957)는 예수와 함
께 십자가에 못 박힌 사반의 일생을 예수의 삶과 대조적으로 제시하고
있다. 이 소설은 소재의 특성이나 규모의 광대함을 자랑하면서 인간존
재의 의미와 영혼과 육체의 조화 등 관념적 주제를 포괄하고 있다. 하
지만 인간의 원초적인 죄의식과 자기 구원의 길에 대한 추구라는 주제
의식의 무게를 완전히 벗어나지 못한다. 현실적 공간과 유리된 신화적
세계에서 소설이 요구하는 실재성의 원리를 확보하기 어렵게 되자, 이
야기 자체가 관념화되고 있는 것이다. 김동리의 작품 활동은 단편소설
「무녀도」의 연장선상에서 한 무녀의 생애를 통해 토속적인 무속신앙
의 세계를 총체적으로 그려낸 장편소설 「을화(乙火)」(1978)로 사실상
마감된다. 김동리의 문학 세계에서 뚜렷한 흐름을 이루는 것은 토착적
한국인의 삶과 정신에 대한 깊이있는 탐구라고 할 수 있다. 「을화」는
1920년대에 경상도 경주의 한 작은 마을을 배경으로 이야기가 전개된
다. 소설 속 이야기의 주인공으로 등장하는 옥선이라는 한 여인이 무당
이 되어 살아가는 생애의 전 과정을 보여 주고 있다. 소설의 전반부에
서 옥선의 성장 과정과 무당 을화가 되기까지의 내력을 그려내고 있다
면, 후반부에서는 무당 을화를 중심으로 아들과의 운명적인 만남과 갈
등을 극적으로 서술하고 있다. 이러한 이야기 내용은 「무녀도」의 서사
구조를 확장하고 변형하는 과정에서 구체적 형상성을 획득하고 있으
며, 한국인의 전근대적인 삶과 풍속의 재현을 바탕으로 무속 세계의 신
비성을 특이한 환상처럼 제시하고 있다.

황순원(黃順元, 1915-2000)은 해방 이후 소설이라는 장르가 포괄할
수 있는 모든 방법을 시험해 왔고, 소설적 형상화가 가능한 모든 주제
를 다루어 왔다. 그의 작품 속에는 소설사의 전체적인 윤곽을 구획 지
을 수 있는 여러 가지 특징이 담겨 있으며, 그의 언어는 우리말이 산문
영역에서 도달할 수 있는 미적 가능성을 골고루 내포하고 있다. 황순원
의 단편소설은 작품집 『목넘이 마을의 개』(1948) 『기러기』(1951) 『곡
예사』(1952) 등에 수록되어 있는데, 대부분 일상적인 생활공간에서 이

루어지는 하나의 사건을 짤막한 삽화로 처리하는 경우가 많다. 서술의
방향도 내용의 사실성보다는 작가 자신의 정서적 반응이 중심을 이룬
다. 그렇기 때문에 그의 소설은 대상의 사실적인 인식보다 묘사의 집중
력과 특유의 서정성을 바탕으로 한 정서적 감응력이 중시된다. 특히 그
가 즐겨 구사했던 간결한 문장 호흡과 감각적인 언어가 환기하는 정서
가 인상적이다. 이러한 서술 방식은 이야기의 줄거리를 전달하기 위한
것이 아니라, 주어진 상황에 대한 내적 반응을 통일시키기 위한 방편으
로 활용된다.

황순원의 소설은 1950년대 중반에 들어서면서 새로운 변모를 겪는
다. 한국전쟁의 경험과 고통스러운 삶의 과정을 거치는 동안 작가 황
순원의 경험적 자아는 자기 내면의 갈등과 외부적 조건을 전체적으로
조망하지 않으면 안 되는 상황에 직면한다. 이런 조건에서 선택된 것
이 바로 장편소설의 양식이다. 「별과 같이 살다」(1950)와 「카인의 후
예」(1954) 이후 「인간접목」(1957)「나무들 비탈에 서다」(1960)「일월
(日月)」(1964)에 이르기까지의 작품들이 이에 해당한다. 그리고 「움직
이는 성(城)」(1965)에서부터 「신들의 주사위」(1973)에 이르는 후기 업
적도 함께 포함할 수 있다. 황순원의 첫 장편소설은 「별과 같이 살다」
이다. 이 작품은 '곰녀'라는 여주인공을 통해 일본 식민지시대부터 해
방 직후까지 시련의 역사를 살아온 가난한 농민들의 삶의 전락 과정을
보여 주면서 새로운 전망까지 모색한다. 이 소설에서 곰녀는 일제 강점
의 수난 속에서 고통당하던 민중을 상징하며, 계급적인 차별 속에서 성
적 차별과 함께 육체적인 수탈을 강요당했던 가난한 한국의 여성을 표
상하기도 한다. 작가는 곰녀라는 여주인공이 보여 주는 운명에 대한 긍
정과 삶에 대한 끈질긴 욕망을 통해 해방과 함께 도래한 새로운 역사
에 대한 낙관적 전망도 제시한 셈이다. 황순원이 해방 직후 좌우 이념
의 대립과 갈등 속에서 현실적 삶의 좌표를 선택적으로 제시한 장편소
설은 「카인의 후예」이다. 이 소설은 작가 자신이 해방 직후 북한에서
겪었던 살벌한 테러리즘을 소재로 삼고 있다. 광복 후 토지개혁이 시행
될 무렵의 북한의 한 마을을 배경으로 하는 이 소설은, 격동기를 살아
가는 다양한 인간상을 통해 맹목적인 이데올로기의 횡포를 비판하면

서 당대적 현실에 대한 비판적 재인식을 촉구하고 있다. 황순원의 소설 세계는 「인간접목」과 「나무들 비탈에 서다」 등에 이르는 동안 전쟁의 참상과 상처의 극복 과정을 총체적으로 문제 삼게 된다. 황순원의 소설에서 전쟁과 일상의 체험이 예술적 현실로 고양되는 것은 소재의 속성이나 주제 의식의 지향에 의해 이루어진 것만이 아니다. 이 창조적 변화는 그의 특이한 주제 의식과 함께하는 언어의 형식, 서술의 방법에 의해 방향이 결정된다. 그는 다양한 삶의 양상을 자신만이 지니고 있는 언어의 힘을 통해 서술하고 소설적으로 형상화하는 데에 성공한다.

안수길(安壽吉, 1911-1977)의 작품 세계도 황순원의 경우와 비슷한 장르의 확대 과정을 보여 준다. 「제삼인간형」(1953)과 「배신」(1955) 등에서 보이는 작가의 예리한 시선은 장편소설 「북간도」(1959)에서 역사의식의 투철성으로 구체화된다. 소설 「북간도」는 조선 말기부터 일제강점기에 이르기까지 민족사의 격동기를 만주 북간도에 이주해 살고 있는 한 가족을 중심으로 서술해 놓고 있다. 이 작품은 한국의 농민들이 지니고 있는 땅에 대한 애착과 그 저류에 흐르고 있는 민족의식을 대하적인 구성을 통해 구체적으로 형상화한다. 특히 주목되는 것은 이 소설이 서사적인 폭을 확대해 식민지시대 민족사의 또 다른 면모를 소설적으로 재현함으로써 대하장편소설의 새로운 가능성을 보여 주고 있다는 점이다.

전후소설과 현실 비판

1950년대 전후소설에서 전쟁의 아픔과 분단의 고통은 본질적인 측면으로 문학에 내재화됨으로써 모든 문학인이 반드시 짚고 넘어가지 않으면 안 되는 중요한 테마가 되었다. 전후 문단에는 손소희, 한무숙, 오영수, 손창섭, 유주현, 장용학, 박연희, 강신재, 이범선, 김광식, 정한숙, 전광용, 김성한, 선우휘, 박경리, 이호철, 한말숙, 정연희, 오유권, 오상원, 하근찬, 서기원, 최일남, 최상규, 이문희, 박경수 등 새로운 얼굴이 소설 문단의 신세대를 이루면서 전후소설의 새로운 가능성을 열었다. 전쟁의 혼란을 겪은 뒤 작가들은 자신을 포함한 모든 인간의 삶의 방

식과 사회적 연관성을 검토하는 작업에 관심을 기울이기 시작했다. 개
인의 존재와 현실인식을 문제 삼는 이들의 태도는 부정과 저항만으로
치닫지 않았다. 어떤 경우에는 다분히 이지적인 자기 논리를 내세우기
도 했고, 어떤 경우에는 감성적인 접근을 보여 주기도 했다. 이러한 특
징은 이들 작가들의 개인적 재능과 관점의 차이에 따라 독특한 개성으
로 자리잡혔고, 이는 소설적 기법과 문체의 측면에서도 다양성을 보이
게 되었다.

오영수(吳永壽, 1909-1979)는 「화산댁이」(1952)와 「갯마을」(1953)을
통해 작품 세계를 확립한다. 그의 소설은 토속적 공간을 배경으로 하여
그 속에 살고 있는 순박한 인간들의 인정미를 추구하는 경우가 많다.
그렇기 때문에 어떤 작품에서는 반문명적인 자연예찬이 과장되어 나
타나기도 하고, 향촌에 대한 애정이 심정적인 진술을 통혜 제시되기도
한다. 한편 오영수는 「박학도」(1955) 「후조」(1958) 「명암」(1958) 등에
서 살벌한 현실에 얽매여 자기 존재의 진정한 의미를 잃어버린 채 살
아가는 인간의 비애를 그려냄으로써, 특유의 서정성과 현실 인식의 두
경향을 동시에 포괄했다.

장용학(張龍鶴, 1921-1999)은 전후의 암울한 현실 상황을 소설적 배
경으로 수용하면서 소설이 지켜 온 이야기의 틀을 벗어나고자 했다.
「요한시집」(1955)은 서사성의 요건이라고 할 수 있는 행위의 구조를
해체하고 오히려 대담하게 관념의 단편들을 대입하고 있다. 이 작품에
서 작가가 이데올로기의 허구성을 폭로하기 위해 힘들여 기술하고 있
는 공산주의 이데올로기에 대한 비판은, 이념의 실체에 접근하기보다
는 관념으로 가득 차 있기 때문에 소설의 세계에서 요구되는 구체성을
확보하지 못하고 있다. 장편소설 「원형의 전설」(1962)에서는 분단이라
는 민족사의 왜곡된 형상을 사생아적 의식에 연결해 원죄 의미를 추구
함으로써 관념성을 어느 정도 극복하고 있다.

선우휘(鮮于煇, 1922-1986)는 「테러리스트」(1956) 「불꽃」(1957) 등
을 잇달아 발표해 문단에 두각을 나타냈다. 이후 「오리와 계급장」
(1958) 「유서」(1961) 등의 단편소설을 통해 상황에 대한 인간적 결단과
참여를 중시하는 행동주의적 태도를 강조했다. 「불꽃」은 주인공의 삶

을 통해 삼일운동부터 한국전쟁에 이르는 삼십여 년의 긴 역사적 격동
기를 파노라마처럼 압축해 놓고 있다. 이 작품은 주인공의 내면 의식을
치밀하게 묘사함으로써 단편 형식에 역사의 격동을 인상적으로 담아
놓았으며, 전쟁 직후 시대가 한국의 젊은이들에게 요구하는 새로운 인
간형을 제시한다. 선우휘의 작품세계는 테러리즘과 비인간화의 현실을
그려낸 장편소설 「깃발 없는 기수」(1959)를 발표한 뒤에 새로운 전환
기에 접어든다. 지식인의 책임과 적극적 현실 참여의 의지를 보여 주었
던 그의 태도는 보다 깊은 인간 내면의 성찰에 관심을 기울이는 소극
적 자세로 변모한다. 장편소설 「사도행전」(1966)에서는 한 인간의 삶
의 지향과 전환 과정에서 겪는 갈등을 자전적인 요건을 섞어 기록하고
있다. 역사와 현실에 대한 비판이라든지 지식인의 실천적이고 행동적
인 자세에 대한 요구보다는 인간의 내적 성실성을 묘사하는 데 주력하
고 있다.

  손창섭(孫昌涉, 1922-2010)은 「혈서」(1955) 「미해결(未解決)의 장
(章)」(1955) 「유실몽(流失夢)」(1956) 「잉여인간(剩餘人間)」(1958) 등에
서 어두운 현실을 배경으로 정신적으로나 육체적으로 비정상적인 인
간의 모습을 그려냈다. 이러한 왜곡된 모습은 인간 자체의 결함에서 온
것이 아니라 전후 현실의 상황에서 비롯된 것이다. 작가는 이러한 부
정적인 인간상의 창조를 통해 인간의 존재에 대한 냉소 어린 모멸감을
불러일으키기도 하고, 어떤 경우에는 상황성의 중압감을 선뜻 감지할
수 있도록 해 주기도 한다. 전쟁 상황과 그 상황 속에서 피해자가 되는
인간을 절실하게 보여 주는 것이다. 장편소설 「낙서족(落書族)」(1959)
은 작가 손창섭이 전후 현실의 비판적 인식이라는 자신의 소설적 주제
를 벗어나서, 당대 상황과 맞닿아 있는 역사적 과거로 눈을 돌린 첫 작
업의 성과이다. 일제강점기의 식민지 조선과 지배제국 일본이라는 대
립 관계를 두고 손창섭이 창조해낸 특이한 인간형은 독립투사의 아들
을 자처한 엉뚱한 인물이다. 주인공은 독립투사로 활동하는 부친의 길
을 따라 일본으로 건너간다. 그리고 자기 자신에게도 아버지와 똑같은
역사적 소명 의식을 강요하면서 조선 독립에 힘쓰고자 한다. 이 소설에
서 작가가 만들어낸 소설적 주인공은 조국의 독립과 해방, 일제에 대한

저항과 투쟁 등에 대한 과잉된 의식의 산물이라 할 수 있다. 작가는 주인공의 삐뚤어진 의식의 과잉 상태를 통해 민족주의라는 관념이 드러낼 수 있는 허위의식과 문제성을 뒤집어 보여 준다. 실상 이 소설의 이야기 속에서 독립투사인 아버지라는 존재는 민족의식을 강요하기 위한 상징에 불과하다.

이범선(李範宣, 1920-1982)은 「학마을 사람들」(1957)에서 일본 식민지시대부터 한국전쟁에 이르는 기간 동안 수난과 비애 속에서도 끈기 있게 살아가는 한국인의 모습을 그려낸다. 그리고 「미꾸라지」(1957) 「오발탄(誤發彈)」(1959) 「냉혈동물(冷血動物)」(1959) 등에서 전후 현실과 인간의 타락을 비판한다. 「오발탄」은 전쟁 당시 월남한 실향민 일가의 궁핍한 생활을 사실적으로 그린 작품이다. 작가는 이 작품에서 전쟁으로 인해 불행해진 사람들의 정신적인 황폐와 물질적인 빈궁의 문제를 제기하고 있으며, 좌절감과 패배 의식이 만연하던 전후의 현실을 집약적으로 고발하고 있다. 특히 주인공의 삶을 통해, 현실의 부조리를 비판하면서도 고통 속에서 인간의 진실성을 끝까지 수호하는 태도를 보여 주고 있는 점도 주목된다.

전광용(全光鏞, 1919-1988)은 단편 「흑산도」(1955)를 발표하면서 본격적인 작품 활동을 시작했다. 그는 「꺼삐딴 리」(1962)에서 역사적 격동기를 체험한 이인국 박사라는 인물의 기회주의적 태도와 패배의 삶의 역정을 풍자함으로써 민족의 수난사를 더욱 부각한다. 그리고 전후 현실과 인간 세태를 그려낸 「나신(裸身)」(1964)이라든지, 사일구혁명의 과정을 통해 혼란기를 극복해 가는 젊은 세대의 의지를 그린 「젊은 소용돌이」(1966) 등을 발표하면서 역사와 현실에 대한 총체적 인식의 새로운 가능성을 모색한다. 단편소설 「꺼삐딴 리」의 주인공은 일제강점기, 해방, 한국전쟁이라는 역사적 격동기 속에서 민족사적 비극과 역경을 견디면서 살아남은 자로 내세워진다. 이 작품에서 그려지는 주인공은 교활한 기회주의자로서 비굴한 권력지향적인 인물이며, 위선적인 개인주의자이기도 하다. 작가는 이러한 문제의 인간형이 한국의 상류층 사회에 널리 포진해 있음을 풍자하고 있는 것이다. 장편소설 「나신」은 전쟁이 끝난 후의 혼란스러운 사회상과 세태의 변화를 비판적

안목으로 그려낸 작품이다. 이 소설이 전후 사회의 풍속적 재현에 주력
한 작품이라고 한다면,「젊은 소용돌이」「태백산맥」「창과 벽」등은
한국 현대사의 격동기라고 할 수 있는 1960년대 초반의 정치적 현실을
대상으로 한 작품들이다. 이 작품들은 모두 제1부만으로 끝나기 때문
에 소설적 구조의 완결을 기하지 못했지만, 사회의 밑바닥을 살아가는
서민층을 대상으로 하지 않고 지식층의 삶의 고뇌를 포착하고자 했다
는 점에서 새로운 관심을 불러일으켰다.

　하근찬(河瑾燦, 1931-2007)은 농촌 생활을 소재로 작품 세계를 확대
했다. 그는 인정과 향토성이 짙은 농촌을 배경으로 농민들이 겪는 민
족적 수난을 사실적으로 그려냈는데, 그가 그려낸 농촌은 역사적 수난
과 고통을 가장 절실하게 축적해 온 삶의 현장이다.「수난이대」(1957)
는 일본 식민지시대의 고통과 한국전쟁의 참극을 겪어 나가는 두 세대
의 아픔을 동시에 포착하면서, 일제강점기 말의 민족적 고통과 해방 이
후 한국전쟁의 비극을 한 가족을 중심으로 아버지와 아들 이대의 수난
사로 연결하고 있다.「흰 종이수염」(1959)이나「왕릉과 주둔군」(1963)
은 주체적인 민족의식이 토착적인 세계 속에서 외래적인 것과 갈등하
는 양상을 보여 주는 작품들이다.「흰 종이수염」은 식민지시대의 침략
세력인 일제를 겨냥하고 있으며,「왕릉과 주둔군」은 해방 이후 주둔
미군과 미군의 주둔에 따른 사회상의 변화를 표적으로 삼고 있다. 장편
소설「야호(夜壺)」(1971)에서 작가는 한국 사회가 지켜 온 삶의 규범과
가치가 주둔한 미군의 행태에 의해 여지없이 짓밟히고 파괴되고 있음
을 보여 준다. 민족의 삶이 어떤 외부적인 세력의 힘에 의해 좌우되어
서는 안 된다는 의지가 작품 저변에 깔려 있음을 확인할 수 있다.

분단 상황의 소설적 인식

이호철(李浩哲, 1932-2016)은 초기 작품인「나상」(1956)「파열구」
(1959) 등에서 황폐한 현실의 상황과 그 속에서의 삶의 허무를 다뤘다.
그의 소설 세계는 분단 현실의 모순을 철저하게 파헤친다는 점이 특
징이다. 장편소설「소시민」(1964)에서부터「남풍북풍」(1977)에 이르

기까지 작품 속에 등장하는 인물들은 모두 전쟁으로 인해 고향을 잃고 새로운 삶의 터전을 제대로 꾸리지 못한다. 여기서 작가는 뿌리 뽑힌 자들의 방황과 자기 상실의 문제를 일상의 차원에서 치밀하게 그려냄으로써 '실향민 의식'의 구체적 징후들을 소설적으로 형상화하는 데에 성공한다. 장편소설 「그 겨울의 긴 계곡」(1978) 「물은 흘러서 강」(1984) 「문」(1988) 등은 현실의 비리와 부조리가 궁극적으로 분단의 모순에서 비롯되고 있음을 확인하는 소설적 작업의 결과물이다. 이호철 소설의 궁극적인 지점에 연작소설 「남녘 사람 북녘 사람」(2002)이 자리잡고 있다. 이 소설의 이야기는 작가 자신의 전쟁 체험을 회고하는 내용이 핵심을 이룬다. 고등학교 학생 시절에 인민군으로 전쟁에 투입되었다가 그해 10월 초 국군포로가 되었던 자신의 생생한 체험이 분단 상황에 대한 인식을 바탕으로 새롭게 구성된다. 이 작품의 이야기는 전쟁으로 인한 고향 상실에서 시작되지만 분단 상황의 고통을 극복해 나아갈 수 있는 방법을 모색하는 과정으로 이어진다.

최인훈(崔仁勳, 1936-2018)의 소설은 분단 상황이라는 정치적 현실과 밀접하게 연관되어 있다. 그의 소설적 관심이 역사의식과 현실감각을 확보하면서 확대되었음을 「광장」(1961) 「구운몽」(1962) 「크리스마스 캐럴」(1963) 「회색인」(1964) 「총독의 소리」(1967) 「소설가 구보씨의 일일」(1969)을 통해 확인된다. 「광장」은 본격적으로 분단 문제를 다룬 대표적인 소설이다. 이 작품에서 작가는 북쪽의 사회구조가 갖고 있는 폐쇄성과 집단의식의 강제성을 고발하면서 동시에 남쪽의 사회적 불균형과 방일한 개인주의를 비판한다. 그리고 결말에서 주인공의 자살을 암시함으로써 이념 선택의 기로에서 개인의 정신적 지향의 한계를 극적으로 제시한다. 장편소설 「광장」의 연장선상에서 「회색인」은 서로 대조되는 인간형을 보여 준다. 이야기의 주인공은 한국전쟁 당시 고향을 북한에 두고 월남한 지식인 청년이다. 그는 자기 존재의 의미와 정체성을 찾지 못하고 편향된 이데올로기의 틀 안에서 현실의 삶에 제대로 뿌리 내리지 못한 채 방황한다. 이와 같은 인물의 설정은 남과 북의 현실을 모두 거부한 채 제삼국으로의 도피를 택했던 「광장」의 주인공 이명준의 경우와 일맥상통한다고 할 수 있다. 이 소설에서 행동

과 실천보다 깊은 고뇌와 지적인 사색을 통해 문제의 궁극을 찾아가고
자 하는 주인공의 태도는 작가 최인훈이 창안해낸 하나의 관념적 인간
형의 존재 방식이라고 할 수 있다. 최인훈이 자신의 소설 쓰기에서 관
념소설로서의 특성을 그대로 유지 발전시키면서 새롭게 발견한 형태
가 연작소설 「총독의 소리」이다. 이 소설에는 주동적인 인물이 벌이는
행위가 없으므로 사건도 없고, 사건이 없기 때문에 그것을 뒷받침해 주
는 배경도 상정할 수 없다. 오직 총독이 발표하는 담화의 진술 내용이
급변하는 정치 상황의 문제성을 드러내고 있다. 실제로 작품 속에서는
서구 제국주의의 팽창, 소련을 중심으로 하는 공산주의의 확산, 그리고
'조선총독부'의 존재를 다시 재현한 일본의 성장 등 국제적인 역학관계
속에서 한국의 분단 현실을 재조명하고 있다.

여성소설의 계보

한국 현대문학에서 여성문학이 계몽기적 단계를 마감하고 새로운 자
기 영역을 열게 된 것은 1950년대 이후의 일이다. 이 시기에 소설 문단
에서는 기성세대에 속하는 박화성, 최정희, 임옥인, 김말봉 등이 활발
한 작품 활동을 시작했으며, 그 뒤를 이어 손소희, 강신재, 박경리, 한
무숙, 한말숙 등의 많은 여성 작가가 등장했다. 그리고 1960년대에 들
어서면서 정연희, 손장순, 박순녀, 김의정 등이 이에 합세했다. 이들은
전후 문단에서 '여류적 속성'으로 지적되어 온 문학의 경향을 벗어 버
림으로써 각각 자신들의 문학적 위치를 분명하게 드러낸다. 전쟁의 아
픔과 분단의 고통이 문학에 내재화되는 가운데 여성 작가들은 자신을
포함한 모든 인간의 삶의 방식과 사회적 연관성을 검토하는 작업에 관
심을 기울이기 시작한 것이다.

  해방 이후 새롭게 등장한 여성 작가로 손소희(孫素熙, 1917-1987)를
먼저 손꼽을 수 있다. 손소희는 초기 작품들에서 일본과 만주 등을 배
경으로 민족의식의 일단을 치밀하게 그리기도 하고, 「이라기」(1948)와
같은 단편을 통해 남녀 간의 애정을 여성 작가 특유의 감수성으로 섬
세하게 그리기도 했다. 전후에는 단편소설 「창포 필 무렵」(1956), 장편

소설 「태양의 계곡」(1959) 등을 통해 여성의 내면 심리를 지적으로 추구해 하나의 성격적인 패턴으로 제시했다. 장편소설 「남풍」(1963)은 한국 사회의 격동기를 통과하는 여성의 운명적인 삶과 그 수난의 과정을 세밀하게 그려내고 있다. 이 소설의 시간적 배경은 자연스럽게 일본 식민지시대의 말기에서부터 해방 공간을 거쳐 한국전쟁으로 이어진다. 소설 속의 이야기는 한국 사회가 여전히 완고한 가부장제의 틀에서 벗어나지 못하며, 여성의 운명이 타인에 의해 강제되고 결정된다는 사실을 비판적으로 제시하고 있다. 「갈가마귀 그 소리」(1970)는 여인의 운명적인 삶과 수난 과정을 섬세하게 그려냄으로써 손소희 문학의 정점에 자리한다. 오랜 인습의 굴레에서 벗어나지 못하고 자기희생을 운명처럼 받아들이면서 살아가는 여성의 삶의 과정이 감동적으로 그려져 있다.

강신재(康信哉, 1924-2001)의 초기 소설 가운데 하나인 「젊은 느티나무」(1960)는 부모의 재혼으로 오누이가 된 남녀의 사랑을 여성 특유의 섬세한 감각으로 묘사해냄으로써 소설적 형상화에 성공한다. 젊은이들의 섬세한 감수성, 산뜻한 감각 등이 두드러지게 부각되는 이 작품에서 흥미의 초점은 금기된 사랑을 두고 겪는 내적인 갈등을 극복하는 과정이다. 경이로운 눈으로 인생을 경험하기 시작하는 소녀가 겪는 영혼의 시험에 서술의 초점이 놓여 있기 때문이다. 강신재의 작품 경향은 장편소설 「임진강의 민들레」(1962) 「파도」(1963) 등을 통해 사회와 현실 문제로 확대된다. 이러한 변화는 삶의 총체성에 대한 인식을 문제 삼는 장편 양식의 선택과도 관련이 있지만, 삶의 현실 문제에 정면으로 접근하고자 하는 작가의식의 발로로 보인다. 「임진강의 민들레」는 한국전쟁의 소용돌이 속에서 한 가정이 파탄에 이르고 가족구성원들이 전쟁과 이념의 희생물이 되어 죽어 가는 비극적 현실을 총체적으로 보여 주고 있다. 전후 한국 사회를 휩쓴 반공 이데올로기의 영향이라는 관점에서 논의될 수 있는 문제들이 있긴 하지만, 이 소설은 전쟁의 맹목성과 비인간적 폭력과 파괴 행위를 다양한 측면에서 고발하고 있다.

박경리(朴景利, 1926-2008)의 초기 작품 가운데 「불신시대」(1957) 「도표 없는 길」(1958) 「암흑시대」(1958) 등은 한국전쟁 때 남편을 잃고 고통 속에서 살아가는 여성을 주인공으로 하고 있다. 참담한 현실 속에서의 고통스러운 삶을 사실적으로 보여 주기도 하고, 그들의 눈을 통해 사회 현실의 훼손된 국면들을 예리하게 파헤치기도 한다. 여성의 눈으로 부정과 악에 대한 강렬한 고발 의식을 보여 준 「불신시대」는 이 시기의 문제작으로 손꼽힌다. 박경리는 장편소설 「김약국의 딸들」(1962)을 발표하면서 작품 세계의 전환을 이룬다. 자기 체험의 영역에서 벗어나 객관적인 시점을 확보했고, 제재와 기법 면에서도 다양한 변모를 보였다. 특히 장편소설 「시장과 전장」(1964)은 한국전쟁이라는 민족사의 비극을 총체적으로 재조명하고자 하는 특이한 시각을 보여 주고 있다. 이 소설은 이야기의 전개 과정에서 인간의 삶을 구성하는 대조적인 두 공간을 설정하고 있는데, 하나는 '시장'이라는 일상의 공간이며, 다른 하나는 '전장'이라는 갈등과 투쟁의 공간이다. 이 두 공간을 넘나들면서 진정한 삶과 존재의 의미를 추구하는 주인공의 끈질긴 투쟁이 감동적으로 그려져 있다.

박경리 문학의 정점에 해당하는 대하소설 「토지」는 조선 말기부터 일본 식민지시대를 거치기까지 한 세기에 이르는 역사의 변화 속에서 한 양반 가문의 몰락과 전이 과정을 그리고 있다. 작품은 가족이라는 혈연 단위와 확대를 역사적인 시대 교체와 맞물리도록 고안함으로써, 조선 말기 이후 한국 사회의 근대화라는 격변기를 살아가는 전형적인 인물들의 창조에 성공한다. 이 작품에서 행위의 공간을 이루는 소설적 무대는 특정한 개인의 삶만이 아니라 한 시대의 생활양식의 집결체로서의 의미를 갖는다. 소설에서 문제시되고 있는 봉건적인 가족제도의 해체와 계급의 해체, 서구 문물의 수용과 식민지 지배의 과정, 간도 생활과 민족이동의 문제 등은 소설적인 무대 위에서 살아가는 인물들의 삶에 그대로 반영되어 나타난다. 이것은 「토지」가 구현하고 있는 삶의 전체적인 인식이 모두 역사성의 의미를 획득하며, 그만큼 진실성을 안고 있음을 뜻하는 것이다.

한말숙(韓末淑, 1931)은 인간 심리의 내밀한 양상을 섬세하게 그려낸 작품들을 발표하고 있다. 전후세대의 반항적 모럴의 추구, 치밀한 인간 심리의 묘사, 다양한 제재와 문체상의 실험 등은 모두 그의 작품에서 볼 수 있는 특색이다. 「신화의 단애」(1957)는 오직 현재적인 삶에만 집착하는 전후 여성의 생태와 모럴을 추구한다. 이 작품은 한국전쟁 직후에 나타난 물질적, 정신적 황폐 속에서 삶의 목표를 상실한 채 방황하는 인간의 모습을 극단적으로 그려내고 있다. 한말숙은 기성세대의 속물성과 위선에 대항하는 신세대의 인간형을 그린 장편소설 「하얀 도정」(1960)을 발표한다. 작가의 실존의식과 기성세대의 속물성 및 위선에 대항하는 여성상이 연애 사건을 통해 여실히 드러나고 있는 작품이다. 작가는 남성 중심적 가부장제 사회의 인습에서 벗어나지 못하던 한국적 현실에 대해 비판적으로 도전한다. 그러므로 이 소설은 새롭게 등장하는 한국의 신세대 여성이 자기 존재를 드러내기 위해 전통과 인습, 외적 조건과 체면에 의존하려는 구세대를 당당하게 거부해 가는 하나의 도정을 제시하고 있다.

산업화 과정과 소설의 확산

감성의 세계와 관념의 주제

김승옥(金承鈺, 1941)은 1960년대 신세대 작가를 대표한다. 「생명연습」(1962)을 기점으로 그의 소설은 전쟁 경험으로 인한 의식의 위축 상태를 밀도있게 보여 줌으로써 전후세대의 문학이 안고 있는 문제성을 외면하지 않고 있음을 드러낸다. 「무진기행」(1964)에서도 안개로 표상되는 허무의식의 뿌리가 전란의 체험에 이어지고 있다. 김승옥의 작가적 감성은 「서울 1964년 겨울」(1965)에서부터 「야행(夜行)」(1969)으로 이어지고, 「60년대식」(1968)과 같은 중편소설로 통합된다. 김승옥의 소설은 대체로 개별적 주체의 일탈이나 꿈과 낭만을 용인하지 않는 일상적 삶의 질서에 대한 비판의식을 내용으로 한다. 삶의 가치와는 관계없이 제도화된 관념 체계, 현실성이 없는 윤리 감각, 그리고 반복되는 일상으로부터 일탈하려는 개인적 욕망이 그의 소설의 참주제를 형성한다. 김승옥이 1960년대 후반에 이르러 일상의 한복판에 빠져 소설적 형

상화의 한계를 맞이한 것은 자기 감성에의 함몰 때문일 수도 있고, 작
가의 감성이 더 이상 용납되기 어려운 현실 상황 때문일 수도 있다. 그
렇지만 김승옥은 개인의 감성에 의해 포착되는 현실의 문제를 치밀하
게 묘사함으로써 전후소설이 지니지 못했던 독특한 문체의 감각을 산
문 속에 살려냈다.

이청준(李淸俊, 1939-2008)은 김승옥과 비슷한 시기에 문단에 나왔
지만, 소설적 경향은 서로 대조적인 특징을 보여 준다. 김승옥을 감성
의 작가로서 말한다면, 이청준은 관념의 작가로서 지목할 수 있다. 이
청준은 「병신과 머저리」(1966) 「과녁」(1967) 「매잡이」(1968) 등에서
현실과 관념, 허무와 의지 등의 대응 관계를 구조적으로 파악했다. 그
는 경험적 현실을 관념적으로 해석하고 상징적으로 표현하는 경향이
강하다. 그의 진지한 작가의식이 때로는 자의식의 과잉으로 나타나기
도 하지만, 그의 소설 작업은 한국 사회의 급격한 변화를 소설의 형태
속에 구도화해 보여 주고 있다. 이청준이 「소문의 벽」(1971) 「조율사」
(1972) 「떠도는 말들」(1973) 「당신들의 천국」(1976) 등에 이르기까지
지속적으로 관심 대상으로 삼는 것은 정치사회적인 메커니즘과 횡포
에 대한 인간 정신의 대결 관계이다. 특히 언어의 진실과 말의 자유에
대한 그의 집착은 이른바 언어사회학적 관심으로 심화되고 있다. 그는
이러한 작업을 거치면서 「잔인한 도시」(1978)에서 닫힌 상황과 그것을
벗어나는 자유의 의미를 보다 정교하게 그려내기도 하고, 「살아있는
늪」(1979)에서는 현실의 모순과 그 상황성의 문제성을 강조하기도 한
다. 그렇기 때문에 그의 소설은 사실성의 의미보다는 상징적이고도 관
념적인 속성이 강하게 나타난다. 이청준의 소설은 1980년대에 접어들
면서 보다 궁극적인 인간존재의 의미와 삶의 본질적 양상에 대한 천착
에 힘을 기울인다. 「낮은 데로 임하소서」(1981) 「시간의 문」(1982) 「비
화밀교」(1985) 「자유의 문」(1989) 등에서 그는 인간존재의 인식을 가
능하게 하는 시간의 의미에 집착을 보인다. 인간존재와 구원의 의미에
대응하는 신앙의 과정을 소설적 형식을 통해 추구하는 새로운 경향은
인간존재에 대한 믿음과 신념의 깊이를 확인할 수 있는 근거가 된다.
장편소설 「흰옷」(1994)과 「축제」(1996)는 이청준이 즐겨 다루었던 관

넘적 주제와는 일정한 거리를 두고 있으며, 남도의 풍물과 토속적 공간을 배경으로 인간존재의 궁극적인 모습과 의미를 새롭게 제시하고 있다. 이청준의 소설에서 유별나게 드러나고 있는 특징은 소설적 영역의 끊임없는 확대와 심화 과정이다. 소재 영역의 다양성이 곧바로 그가 문제 삼고자 하는 소설적 주제의 다양성으로 이어지기 때문이다.

삶의 현실과 계층의 갈등

1970년대 초반에 발표된 최인호의 「타인의 방」(1971)과 황석영의 「객지」(1971)는 산업화시대의 새로운 소설적 경향을 예고하는 대표적인 작품에 해당한다. 황석영이 추구하는 세계는 개인과 사회의 조화로운 삶과 거기서 구현되는 삶의 총체성을 의미한다. 이러한 문제의식은 당대의 현실에서 새롭게 사회적 문제성을 지닌 집단으로 등장한 노동 계층에 대한 관심으로부터 기인한 것이다. 황석영은 노동계급의 성장이나 상승 자체를 주장하는 이념주의자는 아니다. 그는 이 새로운 문제의 계층이 사회로부터 소외되지 않고 자신들의 삶을 건강하게 꾸려갈 것을 소망한다. 그러므로 소외된 자들이 겪는 고통을 한국 사회가 겪는 시대적인 아픔으로 간주하고, 그들의 내면에 자리하고 있는 인간적인 진실과 삶에 대한 강한 의욕을 늘 강조한다. 최인호는 황석영의 접근 방식과 분명한 차이를 드러낸다. 그는 특정한 계층을 대상으로 하는 것이 아니라 인간 자체 또는 개별화된 주체로서의 인간의 문제를 고심한다. 산업화의 과정에서 등장한 인간소외 문제라든지 문화의 대중화 경향과 소비주의적 성향 등이 어떻게 개인적인 삶을 황폐하게 하는가에 주목한다. 그러므로 최인호는 현실 사회의 변화 과정에 절망하면서 타락하는 인간의 운명에 집요한 관심을 보인다.

최인호(崔仁浩, 1945-2013)의 소설은 크게 세 가지 계열로 구분될 수 있다. 첫째는 급속도로 도시화되는 삶의 공간에서 개인의 존재와 삶의 양태를 다양한 기법으로 묘사하는 단편소설의 세계를 들 수 있다. 산업화의 과정에서 문제가 되고 있는 도시적 공간과 그 속에서 자기 존재의 의미를 잃어버린 채, 정체성의 위기를 맞고 있는 인간의 모습이 그의 소설에서 본격적으로 문제의 대상이 된다. 「술꾼」(1970) 「타인의 방」(1971) 「돌의 초상」(1978) 「깊고 푸른 밤」(1982) 등은 진지한 문제의식과 함께 산업화시대에 접어든 한국 소설 문단에 소설적 기법과 정신의 새로움을 더해 주고 있다. 장편소설 「낯익은 타인들의 도시」(2011)의 경우도 이러한 문제의식의 연장선상에 놓여 있다. 둘째로는 「별들의 고향」(1973) 「바보들의 행진」(1973) 「적도의 꽃」(1979) 「고래사냥」(1982) 「겨울 나그네」(1983) 등으로 대표되는 신문 연재 대중소설들이다. 그는 「별들의 고향」을 발표하면서부터 도시적 감수성, 섬세한 심리묘사, 극적인 사건 설정 등의 덕목을 갖춘 대중소설을 통해 소설문학의 독자 기반을 확대시켜 놓았다. 셋째로는 최인호가 1980년대 이후 주력했던 역사소설 「잃어버린 왕국」 「길 없는 길」 「해신(海神)」 「상도」 「유림(儒林)」 등을 들 수 있다. 최인호 문학의 역사적 상상력의 폭과 깊이를 말해 주는 이 작품들은 '사담(史談)'의 성격을 크게 벗어나지 못하던 우리 역사소설의 영역에 서사 공간의 확장이라는 극적 요소를 더해 줌으로써 일정한 소설적 성과를 거두었다. 최인호는 소설 형식을 통해 인간관계의 불합리한 조건과 그 속에서 일어나는 문제들을 집요하게 추적하면서 인간적인 삶에 대한 욕망을 표현하고자 했다. 그렇기 때문에 그의 소설은 단순한 문학 양식의 차원을 넘어서서 사회적 현실 전반을 포괄하는 생명력을 획득하게 되었으며, '1970년대 소설'을 대표할 수 있게 되었다. 산업화 과정에서 문제시되었던 물신주의의 팽배, 사회적 메커니즘의 횡포, 인간의 자기소외 등을 파악하는 방식과 접근 태도에서 최인호는 사회구조적인 문제보다 우선해 개인의 자기 정체성의 혼란과 극복 방법에 초점을 맞추었다. 최인호 소설의 시대적 성격 자체가 중요한 문학사적 의미를 지니게 되는 것도 바로 이 때문이다.

황석영(黃晳暎, 1943)의 문학 세계는 「객지」(1971) 「낙타눈깔」(1972) 「한씨 연대기」(1972) 「섬섬옥수」(1973) 「삼포 가는 길」(1973) 「장사의 꿈」(1973) 등을 발표하면서 독자적인 영역을 구축한다. 그가 그리는 삶은 근대화 과정에서 소외된 사람들이 보여 주는 어둠의 현실이다. 그의 소설에 등장하는 인물들은 대부분 삶의 터전을 잃어버린 채 떠도는 실향민들이거나 도시로 밀려나온 노동자들이다. 황석영은 현실 사회로부터 소외된 인간들이 자기 정체성을 상실하고 파괴되어 가는 과정을 그린다. 황석영은 1970년대의 「객지」와 「삼포 가는 길」에 이어 1980년대에 대하소설 「장길산」(1984)과 장편소설 「무기의 그늘」(1987)을 내놓았다. 대하소설 「장길산」은 조선시대 민중들의 힘있는 삶과 그 안에 미륵신앙의 형태로 존재하던 유토피아적 의식을 치밀하게 담고 있다. 이 소설은 조선시대의 전설적인 의적 장길산의 활약을 통해 조선시대 사회상의 모순 구조를 총체적으로 그려내고 있으며, 역사 주체로서 민중을 내세워 당대의 사회상과 풍속 및 세태를 사실적으로 형상화한 점 등에서 문학사적으로 식민지시대에 역사소설의 백미인 홍명희의 「임꺽정」과 비교된다. 「무기의 그늘」은 베트남전쟁을 통해 분단의 모순과 이데올로기의 문제를 다뤘지만, 베트남전쟁을 배경으로 한국과 미국의 관계를 비판적으로 조명할 수 있는 객관적 관점을 확보하려는 작가의 새로운 시도가 돋보인다. 황석영의 문학은 1990년대 공백을 경계로 그 이전 소설과 크게 다른 양상을 보여 준다. 황석영이 다시 문단에 복귀해 발표한 소설은 경험적 현실과 설화적 상상력을 결합해 새로운 리얼리즘의 정신에 도전하는 「손님」(2001) 「심청」(2004) 「바리데기」(2007) 등과, 자신의 삶과 고통의 체험을 내면화하는 자전적 소설인 「오래된 정원」(2000) 「개밥바리기별」(2008) 등으로 구분되어 이어진다. 하지만 모든 소설이 인간의 존재와 가치를 보편적으로 확대시켜 나아가기 위한 노력으로 이어지고 있다는 것을 주목할 필요가 있다. 「바리데기」는 설화의 원형적 패턴을 서사적으로 변용함으로써 현실적 세계와 환상적 무대를 겹쳐 놓고 있지만, 서사적 표층 구조는 북한을 탈출해 온갖 고통을 겪으면서 중국 대륙을 거쳐 대양을 건너 런던에 정착하게 된 탈북소녀 '바리'의 삶의 여정으로 짜여 있다. 소설 「손님」이 밖의 세계에서 안으로 귀환하는 과정을 바탕으로 하고 있는 것에 반해, 「바리데기」는 안의 세계에서 밖의 세상으로 탈출하는 과정을 보여 준다. 황석영은 설화 속의 '바리공주'를 불러내어 자신의 소설 속의 서사적 중심에 자리하게 한다. 여기서 작가는 여주인공의 기나긴 탈출의 여정을 통해 개인의 삶과 존재 의미를 부정하는 폭력과 전쟁과 테러의 파괴적 속성을 고발하려는 의도를 숨기지 않는다. 그렇지만 이 소설에서 서사의 추동력은 이러한 작가의식의 치열성이 아니라 인간의 고귀한 생명과 영혼의 불멸성을 통해 얻어지고 있다.

서정인(徐廷仁, 1936)은 「후송」(1962)으로 문단에 나선 후 「강」(1968) 「원무」(1969) 등에서 조밀하게 개인의식의 실체를 규명하고 있다. 그의 연작소설 '달궁'은 연작의 외형적인 틀보다는 각각의 삽화들이 갖는 지배적 인상이 자연스럽게 서로 연결되면서 이야기의 흐름을 주도한다. '달궁'의 이야기는 '인실'이라는 여주인공의 삶의 과정을 다루고 있다. 고향을 버리고 떠돌던 여주인공의 삶이 여러 각도에서 조명되기 때문에 어조나 시점의 일관성은 고려되지 않는다. 여주인공의 출향, 고통스러운 삶과 비극적인 죽음 등이 매우 복잡한 사회적 연관성 속에서 파악되고 있는 것이다. 이 소설에서 주인공의 삶의 과정을 그려내는 방식은 총체성의 의미 추구와는 거리가 멀다. 작가는 여주인공의 삶의 과정을 역사성에 근거해 설명하지 않으며 하나의 완결된 구조로 형상화하지도 않는다. '달궁' 속의 작은 삽화들은 소묘적인 특징을 드러내기도 하고 작가 자신의 개인적인 의견의 진술처럼 제시되기도 한다. 그러므로 각각의 삽화들은 사고와 감상과 언어를 거의 자유롭게 놀도록 방임한 상태로 내비친다. 이 삽화들은 작가 자신도 밝힌 바 있듯이 시작도 끝도 없는 세상사는 이야기에 해당되며, 이러한 중층적인 구조 또는 교직 상태를 통해 삶의 참모습이 드러나게 된다. 그러므로 '달궁'의 삽화들은 계기적인 결합이나 인과적 배열 방식으로 연결되어 있지 않다. 그것들은 중첩되기도 하고 대립되기도 하고 건너뛰기도 하고 중단되기도 한다. 그런 가운데에서 서로 관련을 맺고 의미를 형성한다. 그러므로 서정인이 '달궁'을 통해 그려내고 있는 삶의 모습은 전통적인 리얼리즘의 소설 기법을 통해서는 이해하기 어렵다. 거기에는 행위의 인과적인 의미가 고정적으로 드러나지 않으며 삶의 목표나 가치에 대한 신념도 나타나지 않는다. 작가는 삶의 부분성, 파편성을 통해 삶의 의미 자체를 해체시켜 놓고 있다.

김주영(金周榮, 1939)의 초기 소설들은 대개 성장기에 겪게 되는 다채로운 삶의 경험에 초점이 맞춰져 있다. 이러한 소재는 경험적 지평의 확대 또는 의식의 고양보다는 천진한 소년이 세속의 공간 속에서 때가 묻고 악에 물들어 가는 과정으로 이어진다는 점에서 문제적이다. 단편소설 「도둑견습」(1975) 「모범사육」(1975) 등에서부터 「붉은 노을」(1978) 등으로 이어지는 이야기가 바로 여기에 해당한다. 「차력사」(1975) 「묘적」(1977) 등에서 그려낸 서울에서 살아남기 위한 촌놈의 교활한 변모 과정도 성격은 유사하다. 김주영의 작가적 역량은 1979년부터 오 년여에 걸쳐 신문에 연재한 대하장편소설 「객주」를 통해 유감없이 발휘된다. 「객주」는 조선 후기에 등장한 독특한 사회집단인 보부상을 중심으로 그들의 삶의 과정과 세태를 치밀하게 그려낸 작품이다. 이 작품에는 개인적인 영웅적 주인공이 없다. 보부상단의 모든 인물이 다 주인공이다. 개개의 인물들이 지니고 있는 삶에 대한 야망, 상권을 둘러싼 갈등과 투쟁, 사랑과 질투와 복수, 정치세력과의 연결에 따른 변화 등이 모두 보부상단이라는 거대한 집단 안에서 이루어진다. 그러므로 이 작품은 보부상이라는 한 집단의 삶의 양상에 대한 풍속사적 관심과 재현에 더 큰 비중을 두고, 그들의 다양한 행동방식과 삶의 태도를 당대적 풍속과 함께 다채롭게 펼쳐 보인다고 하겠다. 김주영은 민족분단과 한국전쟁의 상처를 그려낸 「천둥소리」(1986)를 발표하며, 「고기잡이는 갈대를 꺾지 않는다」(1987) 「홍어」(1997) 등을 통해 이 고통스러운 주제를 자신의 성장기 체험과 결합해 소설적으로 형상화하는 데에도 성공하고 있다. 「천둥소리」는 일제강점기 말에서부터 광복과 한국전쟁으로 이어지는 역사적 격동기를 배경으로 한다. 작가는 이 소설에서 한 여인의 파란 많은 삶의 과정 속으로 격동의 민족사를 끌어들인다. 그리고 그 혼동과 격변의 순간에 '천둥소리'라는 격한 이미지를 상징적 도구로 장치해 두고 있다. 이야기는 끈질긴 인간 생명의 의미를 새롭게 강조할 뿐만 아니라 여주인공의 삶 가운데에서 이념적 갈등과 대립을 해체하고 화해의 가능성을 제시한다. 소설 「홍어」에서는 산골 마을이란 공간에 활력을 불어넣는 질박한 토속적인 사투리를 다채롭게 동원한다. 어른들의 세계에서 볼 수 있는 세속적 욕망과 비루한 삶의 태도와 방식은 속성 그대로 통속적인 것이 될 수 있지만, 소설은 모든 요소를 소년의 시선을 통해 산골의 정경 속에 재배치함으로써 아름다운 풍속도를 창조해낸다. 그리고 소설적 주제를 파악하는 작가의 해학적 관점이 언제나 이야기의 내용을 풍성하게 만든다. 장편소설 「흥어」에서 얻어낸 휴머니티와 미학은 바로 이같은 소설적 방법의 성과에 해당한다.

황폐한 농촌과 도시의 삶

한국 사회의 산업화 과정에서 소외된 농촌은 농업의 생산 기반이 취약해지면서 점차 퇴락하게 된다. 농촌의 청년층이 도시로 밀려 나가 공장노동자로 변신하면서 농업인구는 절대적으로 부족한 상태가 되었으며, 일관성 없는 농업정책의 혼란으로 인해 농촌은 더욱 낙후된 공간이 된다. 이러한 문제가 1970년대에 사회적 관심사로 제기되면서 문학 영역에서도 농촌소설 또는 농민문학에 대한 논의가 활발하게 이루어졌으며, 창작적 성과도 적지 않게 나타났다.

이문구(李文求, 1941-2003)는 농촌사회의 구조적 모순과 농민들의 삶의 고통을 가장 폭넓게 다룬 작가이다. 단편소설 「암소」(1970)를 비롯해 소설집 『관촌수필』(1977) 『으악새 우는 사연』(1978) 『우리 동네』(1981) 등으로 이어지는 이문구의 소설 작업은 농촌의 현실과 농민의 삶을 여러 가지 측면에서 조명하고 비판하는 일로 이어진다. 소설 「암소」는 당대 농촌과 농민들의 생활상의 단면을 사실적으로 그려낸 작품이다. 이 작품은 농민들이 지니고 있었던 소박한 꿈과 좌절이 암소의 죽음을 둘러싸고 전개된다. 송아지 한 마리를 사서 키우다가 다시 팔아 그 돈으로 부채를 청산하기로 계획하는 과정이라든지, 암소의 배 속에 든 송아지의 소유권을 두고 다투는 장면이라든지, 술지게미 맛을 본 암소가 헛간에서 막걸리 한 항아리를 몽땅 비우고 쓰러져 버려서 결국 모든 꿈이 사라져 버리는 결말 등은 치밀한 묘사력에 의해 실감을 더한다. 「관촌수필」은 연작소설의 형태로 발표된 것인데, 농촌의 급작스러운 변모와 전통적인 질서의 와해 과정을 추적한다는 점이 특징이다. 새로운 현실 속에서 어쩔 수 없이 거쳐야 하는 농촌의 변화를 회상적인 진술로 그려내는 「관촌수필」은 문체의 탄력성에 의해 더욱 주목받

앗다. 그런데 작가 이문구는「으악새 우는 사연」에서부터 직접 농촌의
한가운데에서 농민들이 겪고 있는 삶의 고통을 그려낸다. 과거 추억담
에서 회상 방식으로 진술하던 농촌 풍경이 아니라 당대 현실의 한 장
면을 차지하는 농촌의 면모를 보여 주고 있다. 이문구가「관촌수필」에
서 그려낸 변모된 농촌의 현실과 농민들의 모습은 연작 형태로 발표된
「우리 동네」에서 집약적으로 나타나고 있다.

한승원(韓勝源, 1939)의 소설은 산업화 과정이라든지 근대화의 물결
과 별로 관계없는 토속적인 공간을 무대로 삼고 있다. 소설집『앞산도
첩첩하고』(1977) 이후「불의 딸」(1983)「포구」(1984) 등에서 그가 그
려낸 세계는 모두 도시적 정서와는 거리가 먼 남도의 작은 어촌이거나
섬마을이다. 물론 작가는 단순한 토속적 공간의 풍물을 재현하는 데에
그치지 않는다. 그 속에 실고 있는 사람들의 한 많은 삶과 끈질긴 생명
력이 함께 그려진다. 소설「불의 딸」은 일종의 연작 형식으로 이어지
는 이야기 속에서 한국인들의 전통적인 삶의 공간이 일본 식민지시대
와 한국전쟁을 겪으면서 붕괴되는 과정을 제시하고 있다. 특히 주인공
의 귀향을 반복적인 모티프로 활용함으로써 이미 무너져 버린 옛 터
전에서 자기 존재를 확인하는 한 인간의 모습을 극적으로 포착하고 있
다. 그러므로 소설 속의 토속적인 공간은 지리적으로 유폐되어 있는
작은 마을이 아니라, 역사와 함께하는 삶의 공간이라는 점이 분명하게
드러난다. 한승원의 소설에서 중요한 모티프로 자주 등장하는 무속의
세계도 관심의 대상이 될 만하다. 그것은 한국인들이 지니고 있는 일
종의 운명론적 세계관에 대한 작가의 깊이있는 이해와 관련된다고 할
것이다.

최일남(崔一男, 1932)의 소설 세계는 작품집『서울 사람들』(1975)
『타령』(1977)에서 볼 수 있는 세태 묘사와 현실 풍자가 중심을 이루고
있다. 그의 소설에는 산업화 과정에서 소외된 서민층의 삶의 애환, 근
대화의 물결을 외면할 수밖에 없는 농민들의 궁핍한 현실 등이 풍자적
인 언어와 비판적인 시각으로 그려진다. 특히『타령』에 수록된 작품들
은 도시 서민들의 생활을 냉철한 시각으로 꿰뚫어 보고 그 다양한 일
상의 이야기들을 치밀하게 묘사하고 있다. 최일남의 소설에서 가장 자

주 등장하는 것은 농촌을 떠나 서울에 근거를 마련하고 살면서 어느 새 서울 사람이 되어 버린 소시민들이다.「서울 사람들」(1975)「차 마시는 소리」(1978)「우화」(1978)「고향에 갔더란다」(1982) 등은 모두 그같은 '출세한 촌놈'들의 졸부 행세나 위선적인 자기과시 등을 풍자하고 있다. 최일남의 소설에는「고향에 갔더란다」에서 확인할 수 있듯이, 이제 1970년대적인 의미의 고향은 존재하지 않는다. 이와 동시에 그의 소설에서는 날카로운 역사적 감각, 현실에 대한 비판의식이 전면에 드러나기 시작한다. 그의 1980년대 작품들을 담아 놓은 작품집『누님의 겨울』(1984)에서부터『그때 말이 있었네』(1989)에 이르기까지 그는 역사와 현실에 대한 민감한 정치적 감각을 유창한 문체로 형상화해 내고 있다. 그러나 그가 비판의 대상으로 삼고 있는 타락한 정치, 위선적인 지식인의 모습, 물질만능의 세태 등은 직접적이라기보다는 역설과 풍자의 언어로 표현된다. 이는 그의 문학정신이 가지고 있는 유연함과 탄력성의 산물이다.

농촌의 현실과 대비되는 또 다른 삶은 노동자들의 생활 모습이다. 삶의 터전을 제대로 일구지 못하고 노동 현장을 따라다니면서 부당하게 억압당하고 착취당하는 노동자들의 각박한 삶의 문제는 조세희(趙世熙, 1942)의 연작소설「난장이가 쏘아올린 작은 공」(1978)을 통해 소설적 형상화에 성공한다.「난장이가 쏘아올린 작은 공」은 독립된 단편소설들의 결합으로 삽화적인 장편소설에 이르는 전형적인 연작소설의 형태를 보여 준다. 억눌리고 짓밟힌 계층을 표상하는 난쟁이 가족은 도시로부터 밀려오는 변화의 바람, 도덕적 규범의 불안정성, 사회적인 질서와 소외 등으로 인해 삶의 기반이 근본적으로 파괴된다. 작가 조세희는 난쟁이 가족을 둘러싸고 있는 삶의 외양과 사회적 분열을 이완된 형식으로서의 연작소설을 통해 정밀하게 묘사한다. 그는 욕망과 행위, 빼앗는 자와 빼앗기는 자, 노동자와 고용주, 어둠과 밝음, 의지와 좌절 등으로 대별되는 현실의 이중적 국면을 작품의 구조와 문체의 원리로 활용한다. 그리고 갈등양상만이 아닌 대립과 투쟁을 통한 자기 인식과 거기에 근거한 보다 높은 차원에서의 화해를 꿈꾸고 있는 것이다. 「난장이가 쏘아올린 작은 공」은 노동자계급의 등장과 사회적 성장 과정에서 노정된 계층적 갈등 문제를 소설적 상상력을 통해 가장 폭넓고 깊이있게 분석해낸 문학적 보고서에 해당된다. 1970년대 노동문학의 가장 큰 성과의 하나로 손꼽히는 이 작품은 현실에 대한 비판적 인식, 반리얼리즘적인 독특한 단문형의 문체 및 서술자와 서술 상황을 바꾸어 기술하는 시점의 이동 등이 연작의 형식과 조화를 이루고 있다. 「난장이가 쏘아올린 작은 공」의 후문(後聞) 형식으로 이루어진 소설 「시간여행」(1983)은 소설적 긴장은 적어졌지만, 주제 의식의 경직성에서 벗어나고자 하는 작가의 실험적 기법이 주목받는다.

윤흥길(尹興吉, 1942)은 철저한 리얼리즘적 기율에 의해 시대의 모순과 근대사에 대한 심원한 통찰력을 보여 주면서도, 한편으로는 일상에 대한 작고 따뜻한 시선을 아울러 갖추고 있다. 그가 문단적인 기반을 다질 수 있게 만들어 준 소설 「장마」(1973)는 한국전쟁을 다루고 있으나, 단순한 비극에 그치지 않고 감동적인 화해의 모습을 형상화해낸다. 윤흥길의 「장마」는 혈육의 정과 이념적 대립이 노출된 갈등의 양상을 전형적으로 보여 주는 작품이다. 한 가정의 구성원들을 중심으로 한국전쟁의 상처를 형상화하고 있는 이 작품에서 작가는 모두가 피해자이자 가해자일 수 있는 전쟁에서 이데올로기의 지향이란 무의미한 것임을 암묵적으로 제시한다. 윤흥길의 작가적 관심이 가장 예각적으로 드러나는 작품은 산업화 과정에서 돌출하는 노동 계층의 삶의 문제를 소설적으로 형상화한 소설들이다. 그는 「아홉 켤레의 구두로 남은 사내」(1977) 「직선과 곡선」(1977) 「창백한 중년」(1977) 등의 연작에서 왜곡된 산업화가 초래한 사회적 모순을 비판적 시각으로 포착하고 있다. 이 소설들에서 작가는 문제적 개인으로 형상화되고 있는 주인공을 통해 자의식의 탈피, 노동 현장에의 투신, 새로운 자기 각성 등으로 이어지는 의식의 성장을 추적하면서 한 시대의 정신적 징후를 드러낸다. 윤흥길은 1980년대에 들어서면서 「완장」(1983)과 같은 장편소설을 통해 권력의 속성에 대한 날카로운 비판의식을 풍자와 해학으로 표현한다. 장편 「에미」(1982) 또한 격동의 현대사를 살아온 여인의 고단한 수난사를 애정 어린 시선으로 형상화하고 있어 그의 대표작이라 할 만하다.

분단 극복의 소설적 논리

김원일(金源一, 1942)은 분단 문제의 소설적 인식에 철저했던 작가 가운데 한 사람이다. 그의 작품 세계는 「어둠의 혼」(1973) 「노을」(1978) 「도요새에 관한 명상」(1979) 「환멸을 찾아서」(1982) 「겨울 골짜기」(1987) 「마당 깊은 집」(1988) 등을 통해 확인할 수 있는 것처럼, 한국의 민족 분단과 역사적 비극을 배경으로 한 작품이 대부분이다. 그러나 그의 작품 세계는 분단 문제를 형상화하는 방식에서 크게 두 가지로 나누어진다. 첫번째 계열은 국토가 분단되고 민족의 이념적 분열과 대립이 이어지는 과정을 총체적으로 재현하고자 하는 「불의 제전」(1982)과 「겨울골짜기」 등이 있다. 이 작품들은 이념적 요구와 맹목성이 인간의 존엄성을 파괴하고 공동체의 가치를 훼손하며 궁극적으로 동족 간의 전쟁에 이르는 과정을 치밀하게 형상화해낸다. 두번째 계열은 남북 분단과 전쟁의 피해자들이 타인에 대한 사랑과 이해를 통해 그 상처를 극복해내는 과정을 그려낸 「어둠의 혼」 「노을」 「미망」(1982) 등이 있다. 이 작품들은 이데올로기의 잔혹성을 비판하면서 그 문제성을 극복하고 인간에 대한 사랑과 이해를 추구하고자 하는 열망을 담고 있다.

전상국(全商國, 1940)은 『바람난 마을』(1977) 『하늘 아래 그 자리』(1979) 『아베의 가족』(1980) 등의 작품집을 내면서 소설 문단의 지위를 확보한다. 전상국의 소설에서 가장 빈번하게 다루어지는 이야기는 대부분 한국전쟁과 연관되어 있다. 그의 소설 가운데에서 「산울림」(1978) 「안개의 눈」(1978) 등은 피란 시절의 고통스러운 삶을 추적하는 경우이며, 특히 「아베의 가족」(1979)은 분단 현실이 안고 있는 가장 본질적인 문제성에 접근한 작품으로 주목된다. 이 소설은 전쟁의 현장과 전후의 현실을 함께 살아온 한 여인의 삶의 과정을 통해 아물지 않는 전쟁의 상처를 제시하고 있다. 소설 속 '아베'는 전쟁이 남긴 상처이며 동시에 상실되어 버린 부성(父性)의 회복을 절규하는 상징체이다. 아베의 가족은 그 아픔을 견뎌야 하는 피해자들이며, 한국인 모두가 '아베'의 가족에 지나지 않는다. 그러므로 이 소설에서 상징적으로 그려진 '아베' 찾기는 분단 현실의 아픔에 대한 역사적 발견과 재인식의 의미를 담고 있다. 분단의 고통은 감추어지는 것이 아니라 찾아내어 밝히고 그 아픔을 치유해야만 극복이 가능하다는 사실이야말로 이 소설의 참 주제에 해당한다.

조정래(趙廷來, 1943) 문학의 원점에서 만나게 되는 두 편의 소설이 있다. 하나는 「청산댁」(1972)이고, 다른 하나는 「유형의 땅」(1981)이다. 이 작품들은 줄거리가 각각 다르지만, 주제의 해석 방식과 인물의 형상화에서 상당한 공통점을 발견할 수 있다. 이 작품들에는 식민지시대와 육이오전쟁의 고통이 비극적인 원상으로 각인되어 있다. 장편소설 「불놀이」(1983)에서도 한국전쟁은 이야기의 중심축을 이룬다. 이소설은 인간의 개인적인 증오와 적개심을 이념적인 대결 구도를 통해 치열하게 전개되었던 전쟁의 역사와 연결시키고 있다. 그 과정에서 진실과 기짓이 뒤바뀌고, 개인적인 욕망과 이념적인 요구 등이 서로 얽혀 하나의 거대한 인간 비극이 만들어진다. 대하장편소설로 손꼽히는 「태백산맥」(1989)은 작가 조정래 문학의 정점이면서 동시에 해방 이후 분단문학의 역사가 일구어낸 하나의 성과라고 할 수 있다. 이 소설에서 작가가 파악하는 한국전쟁과 분단은 민족의 삶을 왜곡해 온 사회구조의 모순이 이데올로기에 의해 다시 왜곡되면서 해체되는 과정에 해당된다. 이러한 인식은 분단 상황에 대한 정치적인 차원의 논의가 갖는 논리적 허구성을 지적할 수 있는 근거를 제공하고 있다. 더구나 소설 양식을 통해 은폐되었던 진실을 확인하고, 분단 현실에 대한 비판적인 자기 모럴의 확립을 요구한 것은 매우 중요한 테마라고 할 것이다. 소설 「아리랑」(1995)은 본격적인 의미의 대하역사소설이다. 「태백산맥」이 역사적 상상력의 상황적 집중의 효과를 최대한 거두고 있다면, 「아리랑」은 역사적 상상력의 시대적인 확산을 통해 소설적인 성과를 거두고 있다. 「아리랑」은 한국의 근대화 과정을 식민지적 근대성의 형태로 왜곡시킨 일본 식민지시대에 대한 비판적 인식을 근거로 한다. 여기서 민족 세력의 이념적 분화 과정까지도 극명하게 제시함으로써, 소설 「태백산맥」에서 문제시되었던 민족 분단 구조의 내재적인 동인을 드러낼 수 있게 되는 것이다. 바로 이 대목이 「아리랑」의 가장 빛나는 성과에 해당한다.

기법의 발견과 주제 의식

한국 현대소설은 산업화시대를 거치면서 주제 의식의 확대라는 커다란 변화를 겪었지만, 이러한 경향보다 더욱 관심있게 주목해야 할 것은 소설의 기법에 대한 논의가 작가들 사이에 조금씩 이루어져 왔다는 사실이다. 소설에서 흔히 중요하게 생각하는 주제 의식이란 소설의 소재 영역과 직결된다. '무엇을 말하고자 하는가'라는 질문으로 대치될 수 있는 이 문제는, 소설의 예술성이라든지 미학보다는 내용의 사회윤리적 가치를 먼저 내세우게 된다. 그러나 소설이 하나의 문학 양식으로서의 의미를 지탱하기 위해서는 소재 영역보다 주어진 소재를 '어떻게' 말하고 있는가 하는 점이 중요시된다. 소설에서 '어떻게'의 문제를 생각하지 않고는 소설의 미학을 논할 수 없기 때문이다. 소설에서의 기법이란 대상을 파악하고 주제를 형상화하는 방법이다. 더 넓게 말한다면 기법은 작가의 관점을 좌우하기도 하며, 기법을 통해서만이 일상 소재가 소설이라는 예술 영역으로 포괄된다. 한국 소설에서 기법에 대한 관심이 제고되기 시작했다는 것은, 물론 전체적인 소설 문단에서 보면 커다란 변화는 아니지만, 소설에 대한 반성이 시작되었다는 점에서 일단 긍정적으로 평가할 만하다.

이문열(李文烈, 1948)의 등장은 1980년대 이후 소설의 전반적인 흐름에 상당한 영향을 미친다. 그의 소설은 매우 다양하고 폭넓은 관심의 영역을 포괄하고 있다. 인간의 삶의 궁극성을 따지는 종교적인 문제, 미적 가치와 예술의 본질에 대한 추구 등의 관념적 주제에서부터 분단과 이데올로기의 갈등, 근대화 과정과 삶의 변화, 그리고 자신의 사적 체험 등에 이르는 일상의 영역까지 다양한 제재들을 다루며, 이것을 형상화하는 기법 또한 현란할 정도로 다채롭다. 이문열의 소설은 작가의 식의 지향과 소설적 기법 등을 놓고 볼 때 크게 세 가지 경향으로 대별해 볼 수 있다. 첫째는 「사람의 아들」(1979) 「들소」(1979) 「황제를 위하여」(1982) 등에서처럼 신화와 역사의 한 부분을 소설 속에 끌어들여 일종의 대체역사 또는 우화적 형식으로 소설을 만들어 놓는 경우이다. 이 작품들은 작품 내적 현실이 다분히 당대의 현실 상황을 우회적으로 비판하거나 상징적으로 대체하고 있다는 점에서 소설적인 흥미를 더욱 고조시킨다. 「사람의 아들」은 주제의 관념성을 기법에 의해 극복하고 있으며, 「들소」의 경우에는 상황의 상징성이 주제 의식을 살려낸다. 「황제를 위하여」는 가공의 역사를 현실 위에 펼쳐 보임으로써 역사의 본질과 우연에 대한 작가 나름의 해석을 현란한 '의고체(擬古體)'의 문체로 제시한다. 이들 작품에서는 이문열의 능란한 장인적 솜씨가 돋보인다. 둘째는 「영웅시대」(1984) 「변경」(1986-1998) 「우리들의 일그러진 영웅」(1987) 「구로 아리랑」(1987) 등과 같이 분단 상황과 당대적 현실을 포괄하는 작품들을 들 수 있다. 이 작품들은 모두 치열한 작가의식을 우선 주목하지 않을 수 없지만, 무엇보다도 이문열 문학의 필생의 주제들이 담겨 있다고 할 것이다. 사회주의 이념의 선택과 이데올로기의 갈등을 정면으로 다룸으로써 분단문학의 새로운 차원을 개척하고 있는 「영웅시대」, 당대의 현실과 삶의 역사를 소설 세계에 끌어들인 「변경」 등은 이문열 문학의 폭과 깊이를 가늠하게 하는 대표적인 작품이다. 셋째는 작가 자신의 개인적인 체험과 예술에 대한 신념을 소설화한 「젊은 날의 초상」(1981) 「그대 다시는 고향에 가지 못하리」(1980) 「금시조」(1983) 「시인」(1991) 등을 들 수 있다. 이 작품들은 스타일리스트로서의 이문열의 면모를 확인시켜 주고 있다. 이문열 소설의 예술적 감각과 낭만적인 요소가 이들 작품에 두루 나타나 있다. 이문열의 소설은 무엇보다도 현실을 하나의 비유 체계로 인식하고 있다는 점이 특징이다. 기존의 작가들이 보여 주는 소설적 경향과는 달리, 그의 소설에는 리얼리티의 추구보다는 오히려 낭만성이라고 이름 붙여도 좋을 관념적인 것들이 자리하고 있다. 그는 치밀한 묘사와 유려한 문체를 통해 바로 그 관념적인 것에 접근한다. 그의 소설이 고급문학의 품격을 지키면서도 대중의 호응을 받는 것은 문체의 감응력과도 관계된다고 할 수 있다.

　윤후명(尹厚明, 1946)은 문학적 상상력으로 시의 창작에서 소설 영역으로 확장한, 특이한 경력의 소유자이다. 1977년 발간한 시집 『명궁』은 황폐한 현실에 대한 비극적 인식을 명징한 이미지를 통해 형상화한 작품이다. 하지만 1979년 『한국일보』 신춘문예에 소설 「산역」이 당선된 이후 작가로서의 개성을 가장 뚜렷하게 보여 주는 소설 「돈황(敦煌)의 사랑」(1983) 「알함브라 궁전의 추억」(1984) 「섬」(1985) 등을 발표했다. 이 초기 작품에서부터 윤후명은 1980년대 소설의 경향과 상반되는 경향을 보여 주면서 자기 스타일을 갖추기 시작했다. 그는 현실과 사회 문제에 매달려 역사의식과 진보적 이념을 요구하던 문학적 경향을 외면한 채 개인의 내면과 환상의 세계에 매달려 인간 존재와 사물의 본질에 대한 특이한 관심을 펼쳐 간다. 윤후명은 「돈황의 사랑」을 시작으로 「누란(樓蘭)의 사랑」 「사랑의 돌사자」 「사막의 여자」를 한데 이어 놓으면서 연작 장편소설 「둔황의 사랑」(2005)으로 그 제목을 고쳐 완결했다. 이 작품은 소설적 리얼리티의 개념 대신에 암시와 상징을 통해 환상적인 세계를 드러낸다. 이 환상의 공간에서 윤후명은 새롭고 낯선 서사의 문법을 만들어 자신만의 특수한 시각, 사물에 대한 인식과 상상적 재구성에 치중한다. 1980년대 소설 문단에 충만해 있던 세속주의를 외면하면서 윤후명이 찾아낸 것은, 이미 그 위력을 잃기 시작한 절대적 가치라든지 역사적 전망이라든지 하는 것들이 아니라 인간에 대한 영원불멸의 사랑이다. 윤후명의 소설 세계에서 하나의 변곡점에 자리하는 것이 장편소설 「협궤열차」(1992)이다. 이 소설은 이야기의 구성에 초점을 두는 소설이라기보다는 오히려 자기 고백적인 진술에 기대고 있는 일종의 '서정소설'에 해당한다. 이 소설을 통해 작가는 자신의 젊은 시절에 남겨 두었던 사랑이라는 감정의 상처를 용케도 잘 다스린다. 그가 '협궤열차' 위에 실어 보낸 사랑은 시작도 끝도 없는 삶의 한 풍경이었던 것이다.

김원우(金源祐, 1947)는 등단 직후부터 서사의 기법적 탐구에 주력한다. 초기에 발표한 「무기질 청년」(1981) 「장애물 경주」(1986) 등에서는 일상의 현실을 벗어나기 위한 소설적 모험이 잘 드러나고 있다. 김원우는 일상적인 경험의 세계에서 거의 무의식적으로 반복되어 일어나는 사소한 일들을 소설의 세계 속으로 끌어들임으로써, 그러한 습관화된 일상의 체험들에 의해 마비된 감수성에 자극을 던져 준다. 김원우의 소설에서 그려지는 사소한 일들이 아무런 의식과 자각 없이 지속되는 것이라면, 그런 행위를 반복하면서 살고 있는 일상의 인간들이 얼마

나 무의미한 삶을 누리는 것인지를 쉽게 짐작할 수 있다. 김원우의 소
설적 기법은 장편소설 「짐승의 시간」(1986)을 통해 독자적 성격과 의
미를 잘 보여 준다. 그리고 이야기 속에 스며들어 있는 작가 자신의 정
직한 시선과 깊은 비판의식도 자연스럽게 확인할 수 있다. 주인공을 둘
러싼 주변 인물들의 좌절과 방황 속에서 작가는 어두운 시대를 살아가
는 고통과 아픔을 동시에 보여 주고자 한다. 그리고 바로 여기에 참다
운 인간의 시간을 찾아야 한다는 작가의 소망과 이미지가 이야기의 참
주제로 자리하고 있다.

여성소설의 시각과 방법

산업화 과정을 거치면서 한국문학의 기반이 대중적으로 확대되는 가운
데 드러난 가장 큰 변화는, 1970년대 이후 소설 문단에서 여성 작가들
의 작품 활동이 매우 중요한 위치를 차지하게 되었다는 점이다. 이들은
현실의 변화 속에서 혼돈을 거듭하고 있는 윤리의식과 가치관의 회복
을 주제로 내세우기도 하고, 분단 현실의 문제성에 도전해 극복하기 위
한 노력을 보여 주기도 한다. 그리고 노동 현장을 찾아가 부당하게 홀
대당하는 근로 여성들의 처지를 문제 삼기도 한다. 물론 치밀한 묘사력
을 바탕으로 인간의 내면세계를 추적하는 작품도 많이 등장한다.
  박완서(朴婉緖, 1931-2011)는 중산층의 생활양식에 대한 비판과 풍
자에 주력한다. 중산층의 가정을 무대로 하여 현실 사회의 변화와 삶
의 문제성을 비판적으로 그려내고 있다. 1970년에 장편소설 「나목」으
로 등단한 그는 「도시의 흉년」(1977) 「휘청거리는 오후」(1977) 「목마
른 계절」(1978) 등의 장편소설에서 도시 중산층의 삶의 양식을 소재로
하여 세태와 풍속을 사실적으로 형상화했다. 이 작품들은 한 가족을 중
심으로 벌어지는 일상적인 생활을 치밀하게 그려내면서도, 사회적 가
치와 규범의 변모를 날카롭게 지적하고 있음을 보게 된다. 작가 박완
서가 관심을 기울이는 일상적 현실은 인간적 가치와 도덕적 규범이 무
너지고 있는 타락한 공간이다. 박완서는 식민지 상황과 분단과 전쟁을

거치면서 가족 윤리와 가치규범이 전도되고 있음을 지적한다.「엄마의 말뚝」(1982)「미망」(1990) 같은 작품을 보면, 식민지시대의 역사와 분단의 비극을 전면에 내세우지 않더라도, 왜곡된 사회변동으로 인해 고유한 삶의 관습이 무너지고 가치관이 붕괴되는 과정이 잘 드러나 있다. 이러한 작가적 태도는 현실에 대한 비판적 인식과 함께 인간의 삶에서 진정성의 의미가 어디에 있는가를 되묻게 한다는 점에서 이른바 도덕적 리얼리즘의 속성을 지닌다고 할 수 있다. 일상의 현실을 통해 삶의 가치에 대한 새로운 감각을 되살려 주는 박완서의 도덕적 상상력은 독자들에게도 매우 설득적이다. 박완서는「그해 겨울은 따뜻했네」(1983)「아주 오래된 농담」(2000) 등을 통해 세속적 욕망에 사로잡혀 살아가는 속물적 인간들의 삶의 과정을 보여 주기도 하고,「그 많던 싱아는 누가 다 먹었을까」(1992)「그 산이 정말 거기 있었을까」(1995) 등에서 자신의 삶의 과정을 회상적 방식으로 재구성해 보여 주기도 한다. 이 작품들은 모두 해방 이후 한국 사회가 겪어 온 변화 과정을 부박한 현실 속에서 삶의 규범과 관습이 붕괴되는 상황으로 인식하고 있다. 박완서가 이러한 현실적 위기의 증거로 포착하고 있는 문제는 한국 사회의 가족 붕괴 현상이다. 박완서는 왜곡된 가치관에 의해 가족구성원들이 파편화되고 사회적으로 소외되는 현상에 주목하면서 인간적 신뢰의 상실이라든지 도덕적 가치의 붕괴 등에 대해서도 집중적인 관심을 나타냈다.

오정희(吳貞姬, 1947)의 첫 소설집『불의 강』(1977)을 보면, 일상의 현실과 고립되어 있는 인물들의 파괴적인 충동을 그리고 있다. 타인과 더불어 화해로운 관계를 맺지 못하고 철저히 단절된 삶을 사는 소설 속의 인물들은, 자신의 자폐적인 삶을 저주하지만 그로부터 벗어나지 못한다. 소설「저녁의 게임」(1979)은 이러한 특징을 가장 잘 보여 주는 작품이다. 오정희의 소설은 1980년대를 통과하면서 서사적 기법과 관점에서 새로운 변화를 보인다. 소설집『유년의 뜰』(1981)이나『바람의 넋』(1986) 등으로 묶인 작품들을 보면, 초기 소설에서 자주 등장하던 육체적 불구와 왜곡된 관능 대신에 중년 여성의 내밀한 감정과 자의식이 강조된다. 불완전한 성(性)과 불안한 시각의 흔들림을 보여 주던 어린 소녀의 관점도 점차 줄어든다. 하지만 타자와의 단절, 자기 고립, 내면의 충동은 여전히 등장인물의 성격을 규정하는 중요한 요소가 된다. 물론 여성의 자기 주체에 대한 인식이 본질적이고 근원적인 것을 지향함으로써 그 폭과 깊이를 더하고 있다. 이러한 변화는 소설 「별사(別辭)」(1981)에서부터 「파로호」(1989) 「옛우물」(1994) 등에 이르기까지 이어진다. 오정희의 장편소설 「새」(1996)는 작가 스스로 가장 오랫동안 즐겨 활용했던 '소녀의 시선'을 통해 서사의 폭을 확장하는 데에 성공한다. 이 소설에서 그려내는 현실의 고통은 경제적 고통과 가정 불화, 폭력과 가족 해체로 이어지는 우리 사회의 어둠의 실상이 그대로 전달된다. 이 소설에서 화자인 소녀가 꿈꾸는 것은 불화하는 현실로부터 벗어나는 길이다. 그러나 이 탈출이 곧 새로운 삶을 보장해 주는 것은 아니다. 어떤 또 다른 어둠과 나락의 구덩이가 앞을 가로막을지 알 수 없다. 그러므로 이 소설의 이야기는 하나의 비극이며 어디서든지 다시 일어날 수 있는 가능성을 내포하고 있다는 점에서 더욱 문제적이다.

서영은(徐永恩, 1943)은 등단 초기부터 비속한 현실에 대한 환멸과 삶에 대한 허무의식을 집요하게 추구했다. 이러한 문제의식은 초기 작품 가운데 「사막을 건너는 법」(1975)이나 「살과 뼈의 축제」(1977) 그리고 「관사 사람들」(1980) 등을 통해 구체적으로 형상화되고 있다. 소설 속의 초점 화자가 남성으로 설정된 「사막을 건너는 법」은 월남전의 상처를 딛고 일상으로 되돌아오고자 하는 주인공의 내면이 환상 속에서 살아가는 노인과의 교감을 통해 절실하게 표현되어 있다. 「관사 사람들」에서는 순수한 영혼이 고정된 기존 체제와 질서에 의해 여지없이 파괴되는 상황을 보여 준다. 장편소설 「술래야 술래야」(1981)는 가출한 아내를 찾는 남편의 눈을 통해, 정신의 자유를 꿈꾸며 사회적 아웃사이더의 자리를 고집하는 인물의 특이한 형상을 포착해낸다. 「살과 뼈의 축제」에서부터 서영은의 소설은 작중화자를 대개 여성으로 고정하는데, 이 소설의 주인공은 일상적 현실로부터 자신을 격리시킨 채 초월을 꿈꾸는 모습으로 그려진다. 이러한 특이한 경향의 한 극점에 단편소설 「먼 그대」(1983)가 놓여 있다. 주인공 문자는 사회적 통념과 윤리라는 금기 영역을 스스로 깨치고 그녀를 억압하는 모든 폭력을 인내한다.

그녀는 일상적인 삶의 세계가 요구하는 모든 규범과 원리로부터 자신
을 고립시킨 채 내면의 아름다움만을 추구하는 인물의 극단적인 형상
으로 그려진다. 그리고 작가의 표현대로, 자신의 존재를 '금빛'으로 물
들인다. 소설「먼 그대」의 문제의식은「사다리가 놓인 창」(1990)을 통
해 또 다른 방법으로 재확인된다. 소설 속 주인공은 자기 존재의 영역
을 좁힘으로써 오히려 삶의 무게를 가볍게 할 수 있다는 생각에 고통의
사닥다리를 오르는 길을 택한다. 물론 고통의 사닥다리를 오르는 길은
사막을 건너야 하는 낙타의 길과 다를 바가 없다.

　김채원(金采原, 1946)은「초록빛 모자」(1979)「애천」(1984)「겨울의
환」(1989)과 같은 작품에서 자의식의 세계를 보다 내밀한 언어로 추적
하고 있다. 단편소설「달의 몰락」(1995)과 장편소설「달의 강」(1997)
등에서는 인간의 내면에 잠복되어 있는 억압된 자아의 상처를 특이한
시각으로 들춰내기도 한다. 김채원의 초기 소설은 대체로 이국적인 취
향과 서정적 분위기를 바탕으로 섬세한 문체를 통해 인간관계의 미묘
한 양상을 치밀하게 그린 것이 특징이다. 이러한 작품 경향은 중편소
설「겨울의 환」에서 일정한 소설적 성취에 도달했고,「봄의 환」「여름
의 환」「가을의 환」을 잇달아 발표해 연작 형식의 고리를 서사 구성의
원리로 활용하면서 여성적 주체의 자기 정립 과정에서 볼 수 있는 갈
등과 번민을 내밀하게 형상화했다.「달의 강」은 작가의 자전적 요소에
남북 북단이라는 현실적인 역사적 조건이 덧붙여지면서 운명적인 양
상이 비극성을 드러낸다. 소설 속의 이야기는 분단의 아픔을 배경으로
남과 북의 젊은이가 나누었던 우정과 예술에 대한 꿈이 중심을 이룬다.
중년의 나이에 접어든 한 여인이 자신이 살아온 과거를 추억하는 이야
기이지만 그 밑바닥에 분단이라는 상황을 전제하고 있다는 점에서 주
제가 결코 가볍지 않다. 이 작품은 분단 현실을 보는 일상적인 여성의
관점을 그리고 있다는 측면에서도 새롭다. 특히 작가의 가족사까지 투
영되어 있기 때문에, 역사적 조건과 현실적 상황의 문제성을 자신의 사
적 경험 속에 녹여내는 작가의 소설적 역량을 확인해 볼 수 있다.

　강석경(姜石景, 1951)의 초기 소설은 대체로 예술과 현실의 팽팽한
긴장을 보여 준다. '돈만을 위해 살 수 없다' 하여 모델 생활을 시작하

는 주인공을 그린 「밤과 요람」(1983), 화가의 집을 그린 「거미의 집」 (1983) 등 소설 속의 인물들은 예술 세계와 현실 세계의 경계 지역이라 는 매우 위태로운 위치에 서 있다. 그들은 현실 세계와의 대결에서 실 패하거나 고립된 인물들이다. 따라서 인물과 세계와의 대결이 이미 과 거에만 존재했고 과거의 한 반점으로만 끝나 있으므로 소설에 나타난 사건은 한낱 부스러기처럼 보인다. 장편소설 「숲 속의 방」(1985)은 서 울 중산층의 한 가정에서 성장한 세 자매의 삶의 양상을 대조적으로 보 여 주면서 1980년대 한국 사회에 커다란 문제로 대두되었던 이념적 대 립, 가치의 혼동과 갈등을 섬세한 필치로 그려내고 있다. 강석경의 후 기작으로 주목된 장편소설 「미불」(2004)은 초기 소설에서 관심을 두었 던 삶과 예술의 문제로 회귀하고 있음을 보여 준다. 작가는 이 소설에 서 예술을 완전과 불완전, 미와 추를 별개의 것으로 구분하려 하지 않 는다. 예술의 경지와 범속의 세계를 나들며 자기 욕망을 따르고 스스로 의 삶에서 고통과 열락을 동시에 체험하도록 설정했기 때문이다.

양귀자(梁貴子, 1955)는 1980년대 중반에 경기도 부천의 한 동네인 원 미동에 사는 서민들의 애환을 따뜻한 시선으로 담담하게 그려낸 『원미 동 사람들』(1987)을 통해 평단의 주목을 받았다. 이 소설은 전체 11편 의 단편소설들이 연작의 형식으로 연결되어 있는데, 작가가 살았던 원 미동을 배경으로 그곳에서 살고 있는 다양한 계층의 인물들의 삶을 보 여 준다. 작가는 원미동 사람들의 삶을 지배하는 반복적인 일상과 체 념적인 태도를 비판적으로 그려내기도 하지만, 그들 각자가 지니고 있 는 삶에 대한 작은 소망들을 더욱 소중하게 담아낸다. 양귀자가 원미 동이라는 소설적 공간을 벗어나면서 발표한 장편소설 「잘 가라 밤이 여」(1990, 다음해 「희망」으로 제목을 바꿈)는 1980년대의 시대적 상황 과 정치사회적 모순을 민족 분단의 조건 속에서 조명하고 있다. 그리 고 「나는 소망한다 내게 금지된 것을」(1992)을 통해 여성과 성에 대한 왜곡된 시각의 문제성을 밀도있게 파헤치면서 새로운 자기 주제를 찾 아 나선다. 이 소설은 어린 시절에 아버지로부터 성적 폭력을 당하면서 성장한 주인공이 그로 인한 정신적 충격과 상처에서 벗어나지 못한 채 남성혐오증에 빠지는 과정을 속도감있게 그려낸다. 이 소설이 제기하고 있는 여성에 대한 폭력 문제는 이야기의 후반부에서 여주인공이 당대 최고의 남자 배우를 납치하는 황당한 사건으로 이어지면서 통속화되고 말았지만, 한국 사회에 만연해 있는 여성에 대한 성폭력과 가정폭력의 문제성을 사회적으로 다시 제기하는 계기를 만들었다.

극문학

극문학과 분단 현실

한국 사회가 해방 직후 이념적 갈등을 겪는 동안 극문학과 연극 분야도 커다란 변혁의 과정을 거친다. 조선연극건설본부와 조선프롤레타리아연극동맹 등의 좌익연극운동을 주도한 극작가 가운데 송영, 신고송, 함세덕, 박영호 등은 국토의 분단과 함께 활동 무대를 평양으로 옮긴다. 그러나 유치진, 오영진 등은 새로 조직된 극예술협회를 중심으로 활동을 재개한다.

유치진은 희곡 「자명고(自鳴鼓)」(1947) 「조국(祖國)」(1948) 「원술랑(元述郞)」(1950) 등을 무대에 올림으로써 명성을 되찾는다. 유치진의 「자명고」는 과거 역사 속에 남아 있는 설화적인 요소를 극적으로 확대해 역사극의 새로운 가능성을 확보한다. 그러므로 사실적인 성격보다는 오히려 낭만적인 요소가 더 강하게 드러나 있다. 희곡 「조국」은 삼일운동을 소재로 하고 있다. 이 작품에는 독립운동가였던 남편을 잃고 홀로 살아가는 아낙네와 그녀의 외아들이 등장한다. 이들은 일본 경찰의 탄압에도 굴하지 않고 만세운동에 나서며, 끝까지 항일투쟁의 의지를 굽히지 않는 것으로 그려지고 있다. 극적인 구성 요소는 약하지만, 작가가 일제강점기 말의 자기 과오를 작품을 통해 청산하고자 하는 의욕이 담겨 있다고 할 수 있다.

오영진은 해방 직후 혼란기의 사회 현실에 대한 비판과 풍자를 극적인 언어로 표현하는 데에 성공한다. 희곡 「살아있는 이중생 각하」

(1949) 「정직한 사기한(詐欺漢)」(1949) 등은 모두 현실 사회의 비리와 모순에 대한 날카로운 비판을 주제로 한다. 「살아있는 이중생 각하」는 친일 사업가 이중생이 해방 직후의 혼란을 틈타 더 큰 재산을 모으고 일신의 영화를 도모하다가 끝내는 자멸한다는 이야기이다. 진정한 삶의 가치가 전도되어 버린 당대의 혼란상에 대한 야유와 조소가 돋보인다. 「정직한 사기한」의 경우에도 선과 악이 제대로 구별되지 않는 사회 현실이 역설적으로 그려지고 있다.

한국의 극문학이 현대적인 면모를 갖추게 된 것은 한국전쟁을 겪고 난 뒤의 일이라고 할 수 있다. 본격적인 무대예술의 활성화를 기할 수 있는 공연무대의 확충이 국립극장의 개관과 함께 이루어지면서, 극단 신협(新協)의 등장, 제작극회의 활발한 연극활동 등에 힘입어 극문학이 활기를 되찾게 된다. 특히 극작가들 가운데 송영, 함세덕 등이 월북한 후에 유치진, 오영진, 김진수 등이 극문학계의 재건에 힘을 기울였고, 차범석, 임희재, 하유상, 이용찬, 김자림, 박현숙, 이근삼 등의 신인 극작가들이 등장해 주제 의식의 확대와 극적 기법의 다양성을 추구한다. 차범석과 하유상의 작품에서 볼 수 있는 전통의식과 리얼리즘의 기법은, 임희재와 이근삼의 작품에서 잘 드러나는 현실 의식이라든지 세태 비판을 위한 아이러니의 설정 등과 좋은 대조를 이뤘다.

차범석(車凡錫, 1924-2006)은 희곡 「나는 살아야 한다」(1959)에서 한국전쟁의 상처를 극복해 가는 삶의 과정을 보여 줌으로써, 인간의 삶에 대한 애착과 집념 어린 인간미의 한 단면을 제시했다. 그러나 이 작품보다 더욱 주목받은 것은 희곡 「불모지(不毛地)」(1958)이다. 차범석의 작품 세계의 한 윤곽을 그려 보이는 이 작품에서 작가는 갈등의 극적 양식에 주력하고 있다. 전후 한국 사회의 격변 과정에서 전통적인 생활 양식과 가치관이 붕괴되는 과정을 세대 갈등이라는 새로운 극적 요소를 통해 제시한다. 전후의 궁핍한 현실을 배경으로 하는 이 작품의 중심인물은 낡은 한옥에서 구시대의 생활풍습을 고집하며 살고 있는 늙은이다. 그의 주변에는 변화의 현실에 무턱대고 따라가다가 스스로 파멸의 길에 빠진 자녀들의 모습이 극적인 대조를 보이고 있다. 이 작품과 비슷한 주제에 역사의식을 가미해 새롭게 해석한 작품이 1960년대 중반에 발표한 「청기와집」(1964)이다. 이 작품은 구시대의 삶의 방식에 매달려 새로운 현실 변화를 제대로 이해하지 못하는 노인의 절망과 새로운 시대의 요구를 잘못 받아들여 오히려 파멸에 이르는 자식들의 관계가 그려진다. 물론 작가는 구시대의 몰락에 관심을 기울이지만, 이 작품의 핵심은 오히려 새로운 시대 질서에 적극적으로 대응해 가는 인간형을 요구하는 데에 있다고 할 것이다. 사회 현실과 이념의 괴리를 보다 적극적으로 그려 보고자 하는 차범석의 의욕과 인간주의적 작가 의식이 극적으로 대응하고 있는 작품이, 그의 대표작으로 손꼽히는 희곡 「산불」(1962)이다. 이 작품은 토속적인 공간을 무대로 설정하고, 그 속에서 인간의 본능적인 욕망과 이데올로기의 관념성을 대조적으로 보여 준다. 마을에 숨어 들어온 공비와 그 공비를 숨겨 준 아낙네의 욕망을 사실주의적인 기법으로 묘사하는 이 작품의 극적인 성과는 무엇보다도 이데올로기의 도식성을 인간의 본능적인 요구로 극복하고 있는 점이라고 할 것이다.

하유상(河有祥, 1928-2017)은 그의 첫 작품인 「딸들의 연인」(1957)에서부터 신세대의 새로운 윤리 감각과 구세대와의 갈등을 통해 한국 사회의 세태 변화를 극적으로 포착하고 있다. 초기 작품 가운데 주목받은 희곡 「젊은 세대의 백서」(1959)는 세태와 인정에 관심을 기울이는 작가의 작품세계의 특징을 잘 보여 준다. 이 작품은 젊은 세대인 개방적인 자녀들과 낡은 세대인 보수적인 부모를 대비시켜, 결혼 문제를 둘러싸고 벌어지는 충돌을 세대 갈등의 문제로 극화하고 있다. 1960년대에 들어서면서 하유상은 황폐한 사회 현실과 고통스러운 인간의 삶에 관심을 기울이면서, 「종착지(終着地)」(1961) 「절규(絶叫)」(1964) 등의 작품을 발표한다. 「종착지」의 극적 구성에서 가장 주목되는 것은 도시 변두리의 무허가 판자촌에 모여든 하층민들의 다양한 모습을 통해 삶에 대한 절망감을 극적으로 그려낸 점이다. 직업을 잃어버린 실직자, 날품팔이, 떠돌이 장사꾼, 노름꾼, 몸을 파는 창녀, 사일구혁명 대열에 나섰다가 부상당한 대학생 등이 등장하는데, 이들은 각기 철거 명령이 내려진 판자촌에서 자신들의 삶의 방향을 찾지 못하고 방황한다. 이들의 모습에서 느낄 수 있는 허망함은 극적인 분위기를 통해 독특한 페이소스를 자아내고 있다. 「절규」의 경우에도 미군을 상대로 하는 접대부와 그의 남동생인 대학생을 등장시켜 이들이 겪는 삶의 고통과 절망을 그려낸다. 현실 정치의 불의에 항거해 사일구혁명에 가담했다가 총탄에 쓰러져 버린 남동생의 좌절과, 동생에게 모든 기대를 걸고 자신의 몸을 팔아 학비를 만들었던 누이의 절망이 이 작품의 정조를 지탱하고 있다.

임희재(任熙宰, 1919-1971)의 희곡 「복날」(1956) 「고래」(1957) 등은 모두 전후의 각박한 현실을 무대 위에 옮겨 놓고 있다. 「복날」은 무허가 판잣집을 강제 철거당한 철거민들의 어처구니없는 죽음을 통해 삶 자체를 희화적으로 그리고 있으며, 비슷한 소재의 「고래」에서는 오히려 끈질긴 삶에 대한 의욕을 보여 주고 있다.

한국 극문학은 이근삼(李根三, 1929-2003)의 등장과 때를 같이해 풍자극의 새로운 양상을 보여 준다. 그는 희곡 「원고지(原稿紙)」(1960)를 발표하면서 전통적인 리얼리즘 극을 중심으로 전개되어 온 한국의 극문학에 새로운 바람을 불러일으킨다. 「원고지」는 지식인의 자기 풍자를 단막극 형식으로 형상화한 작품이다. 작품의 주인공은 영문학 교수이지만 학문의 열정보다는 일상의 현실에 쫓기며 돈을 벌기 위해 번역에나 매달리는 중년 사내이다. 따라서 학자로서의 품위도 지키지 못하고 존경도 받지 못한다. 가정에서도 별 볼 일 없는 가장에 불과하다. 가족의 생계를 위해 돈을 버는 일에 매달리고 있는 이 허망한 주인공에게 남은 것은 황폐한 삶뿐이다. 자동 번역기계로 전락해 버린 이 교수의 행태에서 느낄 수 있는 것은 웃음이 아니라 참담함이다. 물질적인 것에 의해 여지없이 무너지고 있는 정신적인 가치를 이 작품에서 쉽게 확인할 수 있다. 이근삼의 풍자적인 기법과 예리한 현실 인식은 상류층의 삶에 대한 비판으로 이어지고 있다. 희곡 「위대한 실종(失踪)」(1963)에서는 명예욕과 허영심에 의해 파멸해 가는 인간들을 향해 비판의 화살을 던지기도 하고, 「광인(狂人)들의 축제(祝祭)」(1969)에서는 지식인들의 기회주의적인 속성과 위선적인 태도를 꼬집기도 한다. 특히 「위대한 실종」에서 드러나는 풍자성은 작품 구성에서 보이는 스토리의 역전을 통해 신랄함을 더하고 있다. 그는 정치 현실에 대한 비판

과 풍자로 발전하면서 「제18공화국」(1965)이라든지, 「대왕은 죽기를
거부했다」(1962)와 같은 화제작을 내놓는다. 「제18공화국」은 자유당
정권에서부터 군사정권에 이르기까지의 정치 현실을 풍자한다. 이 작
품의 등장인물은 모두 동물과 곤충의 이름을 거꾸로 바꿔 달고 있으며,
정치적 폭력과 부정과 부패로 이어지는 정치사회의 비리가 이야기의
골격을 이룬다. 결말에서 부정과 불의의 정권이 다시 군사쿠데타로 무
너지는데, 당대 현실에 대한 야유가 덧붙여지고 있다. 영구집권을 꿈꾸
는 독재군주의 망상과 허욕을 풍자하는 「대왕은 죽기를 거부했다」는
백성들의 신망을 잃어버린 군주의 최후 모습이 당대 한국 사회의 한
단면을 연상케 한다.

민속극의 현대적 변용

한국 사회가 산업화 과정에 들어선 1970년대 이후 극문학은 전문 매체
인 『연극평론』 『현대연극』 『드라마』 『한국연극』 등의 창간으로 창작
활동의 기반이 확대된다. 그리고 연극공연 무대가 확충되고, 특히 소극
장운동이 활발하게 전개되면서 전문적인 극단도 여럿 창설되어 극예
술이 전반적으로 활성화된다. 극문학의 경우에는 서구적인 극양식과
전통적인 민속극의 구성 원리를 새로이 결합해 보고자 하는 움직임이
일어나면서, 전통적인 탈춤과 판소리의 기법이 연구되고 미학적인 요
건들이 새롭게 조명되기도 한다. 그 결과 외래적 양식으로 출발한 한국
현대극문학이 전통적인 것과 접맥될 수 있는 새로운 가능성을 확보하
게 된다. 이러한 움직임은 1980년대의 민중극이 지향하던 반체제적인
속성으로 귀결되기도 했지만, 한국 현대극문학의 정체성 확립이라는
의미에서 문학사적 성격이 인정될 수 있을 것이다.

오태석(吳泰錫, 1940)의 작품 세계는 1970년대 극문학의 변화 과정을
가장 잘 보여 준다. 오태석은 작품 「환절기(換節期)」(1968)에서부터 인
간 내면의 미묘한 심리적 갈등을 집요하게 파고든다. 「환절기」는 평범
한 남녀 간의 애정 갈등을 극적 구성의 표면에 내세우고 있다. 그러나

이 작품의 핵심은 삼각관계의 애정 갈등이 어떤 결말에 이르는가에 달려 있지 않다. 작가는 일상적인 현대인들의 삶에서 인간에 대한 불신과 자기소외가 얼마나 무서운 결과를 초래할 수 있는가를 보여 준다. 애정 갈등이라는 외관 속에는 현대인들의 정신적 병리현상이 적나라하게 펼쳐지고 있다. 작품의 무대가 되는 외딴 산장은 닫혀 있는 인간의 현실 공간을 상징한다. 그리고 거기에 등장하는 세 인물은 모두 자기 정체성을 상실한 인간들이다. 이들이 벌이는 갈등은 행위의 반전에 따라 발전되고 해소되는 것이 아니다. 오히려 상호 소통이 단절되어 버린 소외 상태에서 의식의 추이에 따라 확대되고 심화된다. 이 작품과 유사한 패턴을 보여 주는 「유다여, 닭이 울기 전에」(1969)에서도 오태석은 부조리한 상황 속에서 파멸해 가는 여인의 모습과 내면적 고통을 극적으로 포착해내고 있다.

오태석이 인간의 내면을 추구하는 심리적 기법에 역사의식과 전통에 대한 감각을 덧붙인 것은 1960년대를 지나면서부터이다. 「초분(草墳)」(1973) 「태(胎)」(1974) 「춘풍(春風)의 처(妻)」(1976) 등에서 오태석은 한국인들의 전통적인 삶의 양식을 통해 인간의 원시적 생명력과 본능을 확인하고 있다. 문명적인 것에서 원시적인 것으로, 심리적인 것에서 본능적인 것으로, 현실에서 역사적 과거로 관심을 돌리기 시작한 오태석의 작품 세계는 전통적인 마당극의 연극적 정신을 추구한 1970년대의 새로운 연극운동과 미묘하게 조응하고 있음을 보게 된다. 오태석이 새로이 창안한 이같은 극양식에는 우선 극적 장면의 다양성과 변화를 유도하기 위한 춤의 도입이 두드러진 특징으로 나타난다. 그리고 많은 노래가 극중에 삽입됨으로써 춤의 시각적 효과와 함께 극적 사건의 진전을 도모하고 있다. 물론 대사의 경우에도 대담하게 판소리나 타령조의 사설을 활용한다. 놀이 형태로서의 극양식에 대한 그의 새로운 시도는 마당놀이의 무대적 확대로서의 의미를 지니는 것이라고 할 수 있다.

이재현(李載賢, 1940-2016)은 「신시(神市)」(1971) 「성웅 이순신」(1973) 「썰물」(1974) 「화가 이중섭」(1979) 등에서 인간의 내면에 깃들어 있는 이상을 향한 의지를 극적으로 구현하는 데에 성공한다. 「성웅 이순신」과 같은 작품은 이미 널리 알려진 소재이지만, 영웅적 인간상으로서의 이순신에 대한 관심보다는 일상적 인간으로서의 이순신의 내면을 치밀하게 묘사하려는 시도를 보여 준 작품이다. 이러한 방법은 「화가 이중섭」에서도 확인된다. 「썰물」은 극중의 모든 대사를 전통적 율문 형태로 바꾸어 놓음으로써, 판소리나 가사 등이 낭창되는 방법을 현대적으로 재현하고자 하는 시도를 보여 주기도 한다. 이러한 관심은 1970년대에 관심이 고조된 전통적인 민속극의 현대화 작업에 영향을 받은 것이라고 할 수 있다.

윤대성(尹大星, 1939)은 「망나니」(1969)에서부터 전통적인 탈춤의 구성 원리를 활용한 바 있다. 「노비 문서」(1973)는 민속극 형식의 현대적 수용에서 극적인 효과를 거두어들인 그의 대표적인 작품에 속한다. 이 작품에서 작가가 관심을 기울이고 있는 것은 등장인물의 성격이나 사건의 추이가 아니다. 오히려 극양식 자체의 완결성에 대한 관심이 더욱 크다. 그러므로 전체적인 극의 구성과 표현 기법에 대한 배려가 더 큰 비중을 지니는 것임을 알 수 있다. 「너도 먹고 물러나라」(1973)와 같은 작품은 무대의 개방을 통해 극중 현실과 무대 밖 청중 사이의 거리를 제거하는 방식을 택하고 있다. 마당놀이의 극적 변용이라고 할 수 있는 이러한 기법은 1980년대에 이르기까지 많은 극작가에 의해 널리 활용되고 있다.

1970년대 이후 대표적인 연출가로 활동했던 허규(許圭, 1934－2000)는 1970년대 후반에 국립창극단의 창극 연출을 맡아 창극 속에 다양한 민속 예능을 융합시킴으로써 창극의 양식적 발전을 이끌었다. 그의 첫 희곡인 「물도리동」(1977)은 하회탈 제작에 얽힌 '허도령' 전설을 극화한 것인데, 전통의 계승 또는 전통의 현대화라는 과제를 놓고 한국 연극의 정체성을 고민했던 작가의 대표작이라고 할 수 있다. 이 작품에서 그는 하회별신굿탈놀이에 등장하는 인물들을 모두 극중 인물로 등장시키고 탈놀이 속의 서사를 극화하고 있다. 우리 사회에 남아 있는 사회적 금기와 희생 제의를 새롭게 해석하고, 그 속에 담긴 순결한 사랑의 의미를 극적인 형식을 통해 되살리고 있는 셈이다. 이밖에도 판소리, 민속놀이, 정악, 노동요, 탈춤 등 전통연희를 수용해 현대적인 극의 양식으로 만든 「다시라기」(1979)가 유명하다. 「다시라기」는 전라남도

진도 지방에서 전래해 온 장례의식을 극적으로 재구성한 작품이다. 한
국인의 삶과 죽음에 대한 인식을 잘 보여 주는 의식이지만, 작가는 원
형적 연극의 특징을 찾아내어 무대화했다.

산업화시대의 희곡문학

한국의 극문학은 산업화 과정과 민주화운동을 겪으면서 시대적 상황
에 대응하기 위한 다양한 극적 기법과 주제가 탐구되었다. 1980년대에
는 마당극과 같은 전통 양식의 극적 변용이 여전히 성행했지만 사회
현실과 정치 상황의 폭력성을 우회적으로 비판하고 폭로하기 위해 역
사적 소재들을 현재화하는 작품들도 많이 등장했다. 그런데 1990년대
에 접어들면서 사회 현실의 거대한 전환 속에서 극단의 상황도 변화하
게 된다. 특히 거대 자본이 참여하는 뮤지컬이 급성장하면서 「명성황
후」와 같은 성공적인 작품이 나왔지만, 연극 무대는 여전히 소극장 위
주의 공연으로 그 성격을 유지했다.

　이강백(李康白, 1947)의 희곡에는 당대의 폭력적인 정치 상황에 대
한 비판의식을 극적으로 형상화한 작품들이 많다. 초기작 가운데 「파
수꾼」(1974)과 같은 작품을 보면, 제도적 폭력에 억눌려 있는 개인의
비극적인 삶을 사실적으로 제시하기보다는 현실 이면에 숨겨진 권력
의 횡포와 위선을 폭로하는 데에 주안점을 두고 있다. 이강백이 만들어
내는 연극의 우화적 장치는 1980년대를 거치면서 서사극적 요소와 상
징주의적 기법으로 바뀐다. 「족보」(1981) 「봄날」(1984) 등의 작품을
보면 극적 주제 자체도 정치사회적인 요소나 현실적 조건보다는 인간
의 존재와 운명에 대한 극적인 탐구에 관심을 기울이고 있다. 이러한
경향은 「칠산리」(1989) 「동지섣달 꽃 본 듯이」(1991) 등에 이르러서
는 보다 더 본질적인 문제의식을 추구하면서 인간의 운명에 대한 탐구
로 접근해 간다. 1989년에 극단 민중극장에 의해 무대에 올려진 「칠산
리」는 한 여인의 무덤 이장을 둘러싸고 벌어지는 칠산리 마을 주민 사
이의 갈등을 극화했다. 이 작품은 민족 분단과 이념의 갈등 문제를 다

루고 있으면서도 전란의 현장과 관계없이 우리네의 일상적인 삶과 의
식 속에 분단 이데올로기가 깊은 상흔으로 숨겨져 있음을 잘 보여 준
다. 한편 「동지섣달 꽃 본 듯이」는 우리 사회의 정치, 종교, 예술의 모
습을 우리 고유의 정서 속에서 보여 주고자 한 작품으로서, 그가 추구
해 온 현실적 장면과 설화 속의 모티프를 서로 겹쳐 보이게 하는 효과
를 성공적으로 거두었다. 근작에 속하는 「영월행 일기」(1995)는 조선
시대 궁중의 역사 속 사건을 무대로 끌어올리고 있다. 이 작품에서 제
목이 되는 '영월행 일기'는 허구적 설정에 따른 것으로 신숙주의 하인
이 쓴 일기다. 그러므로 작품 속 신숙주의 하인은 허구의 인물이며 '영
월행 일기'라는 고문서 역시 작가가 만들어낸 허구이다. 작가는 단종,
세조, 한명회 등과 같은 역사적 실존 인물과 작가가 창조해낸 허구 인
물을 활용해 현재와 전생을 오가는 작품을 구성해냈다.

　이현화(李鉉和, 1943)는 등단 초기에 발표했던 「누구세요?」(1974)
「쉬-쉬-쉬-잇」(1976) 등을 통해 개인과 개인의 의식을 억압하는 보이
지 않는 폭력의 힘을 긴장감있게 무대 위로 끌어올려 놓았다. 이 작품
들은 일련의 사건의 흐름이나 전개 과정을 보여 주기보다는 플롯을 해
체하면서 새로운 무대 경험을 극적으로 제시하는 특징이 있다. 이현화
는 이러한 부조리한 상황을 역사의 현장 속에서 비슷한 방식으로 찾아
내어 극화하는 데에도 성공한다. 「카덴자」(1978) 「불가불가」(1982)와
같은 작품이 그 예에 속한다. 이 작품들은 과거의 역사적 사실과 현재
의 모습을 무대 위에 겹쳐 보여 준다. 과거와 현재 모두가 어둡고 폐쇄
적인 이미지로 무대 위에 형상화되고 있기 때문에 시간의 격차에도 불
구하고 공간의 상징적 의미는 동일하게 처리된다. 「카덴자」는 세조의
왕위 찬탈 과정을 극적 소재로 다루지만, 실제로 작가가 중시하는 것은
권력에 대한 욕망의 추악함과 포악성을 고발하는 데에 있다. 물론 이현
화는 역사적 사실에 대한 인식의 중요성을 문제 삼지는 않는다. 그가
그려내는 역사물은 현실을 그리기 위한 극적 장치로서의 역사 재현이
기 때문에 오히려 현대적 심리극과 통한다.

전환시대의 문학

개방사회와 서사의 전환

한국 사회는 산업화 과정에서 축적된 경제적 역량을 기반으로 민주화
운동이 확대되면서 대전환의 시대를 맞이했다. 한국 사회의 민주화를
주도했던 중간 계층은 개인적 삶을 희생할 수밖에 없었던 이전 세대와
달리 정치사회적 민주화를 통해 개인적 삶의 질을 추구하는 가치관을
실현하고자 했다. 이러한 진보적인 계층의 성장은 민주적인 시민사회
를 실현할 수 있는 기반이 되었으며, 민주주의적인 '문민정부'의 등장
을 가능하게 했다. 이 과정에서 지방자치제도가 시작되었으며, 문화의
중앙집권적 현상을 탈피하고 지역문화의 다양한 성격이 자리잡게 되
었다. 그 결과 한국 사회는 사회문화적 개방을 실현했고 문화의 다양성
과 자율성을 보장할 수 있게 되었다.

한국 현대소설에서 산업화시대의 변화와 민주화운동의 격정을 동시
에 체험한 새로운 세대의 작가로 임철우(林哲佑, 1954)를 먼저 주목한
다. 임철우는 한국전쟁 이후 출생한 새로운 세대이지만, 분단과 전쟁과
이념의 갈등 문제가 본질적으로 1980년대 광주민주화운동과 맞닿아 있
음을 소설적으로 형상화해내고 있다. 그의 소설 세계는 두 축을 중심으
로 전개된다. 하나는 민족 분단에서 한국전쟁으로 이어지는 이념의 대
립과 갈등 그리고 상처의 정신적 회복 문제를 새로운 세대의 관점에서
검토하는 작업이다. 이 작업은 그의 소설 「아버지의 땅」(1984) 「붉은
산 흰 새」(1990)를 통해 문제적인 상태로 표출된다. 임철우의 또 다른

소설적 작업은 자전적 경험을 바탕으로 하여 삶의 공동체에 대한 조화로운 복원을 꿈꾸는 「그 섬에 가고 싶다」(1991)와 「등대 아래서 휘파람」(1993)으로 이어진다. 임철우의 소설 가운데에는 1980년 5월의 광주민주화운동 현장을 일종의 보고서 형식으로 정리한 장편소설 「봄날」(1997)이 있다. 이 소설에서 작가는 광주민주화운동이 한국전쟁의 상처와도 역사적 필연처럼 내밀하게 서로 연결되어 있음을 암시한다. 그리고 민족 분단이라는 시대적 조건이 전쟁의 비극과 광주민주화운동의 엄청난 희생을 강요했음을 말해 준다.

이승우(李承雨, 1959)는 등단 초기부터 일상적인 삶과 현실 문제로부터 일정한 거리를 둔 채 보다 본질적인 인간의 내면적 고뇌, 신의 존재와 구원의 문제, 존재의 불안과 갈등과 같은 다소 무겁고 관념적인 주제에 매달렸다. 등단작인 「에릭지톤의 초상」(1981)을 비롯해 「가시나무 그늘」(1990)이나 「생의 이면」(1992)과 같은 화제작에서도 작가가 고심하는 주제는 인간의 존재와 기독교적 구원의 문제라고 할 수 있다. 이승우는 물론 이러한 주제를 종교적 관점으로 몰아가는 것이 아니라 넓은 의미에서 시대적 고뇌라고 할 수 있는 본질적인 문제의식으로 끌어올리고 있다. 그는 소설 속에 등장하는 여러 유형의 인간들을 통해 내면에 깊숙이 자리하고 있는 원죄 의식과 그로 인한 불안을 섬세하게 그려내면서 신의 존재와 구원의 가능성을 열어 보이기도 한다. 그리고 예술가의 정체성에 대한 문제를 지속적으로 주목하면서 「세상 밖으로」(1990) 「미궁에 대한 추측」(1994) 등의 작품을 통해 언어의 가치 붕괴와 타락에 대한 환멸과 이의 극복 가능성에 대해 진지하게 고찰한다. 이처럼 이승우의 작품들은 인간존재의 인식, 성(聖)과 속(俗)의 이원성의 극복, 인간의 삶과 초월의 세계 등 다소 무겁고 관념적인 주제를 즐겨 다루고 있다. 그렇지만 이승우는 소설이라는 양식을 구성하는 서사구조를 아주 복잡하게 얽어 놓고 이를 정밀한 묘사와 유려한 문체에 기반한 서술 방식으로 새롭게 구조화함으로써, 주제의 관념성을 극복할 수 있는 풍부한 이야기를 만들어내고 있다.

구효서(具孝書, 1958)는 전통적인 서사 기법을 해체하고 시간과 공간의 경계를 넘나드는 알레고리적 상황을 연출하면서 시점과 문체의 변화를 통해 자기 나름의 새로운 소설적 문법을 만들어 간다. 이러한 방법의 천착은 자기 주제에 대한 독특한 해석법을 스스로 만들어내기 위한 상상적 고안으로 이어지면서 탄탄한 서사구조, 재미를 겸비한 이야기의 전개 등에 일정한 성과를 거두고 있다. 시간개념과 공간개념을 무시한 그로테스크한 과장법이 나타나는 「자공(子公), 소설에 먹히다」(1993)에서부터 일상 속의 부조리를 다룬 「포천에는 시지프스가 산다」(1999)에 이르기까지의 단편소설들에서는 그가 실험하고 있는 다양한 소설적 기법을 확인할 수 있다. 장편소설의 경우에도 작가는 자신이 발견한 소재에 잘 부합되는 기법을 찾아낸다. 역사의 이중성과 상대성에 대해 고민한 장편소설 『늪을 건너는 법』(1991) 『악당 임꺽정』(2000) 『랩소디 인 베를린』(2010) 등은 모두 소설적 기법의 변형을 통해 주제의 깊이를 실현한 문제작이다.

윤대녕(尹大寧, 1962)의 소설은 1990년대 문학의 새로운 감수성을 그대로 대변한다. 첫 창작집 『은어낚시통신』(1994) 속 작품들이 보여 주는 가장 주목되는 특징은 두 가지로 요약할 수 있다. 하나는 소설 속의 이야기에서 그려내는 실재의 세계에 환상의 요소를 부여함으로써 공간을 확장하고 있는 점이며, 다른 하나는 모든 이야기가 존재의 시원(始原)을 향한 욕망을 담고 있다는 점이다. 이러한 경향은 이념적 요건에 의해 크게 좌우되던 1980년대의 소설과는 전혀 다른 서사의 방법에 따라 가능해진 것이다. 그의 소설은 새로운 시대 상황과 특이한 대응 관계를 유지함으로써 자기 문학의 거점을 분명하게 드러내는데, 획일적인 인간관을 거부하면서 새로운 인간의 가치를 환상적인 문체를 통해 추구하고 있다. 윤대녕의 첫 장편소설 「옛날 영화를 보러 갔다」(1995)는 작가의 소설적 작업이 지향하는 어떤 목표를 여러 방면에서 확인해 볼 수 있는 작품이다. 이 소설에서 활용하고 있는 잃어버린 기억의 시간이라든지 환상적 요소 등은 윤대녕의 소설에서 즐겨 다루는 소재로 자리잡고 있다. 일상을 살아가는 현대인의 병리적인 불안의식을 새로운 사랑의 발견이라는 주제와 연결해 새롭게 해석하고자 하는 의욕을 보여 준다. 망각과 기억의 사이에서 착종하는 실재와 환상의 세계는 장편소설 「달의 지평선」(1998)이나 「사슴벌레여자」(2001) 등에서 반복적으로 등장한다.

성석제(成碩濟, 1960)는 시 쓰기를 통해 문단에 나섰지만 1990년대 중
반부터 다양한 소재와 양식을 활용해 해학과 풍자 혹은 과장과 익살의
언어를 자기 문체로 끌어들여 인간의 다양한 삶의 국면을 묘파하는 흥
미로운 작품들을 발표했다. 첫 창작집『그곳에는 어처구니들이 산다』
(1994)에서는 일상에서 발견된 사소한 이야기 속에 위트와 유머를 가
미한 속도감있는 문체가 돋보인다.『재미나는 인생』(1997)에 포함되
어 있는 작품들도 모두 일종의 콩트 형식의 짤막한 이야기들이다. 전통
적인 우화와 풍자의 현대적 변용이라고 할 수 있는 단형의 서사양식을
통해 이야기의 긴장을 살려내면서 통쾌한 웃음을 자아내게 하는 수법
이 특이하다. 전통 서사양식의 하나였던 전(傳)의 형식을 현대적으로
변용한 여러 가지 형태의 이야기들은 소설집『아빠 아빠 오, 불쌍한 우
리 아빠』(1997)로 묶어 있다. 술판과 노름판 등에서 벌어지는 인간사와
인간의 속성을 그린『홀림』(1999) 등은 전통 야담집의 흥미를 새롭게
해석한 것처럼 느껴지기도 한다.

한국 현대소설의 새로운 가능성은 여성 작가들이 거두어들인 1990년
대 이후의 소설적 성과를 통해 구체적으로 확인할 수 있다. 이 시기의
여성소설은 남성적 글쓰기의 주류를 전복시키고자 하는 급진적 여성
주의의 이념을 표방한 것은 아니지만, 삶의 현실을 다양한 관점에서 파
악하고 그 속에서 특이한 이중적 자의식을 추구하는 작품들이 많다. 이
들 소설에서 주목되는 현상은 서사적 자아의 형상이 전혀 고정되어 있
지 않고, 자아 표현의 욕망을 기저로 하는 자전적인 요소가 강하게 반
영되어 있다는 점이다.

김인숙(金仁淑, 1963)은 등단 초기에는 주로 민주화 투쟁에 앞장섰
던 학생들의 체험이나 노동운동의 현장을 그린 작품들을 많이 발표했
다. 격동기의 학생운동 현장을 다루는 장편소설「79-80 겨울에서 봄 사
이」(1987)를 비롯해 노동체험과 노동운동의 실상을 다룬 여러 작품들
이 소설집『함께 걷는 길』(1989)에 수록되어 있다. 역사와 현실에 정면
으로 대응하고 있는 작가의 의지가 이들 작품을 통해 잘 구현되고 있
다. 장편소설「꽃의 기억」(1999)은 여주인공이 내면의 상처를 극복하며
이를 성숙한 사랑으로 승화하는 과정을 섬세하게 그려낸 화제작이다.

한국 사회에서 성의 개방화 과정을 통해 드러나기 시작한 불륜과 이혼 등의 문제를 다루고 있다.

신경숙(申京淑, 1963)의 문학적 출발은 1980년대 중반에 이루어졌지만, 창작집 『풍금이 있던 자리』(1993)을 펴내면서 1990년대 소설 문단의 중심에 자리잡게 되었다. 표제작인 「풍금이 있던 자리」(1992)는 일상의 주변에서 흔히 볼 수 있는 '불륜'이라고 말하는 헛된 사랑의 이야기이다. 이 통속적인 소재를 소설 미학의 세계로 끌어올린 것은 여주인공의 내면 심리를 따라가는 섬세한 문체의 힘이다. 신경숙의 감성적 문체는 첫 장편소설 「깊은 슬픔」(1994)에서도 그 힘을 발휘한다. 이 소설은 서사 자체의 무게를 제거한 대신에 문체의 힘을 통해 인물의 행동 방식보다 감정의 기복을 차분하게 살려냈다. 작가는 여주인공을 중심으로 두 남자를 이야기의 표층으로 떠올려 놓고 자신의 경험적인 삶의 짧은 순간을 덧씌운다. 여기에 '사랑'이라는 이름으로 채색된 절망과 고통과 환희와 기쁨이 담긴다. 장편소설 「외딴 방」(1995)은 작가 신경숙의 개인적 경험을 바탕으로 씌어진 자전적인 작품으로 평가된다. 소설 속의 여주인공은 시골에서 올라와 구로공단의 공장에서 일하며 고등학교에 다닌다. 열여섯 살부터 스무 살까지의 감성의 폭과 깊이를 회상 수법으로 서술하는 이 소설에서 '외딴 방'은 그녀만이 소유할 수 있는 작은 공간이지만 그녀의 존재를 가능하게 하는 가장 큰 공간이 되기도 한다. 이 작은 공간에서 여주인공은 가난하고 불우한 일상을 보내면서 시대와의 불화와 그 아픔을 여러 인물들을 통해 발견한다. 그리고 외딴 방에서 탈출할 수 있게 된다.

공지영(孔枝泳, 1963)은 1980년대 민주화운동에 투신했던 자기 경험을 바탕으로 한국 사회의 부조리한 현실을 다양한 각도에서 비판적으로 조명했다. 첫 장편소설 「더 이상 아름다운 방황은 없다」(1989)를 발표한 후 자신이 겪어 온 사회 체험을 소재로 소설적 작업에 집중하면서 그 체험의 일부를 독자들과 나누는 과정에서 일종의 연대감을 형성하며 대중적인 인기를 누렸다. 공지영이 일종의 '후일담' 형식으로 쓴 1980년대 운동권에 얽힌 이야기는 장편소설 「고등어」(1994)를 통해 사실적으로 그려진다. 작가 자신이 스스로 가담했던 1980년대 운동권의 집단적 이념과 개인적 열정의 진면목을 드러내고자 하는 의욕을 잘 보여 주고 있다. 장편소설 「무소의 뿔처럼 혼자서 가라」(1993)는 여성들에게 가해지는 차별과 억압을 사회 전반의 문제로 끌어올려 여성주의 논쟁에 불을 붙인 화제작이다. 이 작품은 남녀 차별과 여성에 대한 편견 등이 한국 사회에서 여성의 삶에 얼마나 큰 문제를 야기하는가를 세 여성의 삶을 통해 사실적으로 보여 준다. 「봉순이 언니」(1998)는 산업화 과정의 격변 속에서 하층민으로 살아야 했던 여주인공의 삶의 과정을 보여 준다. 대학을 졸업한 도시의 상층부 여성들의 모습을 그려낸 「무소의 뿔처럼 혼자서 가라」와는 소재 자체가 다르지만, 여성의 삶과 인간적 고통을 동시에 파헤치고 있다는 점에서는 일맥상통하는 바가 있다.

최윤(崔允, 1953)은 자기 주제의 발견과 소설적 형상화를 위해 전통적 서사 기법보다 서술 방식과 문체의 변화를 기반으로 다양한 새로운 소설 문법을 시도한다. 소설 「아버지 감시」(1990) 「속삭임, 속삭임」(1993) 등은 분명 이념적 대립과 갈등의 문제에 접근하고 있지만, 그 갈등을 증폭시키거나 치열한 대립 과정으로 설정하지는 않는다. 오히려 이데올로기는 주인공의 일상적인 삶의 과정 속에서 해체되는 경우가 많다. 광주민주화운동의 과정을 그려낸 「저기 소리 없이 한 점 꽃잎이 지고」(1988)에서도 소설적 상징의 처리 방식이 먼저 주목된다. 「회색 눈사람」(1992)은 경제적인 빈곤과 외로움에 갇혀 살던 한 여대생이 1970년대의 어떤 반체제 운동조직에 연루되면서 겪은 고뇌와 갈등의 내면 풍경을 그려놓고 있다. 「하나코는 없다」(1994)에서도 여성의 자기 존재와 의미를 드러내는 방식 자체가 작가 특유의 관념과 지성으로 절제되어 있는 점을 높이 평가할 필요가 있다. 최윤의 소설적 관심에 치밀한 구도와 상징성을 더하면서 서사의 우화적 중층성까지도 실현한 작품이 장편소설 「마네킹」(2003)이다. 이 소설에서 자신의 실체를 가면 속에 가두는 '마네킹'처럼 살아야 했던 주인공은 자기 자신을 발견하는 순간 가면을 벗어버리고 자신을 구속했던 모든 것으로부터 자유로워지고자 한다. 이 새로운 자기 찾기의 여행이 소설의 핵심적인 주제에 해당한다. 하지만 삶의 진정한 아름다움을 찾아가는 이 여행이 결국 죽음이라는 자기소멸의 길임을 보여 주는 장면에서 소설이라는 양식이 갖는 숙명적인 아이러니의 의미를 새롭게 발견할 수 있다.

1990년대 이후 소설 문단은 김영하, 김연수, 박민규, 김경욱, 전성태, 손홍규, 이장욱, 김종광 등의 등장과 함께 더욱 다채로워지고 있다. 우선 행위의 인과적 논리가 철저하게 거부되며, 구성 원리라고 하는 소설적 규범도 무너지고 있다. 그러므로 플롯의 완결이라는 개념은 이들 소설에서 통하지 않는다. 상황의 끊임없는 변화와 그 내밀성을 천착하기 위해 이야기는 해체되고, 잡다하게 변화하는 현실의 임의적인 환상들이 닥치는 대로 그려진다. 소설 속의 이야기는 모두 단편적인 것이 되고 행위는 연속성을 벗어난다. 이러한 기법은 경험적 현실 세계의 다층성과 가변성, 그리고 불연속적인 자의성을 드러내기 위한 고안이라고 할 수 있다. 여성소설의 문단적 확대 현상도 주목된다. 1990년대 이후 등단한 공선옥, 은희경, 전경린, 이혜경, 권여선, 조경란, 배수아, 정이현, 한강, 편혜영, 김애란, 김숨, 윤이형, 한유주 등은 남성 주류의 글쓰기를 전복시키는 새로운 관점과 방법을 통해 자의식을 추구하는 작품들을 발표하면서 문단의 주목을 받고 있다. 한국 소설에서 드러나는 여성 작가들의 새로운 미학적 도전은 결국 한국 소설의 전반적인 흐름을 전환시켜 놓고 있다. 이러한 현상은 여성적인 것에 대한 인식이 글쓰기 방식 자체의 변화를 추구하는 방향으로 작용하는 것이 아닌가 생각된다.

시적 경험과 일상성

한국의 현대시는 산업화 과정과 민주화운동이 지속되는 시대적 상황속에서 전통적 서정성에 바탕을 두면서 자기 시의 내적 공간을 새롭게 확대해 나아간 많은 시인을 산출하고 있다. 새로운 시인들은 서정시라는 장르의 속성을 따르기도 하고 거역하기도 한다. 하지만 이들은 기법의 과격성이나 언어 실험보다는 대상을 통해 시적 정서 영역의 폭을 확대해 나아가고 있으며, 살아 있는 언어의 활력을 살려내어 자기 시대

의 삶의 가치와 정신적 지향을 함께 표현하고자 고민한다. 삶의 한복판
에서 자연과 인간을 함께 다루면서 인간과 자연이 조화롭게 살아야 한
다는 생태적 상상력의 요구도 외면하지 않는다. 시가 도시적 문물을 중
심으로 하는 일상만이 아니라 토속적 공간의 생명력을 추구하면서 새
로운 가능성을 열어두고 있다는 사실을 이들의 노력을 통해 확인할 수
있다.

정호승(鄭浩承, 1950)은 첫 시집 『슬픔이 기쁨에게』(1979)에서부터
비애의 느낌을 자기 시의 정서적 기반으로 삼고 있다. 여기서 말하는
비애의 정서는 흔히 말하는 정한(情恨)의 세계와 구별된다. 시인 자신
은 이를 '슬픔'이라고 말한다. 시인이 슬픔의 언어로 그려내는 대상은
힘없고 가진 것이 없는 가난한 민중들의 삶이다. 시인이 노래하는 슬픔
은 슬픔을 함께 나누는 슬픔이며 고통을 함께 아파하는 슬픔이나. 정호
승의 시는 시적 대상과의 거리를 더욱 밀착시킴으로써 타자와의 공감
영역을 넓히고 서정성과 격조를 살려낸다. 이러한 특징은 시집 『별들
은 따뜻하다』(1990)에서부터 『외로우니까 사람이다』(1998)에 이르기
까지 일관되게 드러나는 서정의 깊이를 통해 확인할 수 있다. 물론 이
러한 경향 때문에 시적 어조 자체가 단조롭게 느껴지기도 한다. 그러
나 서정시의 본질은 모든 정서적 충동을 끌어안으면서도 그것을 내면
화하는 가운데 생기는 긴장을 놓치지 않는 데에 있다. 정호승이 일상의
경험을 쉬운 언어로 부드럽게 표현하면서도 대중적 정서에 호응하는
힘을 지탱하는 것은 바로 이 때문이다.

이성복(李晟馥, 1952)의 첫 시집 『뒹구는 돌은 언제 잠깨는가』(1980)
는 시적 발상과 기법의 실험성이 유별난 특징을 보여 준 바 있다. 시적
언어에 난무하는 비속어의 세계는 허세에 불과한 일상의 격식을 깨뜨
리기 위한 방편이다. 타이포그래피의 기법을 활용한 텍스트의 질서 파
괴는 기성적 권위에 대한 도전으로 읽힌다. 그의 두번째 시집 『남해금
산』(1987)에서는 언어 기법의 실험 대신에 서정에 바탕을 둔 시 쓰기로
의 변화를 시도하고 있다. 그리고 시집 『그 여름의 끝』(1990)을 전후해
더욱 관념적 성격이 강해진다. 연가풍의 진술 방법을 유지하면서도 시
적 대상으로서의 현실 세계에 대한 보다 근원적인 인식에 도달하고 있

다. 여기서 주목되는 것은 시적 주체와 타자의 관계를 하나의 세계로 읽어내고자 하는 시인의 자세이다. 시인은 객관적 현실과의 일정한 거리두기라든지 시적 인식 자체의 관념적 지향에도 불구하고 서정성의 본질을 벗어나지 않는다. 서구적 지성과 동양적 정서의 조화를 여기서 확인할 수 있다.

나태주(羅泰柱, 1945)는 시집 『누님의 가을』(1977) 『빈손의 노래』(1988) 『눈물난다』(1991) 『산촌엽서』(2002) 등에서 대상으로서의 자연을 일상의 경험과 밀착해 섬세하게 그려낸다. 그러므로 모든 사물이 시인의 일상의 삶 속에 함께 녹아든다. 나태주는 서정시의 본질을 자기 정서에 대한 충실성에서 우선 찾고자 한다. 소박하면서도 솔직하게 대상에 대한 자신의 감정을 노래할 때, 거기서 시적 상상의 자유를 만끽할 수 있다는 생각이다. 그러므로 시인은 자연 속에 존재하는 모든 사물에서 작지만 소중한 생명의 의미를 찾아내고, 그 존재의 참뜻을 확인한다. 시인이 노래하는 자연은 서정적 자아의 경험 속에서 인식된 것이기 때문에, 그만큼 실감의 정서에 가깝고 그 새로운 발견에 모두가 공감할 수밖에 없다.

송수권(宋秀權, 1940-2016)은 토속적인 정서를 바탕으로 자기 세계를 구축한 시인이다. 삶의 모든 영역이 근대화의 물결에 휩쓸리는 가운데 전통적인 서정시의 가닥을 붙잡고 있는 시인의 모습은 이채롭다. 송수권은 첫 시집 『산문에 기대어』(1980)에서부터 '산기슭'이라는 시적 공간의 정서를 끌어안고 투박하지만 실감나는 표현에 기여하는 남도 사투리를 자신의 시어로 살려낸다. 그리고 시집 『새야 새야 파랑새야』(1986) 『우리들의 땅』(1988) 『별밤지기』(1992) 『들꽃세상』(1999) 등을 통해 토속적인 삶의 공간에 서려 있는 정한의 의미를 보다 높은 차원의 정서로 가다듬어내고 있다. 그의 시는 재래의 무력하고 자조적인 한의 정서가 아니라 한 속에 내재한 은근하고 무게있는 힘을 강조하고 있다고 평가받고 있다. 또한 남도의 토속어가 가진 특유의 맛과 멋을 무리 없이 살리는 데 성공했으며, 역사의식을 매개로 투쟁 정신과 생명의 의지를 구현하고자 하는 작품을 많이 발표했다.

고재종(高在鍾, 1957)은 농촌이라는 공간의 양면을 질박한 언어로 형상화해내고 있다. 이러한 경향은 첫 시집 『바람부는 솔숲에 사랑은 머물고』(1987)와 『새벽 들』(1989)에서 쉽게 확인된다. 그가 그려내는 농촌은 근대화의 격랑에 휩싸여 피폐해지는 어두운 삶의 공간이다. 그러나 시인은 인간의 삶과 생명을 가능하게 하는 자연의 위대한 힘을 농촌에서 찾아내고 끈질긴 생명력에 대한 깊이있는 성찰을 시를 통해 보여 준다. 고재종의 농촌시는 1990년대 중반 이후 시집 『앞강도 야위는 이 그리움』(1997)을 전후해 농촌의 현실 문제보다는 농촌의 자연과 환경에 대한 생태주의적 관심으로 심화되고 있다. 그리고 시집 『그때 휘파람새가 울었다』(2001)에 이르면 완결된 시상, 긴장된 비유, 절제된 언어 표현 등을 수반하면서 더욱 긴장감있게 시적 형상성을 구축한다.

현대시에는 사회적 현실 문제의 민감한 쟁점들이 사라지자 자기중심적 화법이 그만큼 강조되기 시작했다. 산업화 과정과 민주화운동에서 볼 수 있었던 집단적인 이념이나 계파 중심적 경향에서 벗어나 다양한 시적 실험이 확대된 것은 세기의 전환과 함께 나타난 중요한 변화라고 할 수 있다. 새로운 세기에 접어들면서 시인의 시대가 되었다고 할 수 있을 정도로 자기 발언으로서의 시의 성격이 더욱 분명해진 것이다. 이는 '나' 자신의 존재와 가치가 중요시되는 시대가 되었음을 말해 준다. 오늘의 시단에는 이문재, 장석남, 문태준, 손택수, 함민복, 이정록, 유홍준, 이장욱, 김언, 황병승, 최영미, 허수경, 나희덕, 정끝별, 황인숙, 조용미, 김행숙, 김선우, 신현림 등 개성적인 시인들이 시적 감수성을 더욱 풍성하게 함으로써 시의 새로운 지향이 지니는 긍정적 의미를 확인해 볼 수 있다.

주요 참고문헌

고전문학

문학사 일반
김광순,『한국고전문학사의 쟁점』,
　새문사, 2004.
김흥규,『한국문학의 이해』, 민음사, 1998.
박기석 외,『한국고전문학입문』, 집문당,
　1996.
성기옥 외,『한국문학개론』, 새문사, 1992.
이병기, 백철,『국문학전사』, 신구문화사,
　1972.
장덕순 외,『한국문학사의 쟁점』, 집문당,
　1999.
조동일,『한국문학통사 1-6』,
　지식산업사, 2005.
조동일, 이혜순 외,『한국문학강의』, 길벗,
　1994.
조윤제,『한국문학사』, 동국문화사, 1963.

구비문학
강등학 외,『한국 구비문학의 이해』,
　월인, 2002.
김열규,『한국신화와 무속연구』, 일조각,
　1977.
김열규,『한국민속과 문학연구』, 일조각,
　1982.
김종철,『판소리사 연구』, 역사비평사,
　1996.
서대석,『한국 신화의 연구』, 집문당, 2001.
서대석 편,『구비문학』, 해냄, 1997.
서대석 외,『한국인의 삶과 구비문학』,
　집문당, 2002.

임동권,『한국민요연구』, 선명문화사, 1974.
장덕순,『한국설화문학연구』,
　서울대학교출판부, 1970.
장덕순,『구비문학개설』, 일조각, 2006.
조현설,『우리신화의 수수께끼』,
　한겨레출판, 2006.
한국구비문학회 편,
　『한국구비문학사연구』, 박이정, 1998.

고전시가
권두환 편,『고전시가』, 해냄, 1997.
김대행,『한국의 고전 시가』,
　이화여자대학교출판문화원, 2009.
김완진,『향가해독법연구』,
　서울대학교출판부, 1980.
김학성,『한국고전시가의 연구』,
　한국학술정보, 2003.
김학성, 권두환,『(신편)고전시가론』,
　새문사, 2002.
박노준,『고려가요의 연구』, 새문사, 2008.
성기옥,『한국시가율격의 이론』, 새문사,
　1986.
양주동,『증보 고가연구』, 일조각, 1973.
정병욱,『한국고전시가론』,
　신구문화사, 2000.
정재호,『가사문학론』, 집문당, 1982.

고전소설
김태준 저, 박희병 역,『조선소설사』,
　한길사, 1997.
박일용,『영웅소설의 소설사적 변주』,
　월인, 2003.

완암김진세선생회갑기념논문집
　간행위원회 편,『한국고전소설작품론』,
　집문당, 1990.
이상택,『한국고전 소설의 이론 1 - 2』,
　새문사, 2003.
이상택 외,『한국고전소설과 서사문학
　상·하』, 집문당, 1998.
이창헌,『경판방각소설 판본연구』,
　태학사, 2000.
장효현,『한국고전소설사연구』,
　고려대학교출판부, 2002.
조동일,『한국소설의 이론』,
　지식산업사, 2004.
황패강교수정년퇴임기념논총 간행위원회
　편,『고전소설연구』, 일지사, 1993.

한문학

김명호,『박지원 문학 연구』,
　성균관대학교대동문화연구원, 2001.
김태준 저, 최영성 역,『조선한문학사』,
　심산문학, 2003.
민병수,『한국한시사』, 태학사, 1996.
민병수,『한국한문학신강』, 새문사, 2008.
박희병,『한국 전기소설의 미학』, 돌베개,
　1997.
송재소,『다산시연구』, 창작사, 1986.
안대회,『18세기 한시사 연구』, 소명, 1999.
이가원,『한국한문학사』, 민중서관, 1961.
이종묵,『한국 한시의 전통과 문예미』,
　태학사, 2002.
이종묵,『우리 한시를 읽다』, 돌베개, 2009.
정민,『한시미학산책』, 휴머니스트, 2010.

근현대문학

문학사 일반

권영민,『한국계급문학운동연구』,
　서울대학교출판문화원, 2014.

권영민,『한국 현대문학사 1 - 2』,
　민음사, 2020.
김윤식, 김현,『한국문학사』, 민음사, 1974.
김현,『한국문학의 위상―그 전개와
　좌표』, 문학과지성사, 1977.
백철,『조선신문학사조사』, 수선사, 1947.
백철,『조선신문학사조사: 현대 편』,
　백양당, 1949.
서준섭,『한국 모더니즘문학 연구』,
　일지사, 1988.
조연현,『한국현대문학사』, 인간사, 1961.

근현대시

권오만,『개화기시가 연구』, 새문사, 1989.
김영철,『한국 시가의 재조명』,
　형설출판사, 1984.
김영철,『한국 개화기시가의 장르 연구』,
　사사연, 1987.
김용직,『한국 근대시사』, 학연사, 1987.
김용직,『해방기 한국 시문학사』, 민음사,
　1989.
김용직,『현대 경향시 해석』, 느티나무,
　1991.
김용직,『한국 현대시사』, 한국문연, 1996.
김용직,『한국 현대시인 연구』,
　서울대학교출판부, 2000.
김우창,『궁핍한 시대의 시인』, 민음사,
　1977.
김재홍,『한국 현대시인 연구』, 일지사,
　1987.
김재홍,『한국 현대시인비판』, 시와시학사,
　1994.
김재홍,『한국 현대시의 사적 탐구』,
　일지사, 1998.
김학동,『한국 근대시인 연구』, 일조각,
　1974.
김학동,『한국 현대시인 연구』, 민음사,
　1977.
김학동,『한국 개화기시가 연구』,
　시문학사, 1980.

김현자,『한국 현대시작품 연구』, 민음사, 1989.

김현자,『한국 현대시 읽기』, 민음사, 1999.

김화영,『미당 서정주의 시에 대하여』, 민음사, 1984.

문혜원,『한국 현대시의 모더니즘』, 신구문화사, 1996.

민병욱,『한국 서사시의 비평적 성찰』, 지평, 1987.

신동욱,『님이 침묵하는 시대의 노래』, 문학세계사, 1982.

신동욱,『우리시의 역사적 연구』, 새문사, 1982.

양왕용,『한국 근대시 연구』, 삼영사, 1982.

오세영,『한국 낭만주의시 연구』, 일지사, 1980.

오세영,『20세기 한국 시 연구』, 새문사, 1989.

오세영,『한국현대시 분석적 읽기』, 고려대학교출판부, 1998.

유종호,『동시대의 시와 진실』, 민음사, 1982.

유종호,『한국근대시사』, 민음사, 2011.

이숭원,『한국 현대시인론』, 개문사, 1993.

이숭원,『한국 현대시 감상론』, 집문당, 1996.

이숭원,『20세기 한국시인론』, 국학자료원, 1997.

이어령,『시 다시 읽기―한국 시의 기호론적 접근』, 문학사상사, 1995.

조영복,『한국 현대시와 언어의 풍경』, 태학사, 1999.

정한모,『한국현대시문학사』, 일지사, 1974.

최동호,『시의 해석』, 새문사, 1983.

최동호,『현대시의 정신사』, 열음사, 1985.

근현대소설

강상희,『한국 모더니즘 소설론』, 문예출판사, 1999.

강영주,『한국 역사소설의 재인식』, 창작과비평사, 1991.

강인숙,『자연주의 문학론』, 고려원, 1987.

구인환,『이광수소설 연구』, 삼영사, 1983.

권영민,『서사양식과 담론의 근대성』, 서울대학교출판부, 1999.

김경수,『현대 소설의 유형』, 솔출판사, 1997.

김경수,『염상섭 장편소설 연구』, 일조각, 1999.

김미현,『한국 여성소설과 페미니즘』, 신구문화사, 1996.

김영민,『한국 근대소설사』, 솔출판사, 1997.

김우종,『한국 현대 소설사』, 성문각, 1968.

김윤식,『한국 근대작가논고』, 일지사, 1974.

김윤식,『염상섭 연구』, 서울대학교출판부, 1986.

김윤식,『이광수와 그의 시대 1 ~ 3』, 한길사, 1986.

김윤식,『한국 근대소설사 연구』, 을유문화사, 1987.

김윤식,『이상소설 연구』, 문학과비평사, 1989.

김윤식, 정호웅,『한국 소설사』, 문학동네, 2000.

김정자,『한국 여성소설 연구』, 민지사, 1991.

김주연,『변동사회와 작가』, 문학과지성사, 1979.

김치수,『박경리와 이청준』, 민음사, 1982.

송민호,『한국 개화기소설의 사적 연구』, 일지사, 1975.

신동욱,『우리시대의 작가와 모순의 미학』, 개문사, 1982.

신동욱,『현대 작가론』, 개문사, 1989.

신동욱,『1930년대 한국소설 연구』, 한샘출판, 1994.

신형기,『해방기소설 연구』, 태학사, 1992.

유종호,『사회역사적 상상력』, 민음사,
1987.

윤홍로,『한국 근대소설 연구』, 일조각,
1980.

이재선,『한국 개화기소설 연구』, 일조각,
1972.

이재선,『한국 단편소설 연구』, 일조각,
1975.

이재선,『한국 현대 소설사』, 홍성사, 1979.

이재선,『한국 소설사』, 민음사, 2000.

이주형,『한국 근대소설 연구』,
창작과비평사, 1995.

장사선,『한국 리얼리즘문학론』, 새문사,
1988.

전광용,『신소설 연구』, 새문사, 1986.

정영자,『한국 페미니즘 문학 연구』,
좋은날, 1999.

정한숙,『현대 한국 작가론』,
고려대학교출판부, 1976.

정호웅,『한국 현대 소설사론』, 새미, 1996.

조남현,『한국 현대소설 연구』, 민음사,
1988.

조남현,『한국 현대소설사 1 - 3』,
문학과지성사, 2016.

주종연,『한국 근대 단편소설 연구』,
형설출판사, 1981.

채훈,『1920년대 한국 작가 연구』, 일지사,
1976.

최원식,『한국 근대소설사론』, 창작사,
1987.

한승옥,『한국 현대 장편소설 연구』,
민음사, 1989.

한원영,『한국 근대 신문연재소설 연구』,
일지사, 1996.

희곡론

민병욱,『현대 희곡론』, 삼영사, 1997.

서연호,『한국근대희곡사』,
고려대학교출판부, 1994.

양승국,『한국현대희곡론』,
연극과인간, 2001.

양승국,『한국신연극연구』,
연극과인간, 2001.

유민영,『한국 현대 희곡사』, 홍성사, 1982.

유민영,『한국 극장사』, 한길사, 1982.

이두현,『한국 신극사 연구』,
서울대학교출판부, 1966.

이두현,『한국 연극사』, 민중서관, 1973.

찾아보기

권영민(權寧珉)은 충남 보령에서 태어나 서울대학교 문리과대학 국어국문학과를 졸업하고 문학박사 학위를 받았다. 서울대학교 인문대학 국문학과 교수로 재직하였으며 미국 하버드대학교 초빙교수, 일본 도쿄대학교 외국인 객원교수, 단국대학교 석좌교수 등을 역임했다. 현재 서울대학교 명예교수, 미국 버클리대학교 겸임교수로 있다. 주요 저서로『한국현대문학사』(1, 2)『한국계급문학운동연구』『이상 연구』가, 평론집으로『문학사와 문학비평』『분석과 해석』등이 있다. 현대문학상, 김환태평론문학상, 만해대상 학술상, 세종문화상 등을 수상했다.

한국문학이란 무엇인가
그 성격과 역사

권영민

초판1쇄 발행 2021년 9월 30일
발행인 李起雄 발행처 悅話堂
  경기도 파주시 광인사길 25 파주출판도시
  전화 031-955-7000 팩스 031-955-7010
  www.youlhwadang.co.kr yhdp@youlhwadang.co.kr
  등록번호 제10-74호 등록일자 1971년 7월 2일
편집 이수정 정미진 디자인 전용완 인쇄·제책 (주)상지사피앤비

ISBN 978-89-301-0714-3 93800